Valerie Loe

Im Zeichen des Lotus
SEASON 2

BAND 7 - 12

Bibliografische Information der Deutschen Nationalbibliothek:
Die Deutsche Nationalbibliothek verzeichnet diese Publikation in der
Deutschen Nationalbibliografie, detaillierte bibliografische Daten sind im
Internet über http://dnb.dnb.de abrufbar.

Kontakt:
valerieloe@gmx.at
http://valerieloe.blogspot.co.at
Oder ihr besucht mich auf meiner Facebook-Seite!

ISBN: 9783746012070

Eines Tages wird man offiziell zugeben müssen, dass das, was wir Wirklichkeit getauft haben, eine noch größere Illusion ist als die Welt des Traumes.

Salvador Dali

Was bisher geschah...

Penelope erwacht im Oktober 2016 im Wald von Killarney, Irland. Sie besitzt keine Erinnerungen an ihr altes Leben, kennt nur ihren Namen und ihr Alter. Mehr nicht, mehr blieb nicht übrig. Auf der Suche nach ihren Erinnerungen trifft sie auf Wesen, die nach verbranntem Fleisch und Kohle stinken. Sie lösen in ihr eine instinktive Reaktion aus: Penelope greift die Wesen an und noch bevor ihre Suche wirklich startet, schlittert sie damit in einen Krieg, der seit Jahrtausenden zwischen zwei mystischen Wesen tobt - den Nim und den Solani.

Gleichzeitig scheinen diese Wesen ihr bester Anhaltspunkt, um herauszufinden, wer sie ist - und was sie ist. Denn sowohl eine Narbe genau über ihrem Herzen, als auch ein blau-silberner Lotus auf ihrem Rücken verleihen ihr Kräfte, die sie sich nicht erklären kann, die aber zu ihr gehören, wie ihre Stimme oder ihre Finger.

In Cork hält sich die Elite-Einheit der Solani, die Silver, auf. Jede Nacht ziehen sie los, um die Nim zu vernichten. Doch ihr Anführer und König, Titus, ist schon lange nicht mehr die Person, die sie einst in Schlachten führte und die Gemeinschaft droht zu zerbrechen. Aber wenn es sie nicht mehr gibt, dann gibt es nichts mehr, was die Nim und ihren Herrscher aufhalten könnte.

Auch Penelope zieht es nach Cork, wo sie unweigerlich auf die Silver trifft, die sie jedoch für einen neuen Feind halten und bald wird die junge Frau von beiden Seiten gejagt. Dabei würde sie sich so gerne ein normales Leben aufbauen. Einen besten Freund hat sie in Sean gefunden und für ihren Chef Ethan schwärmt ihr Herz.

Aber das Leben mitten in einem Jahrtausende anhaltenden Krieg ist nicht einfach und als sie einen der Silver, nämlich Oz, vor dem sicheren Tod bewahrt und ihn mit nach Hause nimmt, lernt Penelope zwar viel Neues, doch gleichzeitig hat sie damit eine Reihe an Ereignissen ausgelöst, der sie nicht mehr entkommen kann.

Eine Nachricht der Nim zwingt die Silver zu handeln und so entführt Titus die junge Frau aus ihrem Haus und bringt sie in ihren Unterschlupf. Es soll endgültig geklärt werden, wer sie ist und auf welcher Seite sie steht, doch leider geht alles vollkommen schief und Penelopes Erinnerungen gehen in Flammen auf.

Ein Kampf mit den Silver ist unausweichlich.

Solani

Die Spezies der Solani erschuf die Göttin Glacien. Sie sind dem Wasser, der Ruhe, dem Mond und der Nacht verbunden. Sie können nur in der Nacht hinaus, weil die Sonne sie töten kann. Sie beherrschen Magie und manche von ihnen haben zusätzlich besondere Kräfte. Ihr Feind sind die Nim und ihr Erschaffer, Beryll.

Halb-Solani

Halb-Solani sind zum Teil menschlich und können daher auch am Tag hinaus, besitzen dafür aber nicht die gleichen Kräfte wie die Solani.

Silver

Die Silver wurden von Titus ins Leben gerufen, als die ersten Nim-Armeen auftauchten. Heute gibt es nicht mehr viele dieser Krieger und Kriegerinnen, die ihr Leben voll und ganz dem Kampf gegen diese Wesen verschrieben haben.

Nim

Die Nim sind eigentlich Menschen, bis sie von Beryll oder einem anderen Nim verwandelt werden. Ihre menschlichen Herzen, die sich durch negative Gefühle auszeichnen, werden dabei verbrannt. Sie gehören dem Feuer und der Sonne an. Sie agieren Tag und Nacht und trachten danach, die Solani auszulöschen.

Ein Beben ging durch sie hindurch. Erfasste ihren Körper. Aber es war zu stark, blieb nicht in den Begrenzungen ihres Seins, sondern breitete sich aus, durch Knochen und Blut und Haut hinaus in die Welt. In den Stein, der gegen ihren Rücken drückte, hinein in den Boden. Alles bebte. Selbst die Luft schwang und peitschte in Aufruhr. *Zu früh. Viel zu früh.* Penelopes Kopf drohte zu zerspringen. Zu viele Gedanken. Zu laut drangen sie gegen ihre Schädeldecke, verlangten gehört zu werden, wollten verstanden sein. Aber es waren so viele und so mischten sie sich zu einer Kakophonie, aus der nicht ein Wort deutlich hervor trat. Nell fühlte sich, als löste sie sich auf. Ganz allmählich verlor sie die Grenzen zu ihrem eigenen Körper und wurde zu Schmerz und Brüllen und Beben. *Zu früh. Viel zu früh.*
Es blieb nicht beim Beben. Feuer breitete sich in ihr aus. Lodernde Flammen hüpften von Ebene zu Ebene, tanzten auf den Bergen deformierter, verborgener Erinnerungen, flüsterten wortlos Geschichten von Schmerz, Verrat und Einsamkeit. Derek betrat diesen Raum, ohne zu wissen, was er da anrichtete. Sie selbst wusste es ja nicht, verstand es immer noch nicht ganz. Aber sie sah - wie der Silver auch - dieses traurige, einsame Mädchen, dieses wütende, verwahrloste Kind. Erblickte es und schrie innerlich. Nell hatte nicht sehen wollen, wollte eigentlich die Augen verschließen, konnte es aber doch nicht. Ein Alarm ging in ihr los, schrie eine Warnung hinaus, sagte ihr, sie solle nicht hinsehen. Nicht

auf das Mädchen mit seinen dunklen Augen. Nicht auf die Gitterstäbe und die eingeritzten Nachrichten an den Wänden. Nicht auf die Kälte und die Leere. Denn wenn sie hinsah, dann musste sie es erkennen, musste sich damit auseinandersetzen. Aber es war zu früh. Ihr Geist konnte es nicht verarbeiten, versagte an der Aufgabe, die gezeigten Bilder zu analysieren. Und dann setzte der Schutz ein. Die Membran leuchtete auf. Zunächst kaum merklich, dann immer intensiver rannen blaue und silberne Linien über sie, tanzten, drehten sich zu Mustern, zu Runen und wurden dichter, bis die gesamte Hülle silbrig-blau schillerte. Innen loderte das Feuer. Außen wusch das Wasser über sie hinweg. Gerade rechtzeitig rettete sie Derek, stieß ihn mit voller Kraft aus ihrem Geist, zwang ihn zurück in seinen eigenen Körper. Wo er sicher war. Vor ihr. *Zu früh. Viel zu früh.*

Und dann? Dann erkannte Titus das Monster, das in ihr schlummerte. Sie hatte Derek verletzt, ohne es zu wollen. Das schmerzte noch mehr als das Brüllen in ihrem Inneren. Penelope erstarrte, fassungslos um Ruhe kämpfend, sich an den letzten Rest Menschlichkeit festkrallend - fallend. Sie musste durchhalten, durfte nicht endgültig dem roten Glühen nachgeben. Aber diese Aufgabe forderte alles von ihr. Sie erfasste erst richtig, dass Titus sie an die Wand gepinnt hatte, umschlossen von seinem Eis, als er verschwand und die Tür hinter ihm zuschlug. Sie blieb alleine zurück. Wieder musste sie alleine zurechtkommen. Wieder sich alleine ihren eigenen Dämonen stellen. „So wird es immer bleiben", dachte Nell nüchtern, nicht mehr bitter. Mit dieser Tatsache hatte sie sich schon längst abgefunden.

Ein erneutes Beben wuchs aus ihrer Mitte, breitete sich aus und drang in die Außenwelt. Es erfasste den Boden und schüttelte die Wände, bis kleine Steinchen und Mörtel herab bröckelten. „Ich werde uns alle noch bei lebendigem Leib begraben!", dachte die junge Frau panisch. Aber gleichzeitig schrie es in ihr: „Lasst mich hier heraus! Kein Gefängnis, nicht mehr, nicht wieder. Ich kann nicht, will nicht, darf nicht. Halte das nicht aus!" Sie wusste, sie musste sich beruhigen, durfte nicht der Narbe nachgeben. Sie glühte und brannte, feuerte das Inferno in ihrem Inneren an. Und der Lotus? Sie kam nicht an ihn heran. Dafür spürte Nell die Kühle ganz leicht von ihrer Schulter ausstrahlen. Zu schwach, um gegen die Hitze anzukommen. *Zu früh. Viel zu früh.*

Sie konnte durch das Eis das dunkelrote Glühen erkennen. Die Risse zogen sich bis in ihre Fingerspitzen, leuchteten düster durch die bläuliche Schicht. Diese Eisschicht, die nicht schmelzen sollte, die Penelope nicht loslassen würde, außer ihr Erschaffer ließ es zu, schmolz. Schon hatte sich eine feuchte Membran darauf gebildet, die in der Dunkelheit nun den rötlichen Schein aufnahm. Linien zeichneten sich ab, sie wuchsen mit jedem Beben, machten das eisige Gefängnis brüchiger, führten es zu seinem unausweichlichen Ende.

Leise, fast verschluckt von der nachfolgenden Erschütterung, drangen Stimmen zu Nell. Aufgeregte, wütende Rufe. Schwere Schritte, die auf Stein aufschlugen. Die Solani kamen zu ihr, kamen hierher in ihr Gefängnis. Sie musste fliehen, verschwinden, bevor es zu einem Kampf kam, denn Penelope glaubte nicht, dass sie die Kontrolle behalten könnte, wenn sie angegriffen würde, nicht jetzt, nicht mit diesem Feuer in ihr, das sie auffraß und dabei war, alles auszulöschen, was sie ausmachte. Auch wenn sie nicht kämpfen wollte. Wollte sie sterben? Dieser Gedanke kam ihr, als die ersten Brocken von Eis auf den Boden krachten und zu winzigen Splittern zersprangen. Nell schloss sie Lider, stellte sich dieser Frage. Vor ihrem inneren Auge sah sie bunt schimmernde Wasserblasen. Zart und zerbrechlich schwebten sie in der Dunkelheit. Plötzlich verhärteten sie sich, wurden zu Kristall, reflektierend, abweisend. Durch das Kristall zogen sich dann Risse, brachen die Blasen auf, bis durch die Öffnungen Rauch drang und Flammen an den Rändern leckten. Erschrocken riss die junge Frau die Augen wieder auf. Diese Bilder machten sie ganz wirr. Sie kamen aus dem Chaos aus Gedanken, das nach wie vor diese Kakophonie durch ihren Kopf jagte, gegen ihre Schläfen presste und ihre Nase bluten ließ. Nein, sie wollte nicht sterben. Auch wenn es leichter wäre.

Die Schritte kamen näher. Penelope landete schwankend auf ihren Füßen, doch sie brauchte nur eine Sekunde, um sich zu fassen und Richtung Tür loszurennen. Auf den Wänden ihrer Zelle tanzten Schatten wie wildgewordene Dämonen im roten Licht ihrer Haut. Sie zogen Grimassen, verformten sich, blickten höhnisch auf sie herab. Alles egal. Im Moment zählte nur eines: Die Tür erreichen und verschwinden, bevor die Krieger zu ihr aufschlossen.

Penelopes Hand drückte gegen die hölzerne Tür. Es gab kein Schloss, keinen Knauf und doch war sie versperrt. Aber sie hielt die junge Frau nicht auf. Nur kurz berührte ihre Haut das raue Material, da barst es unter ihrer Berührung. Die Holzsplitter stoben in alle Richtungen, fraßen sich schmerzhaft in ihre Haut, ließen Blut in dunklen Tropfen hervor quellen wie Fremdkörper. Manche begannen zu glühen. Kleine Stichflammen in der Düsternis. Von links kamen die Geräusche. Trotz der schwankenden Erde näherten sich die Solani mit rasender Geschwindigkeit. Nell wandte sich nach rechts. Als sie hierher gebracht worden war, hatte sie das eingestürzte Ende des Ganges bemerkt. Heruntergefallene Steine, eingebrochene Mauern. Aber vielleicht, wenn sie Glück hatte, nicht ganz. Vielleicht gab es einen Durchgang. Immerhin hatte Oliver - nein Oz - sie befreien wollen und er hätte sie nicht einfach durch den Unterschlupf geführt, mit einem kleinen Rundgang durch die Räumlichkeiten vielleicht noch. Nein, dieser eingestürzte Gang schien ihre beste Option, zu der Penelope nun rannte. Kampf oder Flucht, lief es nicht stets darauf hinaus? Jedoch nicht lange. Schon nach wenigen Schritten durchschnitt ein zischendes Geräusch die Luft. Die junge Frau reagierte schnell, ihre Sinne bis aufs Äußerste geschärft, und warf sich nach vorne, rollte sich ab und kam federnd wieder zum Stehen. Nur wenige Zentimeter entfernt hatte eine von Marys Peitschen eine tiefe Kerbe in den Stein geschlagen. Über den Boden stahl sich Eis, wollte nach ihren Füßen greifen und sich an ihr nach oben fressen, aber die Hitze, die unter ihrer Haut schwelte, ließ es nicht zu.

Die Kakophonie tönte weiter, verkündete, dass es zu früh war. Was auch immer dieses ‚Es' war, alles oder nichts, was machte es schon aus, wenn sie nicht entkam? Penelope wich einer erneuten Attacke aus. Diesmal warf jemand ein Messer nach ihr. Ganz knapp an ihrem Ohr vorbei sauste es durch die Luft, traf die Wand und fiel zu Boden. „Bleib stehen, sonst schießen wir", drohte eine Stimme, die Nell Patrick zuordnete. Sie drehte sich um. So nahe am Ausgang, so knapp, aber sie wusste, die Solani würden sie nicht gehen lassen - nicht einfach so. Langsam drehte sich die junge Frau zu ihren Verfolgern um, die Arme ausgebreitet, die Handflächen zu ihnen. Frieden, das wollte sie. Antworten und Frieden, aber dass sie Derek nicht erblickte, konnte nichts Gutes bedeuten. Erst Charles, dann Derek, Penelope machte sich keine großen Hoffnungen. Aber der Versuch war wichtig, dass sie es probierte - oder war alles sinnlos, außer es funktionierte auch?

„Bei der Göttin, diese Augen", zischte eine blonde, hübsche Frau mit Puppengesicht. Ihre Hand, in der sie eine Schusswaffe hielt, zitterte, wie Penelope feststellte. „Lasst mich gehen, bevor etwas Schreckliches passiert", bat diese leise. Das Beben hatte aufgehört. Aber es würde wieder kommen. In diesem Moment hielten sie alle nur die Luft an, erwarteten die Explosion, die zu diesem Zeitpunkt eintreten musste, unweigerlich, unumgänglich. Als wären sie einen Weg gegangen und alle Abzweigungen lagen bereits hinter ihnen. Es gab nur noch eine Richtung: nach vorne. Nur noch ein mögliches Ende: Kampf. *Zu früh. Viel zu früh.*

Ein Schauer ging durch Penelope. Jemand sah sie und dieser jemand stand nicht vor ihr, befand sich nicht mit ihr in diesem Gang. Sein Blick schien durch sie zu gehen - oder kam er aus ihr? Dieses Gefühl brachte die junge Frau einen langen Moment völlig aus dem Konzept. Sie wollte diesen Blick nicht spüren, zu bekannt kam er ihr vor. Er berührte eine Erinnerung, die sie noch nicht sehen sollte, die gerade Flammen schlug und qualmte. Sofort erschien das Mädchen mit dem dunklen, struppigen Haar vor ihrem inneren Auge. „Zu früh", flüsterte es, formte es fast nur mit den Lippen. Eine Warnung, die zu spät kam. Nell wich zurück. „Bitte, lasst mich gehen. Ich wollte nichts davon", flehte sie erneut. Plötzlich, betäubend und dunkel, rollte ein Grollen durch sie. Dieses Grollen gehörte zu einer Stimme. „Das habe ich dich nicht gelehrt", sagte diese Stimme, die von einem Knistern begleitet wurde. Penelope schmeckte Asche auf der Zunge. „Du bist seine Kreatur!", fauchte Mary, woraufhin die junge Solani, die zuvor gesprochen hatte, zurück wich.

Es ging schnell. Titus glitt nach vorne, brauchte zur Überbrückung des Abstands zwischen ihnen lediglich ein Blinzeln. Er schlug nach ihr, aber Nell wich aus, sodass seine Faust nur mit ihrer Seite kollidierte. Mit einem Ruck fiel sie zurück, knallte gegen die Wand. Schmerz explodierte in ihrer unteren Rippe. Sie japste nach Luft. Den nächsten Schlag wich sie geschickter aus, wirbelte herum, ohne aber jemanden zu verletzen. Marys Peitsche fand Penelopes Körper, grub sich in ihre Wade, wo sie ein Stück Fleisch heraus riss. Doch die Verletzte schrie nicht auf, gab keinen Laut von sich, sondern biss die Zähne zusammen. „Wehre dich! Du kannst es. Sie sind nichts gegen dich. Du bist *meine* Prinzessin. Zerstampfe sie!" Die grollende Stimme schwoll an, nahm ohne zu brüllen alles ein, den ganzen Bereich hinter ihrer Stirn. Sie kam Nell bekannt vor, eine Ahnung aus Träumen, aus den dunkelsten Momenten, aber vertraut und seltsam tröstend, auch wenn sie sich vor ihr fürchtete und Abscheu empfand. „Sind so viele Gefühle gleichzeitig überhaupt möglich?", fragte der winzige Teil in ihr, der sich noch menschlich nennen durfte, der gerade dabei war, mit den Fäusten gegen ihre Barrieren zu schlagen, in der Hoffnung dem Feuer zu entkommen. Aber welche Chance hatte dieser winzige Teil schon gegen eine solche Macht?

Nun fielen Schüsse. Die Mündungsläufe der Handfeuerwaffen leuchteten auf, erhellten stakkatoartig den Gang, tauchte die Szenerie in kaltes, flackerndes Licht, das fratzenhafte Schatten an die Wand projizierte. Geduckt wich Penelope zur Seite aus, blinzelte von dem Staub, der einmal Mauer war. Sie wollte zu dem Gang, wollte hinaus. Vielleicht schien schon die Sonne. Vielleicht...

„Hör auf mit dem Vielleicht. Du weißt, was du zu tun hast", schnurrte die Stimme. Die Flammen in ihr loderten höher, gierten nach mehr von ihr. Plötzlich tauchte der Italiener vor ihr auf. In seinen Augen sah sie kurz Bedauern aufflackern, aber es verschwand und stattdessen zielte er auf sie. Penelope starrte in den Lauf der Waffe und griff zu. Ihr Körper übernahm, auch wenn ihr Geist schrie, sie wolle nicht kämpfen. Doch ihr Körper verlangte zu leben und kannte kein Gewissen, er war auf so etwas trainiert, auf solche Situationen. Wenn es hieß ‚Du oder ich', würde er stets sich retten, egal was es kostete. Anders hatte er es nicht gelernt und bis jetzt hatte er so Nells Überleben gesichert. Ein Schuss löste sich, aber die Kugel verglühte an ihrer Haut.

Die dunkelroten Risse fraßen sich durch das Metall und griffen auf den Solani über. Es ging schnell. Als Sandro die Hand wegzog, da hatte sie ihn schon erwischt. Sein Gesicht verzog sich vor Schmerz. Nun holte er mit der anderen Hand aus, eine geballte Faust raste auf sie zu, aber Penelope duckte sich, ging in eine Grätsche - das Adrenalin ließ den Schmerz in den Hintergrund rücken - aus der sie nach seinem Gürtel griff. Ein Teil von ihr wollte nach wie vor niemanden verletzen - nicht mehr, als sie musste. Als wäre der Kämpfer ein Stofftier, schleuderte sie ihn gegen die steinerne Wand, die er mit dem Schwung einriss.

Die Solani hatten nicht geschossen, solange einer von ihnen so nahe stand, aber nun eröffneten sie erneut das Feuer auf die junge Frau. Doch sie duckte sich nicht, ließ stattdessen die Kugeln verglühen, wie es mit der aus Sandros Waffe geschehen war. Wie metallener Regen tropften sie zu Boden. Sogleich bedrängte sie Titus. Diesmal spürte sie die Kälte. Er benutzte die Druckwelle. Diese prallte nicht einfach an ihr ab, sondern drückte sie nach hinten, bis sie gegen Stein schlug. Doch die Risse wollten vernichten und so griffen sie die Mauer an. Sekunden, während sie sich glühend ausbreiteten, malten sie ein verschlungenes Muster, bevor sie die Wand mit einem wütenden Zischen einrissen. Nun gab es mehr Platz. Penelope stolperte zurück. „Gut. Mach weiter. Kämpfe. Tue, für was ich dich *erschaffen* habe. Weiche nicht zurück. Dein Weg liegt vor dir. Du musst ihn nur gehen." Wieder diese Stimme, einnehmend und überzeugend. Nell wollte sie nicht in ihrem Kopf. Sie schien süßes Heilmittel und tödliches Gift zugleich.

Penelope kam eine Idee. Während sie vor Titus und Mary zurück wich, konzentrierte sie sich auf die Schusswaffen, die auf sie gerichtet wurden. Mit ihrem Geist griff sie nach ihnen, wollte sie zerstören, wie die des Italieners, nur ohne ihre Träger zu verletzen. Vorsichtig breiteten sich die roten Linien auf den Waffen aus, schmolzen sie ein, fraßen sie auf. Sie dachte, sie hätte es geschafft, als plötzlich ein Solani im Anzug von der Seite attackierte. Die Klinge seines Säbels schimmerte wie flüssiges Magma. Die junge Frau erkannte ihn als den Mann, den sie verletzt hatte - Charles. Die Schuldgefühle brachen ganz plötzlich über ihr herein, rissen sie tiefer hinab in ihr Chaos. Penelope verlor die Kontrolle.

Alles danach folgte plötzlich und sehr schnell. Nell schaffte es kaum, Charles zu entkommen. Sein Säbel drang in ihren linken Arm und das Metall schmolz von der Hitze in ihr, verbrannte ihr Fleisch, das zischte und stank. Schmerz explodierte hinter ihren Augen. Gleichzeitig verlor Penelope die Kontrolle über die Macht in den Schusswaffen. Die Risse leuchteten auf und griffen nach den Trägern der Waffen. Es blitzte, leuchtete gespenstisch und ein Knall zerriss die Luft. Schreie folgten. Staub und Schutt stoben auf, als Körper gegen die Mauern donnerten und sie einbrachen. Es bebte. Die Erde bäumte sich wütend auf, als sich Penelopes Magen umdrehte. „Gut, mach weiter! Weiter, meine Prinzessin. So ist es richtig", lachte die Stimme dunkel in ihrem Kopf. Ein Wimmern entrang sich ihrer Kehle. Das alles hier war nicht richtig - oder doch?

Penelope wich vor Charles zurück, wich vor allen drei noch stehenden Solani zurück. Selbst Oz hatte sie nicht verschont. Die anderen drei erstarrten, blickten sie an, als wäre sie das Monster, vor dem Kinder fürchteten, es würde aus dem Schrank stürzen und sie in die Dunkelheit zerren. Die junge Frau hatte das Gefühl, sie sei nicht nur dieses Monster, sondern auch die Dunkelheit und eigentlich schlimmer als beides. Das Feuer in ihr fraß sich weiter vor, verbrannte alles in seinem Weg, trieb sie an, flüsterte ihr zu, dass zu kämpfen das Richtige sei, dass die Solani ihre Feinde wären, sie hatten sie eingesperrt, wollten sie töten! Sie hatten es nicht anders verdient! Nell schüttelte vehement den Kopf. Nein, das konnte nicht sein. „Doch, meine Kleine, allerdings. Du gehörst zu *mir*, bist *meine* Kreatur - und du bist so gut geworden. Jetzt finde deinen Weg zurück", schnurrte die Stimme knisternd. Kein Kopfschütteln der Welt und kein Fluchen ließ sie verstummen.

Penelope schob sich zum ersehnten Ausgang. So nah konnte sie es riechen, einen Hauch frischer Luft, der in den Gang drang. Aber die Krieger fingen sich und griffen an. Gleichzeitig und gefährlich. Nell bemerkte den Unterschied zu den Nim sofort. Diese Gegner hier agierten als eine Einheit. Wenn Marys Peitsche nach rechts ausschlug, erwartete sie links der Rest des Säbels von Charles. Dazu Titus, der mit Eis nach ihr warf. Mit einer Drehung brachte sich die junge Frau erneut aus der Bahn, zwei Treffer von Marys Peitschen hatte sie schon einstecken müssen, und griff dieses Mal nach dem Leder. Es schnalzte und grub sich in das Fleisch ihrer Handflächen, aber Penelope ließ nicht los, sondern griff mit ihrer Macht nach der Kämpferin. Es geschah ganz unbewusst. Ihr Denken verstummte, ihre Vorbehalte und moralischen Bedenken gingen in dem einen, essenziellen Wunsch unter, überleben zu wollen. Es steckte in ihr, antrainiert, über Jahre hinweg, dass sie sich wehrte, wenn jemand sie angriff. Soviel konnte Nell ihren Erinnerungen entnehmen - ihre Nase blutete dabei.

„Verdammt, Titus, töte sie endlich!", fauchte Mary zwischen zwei Angriffen. Das Gesicht ihres Königs sah verbissen aus, in seinen Augen erkannte man den Kampf, der in seinem Inneren tobte. Penelope wollte ihn so gerne fragen, was da zwischen ihnen schwang, warum er zögerte, sie richtig anzugreifen, aber sie kam nicht dazu. Ihr Geist lebte gerade abgetrennt von ihrem Körper, der alles tat, um zu überleben und zu fliehen.

Das rote Leuchten umschlang die Peitschen und wanderte zu Mary. Bevor diese ihre Waffen aufgab, hatte das Rot sie schon erreicht. Für einen Moment stank es fürchterlich nach Kohle und verbranntem Fleisch, dann blitze es auf, als explodierte etwas in den Händen der Solani und bevor sie etwas tun konnte, wurde sie zurück geschleudert. Auch sie verschwand in einem Haufen aus Steinen, blieb liegen. Penelope ließ Charles gar nicht mehr so nahe an sich heran, sie musste nur eine Hand heben, ihre gestreckten Finger zu einer Faust ballen und die roten Risse griffen nach ihm, schossen nach vorne und schlangen sich um ihn wie Ranken einer Pflanze, nicht gewillt, ihn je wieder loszulassen. Sie drückte zu. Ein Knacken und noch eines. Der Solani ließ seine Waffe los. Der Säbel fiel klappernd zu Boden, wo auch das restliche Metall zu einer schillernden Pfütze schmolz. Charles stöhnte leise und schmerzverzerrt, bevor er die Augen verdrehte und verstummte. „Hör auf, hör auf, du tötest ihn!", schrie Nell sich selbst an, unfähig ihre Hand zu öffnen oder die Risse zurück zu holen.

Plötzlich erfasste sie erneut eine Druckwelle, stark und unerbittlich riss diese die Frau von ihren Füßen und löste so den Griff um Charles. Sie kam wieder zum Stehen, bevor ihr Körper gegen einen Widerstand krachte. Eine Faust sauste in ihre Richtung. Nur knapp gelang es Penelope, sie abzufangen. Mit ganzer Kraft drehte sie die geballte Hand herum, zwang ihren Angreifer sich mit ihr zu drehen. Aber Titus war besser als das. Er trat nach ihr und traf sie an der Seite. Die bereits gebrochenen Rippen kreischten verzweifelt auf. Schwarze Sterne tanzten vor Nells Augen, während sie den König los ließ und zurücktaumelte.

Ein erneuter Tritt gegen den Bauch und ein Schlag gegen ihr Brustbein raubten ihr alle Luft zum Atmen. Nun explodierten grelle Lichtblitze vor ihren Augen. Alles verlor kurzzeitig an Farbe und verschwamm. Sie blinzelte. Spürte im Rücken die raue Wand, deren Kanten gegen ihre geschundene Haut kratzten. Penelope bemerkte etwas Spitzes, das gegen ihren Kehlkopf drückte. Aber sie lebte! Erstaunt riss sie die Augen auf, zwang sich zu sehen. Und starrte in die eisblauen Augen von Titus. Er stand ganz nahe, sodass seine Kälte sich mit ihrer Wärme biss. Mühsam schluckte Penelope, wodurch ihr Kehlkopf gegen die eisige Klinge stieß und ihre Haut aufriss. „Wieso?", fragte sie leise, nur ein Hauch aus ihrem Mund, den König vor ihr. Er hätte alles beenden können - auch die Stimme in ihrem Kopf, die sie dazu ermutigte, ihn zu töten. „Reiß ihm das Herz heraus, diesem Bastard! Vernichte ihre geliebte Kreatur, beende sein armseliges Leben", hallte die Stimme und Nell wollte ihr gehorchen - wollte es so sehr, dass ihr Herz dabei brach.

Titus kniff die Augen zusammen, runzelte die Stirn. Sein Mund öffnete sich einen Spalt, schloss sich wieder, presste sich zu einer schmalen, weißen Linie zusammen. Penelope begegnete seinem Blick, alles andere verlor an Schärfe, die Umrisse verschwammen, die Farben vergingen erneut. Aber seine Augen blieben klar, seine Gesichtszüge scharf gezeichnet. In seinen Pupillen sah die junge Frau ihre eigene Spiegelung und wünschte sich, die Flammen in ihrem Inneren würden sie einfach ganz verschlingen. Dann wäre sie nur noch Asche, davongetragen vom Wind, weg und erlöst. Denn aus den Augen des Solanis blickte ihr ihr eigenes Selbst mit schwarzen Augen entgegen, aus denen schwach Glut schimmerte. Von ihren Lidern breiteten sich die roten Risse aus, drehten sich auf ihren Wangen und umspielten ihre Lippen. „Wieso tötest du mich nicht?", fragte Nell erneut. Sie war sich sicher, dass sie nicht gezögert hätte. Ihr Blick huschte zu den anderen Kämpfern und Kämpferinnen. Niemand rührte sich. Auf den Steinen und am Boden schimmerte Blut. „Ich habe deine Leute getötet", fuhr sie leise fort, überrascht über ihre Worte. Die Klinge aus Eis bohrte sich tiefer in ihren Hals, nun durchzuckte sie leise der Schmerz. „Willst du sterben? Nein, nein mein Liebes, du weißt, du willst Leben", hauchte die dunkle Stimme in ihrem Kopf. Das Gefühl, beobachtet zu werden, wurde stärker.

Penelopes Herzschlag beschleunigte sich. Schweiß trat auf ihre Stirn, perlte über ihre Schläfen. Krampfhaft ballte sie die Hände zu Fäusten, schnitt sich mit ihren Fingernägeln in ihr eigenes Fleisch. Ihr Körper wollte dieser Stimme gehorchen, wollte es so sehr. Aber sie wehrte sich. Ein Knurren rollte über die Frau, es entsprang Titus' Kehle, der seine Gefangene nach wie vor wütend musterte. Aber er handelte nicht. Die Klinge bohrte sich zwar in ihren Hals, drang aber nicht weiter vor. Er stand weiter dicht vor ihr und nahm sie mit seiner Präsenz ein, aber er erhob keine Faust und schlug sie. Da waren sie nun, Schatten gegen Schatten, umgeben von Tod und Schutt und Staub, und rührten sich nicht. Die Zeit schien für sie stehen zu bleiben, wurde aus ihren Angeln gehoben und ihrer Macht beraubt. Ein Atemzug und noch einer.

Ganz plötzlich eroberte die Zeit ihre Stellung zurück, schien schneller zu laufen, die verlorenen Momente wieder gut machend. „Willst du nicht frei sein?", fragte die knisternde Stimme in Penelope. Da verlor sie die Kontrolle über ihren Körper, der schon lange hatte kämpfen und vernichten wollen. Sie lockerte ihre Fäuste. In ihren Augen musste es zu lesen sein, denn im gleichen Moment griff auch Titus an. Er wollte ihr das Eis in den Hals rammen, doch diesmal ging eine Druckwelle von ihr aus, die ihn zurück stolpern ließ. Die Luft um Nell herum knisterte, wurde dunkler. Rote Blitze zuckten um sie herum und dort, wo sie einschlugen, rissen sie verbrannte Löcher in den Boden und die Wände. Das Beben begann von Neuem.

Auch um Titus geriet die Luft in Bewegung, leuchtete silbern und blau und schlug nach der jungen Frau, die bei dem ersten Angriff die Zähne bleckte. Es zischte. Penelope spannte die Beine an, dann sprintete sie los. Titus nahm einen festen Stand ein, riss die Arme in die Höhe, bereit jeden ihrer Angriffe abzuwehren. Kurz vor ihm ließ Nell das Feuer heller leuchten, ließ es nach ihm greifen, doch sie selbst brachte sich hinter ihn und trat zu. Aber der Krieger ließ sich nicht täuschen und griff nach ihrem Bein, zog daran, doch statt das Gleichgewicht zu verlieren, riss sie ihr anderes Bein nach oben und schlug es gegen sein Gesicht. Ganz knapp vor dem Einschlag hielt er sie auf und stieß sie von sich. Penelope wirbelte in der Luft herum, wollte auf den Beinen landen, doch da stand schon Titus und wollte ihr eine mit eisigen Stacheln bedeckte Faust in den Magen rammen. Sie konnte nicht ausweichen, stattdessen griff sie mit ihren Händen nach der Faust, umfasste sie, hielt fest daran, obwohl das Eis durch ihr Fleisch drang und alles voller Blut war. Penelope nutzte den Schwung seines Schlages und schwang sich über seinen Kopf hinweg, kam neben ihm zum Stehen und stieß dem Solani den Ellenbogen in den Magen. Wieder zischte es. Ihre Auren vermengten sich und bildeten ein kompliziertes Netz aus roten und blauen Linien, aus Düsternis und silbrigen Licht, die wütend gegeneinander kämpften. Als er leicht zusammen zuckte, nutze Penelope ihre Chance, um Titus gegen die Brust zu schlagen. Sie tat es mit der linken, flachen Hand. Das Rot ging sofort von ihrer Hand auf ihn über, breitete sich aus. Der König schien an diesen Stellen zu dampfen. Er schrie auf. Ein dunkler, wütender Laut, der jedes Härchen auf ihrem Körper aufstellte. Etwas in ihrem Inneren zerbrach.

Penelope wich so schnell sie konnte zurück. Mit weit aufgerissenen Augen sah sie zu, wie Titus sich in purer Agonie an die Brust griff. Die roten Linien breiteten sich auf seinem Körper aus, bereiteten ihm offensichtlich Schmerzen, denn sein Gesicht verzerrte sich, die Muskeln spannten sich an, traten dick an seinem Hals und an den Armen hervor. Dazu krümmte er sich vorne über, während er weiter verzerrte, dunkle Geräusche von sich gab. Ihr Herz raste, drohte aus ihrer Brust zu springen, denn nun begannen die blauen Blitze um ihn herum auszuschlagen. Griffen die Umgebung an, wie zuvor ihre roten Risse. Zerstörung und Tod, mehr gab es hier nicht mehr. Zitternd holte Penelope Luft. Es stank nach Kohle, verbranntem Fleisch und dazu kam der Geruch nach kühlem Wasser. „Gut gemacht, Kleines", schnurrte die Stimme voller Genugtuung.

„Du! Wenn gehst du mit mir unter!", brüllte plötzlich der König der Solani außer sich. Er stürzte sich auf seine Gefangene, packte sie an den Schultern, rammte seine schlanken, kräftigen Finger regelrecht in ihr Fleisch. Gemeinsam krachten sie auf den Boden. Sie kämpften, schlugen aufeinander ein. Nell kratzte ihn im Gesicht, drückte gegen seinen Kehlkopf und trat in seine Magengrube. Während Titus sie mit einer Hand würgte und mit der anderen versuchte ihr Gesicht einzuschlagen. Dabei drehten sie sich, mal war der eine, dann der andere oben. Blau und Rot schlugen überall in ihrer Nähe ein.

In seinen Augen konnte Penelope das nahende Ende lesen. Seine Augen wurden dunkler, er musste des Öfteren blinzeln. Die Hand, die ihren Hals umfasst hielt, lockerte sich. Ihre roten Risse zogen sich glühend über ihn, schienen seinen Körper zusammen zu drücken. Er atmete schwer. Tränen stiegen in ihren Augen auf. Doch sie weinte nicht um ihren Tod, der sich ebenfalls ankündigte, so wie die Schwärze am Rand ihrer Sicht flimmerte, sondern um seinen. Tief in ihrem Inneren wusste sie, dass das nicht passieren durfte. Der Gedanke, Titus könnte sterben, schnürte ihr mehr die Luft ab, als es seine Hand je könnte. Nell verstand dieses Gefühl nicht, immerhin versuchte er sie zu töten, er war der Feind, und ein Teil von ihr gehorchte der knisternden Stimme und wollte ihn vernichten. Und dennoch übermannte sie Trauer, als sie die Schwäche und den Schmerz in ihm sah.

Mühsam und mit letzter Kraft schaffte sie es, ihn nieder zu ringen und kam auf ihm zum Sitzen. Titus ließ seine Hände fallen, seine Arme neben sich ruhend. „Dann tu' es endlich. Ich warte schon sehr lange auf den Tod", flüsterte er, Penelopes Blick stur erwidernd. Sie hob die Hand und berührte sein Gesicht. Fuhr seine Stirn und Wangenknochen entlang. Streichelte sein Haar, das nun vollkommen durcheinander war, aber sonst sich ein wenig lockte. Es war weich und seltsam vertraut. Schließlich wanderte ihr Zeigefinger zu seinem Mund, tippte ganz leicht seine untere Lippe an. Auch das schien vertraut, als würde sie es nicht das erste Mal machen. Die ganze Zeit über beobachtete der Solani sie, sagte aber nichts weiter. Er schien sich ergeben zu haben, wartete auf den Tod. Doch Nell liefen nach wie vor die Tränen über die Wangen. „Nein", sagte sie schließlich bestimmt, die Stimme und das gefräßige Feuer in ihr stumm stellend. „Ich weiß nicht wieso, aber du musst leben", fuhr sie leise fort.

Entschlossen legte Penelope ihre Hände auf seine Brust, dort glühte das rote Gift am hellsten. Seine Haut war verbrannt und rau. Die Finger fest in seine Muskelstränge bohrend, zwang sie das Feuer auf ihm zurück zu sich, in sich selbst, wo es sie verbrennen sollte, doch nicht ihn. Langsam, stetig floss die Macht zurück zu ihr. Innerlich schrie Nell, denn die Zerstörung hörte nicht einfach auf, sondern tobte weiter, verlangte ein Opfer und nun war sie es, die angegriffen wurde. „Was tust du? Hör auf! Es kann jetzt vorbei sein", schrie die Stimme und mit ihrer Wut schlug das Feuer in ihrem Inneren aus. Einen Moment musste Penelope inne halten, warten, bis die weißen, grellen Explosionen vor ihren Augen verschwanden. Schließlich schaffte sie es, Titus von ihrer Kraft zu befreien. Sofort zog sich seine eigene, heilende Magie um ihn zusammen, legte ein blaues Muster über ihn. Seine Augen begannen silbern zu glänzen, bevor sich die Lider flatternd schlossen.

Wankend erhob sich Penelope, sie wollte nur noch weg - weit weg. Die Zerstörung hinter sich lassen. Alles hinter sich lassen. In ihr tobte es. Alles war verschwommen und dunkel und kaputt. Sie hatte getan, was sie musste, was sie konnte, was hier weiter geschah, lag nicht mehr in ihrer Hand. Ob Titus überlebte, wusste sie nicht, sie konnte nur hoffen. Sie stolperte, fing sich. Ihre Hand presste gegen die Narbe über ihrem Herzen. Schmerzen nahmen alles ein, zogen sich von ihren Zehenspitzen bis in die Haare, brannte unter ihrer Haut und fraß sich durch ihre Knochen. Sie wollte nicht zurück sehen, nicht wissen, was sie angerichtet hatte. Am besten wäre es, die Schwärze würde sie umfangen und mitnehmen, andererseits wollte sie nicht sterben - so sehr nicht, dass sie den Tod anderer in Kauf genommen hatte und wieder nehmen würde. Wenn sie wieder klarer denken konnte, würde sie sich über einiges Gedanken machen müssen. Angefangen mit der Stimme und dem Feuer, die in ihr wüteten. Endlich erreichte sie den eingestürzten Gang. Der Luftzug kitzelte ihre Haut, fühlte sich kühl und angenehm an. Erleichterung spülte durch die junge Frau. Sie griff an ihren Rücken, unter ihr Shirt und berührte den Lotus, der eisig gegen die Hitze anzukämpfen suchte. Obwohl er heute auf verlorenem Posten stand, beruhigte er Nell. Er stellte das Symbol für ihre Menschlichkeit dar, für den letzten Rest, der nicht in den Flammen verging. Die letzte Bastion, die dem Monster, das sie war, Einhalt gebieten konnte.

Der Knall hallte viel zu laut von den Wänden wieder. Schien in jede Ritze zu dringen und anzuschwellen. Vorwurfsvoll, vernichtend. Penelope riss die Augen auf, schnappte erschrocken nach Luft. Unwillkürlich fuhr ihre linke Hand an ihren Bauch. Frisches, warmes Blut sickerte aus einer Wunde. Wie erstarrt blickte sie auf die glänzende Flüssigkeit, die träge aus ihr sickerte. „Oh nein", hauchte sie.

Der zweite Knall erklang, begleitete die nächste Kugel, die für sie bestimmt war, aber sie erreichte sie nicht. Ihr Körper und der Wunsch zu Leben übernahmen, stießen die zögerliche Seite in den Abgrund, wo sie zum Zusehen verdammt wurde. Ihr Körper loderte auf, glühte dunkelrot und tauchte alles in sein düsteres Licht. Penelope wirbelte herum und blickte auf Derek, dessen Stirn feucht glänzte. Er zielte schnell wieder und wieder auf sie, doch ohne Erfolg. „Ich wollte dir helfen, sobald ich erwacht wäre. Bevor du sie getötet hast!", schrie er. „Ich dachte, du seist kein Monster, vielleicht irre ich mich!", rief er weiter, war wie von Sinnen, jede Logik im Keim erstickt beim Anblick von so viel Tod. Seine dunklen Augen huschten über die Zerstörung, das Blut, seinen König und immer wieder über eine Frau mit roten Haaren.

Aus Penelopes Kehle drang ein tiefes, animalisches Knurren, das den Angriff einleitete. Sie bewegte sich nicht, musste es nicht, stattdessen ließ sie das Inferno los. Flammen schlugen aus, rote Blitze zuckten über die Steine und rissen alles nieder. Einige trafen gebündelt den letzten stehenden Krieger und streckten ihn nieder, bevor er wusste, was geschah. Doch nun war ihre Kraft entfesselt und sie tobte im Untergrund, riss alles entzwei, bis nur noch Staub und Asche und Dunkelheit hier unten herrschte. Bis sie aufgebraucht war und in Nell nur noch Leere blieb. Keine Wut und keine Trauer, mit dem Unterschlupf verbrannte auch sie.

Ein letztes Mal in dieser Nacht bäumte sich die Erde in Cork auf und schüttelte die beunruhigten Menschen durch. Die junge Frau schlüpfte durch den Spalt in der Wand. Bevor sie durch den dunklen Gang entlanglief, blickte sie zurück. Was sie sah, raubte ihr erneut ihr Gleichgewicht, sie musste sich abstützen. Penelope beugte sich vor und erbrach Galle auf den Boden, würgte, bis ihre Kehle brannte. Zitternd richtete sie sich auf. Wieder rannen Tränen heiß über ihre Wangen. Sie dachte, sie wäre leer, dabei hatte Schmerz sie nur taub gemacht. Am Ende hatte sie alles vernichtet. Sie hatte die Solani getötet und hinterließ eine Ruine, bemalt mit Blut. Das würde ihr Grab sein. Hatten sie Familie? Würde sie jemand vermissen? Nell wusste es nicht und sie konnte nicht länger bleiben. Sie dachte an Dereks Blick. Diese Gruppe war Familie gewesen und sie hatte sie ausgelöscht. Sie sei kein Monster, hatte er gesagt, zumindest hatte er das gedacht. „Wir haben uns wohl alle geirrt", murrte die junge Frau eisig. Ihr Geist brach, alles in ihr fühlte sich wund und aufgerieben an und gleichzeitig dumpf, wie in Watte gepackt.

Der Himmel draußen färbte sich bereits grau. Noch sah alles verwaschen aus, müde und verschlafen. Nicht mehr lange, schätzte Penelope. Ihre Sinne waren geschärft vom Kampf, nahmen all die Bewegungen und schlagenden Herzen wahr, all ihre Wünsche und Gedanken, den Hass, den sie verbreiteten. Mühsam kämpfte sie sich vorwärts. Nicht sicher, wohin es gehen sollte. Wohin sie konnte. Sie besaß kein Telefon mehr, auch keinen Wohnungsschlüssel. Dennoch trugen sie ihre Füße Schritt für Schritt weiter, verfolgten einen Weg, den ihr Geist nicht mehr verarbeiten konnte. Mit gesenktem Kopf schlurfte sie voran, starrte auf den

Boden, auf Kiesel, Beton und Pflastersteine. Alles das Gleiche, alles egal. Nell spürte die Dunkelheit, dafür tobten die Flammen nicht mehr, nur der Rauch blieb übrig. Auch der Blick löste sich von ihr und die Stimme schwieg. Auch egal. *Egal.* Ihre Gedanken wanderten zu den eisblauen Augen, die sie nie wieder sehen würde. „Warum hat er mich nicht einfach getötet?", fragte sie dumpf, aber erhielt keine Antwort. Müde rieb sie über ihr Gesicht. Als die Frau auf ihre Hände blickte, waren sie von Ruß geschwärzt und blutig. Ihre Wunden hatte sie ganz vergessen! Immerhin bestand sie nur noch aus Schmerz, überall, vollkommen. Ihr Körper war eine einzige Wunde. Aber als sie an ihren Bauch fasste, da spürte sie nur das ausgefranste, von Blut durchtränkte Loch im Stoff und keine offene Schusswunde. Sie hatte sich geschlossen. Penelope fragte gar nicht nach dem Wie, es war ihr egal. Es passierte so viel Unerklärliches in ihrem Leben, so viel Schreckliches, was machte es da noch, dass ihre Wunden sich einfach schlossen?

Dennoch musste sie schrecklich aussehen. Vollkommen überzogen mit Blut, Staub und Ruß. Ihr Shirt wies Löcher auf und ihre Jeans würde sie wegwerfen müssen. Auch egal. Ihre Beine trugen sie voran. Gingen weiter, brauchten keine Anweisungen vom Kopf, denn es kämen sowieso keine. Während ihr Inneres in einem Schockzustand erstarrte, unfähig etwas zu verarbeiten, funktionierte ihr Körper von alleine. Obwohl sie wütend auf ihn war. Immerhin hatte ihr Körper entschieden, zu kämpfen und zu töten. Er hatte sein Überleben über das der anderen gestellt. Penelope hob irgendwann die Hand und drückte einen Knopf. Über ihr zogen die ersten Streifen Rosa über den Himmel. Sie hatte Glück gehabt, niemand begegnete ihr. Ein surrendes Geräusch ertönte. Schwerfällig drückte sie sich gegen das Holz und stolperte in das Gebäude. Irgendwo weit hinten in ihrem Bewusstsein bemerkte Nell, dass sie diesen Bereich kannte, auch wenn sie ihn nicht zuordnen konnte. Aber ihre Füße wussten bescheid, steuerten ohne zu zögern die Treppe an und erklommen sie. Stufe um Stufe um Stufe. Runde um Runde um Runde. Plötzlich fiel ein heller Lichtstrahl auf sie und ein warmer, freundlicher Geruch stieg ihr in die Nase.

Verwirrt schaute Penelope auf, blickte in die großen, besorgten Augen ihres besten Freundes. Sein weiches Gesicht mit dem Mund, der immer lächelte. Selbst jetzt schien er nicht ganz damit aufzuhören, obwohl Sean sie geschockt ansah. Sie sollte etwas sagen, irgendetwas. Aber ihre Lippen bewegten sich nicht, klebten zusammen. Sean fragte nicht, was los war, sondern trat zu ihr und nahm Nells Hand, hielt sie fest und sicher in seiner, um sie in die Wohnung zu führen.

„Was immer passiert ist, du kannst bleiben, ich werde dir helfen. Egal was", hörte Penelope ihn sagen. „Lieber, süßer Sean. Automatisch kam ich zu dir, denn du bringst mich immer zum Lachen und ich würde so gerne lachen. Auch wenn der Hass auf deine Familie und die Eifersucht dein Herz ein wenig trüben, du bist trotzdem so warm, so hell - so schön. Ja... Ich würde so gerne lachen", ging es wirr durch Penelopes Kopf. Langsam öffnete sie die Lippen, wollte etwas sagen, doch ihr Mund war so trocken. Dann umfing sie Schwärze.

Staub tanzte durch die Luft. Dunkelheit lag über dem Chaos, über der Zerstörung wie ein dickes Tuch, das den Schrecken verbergen und das Auge schonen wollte. Blut kroch über Stein, fand Ritzen und sickerte in den Boden, tränkte die Erde mit Tod. Nach dem Lärm des Kampfes herrschte undurchdringliche Stille. Irgendwo unter den Steinen, begraben unter ihrem eigenen Heim, oder am Boden zusammengesunken, leblose Bündel aus Fleisch und Knochen, lagen die Silver. In den Ecken wuchsen Paläste aus Eis, feine Netze wanderten über Stein, zogen sich zusammen zu Türmen und Mauern. Es breitete sich aus, vertrieb langsam die sengende Hitze des Feindes, heilte die Brandnarben und brachte erholsame Kühle. Eine Frau wandelte über die Trümmer. Ihr Körper so durchscheinend und blass, dass sie einer Illusion glich. Ihre weißen Kleider gaben keinen Laut von sich, kein Flüstern von Stoff, keine Schritte waren zu hören. Stille. Ihr türkises Haar fiel in Wellen bis auf den Boden. Es kostete sie so viel Kraft, hier zu sein, in dieser Welt. Das letzte Mal hatte sie vor 350 Jahren eingegriffen und damit all ihre Kraft beinahe aufgezehrt. Beinahe. Doch sie hatte überlebt. Vielleicht nur für diesen Augenblick um ihre Schöpfung zu retten. Glacien konnte es nicht sagen und hielt sich nicht damit auf, Fragen zu stellen, wenn sie keine Antworten erwarten durfte. Die Zeit würde es ihr sagen, nicht jetzt, sondern wenn es soweit war.
Vorsichtig kniete sie sich hin. Sein Körper war so geschunden, so verletzt. Um seinen Geist stand es nicht besser. Zärtlich, wie eine Mutter es bei ihrem Kind tun würde, berührte sie seine Stirn und strich sanft über sein lockiges Haar. „Ich weiß, du willst mich nicht hören. Ich weiß, ich habe dich enttäuscht, aber es wird Zeit, dass du zurück findest zu deiner alten Stärke. Nicht nur für dich oder die Silver. Für sie." Glacien hätte gerne mehr gesagt, hätte alles gesagt, aber er konnte sie nicht hören und ihre Kräfte schwanden mit jeder Sekunde, die sie in dieser Welt verweilte. Also schwieg sie schweren Herzens und ließ ihre heilende Macht und ihre Liebe über Titus gleiten. Sie sah noch, wie sich die ersten Wunden schlossen, doch da verlor sie auch schon den Halt in dieser Welt und musste Abschied nehmen von ihrer Schöpfung. Tränen benetzten ihr schönes Gesicht.

Erschreckend, wie alles ablief, wie Penelope zusehen musste, ohne eingreifen zu können. Wie ein Film, obwohl sie sich selbst sah. Entrückt beobachtete die junge Frau, wie ihre Haut rot glühte, ihre Augen schwarz wie Kohlen. Feuer griff um sich, wurde zu einem eigenen Wesen, das nach Zerstörung trachtete. Und es hatte ein Opfer gefunden. Innerlich weinte sie, schrie, brüllte, wollte, dass es aufhörte, wollte, dass sie es nicht sehen musste. Aber kein Wunsch wurde ihr erfüllt. Und so sah Penelope zu, wie sie Titus angriff, dessen Augen hellblau leuchteten, schreckgeweitet und kampflustig. Sie stieß ihre linke Hand in seine Brust. Spürte, wie die Haut unter dem Druck riss, wie die Rippen zersplitterten und schließlich, wie das Blut ihre Haut benetzte. Sein Herzmuskel schlug stark und hektisch in ihrer halb geschlossenen Faust. Sie drückte zu. Der König schrie. Penelope übertrug ihr Feuer auf ihn, verbrannte sein Herz, sein Innerstes. Bald verstummte der Silver. Zurück blieb eine Hülle, die Augenhöhlen ausgebrannt, aus dem Rachen kringelte sich Rauch. Etwas an diesem Anblick zerbrach die junge Frau. Sie spürte es als Reißen. Es durchzog ihr ganzes Sein und wiederholte sich, bis sie das Gefühl hatte, sie bestünde nur noch aus Konfetti. Kaputten, wenig festlichen Papierschnipseln.

Nell erwachte. Zunächst blickte sie orientierungslos umher, nicht sicher, was sie da sah. Eine weiße Zimmerdecke, ein Schrank. Sie runzelte die Stirn. Nur langsam kamen die Erinnerungen zurück. Erinnerungen, die Penelope lieber vergraben hätte - für immer. Der Traum pochte noch hinter ihren Schläfen. Sie seufzte, drehte sich herum, bis ihr Gesicht in dem Kissen versank, und schrie. Zwar nur leise, aber doch ein Schrei, der ihrer Frustration etwas Raum schuf. Ihre Trauer blieb in ihr versperrt, denn wenn sie nun begann zu weinen, würde Nell nicht mehr aufhören, da war sie sich ziemlich sicher. „Habe ich sie wirklich alle umgebracht?", fragte sie sich zaghaft, wollte eigentlich keine Antwort. „Was denkst du, hm? Willst du dich wirklich wie ein Kind an diese Hoffnung klammern? Eine Hoffnung, von der du weißt, dass sie sinnlos ist?" Grausam sprach ihre vernünftige Stimme das aus, was die junge Frau nicht hören wollte. „Lass mich", murrte Nell, vergrub ihr Gesicht tiefer in dem Kissen. Wenn sie gekonnt hätte, sie wäre zur Gänze darin verschwunden. Doch nun konnte sie nicht länger liegen. Sie wollte aufstehen und herumlaufen, ihre Nervosität in Bewegung umwandeln. Nur dann würde ihr unfreiwilliger Gastgeber wahrscheinlich merken, dass sie unter den Lebenden weilte, würde nach ihrem Auftritt das Gespräch suchen und wie sollte das nur aussehen? Wie erklärte sie jemanden, der nichts von Nim und Solani wusste, dass sie eigentlich nur die einen tötete, aber durch eine dumme Fügung den König und seine Krieger und Kriegerinnen auslöschte - ein Versehen, nichts weiter! - und sie Kräfte besaß, die sie nicht zu kontrollieren wusste und seit Neuestem eine knisternde Stimme in ihrem Kopf lebte, die sie zum Mord ermutigte? Eine Stimme, die ihr vertraut war. Eine Stimme, der ein Teil von ihr folgen wollte. Aber das konnte Nell Sean unmöglich erzählen. Nur wie das Blut, ihre Verletzungen und Ohnmacht dann erklären? Frustriert stöhnte sie in das Kissen. Sie wollte wirklich - wirklich! - hinein kriechen und nie mehr herauskommen.

Noch eine Weile druckste Penelope herum. Sie blieb unter der Decke, um absichtlich den Blick auf ihre zerschlissene, blutgetränkte Kleidung zu vermeiden. Für den Moment redete sie sich ein, dass was sie nicht sah, auch nicht existierte. Die Augen geschlossen zuhalten, half jedoch nur in geringen Maßen, denn ihr Gehirn hatte seinen eigenen Willen und projizierte grausame, verzerrte Bilder des letzten Tages auf die Innenseite ihrer Lider. Unmöglich zu entkommen. Sie lieferte sich ihrem eigenen Gewissen unfreiwillig, aber gnadenlos aus. Nell sah den Schutt und die Asche, die tiefen Schneisen im Stein, das Blut. Übelkeit stieg in ihr hoch, sodass sie schnell die Hand vor den Mund presste und versuchte, tief und regelmäßig ein und auszuatmen. Die junge Frau musste nicht die Decke heben oder gar unter ihre Kleidung blicken, sie spürte die Hitze, die unter ihrer Haut schwelte. „Du hast das gut gemacht, Kleines. Nun musst du nur noch zu mir kommen", flüsterte die knisternde Stimme, hallte zwischen ihren Ohren und damit konnte sich Penelope nicht mehr im Bett halten, sie sprang auf, die Decke fiel achtlos auf den Boden, und stolperte in das Bad. Mit einem Knall schlug die Tür zu, aber das hörte sie kaum, denn schon sank sie auf die Knie und umfasste die Toilette, als würde ihr Schiff sinken und das Porzellan wäre eine Rettungsboje. Röchelnd und hustend übergab sie sich. Damit verließ das Wenige, was sie im Magen hatte, ihren Körper, bis nur noch Galle ihre Kehle hinauf jagte und in ihrem Mund brannte. Zitternd spülte sie runter und setzte sich mit dem Rücken zur Toilette auf den Boden. Schwach zog Penelope die Beine an und schlang die Arme darum, lehnte die Stirn gegen die Knie und verharrte so, weil der Boden sich einfach nicht auftun und sie verschlucken wollte.

„Nell?" Die Stimme. Die ganze Zeit hatte sie befürchtet, sie irgendwann hören zu müssen. Der Moment kam unweigerlich, nur zu schnell, wie so vieles in den letzten Stunden, war es zu früh und sie nicht bereit. „Tut mir leid, Sean. Alles", rief Penelope dennoch mit brechender Stimme. Eigentlich wollte sie sich aufrappeln und stehen, wollte sich den Mund ausspülen, ihr Gesicht waschen und dem armen, jungen Mann sein Heim wieder überlassen, aber sie konnte nicht. Also blieb sie sitzen, sich und die Welt verfluchend. „Darf ich hinein kommen?", fragte Sean nach einer Weile und als sie nicht antwortete, öffnete er vorsichtig die Tür und steckte seinen Kopf durch den Spalt. Wieder zögerte er, bevor sich ihr

Freund vorsichtig neben ihr nieder ließ. Er saß im Schneidersitz da, die Hände seine Fesseln umfassend. „Ich bin froh, dass du wieder wach bist. Als du kamst…" Er seufzte. „Wer hat dir das angetan?" Plötzlich nahmen seine grauen Augen sie genau in Augenschein. Aufrichtige Sorge und Trauer lagen darin und Penelope wusste, sie hatte beides nicht verdient. „Nicht…ich…" Sie hatte gegen ihre Beine gemurmelt, hob aber schließlich den Kopf, um ihrem besten Freund zu begegnen. „Niemand hat mir etwas angetan, Sean", sagte die junge Frau voller Nachdruck, darauf hoffend, dass er die Botschaft, die zwischen den Zeilen mitschwang, verstand. In seinem Gesicht arbeitete es. Die Stirn warf Falten, der Mund klappte auf und wieder zu. Die Wangen erröteten, verloren alle Farbe. „Er wird mich jetzt hinaus werfen. Wenn ich Glück habe. Vielleicht ruft er die Polizei, immerhin habe ich Blut in seine Wohnung geschleppt. Sein Bett ist voll davon, wahrscheinlich finden sich Spuren auch in den restlichen Zimmern. Wenn er denkt, ich habe ein Verbrechen begangen…" Nells Gedanken drifteten ab. Sie sah sich schon im Angesicht von Polizeiwagen und Schusswaffen, ein Polizist würde durch ein Mikrofon mit ihr sprechen, sie zum Aufgeben überreden wollen. „Das werden wir nicht zulassen. Dafür bist du zu stark", mischte sich die Stimme ein. „Halt die Klappe! Ich weiß nicht, wer du bist oder was du willst, aber ich bin nicht dein Kleines und ich gehe nirgendwohin!", schrie sie in Gedanken eine Erwiderung, doch auf ihren Ausbruch folgte nur dunkles, selbstgefälliges Lachen und sie wusste, wusste es tief in ihrem Inneren, dass sie Unrecht hatte, dass sie diese Stimme kannte und dass sie miteinander verbunden waren - irgendwie.

„Kannst du mir erzählen, was geschehen ist?", fragte Sean schließlich. Es hatte so lange Stille geherrscht, dass Penelope zusammen zuckte, als seine Stimme erklang, zitternd und vorsichtig, nicht sicher, ob er es wirklich wissen wollte. Sie überlegte, fragte sich, was sie ihm erzählen, wie sie ihn schützen konnte und beschloss schließlich, dass Unwissenheit in diesem Fall die beste Option darstellte. „Es war ein Unfall", begann sie und innerlich zuckte sie zusammen, denn so entfernt von der Wahrheit war sie nicht, das käme noch. „Ich war aufgeregt, verwirrt, du weißt ja, ich habe meine Momente." Ein versuchtes Lächeln, das nicht erwidert wurde. „Ich bin mit dem Fahrrad gefahren, schnell und halsbrecherisch. Plötzlich ging es bergab und ich verlor die Kontrolle. Ich weiß noch, wie ich plötzlich den Halt verlor und sich alles zu drehen begann. Dann der Aufprall, Asphalt und Schotter. Ich glaube, ich verlor das Bewusstsein. Als ich aufwachte, lag ich neben der Straße im Gras. Dann rannte ich zu dir…" Kurze Pause. „Ich weiß nicht, was mich geritten hat, aber meine Beine trugen mich wie von selbst zu dir." Nun blickte sie auf, direkt in Seans graue Augen, in denen sie sonst relativ gut lesen konnte, doch nicht jetzt. Sie waren verhangen, schienen etwas zu sehen, was sie nicht erblicken konnte. Bis ein Lächeln seine Lippen spannte und seine Augen zu strahlen begannen. „Dann mach dich jetzt frisch und ich richte dir etwas zum Anziehen her. Ich leihe dir Sportsachen, die sollten dir passen." Damit sprang der junge Mann auf die Beine, klatschte in die Hände und, immer noch strahlend, verschwand aus dem Bad, die Tür hinter sich schließend. „Das war eigenartig", murmelte Nell, schaffte es jedoch endlich, sich vom Boden zu erheben und tatsächlich steuerte sie die Dusche an.

Als sie wenig später geduscht und mit frisch duftenden Haaren im Wohnzimmer stand, trug sie eine schwarze Trainingshose von Sean, die ihr an den Beinen zu lang und daher mehrmals aufgekrempelt war, und ein grünes T-Shirt. Es war Penelope egal, dass sie schwammig aussah, irgendwie unförmig. Hauptsache sie hatte kein Blut mehr an sich. Ihre Kleidung wurde nun in der Waschmaschine durch die Mangel gedreht und war hoffentlich bald sauber. Nicht, dass es etwas helfen würde. Nur weil sie das Blut nicht mehr sah, hieß das nicht, dass sie es nicht mehr an sich spürte. Ganz im Gegenteil. Nell fühlte sich weiterhin elend, nur ihr Äußeres glänzte sauber, ihr Innerstes stand vor Schmutz. Dass dieses eigenartige Lachen noch in ihr nachhallte, half der Situation kein bisschen. Und so schob sich Nell verunsichert und schweigend auf die Couch, starrte auf einen Punkt an der Wand und verlor sich in ihren Gedanken.

„Was möchtest du machen?" Seans Stimme kam direkt von neben ihr. Wie war er neben sie gelangt und wann? Irritiert sah Penelope ihn an, kniff die Augen zusammen und kräuselte die Lippen. „Erde an Nell, ist da jemand?" Spaßeshalber tippte er ihr gegen die Stirn, was sie zum Erschaudern brachte, aber sie zuckte nicht zurück, sondern blinzelte stattdessen einige Male. Der junge Mann vor ihr strahlte sie an, als wäre er ihre persönliche Sonne, stets bereit sie aufzumuntern. „Tut mir leid, Sean. Ich war in Gedanken", murmelte sie. „Ja das habe ich gesehen", lachte er und schüttelte amüsiert den Kopf. „Du bist schon manchmal echt komisch." Er sagte das und meinte es nicht als Beleidigung, seine Stimme klang fast so, als wäre es eine Liebkosung. Nell zuckte leicht zusammen, doch Sean bekam es nicht mit. Stattdessen nahm er plötzlich ihre Hand und drückte sie leicht. „Weißt du, Penelope, mit dir hat sich irgendwie mein Leben verändert." Er nannte sie Penelope, das tat er nie, nicht seit er ihr ihren Spitznamen verpasst hatte. Und er blickte sie aus seinen grauen Augen ernst an. Sean war nie ernst, fast nie zumindest. Dazu klang seine Stimme tief und bedeutsam. Alles zusammen genommen gefiel es Nell nicht. Aber sie konnte nicht wegrutschen, konnte nicht entkommen, sondern saß in der Falle. Er war ihr bester Freund

und sie war einfach so einem Wrack gleichend bei ihm aufgetaucht. Er hatte keine weiteren Fragen gestellt und sie trug seine Kleidung, also musste sie diese Nähe überstehen, es wäre nicht für lange, redete sie sich gut zu. In Gedanken stellte sich Penelope Ethan vor, dass er vor ihr saß, ihre Hand hielt - ihr stolperndes Herz beruhigte sich, langsam und widerstrebend ließ es sich einfangen und zähmen. Das würde sie überstehen, das konnte sie überstehen!

„Wenn du nicht da bist, dann denke ich an dich, und wenn du fort gehst, dann bleibt dein Geruch zurück. Ich bin immer glücklich, wenn du in meiner Nähe bist. Dein Chaos bringt Leben in meine Routine." Sean lachte, doch nicht schüchtern, viel eher wirkte er mit einem Mal von sich und seiner Sache überzeugt. Kein süßer, schlaksiger Junger mit unschuldigen, grauen Augen mehr, sondern mit einem Ausdruck in seinem Blick, der von etwas sprach, das sie nicht verstand oder verstehen wollte. Nell kannte diesen Blick, sie hatte ihn gesehen, in anderen Augen, dunkelgrünen, um genau zu sein. Sie schluckte, der Mund plötzlich trocken. Ihr Herz raste und sie wurde kurzatmig. Plötzlich schien alles in Zeitlupe abzulaufen. Seans Mund bewegte sich, sprach die Worte, die Penelope nicht aufhalten konnte. Eine Alarmglocke schrillte los. „Du bist mir so wichtig", hauchte der junge Mann und bevor sie sich versah, da beugte er sich vor und seine weichen Lippen berührten die ihren, warm und zart, fast nur ein Flügelschlag eines Schmetterlings, doch durch die junge Frau fuhr ein Blitzschlag, versengte ihre Haut und ließ ihre Muskeln zucken. Sie schrak zurück, so heftig, dass sie am Ende auf der Rückenlehne der Couch saß, bereit herunterzuspringen und die Flucht zu ergreifen. „Was?", keuchten die beiden jungen Menschen im gleichen Moment. Penelope saß auf dem erhöhten Platz, wie ein Habicht auf der Lauer, während Sean geschockt zu ihr nach oben blickte, dunkelrote Flecken auf seiner Haut. Tränen sammelten sich in seinen Augen. „Findest du mich so abstoßend?", presste er hervor. Seine Stimme war belegt und brach. „Sean, nein", versuchte es Nell, doch sie musste schlucken und verstummte, weil sie nicht wusste, was sie als nächstes sagen sollte. Sie selbst hatte nie in einer solchen Situation gesteckt, konnte also nicht auf Erfahrung zurück greifen, aber alle anderen Informationen speisten sich aus Filmwissen und jetzt mit Phrasen aus kitschigen Romanzen anzukommen, schien ihr keine gute Idee. „Sag' doch endlich, was mit dir los ist!" Sean schrie. Seine Stimme wurde ganz plötzlich laut und fegte über die jung Frau, die gefährlich auf ihrem Platz wankte. Er sprang auf und machte ein paar Schritte in die andere Richtung, die Arme wütend in die Luft werfend. „Sean, du bist mein bester Freund", flüsterte Nell, die Schultern hängenlassend. „Du bist mir wichtig, ich will dich nicht verlieren." Doch auf ihre Worte ging der Mann nicht ein, sondern machte einige weitere Schritte im Wohnzimmer, fort von ihr. „Das ist nicht genug, Penelope. Du hältst mich hin, glaubst du, das sehe ich nicht? Du kommst zu mir, wenn du Probleme hast, aber willst du mich? Nein, stattdessen läufst du ihm nach wie eine läufige Hündin!" Mit jedem Wort wurde Sean lauter und am Schluss drehte er sich zu ihr um, er zischelte wütend, sein Gesicht zu einer Fratze verzogen, die Zähnebleckend.

Mit einem Mal war die Narbe wieder wach, das Feuer züngelte unter ihrer Haut, Trauer und Wut vermengten sich zu einer explosiven Mischung. „Hörst du, was du sagst, Sean? Ich habe dir nie vorgemacht, dass du etwas anderes wärst, als mein Freund. Mein bester Freund. Verdammt, was ist los mit dir?" Nell hatte leise und ruhig sprechen wollen, aber am Ende wurde auch sie laut. Sie sprang auf die Beine und baute sich Sean gegenüber auf, die Hände in die Hüften gestemmt. Er funkelte sie böse an, kam auf sie zu und blieb erst wenige Zentimeter vor ihr stehen. „Ach nein? Du bist doch eine falsche Schlange. Tust so unschuldig und dabei vögelst du wahrscheinlich schon seit Wochen mit deinem Chef!" Erst das Klatschen, das auf die Ohrfeige folgte, machte Penelope klar, was sie gerade getan hatte. Sean fiel nicht zu Boden, aber er stolperte zur Seite, beide Hände an sein Gesicht gepresst. „Das bist nicht du, Sean. Das glaube ich nicht und wenn du dich wieder beruhigt hast, kannst du gerne zu mir kommen, um dich zu entschuldigen. Ansonsten bleib mir fern", giftete Nell, zeigte anklagend auf ihren besten Freund, im tiefsten Inneren ihres Herzens verletzt und erschüttert, nahe daran, den Halt zu verlieren. Sean war ihr bester Freund, ihr erster Kontakt zu einem normalen Leben. Ihr normales Leben kreiste um den jungen Mann, war durch ihn möglich geworden. Die meisten Erinnerungen ihres neuen Lebens verband sie mit ihm. In Penelopes Magen drehte es sich, ihr wurde schlecht und schwindelig, ihre Sicht wurde unscharf und undeutlich, schwarze und rote Schlieren tanzten um ihr Sichtfeld. Wieviel konnte ein einzelner ertragen? Wieviel würde in kurzer Zeit noch zerbröseln, ohne dass sie es aufhalten konnte?

Hinter ihr knallte eine Tür. Dumpfe Schritte hallten durch einen Gang. Vogelgezwitscher. Luft. Sie brauchte Luft. Und Raum. Mehr Raum! Alles war zu eng, eng und eingeschlossen. Sie musste weg, weit weg.

Seine Lungen verkrampften. Alles in ihm zog sich zusammen, bis sich seine Muskeln schreiend meldeten und in seinem Kopf grelle Lichter zu tanzen begannen. Titus war sich in diesem Moment nicht sicher, ob er aufwachte, gerade ohnmächtig wurde oder der Tod nun endgültig an seine Tür klopfte. Irgendwie wäre ihm letzteres Recht, aber er hatte das unbestimmte Gefühl, dass die Schmerzen dann schwächer und nicht stärker werden würden. Schließlich zwang der König sich, Luft zu holen. Er sog sie durch seine Nase, schnappte mit offenem Mund danach und musste daraufhin nur noch mehr husten. Es schüttelte ihn und ließ ihn jede Verletzung um ein Tausendfaches stärker spüren. „Verdammte Scheiße!", fluchte er und erschrak innerlich über die Stille, die er damit zerriss, wie ein dünnes Seidentuch, das sich nun mit einem Zischen auflöste.

Seine Erinnerungen kamen langsam zurück. An das blaue Haus und die junge Frau. An die Zelle. Wieder musste er husten. Derek! Pat! Und die anderen! In seinem Kopf schrillten die Alarmglocken los und das Gefühl des Beschützens und Rettens wurde übermächtig. Seine Leute, sie waren in Gefahr. Er konnte ihre Leben spüren, verbunden mit seinem, durch Ehre, Schwur und Zeit. Aber sie wurden schwächer. Sein Geist tastete nach ihnen, spürte die Hitze und das Feuer. Stöhnend und die Zähnefletschend, kämpfte er sich auf die Beine, zitternd und keuchend, erschöpft, wie er es schon lange nicht gewesen war. „Wie konnte das nur passieren? Wie konnte ich das zulassen?", ging es ihm durch den Kopf, während sich Titus den Staub abklopfte, dabei dehnte er seine Muskeln, um wieder ein Gefühl für seinen Körper zu bekommen. Noch schien er ihm fremd und losgelöst von ihm, als würde der König eine Marionette lenken.

Mit mulmigen Gefühl blickte er sich in der Dunkelheit um. Er wünschte sich, er hätte in ihr eine so schlechte Sicht, wie sie Menschen hatten, dann müsste er das nun nicht sehen, er könnte etwas länger so tun, als wäre es nicht da, nicht existent. Aber er sah glasklar, jedes Detail, nichts blieb ihm verborgen. Stumm seufzend ließ er seine Kälte alles einnehmen. Das Eis, das sich schon an den Wänden ausgebreitet hatte, wuchs nun schnell an, bis es alles, jeden Stein und jede Einkerbung, einnahm, auch die Körper, die im Staub lagen. Titus musste sich konzentrieren, um nicht überstürzt zu handeln. Zunächst musste die Hitze verschwinden, die Kühle würde seinen Freunden bereits Erleichterung verschaffen. Natürlich zu wenig, aber dann hatte er zumindest etwas, womit er arbeiten konnte. Langsam ließ er das Eis zurückwandern, bis es nur noch wie Glas die Wände bedeckte, verzerrte Spiegelbilder seiner Selbst zurückwerfend.

Der König steuerte den ersten Solani an, den, den es am schlimmsten getroffen hatte. Patrick lag als zusammengefallener Haufen Fleisch und Knochen auf dem Boden, atmete nur noch stoßweise und sein ganzes Gesicht war vor Schmerzen verzerrt. „Mein Freund, kannst du die Barriere wieder aufbauen?", fragte Titus leise, die Lippen nur Millimeter von Pats Ohr entfernt. Ein Kopfschütteln war die einzige Antwort. Beruhigend legte der König seinem Krieger die Hand auf die Stirn. In ihm tobte die Hitze und dazu kamen die Gefühle, die er nicht mehr abwehren konnte, die in ihn drangen und an seinem Geist zerrten. Wenn nun ihr Chaos auch noch in ihm zurück blieb? „Keine Sorge, gleich wird es besser." Mit diesen geflüsterten Worten ließ Titus seine Hand aufleuchten und übertrug das Siegel des Königs auf den Empathen. Sofort begann Titus' Körper zu zittern und sich unter den Schmerzen zu winden, zumindest innerlich, denn äußerlich bewahrte er die Ruhe. Patrick war ein Problem und er musste bald geheilt werden, doch Derek bereitete ihm ebenso Sorgen und so steuerte Titus als nächsten den anderen Freund an, schwer schluckend, als er das viele Blut sah. Derek hätte nicht kämpfen dürfen, war er doch noch zu schwach, geschwächt durch die Frau, durch den Schatten, den Feind... Und er hatte sie entkommen lassen! Entschieden schüttelte Titus seinen Kopf, schob diese Gedanken fürs erste beiseite. Zunächst musste er die Seinen retten - alle.

Mit einem Kloß im Hals und ungutem Gefühl im Magen kniete er sich nieder und griff nach den Steinen, die auf den Solani gefallen waren. Es kostete ihn einiges an Anstrengung, um die größeren Brocken wegzuschieben. Seine Arme bebten und Schweiß trat auf Titus' Stirn. Er selbst hatte Wunden, blutete und die grellen Punkte stoben nach wie vor in Schwärmen durch sein Blickfeld und löschten für Momente alles andere aus. Blinzelnd schob er weiter alles beiseite, bis der mächtige Körper des Silvers frei lag. Dadurch kamen die Wunden und Verletzungen noch deutlicher zum Vorschein. „Stirb mir bloß nicht weg", murmelte Titus. Es sollte wie ein Befehl klingen, aber es kam eher wie ein Flehen rüber. „Tu' mir das nicht an, alter Freund", raunte der König und ehe er es sich versah, da befand er sich auf dem dunklen Weg in den Kaninchenbau, tief hinein zu seinen Erinnerungen, die er so lange vergraben hatte.

Sein Atem stockte, stockte jedes Mal, wenn er an die gepressten Worte dachte, die ihm der Bote überbracht hatte. Zitternd und aufgelöst, Tränen über sein Gesicht laufend. Verzweiflung und Angst spiegelten sich in dem Gesicht und Trauer, so tiefe, unendliche Trauer. Nun war er hier, ging den geheimen Weg durch die Bäume, und roch es. Die Kohlen, das Feuer, den Tod. Er roch das Blut und verbrannte Erde, roch Schwefel und Verdammnis. Titus' Beine wollten ihn nicht weiter tragen, wollten unter seinem Körper nachgeben und ihn fällen wie einen Baum. Sie zitterten und schlotterten, nicht gewillt, ihn zu seinem Schicksal zu bringen, zu seinem eigenen Verderben, zu seiner Pflicht. Doch auch wenn alles in ihm sich weigerte, so schritt er doch still und leise voran. An seiner Seite Patrick, leise und stumm, mit tiefen Falten auf der Stirn. Der Freund konnte spüren, was vor ihnen lag und es gefiel ihm nicht. Der Prinz konnte nur hoffen, dass Derek die Silver in seiner Abwesenheit leiten konnte, und schalt sich sogleich für seinen Gedanken. Natürlich konnte er das! Hatte es, seit Titus sich immer wieder zurück zog. Für sie. Ein Keuchen entrang sich seiner Kehle, einem Schluchzen gleich. Seine Schritte beschleunigten sich automatisch, er preschte durch das Dickicht, nicht mehr darauf achtend, ob sie jemand hören konnte. „Titus!", zischte Pat, ihm dicht auf den Fersen. Seine Schuld. Es war des Prinzen Schuld. Er hätte hier bleiben sollen, anstatt zu den Silver zurückzukehren, nicht so lange, nicht soweit weg. Er hatte sie im Stich gelassen, hatte gedacht, sie wäre sicher, hier versteckt und so unbescholten. Wie hatte er sich geirrt!

„Und nun habe ich wieder falsch gehandelt", dachte der König und knirschte mit den Zähnen. Wie hatte er diesem Monster vertrauen können? Wieso hatte er nicht seine volle Macht gebraucht? Das eisige Blau seiner Macht leuchtete auf, tauchte Derek in ein kühles, totes Licht, das ihn für Momente furchtbar erschreckte. Sein Siegel legte sich auf den Silver, hüllte ihn ein und presste alle Luft aus Titus. Die Schmerzen waren übermächtig, schlimmer noch als bei Patrick, und drückten den Solani zu Boden, ließen ihn nach Luft japsen. Er musste durchhalten, er hatte keine andere Wahl. Während er kein Problem damit hatte, sein eigenes Leben enden zu sehen, würde er alles dafür tun, seine Freunde, seine Kämpfer und Kämpferinnen am Leben zu halten. Und wenn er dann starb... Nun, Titus würde lügen, wenn er abstreiten würde, diesen Gedanken nicht als beruhigend anzusehen, wenn nicht sogar als erstrebenswert. Vor seinen Augen wurde es schwarz, die Welt verschwamm in Blut und Asche.

„Dieser Bastard!", Patricks Stimme schien über die Lichtung zu donnern, einem Peitschenhieb gleich, obwohl er nur zischte. Aber es war so still, so leise um sie herum, dass jedes Geräusch fremd und laut wirkte. Titus trat an das heran, was einmal ein Haus gewesen war. Eine hübsche, kleine Villa aus Holz und Stein mit Terrasse, an der der Efeu empor wuchs, und Fenstern, hinter denen schwere Vorhänge die Sonne davon abhielten, hinein zu kommen. Er trat über die Schwelle, wusste, wo sie war, weil er sie so oft überschritten hatte. Asche, mehr war nicht geblieben. In manchen abgebrochenen Holzbalken schwelte noch das unsägliche Feuer, glühte und funkelte ihn höhnisch an. Der Prinz sah die Augen seines Feindes darin und knurrte. Mit einer Handbewegung schoss er Eis auf die Glut und brachte sie zum Erlöschen.

„Patrick, sieh in den Katakomben nach. Suche alles ab", befahl er mit einer Stimme, die den Tod das Fürchten lehren würde. „Jawohl, mein Prinz." Der Freund eilte los, räumte den Zugang frei, der ihn unter die Erde bringen würde und verschwand. Vergebens, Titus wusste, es war vergebens. Er spürte niemanden hier und wusste, auch der andere Solani fühlte es. Doch er brauchte Zeit für sich und der Freund gab sie ihm. Sein Herz schlug kaum noch, als er durch die Ruine schritt. Verkohlter Stein, zerbrochen, zerschlagen. Alles, wirklich alles, war kaputt gegangen. Wieviele Tage war es her? Der Bote kam vor vier Tagen zu ihm. Vier Tage und wieviele, bis die Zerstörung entdeckt worden war? Der Prinz schluckte, ging in die Hocke und berührte die Basis einer Säule, die einmal die Decke des Esszimmers trug. Wie oft war die Sonne aufgegangen und hatte jeden Rest seiner Familie vernichtet, nichts übrig gelas-

sen, das er hätte begraben, um das er hätte trauern können? Titus' Hand zitterte und
in seinen Augen brannten Tränen, die er nicht weinen würde.
Die Welt war nur noch Farbe, Braun und Schwarz und Rot. Dann Eis
und Kühle. Sein Herz begann erneut wie wild zu schlagen, stolperte und
ächzte, sagte ihm, dass es zu viel war, dass er keine Schmerzen mehr ertragen konnte, doch Titus ignorierte es und rappelte sich auf. Ein Blick
auf Derek verriet ihm, dass er das Richtige tat. Die Wunden begannen
sich zu schließen. Langsam, so furchtbar langsam, und auch das Glühen,
das die Angriffe begleitet hatte, erlosch nicht ganz, züngelte an den Rändern des Fleisches, doch sie würden es schaffen. Irgendwie. Der König
kroch auf den Knien zu der Silver, die nun helfen musste, die als Einzige
wirklich helfen konnte. Ihr feuerrotes Haar fiel in all dem Staub auf.
Ganz vorsichtig, fast zärtlich, wischte Titus über ihr Gesicht, befreite es
von Dreck und Blut, das aus einer Kopfwunde über ihre Wange lief. Sie
war blass, trotz der Sommersprossen, doch sie atmete gleichmäßig und
das gab ihm Anlass zur Hoffnung. Auch ihr schenkte der Silver das Siegel des Königs und wartete die Schmerzen ab. Zum Glück überfluteten
sie ihn nicht, sondern versetzten ihm nur einen Stich, den er hinweg
blinzeln konnte. „Liz, Liz bitte, wach auf", raunte Titus, mittlerweile
nicht mehr darauf achtend, dass seine Stimme brach und flehte. Er dachte schon, es wäre vergebens, als sie ihre Augen aufriss. Grauer Sturm
peitschte ihm entgegen, als sie sich aufsetzte.
„Du lebst", waren ihre ersten Worte. „Du auch", antwortete der König
erleichtert und für einen Moment umfasste er ihr Gesicht mit beiden
Händen, lächelnd. „Pat und Derek hat es am Schlimmsten getroffen. Sie
tragen das Siegel, doch du musst dich um sie kümmern, schaffst du das?"
Liz musterte ihn. „Du hast mir auch das Siegel geschenkt?" Ein Nicken
war seine Antwort und sie schüttelte daraufhin den Kopf. „Du übernimmst dich", schalt sie ihn, während sich die Silver aufrichtete. „Aber
danke." Ganz Ärztin nahm sie die beiden freigelegten Solani in Augenschein. „Hilf mir, sie nach oben zu bringen. Dann flicke ich sie zusammen und du kümmerst dich hier um den Rest. Lege sie frei und bring sie
hoch. Wer gehen kann, sollte dir helfen, und du solltest keine Siegel mehr
benutzen." Liz sagte das alles in einem befehlsgewohnten Ton. Wenn es
um Wunden und Verletzungen, wenn es um ihre Arbeit ging, dann war
sie die Chefin. „Mein König", fügte sie jedoch dann noch gedehnt, mit
dem rechten Auge zwinkernd, hinzu. „Immer freundlich und besorgt um
alle, hart im Nehmen und stark. Und ich verdiene nichts davon", dachte
Titus, der beschämt Derek mit der Hilfe der Solani aufhob und nach
oben trug. Danach holten sie den anderen Silver und brachten ihn auf
die Krankenstation.

Erleichtert stellte der König fest, dass nicht alles im oberen Teil des Unterschlupfs in Mitleidenschaft gezogen worden war. Die Treppe zu den Zellen und die Räume direkt darüber sahen nicht gut aus. Doch man kam nach oben und der Rest schien stabil. Fürs erste. Kaum entließ Liz ihn aus ihren Diensten, sprintete der Silver zurück in den Untergrund, lief so schnell ihn seine zitternden Beine tragen konnten, um seinen erschöpften Körper dazu zu zwingen, weiterzumachen, immer weiter. Als nächstes holte er Charles, der ohnmächtig, aber nicht weiter verletzt war. Als Titus zurückkehrte, funkelten ihn zwei wütende und eisige Augen an. Mary kämpfte sich von alleine auf die Beine und klopfte den Staub von ihrem Körper. Sie hatte eine klaffende Wunde an ihrem linken Arm und auch im Gesicht einige Schrammen, aber die ignorierte sie vollkommen. Stattdessen knurrte sie den König an, wandte sich ab und begann Cole auf ihre Schulter zu hieven. Ohne Titus eines weiteren Blickes zu würdigen, trug sie ihren Schützling davon.

Der König wusste, was ihn erwartete, was auf ihn zukommen würde. Er würde sich erklären müssen, würde Antworten geben müssen, die er nicht geben konnte, die er aber sich selbst und ihnen schuldig war. Wut kam erneut in ihm hoch, brodelte eiskalt in ihm, ließ sein Herz gefrieren. Er war der König, sagte sich Titus und straffte die Schultern. Was immer noch kommen mochte, es musste warten, denn zuerst hieß es sich um die Verwundeten kümmern und hoffen. Die anderen beteten zu einer Göttin, die doch nur schwieg, die nichts tat, um die ihren zu beschützen. „Du konntest uns erschaffen, aber das Leid der Welt und deinen Kampf müssen wir austragen. Allein", raunte der Solani in die Finsternis, wusste nicht, wie falsch er lag, und hob den nächsten Körper auf.

Schweiß rann in ihre Augen, aber das hielt Penelope nicht davon ab, weiter und weiter zu laufen. Selbst als ihre Beine zitterten und die Fußsohlen brannten, kam sie zu keinem Halt. Sie wagte nicht, sich umzudrehen, wollte nicht zurückblicken zu der Stadt, in der nur Tod und Verwirrung auf sie warteten. Angst und Panik beherrschten ihr Denken und Nell wollte einfach nur weg, weit weg.

Wieviel Blut klebte schon an ihren Händen? Ruth war gestorben - wegen ihr? Vielleicht hatte sie noch mehr in Gefahr gebracht? Die junge Frau wollte gar nicht daran denken, wollte es verdrängen, aber nun war die Frage gestellt und dieser einen folgte ein Rattenschwanz an weiteren. Hatte sie Ethan in Gefahr gebracht, sein Café? Würde sie ihn wiedersehen können? Wollte sie das? Zumindest auf diese eine Frage konnte sie eine Antwort geben. Denn ja, Penelope wollte den Mann wiedersehen, wollte die Sicherheit seiner Nähe genießen, sein Lächeln kosten und in seinem Blick baden. Aber sein Gesicht vor ihrem inneren Auge verschwamm, wurde zu dem von Sean, wie er es zu einer wütenden Maske verzog, Zähnebleckend und Hass in den Augen. Wie hatte sie nur diese Gefühle in ihm wecken können? So stark und lodernd? In dem Moment hatte Nell sie sehen können, als dunklen Nebel um ihn, und ein Teil von ihr hatte nach ihm greifen wollen, an seine Brust fassend, um ihm das Herz heraus zu reißen, sein Blut zu spüren, heiß und klebrig auf ihrer Haut. Penelope war geflohen, bevor etwas hatte passieren können und nun jagte sie die Angst. Vor sich selbst. Vor all dem, was sie nicht wusste, und all dem, was sie getan hatte.

Äste knackten unter ihren Schritten, barsten. Nell rannte weiter, mit einem Brennen in der Brust, aber unaufhaltsam. Wie eine Maschine. Und so fühlte sie sich auch ein wenig. Ihr Körper hatte die Kontrolle übernommen - wie so oft. Wie wenn sie kämpfte oder an einem Computer saß. Da war etwas in ihr, das wusste, was es zu tun hatte, das alles konnte. Von diesem Etwas rührte auch ihre Ausdauer, ihre Kraft. Penelope war sich sicher. Nur warum? Woher?

Cork hätte Antworten für sie bereit halten sollen und hatte alles nur komplizierter gemacht. Die Nim, auf die sie traf, hatten alle keine Ahnung gehabt. Die letzten hatten sie gesucht, aber keiner war in der Lage gewesen, ihr zu sagen, warum. „Du hast sie aber auch nicht lange genug am Leben gelassen, um sie auszufragen", wandte da die stets hilfreiche Stimme mit Sarkasmus in jeder Silbe ein. Nach dem knisternden Lachen im Ohr, begrüßte Penelope sie regelrecht. „Sie hätten Oz getötet!", verteidigte sie sich. „Super Leistung, erst ihn retten, nur um ihn selber um die Ecke zu bringen. Du teilst deine Beute wohl nicht gerne?" Hohn. Ein Schrei ging durch Nell, brannte erst in ihrem Bauch, explodierte in ihrem Hals und quoll zwischen ihren Lippen hervor, wie ein Vulkanausbruch. Sie ging zu Boden, fiel auf eine Wiese und fühlte Erde und feuchtes Gras unter sich. Wind, der ihren Körper streichelte. Stille. Nichts. So blieb sie zusammengesunken liegen, ihr Brustkorb hob und senkte sich in schweren Atemzügen, ihr Körper ein Häuflein Elend aus Fleisch, Blut und Knochen. „Ich hätte sterben sollen", schluchzte Penelope und seit langer Zeit rannen Tränen ihre Wangen hinab, benetzten ihre Haut und sickerten in den Boden. „Ich hätte sterben sollen! Gleich damals, hörst du?", schrie sie in den strahlend blauen Himmel. Worte, die sie nicht verstand und von denen sie nicht wusste, an wen sie gerichtet waren. Doch es war egal. Alles egal.

Die junge Frau blieb auf dem Boden sitzen und riss wütend Grashalme aus der Erde. Kaum hielt sie die grünen Stängel in der Hand, verglühten sie und wurden zu Staub. Die roten Linien beherrschten wieder ihren Körper, tanzten unter ihrer Haut, ihr blutiges Schicksal, das sich wie ein

Tattoo auf ihr zeigte. Mit einer Bewegung, die sie gar nicht bewusst steuerte, griff Nell nach hinten unter ihr Shirt und fasste an die Lotusblume, die sich eisig unter ihren Fingerspitzen ausmachte. Die Kälte beruhigte sie, gab ihr Hoffnung, obwohl alle Hoffnung verloren schien. Die Kälte sagte ihr, dass es Antworten gab - irgendwo. Die zwei Solani, Patrick und Derek, hatten von Killarney gesprochen, von etwas, das sie dort entdeckt hatten. Eine Lichtung. Schmerz und Tod. Ihr Geruch hatte sie dorthin geführt. So seltsam, dachte Penelope und richtete sich langsam wieder auf.

Stehend betrachtete sie ihre Umgebung und als sie erkannte, da schlich sich ein trauriges Lächeln auf ihre Lippen. Ihr Instinkt handelte weiser als sie, denn er hatte sie bereits in Richtung Killarney getragen. Bevor sie jedoch erneut los startete, nahm sich die junge Frau einen Moment Zeit, um zu Atem zu kommen und ein paar Gedanken an die kleine Stadt und die Zeit davor zu verwenden. Der ausgehöhlte Baum kam ihr in den Sinn. In ihm wachte sie auf. Erst orientierungslos, verängstigt. Alles schien ihr fremd zu sein, selbst ihr Körper. Doch dann blitzten Gedankenfetzen auf. Ihr Name: Penelope. Ihr Alter: 22. Ihr Aufenthaltsort: Irland. Eine sanfte Stimme flüsterte sie in ihr Ohr. Ihr Gedächtnis? Oder jemand? Aber niemand befand sich in ihrer Nähe. Sie war alleine. Hätte es vielleicht immer bleiben sollen... Nell schüttelte den Kopf, wischte die restliche Nässe von ihren Wangen. Davor... Nichts. Egal wie sehr sie sich anstrengte, das Davor blieb in Nebel gehüllt. Nur ihre Nase begann zu bluten. Fluchend, sich ärgernd, weil sie damit hätte rechnen sollen, überlegte Penelope, wie sie die Blutung stillen konnte. Am Ende riss sie einen Ärmel des Shirts ab, das sie noch von Sean trug. Sie presste das Stück Stoff gegen ihre Nase und machte sich langsam auf den Weg zur nächsten Straße. Diesmal würde sie nicht die ganze Strecke laufen.

„Vielen Dank", sagte Nell, als sie dem Taxifahrer das Geld, sie hatte eine Bank gefunden und dort Geld aus dem Automaten geholt - nicht ganz legal und unter Anwendung ihres Mals - in die Hand drückte. Sie hatte ihn gebeten, sie vor der Kleinstadt hinauszulassen und wandte sich, kaum fuhr das Auto davon, in Richtung Wald. Tatsächlich widerstrebte alles in ihr, sich dem Grün zu nähern. Zumindest nicht an dieser Stelle, nicht auf dieser Höhe. Jede Zelle in ihr schrie Gefahr, aber sie weigerte sich das Gebrüll zu hören. Selbst ihre vernünftige Stimme schwieg und auch die fremde und doch vertraute Stimme hüllte sich in Schweigen. Schritt für Schritt näherte sich Penelope dem Waldrand. Ihr Herz ging nur noch in gehetztem Stakkato, als müsste es einen Hindernislauf überwinden. Ihr Atem kam keuchend aus ihrem Mund. „Du brauchst

Antworten", presste sie hervor, ballte die Hände zu Fäusten und stürmte dann mit grimmiger Miene in den Wald. Die Sträucher und Äste berührten sie, kitzelten ihre Haut und jagten Schauer durch sie. Alles fühlte sich gefährlich und bedrohlich an. Und seltsam bekannt. Nicht nur, weil sie damals hier hinaus sprintete, verängstigt und ohne Wissen, sondern weil sie schon einmal hier gewesen war, zu anderer Gelegenheit. Eine Kinderstimme drang an ihr Ohr, leise, bereits verhallend. Sie verstand die Worte nicht, versuchte sie zu greifen, aber vergebens.

Immer weiter schob Penelope sich durch den Wald. Spitzte die Ohren und reagierte auf jedes Geräusch, als erwarte sie Heerscharen der Nim hinter dem nächsten Kieselstein. Aber niemand begegnete ihr. Kein Tier, kein Mensch, kein Nim und kein Solani. Sie war alleine. Erneut. Und so ging sie weiter, langsam zu Atem kommend, suchend nach etwas, das sie nicht benennen konnte. Nach und nach kam ihr die Umgebung bekannt vor. Penelope trat ganz langsam näher. Sie hörte auf zu atmen, glaubte fast, sie existierte nicht mehr, war nicht mehr, denn vor ihr ragte der hohle Baum auf. Er symbolisierte den Anfang dieses Chaos. Den Anfang ihres Lebens. „Oder dein Ende?" Da flüsterte sie wieder, diese dunkle, raue Stimme, die klang, als würde sie von Feuer begleitet werden. Nicht mehr, nur diese eine Frage, die in Nell nachhallte und sich festsetzte. Hatte sie vielleicht etwas zerstört? Grübelnd, auf der Innenseite ihrer Wange kauend, schob sich die junge Frau in den Baum. Sie fühlte die raue Rinde unter ihren Fingerspitzen, das Innere aber war glatt und es roch nach Erde und Honig. Vorsichtig kauerte sie sich nieder, presste das Gesicht gegen das Holz und schloss die Augen, tief ein und ausatmend. *Eine dunkle Straße. Doch nicht fremd. Das Kind hatte keine Angst. Etwas lag in der Luft, das ihm sagte, dass es keine Angst haben musste. Ein Mann kam auf das Mädchen zu. Er sah gut aus, mit kantigem, maskulinem Gesicht und dunklem Haar, das rötlich am Ansatz aussah. Vor ihm blieb er stehen und reichte ihm die Hand. „Komm mit mir. Ich habe so lange auf dich gewartet. Ich werde für dich sorgen und dich beschützen." Seine Stimme war dunkel und rau, doch streichelte sie die Ohren des Kindes, als wäre sie Seide und Wärme. Das Mädchen nahm seine Hand, seine Haut war angenehm warm, und folgte ihm.*

Im Baumstamm riss Penelope die Augen auf. Sie sog die erdige Luft in ihre Lungen und unterdrückte ein Schluchzen. War sie das gewesen? Das Mädchen? Hatte sie zu dem Mann gehört und hatte er sie beschützt? Eine Träne löste sich aus ihrem Augenwinkeln und rann ihre Wange hinab, die sie jedoch schnell wieder wegwischte. So konnte sie nicht weitermachen. Und weiter zurück konnte sie nicht. Da war nichts, kein Anhaltspunkt. „Ich könnte auch hier bleiben und mich verstecken. Für immer", dachte Nell niedergeschlagen. Doch da kam ihr eine Idee, ein letzter, winziger Halm, an den sie sich klammern konnte. Sie hatte ihn schon fast vergessen. Den Jungen - Leo! - und seinen Vater, denen sie auf ihrer Reise nach Cork begegnet war. Das Gefühl, ihn beschützen zu wollen, ihn beschützen zu müssen, das sie immer wieder empfunden hatte, kam ihr in den Sinn. Als sie Charles verletzte und Oz half. *Beschützen.* Vielleicht - ein großes Vielleicht - konnten die beiden ihr Antworten geben. Es war immerhin besser, als den Kopf in den Sand zu stecken. Mit diesem Gedanken, der ihr erneut Kraft gab und das Feuer in ihr erlöschen ließ, stand Penelope auf und verließ den vermeintlich sicheren Baumstamm. Der Eindruck eines Déjà vu ließ sich nicht abstreiten. „Also von Neuem", murmelte Nell und wandte sich ab.

Es dauerte einige Stunden, bis Penelope die Farm fand, auf die sie vor so langer Zeit aus Versehen gestoßen war. Die Sonne ging auf. Blutrot, Orange und Rosa, dann ein sanftes Blau, das von Hoffnung sprach, von Leben und einem Anfang, von einer Zukunft. Einen Moment starrte Nell hinauf, legte den Kopf bis ganz in den Nacken, die Hände in den Hosentaschen vergraben. Regen wäre ihr jetzt lieber. Ein Gewitter, das tosend über ihr herein brach und an ihr riss. Die Wahrscheinlichkeit, von einem Blitz getroffen zu werden, wäre damit so viel höher. Ein schiefes, wenig fröhliches Lächeln spielte um ihre Lippen, als sie sich zu dem Haus schob, das sie das letzte Mal nicht zu Gesicht bekommen hatte. „Leo, bist du da?", rief sie. Und als keine Antwort kam, fügte sie an: „Es ist etwas her, aber ich bin's Penelope! Die Rumtreiberin? Die auf eurem Feld geschlafen hat? Ich hätte ein paar Fragen an dich und deinen Papa." Stille. Erschreckende, endgültige Stille. Bildete sich Nell das nur ein? Aber die junge Frau glaubte es nicht. Viel eher schien es, als wäre die Ruhe unnatürlich. Die Insekten und Vögel schwiegen. Eine Decke hatte sich über die Farm gelegt, sie schluckte jedes Geräusch und machte die Luft dick und schwer zum Atmen. „Was ist hier geschehen?", murmelte Penelope zu sich selbst. Die Haare in ihrem Nacken stellten sich auf, als sie näher trat. Vor dem Haus blieb sie stehen, sog scharf die Luft ein. Runen. Nun brannten sie förmlich in ihren Augen, ein Feuer erleuchtete sie von innen, nun, da sie genau davor stand. Runen, die ihr bekannt vorkamen. Von irgendwoher. Von… Sie wusste es nicht, aber das machte ihr nun auch nichts mehr, denn Adrenalin rauschte bereits durch sie hindurch, machte sie aufmerksam und kampfbereit. Etwas lief hier falsch, ganz falsch.

Penelope fühlte sich nach Killarney zurückversetzt, in die Nacht, als die Nim in Ruths Pension kamen und sie töteten. Sie spürte die kalte Nachtluft, konnte den Kohlengeruch riechen und das Blut sehen. Schwer schluckend trat sie näher, schob sich Schritt für Schritt an die Tür heran, bereit, dem zu begegnen, was auch immer dort wartete. Doch als sie eintrat, als die Tür knarzend aufschwang, da überstieg das, was sie dort drinnen erwartete, alle ihre Befürchtungen und zog sie in einen tiefen Schlund.

Penelope hörte auf zu atmen, konnte den Geruch nicht ertragen. Feuer, Kohle, Blut. Der leichte Geruch nach Jasmin - Solani. Aber gemischt mit Menschen. Jetzt erkannte sie, was sie beim ersten Zusammentreffen nicht verstanden hatte. Was hatte Oliver erzählt? Halb-Solani? Leo war einer davon, wie sein Vater. Sie...waren es gewesen. Bis jetzt hatte Nell auf den Boden gestarrt, auf die Holzmaserung, in die Blut gesickert war. Fußspuren festhaltend. Doch nun zwang sie sich, erneut den Kopf zu heben und zu sehen, richtig zu sehen. Sie war es ihnen schuldig. Vater und Sohn lehnten an der Wand, die Beine ausgestreckt, die Arme schlaff herab hängend. Ihre Köpfe waren zur Seite gekippt, sodass sie einander zugewandt waren. Fast hätten sie dösen können. Fast. Doch das viele Blut und die Messer machten den Eindruck zunichte. Jeweils ein Griff eines Jagdmessers ragte aus dem Hals heraus, die Klinge durch den Kehlkopf und in das Holz dahinter getrieben, die Körper fest pinnend, sie aufhängend wie Bilder an der Wand.

Penelope trat vorsichtig näher. Waren sie sofort tot gewesen? Sie hoffte es. Oder saßen sie unter Schmerzen dort, langsam an ihrem Blut erstickend und gleichzeitig verblutend? Es schüttelte sie. Wie konnten sie das einem Kind antun? Leos Mund war geöffnet, die blassen Lippen mit Blut benetzt. Die Augen starrten in die Ferne, alle Freude, das Leben hinaus gespült. Unwiderruflich. Ein Schluchzen entrang sich ihrer Kehle, als sie neben ihm in die Knie ging und das Jagdmesser heraus zog. Ein kurzes Gurgeln, dann erneut Stille. Penelope zog den kleinen, schlaffen Körper zu sich, in ihre Arme, auf ihren Schoß und vergrub ihr Gesicht in seinem Haar. Sie roch Mensch und Solani und ihr Herz schrie ‚Beschützen' aber auch ‚Versagen'. Es brach, zersplitterte in tausend Stücke. Erneut. Noch mehr Solani tot. Und wieder war es ihre Schuld.

Nell blickte vorsichtig auf, den kleinen Leo fest in ihren Armen, folgte mit den Augen dem Holz und den Blutstropfen bis zu der Schrift, die da prangte und sie tötete, langsam, aber sicher.

„Kontrolle, du hast sie verloren. Sieh, was du angerichtet hast. Das hier ist dein Werk, weil sie dir begegnet sind, weil du mir nicht gehorchst." Penelope las die Worte, verstand sie und konnte doch den Sinn nicht darin erkennen. Was sollte das? Wer hatte sie ihr hinterlassen? Natürlich, es mussten Nim gewesen sein, das verriet ihr der Geruch, aber warum hinterließen ihr diese Wesen eine solche Nachricht? „Was, wenn sie nicht an dich gerichtet ist?", fragte die vernünftige Stimme, aber sie zögerte und klang nicht überzeugt. Wie auch, nach allem, was geschehen war, nach den Aussagen der Nim, dass sie Nell suchten, sie mit sich nehmen wollten? Zu wem und wozu? „Zu Hause…", raunte die junge Frau und erschauderte. Was immer diese Monster unter diesem Wort verstanden, sie war sich sicher, sie meinten nicht dasselbe. Dann wanderten ihre Gedanken ab, zu dem Mädchen auf der dunklen Straße, dem Mann, der dessen Hand genommen, mit sich genommen hatte - in Sicherheit. Wie war diese Erinnerung mit den blutigen Worten zu verbinden, mit den toten Körpern in Einklang zu bringen?

Ohne es zu merken, begann sich Nell vor und zurück zu wiegen. Vor und zurück. Vor und zurück. Mit der rechten Hand streichelte sie Leos Haar, immer wieder und wieder und wieder. Sein Körper war furchtbar kalt, egal wie fest sie ihn hielt, wie viele Tränen sie um ihn vergoss, er blieb kalt und reglos, die Wunde am Hals ein klaffender, dunkler Vorwurf. „Es tut mir so leid", flüsterte sie. „So, so leid. Dein Vater hatte recht, er wusste es in dem Moment, als er mich sah. Er schickte mich weg und es war doch zu spät. Es tut mir leid." Ihre Worte sprudelten nur so aus ihr heraus, einmal angefangen, waren sie nicht mehr zu stoppen. Ihre Lippen, ihre Zunge, sie entwickelten einen eigenen Willen und so saß sie da. Das Blut sickerte in ihre Kleidung, klebte an ihrer Haut und ihre Tränen wuschen salzig über ihre Wangen. Um sie herum herrschte nach wie vor Stille, nur ihr Gemurmel durchbrach sie, war zu hören, und wer sie hören könnte, das war Penelope egal. Vielleicht würden Nim kommen, das wäre schön. Dann könnte sie ihre Wut, die Trauer, einfach alles an ihnen auslassen. Und dann würde sie fliehen müssen. Gehen. Sie musste gehen. Nell erstickte fast an dem Gedanken, Cork verlassen zu müssen. Auch wenn Sean so reagiert hatte. Sie würde ihn vermissen. Und Ethan…an den Mann wollte sie gar nicht denken. Sie würde alles zurücklassen müssen. So war es sicherer. Besser. Nun musste sie sich nur noch davon überzeugen.

Titus betrachtete die blutende Wunde an Milanis Hüfte. Sie war nicht tief, dafür überzog sie den gesamten Beckenknochen und es steckten viele Steine darin, die er nun konzentriert herauszog. Alle Silver waren aus dem Schutt befreit und nach oben getragen worden. Mit Mary und Charles, denen es gut genug ging, um zu helfen, war es ein Leichtes, die anderen zu Liz nach oben zu tragen.

Die beschäftigte sich mit Derek und Patrick, die weniger an ihren äußeren Wunden zu kämpfen hatten, als an dem, was in ihrem Inneren tobte. Was immer auch geschehen war, es ließ sie nicht los und so lagen sie da, die Augen geschlossen, Schmerz und Konzentration in ihren Gesichtszügen, nicht wach und nicht schlafend. Sobald Liz sie verbunden hatte, ließ sie die beiden mit einem besorgten Blick alleine. Keiner konnte ihnen helfen, keiner in ihre Gedanken sehen. Stattdessen wandte sie sich den anderen zu und delegierte die, die sich bewegen konnten. Obwohl sie auch darauf bestand, Titus, Mary und Charles zu untersuchen, die es nur widerwillig zuließen - aber selbst Mary diskutierte nicht mit Liz, wenn sie sich in ihrem Ärztinnen-Modus und eindeutig auf ihrem Schlachtfeld, nämlich der Krankenstation, befand. Kaum geflickt, wandte sich die harte Kriegerin ihrem Schützling zu, der zwar wach war, aber gar nicht gut aussah. Charles kümmerte sich um Alessa, die stark aus einer Kopfwunde blutete, die sich nun Liz ansah, was für den Briten bedeutete, er musste Platz machen und sich jemand anderem zuwenden. Titus beobachtete, wie der andere sich zu Oz setzte, der mit ein paar Kratzern dalag, noch ohnmächtig. Er legte eine große Hand auf die Stirn des Jüngeren und seufzte leise.

Der König wandte sich ab, wollte die anderen nicht beobachten, sondern selbst lieber helfen. Und so fummelte er etwas unbeholfen mit der Pinzette und holte Steine aus Milanis Körper. Seine Hände zitterten, da er nach wie vor das Siegel auf allen aufrecht erhielt, nicht gewillt, sie Schmerzen fühlen zu lassen, die sie nicht verdienten. Nur Mary und Charles trugen es nicht, doch nur, weil sie wach geworden waren, bevor er zu ihnen gelangt war. Er musste einige Male schwer schlucken, so trocken war sein Hals geworden. Seine Sicht wurde unklar, dann wieder scharf. Er blinzelte. „Brauchst du Hilfe?", fragte Lani mit einem frechen Grinsen, das verschwand, kaum begegnete er ihrem Blick. Sie wollte zurückrudern, sich entschuldigen, das sah er ihrem Gesicht an, doch der König winkte ab. „Warum nennt man dich eigentlich Lani?", fragte er stattdessen mit ruhiger Stimme, während er Desinfektionsmittel auf eine Stelle tupfte. Sie schwieg eine gefühlte Ewigkeit, bevor sie antwortete. „Weil es eine Abkürzung ist. Sandro hat begonnen, mich so zu nennen", erklärte sie schließlich vorsichtig, wusste nicht, wie sie mit ihm umgehen sollte. Wie denn auch? Hatte er jemals mit den neuen Silver gesprochen, nicht nur Befehle gebellt? Titus nickte. „Milani ist ein schöner Name", sagte er unbestimmt, bevor er sich näher beugte und weitermachte. Warum er genau jetzt das Bedürfnis hatte, zu sprechen, war ihm jedoch ein Rätsel. Vielleicht das schlechte Gewissen - höchstwahrscheinlich das schlechte Gewissen. Er wollte sich ablenken und reden lenkte wunderbar ab, hielt ihn davon ab, darüber nachzudenken, was er getan hatte oder vielmehr, was er nicht getan hatte. Denn er hatte nicht so gehandelt, wie ein König handeln sollte, wie ein Krieger handeln würde, nicht einmal, wie jemand, der überleben wollte. Er hatte sie gewinnen lassen. Um welchen Preis?

Wieder verschwamm die Sicht vor ihm. Lanis Wunde löste sich auf, wurde zu einer dunkelroten Fläche mit ausgefransten Rändern. Dunkelheit breitete sich aus. Er wankte, musste sich an der Pritsche festhalten. „Verdammte Scheiße", dachte Titus und zwang sich, sich zusammenzureißen.

Er musste helfen. Musste durchhalten. Es wieder gut machen. Wenn das möglich war.

„Was hast du denn, König? Schwächeanfall wie zuvor?", giftete Mary, die ihn genau beobachtet hatte, lauernd darauf, dass er einen wunden Punkt zeigte, den sie angreifen konnte. Ganz Kriegerin, ganz Jägerin. Bevor er eine Erwiderung parat hatte - sein Mund war so furchtbar trocken - stand sie auf und kam auf ihn zu, einem Panther gleich, der eine Gazelle mit gebrochenem Bein entdeckt hatte. „Willst du mir erklären, dass es Schwäche war, die dich dort unten aufgehalten hat? Willst du uns das weis machen?" Jedes ihrer Worte glich purem Gift, heiß und ätzend, genau in sein Innerstes getröpfelt. „Du hast sie verschont! Wieder und wieder und wieder! Jetzt sieh dir an, was geschehen ist, du Schwächling!" Marys Stimme wurde nicht richtig laut, sie zischte, raunte und nahm jeden Winkel ein, verlangte, gehört zu werden. „Ich habe -", begann Titus, sich selbst in die Höhe stemmend, doch Liz ging dazwischen. „Schluss! Alle beide! Das ist ein Krankenzimmer und ihr verschwindet jetzt!", donnerte die Ärztin und funkelte sie wütend an. Ihre Hand zeigte nach draußen. Ihre Entscheidung war endgültig. Schwer atmend erhob sich der König ganz und drehte sich herum. Er verließ die Krankenstation tatsächlich und drehte sich in Richtung seines Büros. „Schwächling", murrte Mary, bevor auch sie ging, eine andere Richtung einschlagend, hin zu den Zellen, nach unten, um aufzuräumen und Steine zu schleppen, die Verwüstung begutachtend und vielleicht die Spur ihres Feindes findend.

Währenddessen ließ sich Titus vollkommen erschöpft in seinen Sessel hinter dem Schreibtisch fallen, schwer atmend und nicht mehr ganz Herr seines Körpers, der ihm nun endgültig den Dienst verweigerte. Selbst seine Hände konnte er nur mit größter Anstrengung heben, zitternd und kaum zu kontrollieren. Er schaffte es, den Schlüssel an der Kette über seinen Hals zu ziehen und die unterste Schublade zu öffnen. Er holte das Bild heraus und legte es bedächtig auf die Tischplatte, ließ es dort liegen, ein kleiner Lichtblick, der seine Welt in noch mehr Düsternis tauchte. Heute hätte er fast wieder neue Namen in eines der Bücher eintragen müssen. Noch einer und noch einer. Sie würden kommen, unweigerlich, denn die Silver konnten nicht alle beschützen, nicht, seitdem sich die Solani dazu entschieden, lieber versteckt sich zu verteilen, als ihrem König zu folgen. Und konnte Titus ihnen das verübeln? Er konnte es nicht und würde es nicht wagen, denn er wusste, es lag an ihm.

Mit halb geschlossenen Augen starrte er auf das Bild, die rosigen Wangen, das dunkle Haar. Sie hätten gemeinsam regieren sollen, gemeinsam hätten sie die Solani gerettet. Aber seit jenem Tag...

Er stand vor den Grabsteinen, die sie in den letzten Stunden hergebracht und gemei-
ßelt hatten. Eine Beschäftigung in den intakten Kellergewölben des Anwesens, wäh-
rend draußen die Sonne schien. Titus überlegte, hinaus zu gehen. Seinem Leben hier
und jetzt ein Ende zu setzen, sein Leid zu beenden. Aber der Empath beobachtete
ihn mit Argusaugen, wusste, was in ihm vor ging und würde es verhindern, unter
allen Umständen. Also hatte Titus zugesehen, wie der andere Namen in Stein ritzte,
den sie später aufstellten, am Rand des Gartens. Drei Steine, drei Namen. Sie versie-
gelten den Ort, dass kein Nim mehr ihn betreten konnte und die Menschen ihn nicht
fanden, damit seine Familie ungestört ruhte. An diesem Tag erwarb Titus, der neue
König der Solani, eines dieser Notizbücher und er schrieb die ersten Namen auf das
Papier. Zuerst die seiner Familie, seiner Mutter, seines Vaters und ihren Namen.
Dann die der Diener und Wächter, die dort gewesen sein mussten, weil sie mit ihnen
lebten. Er wollte keinen vergessen, jeden ehren, sich an sie erinnern und jeder weitere
Name entfachte sein Feuer der Rache von Neuem, das eisig in ihm brannte und ihm
am Leben hielt.

Er hatte damals gedacht, er sei am Ende und hatte sich dann dazu
durchgerungen, sein Leben an Rache zu binden. Aber vielleicht war es
nur eine Illusion gewesen, eine Täuschung seiner Selbst. Vielleicht war er
doch am Ende?

Das selbe blaue Haus. Der selbe Rasen und Asphalt. Die gleichen Nach-
barn, Gerüche und Geräusche. Bentley tobte auf der Wiese, sah sie und
kam schwanzwedelnd auf sie zu. Penelope beugte sich herab, um den
Hund zu streicheln, der dies mit einem Heben der Lefzen kommentierte.
Sein Herrchen hatte, wie immer, die Tür offen gelassen, sodass Bentley
von alleine zurückkommen konnte. Denn hier war es so sicher, sicher
genug, um am späten Nachmittag die Tür zu seinem Haus geöffnet zu
lassen, auch wenn der Wachhund jeden begrüßte, statt Alarm zu schlagen. Und das war auch nicht nötig. *So sicher.* Nell richtete sich auf und
wuschelte Bentley ein letztes Mal über den Kopf, bevor sie sich ihrem
Haus zuwandte. *So sicher.* Sie trat an die Tür und zog daran. Abgeschlossen. Doch schon jetzt strömte der Geruch nach Solani in ihre Nase. Der
Geruch nach Schnee. Natürlich. Der Schatten hatte ihr hier aufgelauert.
Sie erstarrte, wusste nicht, ob sie wirklich noch hineingehen wollte. Aber
sie brauchte, wenn es noch da war, ihre Pässe und ihr Geld, anders wür-
de sie nicht fliehen können und nichts anderes wollte sie. Fliehen, weg.
Weit weg!
Also ließ sie Rot und Silber miteinander über ihren Arm tanzen, in das
Schloss hinein, das daraufhin klickend aufsprang. *So sicher.* Penelope trat
in ihr Haus, als wäre es ihr fremd, vorsichtig, auf einen Angriff vorberei-
tet, die blutige Nachricht vor Augen. Jemand hatte gewusst, sie würde
Leo erneut aufsuchen. Jemand hatte gewusst, sie war auf dem Weg nach

Killarney. Jemand - nur wer und wie? Wachsam schloss Nell hinter sich die Tür, sperrte die Außenwelt aus, nur Bentleys Gebell drang noch zu ihr, verschwamm aber zu einem Hintergrundrauschen. Unwichtig. Alles in ihr stellte um auf Kampf. Ihr Körper übernahm und sie ließ ihn, froh, nicht agieren zu müssen, nur reagieren, ausweichen, zurückschlagen...töten. Darauf lief es hinaus. Ein ums andere Mal. Tod, wohin sie auch sah. Das Männchen mit den Karteikarten meldete sich ganz aufgeregt, erinnerte sie an den Film mit Brad Pitt, in dem er den Tod spielt. Penelope war sich jedoch sicher, dass ihre Version des Todes weder so gutaussehend, noch so charmant war. Da passte der Sensenmann mit Knochenhand und leeren Augenhöhlen besser. „Konzentrier dich", ermahnte Nell sich selbst, während sie sich weiter nach oben schob. Keine Stufe knarzte. Kein Laut drang an ihr Ohr, nichts Verdächtiges. Nur der Geruch nach Jasmin und Kräutern und Schnee. Sie kam an ihrem Schlafzimmer vorbei. Sofort beschleunigte ihr Herz, sprang auf, kam zu einem stolpernden Sprint, der in ihrer Brust schmerzte. Hier hatte der König sie niedergeschlagen. Hier war sie zu einer Gefangenen geworden. Gefangen... Das Bild des Mädchens hinter Gittern drängte sich auf. Gitter, die eingeritzten Nachrichten in den Stein, das Lachen, diese Stimme...dann die Flammen. Nur die Erinnerung daran - die Erinnerung an eine Erinnerung? - drohte ihren Geist zu sprengen. Sie schob es weit weg, verschloss es und atmete schwer. „Nie wieder! Nie wieder eingesperrt", murmelte die junge Frau, sich an den Hals greifend, dann sich die Oberarme reibend. Sie stand noch immer im Türrahmen und blickte in ihr Schlafzimmer. Es kostete einige Überwindung, doch schließlich riss Penelope sich von dem Anblick los und sprang förmlich die letzte Treppe hinauf.

Der Moment der Wahrheit. Hatten sie ihr Versteck gefunden? Wahrscheinlich waren sie hier eingedrungen. Sie vermutete es stark. Auch wenn kein Alarm auf ihrem Smartphone losgegangen war. Die Elektronik außer Gefecht zu setzen, sollte für solche Wesen kein Schweres sein. Nicht wirklich. Vor allem, wenn sie daran dachte, was sie mit einem Computer oder dem Lotus machen konnte. Immerhin hatte sie nur den Bankomat konzentriert berühren müssen und schon hatte er das Geld ausgespuckt. Eigentlich erschreckend, wie leicht es ihr gefallen war, auch hatte sie keinen Gedanken daran verschwendet, wer für den Schaden aufkommen musste. Etwas in ihr handelte, wie sie handeln musste - weil sie es so gelernt hatte? Diese Erklärung schien ihr am einleuchtendsten. Doch wenn sie das gelernt hatte und das Kämpfen auch, dann würde das bedeuten, sie müsste sich näher mit dem Mädchen mit den zotteligen Haaren auseinandersetzen, wie es in einem trocken gelegten Pool kämpfte, wie es tötete, den Gitterstäben, den glühenden Augen. Und wie passte das mit der Erinnerung an die dunkle Straße und dem freundlichen Mann zusammen?

Noch bevor die Kopfschmerzen sie wanken ließen, schmeckte sie bereits das Blut in ihrem Mund. Es tropfte über ihre Lippen hinein. Ihre Nase - wieder. „Verdammt!", fluchte Penelope, riss am T-Shirt, zog es sich über den Kopf und drückte es an die Nase. Dass sie nun halbnackt dastand, war ihr egal. Schlimmer war der Geruch nach toten Solani, von Leos Blut, das noch an der Kleidung klebte. Sie musste da hinein. Sie musste handeln. Nicht zögern, nicht nachdenken. „Als hättest du das so oft getan", murrte die vernünftige Stimme in ihr, doch Nell brachte sie zum Schweigen. „Ich habe zu viel, zu schnell gewollt. Die Welt brach über mich und ich wollte sie nicht nur in Teilen, ich wollte alles von ihr. Und nun zahle ich dafür, zahle mit Toten, die nicht hätten sterben dürfen, und meiner Schuld. Also sei still. Sei einfach still", schnauzte sie und riss die Tür auf, die von dem unkontrollierten Ruck aus den Angeln gehoben wurde. Ihr Arm glühte rot. Schnell ließ sie ihn sinken und schlüpfte in den Raum.

Alles sah so unberührt aus. Beinahe zumindest. Doch Penelope kannte diesen Raum, seine Ordnung, und erkannte die winzigen Änderungen. Der Stuhl, der etwas verrutscht wurde. Die Perücken, deren Strähnen anders lagen. Eine Schublade, die sie nicht ganz geschlossen hatte, doch nun geschlossen war. Außerdem die nassen Flecken an der Wand. Einer von ihnen hatte durch Eis die Elektronik zerstört. Darum gab es in jener Nacht keinen Alarm, darum war sie in die Falle getappt. Blind. Kopfschüttelnd nahm Penelope den Stuhl und schob ihn genau in die Mitte. Das T-Shirt ließ sie einfach auf den Boden fallen, das Nasenbluten hatte aufgehört. Mit einer grazilen Bewegung schwang sie sich nach oben, hob den rechten Arm und klopfte gegen die Stelle. Sie sprang auf und Nell griff hinein. Fast wäre ihr ein Jauchzen entschlüpft. Die Tasche befand sich an Ort und Stelle. Mit einem Ruck holte sie sie hervor und ließ sie zu Boden fallen, wo sie nur Sekunden später daneben hockte, ihren Schatz betrachtend. Alles da. Die Geldbündel, die Pässe, ihr Laptop. Die gestohlenen Waffen. Das erste Mal seit sie von Titus gefangen worden war, durchströmte sie Erleichterung.

Nell duschte und warf die blutigen Sachen in den Müll. Dann zog sie sich an und begann zu packen. Alles passte in eine Reisetasche. All die verspielten Kleidungsstücke, die sie sich gekauft hatte, um herauszufinden, welchen Stil sie bevorzugte, ließ sie zurück. Nur Praktisches und Notwendiges kam mit. Also ihre dunklen Sachen, Hosen, Sweater, feste Schuhe. Dazu ein Schminkset, um ihr Gesicht zu verändern und die Perücken. Natürlich die Pässe, das Geld, zwei Waffen und der Laptop. Mehr brauchte sie nicht. Mehr durfte sie nicht brauchen, nicht auf der

Flucht und sie würde eine Fliehende bleiben. Für immer. Penelope hatte sich entschieden. Die Monate waren verstrichen und sie hatte nichts heraus gefunden. Die Nim wussten nichts und die Solani waren tot. Alle, die ihr nahe kamen, befanden sich in potenzieller Gefahr, und die Freundschaft mit Sean war kompliziert geworden. Zu kompliziert, als dass sie sich damit auseinander setzen konnte. Es gab nur noch eines, was sie tun musste. Es gehörte in die Kategorie dumm und unnötig, aber es musste sein.

Als Penelope vor dem ‚As Serbheis‘ mit dem Fahrrad ankam, zog die Nacht bereits herein. Der Himmel zeigte sich in einem gräulichen Blau und schmückte sich mit rosigen Wolken. Musik drang nach draußen, genauso wie Stimmengewirr. Sie atmete einige Male tief ein und aus, stellte das Rad ab, dann packte sie ihre Reisetasche und betrat das Café. Sofort umhüllte sie der vertraute Geruch von Gebäck, Kaffee, Bier und Parfum. Helles Lachen tanzte über dem brummenden Stimmengemisch, das alles einnahm. Dazwischen die Musik, die für eine gemütliche Lounge-Stimmung sorgte. Sie kannte das alles, kannte es so gut, es gehörte zu ihrem Leben, das sie jetzt führte - geführt hatte. Es war Normalität gewesen. Es war eine Illusion gewesen, Ablenkung, die sie sich nicht mehr leisten konnte.

Nell brauchte nicht lange, um Ethan an der Bar zu entdecken. Ganz am Rand, ein Glas neben, der Laptop vor sich. Er in einem Anzug, die Haare perfekt gestylt. Er einfach perfekt. Über diesen wenig eloquenten Gedanken musste sie grinsen, doch das Lächeln verging ihr, als sie sich an ihre Aufgabe erinnerte. „Du sagst ihm, du kündigst. Du sagst ihm, du musst Cork verlassen, etwas mit der Familie. Eine Umarmung und dann gehst du. Punkt", ermahnte sie sich und ging auf ihn zu. Noch bevor sie ihn erreicht hatte, blickte er auf und seine dunkelgrünen Augen fanden sie in der Sekunde, brannten sich in sie hinein, ließen sie mitten in der Bewegung innehalten. Noch ehe sie verstand, erhob sich Ethan, packte mit einer einzigen Bewegung seinen Laptop in die elegante Aktentasche aus Leder und kam auf sie zu. Penelope öffnete den Mund, doch da nahm er schon ihre Hand, verwob seine Finger mit den ihren, während er ihr gleichzeitig die Tasche abnahm und sie so mit sich zog. Er ignorierte die Blicke aller anderen, er sprach kein Wort, sondern nahm sie nur mit sich, hinaus aus dem Café in die Nacht, über die bekannte Straße, hinein in eine Gasse, bis zu dem Haus in dem kleinen, umzäunten Garten. Sie durchquerten den Garten, die Tür schloss sich auf, Nell kam alles wie im Traum vor, als wäre sie einen Schritt zurück getreten, aus ihrem Körper hinaus, und sah alles aus einer Entfernung.

Wärme. Licht. Ethan ließ ihre Hand los, schloss die Tür. Wieder wurde die Welt ausgeschlossen. Stille senkte sich über sie, während sie sich ansahen. „Ich muss gehen", war schließlich alles, was Nell zu sagen wusste. Dabei zitterte ihre Stimme und ihr Herz brach erneut und erneut. Gab es denn kein Limit? „Das habe ich mir schon gedacht", raunte Ethan, zeigte auf die Reisetasche auf dem Boden. „Komm." Und sie folgte ihm in das Wohnzimmer. Er ließ sich auf die cremefarbene Couch fallen und klopfte auf den Platz neben sich. „Ich werde dich nicht aufhalten", versprach er und so schlüpfte Penelope aus ihren Schuhen und setzte sich mit angezogenen Beinen neben ihn. Was machten ein paar Minuten mehr oder weniger?

„Nell, du weißt, ich habe dir gesagt, ich würde warten und um dich kämpfen. Dass du mich interessierst. Das ist nach wie vor so. Daran ändert sich nichts. Dennoch werde ich dich nicht aufhalten, wenn du gehen musst. Nur erklär mir wieso. Was geht da in deinem Leben vor sich, dass du auf der Flucht bist?" Erschrocken sah sie ihn an. „Flucht?", presste sie hervor und bekam dafür ein kühles, schiefes Lächeln. „Die Tasche. Deine Augen, die von Abschied sprechen. Ich habe geraten, deine Reaktion zeigt, ich habe ins Schwarze getroffen." Schweigen. Ethan ließ den Kopf nach hinten sinken, in seinen Nacken und schloss die Augen. „Ich wüsste nur gerne, wieso." Penelope öffnete den Mund und schloss ihn wieder, nicht sicher, was sie tun sollte, was sie sagen konnte und wollte. Doch alle Stimmen in ihrem Kopf schwiegen und so versteckte sie ihr Gesicht an ihren Knien, suchte verzweifelt nach einer Antwort, nicht nur für Ethan, auch für sich.

„Wie geht es Derek?", fragte Sandro, der mit einem Stein spielte, einem Brocken aus dem Schutt in ihrem Keller. Er warf ihn mit seiner unverletzten Hand in die Höhe, fing ihn wieder auf. Der andere Arm hing in einer Schlinge, Liz hatte ein absolutes Bewegungsverbot erteilt. Pat hielt seinen Kopf in seinen Händen, umfasste ihn, schien ihn zusammenzuhalten, als wäre er ein Kessel mit zu viel Druck. „Nicht gut. Er war schon davor angeschlagen, jetzt noch mal. Er muss sich erholen", antwortete der rothaarige Silver. „So wie du?", konterte der Italiener mit einem schiefen Grinsen. Der andere knurrte nur unwirsch. Er drohte wirklich bald zu platzen. Dieses Gefühlschaos! Wie auf der Lichtung, ähnlich, nur schlimmer, auf andere Weise schlimmer. Patrick spürte, wie diese Begegnung Risse in ihn geschlagen hatte. Nicht nur in seinen Körper oder die Barrieren, die seinen Geist abschirmen sollten, sondern in ihn, seinen Geist, seine Seele. Dieses Mädchen war nicht intakt gewesen, ganz und gar nicht.

Mit Feuer und Blitzen hatte Penelope einen Sturm über sie herein brechen lassen, und ihr Geist hatte ausgeschlagen. Nicht aus Absicht, das wusste Pat, sondern aus Angst und Verwirrung, aus Trauer. Doch das machte alles nur noch schwieriger. Wenn sie aus Bosheit gehandelt hätte, aus Hass, dann könnte der Krieger sie verurteilen und verdammen, sie ebenfalls hassen, doch er konnte nicht, denn er hatte anderes gespürt. So unwirklich es klang, sie hatte das nicht gewollt. Kein bisschen. Dennoch war sie gefährlich und wenn die Silver wieder auf den Beinen waren, mussten sie etwas gegen sie unternehmen, auf die eine oder andere Weise. Derek würde sagen, dass alle unbekannten Variablen eliminiert werden müssten, ansonsten wäre der Ausgang ungewiss. Und sie hatten genug Ungewissheit. Ein neuerliches Stöhnen entrang sich Pats Kehle, als sein Kopf pochte. Wahrscheinlich sollte er sich hinlegen und schlafen, aber er konnte nicht. Er musste die Stellung halten. Wer war denn sonst da? Sein König hatte sich zurückgezogen. Endgültig? Auch ihm war dessen Zögern aufgefallen, kurz bevor er das Bewusstsein verlor. Zögern und Titus, schienen nicht zusammen zu passen. Aber dieses Mädchen hatte viel länger überlebt, als Patrick gedacht hätte. Immerhin tötete sein Freund seit jenem Tag vor gut 350 Jahren alles, was eine Gefahr für die Solani darstellte. Ohne zu fragen. Doch Penelope lebte und lebte noch.

„Jemand muss doch aufpassen", raunte der Empath schließlich, nicht sicher, wie viel Zeit zwischen Sandros Frage und seiner Antwort vergangen war. Mary reagierte sofort, nämlich mit einem abfälligen Schnauben. „Hast du es also endlich kapiert, dass unser sogenannter König und Anführer nichts taugt?" Bevor er sich versah, stand Patrick auf, der Stuhl knallte zu Boden, der im übrigen gefährlich schwankte, doch das ignorierte er, stattdessen hob er die Stimme, die Hände zu Fäusten geballt. „Mary, wie kannst du in so einer Situation an nichts anderes denken, als an ihm zu nörgeln? Du machst das schon die ganze Zeit. Spritzt dein Gift in seine Ohren, anstatt ihn zu unterstützen!"

„Wobei denn?", lachte sie kalt. „Vielleicht, wie er sich selbst bemitleidet? Buhu Mami und Papi und -"

„Schluss!", donnerte der Rothaarige. „Er bemüht sich, siehst du das nicht?" Nun kniff Mary ihre Augen zu Schlitzen zusammen, sie spie die nächsten Worte aus. „Wir sind Krieger, Schätzchen. Unser Spiel heißt Leben oder Tod. Niemand bekommt einen Fleißstern für seine Bemühungen." Patrick schnaubte, wankte und ließ sich auf den Stuhl sinken, den ihm Sandro freundlicherweise wieder hinstellte und unter ihn schob. Dennoch funkelte er die Silver wütend an. „Er ist immer noch dein König. Und wichtiger: Er ist ein Freund. Titus hat das hier aufgebaut. Ohne ihn gäbe es die Silver nicht, ohne ihn wären wir alle bereits tot oder alleine oder ziellos. Hast du daran gedacht?"

„Natürlich, Patrick. Du magst glauben, ich sei furchtbar grausam, aber das bin ich nicht. Ich bin ehrlich und direkt und das weißt du eigentlich, wenn du dich der Wahrheit nicht so versperren würdest." Mary saß, wie bereits davor, lässig in ihrem Sessel, ein Bein über die Lehne baumelnd, den Kopf in den Nacken gelegt, eine Zigarette zwischen den Lippen. „Er ist auch mein Freund. Wie du sagtest, ohne ihn wären wir alleine und ziellos. Das weiß ich, wie keine andere. Ich verdanke Titus mein Leben, aber ich versprach ihm im Gegenzug dafür, das anderer zu beschützen, eine seiner Silver zu werden. Und das tue ich, auch wenn das heißt, mich gegen ihn zu wenden." Mit einem Mal klang Marys sonst harte Stimme sanft. Zwischen den Worten schwang die Erzählung einer tief gehenden Freundschaft mit, einer Freundschaft, die überschattet wurde durch Pflicht und Enttäuschung. „Ich liebe ihn, wie du und Derek und die, die ihn noch kennen lernen durften. Als er noch Liebe, Leben und Hoffnung zu geben hatte. Doch ich akzeptiere nicht sein Schattendasein. Er bringt uns alle damit in Gefahr." Am Ende wurde ihre Stimme erneut unnachgiebig und rau. Stille breitete sich aus. Mary rauchte, Pat hielt sich den Kopf und Sandro spielte mit dem Stein, einen nachdenklichen Ausdruck auf seinen Zügen. Der Rest von ihnen wurde noch von Liz gepflegt, wachte über jemand anderen oder versteckte sich.

Was war nur aus ihnen geworden? Und was sollten sie tun? Patrick seufzte stumm leidend in sich hinein. Hätte er damals mehr tun können, als Titus davon abzuhalten, in die Sonne zu gehen und seinem Leben ein Ende zu bereiten? Hätte er seine Kräfte einsetzen sollen, um seine Gefühle zu beeinflussen? Unnötig darüber nachzudenken, denn er konnte die Vergangenheit nicht beeinflussen, dafür musste er nun zusehen, wie er die Gegenwart ordnete und die Zukunft rettete.

„Ich weiß nicht, wo ich anfangen soll."

„Wie wäre es am Anfang?"

„Ich habe keinen."

Schweigen. Nell hatte so lange geschwiegen, dass sie, als sie zu sprechen begann, beide damit erstaunte, sich selbst und Ethan, der ruhig neben ihr harrte, geduldig. Nun schwiegen sie erneut. Penelope wusste wirklich nicht, was sie sagen sollte, sie hatte noch nie jemanden ihre Geschichte erzählt. Niemanden! Und da passierte es. Etwas brach in ihr, vielleicht gab auch ihr Verstand nun endgültig auf, wer konnte das schon genau sagen? Zumindest führte es zu dem Ergebnis, dass sie einfach redete und redete und redete.

„Ich erwachte in einem Baum, nicht unweit von Killarney. Keine Ahnung, was ich davor getan habe oder wo ich wohnte - in Killarney erkannte mich zumindest niemand. Ich ging in das Dorf mit Geld in der Tasche meines Cadigan. Keine Ahnung, woher das Geld kam oder meine Kleidung." Sie zuckte mit den Schultern. Ethan wandte sich ihr zu, zwei lange Finger streichelten ihren nackten Arm auf und ab. Sie ignorierte es, sprudelte weiter. „Ich ging nach Killarney, wollte mich nur eine Nacht ausruhen, aber dann traf ich auf sie, die Nim! Sie stinken nach Kohle und Feuer und sind sehr stark. Frauen und Männer, sie sehen ganz normal aus, den Menschen fallen sie nicht auf. Aber sie sind gefährlich, sie laben sich an negativen Gefühlen und stehlen die Herzen von Menschen. Das wusste ich damals noch nicht, aber mein Instinkt schlug an und ich…ich habe sie angegriffen ohne darüber nachzudenken, und ich habe sie getötet… Indem ich sie eingesaugt habe, mit meinen Fingern." Wie um ihre Worte zu unterstreichen, wedelte sie mit besagter Hand zwischen ihnen herum. Der Mann neben ihr griff sie sich und zog sie an seine Lippen, küsste die Fingerknöchel und deutete ihr, weiterzusprechen, obwohl er eigentlich längst sein Telefon zücken müsste, um die psychiatrische Klinik zu informieren. Dass er so ruhig blieb, verunsicherte Nell. Was stimmte mit dem Mann nicht, dass er nichts tat? War er darin verwickelt? Er roch weder nach Solani, noch nach Nim. Machte Liebe so bescheuert? Liebte er sie und sie ihn? Mit einem Kopfschütteln fuhr sie fort.

„Ruth war die Besitzerin der Pension, in der ich unterkam. Sie und Ben waren die ersten Menschen, die mich Güte und Freundlichkeit lehrten. Und wegen mir ist sie tot. Die Nim kamen, um nach ihren bereits toten Freunden zu sehen und bevor ich sie retten konnte, war Ruth tot. Ich habe die Nim dafür vernichtet und bin geflohen. Ich kam hierher, weil ihre Führerscheine hier ausgestellt wurden. Ich wollte Antworten, aber etwas in mir wollte mehr. Ich wollte Leben, richtig leben! Mir Erinnerungen schaffen, wo ich keine hatte. Arbeiten und Freunde finden, Filme sehen, mich…" Penelope stockte, sie hatte „verlieben" sagen wollen, doch auch wenn sie es nicht aussprach, Ethan schien es dennoch zu wissen, denn er lächelte sie an. „Der Wunsch nach Leben ist nicht verwerflich", sprach er und die junge Frau wollte ihm so gerne glauben. Stattdessen erzählte sie weiter, vielleicht in der Hoffnung, er erklärte sie doch noch für verrückt und stieße sie von sich. Das war leichter, als zu gehen. „Die Nim waren hier, aber auch noch andere. Sie nennen sich Solani. Ich sah ihren König und verletzte einen seiner Krieger, ich rettete dafür einen anderen und ich mochte ihn. Er hat mich verraten, weil ich möglicherweise eine Waffe bin, nur dazu geschaffen, die Solani auszulöschen." Seit sie in den Kellern diese Worte vernommen hatte, war Penelope ihrer Bedeutung aus dem Weg gegangen. Doch nun sprach sie sie aus. Damit wurden sie real und bildeten eine Realität, mit der sie nicht zurecht kam, noch kommen wollte. Ein Keuchen platzte zwischen ihren Lippen hervor. Sie begann vor und zurück zu wiegen, eine Hand in Ethans, die andere in ihr Fleisch gegraben. „Vielleicht bin ich wirklich diese Waffe. Wahrscheinlich. Ich habe sie getötet, ich wollte es nicht, aber jetzt ist ihr König tot, die Silver sind tot, auch Oliver - ich meine Oz. Sie haben mir nichts getan, wollten nur Antworten, wie ich. Und ich...ich..." Ein Schluchzen folgte dem Wortschwall und machte alles weitere zu einem unartikulierten Gebrabbel.

Alle Worte waren heraus. Jedes schreckliche Detail vorgelegt, der Wahnsinn ausgesprochen und einem Urteil ausgeliefert. Penelope versteifte sich auf ihrem Platz, wurde still und verkrampft auf dem weichen Sofa und fühlte, wie der Druck in ihr zunahm, wie ihre Haut spannte. Sie war sich sicher, sie müsste gleich platzen. Gleich würde ihre Haut aufreißen und ihr Innerstes würde verschwinden, sich auflösen und nichts bliebe übrig. Vielleicht wäre das zum Besseren für alle? Nell nun, nachdem alles ausgesprochen war, frisch und lebendig in ihrem Kopf, spürte mehr als je zuvor, dass sie nicht hätte kommen dürfen. Reiner Egoismus hatte sie hierher getrieben. Was war aus „Ich sage nur kurz Leb wohl" geworden? Was tat sie hier, wenn sie doch längst weglaufen sollte, weit, weit weg. Aber etwas hielt sie hier. Etwas... Nein, nicht etwas, sondern jemand. Er. Ethan. Mit großen, ängstlichen Augen blickte Penelope auf, durch ihre dichten Wimpern hindurch zu dem Mann, dem sie als einziges nahe sein wollte, dem sie alles gesagt hatte, dem sie sich zum Urteil vor die Füße geworfen hatte. Und er lächelte sie traurig und schön an, so voller Wärme und Verständnis, dass unweigerlich Tränen in ihre Augen schossen. Ohne ein Wort zu sagen, nahm Ethan beide ihre Hände in die seinen. Seine waren maniküert und perfekt. Groß genug, um ihre vollständig zu umfassen. Weich, warm und sie ließen prickelnde Schauer durch ihre Arme bis hinab zu ihren Zehen wandern. Aber bei dieser Berührung blieb es nicht, konnte es nicht bleiben. Vorsichtig, als könnte Penelope jeden Moment zerbrechen, zog Ethan sie näher zu sich, bis sie auf seinem Schoß saß. Erst da ließ er ihre Hände los, um seine Arme um sie zu legen. Einen um ihre Taille. Schnell änderte sie ihre Position, je ein Bein neben seiner Hüfte, ihren Oberkörper an den seinen, bevor er sie zu sich zog, bis kein Molekül mehr zwischen sie passte. Die andere Hand griff in ihre Haare, fest, sie haltend, sie zu sich ziehend, bittend, verlangend, sich nehmend. Und Nell gab. Sie gab gerne und vergaß die Welt. Die Welt hörte auf zu existieren, sie rückte weit von ihnen ab, entfernte sich mit rasender Geschwindigkeit von den beiden, bis sie nicht mehr zu existieren schien. Und während sie sich verlor, begann Penelope sich neu zusammen zu setzen.

Ethans Lippen schmeckten nach Honig und Whiskey, süß und scharf zugleich. Sie waren auch weich und hart zugleich. Sie luden Nell ein. Leise seufzend öffnete sie ihre Lippen und hieß seine Zunge willkommen. Kostete seinen Mund, seine Haut und sie brannte lichterloh von seinen Berührungen. Ihr wurde heiß und kalt und jede Zelle in ihrem Körper schien zu reagieren, zu spüren und zu fühlen - zu leben! Hatte sie je so empfunden? Nein, mit Sicherheit nicht. Mit Berührungen verband sie Schmerz und Leid. Körperkontakt bedeutete Angriff und der wiederum zwang sie zur Verteidigung. Doch nicht jetzt, nicht hier. Nicht mit Ethan.

Seine Hand zog an ihrem T-Shirt, schob es nach oben und schlüpfte unter den Stoff. Nell stöhnte auf, als seine Haut auf ihre traf. Als seine Finger ihr Fleisch packten, es griffen und streichelten. Wie seine Hand sich nach oben arbeitete, wohlige Schauer durch sie jagend. Falls es möglich war, so presste sie sich noch enger an ihn, wollte am liebsten mit ihm verschmelzen. Ihre eigenen Hände gingen auf Wanderschaft. Rissen sein Hemd auf, weil es aufzuknöpfen zu lange dauern würde. Also riss Penelope daran und die Knöpfe kullerten davon, doch keiner von ihnen achtete darauf. Sie befreite ihn von dem Stoff und dann, als nichts mehr seine Haut bedeckte, da zeichnete sie seine Muskeln nach, fühlte die Härte unter der warmen Haut, fühlte sein Zittern und seine Erregung. Mutiger, wie in Trance, beugte Nell sich vor und küsste seinen Hals, sein Ohr, Schultern, Brust. Ethan schmeckte berauschend, nach zu viel, um es fest zu machen. Beim ersten Kuss dachte Penelope, er schmecke nach Zimt. Dann doch vielleicht nach warmer Milch mit Schokolade. Sie küsste und schmeckte ihn weiter. Wollte alles. Wollte ihn.

Plötzlich löste Ethan seinen Griff um sie, fuhr mit seinen Händen ihre Arme entlang, bis er ihre Handgelenke griff und fest hielt. Verwirrt begegnete Penelope seinem Blick, verlor sich in seinen dunkelgrünen Augen, dann in den Ecken und Kanten seines Gesichtes, von dem sie nicht müde wurde, es anzusehen. „Habe ich etwas falsch gemacht?", fragte sie nun doch schüchtern, weil der Mann vor ihr sie so anstarrte. Mit Feuer im Blick und einem Schmunzeln um die Lippen. Aber da war auch Ernst und das bereitete ihr Sorgen. Wollte Ethan sie nicht? Nach allem, was sie ihm erzählt hatte, würde es sie nicht wundern. „Bist du sicher, dass du das willst?", fragte er jedoch nur zurück. Nell lachte kurz erleichtert auf, bevor sie sich vorbeugte und ihn küsste. Nur das Streifen ihrer Lippen der seinen. Zart und verlockend. „Ich will dich. Wenn sonst alles Chaos ist, alles ungewiss, so weiß ich das eine. Ethan, ich will dich, hier und jetzt. Wenn du mich nach allem noch willst." Penelope klang gewiss und sicher, mit dem Hauch der Verführung in ihrer Stimme. Nun war es an Ethan aufzulachen, rau, kratzend. Er legte den Kopf zurück, bevor er sie mit strahlenden Augen ansah. „Ich sagte es dir schon vor einiger Zeit", raunte er, bevor er sie mit einem Ruck auf das Sofa beförderte, er über ihr, sein Körper auf ihrem, sie in das weiche Kissen drückend, sie mit seiner Wärme umhüllend. Sicher und gleichzeitig gefährlich, aufregend. Und als seine Finger über ihren nackten Bauch tanzten, da drückte Penelope sich ihm entgegen und verschloss seinen Mund mit dem ihren, denn es brauchte keine Worte mehr. Nicht jetzt.

Jede Gruppe, jeder Zusammenschluss von unterschiedlichen Charakteren erfuhr dann und wann eine Zeit, die man im Allgemeinen Krise nennen konnte. Die Silver kannten Krisen, hatten seit ihrem Bestehen viele davon erlebt.

Zu Beginn, als es nur Titus, Patrick und Derek waren, alle noch vergleichsweise jung, ohne auch nur dem Hauch einer Ahnung, wie gefährlich ihr Leben werden würde, wie endgültig der Tod war, denn für sie schien ihr Leben ewig zu gehen, waren es Streitereien untereinander. Wer war besser, wer hatte recht, wer hatte die meisten Nim im letzten Monat getötet. Solche Dinge. Klein Jungen Dinge. Dumme Dinge.

Dann, als die Silver mehr wurden, schon beinahe eine kleine Armee bildeten, da ging es um Zuständigkeiten, um Macht und Schuld. Wer hatte welche Regeln zu befolgen. Wer durfte was und wieso. Damals waren die Nim noch eine kleine Bedrohung, hielten sich bedeckt. Beryll war ein guter Spieler und er war geduldig. Er wollte die Kreation seiner einstigen Geliebten nicht einfach so angreifen, er wollte sie auslöschen und möglichst viel Leid dabei erzeugen. Also wartete er und sie sahen es nicht, meinten sich groß und stark - übermächtig.

Doch schließlich sahen sie, was sie bisher in ihrer Ignoranz übersehen hatten: Die Nim waren keine vereinzelten Kreaturen des Feindes, sie waren gewachsen und hatten System. Sie agierten Tag und Nacht und waren bereit, den Tod zu bringen. Da erst wurde es ihnen klar, das hier war kein Spiel. Sie hatten es nur vergessen, weil es bisher so einfach gewesen war. Titus hatte die Silver gegründet, weil er die Gefahr gerochen hatte, doch immer zu gewinnen hatte ihn, wie seine Freunde, leichtsinnig gemacht. Die Krise, die dann kam, war nicht leicht. Denn sie beerdigten viele Freunde, viele Kameraden und gute Krieger und Kriegerinnen. Selbstvorwürfe, Trauer und Wut drohten damals die Silver beinahe zu zerbrechen. Aber sie blieben zusammen und schworen Besserung, sowie die Vernichtung ihrer Feinde. Sie würden weitermachen, bis sie selbst den letzten Atemzug taten oder die Wurzel ihres Übels ausrissen. Es verließen viele die Silver. Nicht jeder war bereit dazu, zu kämpfen, bis er starb. Männliche und weibliche Solani gingen gleichermaßen, flohen in die Welt, verteilten sich und gründeten Familien. Und da begann er, der Niedergang. Die Solani schwächten sich selbst, weil sie sich zerstreuten. Von den Silver blieb nur noch eine kleine Gruppe, der harte Kern, zu wenige, um an vielen Orten gleichzeitig zu sein. Aber sie versuchten es. Lange Zeit verteilten sie sich, hielten sich dort auf, wo mehrere Solani lebten, um sie im Notfall zu schützen. Denn früher oder später tauchten dort, wo ihre Spezies lebte, auch die Nim auf. Charles war oft auf Reisen, so begegnete er Alessa und Oz. Manche, wie Cole und Milani, fanden ihren Weg von alleine zu ihnen. Die meisten jedoch zogen es vor, sich zu verstecken und zu hoffen. Hoffen darauf, dass sie nie entdeckt würden, nur ein halbes Leben lebend, weil Angst ein schlechter Begleiter ist.

Nun standen sie erneut vor einer Krise. Pat wusste es und er fürchtete sich davor, wie es ausgehen könnte. Zumindest waren mehr von ihnen jetzt am Tisch und aßen Fleisch und tranken kühles Wasser. Milani saß etwas schief auf ihrem Stuhl, schien aber wieder an Kraft zu gewinnen. Dennoch lehnte sie an Sandro, um ihre verletzte Seite zu entlasten. Der große Italiener schien fröhlich und gut gestimmt, wie meistens, doch der Empath kannte ihn zu gut, um nicht hinter die Fassade zu sehen. Sandro mochte immer ein Lächeln tragen, weil er der Meinung war, es stünde ihm besser und Trübsal blasen bringe nichts, doch der Solani war angespannt. Vielleicht las er die Gedanken der anderen, auch wenn er behauptete, es nie zu tun, vielleicht, dachte Pat, war es wie bei ihm, bei zu starken Gedanken konnte er sie vielleicht nicht ignorieren. Zumindest konnte der rothaarige Silver die ganzen Gefühle nicht ignorieren. Sie zehrten an ihm. Eigentlich müsste er sich eine Pause gönnen und sich in die Einsamkeit verziehen. Vielleicht ein Boot mieten und hinaus aufs Meer fliehen, weit weg von jedem Wesen, das starke Gefühle nach ihm werfen konnte. Nur so würde er seine Barrieren aufbauen können. Krümel für Krümel, mehr war ja nicht mehr übrig. Aber so wie die Sache stand, konnte er nicht weg, er musste bleiben. „Weil Mary recht hat?", fragte er sich und verabscheute sich dafür. Wie konnte er das nur denken? Wie konnte er nicht?

Neben ihm stocherte Alessa in ihrem Essen. Die junge Silver sah blass aus, trotz ihrer bronzenen Haut, und ihre Augen wirkten fahl. Ihre äußeren Wunden waren geheilt, aber etwas belastete sie und so legte Pat vorsichtig seine Hand auf ihren Rücken, beugte sich zu ihrem Ohr und raunte: „Was ist los?" Ihre mandelförmigen, dunklen Augen blickten ihn erschrocken an, er zuckte nur mit den Schultern. Musste er wirklich erklären, warum er es wusste? Ganz abgesehen davon, konnte jeder mit einem gesunden Auge erkennen, dass etwas nicht stimmte. Schließlich zuckte sie müde mit den Schultern. „Als ich ohnmächtig war, da sah ich wieder das Mädchen mit den schwarzen Haaren. Es war älter, vielleicht eine junge Frau. Sie stand hinter Gittern und umfasste sie mit dünnen Händen voller blutiger Schrammen - wie nach einem Kampf. Ich kam mir vor, als stünde ich vor ihr, doch ich konnte sie nicht berühren. Aber die junge Frau sah mich genau an. Mit dunklen Augen, zum ersten Mal sah ich auch Farbe, ein fast schwarzes Blau. So etwas habe ich noch nie gesehen. Sie bat mich, ihr zu helfen. Sie sagte, sie wäre gefangen, aber das sei nicht richtig, nichts sei im Moment richtig und ich müsste helfen, alles wieder in die richtigen Bahnen zu lenken. Dann wurde es verschwommen und es verblasste. Ich weiß nicht, ist sie echt oder mein Gewissen, meine Sorgen? Sie ist in dem Alter, das ich hatte, als ich zu einer Solani wurde - denke ich. Also ist sie echt? Schreit da jemand nach Hilfe und ich bin zu unfähig, etwas zu tun oder ist es mein Unterbewusstsein, das seine Sorgen in dieser Form ausdrückt?" In Alessas Stimme lag solche Verzweiflung, dass Pat zunächst verstummte. Er dachte über die Worte nach. Was hatte Derek erzählt? Doch so etwas Ähnliches, oder? Konnte das sein? Der Krieger rieb sich über die Augen und kniff sie eine Weile fest zusammen. „Ich weiß es nicht. Aber wir werden es herausfinden, versprochen. Derek wird helfen können. Wenn er wieder wach ist", murmelte er und rang sich dann ein aufmunterndes Lächeln ab. „Du bist auf jeden Fall nicht unfähig. Es ist nicht deine Schuld, dass deine Visionen und Träume ungenau sind. Wenn man bedenkt, -" „Wenn man bedenkt, dass du die Visionen nur hast, weil unser großartiger König sich weigert, mit unserer Göttin zu kommunizieren", spie Mary dazwischen. Blickte nicht einmal von ihrem Teller auf, sondern aß nach den gesprochenen Worten einfach weiter, ihre Gabel schabte über das Porzellan, der Rest verfiel in erstauntes Schweigen. „Ist das wahr?", fragte Alessa, ihre Stimme nur ein schwaches Hauchen. Patrick warf Charles einen alarmierten Blick zu, der besagte, dass der andere nun übernehmen durfte. Dieser dankte es ihm mit einem Funkeln in den Augen, das Dolchen gleich kam, die er gegen den Empathen schoss. „Alessa...Ich sagte dir doch einmal, dass es ungewöhnlich sei, wenn normale Solani Visionen haben. Kräfte wie von Patrick und Derek sind selten, kommen aber doch vor, genauso wie Sandros Gedankenlesen oder Oz' und deine Magie. Dass du diese Visionen hast ist... eine Anomalie, wenn man das so sagen kann. Und wahrscheinlich..." Charles rang sichtlich mit den Worten. Doch da schaltete sich Mary ein, mit einem füchsischen Grinsen, das sagte, sie half liebend gerne. „Weil unser lieber König sich seit 350 Jahren weigert, mit unserer Göttin zu sprechen, sie verflucht und ignoriert, hat sie wohl jemanden gesucht, dessen Geist offen genug ist, vielleicht mit einem Tropfen royalen Blut, und sie hat dich gefunden. Nur dass du eigentlich nicht die Macht dazu hast und darum alles nur verschwommen siehst. Eigentlich wie wenn du telefonierst, aber auf einem Berg im Nirgendwo stehst, die Verbindung ist dadurch schlecht." Ein Schulterzucken, dann schabte die Gabel wieder über den Teller. Alessas Mund stand offen, mit einem Klacken schloss sie ihn wieder.

„Und wieso redet er nicht mit ihr?", fragte Lani mit großen Augen, mehr denn je einer Puppe gleichend. Auf diese Frage folgte Schweigen.

„Weil sie meine Familie sterben ließ. Obwohl ich für ihre Schöpfung kämpfte und ihrem Ruf folgte, obwohl sie eine Göttin ist und versprach, der Moment der Veränderung wäre gekommen, ließ sie sie sterben und an diesem Tag, als ich die Grabsteine aufstellte und durch die Asche unseres Zuhauses ging, da verfluchte ich sie und sperrte sie aus, wollte sie nicht mehr hören, denn sie hat es nicht verdient, gehört zu werden. Sie hat sich zurückgezogen und uns alleine hier gelassen. Wir tragen den Kampf aus, den sie nicht zu Ende bringen konnte." Titus war irgendwann einfach aufgetaucht. Wie lange er schon zugehört hatte, wusste niemand zu sagen. Doch da stand er nun, in schwarzer Kleidung, ohne Mantel, die Haare zu einem Pferdeschwanz gebunden, was sein Gesicht noch kantiger und schmaler wirken ließ. Dunkle Ringe zeichneten sich unter seinen Augen ab und gaben ihm einen kränklichen Anschein. Er war dünner geworden, die Wangen, nie voll, schienen noch mehr eingefallen. Dazu ein dunkler Schatten, ein Bart, der noch nicht gestutzt worden war. Alles in allem wirkte Titus äußerlich wenig wie ein König, eher wie ein junger Mann, der nicht weiter wusste. Auch seine eisblauen Augen, sonst Stärke und Standhaftigkeit ausdrückend, waren fahl und glanzlos. „Gebrochen", ging es Pat durch den Kopf und er erinnerte sich an sein Eindringen in den Geist des Freundes. Der Sturm, die Düsternis und vor allem die Splitter mit ihren scharfen Kanten, bereit jeden zu verletzen und ihren Besitzer stets schneidend. Ewige Peiniger.

„Ach, gesellst du dich auch mal zu uns, ja? Genug geschmollt?" Marys Stimme, wie könnte es anders sein, schnitt durch sie alle hindurch, kannte kein Erbarmen und keine Güte. Patrick konnte nicht umhin, die Solani zu verfluchen und ihr gleichzeitig recht zu geben. Sicherlich gab es taktvollere Wege, aber jede vorsichtige Annäherung an das Problem schmetterte an Titus ab. Vielleicht war Mary genau das, was er jetzt brauchte. Ein Arschtritt. Vielleicht war es allerdings schon zu spät. Wenn Pat in die Augen seines Freundes blickte, dann erkannte er ihn kaum wieder. Wo war er hin, der strahlende Prinz, der die Hoffnung und das Vertrauen nie aufgab, der so viel Liebe und Kraft zu geben hatte? „Er ist damals verwundet worden. Nicht körperlich, aber in seinem Geist und wie bei einer fiesen Fleischwunde verblutet er nach und nach. Vielleicht sind das seine letzten Atemzüge", kam der Empath nicht umhin zu denken. „Deine Hoffnung hast du auch ganz, ganz tief Vergraben, was?", tadelte er sich selbst, noch nicht bereit, ihn ganz aufzugeben. Wenn Titus sich schon selbst aufgegeben hatte, dann durften seine Freunde ihn nicht einfach fallen lassen.

Später lag Penelope in Ethans Armen. Sie befanden sich in seinem Bett im ersten Stock des Hauses. Wie sie hierher gekommen waren, wusste sie nicht mehr genau. Die letzten Stunden waren ein Kaleidoskop an Gefühlen, an Berührungen, seiner Haut auf ihrer, seinen Lippen, dem Geruch, der Hitze. Einer guten, sanften Hitze, die sie empor hob und Freude schenkte. Sie schwelgte in der Erinnerung und spürte es erneut, konnte noch seine Finger auf ihr fühlen und sie versprach sich, das nicht zu vergessen, es festzuhalten. Vielleicht würde sie zurück kommen. Doch zurückkehren, weil es etwas gab, für das es sich lohnen würde. Nell öffnete die Augen und lächelte. Ethan schlief. Sein rot-braunes, sonst so perfekt gestyltes Haar, war zerzaust und fiel unordentlich um seinen Kopf, ließ ihn weicher erscheinen. Dazu das stille Lächeln, das er im Schlaf trug. Es stand ihm gut, befand Nell und küsste vorsichtig seine Brust. Sein linker Arm lag um sie, hielt sie fest an seinen Körper geschmiegt, als könnte sie verschwinden und zum ersten Mal in ihrem Leben genoss Penelope diese Nähe, genoss es, gehalten zu werden. Es war schön. Ob sich jeder so fühlte, so sicher und geborgen, fragte sie sich. Ob sich deswegen Menschen umarmten? Aber das hier war besser, als eine Umarmung, befand sie und kuschelte sich noch näher an ihn. Ethan hatte ihre Narbe gesehen und nichts dazu gesagt. Sie hatte sie verstecken wollen, eine Hand darüber legend, aber er hatte sie nur schweigend beiseite geschoben und geküsst, als könnten seine Lippen sie heilen - und ein wenig schien es geholfen zu haben. Noch nie hatte Penelope sich so glücklich gefühlt. Etwas schien ihr zu fehlen, nach wie vor - etwas Essenzielles, das mehr war, als ihre Erinnerungen. Ihr Sein, das unvollständig blieb, solange sie keine Antworten hatte, woher sie kam und wer sie war, warum sie konnte, was sie konnte und welchem Zweck sie diente - doch Ethan hatte ihr etwas anderes stattdessen gegeben. Sie hielt sich daran fest, wollte es auf keinen Fall verlieren. „Ich liebe dich." Sie hatte gedacht, er würde schlafen, doch seine Worte drangen als sanftes Flüstern, als Streicheln an ihre Ohren. „Was?", keuchte Nell, sicher, sich verhört zu haben. Nun öffnete Ethan die Augen. „Ich liebe dich", wiederholte er gelassen und gleichzeitig schwang jedes Wort, jeder Buchstabe mit Bedeutung. Ehrfürchtig berührte sie mit ihrem Zeigefinger seine Lippen, als müsste sie prüfen, dass sie echt waren, dass sie tatsächlich die Worte gesprochen hatten. „Du musst verrückt sein. Nach allem, was ich dir erzählt habe, nach dem, was du gesehen hast, die Narbe und den Lotus, wie kannst du das sagen? Ich habe getötet, Blut an meinen Händen. Du solltest nicht einmal mit mir hier liegen." Ihre Stimme zit-

terte, verwirrt über die Gefühle, die da durch sie schossen, sprudelten die Worte nur so aus ihr. Ethan blieb ruhig, wie bereits zuvor, als wäre er ein Ruhepol, als gäbe es nichts, was ihn aus der Fassung bringen könnte. „Was stimmt denn nicht mit dir?", fragte sie schließlich und entlockte ihm damit doch tatsächlich ein dunkles, brummendes Lachen. Er bewegte sich und plötzlich lag sie unter ihm, seine Hände zu jeder Seite ihres Kopfes, die Ellenbogen abgestützt, sodass er sich über ihr hielt, Millimeter zwischen ihren Körpern. „Weil ich dich kenne. Ich weiß, du bist ein wenig naiv, aber du bist gütig und lieb, du lächelst fast die ganze Zeit und deine Freude über die kleinsten Dinge ist ansteckend. Als ich dich sah, wusste ich, du bist gefährlich - für mich. Du würdest Chaos bringen, aber glaube mir, das Leben macht mit Turbulenzen so viel mehr Spaß." Ein sanfter Kuss. „Ich weiß, dass du im Grunde deines Herzens gut bist und darum liebe ich dich." Ihr Bauch verströmte ein wohliges Gefühl der Wärme, gleichzeitig tobten dutzende Schmetterlinge darin. Sie schwieg, sortierte ihr Gefühlschaos, versuchte abzuwägen. „Ich liebe dich", hauchte Penelope schließlich ihre Antwort, die sie nicht abwägen hatte können, die einfach da war, und sie wusste, dass es stimmte, dass sie dieses Gefühl nicht bereits gehabt haben musste, um es zu verstehen. Es war neu und verzehrend und sicherlich gefährlich, aber gleichzeitig schien ihr Liebe etwas zu sein, das sie stärker und mutiger machen konnte. Liebe konnte sie verbrennen, um den Verstand bringen und zerstören, aber das wog die Kraft nicht auf, die sie ihr gab, die Gewissheit über sich und diese Situation, das Kommende. Sie gab ihr eine Richtung.
Die beiden küssten sich, nicht stürmisch, sondern langsam und innig, jede Sekunde auskostend, in den Geständnissen badend, die sie sich gemacht hatten.
„Vielleicht kann ich zurück kommen", murmelte Penelope kurz bevor der Schlaf sie übermannte. „Ich hoffe es sehr", antwortete Ethan und er zog sie wieder fest an sich, nicht gewillt, sie die nächsten Stunden loszulassen.

„Wie sieht es aus, mein König, wirst du uns jetzt erklären, was passiert ist?" Die Worte ‚mein König' spuckte Mary förmlich aus, als wären sie abgelaufene Milch, die sie nur aus Versehen in den Mund genommen hatte und nun im Abfluss wegspülte. „Mary...", raunte Liz, doch die andere Frau wedelte ihren Einwand beiseite, konzentrierte sich ganz auf Titus, der nach wie vor im Türrahmen stand, mit gestrafften Schultern und tiefen Augenringen. Irgendetwas zwischen König und armen Tropf darstellend, ein fast zur Unkenntlichkeit verzerrtes Abbild des Mannes, der er einmal gewesen war. Vor Ewigkeiten. „Wie wär's mit einer Antwort?", knurrte Mary, da der König weiter schwieg und sie nur mit einem undeutbaren Blick betrachtete. Nun bewegte er sich doch, machte genau einen Schritt hinein in den Raum und auf die Silver zu. Jeder Blick war auf ihn gerichtet, selbst Oz, der bisher starr auf seinen Teller gestarrt hatte, hob den Kopf, um ihn mit seinen grünen Augen zu mustern. Abwartend. „Warum hast du immer und immer wieder gezögert? Wieso hast du sie leben lassen, ein ums andere Mal? Wer oder was ist sie, dass du ihr Leben über das unsere stellst?", verlangte Mary weiter zu wissen, dabei klang sie nicht aufgeregt oder wütend, sondern eisig und knurrend, als wüsste sie die Antwort schon und zwänge ihn nur, es auszusprechen. Eine Jägerin und ihre Beute, nur diesmal jagte sie nach Antworten und einer Entscheidung. „Ich weiß es nicht", sprach Titus mit flacher, erschöpfter Stimme. „Ich weiß nicht, warum ich sie nicht getötet habe. Es schien nicht richtig. Ich konnte es nicht." Und als würde er zum ersten Mal im Leben seine Hände betrachten, hob er sie leicht und starrte darauf, nicht fähig zu begreifen, was sie versäumt hatten zu tun, und warum. „Ist das alles?"

„Alles, was ich weiß, ja."

Mary und Titus hielten dem Blick des jeweils anderen stand, schweigend lieferten sie sich ein Duell, einen Kampf, bis schließlich der König zur Seite, dann zur Decke blickte und seufzte. „Ich konnte sie nicht töten. Ich glaube, ich könnte es nach wie vor nicht. Ich wollte und wollte nicht." So offen hatte der Solani seit Ewigkeiten nicht mehr seine Gedanken geteilt. Das schien erschreckend, denn es zeigte, wie weit er gekommen war, wie weit er sich entfernt hatte, von sich und allen anderen. Allein und einsam. Allerdings war er zuvor auch ein anderer gewesen. Was, wenn die Veränderung etwas Gutes brachte? Pat konnte sich nicht ganz davon überzeugen, er glaubte es nicht, auch wenn er es gerne täte. „Ist das deine Entschuldigung. Deine Leute sterben fast und du sagst, du konntest einfach nicht?" Bei der Härte ihrer Worte zuckte der Empath zusammen. Er war nicht der einzige, der Marys Offenheit manchmal als etwas zu polternd und direkt empfand. Andererseits hatte Titus sie früher genau deswegen geschätzt, wegen ihres offenen Mundwerks und ihrer Art, mit Narben und Wunden umzugehen. Bevor er selbst tief verletzt worden war, war Mary ein Vorbild gewesen, bis Titus erkennen musste, dass er nicht die gleiche Stärke in sich trug.

Der König zuckte mit den Schultern. „Es ist die Wahrheit." Dafür kassierte er nur ein abfälliges Schnauben. Langsam erhob sich Mary von ihrem Platz, sie glich dabei einer Raubkatze, und kam auf ihn zu. Kurz vor ihm blieb sie stehen, die muskulösen Arme vor der Brust verschränkt, das Kinn nach oben gereckt. „Ich habe damals ein Kind verloren und deswegen kämpfe ich. Du dagegen führst dich auf wie ein Kind, dem man das Spielzeug weggenommen hat. Anstatt stark daraus hervor zu gehen, verkriechst du dich und bist peinlich. Das ist die Wahrheit, König. Dass du versagt hast. Für dich war es ein Spiel, die ganze Zeit. Du hast es nicht ernst genommen, weil du nie etwas wirklich Wichtiges verloren hast und als Beryll dir dann die Familie nahm, bist du eingeknickt, wie ein Schwächling. Auch das ist die Wahrheit. Und ich sage dir noch etwas: Du konntest nicht, weil du schwach bist, weil du eine Schande bist für den Namen, den du trägst, und das Blut, das in dir fließt. Deine Eltern würden sich für dich schämen!" Jedes Wort bisher wäre zu verzeihen gewesen. Jedes Wort davor hatte Wahrheit enthalten, eine, die nachvollziehbar war und ehrlich. Doch dieser letzte Satz, der nur darauf abzielte, Titus zu verletzen und aus seiner Lethargie zu holen, war zu viel. Nur ein Blinzeln und schon bedeckte Eis die Mauern, den Boden, selbst den Tisch und das Essen. Patrick spürte das Eis auch auf seinen Händen, spürte die Kälte, die um sich griff und in die Körper hinein fuhr, noch heilend, aber selbst für einen Solani konnte es zu viel Kälte geben. „Pass auf, was du sagst, Kriegerin. Du magst von mir halten, was du willst, aber ich bin stark genug, dein Mundwerk für immer zu schließen", drang es als Knurren zwischen den zusammengepressten Zähnen von Titus hervor. Mary, vollkommen unberührt von der Aktion, zuckte mit den unbedeckten Schultern. „Ich. Bezweifele. Das."

Patrick sah den Angriff, der nun kommen würde. Sah es an den Muskeln, die sich in Titus' Armen und Rücken anspannten. Sah es in dem Grinsen von Mary, die den Schlag erwartete. Doch plötzlich wurde alles zu einem Halt gebracht. Alessa schnappte nach Luft, klappte vorn über den Tisch, nur um Sekunden später den Kopf in die Höhe zu reißen, bis tief in den Nacken, den Rücken durchgestreckt, ein Hohlkreuz bildend. Ihr Mund war geöffnet, ihre Augen weit aufgerissen und aus ihnen strömte ein sanftes, blaues Licht. Ganz langsam löste sie sich aus der verspannten, unnatürlichen Haltung, kam gerade zum Sitzen und wandte ihr starres Gesicht mit den blau leuchtenden Augen dem König zu, der selbst erstarrt dastand, noch blasser, als zuvor. Sie sprach mit tiefer, dunkler Stimme, begleitet vom Rauschen des Wassers.

„Geh, falscher König, lauf weg. Verliere dich ganz oder finde dich selbst. Falls du zurückkommst, dann als ein anderer."

Verliere dich ganz oder finde dich selbst. Die Worte dröhnten in seinem Kopf. Die Schmerzen hinter seiner Stirn wuchsen stetig an. Etwas war falsch. Es drohte Gefahr. Nicht dasselbe erdrückende Gefühl, wie damals in seinem Büro, nicht das endgültige Gefühl von Tod, aber ähnlich. Als würde jemand nach ihm greifen, an ihm zerren.

Falls du zurückkommst, als ein anderer. Die Silver sahen ihn alle an. Jedes einzelne Augenpaar erfasste ihn, beobachtete ihn, jede kleinste Bewegung, jeden Wimpernschlag. Titus war dem allen so müde. Zuvor in seinem Büro, als er die Notizbücher angestarrt hatte, da hatte er das Bild zerstört. Erst einmal in der Mitte durchgerissen, dann ein weiteres Mal, so lange, bis nur noch ein Haufen Schnipsel übrig geblieben war. Zuletzt hatte er, weil es endgültig sein musste, eine Flamme daran gehalten und - ganz dem Wesen gleich, welches das Feuer so schätzte, welches das Original vernichtet hatte - das Papier verbrannt und wie gebannt darauf gestarrt, als es sich unter den Flammen verfärbte, wellte und schließlich Rauch aufstieg und Asche übrig blieb. Die Asche hatte er vom Tisch gepustet und den Schmerz von damals erneut durchlebt. Das Erkennen, aber auch den Verlust und während er sich das letzte Mal an Rache gebunden hatte, ließ er diese nun ziehen. Wohin hatte sie ihn gebracht? Wohin seine Leute? Doch als er die Rache, seine langjährige Herrin, losließ, da spürte er es. Der König, der so viele Jahre und Jahrhunderte gelebt hatte, er ließ das letzte bisschen los, das ihn an dieses Leben kettete, und er verlor sich, er verschwand. Die Wut erlosch. Der Wille versiegte. Er selbst wurde grau und farblos, nun endgültig zu einem Abklatsch seines einstigen Selbst reduziert. Doch er hatte den Silver Rede und Antwort zu stehen und was dann geschehen sollte, konnte er nicht abschätzen. Aber Alessas Worte - und er wusste genau, wer ihr die Stimme gab und in ihr Ohr flüsterte - änderten alles.
Würde er auf sie, der er geschworen hatte, sie fortan zu ignorieren, ihre Existenz als solches leugnend, hören? *Glacien.* Wieder einmal mischte sie sich ein. Zu spät, es überraschte ihn nicht. Damals auf der Lichtung, vor den Grabsteinen, hatte sie versucht mit ihm zu kommunizieren. Damals hatte er sie aus seinen Gedanken gejagt. Wollte er ihr wirklich folgen? Hatte er eine andere Wahl?
Zum wohl ersten Mal in seinem langen Leben sah Titus verunsichert aus. Und so wanderte sein Blick, nicht eisig und streng, sondern einfach nur hellblau und kraftlos, von einem Silver zum nächsten. In Patricks Gesicht konnte er Schock lesen und Trauer, um einen Freund, den es nicht mehr gab. Der Empath wusste es. In Alessas Augen erkannte er Verwirrung und Unsicherheit, aber auch Stärke. Sie würde diese Kraft meistern, wenn sie nur genug Zeit bekam, aber er würde das wohl nicht gewährleisten können, nicht so. Titus vermisste Derek schmerzlich, der sicherlich etwas Kluges und Logisches zu sagen gehabt hätte. Dafür saß seine Frau da und Liz ließ ihn wissen, dass sie nicht mehr wütend war, dass sie ihm vergab, obwohl er Derek in Gefahr gebracht hatte. Cole und Lani sahen beide erschrocken und verwirrt drein, nicht sicher, ob sie die Situation begriffen. Auch sie würden mit der Zeit stark und zu einer Familie

werden. Für Oz ließ er sich Zeit, suchte in dem ausdruckslosen Gesicht eine Regung und Titus fand sie tief vergraben in dessen Blick. Schuld und Sorge - nur ging es um die Solani oder die Frau, das wusste der König nicht zu bestimmen. Mary hatte bereits gesagt, was sie sagen wollte. Hatte ihm all das an den Kopf geworfen, was die anderen wohl insgeheim dachten und doch aus ihren Köpfen verbannten, weil Freundschaft und Treue sie zu Geduld und Freundlichkeit anwiesen, während er wohl wirklich Offenheit und Direktheit gebraucht hätte. Aber hatte er zugehört? Mit Mary kämpfte er jedes Mal, wenn sie ihn kritisierte, forderte Respekt, wo er keinen verdient hatte. Titus wusste das nun und so wagte er es, in die kühlen Augen der Freundin zu sehen und so wie ihre Worte, war auch ihr Blick ehrlich.

Er reiste gerade durch Russland. Damals, als alles noch leichter gewesen war, als sie zwar Tod hatten ertragen müssen, aber noch Hoffnung besaßen. In St. Petersburg traf er dann auf sie. Als Frau eingesperrt worden, misshandelt, verkauf, benutzt und am Ende hatte man ihr ihren Sohn genommen und vor ihren Augen getötet. Sie hatte nichts tun können, nur sehen und leiden und mit ihm sterben. Schwach, kränklich und nicht mehr willens zu leben, fand er sie in einer leeren Seitenstraße. Damals noch Prinz der Solani erkannte er, was los war. Sie begann sich zu wandeln und die Menschen hatten sie daraufhin entsorgt, zum Sterben verurteilt - was kümmerte es sie? Doch Mary war Titus nicht egal. Er nahm sie mit sich, pflegte sie und hielt sie, während sie sich wandelte, eine von ihnen wurde. Wie oft hatte sie ihn angefleht, sie sterben zu lassen? Dutzende Male, aber er gab ihr etwas Besseres, als den Tod. Nämlich eine Bestimmung und eine Aufgabe und Mary wurde eine gnadenlose Jägerin. Sie lernte schnell und wurde mit jedem Tag stärker. Sie wandelte ihren Schmerz. Ja, Titus konnte ihren Zorn gut verstehen. Jetzt, da er endlich nachdachte, zuhörte - zu spät. Ihr hatte er gesagt, das Leben wäre nicht vorbei, doch er selbst hatte es aufgegeben und durch seine Finger gleiten lassen. Einfach so. Und es war ihm egal.

Diesen Vorwurf sah er nun gepaart mit Sorge und Trauer in Marys Augen. Er nickte ihr zu, schaffte es nicht, in Worte zu fassen, dass er ihr recht gab - sie hatte gewonnen. Seine Zunge lag schwer und taub in seinem Mund. Aber sie verstand und senkte nur Millimeter das Kinn. Charles hielt Alessa und sah zu seinem König auf, ruhig, gelassen - zumindest nach außen hin. In seinen grauen Augen tobte ein Sturm. Auch er hatte Verlust erlitten, auch er hatte seinen Weg verlassen und sich verlaufen, doch er fand zurück. Würde er, Titus, zurückfinden?

Und als letztes Sandro, der ihm selbst jetzt ein leises Lächeln schenkte. Der Gedankenleser, die Zirkusattraktion, der Freak, der Leibeigene, der

Überlebende. Auch ihm hatte man übel mitgespielt, auch er hatte es überstanden.

Innerlich seufzte Titus, jedoch nicht ohne Stolz. Auch wenn er sie schändlich missachtet und ignoriert hatte, seine Familie, die die Silver nun einmal waren, bestand aus großartigen Solani, mit starken Charakteren und unbeugsamen Willen. Und da wusste er es, wusste es in seinem Herzen und konnte es sich selbst endlich eingestehen. Er ließ sich die Worte der Göttin erneut durch den Kopf gehen und auch wenn er nach wie vor nicht mit ihr sprechen wollte, sie nicht in seinem Kopf haben wollte, so erkannte er die Wahrheit. Langsam öffnete er die geballten Hände, zeigte die Handflächen nach außen, ließ die Schultern hängen, hielt sich aber weiter gerade. Titus strahlte keine Kälte aus, weder Zorn noch Wut. Seine Macht schloss sich in ihm ein. Er war in diesem Moment nur ein normaler Solani und um mehr zu sein, dazu hatte er kein Recht. „Ich habe es lange ignoriert und auf euch habe ich nicht gehört. Es tut mir leid." Titus senkte die Lider, starrte auf den Boden, wie ein gescholtener Junge. Bevor er weiter sprach, hob er erneut den Blick. „Ihr seid starke und gute Kämpfer und Kämpferinnen, ihr seid mutig und entschlossen und ich bin es nicht mehr. Ich kann es nicht sein, auch wenn ich es nicht wahr haben wollte. Ich habe einigen von euch Stärke gepredigt und war selber schwach. Ich habe euch Hoffnung weismachen wollen und bin selbst verzweifelt. In kurz: Ich war kein guter König, kein richtiger Anführer und den braucht ihr heute mehr denn je. Daher..." Titus machte eine Pause und sah zu Patrick, der ihn konzentriert anstarrte, den Blick weiter hielt. „Daher mache ich Patrick und Derek zu den neuen Leitern der Silver. Sie werden es gut machen, besser als ich. Und ich werde tun, was ich muss, was Alessas Botschaft mir auftrug."

„Und das heißt was?", hakte Pat nach, nicht ganz glücklich mit seiner neuen Aufgabe.

„Ich werde reisen. An den Anfang und zurück und zurück, bis ich etwas finde, das mich wieder aufbaut, das mich leben lässt."

„Und... Und wenn du...?" Der Empath formulierte die Frage nicht aus.

„Dann komme ich nicht zurück", kam die schlichte und doch schwerwiegende, alles verändernde Antwort.

Penelope wusste im Grunde ihres Herzens, dass sie am liebsten bleiben wollte. Nicht in Cork oder Irland, sondern genau hier in Ethans Bett. An die breite, starke Brust des Mannes gekuschelt, der sie festhielt und gleichzeitig sie so sanft berühren konnte. Sie wollte auf ewig seinen Geruch einatmen, seine Haut berühren und seine Wärme in sich aufnehmen und darin ertrinken. In seiner Nähe konnte sie alles vergessen.

Selbst die Schrecken der Nacht wirkten nun nicht mehr so düster und bedrohlich, eher wie ein schauriger Albtraum, der bereits verblasste, bald nur noch eine unklare, verschwommene Erinnerung. Sie schlief. Seit Tagen hatte sie nicht mehr so tief und wohlig geschlafen. Sich sicher fühlend und unbekümmert. Vielleicht machte Liebe wirklich verrückt. Denn in ihr löste sie eine solche Euphorie aus, dass sie die Zukunft sogar für hoffnungsvoll hielt, für etwas, das sie erleben wollte und zwar genießend. Auch Träume plagten sie nicht, nur angenehme, ruhige Leere, in der die Dunkelheit sie umschlang und liebkoste wie eine gewärmte Decke. Sie konnte auch im Schlaf seinen Körper wahrnehmen. Seinen Arm um ihre Taille. Die Brust, die an ihrem Rücken anlag. Das Bein, das er zwischen ihre geschoben hatte. Sein Haar kitzelte an ihrem Ohr. Und dann sein Blut, das warm über ihren Hals tropfte. *Moment!* Die Illusion der Ruhe wurde gestört. Nell versuchte auszumachen, zu verstehen, was da gerade in ihre Idylle eindrang, in ihren perfekten Moment, ihren erholsamen Schlaf. Da war etwas gewesen, was sie irritiert hatte. Was? Sein Bein, sein Rücken, sein Haar. Wärme. Nicht von seiner Haut. Wärme, die klebte und flüssig war. Wärme, die metallisch roch. Nach Blut. *Blut?*

Ihr Denken schien in Treibsand festzustecken und einzusinken, denn je mehr sie versuchte aufzuwachen und die Eindrücke zu verarbeiten, ein stimmiges Bild zu erhalten, desto schneller sank sie zurück. Was geschah hier? Etwas war ganz und gar nicht in Ordnung. Nur sehr langsam, wie Honig aus dem Kühlschrank, zog sich die Dunkelheit zurück und machte grauen Umrissen Platz, die ein hartes, aber verzerrtes Bild abgaben. Ethans Haus, sein Bett. Sie hatte fliehen wollen, aber sie hatten miteinander geredet und dann, nach allen Enthüllungen, hatte sie mit ihm geschlafen. Und nun lag sie mit ihm im Bett, seinem Bett, unter der Decke, sein Körper an ihrem. So weit war Penelope schon gewesen und langsam setzte sich das Bild zusammen. Nur das letzte Puzzleteil wollte sich noch nicht an seinen Bestimmungsort legen, als würde es sich weigern oder als zögere ihr eigenes Denken, um das Puzzle nicht beenden zu müssen. Ihr Geist schreckte vor dem Gesamtbild zurück.

Aber ihr pochendes Herz und ihr schnellerer Atem, die Spannung in ihren Muskeln sagten ihr, dass ihr Körper schon wusste, was sie nicht wahr haben wollte. Gefahr - hier in Ethans Haus. Etwas stimmte nicht - hier in Ethans Bett. Etwas war zerbrochen... An Ethan. Helle Punkte blendeten alles aus. Sie wollte diesen Gedanken nicht und schon gar nicht die Erkenntnis dahinter. „Du hast Blut gespürt. Du spürst es noch. Aber kein Atem. Fühle. Wo ist sein Herzschlag?", raunte die Stimme der Vernunft, nicht gehässig oder ironisch, sondern schwer und müde, all den Schmerz ebenso leid wie Penelope.

Sein Herz... Als sie eingeschlafen war, da hatte sie es im gleichen Takt schlagen gespürt wie das ihrige. Ein stetes, sanftes Pochen, so voller Ruhe und Zuversicht. Es war verschwunden. Und nun fühlte Nell auch, wie die Wärme langsam aus ihm wich und es fröstelte sie. Noch hielt sie die Augen geschlossen, aber unter ihren Lidern zuckten bereits ihre Augäpfel. Die klebrige Flüssigkeit, die nach wie vor an ihrem Hals herab rann, konnte sie ebenfalls nicht länger ignorieren. Wie in Trance, noch immer mit geschlossenen Augen, griff sie hinauf, erst an ihren eigenen Hals, dann an den neben ihr. Das Gesicht, dieses perfekte Gesicht mit seinen Kanten, der geraden Nase. Zu kalt. Schaudernd tastete Nell nach unten. Zu Ethans Hals und sie griff in eine Wunde, griff mitten hinein und fühlte Hitze. Die Hitze des Todes, die ausstrahlte und sich verlor, bis nur noch Kälte übrig blieb. Vorsichtig, als gäbe es noch etwas, das sie zerbrechen könnte, hielt sie die Hand vor ihr Gesicht und erst dann, erst als es nicht mehr anders ging, öffnete sie die Augen und trotz der Dunkelheit, die nie wirklich dunkel für ihren Blick war, sah sie das scharlachrote Blut. Nun hatte sie die Bestätigung für das, was ihr Kopf bereits wusste und nicht hatte wahrhaben wollen. Ethan war tot. Etwas oder jemand hatte ihn getötet. Während sie schlief. Direkt neben ihr und es war noch da.

Ein Schatten in den Ecken. Kurz dachte sie, es könnte Titus sein, und eine irrationale, unerklärliche Hoffnung überschwemmte sie - trotz des Blutes an ihren Händen. Doch es konnte nicht der Solani sein. Es roch nicht nach Schnee. Es roch nach... Erst nach gar nichts. Was Penelope irritierte. Dann witterte sie doch etwas, nahm eine Spur auf. Kohle und Feuer. Unmöglich! Das hätte sie in der Sekunde bemerkt, in der der Geruch ihr zu nahe gekommen wäre. Was ging hier vor? Und mit diesem einen klaren Gedanken, dieser panischen Frage, zog sich die Dunkelheit endgültig von ihr zurück, Grau entflammte zu Farben und das scharlachrote Blut schien ihr entgegen zu leuchten. Penelope war wach und angespannt, zu einem Kampf bereit. Darum rollte sie sich auch mit einer schnellen Drehung aus Ethans lebloser Umarmung, aus dem Deckenwirrwarr und auf den Boden. Ihr Körper schlug nicht auf wie ein Stein, stattdessen fing Nell den Sturz mit Händen und Füßen ab, verharrte einen kurzen Moment, bevor sie aufsprang und in eine abwehrende Position glitt. Den Umstand, dass sie nackt war, musste sie zwanghaft ignorieren, auch wenn sie sich dadurch fürchterlich angreifbar und schutzlos fühlte. Als wäre ein Shirt oder eine Hose ein besserer Schutz! Ihre Nacktheit führte dazu, dass sie sich ihres Körper mehr bewusst war als sonst. Sie spürte die kühle Luft, den Boden unter den Fußsohlen, jeden Hauch und die kleinen Härchen stellten sich auf den Armen und im Nacken auf.

Suchend huschte ihr Blick durch den Raum, sah über Ethans Leichnam hinweg, blendete ihn aus, und fand schließlich den Feind. Ein Schatten, er verbarg sich vor ihr. Doch ein Nim, nun war sich Penelope sicher. Der Geruch konnte nicht mehr verdeckt werden. Allein eine gebogene Klinge in seiner rechten Hand schimmerte silbern und rot in der Nacht. Unter der Kapuze ließ sich kein Gesicht ausmachen, nur ein dunkelrotes Glühen, das aus dem Schatten hervor blitzte und sie an ihre Narbe erinnerte. „Wer immer du bist, ich töte deinesgleichen", raunte sie, fühlte sich besser dabei, ihre Stimme zu hören, etwas Vertrautes, etwas Wirkliches, sonst könnte sie noch denken, das alles wäre ein böser Traum - oder ein schlechter Scherz. Der andere sprach nicht, zuckte nicht, stand nur da, abwartend. Wartete auf sie. Und Penelope kam, wollte so schnell es ging den Abstand zwischen ihnen überbrücken - in einer perversen Abwandlung dieser typisch kitschigen Szenen, wenn das Paar aufeinander zulief, wahlweise auf einer Wiese oder im Regen oder auch in Kombination - um ihre bloßen Hände in ihn zu schlagen, seine Haut zerreißend und seine Knochen brechend, nur um Ethans Blut mit dem dieses Monsters abzuwaschen.

Ihr Körper übernahm, schnellte nach vorne, bereit sich diesem Kampf zu stellen. Penelope war auf seine Abwehr gefasst, darauf vorbereitet, nur nicht auf seine Schnelligkeit. Und er war sehr schnell. Der Nim schien mit der rechten Hand, in der er nach wie vor die gebogene Klinge hielt, auszuholen und sie wich aus, nur um festzustellen, dass dort bereits sein linker Arm auf sie wartete. Auch hier wich sie aus - knapper. Sie spürte seine erhitzte Haut an ihrer Wange vorbei gleiten. Nun sollte sie einen Angriff in seine Seite landen können, die hatte er ungeschützt gelassen und außerdem stand er mit dem Rücken zur Wand. Nur dass der Nim nicht mehr dort weilte, als sie zum Tritt ausholte, die roten Risse bereits ihren gesamten Körper überziehend. Es war ein kräftiger Schlag, ein schmerzhafter - nur nicht für ihren Gegner, sondern für sie selbst, denn ihr Bein schlug gegen die Wand, verursachte eine Delle im Stein und ein Zähneknirschen bei ihr. Ihr Bein wurde taub, doch darauf konnte sie keine Rücksicht nehmen. Schnell wirbelte Penelope herum, nur um zu merken, dass der Nim hinter ihr stand, direkt hinter ihr! Bevor sie ihre Arme zur Abwehr hochziehen konnte, traf seine Faust ihr Gesicht. Sie wankte zurück, ein seltsames Klingeln in den Ohren. „Verdammt! Wie kann der so stark sein?" Das Glühen unter seiner Kapuze schien heller zu werden, es ähnelte dem ihren und das gefiel Nell noch weniger, als die Sterne vor ihren Augen oder die blutende Nase.

Wütend spuckte sie Blut aus, dann machte sie einen Ausfallschritt und rollte sich ab. Sie durfte nicht zwischen diesem Ding und der Mauer bleiben, dann wäre sie chancenlos. Nur dass dort, wo sie ankam, er bereits wartete. „Wie macht er das?!" Nell schnellte zurück, stieß gegen das Nachtkästchen und ignorierte die Lampe, die zu Boden ging und deren Glas zerschellte, als der Nim erneut kurz vor ihr auftauchte und sie zum Ausweichen zwang, wodurch sie in die Scherben griff und sich die linke Hand aufschnitt. Er spielte mit ihr, das war Penelope wohl bewusst, aber sie wusste nicht, wie sie das Spiel beenden sollte. Sie kam nicht an ihn heran, er war, wo sie hinging, schien jeden ihrer Schritte im Voraus zu kennen. Und dazu, als krönenden Abschluss, als Kirsche auf dem Eis, kam ihr das so bekannt vor, als hätte sie genau das auf die ein oder andere Weise bereits getan. Wieder und wieder. Als wäre das eine einstudierte Choreografie, die sie zum Opfer machte. „Konzentrier dich und philosophier hier nicht rum. Wenn er dich tötet, dann ist es egal, wer du warst. Dann ist alles egal!", schrie die vernünftige Stimme panisch. „Wer wird denn da Angst vorm Tod haben?", dachte Nell gehässig und versuchte nach rechts auszubrechen. Diesmal kam sie nicht einmal einen Schritt weit. Ihr Körper kollidierte mit voller Geschwindigkeit mit seiner flachen Hand, die er gegen ihr Brustbein schlug. Penelope spürte, als würde die Zeit nur dafür langsamer gehen, damit sie es auskosten konnte, den Schmerz. Wie ihr Körper zu einem plötzlichen Halt gezwungen wurde - aber nur auf Brusthöhe. Währenddessen verloren ihre Beine den Boden unter den Füßen, ihr Kopf wurde nach vorne geschleudert - so musste sich ein Auffahrunfall mit dem Auto anfühlen - und dann drückte diese kräftige, viel zu heiße Hand sie weg. Einfach so. Penelope war gute 1.70m groß und wog 57 Kilo, davon das meiste reine Muskelmasse, und dennoch schleuderte sie dieses Wesen einfach von sich, als wäre sie nichts. Doch als sie gegen die Kommode krachte, da wirkte die Schwerkraft wieder auf sie. Penelope konnte nicht atmen, japste nur hektisch nach Luft. Sie griff um sich, lag am Boden und versuchte aufzustehen, aber ihr Körper wollte ihr nicht gehorchen. Sie strampelte, taube Beine und schwere Arme, alles wankte, kippte. Starb sie? Nun bedeckte nicht nur Ethans Blut ihre Haut, sondern auch ihr eigenes. Die Nase blutete weiter, der Geschmack von Metall in ihrem Mund ließ sie würgen. Und dann stand er über ihr, glühende Punkte statt Augen. Er legte den Kopf schief, dachte sie. Was für eine komische Geste. Die darauf Folgende übertraf diese jedoch. Der Nim kniete sich neben sie und berührte ihre Wange, streichelte zart mit dem Daumen darüber und steckte lose Haarsträhnen hinter ihr Ohr. „Du musst endlich damit aufhören, Liebes", raunte der Nim und seine Stimme klang nach prasselndem Feuer.

Sie musste ohnmächtig geworden sein. Zumindest konnte Penelope es sich nicht anders erklären, warum sie plötzlich auf der cremefarbenen

Couch lehnte - nicht ganz sitzend, nicht ganz liegend - und eine Decke sich um ihren Körper wickelte, sie einhüllte und ihr mit Wärme und Weichheit Sicherheit vorgaukelte. Nur war sie nicht sicher. Nell blinzelte, fragte sich, warum sie noch lebte. Dann erinnerte sie sich an die Stimme, die aus ihrem Kopf, die in ihm klang, seit sie keine Kontrolle mehr hatte, als wäre dadurch ein Ventil gelöst worden. Und die Stimme, die zu ihr sprach, kurz bevor sie das Bewusstsein verlor. Die Stimme, die zu Ethans Mörder gehörte. Dieselbe Stimme. Wenn es den kleinsten Zweifel gäbe, sie hätte sich daran fest gehalten und ihn nicht losgelassen, weil die unwahrscheinliche Alternative, dass sie sich irrte, so viel angenehmer zu ertragen wäre. Aber da existierten keine Zweifel, nur Gewissheit. Dieselbe Stimme.

Penelope riss die Augen auf, wollte endlich sehen, was los war, und sah sich einem elegant gekleideten Mann gegenüber. Er hatte ein markantes, einprägsames Gesicht mit dunklen Augen, in denen die Glut schwelte, um die herum, anstatt von Falten, dünne rote Risse glühten, einer flachen Stirn und gerader Nase. Zwischen seinen vollen Lippen steckte eine Zigarette, an der er lässig zog. In einer Hand hielt er ein Glas mit Whiskey - eins von Ethans Gläsern. Nell wollte aufspringen, sich auf ihn stürzen, aber etwas hielt sie zurück. Sie kämpfte dagegen an, doch ihr Körper rührte sich nicht, fest gemacht an der Couch. „Beruhige dich, gleich bin ich weg", schnurrte der Nim und ließ die goldbraune Flüssigkeit im Glas kreisen. Er schien alle Zeit der Welt zu haben und diese Situation zu genießen. Die junge Frau biss die Zähne zusammen, wartete, suchte nach einem Ausweg, nach einem Plan.

„Das alles", dabei machte er eine ausladende Geste, die alles um sie herum umschrieb, „hätte nicht sein müssen. Du hast mir keine andere Wahl gelassen, ich musste es tun. Du hast die Silver getötet - alle. Dein Kraftausbruch war so stark, dass man ihn kilometerweit spüren konnte. Und zerstörerisch. Sei froh, dass ich ihn eingedämmt habe, bevor du noch die ganze Stadt in Schutt und Asche gelegt hast." Der Nim nippte an seinem Drink, grinste sie an, als würden sie sich gemütlich in einer Bar unterhalten. Dabei saß Penelope nackt und blutig vor ihm, festgehalten gegen ihren Willen, mit dröhnendem Kopf und wachsendem Grauen. Alle Solani waren tot? Oliver - nein Oz - und Patrick und Derek? Selbst Titus und die gruselige Mary? „Du hast dich gut versteckt. Sehr geschickt, das muss ich dir lassen. Unter anderen Umständen wäre ich fast stolz. Ich habe dich gesucht und du entwischtest mir immer wieder. Die anderen davon zu überzeugen, dich nicht zu töten, sondern zurückzubringen - zurück, wo du hin gehörst - war nicht einfach. Du verstehst sicherlich, du hast viele von ihnen getötet." Ein Zug an der Zigarette. Nell blickte sich um. Die beiden saßen sich alleine gegenüber. Kein anderer störte diese unwillkommene Zweisamkeit, aber sie waren da, mehr Nim, sie roch sie nun deutlich. Jetzt seufzte er auch noch theatralisch und sie versuchte sich eines klar zu werden: Hörte sie die selbe Stimme, wie die in ihrem Kopf, wie die des Kämpfers zuvor? Ähnlich, so ähnlich... kein Zweifel. Leider. Er war es, der, der in ihrem Kopf sprach, und auch der, der Ethan getötet hatte. Der Nim schüttelte bedauernd seinen Kopf. „Du hast die Kontrolle verloren, Liebes, und dazu wohl auch noch deinen Verstand. Als ich dich fand, da warst du voller Blut. Du hast diesen Mann getötet."

„Nein, habe ich nicht! Das warst du", brach es aus Penelope hervor, wütend, trauernd, rachlüsternd. Wie konnte er es wagen, sie zu beschuldigen? Sie und Ethan töten? Den Mann, in den sie sich verliebt hatte? „Niemals!", schrie es in ihr. Wieder dieses bedauernde Kopfschütteln. „Ach, Kleines, ich ahnte, dass du nicht mehr ganz bei Verstand bist, aber so fern der Vernunft? Du hast ihn getötet und ich hielt dich auf, bevor Schlimmeres geschehen konnte." Schlimmeres, als einen Unschuldigen zu töten? Penelope wollte herablassend und giftig zischen, aber etwas in ihrem Kopf, der immer noch dröhnte, hielt sie davon ab. Ihre Erinnerung, etwas stimmte nicht mit ihr. Der Kampf... Hatte es ihn wirklich gegeben? Sie sah plötzlich sich, wie sie eine Waffe zog - woher hatte sie die? - und sich umdrehte. Wie sie Ethan die Kehle aufschlitzte, ihre Haut voll von roten, sich windenden Linien, und sie grinste diabolisch. Das Blut quoll hervor und als wäre sie damit zufrieden, als könnte sie nun endlich schlafen, warf sie die Waffe weg und legte sich hin. Nell schüttelte den Kopf. Unmöglich. Bevor sie sich weiter diesem Problem widmen konnte, riss die knisternde Stimme sie zurück.

„Ich wollte dir deinen Freiraum gönnen. Unsere Trennung war nicht besonders gelungen." Ein Schulterzucken, noch ein Zug an der Zigarette. „Aber so..."

„Mir ist das vollkommen egal. Ich weiß nicht, wer du bist oder was du willst. Deine komischen, dämlichen Andeutungen gehen mir gehörig auf die Nerven! Du hast Ethan getötet, das weiß ich bestimmt!" Wusste sie das? „Und du kannst mich gleich hier töten, denn ich werde nie gemeinsame Sache mit den Nim machen!", spie Penelope. Und da lachte er, tief und dröhnend. Es erinnerte sie an einen Waldbrand - wenn ein Wald zuerst mit Benzin übergossen worden wäre, bevor jemand ein Streichholz fallen ließe. Sie zuckte, obwohl sie nicht wollte, zusammen und machte sich klein. Dieses Lachen... Es bedeutete Schmerz und Bestrafung, nur warum dachte sie das? Wer war dieser Mann? Da gab es diese zerfallenen, vollkommen zerfetzten Erinnerungen hinter der Membran. Viel hatte sie nicht gesehen, aber Ausschnitte. Und dann diese Straße, das Mädchen und der Mann, das Versprechen von Zuhause und Sicherheit. Wie passte das alles zusammen - mit ihrer Kraft, Ethans Tod, den Solani, den Nim und ihm, der sie nun festhielt?

Nach einer Weile verstummte ihr Gegenüber und hatte tatsächlich den Nerv, ihr zuzuzwinkern und zu lächeln. Ein süffisantes, arrogantes und absolut hassenswertes Lächeln spielte um seine Lippen. Sie gaben sich eine Weile einem Blickduell hin, das jedoch er gewann, denn irgendwann konnte Penelope nicht mehr standhalten und in seine Augen sehen. Diese absolut schwarzen Augen, in denen das Feuer tobte. Chaos und Zerstörung, Macht und Hass, alles sah sie darin und so vieles mehr, das sie nicht verstand, weil es alt war, wenn nicht ewig. „Bist du dir sicher, dass du mir nicht lieber gehorchen willst?", schnurrte er. Sie schüttelte kraftlos den Kopf, starrte auf ihre blutigen Füße. Wie war Blut auf ihre Zehen gelangt? Schmunzelnd beugte sich der Nim vor und schenkte sich nach. „Weißt du, Liebes, ich kann sehr überzeugend sein und wie es der Zufall will, habe ich das perfekte Argument für dich."

Nur eine Handbewegung, mehr brauchte es nicht. Penelope wusste nicht einmal, wem diese Geste galt, denn augenscheinlich war niemand mit ihnen hier in dem Raum. Vielleicht war es nur Show. Aber dennoch bewirkte die Geste etwas, denn nun hörte sie Schritte. Zwei Personen näherten sich mit einem schweren Gang, wahrscheinlich trugen sie dicke, lederne Stiefel - sie alle trugen diese Stiefel - dachte Nell. Und eine Person ging nicht, sondern stolperte. Leichter, tapsender, wurde mehr gezerrt und über den Boden geschleift, als dass sie selber Fuß vor Fuß setzte. Sofort beschleunigte sich ihr Atem, ihr schwante Böses. Der Nim vor ihr las in ihrem Gesicht, konnte den schnelleren Herzschlag zuordnen und sein süffisantes Lächeln wurde breiter, erinnerte die junge Frau an die Katze aus Alice im Wunderland.

„Du ahnst es, ja? Also doch nicht alles vergessen, was man dir beibrachte. Wenn du wieder anfängst, klug damit umzugehen, wird alles besser, ich verspreche es."

„Deine Versprechen kannst du dir sonst wo hin stecken! Wie kannst du es wagen, meine Freunde da mit hineinzuziehen?", fauchte Penelope und versuchte an den unsichtbaren Fesseln zu rütteln. Nicht mehr eingesperrt sein - nie wieder, *nie wieder!* Die Narbe entflammte, die Risse loderten unter ihrer Haut auf, aber es half nichts, bewirkte nur, dass das Monster vor ihr ihr zuzwinkerte. „Rot steht dir gut und ich liebe es, wie wir dadurch verbunden werden. Jeder kann es sehen", schnurrte er blasiert, das Zähnefletschen von Nell ignorierte er.

Als die Tür aufging und die drei Neuankömmlinge eintraten, da überraschte es Penelope nicht, Sean zwischen zwei Nim zu sehen. Die zwei,

Männer mit breiten Schultern und groben Gesichtern, hielten seine Arme umklammert, quetschten ihn und hielten ihn hoch, sodass er zwischen ihnen zusammensackte und schief dazwischen hing. So falsch, alles war falsch und ein irrationaler Teil von ihr betete, dass das nur ein Traum war, ein schlechter Scherz, ein Missverständnis. Aber es war echt und greifbar und real. „Dieses kleine Vögelchen zwitscherte vor dem Haus herum, als ich mit meinen Leuten hier ankam. Ich dachte, du möchtest vielleicht einen Freund zum Spielen haben." Die Stimme des Nim klang süßlich und widerlich. Er schnippte mit den Fingern und daraufhin ließen seine Schergen Sean einfach zu Boden fallen, wo er mit einem Plumps und einem Ächzen aufschlug. „Sean, was machst du hier?", fragte Nell unsicher und sie tat etwas, für das sie sich selbst verabscheute. Sie wechselte den Blick und ließ zu, dass seine Gefühle für sie sichtbar wurden, als Wolke, als dunkler Nebel um ihn herum. Der Nim beobachtete sie genau, wissend, abwartend, lauernd. Die junge Frau dachte an den Kuss, den Streit und nun befand sich Sean hier, lauerte vor dem Haus, beobachtete sie und wurde gefangen? Spielte es sich so ab? Penelope hoffte, Trauer zu sehen, vielleicht Angst, aber sonst gute Gefühle, doch sie fand neben Angst vor allem Wut und Kränkung, sogar Hass. Ihr Herz stockte. Sean hasste, hasste stark genug, um Beute für die Nim zu werden, um einer von ihnen zu werden. „Den einen hast du getötet und dem anderen hast du das Herz gebrochen und Hass gesät. Das ist dein Werk, Liebes", raunte der Mann und diesmal stand er auf, schlenderte zu dem Jungen auf dem Boden und ging vor diesem in die Hocke. Der Nim packte dessen Kinn mit zwei schlanken, langen Fingern und zwang Sean, ihn anzusehen. Die roten Linien um die Augen leuchteten heller, breiteten sich aus. In seiner Stimme brannte das Feuer nun stärker.

„Ich könnte dich zu einem der Meinen machen", schnurrte er. Sean starrte ihn an, voller Angst und so... Hoffnungsvoll? „Nimm deine dreckigen Hände von ihm! Lass ihn los. Du bist wegen mir hier, nur wegen mir!", brüllte Nell und ihre Stimme zitterte panisch. „Hm, ja... Aber der kleine Mensch erfreut mich", kam die amüsierte Antwort. „Sag' mir, was du von mir willst, ich tue es. Okay? Ich werde es tun, aber lass ihn gehen!" Die Worte polterten aus ihrem Mund, überschlugen sich. Trug sie die Schuld? An Ethans Tod, an Seans Situation? Sie? Ihr wurde schlecht. Galle stieg in ihr hoch. Die Bilder kehrten zurück, wie ihre Hand die Klinge führte, wie sie Ethan tötete. Nein! *Doch, du warst es!* Penelope schüttelte den Kopf, so wirr, so unklar. Seit Derek hinter die Membran gegangen war, schien sie den Verstand zu verlieren. Brannte es weiterhin hinter der Schutzschicht - war es das? Fackelte gerade alles ab, was sie ausmachte, würde nichts mehr von ihr übrig bleiben, als eine ausgebrannte Hülle, die man benutzen, die man mit Lügen füllen konnte? Und war es überhaupt eine Lüge? Je mehr Nell darüber nachdachte, desto weniger sicher konnte sie sich sein. Der Nim spielte mit ihr, mit ihren Erinnerungen - oder? Der Zweifel, einmal gesät, gedieh nun prächtig.

Der Nim sah sich Sean weiter an, lächelnd, musternd, wissend. Er spürte, was sie gespürt hatte - natürlich. Doch dann, mit einem Ruck, dass Sean einfach wegkippte, ließ er ihn los, richtete sich auf, mit einer frustrierenden Eleganz, die ihm nicht zustand, und schritt wie ein König zu ihr herüber. In seinen Augen waren sie alle klein, unbedeutend und nichtig, dazu da, ihn zu amüsieren und zu unterhalten, ihm zu dienen. Penelope hatte eine Vermutung, einen unangenehmen Verdacht, wer - oder besser was - sich hier erneut vor ihr niederließ, ein Bein über das andere geschlagen und sich ganz gemütlich eine Zigarette anzündete.

Wie spät mochte es sein? Wieviel Zeit hatten sie, bevor jemand kam, um nach Ethan zu suchen? Noch herrschte draußen die Dunkelheit der Nacht, durchbrochen von vereinzelten Straßenlampen und dem Mond.

„Also du tust alles, was ich will?", hakte er schließlich nach. „Wenn du Sean frei lässt", wandte Nell ein, viel ruhiger, als sie sich fühlte. Fast traurig schüttelte er den Kopf.

„Aber das kann ich nicht machen. Er ist mein perfektes Argument, mein Trumpf, deine Überzeugung, zu tun, was ich verlange."

„Du Bastard! Niemals. Er muss in Sicherheit sein."

„Aber bei mir wäre er doch in Sicherheit."

„Bei einem Nim?" Sie spuckte das Wort aus wie eine Beleidigung. „Nun, weniger sicher als bei dir, wird er nicht mehr sein können", hielt er grausam mit sanfter Stimme dagegen, lächelnd, an der Zigarette ziehend. Nell zuckte zusammen, als hätte er sie geschlagen - sehr fest geschlagen. Gleichzeitig flammten die Risse noch mehr auf, tauchten alles in einen rötlichen Schein. Sie rüttelte an den Fesseln, doch sie gaben nicht nach. Die Macht, die sie hielt, überstieg die ihre, überstieg alles, dem sie bis jetzt begegnete. Nicht einmal Titus könnte mit dieser Kraft mithalten... Hätte mithalten können, verbesserte Penelope ihre eigenen Gedanken. Ein weiterer Stich ließ sie zusammenzucken. Warum schmerzte es sie so sehr, wo doch er sie hatte töten wollen? „Kannst du bitte bei der Sache bleiben?" Die vernünftige Stimme schaltete sich ein, hatte wohl genug von ihren sich im Kreis drehenden Gedanken, die bald vor Anstrengung und Sinnlosigkeit kollabieren würden. „Es ist passiert und du darfst dich schuldig fühlen, darfst heulen, was auch immer. Aber zuerst musst du Sean retten. Wenigstens ihn, sonst hast du alle verloren!" Alle verloren, die Worte echoten in ihrem Kopf nach, potenzierten ihre Lautstärke, bis sie zwischen ihren Schläfen dröhnten.

„Was willst du, was soll ich machen?", presste Penelope schließlich hervor. Sie rechnete damit, dass er sie jemanden töten lassen würde, dass er verlangen würde, mit ihm mit zu gehen und sich einsperren zu lassen, alles, nur nicht das, was er tatsächlich wollte.

„Ich will, dass du nach London fliegst. Von dort nach Deutschland und dann nach Italien. Und zuletzt nach Nizza. Du wirst deine Identitäten tauschen und unauffällig bleiben und du wirst genau in einer Woche dort ankommen. Du wirst dann auf weitere Anweisungen warten und tun, was man dir sagt. Lässt du dich erwischen, ist dein kleiner Freund verloren. Widersprichst du mir, machst du einen Fehler, dann wird auch sein Blut an deinen Händen kleben."

„Bitte was? Ich soll durch die Gegend reisen? Wieso, zu welchem Zweck?"

„Das brauchst du nicht zu wissen."

„Warum sollte ich meine Identität verschleiern?"

„Weil ich es so will."

„Und wohin in Deutschland und Italien?"

„Mir egal. Da lasse ich dir deine Freiheit." Er legte einen eigenartigen Ton in seine Stimme, als er Freiheit sagte, als würde es mehr bedeuten und es schien mehr zu bedeuten, zwischen ihnen, als würde an diesem Wort eine Geschichte hängen, die sie kennen müsste, aber Penelope kannte keine Geschichte, keine Erzählung und sicherlich hatte sie keine Erinnerung. Nun presste sie die Lippen aufeinander und schwieg. Am liebsten hätte sie die Arme vor der Brust verschränkt, aber das ging natürlich nicht.

„Was ist in Frankreich?"

„Das wirst du dort erfahren."

Penelope schnaubte. „Glaubst du wirklich, ich tue das ohne jegliche Erklärung?"

Der Nim beugte sich vor, die Ellenbogen auf seine Oberschenkel gestützt, süffisant grinsend. Wenn sie nur könnte, sie würde ihm dieses Grinsen aus dem Gesicht prügeln! „Ich weiß, du brauchst keinen anderen Grund, als dass ich ansonsten deinen Freund da drüben zu einem Nim mache - wenn er Glück hat." Er wedelte gelangweilt in Richtung Sean, der sich mittlerweile irritiert aufgesetzt hatte und sich den Kopf rieb. Die zwei Riesen standen hinter ihm, rührten ihn jedoch nicht an. „Nell, was ist hier los? Wer sind die und was ist mit dir passiert?" Er klang wieder wie ihr Freund, wie ihr bester Freund und nicht wie dieser Fremde, der ihr all die gemeinen Sachen an den Kopf geworfen hatte. Aber die Angesprochene konnte nicht einfach ignorieren, dass er zu diesem Haus gekommen war, sie beobachtet hatte.

„Sean, es tut mir leid, wirklich. Aber was hast du hier gemacht?", sagte sie daher. „Ich... Ist das jetzt wichtig?", giftete der junge Mann und war wieder der Fremde, der Gekränkte, den Nell nicht mit Sean vereinbaren konnte. „Du wärst nicht in dieser Lage, wenn du nicht hierher gekommen wärst! Woher kennst du Ethans Adresse? Warum bist du hier?", fauchte sie zurück. Gerade konnte sie nicht anders, als ihre Aufmerksamkeit dem Freund zuzuwenden, auch wenn die Gefahr direkt vor ihr saß und sie beobachtete. Seans Gesicht wurde fleckig und rötete sich. Er tat Penelope leid, sie wollte ihn retten, wollte ihn beschützen, aber er hatte sie verletzt, beobachtet, das fiel ihr schwer zu vergessen. „Sean!", schrie sie ihn daher an. „Ich wollte wissen, wohin du gehst! Warum du lieber bei ihm sein wolltest, als bei mir. Ich bin dir gefolgt und habe gewartet! Verdammt, ich konnte ja nicht wissen, dass du dich wie ein Nutte auf ihn wirfst. Mein Bett ist zum Schlafen gut genug, aber für Spaß gehst du zu ihm!" Seine Stimme überschlug sich, brach und Tränen glitzerten in seinen Augen. „Du hast mich benutzt, hast meine Liebe immer und immer wieder ausgenutzt", krächzte er. „Aber... Ich wusste nicht...", versuchte Nell sich zu verteidigen, doch die Worte prallten an ihm ab. „Er ist wirklich ein guter Kandidat, Liebes. Die Eifersucht auf seine Schwester. Der Ärger auf seine Eltern. Oh und dann kamst du und hast ihn über die Klippe gestoßen - mit Anlauf, möchte ich hinzufügen." Ihr persönlicher Albtraum lachte, amüsierte sich über das Leid, warum auch nicht, er lebte davon - zehrte davon. „Du siehst, es wäre mir ein Leichtes, ihn zu einem von uns zu machen. Sein Herz verbrennt dank deiner bereits", sprach er weiter, kaum versiegte sein Lachen, in das keiner einstieg. Penelope betrachtete Sean starr, wie er auf dem Boden saß, die Schultern herab hängend, den Kopf gesenkt, bebend und sich schüttelnd. Auf seiner Nase tanzte eine Träne und fiel herab, ein glitzernder Tropfen, der im Teppich verging. Aber sie hatte ihn gesehen und würde ihn nie wieder vergessen. Das hatte sie angerichtet. Sie allein. Nell wollte am liebsten weinen, aber ihre vernünftige Stimme ermahnte sie immer zu, durchzuhalten, stark zu sein.

„Du wirst ihn nicht anrühren. Du wirst ihn in Ruhe lassen."

„Werde ich das?" Der Nim zog eine Augenbraue in die Höhe. Abwartend.

„Ja, denn ich werde tun, was du verlangst."

„Braves Mädchen. Du wirst sehen, es ist zu deinem Besten. Du bist verloren gegangen, lass mich dich nach Hause führen", schnurrte er und stand auf. Sie sah den Schlag kommen und wusste, er würde sie ohnmächtig prügeln. Sie wusste es und akzeptierte es, konnte nichts dagegen machen. Die ganze Situation war Penelope aus den Händen geglitten. Irgendwann zwischen ihrem Erwachen und heute, zwischen dem Ken-

nenlernen von Sean und der Einrichtung ihres Heims, dem Aufeinander-
treffen mit den Solani und dem Versuch mit Derek lag irgendwo ein Fehler, aber vielleicht musste sie auch einsehen, dass ihre ganze Existenz
einem Fehler glich. Eine Waffe, davon erzählten die Runen, davor fürchteten sich die Solani. Die junge Frau musste davon ausgehen, dass sie
damit gemeint war. Ein Monster, das Zerstörung brachte. Nämlich jedem. Begonnen mit Ruth und gipfelnd in der Auslöschung der Silver,
endend bei Ethan... und Sean? Zumindest Sean würde sie retten, hoffte
Penelope. Und er, der gerade mit der Faust ausholte und sie angrinste,
war ihr Meister und Erschaffer. „Geh nach Nizza", raunte der Nim, von
dem Nell glaubte, es könnte Beryll sein, und schlug zu. Er legte Dunkelheit um sie und ihr Geist sank hinein, verlor sich in der Ruhe.

Als Penelope erwachte, verlor der Himmel bereits sein sattes, dunkles
Blau, verging in Grau, Nebel und Kälte. Das Wetter passte. Um sie herum herrschte die farblose Müdigkeit des Morgens. Auf den ersten Blick
erinnerte nichts mehr an den Schrecken der Nacht. Langsam stand Nell
auf, ließ die Decke, die nach wie vor um sie gewickelt war, mit einem
Rascheln zu Boden gleiten. Blut. Auf ihrer Haut, auf dem Stoff, auch
auf der cremefarbenen Couch. Also doch Spuren des Albtraums. Doch
die Nim weilten nicht mehr hier und Sean hatten sie mit sich genommen.
Seine Worte hallten dumpf nach, ein Echo in ihrem geschundenen Herzen, ein Echo mit Krallen und Zähnen, das noch mehr Wunden riss.
Vorsichtig, zitternd und schummrig machte sie sich auf den Weg durch
das Haus. Ihre Tasche stand gepackt am Eingang, wie sie Ethan dort
hingelegt hatte. Ethan...sie schüttelte den Kopf und verbot sich, an ihn
zu denken. Sie durfte nicht...durfte nicht dem Schmerz nachgeben, musste hart sein, musste funktionieren, durchhalten. Nell wäre ansonsten zu
Boden gegangen, zusammengerollt wie ein Baby, und wäre nie wieder
aufgestanden. Ein Blick hinein und sie erkannte, dass sie noch so gepackt
war, wie sie es sein sollte. Wie in Trance nahm Nell einen Pass heraus,
dazu die passende Perücke und Kleidung. Sie merkte kaum, wie sie nach
oben ging, ins Badezimmer und unter die Dusche. Ihr war es egal, dass
das Wasser heiß auf ihre Haut tröpfelte oder dass das Blut rosa im Abfluss verschwand. Als sie sich trocken rubbelte und anzog, sich die Perücke über ihr Haar stülpte und schminkte, fühlte sie nichts dabei. Notwendige Schritte, mechanisch ausgeführt, sie funktionierte, wie sie musste, mehr nicht. Dann betrat sie als jemand anderer das Schlafzimmer.
Ethan lag immer noch da. Keiner hatte ihn bewegt. Sein Gesicht wirkte
blass und bläulich, der Tod hisste seine modrige Flagge unter seiner
Haut. Das Blut war zu einem rotbraunen Fleck getrocknet. Es war ein

schauriges Bild und Nell wäre bei diesem Anblick wohl zusammengebrochen, auf die Knie gesunken, weinend, verzweifelnd. Aber das Mädchen mit dem Leben, mit Freunden, einem Haus, einer Liebe, das gab es nicht mehr. Es wurde verwundet in den Armen dieses Mannes und starb, als ihr bester Freund verschleppt wurde. In dieser Welt, in der sie sich bewegte, da gab es keinen Platz für dieses naive, dumme Mädchen. Also hatte es sterben müssen. Und wenn ihre Erinnerung stimmte, dann hatte sie es selbst getötet, weil Penelope das Messer geführt hatte, das Ethan tötete. *Hatte sie?* Sie wusste es nicht, oder doch? Sie presste ihre Handballen auf die Augen und atmete einige Momente tief ein und aus. Sie musste sich beruhigen, musste stark sein.

Daher blickte Penelope sich um, analytisch und nicht fühlend. So durfte ihn niemand finden, die Spuren würden auf sie hinweisen, das Haus war voll mit ihrer DNA. Die junge Frau empfand weder Angst noch Abscheu oder Zweifel, als sie das Zimmer verließ und ans Werk ging. Es dauerte nicht lange und sie hatte alles vorbereitet. Das Wissen war da, wie so oft in ihrem Kopf gespeichert, wo alles Tödliche und Mörderische hauste, so viel zuverlässiger als alles andere. Es würde aussehen wie eine Gasexplosion und nicht eine Spur würde übrig bleiben. Das Blut würde verschwinden und alles zu Asche verglühen. Das Feuer würde stark sein und verschlingend, es kannte keine Gnade und machte weder vor Gut noch Böse halt. Und sie würde es entfachen, mit den Rissen, ihrer glühenden Macht, ihrem Sein selbst. Sie machte sich nicht mehr die Mühe die Narbe oder den Lotus von sich zu trennen. Sie gehörten nicht nur zu Penelope, sie waren sie, bestimmten sie, ihr Sein, ihren Weg. Die Erkenntnis kam spät. Sie wurde mit Blut und Tod gekauft, aber auch darüber vergoss sie keine Tränen, nicht einmal einen trüben Gedanken. Das war nun einmal ihre Welt, ihr Leben - und sie musste funktionieren. Als um acht Uhr morgens in Cork eine Gasexplosion das herrschaftliche Haus in der ruhigen Nachbarschaft zerriss, erwachte die Umgebung in Schock. Die Feuersbrunst fasste mit seinen Flammen um sich, brachte die Luft in der Nähe zum Flimmern und das Haus zum Einstürzen. Das Dach krachte herab und schließlich zerfiel auch der erste Stock. Die Feuerwehr brauchte nicht lange, um vor Ort zu sein, bereit sich dem Feuer zu stellen. Doch das Wasser schien lange nicht zu helfen. Selbst als im gesamten Gebiet das Gas abgestellt worden war, wüteten die Flammen weiter. Am Ende stieg eine große, dichte Rauchwolke gen Himmel und war in ganz Cork zu sehen. Nur noch ein paar Mauerreste blieben von dem Haus übrig. Ob der Besitzer im Gebäude gewesen war, konnte niemand sagen, denn wirklich alles war verbrannt und erst eine genaue Untersuchung würde Antworten liefern.

Niemand bemerkte die junge Frau mit den schwarzen, kurzen Haaren, die in einen langen, braunen Mantel gehüllt und schwarzer Reisetasche ein paar Straßen entfernt das Schauspiel beobachtete. Keiner sah ihren entschlossenen Gesichtsausdruck und auch nicht die roten Linien, die am Ansatz des Mantelkragens hervor lugten. Und als sie sich abwandte und verschwand, da gab es keine Zeugen und niemand würde sich an sie erinnern, weder an die junge Frau mit den braunen Haaren, noch an die Schwarzhaarige. Es war, als hätte sie nie existiert.

„Es sind erst drei Tage, du solltest dich weiter ausruhen", sagte Patrick, der den Freund dabei beobachtete, wie er sich angestrengt und stöhnend aufsetzte. Seine breite Brust ging dabei wie ein Blasebalg - ein schwer misshandelter, hektischer Blasebalg, der bald den Geist aufgeben würde. „Unser König ist fort und keiner von euch kommt auf die Idee, mich einzuweihen. Ich denke, ich habe allen Grund, jetzt aufzustehen und etwas zu tun!", ächzte Derek. Bestimmt sollte es fest und entschlossen klingen, aber so wirkte er wenig überzeugend, nur komisch auf eine erheiternde Weise, sodass der Empath nicht anders konnte, als breit zu grinsen. Das erste Lächeln seit Tagen. Es fühlte sich falsch und köstlich zugleich an.

„Hör auf, so dumm aus der Wäsche zu glotzen. Wir haben viel zu tun. Den Unterschlupf aufbauen, die Runen erneuern, wir müssen wieder auf die Straße, sonst nehmen die Nim überhand. Wir müssen -"

„Du musst dich ausruhen", fiel der rothaarige Silver ihm ins Wort. Derek blies sich unwirsch ein paar Strähnen seines schwarzen Haares aus der Stirn, definitiv unglücklich mit der Gesamtsituation. Dazu kam, dass er noch so viel zu sagen hatte, zu erklären. Er musste mit Alessa sprechen und er hätte gerne mit seinem König gesprochen oder besser noch mit seinem Freund. Doch Alessa war noch zu erschöpft und durch den Wind, weil sie glaubte, sie habe Titus' Entscheidung zu tragen. Was vollkommener Unsinn war. Doch manchmal glaubte man etwas, egal wie unlogisch es auch sein mochte, und keine Argumentation der Welt konnte einen vom Gegenteil überzeugen. Also steigerte sich die Silver in eine Panik und Schuld hinein, die sie nicht zu tragen hatte, aber keiner konnte sie davon abhalten. Obwohl Charles sicherlich alles versuchte. Und mit Titus konnte er nicht sprechen, weil der sonst wo sein konnte. Das hatte Pat ihm heute alles berichtet. *Heute!* Dabei verließ ihr König vor einem Tag die Silver, wahrscheinlich sogar Irland. Ein ganzer, verfluchter Tag und keiner sagte etwas. Allein bei dem Gedanken wurde Derek wütend. Selbst Liz hatte es ihm verschwiegen. Als wäre er ein kleines Kind, das man zu schützen hatte! Er schnaubte und verschränkte die Arme vor der Brust.

„Regst du dich schon wieder auf? Soll ich dir ein Stück Schokolade bringen oder vielleicht Eis?" Derek funkelte den Freund wütend an.

„Ich bin keine gerade eben verlassene Frau, die ihren Kummer mit Zucker und kitschigen Filmen bezwingen muss", raunzte er daher. „Ich kann es einfach nicht glauben, dass ihr mich nicht eingeweiht habt."

„Derek", versuchte es Pat, doch er wurde sofort unterbrochen.

„Ach hör mir auf mit Derek und ihr mit euren mitleidigen Blicken! Mir geht es gut!"

„Sie hat dich eiskalt erwischt. Wir wissen immer noch nicht, was passiert ist. Aber du bist durch eine verdammte Mauer gesegelt und warst danach bewusstlos."

„Nicht so lange, ich kam zum Kampf", wandte Derek ein und erntete nun im Gegenzug einen finsteren Blick.

„Dümmste Aktion aller Zeiten. Du warst schon geschwächt und du hast bis gestern Abend geschlafen und da warst du nur kurz wach", tadelte der Empath. Einige Momente lieferten sich die beiden ein hitziges Blickduell, das keiner gewinnen konnte. „Hätte ich denn nichts tun sollen? Ich wollte sie aufhalten, sie beruhigen. Aber ihr Geist schlug einfach unkontrolliert um sich und zwar ebenso stark, wie diese roten Blitze oder was auch immer das war", verteidigte sich der Silver nun etwas ruhiger. Er musste irgendwem erzählen, was geschehen war. Denn so, wie es aussah, war alles ziemlich aus dem Ruder gelaufen. „Pat, ich glaube nicht, dass sie der Feind ist", begann er daher mit festerer Stimme. Er musste sich konzentrieren, denn der Aufenthalt in Nells Geist und der abrupte Rausschmiss zerrten noch an seinen Reserven. So eine Reise überstand niemand ganz unbeschadet, nicht einmal er. Derek seufzte bei dem ungläubigen Blick, den Patrick ihm zuwarf.

„Ich bin nicht verrückt", machte er klar. „Hör mir zu und dann sag mir, was du davon hältst, gut?" Pat nickte. „Jaja, mach es nicht so spannend oder willst du Oz Konkurrenz machen, ein zweiter Geschichtenerzähler?"

„Von wegen, meine Geschichten basieren auf Fakten", höhnte Derek, denn selbst im angeschlagenen Zustand konnte er dem lügenden, türkishaarigen Silver nichts abgewinnen - zumindest nicht viel.

„Als ich sie berührte, da entstand die Verbindung und mit Hilfe der Visualisierung konnte sie die Membran, die ihre Erinnerungen abtrennte, nicht nur sehen, sondern auch beeinflussen. Obwohl es sie schmerzte und Anstrengung kostete, öffnete sie einen Spalt. Und, Pat, ich bin an der Schicht angekommen. Sie hat gebrannt und geschmerzt. So etwas habe ich noch nicht erlebt. Nell blieb draußen, während ich eintrat. So war es definitiv besser, denn plötzlich mit seinen versteckten Erinnerungen, allen gemeinsam auch noch, konfrontiert zu werden, das ist gefährlich und kostet vielen den Verstand. Also ging ich hinein und kaum stand ich im Inneren, verlor ich den Halt." Derek machte eine kurze Pause, um einen Schluck Wasser zu trinken. Der Nachteil einer perfekten Erinnerung war, dass jedes Bild und alles Erlebte immer frisch blieb und er konnte es wieder und wieder durchspielen, samt den Gefühlen, die er dabei empfunden hatte. Aber vielleicht war es in dem Moment gut so, denn auf diese Weise war es Pat möglich, besser zu verstehen. „Ich muss kurz ausholen. Du weißt noch, wie ich dir von Erinnerungen erzählt habe? Naja auf alle Fälle ist es so, dass unter normalen Umständen alle Erinnerungen, alles Gelernte und Erlebte fast wie Blätter an einem Baum sind. Sie hängen am Netz, das die Äste bilden. Manche ganz nah am Stamm - das sind die, die wir bewusst wahrnehmen. Andere weit weg, verdeckt von Blättern, die davor lagern, die wir nur unterbewusst, manchmal gar nicht mehr greifen können. Ich schon, denn ich muss nur dem Netz folgen. Dabei kann es etwas anders aussehen, wenn jemand diese Erinnerungen für mich visualisiert, doch der Netzcharakter bleibt bestehen, ob Mensch oder Solani." Er musste nicht dazu sagen, dass er es bei den Nim nicht wusste, denn dass Berylls Macht die Geister seiner Schergen von jeglicher ihrer Fähigkeiten schützte, dem war sich Patrick nur zu bewusst. „Aber bei ihr gab es kein Netz, keine Ordnung. Da war Licht, mal hell dann dunkel, in allen Farben, Blitze ohne Ursprung. Erinnerungen bestanden nur noch aus Klumpen, als wären sie zusammengeschmolzen. Einzelheiten nur noch zersplittert vorhanden. Diese Inseln von zerbrochenen Erinnerungen schwebten im Raum, kreisten um die Mitte, eine riesige Ansammlung von kaputten Erinnerungen, vollführten einen chaotischen Tanz, gingen mal hoch, dann runter. Ich wollte es mit der Mitte versuchen und kam auch dorthin. Eine riesige Kastanie wuchs dort - was sagst du dazu? Zufall kann das nicht sein. Als ich im Zentrum landete, erblickte ich noch eine kleine weiße Blume - rate!"

„Maiglöckchen?"

„Richtig, mein Freund. Weiter kam ich nicht, denn plötzlich bebte alles und der Boden brach. Ich stürzte und aus der Mitte wuchs eine riesige Lotusblume mit blauen und silbernen Blättern."

„Und dann bist du gegen die Wand gekracht?" Derek strafte Patrick wegen der Unterbrechung mit einem Knurren ab. Der aber zuckte nur mir den Schultern.

„Ich krachte tatsächlich in eine Wand, naja eher Decke. Ich fiel in eine Zelle. Unserer nicht unähnlich, etwas größer mit dicht gesteckten Zellenstreben und Worten an der Wand. Jemand hat Wasser und Feuer geschrieben, Hilferufe und etwas über einen Vater." Derek erschauderte, denn nun sah er wieder das Kind vor sich. Dürr, ausgemergelt, aber mit sehnigen Muskeln. Hohle Wangen und wütende, verzweifelte, schwarze Augen. Wunden am ganzen Körper. Er beschrieb dem Empathen das Mädchen und schleuderte ihm dabei das Gefühl des Grauens entgegen, das es in ihm auslöste, weil das Bild so schrecklich falsch war. „Sie schrie mich an. Sagte, ich dürfte nicht da sein. Es sei zu früh. Und dann begann das Inferno über mir herein zu brechen. Ich sprang in die Tiefe, hoffte, dass da unten etwas sei... Schlussendlich war es Nell, die mich auffing und hinaus brachte. Alles war so voller Rauch und schwelenden Feuers, ich sah kaum, wo sie mich hin zerrte. Sie schleuderte mich aus der Gefahrenzone, denn der Spalt schloss sich bereits. Danach weiß ich nicht, was passiert ist. Ob sie fliehen konnte, ob sie vor sich selbst entkam. Ich habe ihr versprochen, es würde alles gut werden." Seufzend lehnte sich Derek zurück, legte die Handballen auf seine Augen, drückte dagegen. „Und ihr dachtet, sie hätte mich angegriffen, dachtet, sie ist der Feind! Aber ich glaube, sie ist ein Opfer von Beryll, dass sie Hilfe braucht und wir ihr helfen sollten", murmelte er erschöpft. Sein Kopf schmerzte, sein Körper ächzte, obwohl er sich nur aufgesetzt hatte. Nein, er war noch nicht bereit, die neue Rolle zu übernehmen, die er unweigerlich zu erfüllen hatte, jetzt da ihr König fort war und die Silver Führung brauchten - mehr denn je.

„Du bist nicht schuld", beruhigte ihn Pat. „Du warst außer Gefecht und als du eingreifen wolltest, war der Kampf zu weit fortgeschritten. Du hättest ihn nicht aufhalten können. Und wir hatten Glück."

„Auf Glück können wir uns nicht verlassen", raunte der andere.

„Ich weiß, aber wir müssen trotzdem dankbar dafür sein." Für diese Worte kassierte Patrick gleich wieder böse Blicke, über die er nur schmunzeln konnte. „Du und Titus seid schon zwei Diven! Man kann es euch nie recht machen", rief er gespielt beleidigt aus. Der Gedanke an den König schmerzte, an den verlorenen Freund, aber er musste nun die Silver leiten - alleine, bis Derek auf den Beinen war - und wollte dabei nicht Trübsal blasen. Sie brauchten Hoffnung und Zuversicht und einen Plan, doch darauf würde er später zu sprechen kommen. Pat wollte Derek nicht weiter wach halten. „Wird es ihm gut gehen?", fragte Derek, die Hände vom Gesicht nehmend und zur Decke starrend. Eine tausendjährige Freundschaft und doch hatte sie nichts geholfen. „Er wird tun, was er tun muss, schätze ich. Und er wird zurückkommen", behauptete der Empath mit einem Kloß im Hals.

„Pat, ich muss mit Alessa sprechen", wechselte Derek das Thema.

„Gib ihr und dir noch ein paar Tage Ruhe. Ihr braucht es." Diese Antwort gefiel dem Silver nicht, denn das bedeutete, er hatte auf mögliche Antworten zu warten und das tat er nur sehr ungern. Doch Müdigkeit machte bereits seine Lider schwer und so protestierte er nicht. Dass Pat das Krankenzimmer verließ, das bekam er schon gar nicht mehr mit.

Seine Hand schmerzte. Die Haut über den Knöcheln sprang auf und heilte wieder zusammen, doch die Schläge auf den Boxsack erfolgten so schnell nacheinander, dass sie kaum Zeit dafür bekam. Blut verschmierte das Leder und seine Hände. Egal. Oz schlug weiter auf den Boxsack ein. Das machte er seit Stunden. Oder Tagen? Der Geschichtenerzähler wusste es nicht und es war ihm reichlich gleichgültig. Es zählte nur, dass er seinen Körper spürte, wie die Muskeln sich anspannten, wie die Energie durch seinen Körper pulsierte. Zu spät. Er hätte vor drei Tagen stark sein müssen, hätte schneller sein müssen. Oz trat gegen den Boxsack, dessen Verankerung an der Decke riss und einige Meter nach hinten flog, um dann mit einem dumpfen Plumps am Boden zu landen. Zähnefletschend sprang der junge Silver nach vorne und trat gegen den nun nutzlosen Sack. Er trat zu, bis auch noch sein Fuß schmerzte und letztendlich das Leder riss und das Sportgerät endgültig seinen Geist aufgab. Aber damit war es nicht getan. Oz spürte diese zerrende Energie in sich, dieses zerfleischende Gefühl, dass er etwas hätte anders machen müssen, und da man die Vergangenheit nicht ändern konnte, fragte er sich, was er denn nun tun könnte, bei der Göttin! Das konnte doch nicht so schwer sein! Wütend ließ Oz sich auf den Boden fallen, die Beine im Schneidersitz gefaltet, und ballte die Hände wieder zu Fäusten. Die Haut über den Knöcheln war noch etwas wund, doch blutete er nicht mehr.
Kurz starrte er auf den Schorf, bevor er mit den Fäusten auf den Steinboden einschlug, woraufhin mehr seiner Haut aufsprang und Blut bald den Boden benetzte. Sein Rücken versteifte sich, seine Muskeln wurden sauer. Egal. Oz schlug weiter und genoss regelrecht den Schmerz seines Fleisches, wenn er es gegen den rauen Stein donnerte. „Du warst einmal richtig klug, Oliver. Reiß dich zusammen", schimpfte er innerlich mit sich. Oliver, allein bei dem Namen erschauderte er. Er hatte den Namen beinahe vergessen. Dieser Name gehörte zu seiner Familie, zu einer Vergangenheit bevor er nach London ging, bevor er ein Dieb wurde, ein Prinz unter den Verbrechern. Bis er es vermasselte, bis Charles ihn zu den Silver holte. Oliver war tot, doch für Nell hatte er ihn ausgegraben - zumindest ein bisschen. Er glaubte, trotz allem, dass sie nicht der Feind war, dass sie - nun ja - gut war. Und was sagte das nun über seinen Geisteszustand aus? „Bei der Göttin, wir sind dem Untergang geweiht! Unser König fort, unser Griesgram im Bettchen, Pat rotiert, Alessa heult und Charles bald mit und ich habe nichts besseres zu tun, als den Boden zu verprügeln", murmelte Oz und verstummte.

Jemand neues war gekommen. Nicht nur irgendjemand. Ein Raubtier, eine Jägerin in der Nacht. Er spürte ihren stechenden Blick in seinem Rücken, genau zwischen seinen Schulterblättern. Oz bemerkte Mary, aber reagierte nicht weiter auf sie. Er schlug weiterhin auf den Boden und blieb ruhig. Seine Muskeln zuckten nicht, er machte sich nicht klein. Keine Schwäche, niemals. Schon gar nicht vor Mary, die sich auf diese Schwäche stürzen würde, wie ein Löwe auf ein verletztes Gnu. Als Oz blinzelte, sah er es vor sich, wie Mary ihre Zähne und Nägel in seinen Hals vergrub und ganze Fleischstücke herausriss. „Hast du dich endlich aus deinem Zimmer getraut?", schnurrte sie, Hohn in jeder Silbe. Oz schwieg, hörte allerdings auf, sinnlos den Boden zu schlagen, und erhob sich, um den Neuankömmling ansehen zu können. Er setzte ein schiefes Grinsen auf seine Lippen und starrte ihr entgegen. „Versumpfst du in deinem Selbstmitleid, ja? Machst du dir Vorwürfe? Das wäre angebracht." Ihre Stimme war so weich, streichelte seine Ohren. Ein Trick, ihre ganz eigene Sprachmelodie, die die Härte der Bedeutung dieser Worte jedoch nicht abschwächte. Oz sprang darauf nicht an. „Ich bin nicht Titus, ich lasse mich nicht von dir provozieren", raunte er vollkommen gefühlskalt. Mary lachte höhnisch.

„Du weißt, dass ich nicht hier bin, um dich zu provozieren."

„Und das war vielleicht deine erste Lüge", konterte der Jüngere. Die Jägerin kam näher, bis die beiden Solani voreinander standen, nur weniger Zentimeter zwischen ihnen, beide mit gelassenen, höhnischen Gesichtern und funkelnden Augen. „Wenn du nicht selbst wüsstest, dass du Scheiße gebaut hast, würdest du dich nicht seit Titus' Flucht vor uns verstecken", säuselte sie. Wie Oz das hasste, dass sie so oft richtig lag. Und dann, wenn sie die Wunde fand, hatte Mary nichts besseres zu tun, als einen Finger mit einem spitzen Nagel hinein zu stoßen und darin zu stochern, bis die Wunde blutete und vor allen offen lag. „Ich kann eure Gesichter nicht immer ertragen. Das ist ermüdend", sagte der Silver ruhig. Er würde ihr keine Gefühle zeigen. Eine von Marys Augenbrauen wanderte in die Höhe, beschrieb einen perfekten Bogen. Sie schmunzelte. „Es hätte alles anders kommen können, wenn du sie nicht geschützt hättest." Sie trat von ihm weg und begann im Trainingsraum herumzuwandern. Langsame, elegante Bewegungen, bei denen sich ihre Hüften mit jedem Schritt wiegten. Es hatte etwas von Verführung, doch die Peitschen an ihrem Gürtel versprachen nicht Lust, sondern Schmerzen und Tod. Als wäre sie gelangweilt, schielte Mary mit halb gesenkten Lidern durch ihre Wimpern hindurch zu ihm. Mit geübten Handgriffen zündete sie sich eine Zigarette an und sog daran. Der Rauch kringelte sich vor ihrem Gesicht, bevor er sich im Raum verlor. Oz blieb stehen, wo er war, folgte der Silver mit den Augen, drehte sich allerdings nicht mit ihrer

Bewegung mit, sondern erduldete ihre Präsenz in seinem Rücken, auch wenn sich die Härchen in seinem Nacken aufstellten.

„Was macht dich wütender. Dass Nell dich so leicht geschlagen hat oder dass Titus weg ist, obwohl du insgeheim so viel Hoffnung für ihn hattest?", höhnte nun der Geschichtenerzähler eisig.

„Ich glaube ja, dass Charles einen Fehler machte, als er dich aufgriff. In Wahrheit bist du Abschaum, ein Gossenjunge, der sich nie ändern wird", raunte Mary bösartig zurück, seinen Kommentar ignorierend. Nun war es Oz, der lachte, und diesmal drehte er sich zu der anderen, um ihr in die Augen zu blicken. Er öffnete die Fäuste, richtete die Handinnenflächen in ihre Richtung. Ein Friedensangebot. Immerhin konnte er Mary gut leiden. Er mochte ihre direkte, ehrliche Art - meistens. Nur dass sie gerade nicht ehrlich war, sondern wütend.

„Mary", sprach er eindringlich, „Mary, ich glaube fest daran, dass Nell kein Feind ist, sondern dass alles einfach sehr falsch lief. Alles. Und ich glaube, nein, ich weiß, wenn du kurz darüber nachdenkst, wirst du die Wahrheit dahinter sehen. Oder hast du es nicht gespürt? Es ist nicht nur Titus, der bei ihr zögert." Die Angesprochene bleckte die Zähne, schwieg jedoch. Das genügte, um Oz weitersprechen zu lassen. „Etwas geht hier vor sich. Und vielleicht muss es so sein. Mich kotzt das an, glaub' mir, aber die Göttin hat gesprochen und wir sind ihre braven, kleinen Soldaten." Der junge Silver grinste kalt. „Und keine Sorge, ich verrate niemanden, dass du unseren König vermisst." Er wollte noch zwinkern, aber dazu kam er nicht mehr, denn Mary rammte ihm eine Faust in den Bauch. Sie war so schnell vor ihm aufgetaucht, der Angriff kam so plötzlich, dass er den Schlag nicht abhalten konnte. Oz klappte nach vorne und sog scharf die Luft ein. Ihm wurde dabei sogar schwindelig. „Verdammt, Mary!", keuchte er.

„Ich bin deiner Geschichten müde, Geschichtenerzähler."

„Aber Derek wäre so stolz, immerhin spreche ich die Wahrheit", erwiderte er gepresst. Die Jägerin trat zurück und sah mit hoch erhobenem Haupt zu, wie der Silver sich ganz langsam wieder aufrichtete. Er hielt weiter seinen Bauch und verzog sogar das Gesicht zu einer Grimasse, bevor sich seine Züge wieder glätteten und er eine gefühlsfreie Maske zur Schau trug. „Es ist immer toll mit dir zu sprechen, Mary", sagte er ruhig. Nun schenkte sie ihm ein feixendes Grinsen. „Ich werde dich beobachten, Kleiner." Die Silver steuerte bereits gen Ausgang zu. Für sie war das Gespräch damit beendet. Oz betrachtete Mary, sah sich ihre Narben und Tattoos an. „Ich werde nicht wie er werden, keine Sorge", flüsterte er. Doch er bekam keine Antwort, hörte nur, wie die Tür mit einem Klick zufiel.

Dem jungen Solani überkam ein Schaudern. Nein, er würde die Verantwortung tragen und nicht daran zerbrechen. Er würde stark sein. Er würde eine Lösung finden. Er musste eine Lösung finden. Und zwar bald. Oz wusste nicht, wo Nell sich nun aufhielt, aber er musste sie finden, musste sie erreichen, musste ihr sagen, dass es ihm leid tat und er auf ihrer Seite stand. Nur wie? *Nur wie?!*

Sich durch das türkise Haar fahrend und am Piercing in seiner unteren Lippe saugend, verließ er den Trainingsraum und stieß mit Charles zusammen, der ihn mit einem wütenden Blick strafte. „Wunderbar, ist das hier der neuste Treffpunkt?", grummelte Oz und rollte mit den Augen. Als er sich an dem Freund vorbei drücken wollte, streckte dieser nur einen Arm aus und hielt ihn fest. „Nicht mehr verletzt, was?", kommentierte er genervt. Er wollte in sein Zimmer. „Ich verlasse nie wieder mein Zimmer, zumindest nicht, bevor ich einen Plan habe", dachte Oz bei sich und blickte nun endlich in Charles' Augen. Der Brite musterte ihn, als läge er unter einem Mikroskop.

„Wie geht es dir?", fragte dieser schließlich so sanft, so verflucht voller Mitgefühl, dass Oz ihm am liebsten eine geknallt hätte. Er überlegte, eine kühle Erwiderung dem Freund an den Kopf zu werfen oder sich doch noch vorbeizudrängen, aber da war etwas an dem Ausdruck in Charles' Gesicht, das ihn innehalten ließ. Tatsächlich atmete Oz tief ein, ließ die Schultern kreisen und sagte dann ungewöhnlich gefühlvoll und leise: „Ich mache mir Sorgen um Nell. Ich weiß, dass sie uns geschadet hat, okay? Ich weiß, dass die Nim stärker werden und Titus weg ist, aber ich kann nur an Nell denken, was jetzt mit ihr los ist." Der Geschichtenerzähler, der sonst so gut darin war, alle seine Gefühle weg zusperren und sie wie einen Schatz zu hüten, verzog das Gesicht zu einer traurigen Miene. Charles, der seinen Schützling in all den Jahren noch nie so gesehen hatte, sog leise die Luft ein, bevor er ihm eine Hand auf die Schulter legte und sanft zudrückte.

„Du weißt aber, dass das manchmal passiert. Dass unsere Spezies Verbindungen aufbaut, die stärker sind, als alles andere. Wir Silver teilen sie, Liebende teilen sie, die Königsfamilie teilt sie mit ihren Untertanen - spürt sie vor allem als Bedürfnis, uns zu beschützen - und ihre engsten Berater wiederum zu ihr", versuchte der Ältere ihn zu trösten.

„Ja, aber diese Verbindung ist zwischen Solani. Immer zwischen zwei oder mehreren Solani. Darum..." Oz verstummte, legte den Kopf in den Nacken und starrte für einige Momente auf die kahle, steinerne Decke.

„Du dachtest, sie ist eine von uns", beendete daher Charles den Satz. Mit einem Seufzen sah Oz ihn wieder direkt an. Er löste sich von dem anderen und lehnte sich dann an die Wand, die Hände in den Hosentaschen vergraben und die Beine überschlagen.

„Ja und nein", begann er. „Ich wusste, dass etwas nicht stimmt. Ich habe diese roten Linien schon einmal an ihr gesehen. Ich habe die Kraft gesehen, wie sie Nim einfach in Luft auflöst und sie tötet. Und ich habe nichts gesagt. Trotzdem dachte ich, sie ist eine von uns, weil diese Verbindung besteht." Charles legte den Kopf schief und betrachtete den Solani mit den türkisen Haaren eindringlich. „Du hattest Hoffnung. Hast sie noch. Das ist nicht verwerflich", sagte er bedacht. „Aber ungünstig. Wir Silver müssen uns beinahe neu aufbauen. Wir haben keinen König. Ich sollte andere Prioritäten setzen", erwiderte Oz trotzig. Das Lachen, das nun erklang, schien in dem steinernen Gang und in dieser Situation vollkommenen unangebracht, doch es war ein schöner Laut, melodisch und tief. Charles lachte leise und schüttelte dabei den Kopf. „Du bist schon ein echter Dummkopf, wenn du glaubst, dass ich dir das abkaufe. Ich kann dich nicht die ganze Zeit babysitten. Ich habe es versucht und du bist ausgebüxt, also tun wir nicht so, als hätte das einen Sinn. Daher versprich mir nur eines, mein Freund."

„Hm?"

„Was immer du tust, pass auf dich auf."

Und dann tat Charles etwas, das er noch nie getan hatte. Er legte die Hand auf Oz' Kopf und wuschelte durch sein Haar, bis die gestylten Haarsträhnen in einem wirren Chaos von seinem Kopf abstanden. Charles' graue Augen glichen einem Sturm, doch darin fand der junge Silver so viel Zuneigung und Vertrauen, dass er sich nicht beschwerte und daher schwieg, erschüttert von der Geste und den Worten seines Mentors und Freundes. Ein feiger Teil von Oz wünschte sich zurück in sein Leben als Dieb und Verbrecher, in ein Leben, als er sich stets nur um eine einzige Person zu kümmern hatte, nämlich sich selbst. Verantwortung zu tragen, schmeckte dem Solani wenig, doch die Zeiten, in denen er hätte davon laufen können, waren lange vorbei. Verdammter Mist, er mochte ja sogar diesen sturen, humorlosen Besserwisser Derek! Charles lächelte seinen Schützling an, dann wandte er sich ab und ging. Sicherlich zu Alessa, die sich noch nicht beruhigt hatte und mit den Nerven am Ende war, vermutete Oz. Sobald der Brite ihm den Rücken zudrehte, straffte er seine Schultern und richtete sich wieder auf. Sein Gesicht zeigte erneut die gewohnte Maske frei von Gefühlen. Seine Schritte hallten im Unterschlupf, der sich nach drei Tagen Chaos nach wie vor ruhig und beinahe totenstill ausnahm.

Irritiert blickte Sean sich um. Dieses Zimmer, dieses ganze Haus schien nicht in das Bild zu passen, das er sich geformt hatte - nach dem, was bisher geschehen war. Ein weiches Bett, das wohl einmal einem Kind gehört hatte und auf das er gerade so passte, wenn er die Beine anzog. Dazu kam ein Schreibtisch und dutzende von Bildern an der Wand. Eindeutig die Handschrift eines Kindes, doch mit Begabung. Bunte, fantasievolle Bilder, die bereits Perspektive und ein Verständnis von Raum zeigten. Langsam stand Sean auf. Das Fenster war zugemauert worden, daher konnte er nicht nach draußen sehen, wusste also nicht, wo er sich aufhielt oder wie lange er sich schon hier befand. Doch fürs erste beruhigte es den jungen Mann, dass er alleine in diesem Zimmer war und keines dieser Wesen ihn bewachte oder er irgendwo festgebunden hing. Gähnend und mit dröhnendem Kopf stellte sich Sean vor die Wand und betrachtete die Bilder. Eine Frau mit meerblauem Haar schwebte da zum Beispiel in einer Umgebung, die ihn an Eis denken ließ. Auf einem Bild stand lediglich 1666. Dann gab es ein Bild von einer Puppe, die Penelope unglaublich ähnlich sah. Sean bekam eine Gänsehaut und spürte sogleich, wie die Wut in ihm ihre Krallen wetzte. „Nell...", knurrte der junge Mann eisig und ballte dabei die Hände zu Fäusten. Sie hatte ihn in dieses Schlamassel gebracht! Sie hatte ihn verraten, ihn ausgenutzt! Er knirschte mit den Zähnen und noch ehe er es sich versah, hatte er eine Faust erhoben und donnerte sie gegen die Mauer, direkt auf das Bild mit der Puppe, das unter dem Schlag knitterte und abriss. Das Papier segelte zu Boden und rutschte unter das Bett, während Sean sich fluchend die Hand hielt. Seine Knöchel waren aufgesprungen und Blut perlte über seine Finger. In Filmen sah das ganz anders aus! „Verdammt", heulte er auf.

Als die Tür zu seinem Gefängnis geöffnet wurde - es war kein Klirren von Schlüsseln zu hören - verstummte er sofort und zog sich zurück an die hinterste Wand. Sean fühlte sich wie eine Maus in der Falle und nun kam die Katze zum Buffet. Panisch blickte er sich um, suchte etwas, womit er sich verteidigen konnte - aber dann trat er ein. *Er*. Dieses Wesen mit schwarzen Haaren, die am Ansatz glühten. Mit den Augen wie Holzkohle, in denen das Feuer brannte, das sich in Linien um seine Lider ausbreitete. Er trug ein Lächeln zur Schau, das die Bezeichnung Haifischlächeln verdiente. „Du bist wach", schnurrte der Nim, Knistern in jedem Wort. Sean presste sich noch dichter an die Wand, hoffte, er könnte mit ihr verschmelzen, aufhören zu existieren, Hauptsache er entkam diesem Blick.

Grinsend trat der Nim ein, schloss die Tür hinter sich und setzte sich dann elegant und vollkommen gelassen auf das Bett. Dass der Mensch vor ihm davon sprang, mit roten Flecken im Gesicht und am Hals und einem leisen Quietschen, das seiner Kehle entkam, amüsierte ihn lediglich. „Du brauchst keine Angst zu haben. Solange sie tut, was sie soll, bist du sicher. Nun... Falls du das willst." Der Nim musterte ihn lächelnd.

„Was hast du mit Nell vor?", fauchte Sean, der in einer Ecke stand und sich weiter die Hand hielt. „Nell. Nell... Penelope, richtig?" Der Nim ließ den Namen über seine Lippen rollen, kostete, schmeckte die Silben, als handelte es sich um Wein. „So nennt sie sich also. Wirklich interessant." Dieser Satz schien nicht an Sean gerichtet zu sein, daher reagierte dieser nicht, fragte sich nur im Stillen, was der Wahnsinn eigentlich sollte. Dass Penelope nicht ganz normal war, hatte er immer gewusst. Spätestens, als sie blutend und halb ohnmächtig bei ihm herein stolperte, aber das... Das überstieg seine Vorstellungskraft. Natürlich, er mochte Science Fiction und Fantasy Filme, aber selbst in einen zu stolpern und das verdammte Opfer zu sein, das hätte er sich nie ausmalen können. Zumindest den Held hätte er gerne gemimt, aber scheinbar reichte eine schäbige Wand aus, um ihn zu disqualifizieren.

„Keine Sorge, du musst kein Opfer bleiben", schnurrte der Nim, weiterhin den Menschen vor sich ganz genau betrachtend. Aufmerksam, auch wenn sein Gesicht das nicht zeigte, denn er schien beinahe gelangweilt. „Was meinst du damit? Du wirst mich töten, sobald Nell getan hat, was du von ihr willst, versuch nicht, mich zu verarschen!" Der Nim lachte dunkel, ein prasselndes Feuer in seiner Stimme. „Du amüsierst mich, Menschlein. Irgendwann erkläre ich dir, was ich meine. Später." Und damit erhob sich der Nim, leise lachend und den Kopf schüttelnd, wobei die dunklen Haare um seinen Kopf fielen, wie eine Wolke aus Rauch und Feuer. „Warte!", rief Sean ihm hinterher, bevor sein Gefängniswerter durch die Tür verschwinden konnte. Der Nim blickte über seine Schulter, eine Augenbraue in die Höhe gezogen. „Wer oder was bist du?", fragte der junge Mann zögernd, er hatte nicht erwartet, dass das Wesen tatsächlich stehen blieb. „Ich bin etwas, das dein menschlicher Verstand nicht fassen kann. Älter, als die Zeit. Mächtiger, als jede andere Kraft. Größer und bedeutender, als das Universum selbst. In eurer Sprache kommt der Begriff Gott meinem Sein wohl am nächsten." Damit ging er und ließ Sean zurück. „Dein Name hätte gereicht", murrte dieser, vorsichtig gegen seine verwundete Hand pustend. „Rette mich, Nell", dachte er und spürte gleich wieder Wut und Verzweiflung, die ihn langsam vergifteten. Das Lachen des selbsterklärten Gottes hallte irgendwie im Raum wieder, aber vielleicht war das auch nur in seinem Kopf. Es würde ihn nicht wundern, wenn er verrückt werden würde, vielleicht war das auch bereits geschehen, ganz sicher war sich Sean nämlich noch nicht, dass dies kein Albtraum war. Er klammerte sich an die Hoffnung und feuerte gleichzeitig seine Freundin an, das Richtige zu tun. Was auch immer das sein mochte.

Der Rauch hing noch über Cork, als Nell in ein Taxi stieg. Polizeiwagen und Feuerwehr schwirrten um die Gegend, wie fleißige Ameisen, doch sie schenkte ihnen keine Beachtung. Ihr Ziel war der Flughafen. „Ich hoffe, Sie haben Zeit mitgebracht. Durch die Explosion herrscht hier ein ganz schönes Chaos", sagte der Taxifahrer und lächelte sie über den Rückspiegel an. Nell erwiderte das Lächeln. „Nein, gar nicht. Ich habe Zeit", antwortete sie. Immerhin hatte sie eine ganze Woche, bevor sie in Nizza landen durfte. Der Taxifahrer schien ihr Lächeln und ihre freundliche Antwort zum Anlass zu nehmen, um über Cork und die Explosion zu sprechen und sie unterbrach ihn nicht. Stattdessen lehnte sie sich in den Sitzen zurück, eine Hand stets auf ihrer Reisetasche, die nun alles enthielt, was von ihrem Leben übrig blieb, und nickte an den richtigen Stellen. Das reichte, um ihn am Sprechen zu halten. Ein angenehmes Hintergrundgeräusch, das die meisten ihrer Gedanken vertreiben konnte, zumindest wurden sie nach hinten gedrängt und schwirrten nicht wie nervige Insekten um einen Honigtopf.

Penelope legte den Kopf zur Seite und starrte nach draußen, während sich das Taxi langsam durch die Stadt schob. Die Häuserzeilen waren ihr meist sehr bekannt. Ecken, an denen sie Nim getötet hatte. Ein Restaurant, in das sie mit Sean gegangen war. Er hatte zu viel Wein getrunken und sie hatte ihn halb nach Hause getragen. So viele Erinnerungen, alle ohne Bedeutung, jetzt, da die junge Frau sie zurücklassen musste und sie nur noch schmerzten und verletzten. In ihrem Inneren konnte sie sich das Männchen mit den Karteikarten vorstellen, wie es traurig auf seinem Kartenhaufen saß, die Hände im Schoß gefaltet, den Kopf herab hängend. Selbst dieses quirlige Wesen hatte aufgegeben und versuchte gar nicht, irgendwelche Wissensfetzen auszugraben. Und als Nell ihn sich vorstellte, mit seinen nach Farben geordneten Hinweisen und unnützem Wissen, da sah sie, dass sein Kartenhaufen brannte. Unter ihm schwelte die Glut. Dünne, graue Rauchsäulen stiegen auf, kringelten sich lustig und unbekümmert, verschwendeten keinen Gedanken daran, dass sie Zeichen von Zerstörung waren. Er würde brennen. Er und seine Karten und dann wäre auch das verschwunden. Unbewusst griff sich Penelope an die Stelle über dem Herzen. Selbst durch den Mantel und den Pullover hindurch spürte sie die Hitze der Narbe. Sie rieb über die wunde Haut, die nach Erholung schrie. Als sie die Hände wieder sinken ließ, starrte sie auf die langen, blassen Finger, die über die dunkle Hose strichen. Starrte darauf, als wären es nicht ihre eigenen. Konzentriert kniff die junge Frau die Augen zusammen, versuchte etwas zu sehen - Klarheit in einem Bild zu finden und zu entscheiden, was da in ihrem Kopf vor sich ging.

Die letzten Nächte ließ sie Revue passieren. Titus in ihrem Haus. Patrick und Sandro. Diese seltsamen Gefühle von Verbundenheit, diese Abwesenheit von Angst. Bis Derek in ihren Kopf eindrang, bis alles zu brennen begann. Der Kampf. Sie konnte das Blut sehen. So viel Blut. Und der Staub. Es war ein seltsames Detail, das sich da in ihren Erinnerungen festgesetzt hatte, doch es hielt ihr Denken für einige Sekunden fest. Staub, der über zusammengebrochenen Mauerresten und toten Körpern aufwirbelte. Winzige Partikel, die nach ihren eigenen Regeln tanzten, sich drehten und umkreisten, mal nach oben strebten, um dann wieder nach unten zu sinken und all das im grausamen Licht der roten Risse auf ihrer Haut.

„Ist alles okay mit Ihnen?" Der Taxifahrer betrachtete sie aufmerksam durch den Rückspiegel. Erschrocken blickte Nell auf. „Sie haben so verbissen ausgesehen", erklärte der Mann hinter dem Steuer. Als die Ampel wieder grün wurde, konzentrierte er sich zwar wieder vorwiegend auf den Verkehr, doch die Aufmerksamkeit blieb auf ihr. „Ich… Ich habe in London ein Vorstellungsgespräch. Die Reise ist sehr wichtig und ich weiß noch nicht, ob alles so klappen wird, wie ich das will", erklärte die junge Frau schließlich, an der Wahrheit vorbei schrammend. Auf ihre Worte hin, erleuchtete ein so ehrliches Lächeln das Gesicht des Fahrers, dass sie ein richtig schlechtes Gewissen bekam, vor allem bei den Worten, die folgten. „Sie sehen wie eine kompetente, junge Frau aus. Bestimmt werden Sie das gut machen und den Job bekommen. Machen Sie sich nur keine Sorgen. Ein bisschen Zuversicht und Hoffnung können Wunder wirken!", sagte er und glaubte jedes Wort. „Nein, Hoffnung und Zuversicht nicht, aber ich. Wunderbare, wunderliche Wunder, die richtig schlagkräftig sein können", dachte Penelope mit Eis im Magen, lächelte jedoch und wünschte sich, zu Fuß gegangen zu sein. Sie ertrug die Nettigkeit nicht, denn sie hatte sie nicht verdient. Und nicht nur das: Jeder, der nett zu ihr gewesen war, war entweder tot oder in Gefangenschaft, das machte eine sehr schlechte Bilanz. „Vielen Dank, Sie haben bestimmt recht", sagte sie trotzdem.

Zurück in ihren eigenen Gedanken ging sie eine Nacht weiter. Killarney. Der Wald. Dieser Baum, in dem alles begonnen hatte, zumindest diese Geschichte, die gerade ihr Ende fand. Und natürlich die zwei Halb-Solani, die wegen ihr starben. Vor der letzten Nacht schreckte Nell zurück. Weil da ihr Kopf begann, vor Schmerzen zu kreischen. Wenn möglich, ihre Schädeldecke hätte wahrscheinlich freiwillig nachgegeben und ihr Hirn zerquetscht, um diese Schmerzen zu beenden. So konnte Penelope lediglich die Hände ineinander schlingen und so fest zudrücken, bis ihre Fingerspitzen kalkweiß wurden und ihre Knöchel spitz hervor traten. Nur dass die Fingerspitzen nicht lange weiß blieben, sondern beim nächsten Blinzeln blutrot glänzten. Sie sah das Messer, sah sich, wie sie sich über Ethan beugte und die Klinge in seinen Hals rammte. Einfach in die Seite, bis die Waffe bis zum Griff in seinem Fleisch steckte und dann zog sie es nach vorne, riss seinen Hals auf, zerschnitt Fleisch und Sehnen und alles in ihrem Weg. Das Blut spritzte, aber das war ihr egal. Es rann warm und klebrig über ihre nackte Haut, benetzte sie, wie zuvor seine Küsse.

Nur mit aller Kraft konnte sich Nell davon abhalten, zu keuchen oder aus dem Taxi zu springen. Sie blieb sitzen und verdrängte die Tränen aus ihren Augen. „Das war ich nicht. Das war ich nicht!", schrie sie in Gedanken, aber da war diese dunkle, gefährliche Stimme, die ihr in aller Ruhe antwortete: „Doch, das warst du. Du allein. Du musst zurückfinden, Liebes. Du hast schon so vielen wehgetan." Nell wurde das Gefühl nicht los, dass sie diese Stimme sehr gut kannte, dass sie ihr etwas sagte, dass sie mehr war, als Berylls vermeintliche Stimme und da war noch etwas, das sie nicht wahr haben wollte, aber wohl oder übel akzeptieren musste: Ein Teil von ihr glaubte dieser Stimme, vertraute ihr. Nur was machte das aus ihr, außer vollkommen wahnsinnig?

„Wir sind da", verkündete der Taxifahrer. Penelope zahlte und stieg aus. Sie wartete, bis er fort war, bevor sie in das Gebäude trat. Sie wusste bereits, mit welcher Airline sie nach London kommen würde und holte sich ein Ticket für den nächsten Flug, der jedoch erst in ein paar Stunden abheben würde, was für ihre Zwecke perfekt war, denn noch musste sie ein paar Dinge erledigen. Zum Beispiel die Waffe verschwinden lassen - und die zwei Nim auslöschen, die ihr gefolgt waren.

Penelope wandte sich nach links, ihre Schritte beschleunigten sich, bis sie wie eine schwer beschäftigte Frau aussah, ohne hektisch zu wirken. Die Nim sollten ihr folgen, nicht die Polizisten, die sie ebenfalls entdeckte. Geschickt navigierte sie durch das bestehende Chaos in der Halle. Nicht allzu viele Menschen wollten gerade heute eine Reise antreten, doch genug, dass sie hindurch tauchen konnte, sich sicher, dass die Nim, kaum verloren sie die junge Frau aus den Augen, hektisch folgen würden. Sie taten es - so vorhersehbar. Penelope konnte sie in einer Spiegelung entdeckte und grinste. Kein fröhliches oder gar freundliches Grinsen, sondern ein verbissenes Lächeln, das von Mordlust erzählte. Der Nim, den sie für Beryll hielt, hatte ihr nicht verboten, seine Handlanger zu töten. Wenn er klug war, und daran hegte sie keine Zweifel, ging er genau davon aus. Warum sollte er sie ihr sonst hinterher schicken? „Ein Geschenk, wie nett", dachte Nell und hörte auf, die junge Frau voll Zweifel und Schuldgefühlen zu sein. Ihr Körper übernahm und das war die erste wirkliche Erleichterung seit Stunden. Ihr Körper wusste, was zu tun war und er hatte überschüssige Energie, die er nur zu gerne an die Nim abgab.

Nach einem weiteren Schlenker, bei dem Penelope sicher ging, dass die Nim sie auch sahen, verließ sie das Flughafengebäude und verschwand hinter der nächsten Ecke. Sie ging zügig weiter, bis die Geräusche von Autos und Menschen zu einem leisen Murmeln reduziert wurden. Dort wartete sie. Geduldig. Nell zog sich hinter einen Vorsprung und lauerte im Schatten. Wie auch immer die Nim so stark hatten werden können, wie sie eine ernsthafte Bedrohung sein konnten, wusste Nell sich nicht zu erklären. Ja, die Gruppe, die ihr und Oz aufgelauert hatte, war gut gewesen. Doch diese hier? Vielleicht besaßen diese Wesen verschiedene Grade an Intelligenz, vielleicht investierte ihr Schöpfer nicht immer dieselbe Zeit in ihre Ausbildung. Wurden Nim ausgebildet? Penelope wurde wieder einmal klar, dass sie kaum etwas über diese Wesen wusste, allerdings machte es auch einfach so viel Spaß, sie zu töten, dass sie nicht stehen blieb, um mit ihnen eine tiefgründige Unterhaltung zu führen. Wozu sie wahrscheinlich gar nicht in der Lage waren, wenn man es genau bedachte.

„Na kommt schon, ihr Idioten. Kommt", hauchte sie, während sie das Gefühl der harten, kühlen Wand in ihrem Rücken genoss. Ihre Finger ertasteten die raue Oberfläche, ihre Muskeln zitterten bereits erwartungsvoll, bereit die richtigen Bewegungen auszulösen. Die schwarze Reisetasche ruhte neben ihr am Boden. Sie besaß noch eine Waffe, eine... Sie hatte den Namen vergessen, weil es sie nicht kümmerte, wie die Waffe hieß, mit der sie die Nim erschoss, aber diesmal würde Penelope sie nicht brauchen. Wollte sie nicht. Nein, was sie wollte, war, ihre Finger in das Fleisch dieser Monster zu graben und sie auszulöschen. Sie sollten ihr in die Augen sehen und Nell würde das Echo von Beryll in ihnen erkennen und in sein Antlitz lachen. Ja, sie mochte tun, was er ihr aufgetragen hatte, aber er würde dafür büßen. Früher oder später.

Schritte erklangen. Schwere Schritte, die kräftig auf den Boden schlugen. „Verdammt, wir dürfen sie nicht verloren haben!", raunte eine Frau bissig. „Beryll wird uns umbringen", murmelte ihr Begleiter. Noch zwei Schritte. Die Nim hielten ihre Waffen nicht in den Händen, sondern mussten sie irgendwo in ihren Jacken versteckt haben. Natürlich, sie waren nicht zur Jagd geschickt worden. Nun, doch, eigentlich schon, dachte Penelope mit bösartigem Grinsen. Nur dass sie die Beute darstellten. In Erwartung leckte sich die junge Frau über die Lippen. Dann erschienen die Körper der zwei Nim, angespannt, aber nicht bereit. Penelope stieß sich von ihrem Platz ab und schnellte auf den Mann zu. Sie kollidierte mit seiner Seite. Ihre Wahrnehmung war so übersteigert, dass sie den Geruch nach Leder und Feuer, nach Rauch und verbranntem Fleisch, das

Gefühl des Leders unter ihrem Griff, die Hitze, die sie beide ausstrahlten, so intensiv erlebte, dass ihr beinahe schwindelig wurde. Sie fletschte die Zähne. „Scheiße noch mal!" Die Frau fluchte und fummelte nach ihrer Waffe, doch Nell war schneller. Nachdem sie den Mann herumgerissen hatte, er stolperte erschrocken zurück, kickte sie nach der Nim. Ein Tritt, der durch den Schwung von oben kam. Nells Schienbein kollidierte mit ihrem Schlüsselbein. Ein befriedigendes Knirschen und Knacken war zu hören. Das Lächeln wurde breiter. Bis jetzt hatte Penelope nie die Freude zugelassen, die sie erfasste, wenn sie diese Wesen vernichtete, hatte nur an Pflicht, an eine Notwendigkeit gedacht. Doch nun...
Nun war die alte Penelope tot, das Mädchen war tot, das ein Leben und Freunde gehabt hatte, und sie jetzt eine andere. Jemand, der die Gewalt zu schätzen wusste.
Knurrend griff Nell in das kurze, dunkle Haar des Nim, vergrub ihre Nägel in seiner Kopfhaut, bis er aufheulte, und riss seinen Kopf nach hinten. Dabei sprang sie von ihm herunter, nutzte den Schwung ihres Trittes und brachte sich selbst auf den Boden, hockte dort, doch der Körper des Mannes fiel, wie ein großer, alter Baum. Penelope unterstützte die Bewegung und rammte seinen Kopf auf den Beton. Es knackte. Blut spritzte. Ein Tropfen flog in die Luft. Sie konnte ihn sehen, eine rubinrote Perle in der kühlen Sonne des Winters und konnte beinahe hören, wie er wenige Zentimeter weiter auf den Boden donnerte und zerplatzte. Aber das reichte ihr nicht. Schnell positionierte sie sich neu, kam auf der breiten, muskulösen Brust zum Knien. Beinahe sanft ließ sie seinen Kopf los, um beide Hände an seine Wangen zu bringen und so sein Gesicht zu umfassen. „Sieh mich an", schnurrte Penelope und er gehorchte, Furcht in seinen Augen und noch etwas anderes. Das Echo seines Meisters, so wie sie es erwartet hatte. Nell feixte. Dann packte sie ihn und riss seinen Kopf nach vorne, bis sein Kinn sein Brustbein berührte. Eine Sekunde hielt sie inne, bevor sie seinen Kopf nach hinten riss. Er donnerte gegen den Beton. Wieder und wieder und wieder. Nell sah nur seinen Meister, nur die glühenden Augen, die ihren so ähnlich waren.
Die Nim-Frau hatte sich die Schulter gehalten, doch beim Anblick dieser ungezügelten Gewalt, riss sie nun ihre Waffe aus dem verborgenen Holster. „Lass ihn sofort los!", forderte sie Penelope auf. Aber die Angesprochene dachte gar nicht daran, hörte sie kaum, war ganz damit beschäftigt, den Schädel des Mannes zu zertrümmern. Das Blut bedeckte mittlerweile den Boden um seinen Kopf, seine Augen quollen hervor, eine tödliche Blässe hatte sich in sein Gesicht geschlichen. Der Schuss war dank des Schalldämpfers stumm, als die Kugel allerdings an Nells Gesicht vorbei schoss, da surrte die Luft mit einem hohen Kreischen. Sofort riss die

junge Frau den Kopf herum und starrte die Nim an. „Das war ein Fehler", knurrte sie, sich langsam aufrichtend. Das Feuer war nun auch in ihrer Stimme. Irgendwo, ein winziger Teil von ihr, der einmal ihre vernünftige Stimme gewesen war, bevor sie ebenfalls verstummte, ermahnte sie, sich zusammenzureißen, nicht das zu werden, was sie eigentlich bekämpfen wollte. Zu spät. Die Nim-Frau musste es auch gehört haben, denn vor lauter Schock ließ sie die Waffe fallen. Dass ein Schuss sich löste und nicht weit entfernt in die Erde stieß und Klumpen in die Luft wirbelte, bemerkte keiner von ihnen. Penelopes Körper glich dem einer Katze, wiegend und majestätisch bewegte sie sich auf die Nim zu, umkreiste sie, wie eine Maus in der Falle. „Bleib weg von mir, wir sollten dich nur beobachten", stieß die Frau bebend aus, sie hatte wohl nicht damit gerechnet, heute zu sterben. Nell legte den Kopf schief und lachte leise. „Nun ist klar, warum er euch geschickt hat. Unnütz, feige", summte sie, beinahe fröhlich. Die Stimme in ihr versuchte sie zu warnen, dass sie sich veränderte, immer schneller und radikaler wurde sie zu dem Monster, das sie fürchtete. Beryll, er war weiter in Penelopes Kopf, zumindest behauptete das die Stimme der Vernunft, aber sie ging chancenlos unter im Kampfrausch, im Blutdurst.

Die Nim-Frau wirbelte herum. Ihr war es egal, dass ihr Kumpel noch am Boden lag, verblutend, aber nicht tot. Sie wollte fliehen, doch ihrer Angreiferin den Rücken zuzudrehen, war ein fataler Fehler. Nell setzte ihr nach und rammte ihr den Ellenbogen in den unteren Rücken. Beide Frauen fielen zu Boden. Die Nim hielt nicht eine Sekunde lang stand. Zwar schlug sie aus und versuchte sich zu wehren, doch Penelope konnte fast spielend leicht ihre Handgelenke fassen und fest halten. „Weißt du, mein Freund, den ihr fest haltet, der mag Filme", murmelte sie, ein leerer, abwesender Ausdruck in den Augen. „Einer der letzten Filme, den wir angesehen haben, war Suicide Squat. Kennst du ihn?" Aber die junge Frau wartete nicht auf eine Antwort, sondern sprach einfach weiter. „Ich mochte den Joker irgendwie..." Damit riss sie an den Armen, riss sie auseinander. An ihren eigenen flammten die roten Linien auf, bis in die Fingerspitzen. Penelope zerrte, die Nim-Frau schrie und dann brach sie auseinander. Sie brach wie eine Vase. Ihre Brust riss auf, ihre Arme sprangen aus den Gelenken. Noch mehr Blut floss, spritzte, benetzte Penelopes Gesicht und rann über ihre Lippen, die kein einziges Mal aufhörten zu lächeln.

„Verstehst du es jetzt, Liebes? Du wirst zu mir zurückkommen. Du wirst verstehen", jubelte die knisternde Stimme von Beryll in ihrem Kopf, während sie über der Leiche kniete und schwer atmete. „Du wirst sehen, das wird eine Reise, die dich wieder auf die rechte Bahn bringt", versprach der Nim lachend. Erst da wurden Penelopes Augen wieder klarer.

Ihr Körper, nun da keine Gefahr mehr drohte, kein Kampf bevor stand, übergab ihr wieder die Kontrolle. Die Risse und das Feuer zogen sich zurück, hinterließen Kälte und Wahnsinn. „Oh bei der Göttin, was habe ich getan?", flüsterte sie, Tränen in den Augen, ihre eigenen Worte nicht wahrnehmend, nicht hinterfragend. Sie fielen einfach aus ihrem Mund, entsprangen einem Geist, der zwischen Inferno und eisiger Kälte zerbrach und dem Wahnsinn verfiel. „Sean musst du noch retten, danach kannst du dich einweisen lassen", sprach sie etwas fester und machte sich dann daran, das Chaos zu beseitigen. Immerhin wartete ein Flugzeug auf sie.

„Hast du mit ihm gesprochen?"

„Liz, er schläft." Die Solani wischte dieses Kommentar einfach beiseite und trat in das Schlafzimmer ein. Nicht mal hier bekam er etwas Ruhe! Patrick warf ihr einen bösen Blick zu, den sie gelassen hinnahm. Ihre Gefühle schwappten herein, schmiegten sich an ihn und drohten den großen Silver zu ersticken. „Liz, reiß dich zusammen oder verschwinde!", brüllte er mit einem Mal, so laut, dass die Gläser in der Bar klirrten. Nun riss Liz die Augen auf und nahm automatisch eine kämpferische Haltung ein, sollte sie sich verteidigen müssen. Augenblicklich überkam Pat das schlechte Gewissen. Die Solani sah erschöpft aus, müde. Sie hatte kaum geschlafen, hatte sie alle zusammengeflickt, obwohl sie selbst Wunden zu pflegen hätte. Und nun das. Er seufzte und setzte sich hin, die Lehnen des Sessels umklammernd. „Tut mir leid", murmelte er leise, den Kopf hängen lassend. Nach einem kurzen Zögern setzte sich Liz in den Sessel daneben und weil sie schon viel zu lange auf die Silver aufpasste, griff sie nun nach einer seiner großen Hände und hielt sie fest. „Schon gut. Es tut mir leid, ich wusste, dass deine Barrieren im Arsch sind."

„Wie schön du doch meinen Zustand in Watte packst", raunte der Silver. Doch es wurde tatsächlich besser. Liz kannte ihn bereits so lange, dass sie Übung darin hatte, ihre Gefühle soweit zurückzunehmen, dass sie ihn nicht mehr stören konnten. „Danke", fügte er leise an. Sie nickte. „Also, Pat, was sagt Derek?", fragte sie erneut und erhob sich dann, um zur Bar zu gehen. Dort schenkte sie ihnen beiden großzügig Brandy ein. Patrick erzählte ihr von Dereks halb erschöpftem Gefasel, kaum hielt er das Glas in Händen. „Dann...", begann Liz, sich auf die Lippen beißend. „Ist Oz' kleine Freundin nicht der Feind, sondern jemand, den wir bei uns behalten sollten, mit dieser Macht", endete Patrick für sie, sein Glas mit einem Zug leerend. „Blöder Mist!", rief Liz aus, legte den Kopf in den Nacken und presste die Handballen auf die Augenlider. „Ja, das trifft es gut." Auch Pat lehnte sich zurück und schloss die Augen.

„Du musst dich um die Silver kümmern, bis Derek wieder auf den Beinen ist und Titus zurückkommt", sagte die Silver schließlich. Sie stand erneut auf und holte die Flasche. Als sie neben Patrick stand, hob er das Glas und sie schenkte nach, auch ihr Glas füllte sie. „Ich weiß. Ich weiß nur noch nicht, wie." Der Alkohol brannte herrlich in seiner Kehle und wärmte sein Inneres, wenn er noch zwei Flaschen trank, könnte er sich betrinken und was wäre das für eine Erleichterung! „Mary ist wütend. Oz ist...keine Ahnung, er ist der einzige, dessen Gefühle ich nicht lesen kann und obwohl ich mich freuen sollte, macht mich das nur noch nervöser. Alessa heult, obwohl wir sie dringend brauchen. Cole und Lani sind eingeschüchterte Schatten, die sich an Sandro halten, der seine gute Laune kaum aufrecht halten kann. Und wir alle sind am Ende und schlurfen durch unseren kaputten Unterschlupf, obwohl wir dringend - dringend! - da raus müssen, um Nell zu finden und Nim zu töten!" Er schmiss das Glas gegen die nächste Wand, wo es zersprang. Dann vergrub er das Gesicht in seinen Händen.

„Bist du fertig?", fragte Liz gelassen. Sie nippte an ihrem Drink, lehnte sich zurück und überschlug die Beine. Fast könnten sie hier in gemütlicher Runde sitzen, einen Drink zum Abschluss des Tages zu sich nehmend, plaudernd, vielleicht über alte Geschichten, Witze erzählend. „Wo ist dein Mitleid?", fragte der Empath stattdessen, murmelnd gegen seine Handinnenflächen. Liz schnaubte. „Du bist ein großer Junge, das schaffst du schon", antwortete sie. „Du verbringst zu viel Zeit mit Mary!", warf Patrick ihr vor, doch als er seinen Kopf hob, da umspielte ein schwaches Lächeln seine Lippen. „Manchmal muss man euch eben den Kopf waschen. Und nun ", Liz stand auf, holte ein neues Glas, setzte sich und beugte sich zu ihm, um zum dritten Mal nachzuschenken, „wirst du dich sammeln, dich zusammen nehmen und ihnen etwas zu tun geben. Schick Mary und Sandro mit Cole und Lani nach draußen. Ihre Verletzungen sind geheilt und nichts hilft besser gegen Wut und Zweifel, als etwas zu tun. Und dann sprich mit Alessa." Pat trank auch dieses Glas leer und dachte über ihre Worte nach. „Vielleicht willst du die Führung übernehmen?", schlug er grinsend vor. Aber Liz schüttelte den Kopf, dass ihr rotes Haar nur so um sie herum wippte. „Nein. Ich flicke euch lieber zusammen und trainiere unseren Nachwuchs. Und ab und zu kümmere ich mich um euch Kindsköpfe, das reicht."

„Und das machst du sehr gut." Ob des Kompliments neigte die Silver den Kopf.

„Danke."

Eine Weile schwiegen sie, den Moment der Ruhe genießend, den sie beide bitter nötig hatten. Weil Patrick nicht anders konnte, deckte er sie zu, in Ruhe und Gelassenheit. Leise stöhnend lehnte sich die Solani zurück, in der Entspannung badend, die sie nun überkam. „Du solltest deine Kräfte schonen", murmelte sie wenig überzeugend. Auch der Empath lag halb in seinem Sessel, alle Viere von sich gestreckt, die Augen halb geschlossen. „Halt die Klappe, Liz", murrte er gähnend. „Genieße es. Laut und stressig wird es früh genug wieder."

Mary verschränkte die kräftigen Arme vor der Brust und starrte auf die beiden jungen Solani vor sich. Ihr Gesicht zeigte einen so grimmigen Ausdruck, dass Milani sich halb hinter Cole versteckte. Sandro, der schräg neben Mary stand, lächelte über das Verhalten der drei und musste sogar leise lachen, als er den halb verzweifelten, halb bewundernden Blick von Cole bemerkte. „Lasst uns los fahren. Wir haben drei Nächte nichts getan, die Straßen könnten nur so von Nim wimmeln", sagte er. „Dann sind es genug für uns alle", ließ Lani in ihrer bekannten, frechen Art verlautbaren. Allerdings traf sie da bereits erneut der eisige Blick von Mary und sie zuckte zusammen. „Hör auf zu grinsen, Sandro!", knurrte Lani ihn an, kaum stieg Mary in den BMW und konnte die junge Silver somit nicht mehr hören. Dieser aber grinste nur noch breiter, legte einen Arm um ihre Schultern und zog sie an sich, freundschaftlich über ihren Oberarm reibend.

Eine halbe Stunde später parkte der BMW und die vier Silver erreichten die Innenstadt von Cork. Lani hockte auf einem Dach und starrte in die Gasse darunter. Der Geruch von Nim hing schwer in der Luft. Hinter ihr saß Sandro, recht unbekümmert, beinahe belustigt. „Solltest du nicht ernst sein, nach allem?", fragte sie etwas gereizt. Der Umstand, dass Mary nun auch sie beobachtete, so wie sie Cole stets beobachtete und drangsalierte, reizte die junge Solani und machte sie nervös. Lani hatte bemerkt, wie ihr Freund an der Seite dieser Jägerin immer stärker wurde, trotzdem musste sie diese nicht gerne um sich haben. Sie war gruselig und irgendwie machte sie ihr echt Angst, und das wiederum machte Milani wütend. Sandro jedoch lächelte sie zwinkernd an. „Ihr seid ernst und deprimiert genug. Wir können nichts tun, als unser Bestes zu geben. Und ich mache es lieber mit einem Lächeln auf meinen verführerischen Lippen und Hoffnung im Herzen. Glaub' einem alten Mann, wenn er dir sagt, damit geht es weitaus einfacher." Lani starrte über ihre Schulter hinweg zu ihm, gefangen von seinem Anblick. Der olivfarbenen Haut und dem dunklen, schweren Haar. Diesem Lächeln, das stets irgendwie auch eine Prise Traurigkeit und Ernst in sich trug, aber stark genug war, um Wärme zu verbreiten. Selbst jetzt. Ob er ihre Gedanken las? „Was ist mit dir geschehen, Sandro?", stellte Milani die Frage, die bereits seit ihrem Eintritt bei den Silver in ihrem Kopf herumspukte. Der Schlag auf den Hinterkopf traf die Silver unvorbereitet. Sie verzog das Gesicht vor Schmerz und Schock. „Wenn du tratschen willst, dann geh in ein Café, aber hier wird gekämpft", raunzte Mary und wandte sich wieder ab, kehrte an ihren Platz neben Cole zurück, der Milani einen mitleidigen Blick zuwarf und gleich auch eine Faust gegen seinen Oberarm kassierte.

„Nimm es ihr nicht übel. Sie vermisst Titus, den alten Titus, der ihr damals einen Sinn für ihr Leben offenbarte. Sie will euer Bestes, auch wenn sie hart ist, Küken", flüsterte der Italiener sanft, Lanis Frage ignorierte er geflissentlich. Die junge Silver vermutete, mit Absicht. Aber sie ließ das Thema ruhen, schon allein deswegen, weil sie nicht erneut von Mary ermahnt werden wollte. Oder geschlagen. Ihr Kopf schmerzte ganz schön an der Stelle.

„Da unten!", raunte Milani und schob sich näher an den Rand des Daches. „Ich kann sie riechen." In ihren Fingerspitzen kribbelte es. Automatisch tastete sie unter ihren dunkelgrünen Mantel und berührte den Griff des silbernen Dolches. Er steckte in dem Brustgurt, den sie unter dem Mantel verbarg. Daneben zwei Berettas - Oz hatte sie mit der Vorliebe für diese Waffen angesteckt. Lani robbte noch ein Stück weiter und spähte um die nächste Ecke. Eine Gruppe Nim kam nun in den Durchgang. Sie lachten, plauderten und sie hatten zwei Menschen bei sich. Die beiden jungen Männer schienen betrunken, glucksten über die Witze ihrer Begleiter, vollkommen blind für die Gefahr, die sie umgab. Sandro griff nach der jungen Silver und zog sie zurück. „Warte", raunte er in ihr Ohr, der Witz nun aus seiner Stimme gewichen. Auf der gegenüberliegenden Seite kauerten sich Mary und Cole an den Dachrand, zwei unbewegte Schatten in der Nacht. „Wenn wir nicht eingreifen, dann werden sie die zwei zu ihren Handlangern machen", zischte die junge Silver, aber sie machte keine Anstalten, nach vorne zu springen oder etwas Unüberlegtes zu tun. „Wenn wir jetzt da runter gehen, töten sie beide", murmelte Sandro. Während seine Begleiterin nach unten auf die Gruppe starrte, schaute er zu Mary. Sie waren auf vielen Missionen gemeinsam unterwegs gewesen und brauchten keine Worte - vor allem Sandro nicht, der nun ganz bewusst Marys Gedanken las. „Okay, Küken, das ist der Plan", meinte er schließlich und begann leise, das Vorgehen zu erklären. Danach mussten alle schnell auf ihre Plätze huschen. Keine Fehler. Anspannung lag in der Luft, aber auch die Erleichterung, endlich wieder etwas zu tun.

„Bist du bereit?", flüsterte Lani. Cole nickte. Die junge Silver hakte sich bei ihm unter und schmiegte sich an ihn. Als sie los gingen, da begann Lani zu lachen. Ein hohes, angenehmes Lachen. Sie und Cole stolperten gespielt angetrunken in die Gasse, in der sich die Nim mit den zwei Menschen aufhielten. Mittlerweile hatten sie die beiden Männer umkreist.

Einer wurde gegen die Wand gepinnt und lallte glucksend vor sich hin. Sie hielten es immer noch für einen Spaß. Kaum torkelten die zwei Solani in die Gasse, rissen die Nim den Kopf herum. Sie würden nicht sofort wissen, ob es sich um Menschen handelte oder nicht, das erkaufte ihnen kostbare Zeit. „Du spinnst doch!", kreischte Milani lachend und stolperte etwas von Cole weg, der ebenfalls vor sich hin gluckste. „Ach komm, Baby, führ dich nicht so auf. Schau, wir stören hier eine Party", rief er ihr mit starkem, amerikanischem Akzent zu, die Silben verwaschen und stolpernd.

Cole torkelte zu den Nim. Er kam sich lächerlich vor, tat aber sein Bestes. Dazu kam, dass er zwar Messer an sich trug und zwei Smith and Wesson, doch seinen Baseballschläger hatte er bei Mary lassen müssen und ohne seine bevorzugte Waffe auf die Nim zuzugehen, fühlte sich an, als wäre er splitterfasernackt und schutzlos.

Zwei Nim lösten sich aus der Gruppe und kamen feixend auf sie zu. „Na, was haben wir denn da? Vielleicht noch mehr Frischfleisch?", lachte der eine. Es schien, sie wurden unüberlegter, eingenommen von der Überzeugung, dass die Silver keine Bedrohung mehr darstellten. Die verstrichenen Nächte, die sie unbehelligt blieben, schienen gereicht zu haben, um zu dieser Gewissheit zu gelangen. „Idioten", dachte Lani, bemüht nicht die Nase über den widerlichen Gestank zu rümpfen. Sie näherte sich den zwei Nim. „Hallooo", grinste sie dümmlich. „Können wir mitfeiern?" In ihren Mundwinkeln zuckte ein Lächeln, das sie nicht zulassen durfte. Noch nicht. „Aber gern, hübsche Puppe", schnurrte der eine schleimig. Mittlerweile waren auch die anderen Nim abgelenkt. Zumindest waren sie lange genug unaufmerksam, dass Mary und Sandro direkt vom Dach in ihre Mitte springen und drei von ihnen durch gezielte Schüsse erledigen konnten. Das Chaos brach sofort aus. Die zwei Menschen waren vollkommen verwirrt, erstarrten jedoch mit weit aufgesperrten Mündern und pressten sich gegen die Mauer. Die Silver achteten nur peripher auf die beiden, denn nun mussten sie schnell handeln. Lani zog ihre Berettas und schoss. Nicht jeder Schuss saß perfekt, doch immerhin bekam sie einen Kopfschuss und zwei Schüsse in den Hals hin, bevor der Nim, der auf sie zugekommen war, sich auf sie warf. Cole war schneller, als das Monster und rammte ihm seine breite Schulter in die Seite. Gemeinsam donnerten sie gegen die Wand. Der Kopf des Nim wurde herum geschleudert und schrammte gegen die Backsteine. „Kleiner, fang!", rief Mary und warf dem Silver seinen Baseballschläger zu, den er gekonnt fing. Cole holte aus, eine mächtige Drehung, die in seiner schmalen Hüfte begann und sich bis in sein breites Kreuz zog. Sein Gesicht war ernst und konzentriert. Der Schlag saß perfekt. Milani musste sich richtig von dem Anblick losreißen, um helfen zu können. Doch so hatte sie den Freund noch nie gesehen. Er wirkte... Er wirkte, wie die anderen, älteren Silver! Bewundernd nickte sie ihm zu, stolz, denn er hatte sich wirklich gemausert, aber auch hoffnungsvoll, denn sie wusste, sie konnte das auch. Entschlossen trat Lani vor und widmete sich dem Nim, der die Gasse entlang floh. Mary und Sandro hatten ihre Beute bereits erlegt und mit den silbernen Dolchen zu ihrem Herrn und Meister in die Hölle zurückgeschickt und beobachteten sie. Lani fühlte Nervosität in sich aufkommen. Was, wenn sie versagte? Aber dann dachte sie an den letzten Test, da hatte sie es auch geschafft und sie war besser geworden. Viel besser. Dennoch, bevor sie sich dem Nim zur Gänze zuwandte, streifte ihr Blick den von Sandro und er nickte ihr aufmunternd zu.

Die junge Silver stellte sich breitbeinig auf und hob die Beretta auf Brusthöhe. Ihre Augen fixierten den Kopf des Nim, sie folgten dem Wippen seiner schnellen Schritte. Sie konnte jede Haarsträhne sehen, den Schweiß in seinem Nacken, die Poren seiner Haut. Lani holte Luft und hielt sie in ihren Lungen. Dann schoss sie. Der Nim fiel zu Boden, erst da erlaubte sie sich ein breites Lächeln auf ihren Lippen. „Erledige ihn, Küken", ermutigte sie Sandro, der sich den Menschen zuwandte, während Milani auf den zu Boden gegangenen Nim zu stolzierte, sich neben ihn hockte und den silbernen Dolch zog. Sie zögerte nicht, als sie den Dolch hob und anschließend in seine Brust rammte. Sofort leuchtete die Klinge auf und die silbernen Linien spannten sich wie ein kompliziert geflochtenes Netz über den Körper, bevor er verpuffte. Die Gasse war nun wieder frei von diesen Wesen, die Menschen erinnerten sich nicht mehr an den Kampf und wurden von Sandro weggeschickt. Sie torkelten fröhlich glucksend davon. Bald hing nur noch der Gestank von Kohle und verbranntem Fleisch in der Luft.

„Na los, ihr Memmen. Wir sind noch lange nicht fertig", knurrte Mary und schwang sich wieder auf das Dach. Cole, Sandro und Milani sahen sich schmunzelnd an, zuckten mit den Schultern und folgten ihr dann.

Big Ben läutete zur späten Stunde. Mitternacht. Penelope saß auf einer Bank mit dem Rücken zum Uhrturm und blickte hinaus auf den Fluss. Regen fiel in einem stetigen Nieseln herab. Bereits bei ihrer Ankunft war der Himmel schwanger mit grauen Wolken und Nässe gewesen und nun, Stunden später, entließ er das Nass auf die Welt unter sich.

London. Nell war sich sicher, niemals hier gewesen zu sein. Und doch kam es ihr nicht unbekannt vor. Da war dieses Wissen... Das Männchen mit seinen Karteikarten hatte seine Chance gewittert und sofort losgelegt. Zum Beispiel kannte er sich vorzüglich mit dem U-Bahn-System der

Stadt aus. Wusste, wo man Shakespeares Spuren folgen konnte und ergötzte sich regelrecht an all den kleinen, nutzlosen Informationen über den Uhrturm in ihrem Rücken. Zum Beispiel, dass eigentlich nur eine der Glocken Big Ben hieß und nicht der Turm. Und dass er umbenannt worden war. Und drei Mal die Woche nachgezogen werden musste, damit die Uhr auch brav lief und schlug. Penelope ließ ihn ausflippen, hüpfend und herumtollend, und ignorierte ihn die meiste Zeit. Stattdessen starrte sie auf das gluckernde, pechschwarze Wasser, in dem sich nur vereinzelte Lichter spiegelten, wie zwinkernde Sterne. Sie genoss den Nieselregen und legte schließlich mit geschlossenen Augen den Kopf in den Nacken.

Kälte kroch durch ihre Kleidung. Angenehme, erholsame Kälte. Nach der Eskalation mit den Nim hatte Nell sich waschen und umziehen müssen. Die Kleidung hatte sie in den Müll geworfen. Allein der Ignoranz der Menschen verdankte sie es, dass sie unbehelligt in einer der Toiletten hatte verschwinden können. Vielleicht hatte sie auch Hilfe, denn dass sie nie ganz alleine war, davon musste sie mittlerweile ausgehen. Du verstehst langsam, hatte die Stimme gesagt, doch in Wahrheit verstand sie gar nichts. In Wahrheit wusste sie nur, dass sie sich nicht mehr kannte. „Hast du dich denn vorher gekannt?", wollte die stets nörgelnde Stimme in ihr wissen, selbst die jüngsten Ereignisse veränderten diesen Zustand nicht, zumindest nicht auf Dauer. Mit einem Ruck erhob sich die junge Frau, nahm ihre Tasche und wanderte an das Flussufer. Als sie am Rand saß und sich vorbeugte, konnte sie die blasse, verzerrte Spiegelung ihres Gesichtes sehen. „Mein Name ist Penelope", begann sie ihr Mantra. „Das ist der Name, den ich mir gegeben habe", fügte sie an. „Es ist das Jahr 2017. Ich bin 22 Jahre alt und habe keine Ahnung, wo ich geboren wurde - oder wann." Neujahr war einfach an ihr vorbei gezogen, ohne dass es eine Bedeutung für sie gehabt hätte. Das Leben war da bereits zu kompliziert gewesen. „Ich bin nicht mehr in Irland. Ich bin auf der Flucht. Auf einer Mission. Auf dem Weg, meinen Verstand zu verlieren." Ihr ursprüngliches Mantra hatte sie mehr beruhigt. Es war irgendwie mit mehr Hoffnung versehen gewesen. Und als sie nun auf das verzerrte Spiegelbild blickte, da verwandelte es sich, wurde in der Unkenntlichkeit des Wassers zu einer monströsen Fratze mit glühend roten Linien um die Augen. Langsam hob Nell die Hand, um mit den Fingern über die Haut zu streichen. Nässe, aber keine Hitze. Nur eine Illusion. Natürlich, was sonst?

Plötzlich hörte sie Schritte hinter sich. Schlurfende, langsame Schritte, die sich vorsichtig über das Gras schoben. „Du bist das Mädchen, ja?", fragte ein Junge. Penelope drehte sich zu ihm und erstarrte. Verwirrung, Wiedererkennen, Angst und Wut strömten gleichzeitig durch sie, vernebelten ihren Kopf und ihre Sinne. „Wer bist du?", fragte sie viel harscher, als sie wollte. Der Junge hatte dunkelbraunes Haar, das ihm in schweren Strähnen um den Kopf fiel. Seine Haut glich einem Glas Milch, in seinem Gesicht machten sich seine blauen Augen beinahe durchsichtig aus. Er zuckte mit den Schultern.

„Er sagt, du musst gehorchen. Er sagt, dass er das nicht gerne tut, du aber so viele deiner Brüder und Schwestern getötet hast, dass er eingreifen muss. Weil du verloren bist, wenn er es nicht macht."

„Was meinst du? Wer sagt das? Wovon sprichst du?" Aber der Junge sah nur traurig zu ihr von der Anhöhe herab. Seine Kleidung klebte an seinem schmalen Körper. „Wenn du es nicht endlich verstehst, muss er anderen weh tun." Penelope riss die Augen auf. Sie sprang auf die Beine, wankte, hielt sich. „Sean?" Der Junge schüttelte seinen Kopf. Tropfen spritzten in alle Richtungen.

Plötzlich, von einem Blinzeln zum anderen, griff sich der Junge an die Brust. Ein schreckliches, rotes Leuchten drang zwischen seine Finger hindurch. Es breitete sich aus. Nell wollte zu ihm, aber etwas hielt sie fest - wie in Ethans Haus. Der Junge sah zu ihr, Panik und Schmerz in seinen Augen. „Hilf mir! Hilf mir!", schrie er schmerzverzerrt. Risse breiteten sich auf ihm aus. Nur dass sie nicht so waren, wie bei ihr. Nicht unter der Haut, sondern auf der Haut, durch sie schneidend. Sein Körper sprang auf, wie Asphalt unter Wettereinflüssen. Platzte auf! Blut quoll dickflüssig hervor. Blasen werfend von der Hitze. Die Augen des Jungen wurden immer größer, quollen weiter hervor, bis sie einfach schmolzen, als wären sie Objekte in einem Dalí Bild. Einen Moment sah Nell das Feuer in den blauen Augen, sah, wie das Eis schmolz, dann schmolz auch sein Gesicht. Es zerlief, wurde auseinandergerissen zu Hautfetzen, Muskelmasse und dem blubbernden Blut, das noch während es floss, weitere Verbrennungen verursachte. Das Bild war so grausam, so abartig grausam und surreal, dass Penelope vollkommen verstummte. Sie stand lediglich da und sah zu, wie sich der kleine Körper wand und zusammen klappte. Erst als der Junge verstummte, zunächst kamen noch gluckernde Laute von ihm, dann nichts mehr, löste sich der Halt um ihren Körper. Nell stürzte nach vorne, wollte nach ihm greifen, von dem irrationalen Wunsch geleitet, ihm noch helfen zu können. Ihn zu retten. Aber als ihre Hände die Überreste berühren wollten, da löste er sich auf. Das Blut, das verbrannte Fleisch und die schrecklich weißen Knochen in dieser dunklen Nacht, alles verschwand und zurück blieb Penelope, kniend im nassen Gras, die Augen weit aufgerissen und mit einem Gefühl der Leere, in der nur eine Empfindung deutlich widerhallte: Der Verlust ihres Seins.

„Ich bin froh, dass du zu mir kommst." Mühsam setzte sich Derek auf. Er verkniff sich ein angestrengtes Seufzen, kaum saß er aufrecht. Die junge Solani vor ihm sah auch so schon nicht gut aus. Alessa wirkte, als habe sie in den letzten drei Tagen, seit Titus die Silver verlassen hatte, nicht mehr geschlafen und nichts mehr gegessen. Unter ihren Augen hingen dunkle Schatten, ihre Wangen waren eingefallen und ihre Haut wirkte fahl und müde. Selbst ihr Haar schien stumpf. Daher musste er stark sein, zumindest musste er so tun.

„Ja, Patrick meinte, du wolltest mit mir sprechen", murmelte sie mit abwesendem Blick. Sie sah nach oben, an die Decke, auf einen Riss in der Wand, nur nicht zu ihm. Alessa schien sich kaum konzentrieren zu können. Derek seufzte leise und wappnete sich. Nun hieß es, Geduld beweisen und vorsichtig das Thema lenken und bloß nicht daran denken, dass er beim letzten Versuch, eine Wahrheit aus einer jungen Frau hervor zu locken, beinahe seine Familie getötet hätte. „Du weißt, warum?", fragte er daher vorsichtig. „Du warst nicht dabei!", stieß sie gleichzeitig hervor. Derek runzelte die Stirn, ihm wurde jedoch recht schnell klar, was sie meinte. „Nein, ich war wohl der einzige, der nicht anwesend war", antwortete er Alessa sanft, da sie nicht sofort weitersprach. Sie nickte abwesend vor sich hin. „Wie war es?" Der Silver beobachtete sie genau, versuchte aber gleichzeitig, eine Aura der Geborgenheit um sich aufzubauen. So wie Patrick das stets machte, nur dass Derek das nicht beherrschte, er kam sich dabei regelrecht lächerlich vor, aber auf Alessa schien es zu wirken, denn sie entspannte sich langsam und schaffte es schließlich, ihre dunklen, mandelförmigen Augen auf ihn zu fokussieren. „Glaubst du, ich bin schuld, dass der König weg ist?", wollte sie wissen. Der Solani musste ein Lächeln unterdrücken, zur Sicherheit hob er die Hand und strich sich über Mund und Wangen, sodass seine Lippen hinter den Bewegungen versteckt blieben. „Die Arroganz der Jugend", dachte er schmunzelnd. Doch er wollte sich nicht über ihre Sorgen lustig machen, denn sie empfand diese ganz ernsthaft, mit ihrem ganzen Sein. „Du warst nicht da, kennst den Wortlaut nicht. Also, bin ich schuld?" Sie beugte sich vor, flehend. Derek ließ sich mit seiner Antwort Zeit, nicht weil er sie nicht kannte, sondern weil er die richtigen Worte suchte. „Du wirst seit deiner Geburt von der Göttin als Sprachrohr benutzt. Dein Geist ist offen für die Dinge - für Träume und Visionen. Und du wirst besser darin, diese Bilder zu empfangen. Und als wir uns in größter Not befanden, da nutzte Glacien die Verbindung zwischen euch und sagte, was gesagt werden musste. Sie selbst kann nicht aus ihrem Refugium, der Kampf gegen Beryll und die Erschaffung unserer Spezies haben sie zu sehr geschwächt, daher musstest du ihr dienen und du hast es gut gemacht. Dich trifft keine Schuld. Titus' Weg hat diese Bahn verfolgt, lange bevor du überhaupt geboren wurdest." Eine Weile schwiegen die beiden. Alessa lehnte sich in dem Stuhl neben dem Krankenbett zurück und verschränkte die Arme hinter dem Kopf. Eine tiefe Falte schnitt zwischen ihren Augenbrauen in ihre Haut. Derek nutzte die kurze Pause und schloss die Augen.

„Es war eigenartig, als sie meinen Körper übernahm. Ich war noch da, hier drinnen, aber nicht mehr Herrin über mich selbst, nur noch eine Randfigur in meinem eigenen Leben. Und dann hörte ich die Worte, hörte sie von außen, aber auch als Hall in mir drinnen. Und ich konnte Titus sehen, sein Gesicht, als er die Worte vernahm. Wie seine Mimik entgleiste, nur ganz kurz, aber ich habe es gesehen, sein wahres Gesicht so voller Trauer, Schmerz und Verwirrung und habe sie gespürt, die Göttin. Sie war voller Güte und Liebe, aber so schwach. Ich wusste, sie wollte mehr sagen, wollte mir alles erklären, ich habe sie angefleht, mit mir zu sprechen, aber da verlor sie schon den Halt und glitt davon. Sie wollte... Sie wollte mir etwas Wichtiges sagen, glaube ich." Alessas Blick wanderte erneut in die Ferne, während sie sprach, kaum verstummte sie, fixierte sie Derek und starrte ihn konzentriert an.

„Du willst mit mir über das Mädchen sprechen, was genau hoffst du zu erfahren?" Der Silver nickte ihr anerkennend zu. Immerhin versuchte sie, sich zusammenzureißen. „Ich war in dem Geist der Frau und bevor Himmel und Hölle über uns herein brachen, da sah ich etwas und als ich wieder klarer denken konnte, musste ich an deine Erzählung denken. Das Mädchen, das dich begleitet hat, wie sah es aus?", erklärte Derek. Nun setzte er sich wieder gerader hin und riss ein wenig die Augen auf, um sich munter zu machen. Die junge Silver legte den Kopf schief, sie kniff die Augen zusammen, um sich das Bild genau in Erinnerung zu rufen. „Am Anfang war sie undeutlich. Erst nach und nach konnte ich sie klarer erkennen. Sie war jung, vielleicht vier oder fünf Jahre alt. Ein kleines Mädchen, recht schmal, aber mit runden Wangen und vollen Lippen. Ihr Haar war dunkel, vielleicht schwarz, und lang. Ihre Augen ebenfalls dunkel, ich dachte zuerst dunkelblau, aber wie gesagt, sie war nie ganz deutlich. Und dann verschwand sie."

„Wann genau?", wollte Derek wissen. Er spürte, dass sie auf etwas zusteuerten, dass sie einer Lösung ganz nah waren. So verdammt nah und doch kein Stück weiter! Unbewusst begann er mit den Fingern seiner rechten Hand auf der Bettdecke zu trommeln. Alessa betrachtete seine langen Finger einen Moment, während sie überlegte. „Das letzte Mal sah ich sie in der Nacht, als ich mich verwandelte. Sie war da und... Das Mädchen hat mir gut zugeredet. Sie hat mir versprochen, dass alles gut werden würde, dass ich nur durchhalten müsste. Sie würde bleiben, bis ich gerettet sei. Sie blieb wirklich." Die junge Silver leckte sich über die

Lippen, entließ einen Seufzer. „Und dann kehrte sie vor...Warte, ich muss nachdenken." Sie verzog das Gesicht zu verschiedenen Grimassen, die Derek tatsächlich zum Schmunzeln brachten. Er konnte verstehen, warum Charles einen Narren an ihr gefressen hatte. Hübsch, exotisch und klug. Dazu süß. „Wieso grinst du?" Die dunklen Augen funkelten zwischen Unsicherheit und Amüsement. Ein Lächeln zupfte an ihren vollen Lippen. „Ach, ich bin nur froh, dass sich Charles um dich kümmert", grinste er zurück und begann zu lachen, als Röte unter ihrer dunklen Haut erblühte.

Sie wollte protestieren, sperrte den Mund auf, aber bevor sie etwas sagte, sprang sie auf und rief aus: „Achtzehn Jahre! Vor achtzehn Jahren kam sie zurück und zwar verändert." Alessa begann in dem Krankenzimmer auf und ab zu wandern. Ihre kleinen Zöpfe hüpften. „Sie war deutlicher. Ich sah sie auf einer Straße, es war dunkel. Ich habe geträumt und konnte sehen, wie sie alleine dastand. Noch genau so, wie damals in jener Nacht, als ich mich verwandelt habe. Doch in ihren Augen sah ich Furcht, aber auch Erwartung, als warte sie darauf, von jemanden geholt zu werden." Die Silver blieb mit einem Ruck stehen, als wäre sie gegen eine unsichtbare Wand gelaufen. Derek folgte mit den Augen jedem ihrer Schritte und zog nun eine Braue in die Höhe. Er musste sich zusammenreißen, um ihr genau zuzuhören. Müdigkeit und Kopfschmerzen wollten ihn überwältigen, aber er ließ es nicht zu. So nah, so nah, rief es in seinem Inneren. *So nah!*

„Als ich aufwachte, hatte ich das Gefühl, als müsste ich ganz schnell nach draußen. In mir herrschte eine unglaubliche Dringlichkeit."

„Bist du nach draußen gegangen?", fragte der Solani leise. Er wollte sie nicht in ihren Erinnerungen stören.

„Ja", sagte Alessa langsam. „Ja, ich bin nach draußen. Es war noch Nacht. Ich weiß noch, ich bin nicht mit auf die Jagd, weil ich Kopfschmerzen hatte. Liz hat mich nicht gelassen." Jedes Wort kam schleppend, jeder Satz wurde aus einer längst vergessenen Erinnerung geborgen. Heraus gezogen wie aus einem tiefen Sumpf. „Ich bin durch das Haus gerannt, habe mich gar nicht umgesehen. Ich bin durch die Tür und die Luft war furchtbar warm. Viel zu warm. Etwas stimmte nicht. In meiner Brust spürte ich einen Knoten, etwas war geschehen und ich hatte es verpasst." Ihre Hände gestikulierten, griffen in die Luft, beschrieben Kreise, dann erstarrte die junge Silver wieder. „Es roch nach Feuer... Derek, ich glaube, ich habe Nim gerochen. Wie konnte ich das vergessen? Warum habe ich das keinem gesagt?" Panisch blickte sie zu dem Älteren, dieser schürzte die Lippen nachdenklich.

„Du bist aus einem Traum aufgewacht. Dann hast du es vielleicht nicht ernst genommen und es vergessen. Als Einbildung abgetan. Das passiert.

Aber jetzt müssen wir es in das Gesamtbild mit einbeziehen", antwortete er.

„Und wie sieht das Gesamtbild aus?", wollte Alessa leicht genervt wissen, diese Unsicherheit und der Schlafmangel nagten an ihr. Doch unter Dereks strengem Blick verstummte sie und sank auf ihren ursprünglichen Platz. „Das versuche ich herauszufinden", raunte er mürrisch. „Wie ging es mit dem Mädchen weiter?"

„Sie wuchs. Plötzlich wurde sie älter. Sie wurde dünn, ausgemergelt. Die Haare kurz und struppig. Eingefallene Wangen und dunkle Augenringe und ihre Augen glichen tiefen, düsteren Seen voll hoffnungsloser Leere. Sie flimmerte durch meine Gedanken. Ihr Bild klarer, aber nicht mehr so greifbar wie zuvor", antwortete die Silver schnell.

„So sah das Mädchen in Nells Geist auch aus. Sie wurde gefangen gehalten, denke ich", murmelte Derek, mehr zu sich selbst, als zu ihr. „Sie hatte irgendwann mein Alter erreicht. Aber ich sah sie trotzdem oft genug als dieses Mädchen, klein und dürr. Ich weiß nur nicht, wieso", fügte Alessa noch an, dann schwieg sie. „Danke, Alessa, ich muss jetzt nachdenken. Du kannst gehen", sagte Derek, nach wie vor in diesem Ton, als würde er mit sich selbst sprechen. Er blickte auch gar nicht mehr zu ihr, sondern sah nur auf seine Finger, mit denen er in einem ganz eigenen, ungeduldigen Rhythmus auf die Bettdecke trommelte.

„Aber -"

„Bitte geh."

Die Solani verstummte, bevor sie noch zu protestieren begonnen hatte, dann richtete sie sich wütend auf und verließ das Krankenzimmer. Die Tür fiel krachend ins Schloss, das bekam Derek gar nicht mehr mit, so sehr war er in seine eigenen Gedanken vertieft.

„Komm mit mir."

Sean saß im Bett, die dünnen Beine an seinen Brustkorb gezogen, die Arme um die Knie geschlungen. Seit einem Tag hatte man ihn beinahe vollkommen ignoriert. Eine Frau mit langen, blonden Haaren hatte ihm Wasser und Essen gebracht, aber nicht mit ihm gesprochen. Sie sah aus wie ein Mensch, ganz normal, weder hässlich, noch besonders hübsch. Auch die zwei Riesen, die ihn in das Haus von Ethan gezerrt hatten, hatten auf ihn wie Menschen gewirkt. Doch Sean vermutete, dass sie so menschlich waren, wie eines dieser Wesen aus ‚Alien'.

„Du bist kein Gefangener und kannst dich im Haus frei bewegen. Also komm, ich möchte mit dir sprechen", sagte der Mann vor ihm, der sich selbst als Gott bezeichnete. Obwohl seine Stimme sanft war, beinahe betörend, glaubte Sean nicht eine Sekunde daran, dass es sich hierbei um eine Bitte handelte. Er erkannte einen Befehl, wenn er einen hörte.

Kannte es aus seiner Familie, von seinem Vater und der großen Schwester. Die Wut, die aufwallte, schien ihm stärker als sonst, aber der junge Mann achtete nicht weiter darauf, hatte er doch mehr mit dem Mann vor sich zu tun - seinem Gefängniswerter.

Langsam stand er auf und trat auf diesen zu. „Hast du auch einen Namen oder erwartest du, dass ich dich mit göttlicher Hoheit anspreche?", wollte Sean giftig wissen, viel mutiger, als er sich zugetraut hätte. Wahrscheinlich hatte er bereits mit seinem Leben abgeschlossen und machte nun gute Miene zum bösen Spiel, dachte er sich. Aber da war noch etwas anderes. Sean fürchtete das Wesen vor sich und doch machte es ihn neugierig - die Macht, die davon ausging. Der Mann grinste und zwinkerte ihm zu. „Du kannst mich Beryll nennen. Und nun komm, ich muss bald weg und davor sollten wir uns kennenlernen." Sean kam sich vor, wie bei dem absurdesten Date aller Zeiten. Kamen sich so Frauen vor, wenn sie von Männern umschmeichelt wurden? Bei dem Gedanken wusste der junge Mann nicht, ob er lachen oder schreien sollte. Lachen, weil es so absurd war. Schreien, weil er an Penelope und sein gebrochenes Herz denken musste. „Wohin denn? Und über was solltest du mit mir sprechen wollen?", fragte der junge Mann trotzig. Aber er folgte Beryll dennoch hinaus aus dem Zimmer und musste staunen.

Vor ihm erstreckte sich ein weiß gestrichener Gang, durchbrochen von hohen Fenstern, durch die das Sonnenlicht herein fiel und alles in einen sanften, gelblichen Ton tauchte. Dem Gang folgte eine offene Galerie, von der zwei gewundene Treppen in einen großzügigen Vorraum mit Marmorboden führte. Alles war strahlend weiß, beinahe klinisch. In der Mitte stand ein runder Tisch, auf dem eine große Vase einen wunderschönen Blumenstrauß hielt, der mit seinen schillernden Farben beinahe absonderlich in all dem Weiß wirkte.

Beryll antwortete nicht auf Seans Fragen, ging einfach nur voran. Die Treppen hinab und durch den Vorraum hindurch, nach hinten. Dem weißen Vorraum folgte ein Wohnzimmer. Auch hier dominierten weiße Stoffe und weißer Stein. Ein Gemälde zierte die Wand über dem offenen Kamin, in dem ein Feuer vor sich hin prasselte. Das Bild zeigte Eisschollen. Die Farben gingen von dunklem Blau bis zu Türkis und Weiß. Das Feuer mit seinem Rot und Orange schien ein genauer Kontrast dazu zu sein. „Setz dich." Wieder klang es wie eine Bitte, doch der Befehl war eindeutig. Sean setzte sich auf die Couch und war überrascht, dass sie so bequem war. Überhaupt hatte er sich das Hauptquartier eines wahnsinnigen, mystischen Wesens anders vorgestellt. Er hatte an raue, unverputzte Wände gedacht, an Zellen und Ketten und Folterwerkzeug. Das Zimmer, das man ihm überließ, hatte bereits dagegen gesprochen. Ein Kinderzimmer von einem Mädchen, wie Sean vermutete. „Wo bin ich hier nur gelandet?", fragte er sich. Als das Wesen sich neben ihn setzte, eine gelassene Haltung einnahm und die Beine überschlug, da konnte er es nur erstaunt anstarren. Er hatte keine Ahnung, in was er da geraten war, doch die Faszination für Beryll wuchs. Er wirkte so selbstsicher und stark - so mächtig. Sean schluckte schwer, sein Kehlkopf hüpfte.

Die blonde Frau kam herein. Sie balancierte ein Tablett auf ihren Armen. „Ah, Juliette. Danke dir", schnurrte der Mann und beugte sich vor, als die Angesprochene alles auf dem Wohnzimmertisch abstellte. Tee und Gebäck und kleine Sandwiches. Beryll griff zu, Juliette nickte nur kurz und verschwand wieder. Die beiden Männer blieben alleine zurück. Zögernd nahm sich nun auch Sean einen Keks und knabberte daran. Doch kaum probierte er einen Bissen, merkte er, wie hungrig er eigentlich war und griff ordentlich zu. Er stopfte sich Sandwiches und Kekse in den Mund und spülte alles mit schwarzem Tee herunter. „Ich mochte die englische Art des Nachmittag Tees schon immer. So gemütlich und gepflegt", meinte Beryll, eine Tasse an seine Lippen führend. „Also, Sean, erzähle mir, was treibt dich an? Was wünscht du dir aus den Tiefen deines Herzens?" Als er die Frage stellte, setzte er die Tasse zurück auf den Tisch, auf den zarten Unterteller mit goldenen Rand, und beugte sich vor. Einen Arm auf die Rückenlehne gestützt, drehte er sich zu Sean und führte die freie Hand an dessen Wange. Beryll folgte den zart geschnittenen Kanten des Gesichts wie ein Liebhaber, betrachtete die weiche Haut und grauen Augen wie ein Kunstkenner. Ein leises Lächeln umspielte seine Lippen. „Erzähl mir, Sean, was kann ich für dich tun?", schnurrte der Nim und zwinkerte. Sean riss die Augen auf, kniff sie zusammen und wusste nicht, was er sagen sollte, daher runzelte er lediglich die Stirn und schürzte die Lippen. „Was an mir verwirrt dich, Mensch?", wollte Beryll amüsiert wissen. Sein Gesicht kam dem von Sean noch näher. Die Hitze, die er ausstrahlte, war nun deutlich zu spüren. Als der junge Mann jedoch weiter schwieg, unfähig auch nur einen einzigen klaren Satz zu formulieren, ließ Beryll ihn los und lehnte sich wieder zurück. Ein breites, einnehmendes Lächeln zeigte seine weißen, perfekten Zähne.

„Bist du schockiert, weil du ein Monster erwartet hast? Vielleicht, dass ich dich in Ketten lege?" Die Idee schien den Mann zu amüsieren, denn er lachte leise. „Ich musste meiner Tochter drohen, weil sie sehr verwirrt ist. Aber das wird sich legen. Du bist ein Gast, nichts anderes. Daher fühle dich auch wie ein Gast, bitte. Oder vielleicht verwirrt dich meine Nähe? Ich lebe schon so lange, dass Liebe nur noch ein schaler Begriff ist, aber körperliche Freuden beschränken sich nicht auf ein Geschlecht - was verpasst man nur, wenn man sich selbst Grenzen setzt! Nun, ich mag, was schön ist und du bist sicherlich interessant anzusehen." Wieder ein Zwinkern. „Oder aber du fragst dich, was ich für dich tun kann. Du spürst die Macht in mir und ich fühle den Zorn in dir. Wut auf deine Familie, Enttäuschung und Kränkung. Du bist weit mutiger, als sie dir zutrauen. Weit klüger, als sie zugeben wollen." Beryll legte den Kopf schief und schwieg. Wartete.

„Deine Tochter?", platzte es aus Sean heraus, das erste aufgreifend, das in seinem Hirn hängen geblieben war. Der Mann vor ihm schmunzelte. „Das Mädchen, in dessen Zimmer du schläfst, das du Penelope nennst", antwortete dieser nachsichtig. Der junge Mann dachte nach und schob sich einen weiteren Keks in den Mund. „Wie ich sie nenne? Und was stimmt nicht mit Nell?", hakte er nach, sein Denken noch etwas langsam, zu viele Informationen mussten verarbeitet werden. „Nun, du musst wissen, dass Hel - denn das ist der Name, den ich ihr gab - und ich einen Streit hatten. Ich habe es falsch angepackt und sie rannte davon. Doch sie besitzt große Kraft und war nicht bereit, alleine zu sein. Ich wollte ihr die Freiheit geben, um sich auszutoben, um zu erkennen, dass ich nur das Beste für sie wollte, doch meine Liebe für sie machte mich blind für die Gefahr. Sie lief außer Kontrolle. Hel verschwand für einige Zeit, ich hatte Sorge, ich könnte sie nicht wiederfinden, doch seit sie in Cork weilt, habe ich sie im Blick und versuche sie zu leiten. Sie ist eine junge Frau, ich konnte mir denken, was sie wollte, was sie suchen würde, nach was ihr Herz begehrt. Und ich führte sie dahin, gab ihr, was sie in ihrem Inneren wünschte... Nun, leider verlor sie dennoch den Halt und daher sind wir an diesem Punkt gelangt und ich musste tun, was ich tun musste." Als Beryll sprach, klang er tatsächlich betrübt, sogar regelrecht traurig. Er senkte den Kopf und Schmerz zeichnete sich auf seinem Gesicht ab. In Sean bildete sich ein Kloß. Er empfand Mitleid mit diesem Mann, der einfach seine Tochter vermisste.

„Warum glaubt Penelope - ich meine Hel - dass du der Feind bist?", wollte er vorsichtig wissen. Da war noch etwas, das Beryll gesagt hatte, etwas über das Herz, das in Sean etwas auslöste, aber er hakte nicht nach, nicht jetzt. Ein schwaches Lächeln schenkte ihm Beryll, der sich wieder aufrichtete und seinem Blick begegnete. „Weil Wahrheit immer nur ein Aspekt eines Gesamtbildes ist. Mit ihr ist irgendetwas geschehen und sie hat alles vergessen. Ihr Bild hat sich verschoben. Darum ist sie so alleine und verwirrt. Darum leidet sie. Darum musst du mir helfen, sie zurückzubringen." Die Stimme, in der das Feuer knisterte, flehte förmlich und Sean wollte nichts anderes, als dem Mann vor sich zu helfen. Eine irrationale Hoffnung erwachte in ihm. Vielleicht, wenn Penelope wieder wusste, was sie einmal vergaß, würde sie erkennen, dass er der Richtige für sie war, und vielleicht konnte Beryll ihm helfen, besser zu werden, mächtiger... Sean musterte das Wesen vor sich, diesen kultivierten Mann, aus dessen Poren die Macht förmlich triefte.

Plötzlich griff Beryll nach seiner Hand und hielt sie fest. „Gemeinsam können wir sie retten. Und ich kann dir tatsächlich Macht anbieten. Viel Macht. Du könntest einer von uns werden. Meine rechte Hand, mein oberster Offizier", versprach der Nim, ließ die Hand des Menschen jedoch dann abrupt los und stand auf. „Doch nun muss ich gehen. Du aber, mein neuer Freund, bleibst hier und denkst über mein Angebot nach. Wenn ich zurückkomme, dann reden wir darüber."

Noch bevor Sean eine Verabschiedung heraus brachte, schritt Beryll davon, seine Aura von Göttlichkeit blieb zurück. Der junge Mann war verwirrt, doch es schien ihm, als würde er einer wichtigen Sache auf der Spur sein, einer wichtigen Sache für sich, einer Chance. In seinen Fingern kribbelte es. Das Versprechen hallte in ihm nach. Die rechte Hand eines solchen Wesens. Ein Offizier, der andere leitete, der von anderen bewundert wurde. Es schien, als wäre er in keinen Albtraum gestoßen worden, sondern als hätte er die Erfüllung eines lang gehegten Traumes vor sich. Was würde nur seine große Schwester sagen, wenn er vor ihr stünde, mit einer Aura, wie sie Beryll umgab? Dann würde sie sich nicht mehr lustig über ihn machen oder ihn hänseln! Dann würden seine Eltern nicht mehr die Köpfe über ihn schütteln und hinter seinem Rücken davon sprechen, dass er eine Enttäuschung wäre! Sean legte den Kopf in den Nacken und lachte. Sein Lachen hallte durch die weiße, herrschaftliche Villa, ein kalter Laut in einem noch kälteren Haus.

Oz starrte in das Feuer im Kamin seines Zimmers. Er konnte sich nicht einmal daran erinnern, dass er es angezündet hatte. Allerdings konnte er die Tage auch nicht mehr genau auseinander halten. Von der Zeit bei Nell über den Angriff bis hin zu dem Training und heute schien alles verschwommen, als hätten Zeit und Raum sich gefaltet und Löcher offenbart und er wäre irgendwo dazwischen stecken geblieben. Nur eines war sicher, schmerzhaft sicher, nämlich dass er die junge Frau nicht aus dem Kopf bekam. Auf seinem Schoß lag sein Zeichenblock und es blieben kaum noch Seiten übrig. Beinahe alle hatte er mit Skizzen versehen. Nell in tausend Formen und Facetten. Lächelnd, weinend, verzweifelnd, ihre Augen voller Mut, dann voll mit Angst und überquellend mit Hoffnung. Und natürlich sie als Monster, mit der Glut in den Augen - aber sie war es wegen ihm geworden. Er konnte jeden Muskel, jede Sehne, sogar jede Haarsträhne aus dem Gedächtnis nachzeichnen. Trotzdem blickte er nur wütend auf das letzte Bild. Es zeigte die junge Frau traurig auf dem Boden zusammen gerollt, dicke Tränen quollen aus ihren Augen und

Dunkelheit umfing sie. Ein Schatten ragte über ihr auf, ob im Angriff oder um sie zu trösten, konnte Oz nicht sagen. Er packte den ganzen Block und wollte ihn schon in das Feuer pfeffern, als die Tür zu seinem Zimmer einfach aufgerissen wurde. „Oz, du wirst nicht glauben, was Derek und ich heraus gefunden haben!", rief Alessa aus und trabte einfach herein.

Der Silver mit den türkisen Haaren starrte trocken zu ihr auf, wenig begeistert von ihrer Anwesenheit, auch wenn er neugierig war, aber das würde er nie zugeben. Also zog er nur die Augenbraue mit dem Piercing nach oben und murmelte trocken: „Komm doch herein." Alessa ignorierte sein Gehabe, denn sie hatte den Zeichenblock entdeckt. Er wollte die Hand über die Zeichnung schieben, aber da stürzte die hübsche Silver schon auf ihn zu und entriss ihm den Block. „Oh das ist sie! Oz, du kannst das ja richtig gut!", rief sie begeistert aus. Sie blätterte hektisch durch die Seiten und machte faszinierte Laute dabei. „So schön! Oh bei der Göttin! Sie ist unglaublich schön! Oz!" Er entriss ihr den Block und schmiss ihn ins Feuer. Alessa sog scharf die Luft ein. „Nein!", heulte sie auf. Sie wollte nach vorne springen, um die Zeichnungen zu retten, doch der Geschichtenerzähler packte sie um die Taille und zerrte sie zurück, bis er sie einfach in die Luft hob und über die Schulter warf. Dabei drehte er sich, bis ihr ganz schwindelig wurde. Die Solani lachte und trommelte auf seinem Rücken. „Oz, Oz! Bitte, mir wird ganz schummerig. Oz, wieso tust du das?" Die Welt verschwamm vor ihr, so schnell drehte sich der Freund. Flimmernd kam der Kamin in ihr Blickfeld. Die Flammen fraßen sich in das Papier, das sich in der Hitze wellte und an den Rändern schwarz wurde. Sie konnte das Gesicht auf dem Papier sehen und fast schien es, als leuchteten die Augen, doch nicht rot, sondern blau. Alessas Lachen verstummte.

„Oz, ich will dir sagen, was Derek vermutet", sagte sie fest. Augenblicklich stoppte die Drehbewegung und sie bekam wieder Boden unter den Füßen zu spüren. Der Geschichtenerzähler hielt sie an den Schultern fest und musterte sie abwartend. Kaum schöpfte sie genug Atem, begann sie zusammenzufassen, was sie Derek erzählt hatte und was dieser wiederum vermutete. Nun gut, Alessa wusste natürlich, dass der alte Silver seine Vermutung noch nicht ausgesprochen hatte, doch was sollte es sonst sein? Es gab nur eine logische Erklärung! „Derek glaubt, dass Nell das Mädchen aus meinen Visionen ist und dass sie zu uns gehört", platzte es aus der jungen Silver heraus. Sie strich über ihre Zöpfe. „Hörst du? Du hast nichts falsch gemacht. Du hattest ganz recht, als du sie schützen wolltest." Alessa trat einen Schritt von dem anderen weg, bevor sie sein Gesicht mit beiden Händen umfasste und mit den Daumen über seine Wangen streichelte. Oz ließ es angespannt über sich ergehen. Er wusste, sie meinte es gut. „Ich wollte, dass du das weißt, weil... Weil du so traurig und verzweifelt warst", sprach sie und lächelte ihn sanft an. Der Silver nahm die Hände der Silver in seine, zog sie bestimmt von seinem Gesicht, hielt sie allerdings weiter fest. „Danke", sagte er schlicht, weil er nicht wusste, wie er seine Gefühle unter Kontrolle behalten sollte. In letzter Zeit verlor er immer mehr seine alte Fassung. Wie unangenehm. Besonders als er sah, was in Alessas Gesicht vor sich ging. Er wusste, was kommen würde, noch bevor sie den Mund aufgemacht hatte. „Liebst du sie?", fragte die Solani mit einem bedeutungsvollen Blick zu dem Feuer im Kamin, das die Zeichnungen auffraß. Oz bedachte sie kühl, sein Gesicht vollkommen glatt und unbewegt. „Nein", war alles, was er darauf antwortete. Doch sie ließ nicht locker. „Ach komm, Oz! Du bist ja richtig besessen von ihr. Du hast sie beschützt und du zeichnest sie und machst dir Sorgen -" Sie war noch nicht fertig, doch der Freund unterbrach ihren Monolog. „Alessa, Schluss!" Die Silver klappte geräuschvoll den Kiefer zu, ihre Lippen presste sie so fest zusammen, dass sie ganz blutarm wurden. „Ich will darüber nicht sprechen und nun lass mich bitte in Ruhe." Und damit wurde Alessa in wenigen Stunden erneut aus einem Zimmer geworfen. Ihr blieb nichts anderes übrig, als davon zu trotten und sich über das männliche Geschlecht zu ärgern, das sich als äußerst eigenartig in diesen Tagen erwies.

Oz derweil versperrte die Tür und setzte sich anschließend ganz dicht vor das Feuer. Er starrte in die tanzenden Flammen, beobachtete das Spiel der glühenden Farben und sah doch nur Nell. Er musste sie finden, musste sie beschützen. Er wusste nun, was das Richtige war. Die Schuld fiel von seinen Schultern, dafür war er Alessa dankbar, denn bestimmt hatte der alte, besserwisserische Kauz nicht vorgehabt, Oz diese Erkenntnisse mitzuteilen und hätte ihn zwischen Schuld und Wut gelassen, weil er sein Wissen lieber eifersüchtig hütete, um alles zu prüfen und doppelt zu kontrollieren. Doch nun musste der Lügner sich nicht mehr fragen, was das moralisch Akzeptable zu tun wäre, denn es fiel mit dem zusammen, was er wirklich tun wollte. Das letzte Blatt in seinem Zeichenblock wurde zu Asche, danach erhob sich Oz und holte einen Rucksack hervor, den er ganz hinten in seinem Schrank, hinter einem losen Brett, in einem geheimen Fach aufbewahrte. Er gehörte eigentlich in eine andere Zeit, war ein Relikt seiner Vergangenheit. Der Rucksack beinhaltete Kleidung zum Wechseln, Waffen und seinen Pass. Er gehörte zu London und mit ihm holte Oz seine Fähigkeiten zurück, seine Gelassenheit, sein unbarmherziges und gnadenloses Sein, das ihm erlaubte, Regeln zu brechen und Grenzen zu überschreiten, um zu bekommen, was er wollte.

Nun hieß es, auf den richtigen Moment warten.

Die Zeichen leuchteten auf. Anschnallen. Hinsetzen. Landeanflug. Penelope lehnte den Kopf zurück und sah aus dem ovalen Fenster. Noch war nur blauer Himmel zu erkennen, durchzogen von grauen und weißen Wolken. Manche waren nicht mehr als diffuse Fetzen, andere wirkten so dicht und massig, dass man am liebsten nach ihnen greifen wollte. Ihre Hand zitterte, als Nell die Scheibe berührte. Ihr Sitznachbar schlief und schnarchte vor sich hin. Sein Kopf war zur Seite gekippt. Die junge Frau neben ihm vertiefte sich seit Abflug in ein Buch auf ihrem Schoß. Beide ignorierten Penelope und bemerkten nicht, als diese das Fenster berührte und Eiskristalle um ihren Finger wuchsen. Zumindest kein Feuer, dachte diese und seufzte stumm. Das Mal an ihrem Rücken schien neue Kraft gesammelt zu haben, vielleicht nutzte es auch nur die Chance, die sich bot, seit die Macht des Nim sich zurückgezogen hatte. Seit der Junge... Nell musste schlucken. Sie zog die Hand zurück und ballte sie, bis ihre Knöchel weiß hervor traten. Der Junge starb, der Junge litt und er war nicht echt gewesen und doch hatte er sich real angefühlt. Das Echo des Schocks hallte noch immer in ihr nach.

Aber mit dieser Illusion hatte sich auch das Feuer zunächst aufgelöst. Es war einfach verschwunden und die Narbe seitdem beinahe beängstigend ruhig, ungewohnt passiv. Penelope schwankte derweil zwischen hysterischem Lachen und frustriertem Weinen, denn es schien nicht zu reichen, dass sie nicht wusste, wer sie war, dass sie keine Erinnerungen besaß - nein! - nun spielte man auch noch mit der Realität, änderte, was sie wusste, erschuf eine neue Wahrheit, in der nichts und alles gleichermaßen echt sein konnte. Verzweiflung schwappte durch die junge Frau. Warum musste das alles passieren? Warum konnte sie nicht einfach leben? Trotzig presste sie die Hände auf die Oberschenkel.

Sie sah nicht, wie das Eis auf dem ovalen Fenster wuchs. Sie merkte nicht, wie es in der Kabine kühler wurde. Ganz plötzlich ging ein Ruck durch das Flugzeug, es schien zu beben, dann einen Sprung zu machen. Einen Sprung nach unten! Schreie erklangen in der Kabine. Lehnen wurden fest umklammert. Schlafende erwachten mit weit aufgerissenen Augen. Eine der Klappen öffnete sich und Handgepäck purzelte hinaus, ein Rucksack landete auf einem Passagier, der wütend aufschrie. Wieder ruckelte das Flugzeug. Die Stewards und Stewardessen wuselten den Gang entlang. Sie kontrollierten hektisch die Kabine, bevor sie sich selbst auf Sitze retteten und anschnallten. Wieder ein Ruckeln. Der Kapitän meldete sich zu Wort, versuchte zu erklären, dass es sich nur um normale Turbulenzen handeln würde, doch seiner Stimme war anzuhören, dass etwas nicht stimmte. Ein Kind begann zu weinen. Ein Baby stimmte kreischend mit ein. Penelope konnte murmelnde Gebete hören. Als sie nach draußen blicken wollte, sah sie, dass Eis die Scheibe vollkommen überzog und als sie sich umblickte, da entdeckte sie mehr Eis. Ihr Atem kam in weißen Wölkchen zwischen ihren Lippen hervor. Entschlossen wischte sie über das Fenster, bis das Eis zurückwich und sie hinaussehen konnte. Die Wolken zogen rasant an ihnen vorbei, wurden zu weißen Linien, die ihren Absturz markierten. Der Luftdruck veränderte sich, es knackte in den Ohren. Nell kniff die Augen zusammen, sie tränten, weil ihr Kopf schmerzte, als arbeite jemand mit einem Presslufthammer an ihrer Schädeldecke. „Reiß dich zusammen. Reiß dich verdammt noch mal zusammen!", schrie die vernünftige Stimme in ihr, nur dass sie panisch war und vollkommen aufgelöst. Nun fielen auch noch die Masken von der Decke. Masken, die sich die Menschen zitternd über die Gesichter zogen und atmeten, als würde ihnen das noch helfen. Der Sturzflug ging weiter. Penelope konnte beinahe die Alarmtöne hören, die sicherlich im Cockpit schrillten, und die Lichter sehen, die wütend vor sich hin blinkten und Fehlfunktionen anzeigten, die nicht gelöst werden konnten, weil das Problem wo anders lag.

Penelope griff nicht nach der Maske. Sie schloss stattdessen ihre Augenlider und versuchte sich zu beruhigen. Sie versuchte aufzuhören zu existieren. Ihr Sein musste aufhören, nach dem Flugzeug zu greifen und sich selbst samt aller Menschen darin auszulöschen. Sie musste, musste...

„Liebes, hör mir zu", flüsterte da eine Stimme, die ihr schrecklich bekannt war. Feuer knisterte durch sie hindurch und brachte Wärme zurück in ihren Körper. „Ich sagte dir doch, du bist außer Kontrolle. Aber ich kann dir helfen. Du musst mich nur darum bitten", versprach die Stimme schnurrend, betörend und erschreckend einnehmend. Sie wollte der Stimme antworten, wollte sich vor Beryll werfen, ihm sagen, dass sie sein war, nie wieder etwas anderes sein würde, als sein Eigentum, wenn er sie nur rettete, sie und die Menschen in diesem Flugzeug. Wenn er ihr nur das Gleichgewicht zurückgab, das sie verloren hatte, und wenn er ihr ein Leben schenkte, das sie diesmal behalten durfte. Aber etwas hielt sie davon ab. Stolz, aber auch Angst vor dem, was aus ihr werden würde, wenn sie nachgab.

Während das Flugzeug gen Erde raste, seinem Schicksal zu zerbersten und alle mit in den Tod zu reißen entgegen, presste Penelope sich in den bebenden Sitz und musste abwägen, welchen Preis sie zahlen konnte. Angst lähmte sie. Angst verhinderte, dass sie denken konnte. Angst würde am Ende sie und alle Menschen hier töten.

„Nimm meine Hilfe an. Akzeptiere, dass du zu mir gehörst und du kannst dich und alle hier retten!"

Die kleinen Gassen waren selbst zu dieser Stunde krachend voll. Wie Titus das verabscheute, dennoch schritt er hindurch und versuchte, sich in der Masse aufzulösen. Automatisch wichen die Menschen aus. Sie spürten, ohne es benennen zu können oder es richtig zu merken, dass er gefährlich war und drängten sich lieber ineinander, bevor sie ihm zu nahe kamen. Das erschwerte den Versuch, sich in dem Gedränge zu verlieren. So blieb er weiter ausgegrenzt, weiterhin absonderlich, ausgeschlossen, ein Unikum, das sich nicht verstecken konnte. Er wurde sein Sein nicht los. Sich selbst zu verlieren, gab der verlorene König nach einigen Stunden auf und wandte sich stattdessen der Bibliothek zu.

Er schwang sich auf die niedrigen Häuser und lief geduckt darüber hinweg. Er hatte genug von den schwitzenden, stinkenden Leibern der Sterblichen. Gerade setzte er zu einem Sprung an, als ein Schrei ihn herumwirbeln ließ. Es war die Stimme eines Kindes, eines kleinen Mädchens, er war sich sicher. Er setzte gerade auf dem anderen Dach auf, als er schon herumwirbelte und los rannte. Er musste, diesmal musste er sie retten. Er würde diesmal nicht zu spät kommen. Nicht schon wieder. *Nicht schon wieder!* Er wurde schneller, flog als Schatten über die Dächer von Prag und suchte den Ursprung des Schreis. Er hörte ihn wieder. So weit weg, ein ferner Hall. Seine Schritte trommelten über die Dächer, für Menschen lautlos, in seinen Ohren jedoch glichen sie Kanonenfeuer. Sie glichen seinem Herzschlag, der ebenfalls gegen seinen Brustkorb hämmerte, bis seine Knochen schmerzten. Es zerriss ihn. Wieder der Schrei. Noch immer leise, viel zu leise, er kam nicht näher. Warum? *Warum?!* Ein Knurren drang aus Titus' Kehle, ein Donnern in der winterlich stillen Nacht. Köpfe drehten sich herum, Menschen blickten sich um, suchten den Ursprung dieses Geräusches, das nichts glich, was sie je gehört hatten. Es machte ihnen Angst und sie drängten sich zusammen wie Schafe, die sich vor dem bösen Wolf schützen wollten.

Titus rannte weiter. Er wirbelte herum und änderte die Richtung. Wieder und wieder. Der Schrei erklang und blieb fern. Das Mädchen rief nach ihm, flehte ihn an, es zu retten - diesmal wenigstens. Aber er konnte nicht. Er konnte einfach nicht.

In den frühen Morgenstunden erklang der Schrei immer noch und Titus folgte ihm, verzweifelt auf der Suche nach dem Ursprung, obwohl sein Kopf längst die Tatsache erkannte, dass der Schrei aus ihm heraus erklang und er ihn nie einholen, nie rechtzeitig kommen würde. Weil vergangen nun einmal vergangen war. Der König rannte trotzdem weiter, bis der Tag sich in tausend Abwandlungen von Grau anschlich. Er stand auf dem Dach des Rathauses und blickte gen Osten, wartete auf den rosaroten und orangen Schein, der die tödliche Sonne ankündigen würde. Ein Teil von ihm wollte auf sie warten, auf diesen brennenden Stern, den er seit mehr als tausend Jahren nicht mehr zu Gesicht bekam. Hieß es nicht, dass er nur wählen konnte zwischen sich finden oder nie mehr wieder kehren? Vielleicht sollte er sich gleich für die zweite Option entscheiden? Doch dann dachte Titus an seine Freunde, an die Silver und er wusste, er durfte sie nicht einfach so im Stich lassen. Er schuldete es ihnen, es wenigstens zu versuchen. Daher schlüpfte er in die alt ehrwürdige Bibliothek in Prag und musste kopfschüttelnd über die Menschen schmunzeln. Zwei einfache Türen trennten den Bereich ab. Dazu kam eine kleine Barriere, die er ohne Mühe überschreiten konnte. Aber die Menschen ließen sich davon abhalten, einfach in den alten Bereich zu stromern, die brüchigen Bücher anzufassen und die Globen zu drehen. Das tat nun Titus dafür. Er strich über das Holz der Regale und das Leder der Einbände. Er holte eines der Bücher heraus und schnupperte an dem staubigen Papier und atmete den Geruch nach Tinte. So roch Geschichte. Er stellte es zurück und wandte sich dann an den dritten Globus in der Reihe. Er drehte ihn nachdenklich, bevor er sich auf den Boden kniete und eine Markierung berührte. Eine Einbuchtung in Form eines Eiskristalls, so unglaublich feingliedrig, leuchtete auf, kaum kam seine Haut damit in Berührung. Die Magie erkannte den König und sie öffnete den geheimen Gang für ihn. Eines der Bücherregale schwang zur Seite und schloss sich, kaum verschwand der Solani darin.

Seine Schritte hallten in dem leeren Gang. Der Ton potenzierte sich an den steinernen Wänden, bis es schien, als nehme er den Raum im Ganzen ein. Titus schritt vorsichtig, ohne Eile. Niemand eilte etwas Unangenehmen entgegen, schon gar nicht nach dem Schrecken dieser Nacht. Der Schrei hallte nach wie vor leise in seinen Ohren, immer da, ihn stetig quälend. Der König wusste jedoch, der Schrei war nur ein Symptom, das seinem zerrissenen Geist entsprang. Weil er nicht loslassen wollte und sich an die Erinnerung klammerte, während er sie gleichzeitig von sich stieß und verleugnete. Und während er mit dieser Erinnerung kämpfte, verlor er den König und Freund in sich. Seufzend strich Titus über die Mauer. Spinnweben bedeckten sie und blieben an seinen Fingern kleben. Am Boden lag der Staub zentimeterdick. Dreckig. Verwahrlost, stellte er fest und beschleunigte. In seiner Brust hämmerte sein Herz in böser Vorahnung. Das hier war eine königliche Bibliothek! Geschützt durch Runen, bewacht durch Solani und gehütet durch die altehrwürdigen Bibliothekare - Männer und Frauen, die sich auf Magie verstanden und die Bücher und Pergamente erhielten. Allzu viele Bibliotheken in dieser

Größe gab es nicht mehr. Iran beherbergte die erste und damit älteste. Eine weitere fand sich in den USA, als Reaktion darauf, dass viele Solani dorthin flüchteten, vor den Nim und den Kriegen der Menschen.

Den Gang ließ der Silver schnell hinter sich. Eine kleine elliptische Empfangshalle folgte. Hier bestand der Boden aus Marmor und überlange Pilaster mit ionischen Kapitellen strukturierten die runden Mauern. Zwischen ihnen sollten Kerzen in ihren Halterungen brennen, doch auch hier hatten die Spinnen den Raum eingenommen und für sich beansprucht. Sie hingen fett und unbekümmert zwischen den Messingstreben. Ihre Netze bedeckten die Wände in dicken Schichten. Wo sie nicht klebten, da lag dichter Staub. Titus blickte sich um, das einzige Lebenszeichen, das er fand, waren seine eigenen Fußabdrücke auf dem dreckigen Boden. Das Herz rutschte ihm in die Magengrube und sandte eisige Wellen durch ihn hindurch. Eigentlich wollte er umdrehen und weg gehen. Er wollte es nicht sehen, die Zerstörung, die Leere. Nicht noch mehr Namen für seine Notizbücher. Doch er durfte nicht. Denn wenn er das täte, könnte er sich direkt in die Sonne stellen und seinem elenden Leben und seiner verlorenen Blutlinie ein endgültiges Ende setzen. Noch nicht, dachte er sich, erst würde er es wahrlich versuchen, bevor er aufgab. Also setzte er seinen Weg fort. Hin zum Herzen dieser Gänge und Hallen, der Bibliothek und den Meditationsräumen. Zwei weitere, kleine Hallen, eine in Form eines Sternes, die andere quadratisch, und drei Gänge später zeigte sich das selbe Bild wie zuvor. Spinnen und Staub. Vor lauter Frust und Enttäuschung ließ Titus sein Eis wachsen. Es bedurfte nur Sekunden, dann bedeckten glitzernde Eiskristalle jeden Millimeter der Räumlichkeiten. Mit einem bissigen Lächeln bedachte der König die toten Spinnen. Ein trockener Laut, ein Lachen, das verlernt hatte, glücklich zu klingen, entrang sich seiner Kehle.

„Mein König, bitte töte nicht die letzten Bewohner dieser Räume. Wer soll sie sonst nutzen?" Eine leise, doch feste Stimme tadelte ihn. Titus hatte die Solani nicht bemerkt, die nun in der Tür stand, die Arme unter den Brüsten verschränkt. Sie war nicht groß, aber dennoch eine echte Erscheinung. Sie wies asiatische Züge auf. Schmale, schrägstehende Augen und eine kleine Nase in einem ovalen, dünnen Gesicht. Gleichzeitig besaß sie eine olivfarbene Haut und dunkles, krauses Haar. Doch sein Blick blieb an ihren Augen hängen, die aussahen, wie zwei Münzen. Sie leuchteten in einem satten Gold, obwohl kein Licht sich in ihnen spiegelte. Die Fremde trug ein einfaches Leinenkleid, dessen Saum grau von Staub und ausgefranst war. Dennoch wirkte sie elegant und trotz ihrer schmalen Statur stark. Die Magie in ihr musste beeindruckend sein. Titus nahm sich vor ihr in Acht.

„Entschuldige, ich dachte nicht, das Ungeziefer sei jemandes Freund", antwortete er trocken. Sie hatte ihn augenscheinlich erwartet und noch wusste er nicht, was er davon halten sollte. Doch um guten Willen zu zeigen, zog er das Eis zurück. Einige der Spinnlein hatten überlebt. Die Frau vor ihm nickte ihm schmunzelnd zu. „Wenn man alleine ist, dann sucht man sich irgendwann Freunde, egal was diese sind. Du wirst es noch merken", sagte sie, eine Stimme wie alter Whiskey. Der König schnaubte. „Dein Optimismus ist ansteckend", erwiderte er, drei Schritte auf sie zu machend. Die meisten, die ihn nicht kannten, wichen vor seiner Aura zurück, wenn er so auf sie zukam. Es war ein Abwehrmechanismus. Doch sie blieb stehen und grinste ihn nun sogar breit an, zwei Reihen perfekter, weißer Zähne zeigend. „Du bringst selber keinen mit, erwarte also nicht von mir, ihn dir einfach so zu schenken." Mit diesen Worten drehte sie sich schwungvoll herum und ging davon. Langsame, wiegende Schritte, die leise, schlurfende Geräusche verursachten. „Komm, König. Gehen wir deine Hoffnung suchen", sagte sie beinahe singend. „Woher wusstest du, dass ich komme?", fragte der Angesprochene, kaum schloss er zu ihr auf. Sie zuckte lediglich mit den schmalen Schultern. „Ich bin alt, ich weiß es eben. Außerdem besitze ich Augen und Ohren und Nachrichten reisen heutzutage schneller als früher." Titus blickte säuerlich auf die kleine Person neben sich herab. „Hast du einen Namen, Bibliothekarin?" Er hoffte zumindest auf diese Frage eine konkrete Antwort zu erhalten. Sie schaute ihn an und zwinkerte. „Natürlich. Mein Vater gab ihn mir vor vielen Jahrhunderten." Titus wartete. Starrte sie regelrecht an und öffnete bereits den Mund, um nachzusetzen. Da begann sie leise zu lachen. „Ich heiße Daria, König. Und sei mir nicht böse, es ist lange her, dass ich eine andere Seele zum Reden hatte und weder die Spinnen, noch die Ratten sind besonders gesprächig. Obwohl die Nachrichten deines Freundes recht interessant sind." Der König wurde bei diesen Worten ganz mulmig. Da legte Daria ihm eine Hand auf den rechten Oberarm, wieder mit einem breiten Lächeln.

„Wir tauschen Informationen über die Nim und unsere Geschichte aus. Doch er sagte nicht, dass du auf dem Weg wärst und auch ich werde kein Wort nach draußen schicken. Das ist deine Reise und auch wenn ich dich begleite, machst du sie doch alleine."

„Daria, du bist wirklich ein Sonnenschein", knurrte Titus und vermisste Sandros fröhliches Gemüt. „Aber danke", fügte er hinzu, sich daran erinnernd, dass er sich doch bessern sollte. Schritt für Schritt und an seinen ungenießbaren Launen zu arbeiten, schien ihm vernünftig.

„Aber sicher doch, König."

Die beiden gingen einen weiteren Gang entlang. Daria schwieg, begann aber bald zu summen. Eine leise Melodie, die dem Silver entfernt bekannt vorkam. Plötzlich endete der Gang. Spinnweben verdeckten hier in noch dichteren Netzen die Mauer, aber das schien Daria nicht zu kümmern. Sie wandte sich nach rechts und berührte einen Stein. Dabei krabbelten einige Spinnen über ihre Finger. Auch das schien die Bibliothekarin nicht zu stören. Sie drückte den Stein in die Wand und da begann sich die Mauer vor ihnen zu bewegen. Steine schoben sich zur Seite und gaben einen neuen Weg frei. Daria trat hindurch und Titus folgte ihr. Hinter ihnen schloss sich die Mauer, doch darauf achtete der König nicht, denn er ließ bereits seinen Blick durch den großen Raum vor sich gleiten. Es schien, er musste durch ein Wurmloch getreten sein, anders konnte diese Differenz wie Tag und Nacht nicht zu erklären sein. Der Boden aus buntem Marmor mit eingelassenen Runen aus Silber erstrahlte regelrecht in Sauberkeit. Bücherregale drängten sich dicht an dicht. Meter hoch und voll mit Papier, Papyrus und Leder. Kein Staubkorn störte das Bild, keine Spinne wagte sich in dieses Reich. Die Bibliothek der Solani, von der Königsfamilie erschaffen und durch Bibliothekare bewahrt - über die Jahrhunderte hindurch, in Krieg und in Frieden - versammelte sich hier ungemeines Wissen. Derek würde es lieben, dachte Titus. Sein Freund hatte die Bibliothek sehr oft besucht, als sie noch in Prag weilten, hatte mehr hier gewohnt, als im Unterschlupf der Silver. Doch der König hatte kein Interesse an Büchern gehabt. Das war eine Zeit vor seiner eigenen, kleinen Bibliothek der Toten gewesen. Sein Denken verlangsamte sich, bremste ab und wollte nicht weiter. Noch nicht.

„Warum der geheime Eingang? Wieso bist du alleine?" Titus wandte sich an Daria, die bereits zu den Regalen schritt. Der Raum glich einem großen Ballsaal, nur dass statt Tänzern und Tänzerinnen Bücher hier weilten. Die Regale reichten hinauf bis an das Gewölbe, dessen Rippen in einem satten Blau und funkelnden Gold erstrahlten. Der Schlussstein jedes Gewölbes stellte einen silbernen Eiskristall dar. Die Regale standen in drei Reihen und ließen damit einen breiten Gang in ihrer Mitte frei, während kleinere Gänge den Zugang zu den anderen Regalen erlaubten. Daria durchschritt nun den breiten Gang, zu jeder Seite die beeindruckenden Bücherregale aus hellem Stein, die den betörenden Duft von altem Papier und brüchigen Leder verströmten. „Ich war es lange nicht, doch..." Das erste Mal zögerte die Solani. Titus konnte beobachten, wie sich die Muskeln in ihrem Nacken verkrampften, ein weiteres Zeichen für ihre Anspannung. Sie hustete leise, um Zeit zu schinden. Doch er hatte Zeit und wartete geduldig.

Der Gang öffnete sich in der Mitte des Saales zu einer Lichtung im Bücherwald. Ein Studiertisch mit vier Sesseln stand dort, genauso wie eine bequem aussehende, etwas durchgesessene Couch und genau im Zentrum ein schwarzer Flügel. Titus erstarrte und knurrte unwillkürlich, ohne es bewusst steuern zu können. Mit einem Satz löste er sich aus der Starre und stand vor dem Musikinstrument. „Wie kommst du an diesen Flügel?" Vom König gingen Wellen der Aggression aus, die Daria einfach ignorierte. Sie fasste sich und stemmte die Hände in die schmalen Hüften. „Er wurde mir kurz nach deiner Abreise zugeschickt, mit der Bitte, auf ihn Acht zu geben und für dich aufzuheben", erklärte sie ruhig. „Wer?!" Mit einem schiefen Lächeln antwortete die Solani: „Wer war denn bei dir?"

„Patrick", schnaubte der Silver, doch verstummte er dann und ging stattdessen in die Knie, um die untere Seite sehen zu können. In seinem Hals bildete sich ein dicker Kloß, als er die Zeichnung sah. Sie war verblasst, doch er kannte jede Linie, jeden Farbtupfer. „Ich spielte stets für sie", murmelte er leise, bevor er sich aufrichtete. Wenn Daria ihn gehört hatte, so zeigte sie es nicht.

Nach einem Räuspern nahm Titus das ursprüngliche Thema wieder auf: „Also, wieso und seit wann bist du alleine?" Der Flügel zwischen ihnen betrachteten die zwei sich gegenseitig. In Daria arbeitete es, ihr Kiefer mahlte. „Prag wurde wenige Wochen nach der Abreise der Silver angegriffen", sprach sie, kein Vorwurf in der Stimme. Der König sog dennoch die Luft scharf ein. „Die Silver verließen Prag, um dir nach Frankreich zu folgen. Wir alle wussten, was geschehen ist und waren ohne Furcht - wir alle trauerten. Die Nim sollten gar nicht hier sein. Wir hatten lange keine mehr gesehen", erzählte die Bibliothekarin. Ihre goldenen Augen verloren sich in den Weiten der Erinnerung. „Die Novizen rannten durch die Gänge. Ich höre noch ihr Lachen. Der Tag brach an und sie sollten sich in die Schlafräume zurückziehen. Ich selbst war hier und ging meinen Studien der Magie nach. Der erste Bibliothekar war gerade dabei, die Zugänge für den Tag zu versiegeln. Zu spät. Die Nim töteten ihn, er hatte keine Chance. Ich hörte den Lärm erst spät, aber ich stürzte sofort hinaus, wollte bei der Evakuierung helfen. Ich rannte zu den Novizen, bereit, jeden zu töten, der den Kleinen zu nahe kam." Ein Stocken, ein tiefer Atemzug. „Einer der Wächter hielt mich auf. Er packte mich an den Oberarmen und schüttelte mich." Als die Solani die Szene beschrieb, griff sie sich unwillkürlich an die Oberarme und rieb darüber. „Er schrie mich an. Ich sei nun die erste Bibliothekarin und hätte eine Aufgabe. Eine einzige. Also kam ich ihr nach... Ich rannte zurück zur Bibliothek. Stolperte über Leichen und Sterbende. Doch ich durfte nicht anhalten. Als ich hierher zurück kehrte, waren meine Schuhe blutgetränkt und meine Sicht von Tränen verschleiert. Ich versiegelte die Bibliothek und den innersten Kern, ohne zu prüfen, ob jemand mit mir hier eingeschlossen und damit gerettet wurde. Es blieb keine Zeit. Stundenlang drangen Schreie gedämpft zu mir, aber ich durfte nichts tun, musste meiner Aufgabe nachkommen." Ein Zittern ging durch die starke Frau, bevor sie sich fasste. In ihren Wimpern glitzerte eine Träne und rann ihre linke Wange hinab. Sie wischte sie nicht fort. „Wie du weißt, sind wir auf solche Notfälle ausgelegt und vorbereitet. Ich hatte alles, was ich brauchte, um eine lange Zeit zu überleben. Ich weiß nicht, wie lange ich am Boden kauerte. Erst lange nachdem alle Geräusche verstummt waren, stand ich wieder auf und stellte mich auf die Jahre ein, die folgen würden."

„Du hast gehofft, jemand käme und sehe nach", stellte der König leise fest, noch mehr Schuld auf sich ladend. „Aber keiner kam. Niemand aus Prag und die Silver waren fort. Du bliebst alleine." Daria machte ein paar Schritte und ließ die Arme baumeln. „Eine lange Zeit, ja. Erst als die Nationalbibliothek 1777 gebaut wurde, musste ich handeln und wagte mich hinaus. Ich verlegte Gänge und verbarg alles vor den Menschen und als sie fertig waren, errichtete ich neue Zugänge. In diesem Jahr wurde mir auch erst das Ausmaß des Angriffs bewusst. Es lebten kaum mehr Solani in der Stadt. Alle alten Treffpunkte waren nicht mehr. Als hätten wir nie existiert. Ich kümmerte mich um die Toten und führte sie zurück zur Göttin. Dann schrieb ich an alle mir bekannten Adressen und war froh, als ein paar Antworten zurück kamen." Ein schwaches Lächeln erschien auf Darias exotischem Gesicht.

Plötzlich hallten Schritte durch den Saal. Titus wirbelte sofort herum, scharfe Eiskristalle an seine Seite rufend, bereit, sie jedem Angreifer entgegen zu schleudern. „Mein König, nicht! Das ist Matej." Der Angesprochene ließ die Kristalle verschwinden, behielt seine Macht jedoch an der Oberfläche. Die letzten Ereignisse hatten ihn gelehrt, niemanden mehr leichtfertig zu trauen. Wenige Sekunden später kam ein Junge heran getapst. Erst lugte sein dunkelblonder Haarschopf hinter der Kante eines Bücherregals hervor, bevor ein rundes, rotwangiges Gesicht erschien. Seine großen Augen erinnerten Titus an einen starken Kaffee. „Sagtest du nicht, du hättest niemanden, mit dem du sprechen könntest, Daria?" Der Silver zog eine Augenbraue fragend in die Höhe. „Und wie kommst du zu einem Menschen?" Aber die Angesprochene antwortete zunächst nicht, sondern winkte den Jungen, der um die vierzehn Jahre alt sein musste, heran. Sie gestikulierte und Matej antworte mit seinen Händen. „Ah...Er ist taub und auch stumm?", fragte Titus, die Antwort bereits kennend. Währenddessen beendeten die zwei ihre stumme Unterhaltung und der Junge wandte sich an den Silver und winkte schüchtern, Grübchen in den Wangen. Der König winkte mit wirren Gefühlen zurück. Der Flügel, die grausigen Erkenntnisse und nun ein kleiner Junge, dessen Unschuld förmlich aus jeder seiner Poren triefte. Er schluckte. „Matej stolperte mir vor einem Jahr über den Weg. Ein Waise mit einem Händchen für moderne Technik. Ihm verdanke ich, dass wir hier nun einen Computer haben und Internet. So konnte ich wieder Kontakt mit allen aufnehmen. Herrlich!" Daria wuschelte durch die Haare des Jungen. „Er wird jetzt jedoch zurück ins Bett gehen. Wie willst du es halten, Titus, Bett oder Meditation?" Neugierig blickte Matej zwischen ihnen hin und her.

„Ich möchte keine Zeit verlieren, bitte."

„Sehr wohl."

Die Bibliothekarin gestikulierte erneut. Matej winkte und verschwand hüpfend in die Richtung, aus der er ursprünglich gekommen war. „Dann folge mir nun, König."

„Nein, nein, nein!", murmelte Penelope. Sie hielt die Augen fest geschlossen, versuchte, die Außenwelt draußen zu halten, fern von sich. Sie presste sogar die Hände gegen die Ohren, aber die Gebete und Schreie drangen trotzdem zu ihr durch. Keine Chance, sich zu konzentrieren. Das Eis wuchs weiter, störte weiterhin die Elektronik. Das Flugzeug sank und nahm Geschwindigkeit dabei auf. Mittlerweile zeigte die Nase des Airbus nach unten, kein Gleiten, kein Segeln, nur Sturzflug. Sie waren der Stein, der bald am Boden ankommen würde, sicher in seine Einzelteile zerspringend.

„Nein, nein, nein! Konzentrier dich verdammt noch mal!", schimpfte Penelope weiter. „Es ist ganz einfach. Du musst dich nur für mich entscheiden und ich helfe dir. Ich bin die Lösung", flüsterte die knisternde Stimme. „Halt die Klappe!", schrie die junge Frau und riss die Augen auf. Neben ihr starrte sie der Mann an, Tränen in den Augen, die Hände fest ineinander geschlungen. „Nicht Sie!", blaffte Nell und schloss erneut die Augen. Derek hatte es ihr gezeigt. Er hatte ihr den Schlüssel zur Rettung gegeben. „Und sein Leben", kommentierte die knisternde Stimme lachend. „Klappe, Klappe, Klappe!" Penelope presste die Hände fester gegen ihre Ohren. Sie suchte die Mitte, die Membran. Vielleicht gelang es ihr, Gleichgewicht zu schaffen, dann könnte sie alle retten. Es musste funktionieren. Musste!

Einatmen. Ausatmen. Sie war da, irgendwo...

Einatmen. Ausatmen. Die Geräusche verstummten.

Einatmen. Ausatmen. Dunkelheit und Stille.

Penelope öffnete die Augen und seufzte kurz vor Erleichterung. Sie hatte es geschafft. Vor ihr - einfach aus der Dunkelheit heraus - ragte die Membran auf. Die Spuren ihres letzten Besuches waren deutlich zu sehen. Den Spalt, den sie für Derek öffnete, hatte Penelope bei der Unternehmung, ihn und sich selbst aus dem Inferno zu retten, weiter aufgerissen. Kurz bevor alles außer Kontrolle lief, hatte sie zurück gesehen und dort klaffte eine Wunde, blutrot und qualmend. Diese Wunde war nun geschlossen, eine Narbe aus Eis, die grelle blaue und silberne Risse aussandte. Eine Entsprechung ihrer Narbe über dem Herzen - nur in anderer Farbe. „Der Lotus..." Nell runzelte die Stirn und trat näher, bis sie genau davor stand. Es war kalt, eisig. Ihr Atem kam in weißen Wölkchen aus ihrer Nase und ihrem Mund, als sie seufzte und die Luft ausstieß. „Erst Feuer, nun Eis." Vorsichtig hob die junge Frau die Hand und berührte die Eisschicht mit einem Finger. Es kribbelte und stach. Das Eis reagierte und griff nach ihr. Binnen Sekunden wuchsen Kristalle auf ihrer Haut, banden sie an die Membran. Penelope schrie auf. Die Schmerzen pulsierten von ihrer Hand in ihren ganzen Körper und zwangen sie in die Knie. „Verdammte Scheiße!" Tränen traten in ihre Augen. Sie riss und zerrte an ihrem Arm. Das Eis wuchs weiter. „Du hast mich beruhigt. Du bist auf meiner Seite! Auf! Meiner! Seite!" Ihre Stimme überschlug sich. Die Panik breitete sich in ihr aus, machte sie wirr und unfähig, klar zu denken. Was geschah hier?

Plötzlich strich Wärme über ihre Wange. Penelope riss den Kopf herum, in ihrer Schulter spürte sie ein unangenehmes, warnendes Zerren. Hinter ihr lag undurchdringliche Dunkelheit, doch sie wusste, sie war nicht alleine. Wenn innerhalb der Membran ihre Vergangenheit steckte, all das, was sie einmal ausmachte, bevor sie in dem toten Baumstumpf erwachte, dann lauerte in der Dunkelheit der Wahnsinn der Gegenwart. Ihre neuen Dämonen und einer davon, war genau hier. „Siehst du, warum du zurück kommen solltest? Du bist aus dem Gleichgewicht und allein an mir liegt es, dass das hier nicht früher geschah", flüsterte die Stimme voll Wärme. Penelope hasste sich dafür, doch sie sog diese Wärme in sich, wollte sie haben, brauchte sie. „Ich wollte dir beibringen, dich zu beherrschen, aber du sahst in mir nur den Feind, den Mann, der dich angeblich einsperrt, weil du nicht hingehen durftest, wohin du wolltest. Dabei meinte ich es nur gut. Du hattest ein gutes Leben." Nell schüttelte den Kopf. Erinnerungen überschwemmten sie, unscharf und ungeordnet. *Ein Kinderzimmer. Eine Villa ganz in weiß. Ein prasselndes Feuer. Aber auch ein dunkles Gefängnis. Eine Folterkammer und Blut.* Schmerz und Wärme, Angst und Geborgenheit wechselten sich in rascher Geschwindigkeit ab. „Nein!", schrie die junge Frau. Sie riss weiter an ihrem Arm, aber das Eis wollte sie nicht frei geben. Daher änderte sie die Taktik und rappelte sich auf, um sich mit ihrer ganzen Kraft gegen die Membran zu werfen. Wenn sie hinein käme... Wenn sie ihr Innerstes nur richten könnte...

Es knackte. Flimmernde Punkte tanzten vor ihren Augen. Penelope wurde schwindelig. Entsetzt blickte sie auf ihre Schulter und sah Blut und Knochen. Sie hatte sich den Arm gebrochen, die Schulter auch. Übelkeit stieg in ihr hoch. „Mein Liebes, sieh es ein, nur ich kann dir helfen." Eine Hand strich über ihren Rücken, wärmte sie, gab ihr die Kraft, sich von der Membran zu lösen. Penelope stolperte zurück und knallte mit dem Hintern auf den Boden.

Im Flugzeug riss die junge Frau erneut die Augen auf und nahm die Hände von den Ohren. Sie stürzten nach wie vor ab. Eis bedeckte alles im Inneren der Kabine. Wie in Trance sah sich Penelope um. Sah die Gesichter der Menschen. Roch den Gestank ihrer Angst. Zuletzt blickte sie auf das Fenster und wischte die Eiskristalle beiseite, um nach draußen sehen zu können. Blauer Himmel, weiße Wolkenfetzen. Tod. Bald. Ihr Herz trommelte heftig in ihrem Brustkorb, drohte die Rippen zu durchstoßen. Einfach so. Wie sie sich wünschte, es könne so enden! Doch zu viele Leben endeten bereits ihretwegen. Ihr eigenes Leben, ihre Freiheit, was auch immer sie glaubte, zu verteidigen, wenn sie sich Beryll widersetzte, war weitere Leben nicht wert. Und vielleicht, ein immer kleiner werdendes Vielleicht, das sich langsam zur Gewissheit verfestigte, hatte der Nim recht.

„Ich weiß, du kannst mich hören, du beschissener Parasit in meinem Kopf. Rette die Menschen. Was immer du auch willst, aber rette sie! Ich flehe dich an, ich gebe dir recht."

Penelope spürte, wie sich die Schlinge um ihren Hals enger zog.

Am Flughafen in Bonn angekommen, spürte man förmlich die Erleichterung. Sanitäter warteten bereits. Das Personal räumte das Gepäck zur Seite, das während der Turbulenzen heraus gefallen war. Turbulenzen... Penelope hörte sich die Erklärungen des Kapitäns an und presste die Lippen aufeinander. Keine technischen Störungen, nur Turbulenzen, sagte er und log. Natürlich. Doch nicht ein Passagier stand auf und widersprach. Nicht einer protestierte. Aber es schien auch, als hätte niemand das Eis gesehen. Keiner der Anwesenden flüsterte unter hektischen Atemzügen, dass etwas Absonderliches vor sich gegangen wäre. Sie alle dankten lediglich ihrem Gott, dass er sie gerettet hatte, und freuten sich, dem Schicksal entschlüpft zu sein. Die Kinder weinten nicht mehr, die Mütter strichen ihnen über die Köpfe, die Väter hielten ihre Händchen. Und als sie endlich das Flugzeug verlassen durften, da schnatterten sie und sprachen über die Urlaubspläne oder hatten das Telefon gezückt, bereits in Arbeitsgespräche vertieft. Vergessen, die Schrecken. Verleugnet, das Mystische. Auch Penelope stand nicht auf und widersprach. Sie nickte und lächelte und spürte den Kloß im Hals, denn während alle sich freuten, wollte sie weinen. Doch gleichzeitig nahm sie eine Kälte ein, die ihre Gefühle bald alle abtöten würde. Bald, aber noch nicht. Noch litt sie. Ihr Atem ging in rasselnden Zügen. Es fiel ihr schwer, genug Sauerstoff in ihre Lungen zu pressen.

Wankend, mit ihrer Tasche über die Schulter gehängt, schritt sie die Gangway entlang und betrat das Flughafengebäude. Alle strömten gen Ausgang, doch sie suchte nach einer Ecke, einem ruhigen Ort. Die junge Frau wandte sich von der Gruppe ab und schlug die entgegengesetzte Richtung ein. Sie musste weg von ihnen. Ihre Schritte wurden mit jedem Meter unsicherer. An einer Stelle stolperte sie sogar über die eigenen Füße und fiel zu Boden. Vor Schmerz heulten ihre Knie auf, protestierten, aber Penelope merkte es kaum. Sie presste fest ihre Hände auf den Mund, um jeden möglichen Schrei zu dämpfen. So spät in der Nacht bewegte sich niemand mehr hier, sie blieb unbeobachtet und weil sie keine andere Seele in ihrer unmittelbaren Nähe spürte, blieb Nell einfach sitzen und zitterte. In Filmen saßen die traurigen Figuren auch oft am Boden, Nell verstand wieso. Wenn die Last des Daseins zu schwer wurde, dann konnten nicht einmal die stärksten Muskeln den Körper aufrecht halten. Wenn alles zu wanken und brechen begann, dann stellte der Boden das letzte Feste und Sichere dar. Ihr Rücken krümmte sich, sie beugte sich vor, als könnten ihre Schultern all die Last nicht mehr tragen. Ihr Kopf schien zu schwer, die Erde zog ihn an, drängte ihre Stirn an den kühlen Steinboden. So saß sie da. Das blondes lockige Haar der Perücke kringelte sich am Boden. Ihre Tasche stand daneben. Ihr Mantel war von dem Flug zerknittert. Gesamt gab sie ein Bild des Elends ab, abgerundet durch ihre schmalen Schultern, die sich hektisch hoben und senkten, zitternd, ihr Körper geriet außer Kontrolle.

Plötzlich erklangen Schritte. Sie näherten sich, gemächlich, nicht in Eile. Penelope machte sich klein, hoffte, wer auch immer da kam, würde sie nicht bemerken und vorüber gehen. Sie wollte nicht aufstehen, wollte nicht jemanden ins Gesicht blicken und erklären müssen, was los war. Dafür gab es keine Antwort, zumindest keine, die jemand glauben würde. Doch sie hatte kein Glück. Die Schritte kamen näher und näher, bis sie vor ihr stoppten. Nell erwartete, angesprochen zu werden, stattdessen ging die Person vor ihr in die Hocke. Sie konnte das leise Quietschen der Schuhsohlen hören, das Rascheln der Hose und fühlte den heißen Atem, der ihren Hals traf. Als sie tief einatmete, da roch sie schwach Feuer und Kohle. Ohne aufzusehen, begann Penelope zu knurren. „Warst du dabei, ist es das? Hast du dich amüsiert, während hunderte Leben in Gefahr waren? Verfolgst du mich?!" Am Ende schrie sie und blickte auf. Augenblicklich verstummte sie, sie sog scharf die Luft ein und wich zurück. Penelope landete auf dem Hintern und robbte zurück, bis ihr Geist seine Gedanken soweit geordnet hatte, dass sie auf die Füße springen konnte. Sofort glitt sie in eine abwehrende Haltung. „Wer zum Teufel bist du?", fauchte sie. Rote Linien kringelten sich um ihr Handgelenk, gleichzeitig spürte die junge Frau den Lotus auf ihrem Rücken. Feuer und Eis, Hitze und Kälte - wieder im Gleichgewicht, als wäre sie nicht beinahe mit einem Flugzeug abgestürzt. Nell musterte den Mann vor sich.

Er sah aus, wie einer dieser Hipster. Er trug sein hellbraunes Haar in einem Dutt, während sein Gesicht beinahe zur Hälfte von einem dichten, braunen Bart verdeckt wurde. Dennoch erahnte man seine ausgeprägten Kiefer- und Wangenknochen. Seine breite Nase beschrieb eine perfekte Gerade. Dazu kam eine schicke Hornbrille aus Holz, hinter der seine aufgeweckten, grünen Augen funkelten. Umrahmt von unverschämt dichten und langen Wimpern. Seine Haut erinnerte an Milchkaffee. Seine Kleidung war modisch und hochwertig, sah nach Freizeit aus und passte nicht in das Bild, das Nell von Nim hatte. Keine festen Stiefel, die sie doch alle trugen. Keine Lederjacke, unter der er seine Waffen verbarg, sondern ein cognacfarbener Wollmantel, der eng an seinem athletischen Körper anlag.

„Wer bist du?", wiederholte die junge Frau ihre Frage. „Die letzten zwei Nim, die mir zu nahe kamen, habe ich getötet!" Wieder flammten die Risse auf, eine non-verbale, aber unmissverständliche Warnung. Unruhig ließ sie den Blick durch die Halle schweifen. Sie waren alleine, doch wie lange? Nachdem sie ihr Leben für das anderer gegeben hatte, wollte sie nicht doch noch jemanden verletzen - außer den Nim. Den wollte sie verletzen. In ihrem Kopf spürte sie diesen Schalter, diese Linie, die sie dabei war zu übertreten. Ein Schritt noch und der Blutdurst würde übernehmen. Sie hatte es schon vorher getan, sie konnte - und wollte! - es wiederholen. Die Mordlust musste ihr anzusehen sein, aber der Nim reagierte nicht. Er erhob sich lediglich gemächlich und strich sich seine Jeans glatt, rückte den Mantel zurecht und betrachtete sie durch seine Brillengläser. „Du erkennst mich also wirklich nicht?" In einer beinahe bezaubernden Geste legte er den Kopf schief. Penelope knurrte ihn an, nicht bereit für dieses Spiel, denn das musste es ihrer Meinung nach sein, einzugehen. Der Nim schüttelte seinen Kopf, tadelnd, aber auch sichtlich enttäuscht. Doch dann blickte er auf, seufzte einmal geräuschvoll, bevor er seine Schultern straffte. „Nun gut, es lässt sich jetzt nicht ändern. Aber keine Sorge, du wirst dich an alles wieder erinnern, wir werden dir helfen", verkündete er selbstbewusst. Aber wieder entrang sich der Kehle der jungen Frau nur ein Knurren. Erneut blickte sie sich um, diesmal reagierte der Nim darauf. „Niemand wird kommen, falls du das befürchtest oder erwartest." Penelope zog eine Augenbraue fragend in die Höhe. „Ich wollte nicht, dass unser erstes Gespräch gestört wird, daher habe ich Beryll gebeten, unsere Zweisamkeit zu garantieren." Bei der Erwähnung seines Meisters spannte sich Nell an, sie wollte sich auf den Nim stürzen. Sie wusste nicht einmal, warum sie ihm so viel ihrer Zeit gewährte und ihm Gehör schenkte. Er war ein Nim und mit Nim machte man nur eines: töten. „Auch wenn du eine von ihnen bist? Auch, wenn sie deine Familie sind?" Die knisternde Stimme schaltete sich wieder ein. Sie hatte seit Penelopes Handel geschwiegen, hatte sie doch bekommen, was sie wollte. Doch ihre Wirkung verfehlte sie nicht. Die junge Frau wankte, zögerte. Unweigerlich wanderten ihre Gedanken zu Ethan, dem Messer, Sean, der Narbe, dem Feuer. Abrupt schüttelte sie den Kopf. „Wenn du nicht hier bist, damit ich dich töten kann, was willst du und wer bist du?", presste sie hervor. Vor lauter Anstrengung, nicht auf ihr Gegenüber zu zustürzen und ihm seine Kehle heraus zu reißen, begann sie zu zittern. „Mein Name ist Cort und ich bin dein neuer Reisebegleiter", verkündete dieser und zeigte ein breites Lächeln, das zwischen seinem Bart weiß aufblitzte. Ein geschocktes Lachen entrang sich abgehackt Nells Kehle. „Du machst Witze!" Aber Cort schüttelte nur grinsend den Kopf. „Nein. Du bist einen Handel mit Beryll eingegangen und ich bin Teil davon. Ab jetzt reisen wir gemeinsam." Ungläubig starrte Penelope ihn an. Sie machte den Mund auf, wollte protestieren, widersprechen, streiten, doch sie klappte ihn lediglich wieder zu und schwieg. Sie wusste, was Cort war, was er darstellte, für was er symbolisch stand. Er war einfach eine weitere Strebe in ihrem Käfig, den Beryll um sie baute. „Du tust es für Sean", flüsterte ihre innere Stimme, doch auch sie klang erschöpft.

„Und?"

„Nichts."

„Wie kann das sein?!"

Lani sprang von ihrem Stuhl und gab Sandro einen Klaps auf den Oberarm. Dieser saß Oz gegenüber, der mit vor der Brust verschränkten Armen auf der Couch lehnte. Ein selbstgefälliges Lächeln zupfte um seine Mundwinkel. „Wie kann er seine Gedanken vor dir verbergen?", wollte Milani wissen. „Ich bin eben geheimnisvoll", verkündete Oz trocken, was ihm einen giftigen Blick von der jungen Silver bescherte. „Okay, warte. Versuch es jetzt bei mir", forderte sie nun Sandro auf, der sich mit einem zweifelnden Gesichtsausdruck zu ihr wandte. „Du denkst gerade daran, Oz eine Ohrfeige für sein arrogantes Grinsen zu verpassen", sagte er. „Dafür braucht man aber kein Gedankenleser zu sein, das hätte ich dir auch sagen können", erwiderte Oz darauf sofort. Röte stieg in Lanis Wangen. Wütend stampfte sie mit dem Fuß auf. „Ihr seid beide doof. Lasst uns endlich gehen", maulte sie, aber sie lächelte dabei.

Sechs Tage war es nun her, dass sie in ihrem Unterschlupf ihr Leben zu verteidigen hatten. Vier Tage, seit ihr König sie verließ. Es war gut, dass sie scherzen und lachen konnten, es zeigte, dass sie nach wie vor eine Familie waren, dass sie nicht aufgaben. Nur ein Herz mit Hoffnung konnte noch lachen, das sagte Sandro stets und Milani glaubte ihm. Als selbst Oz ihr ein Lächeln schenkte, da schöpfte die Silver Hoffnung, gleichzeitig notierte sie dieses Lächeln in ihrem mentalen Kalender, denn wie oft würde das noch vorkommen? Lani grinste zurück zu Oz, sie wollte dieses Lächeln einfach freudig hinnehmen, aber sie wurde den Gedanken nicht los, dass etwas nicht stimmte. Als Oz voranschritt, um zu den Autos zu gelangen, da warf sie Sandro einen fragenden Blick zu. Der Gedankenleser wusste ganz genau, was er zu bedeuten hatte, was sie wissen wollte, doch er gab ihr keine Antwort, tätschelte nur ihren Kopf, bis ihr das blonde Haar in alle Richtungen abstand.

„Wohin darf es gehen?", fragte der Geschichtenerzähler, der sich als erstes hinter das Steuer hatte gleiten lassen. Er hatte sich Dereks Wagen geschnappt und sowohl Sandro, als auch Milani verzichteten darauf, ihn zu fragen, wie er das ohne Schlüssel angestellt hatte - sie würden ja doch keine Antwort bekommen. Daher setzten sie sich einfach in den großen Jeep und konnten sich ein Grinsen ob der Tat nicht verkneifen. Derek würde ausflippen, wenn er merkte, dass sie sein Auto genommen hatten. Im Grunde gehörten alle Autos jedem Silver, doch es hatte sich eingebürgert, dass manche eben bevorzugte Modelle beanspruchten. Und Derek mochte den Jeep. Es stand also eigentlich sein Name darauf und genau deswegen liebte Oz diesen Wagen. Gemütlich saß er hinter dem Steuer und ein Glitzern in seinen Augen verriet, wie er es genoss, sich das Auto zu leihen, wie Lani es innerlich nannte.

„Zentrum. Wir sind die einzige Gruppe heute und sollten uns auf das Pulverfass konzentrieren. Fahr zum Hafen, von dort gehen wir los", schlug Sandro vor. Oz startete den Jeep und fuhr los. Jede Nacht war stets nur eine Gruppe los gezogen. Manchmal zu viert, heute nur zu dritt. Das lag zum einen daran, dass sie nach wie vor angeschlagen waren und mit ihren Kräften Haus halten mussten. Zum anderen brauchten sie Patrick und Derek, um den Unterschlupf wieder herzustellen, mit Runen zu versehen und die absolute Horror-Aufgabe: Staub zu wischen und aufzuräumen. Dazu kam, dass Zweiergruppen im Moment keine Option waren - außer man war Patrick und Derek... Oder Mary. Mary durfte alles, aber das lag eher daran, dass keiner mit ihr streiten wollte. Nur an die andere Silver zu denken, bereitete Milani Kopfschmerzen, so viele Kopfnüsse hatte sie in den letzten Tagen von Mary einstecken müssen. Sie bemerkte nicht, dass sie sich am Kopf zu reiben begann, erst als Sandro leise über sie lachte, wurde ihr klar, was sie tat und hörte damit auf. „Und du dachtest, Liz wäre streng und hart", schmunzelte er. Lani streckte ihm zur Antwort lediglich die Zunge entgegen.

Oz parkte in der Nähe des Hafens und schwang sich aus dem Wagen. Kaum schlossen die anderen beiden die Türen, vereiste er die Schlösser, sodass das Auto nicht gestohlen werden konnte. Dereks Wagen zu klauen, sah Oz als ein Privileg an, das allein ihm gebührte. Er freute sich jetzt schon auf dessen Gesichtsausdruck, wenn sie zurück kämen. Doch lange hielt er sich mit diesem Gedanken nicht auf, denn etwas stimmte nicht. Es war nur ein unbestimmtes Gefühl, nichts desto trotz, hatte der Lügner in seiner Vergangenheit gelernt, genau diesem Gefühl zu vertrauen.

„Spürt ihr das?", fragte er daher an seine Begleiter gewandt, die auf seine Frage hin die Stirn runzelten und die Lippen schürzten. Man konnte ihnen ansehen, wie sie versuchten, zu spüren, was er spürte. Auf Sandros Gesicht zeichnete sich zuerst Erkennen ab, doch auch Lani brauchte nicht viel länger, um zu erkennen, dass etwas anders war.

„Sandro?"

„Oz, keine Ahnung. Es ist zu diffus. Lass uns in die Stadt gehen und hoffen, dass wir Antworten finden."

„Und nicht unseren Tod", fügte der Geschichtenerzähler trocken an.

„Sehr hilfreich", raunte die junge Silver und rollte mit den Augen. Wachsam machten sie sich auf den Weg in die Innenstadt. Seltsam hibbelig und angespannt. In Oz' Nacken stellten sich alle Härchen auf. Wenn er nicht beobachtet wurde, sog er an den Piercing in seiner Unterlippe. In der Innenstadt herrschte das übliche Treiben. Es war nebelig und die Luft unangenehm feucht und kalt. Daher beeilten sich die Menschen, von einem Ort zum anderen zu gelangen, möglichst ohne ihre Nasen abzufrieren. Die meisten trugen dicke Mäntel und hatten die Mützen tief in die Stirn gezogen. Ihr Schal reichte bis über die Nase, sodass oft nur zwei Augen aus den Gebilden aus Stoff heraus schauten. Im Gegensatz dazu wirkten die Silver beinahe nackt. Solani hatten kein Problem mit der Kälte, tatsächlich wurden sie stärker, wenn es kühl war, die Feuchtigkeit spielte ihnen ebenfalls in die Hände. Um nicht zu sehr aufzufallen, trugen sie Mäntel - dünne Stoffmäntel, die gerade einmal den Wind abhalten konnten. Keine Mützen, kein Schal und schon gar keine Handschuhe. Auch Winterstiefel vermisste man an diesen drei Gestalten, die durch diese winterliche Nacht gingen, als wäre es ein lauer Abend im Frühling. Ab und zu sahen die drei aus, als sei ihnen unwohl, doch das hatte nichts mit dem Wetter zu tun.

„Können wir uns irgendwo darüber unterhalten, denn ich versteh's nicht?" Lani sah von Sandro zu Oz und zog eine Schnute. Dieses Gefühl, das sie erfasst hatte und das stärker wurde, von dem sie ausging, dass es die anderen beiden ebenfalls fühlten, konnte sie sich nicht erklären. Es machte sie unruhig, elektrisierte ihre Haare und brachte ihre Hände dazu, ständig zu ihren Waffen greifen zu wollen. „Da lang", meinte Sandro und ergriff ihren Arm. Der große Silver zog sie um eine Ecke, Oz folgte ihnen mit langen Schritten. Sie nahmen eine enge Gasse, weg von den Menschen, drehten zwei Mal ab, bevor sie sich auf eines der Dächer schwangen und sich dort hinhockten. Lani schlang schnell ihre Finger ineinander, bevor sie beginnen konnte, vor Nervosität sinnlos mit irgendetwas herum zu spielen. Sandros Stirn furchte sich, und das allein gab ihr genug Anlass zur Sorge. Sandro lächelte so gut wie immer! Nur Oz gab sich, wie immer unbewegt, unbekümmert, die Ruhe in Person.

„Lani würde dir gerne wieder eine verpassen", murmelte der Italiener vor sich hin. Gleich nach seinen Worten riss er die Augen auf.

„Tut mir leid, Milani, ich war in Gedanken."

„Ja, ich weiß. In meinen", konterte die Silver, aber mit Nachsicht in der Stimme. Der Gedankenleser schenkte ihr daraufhin eines seiner warmen Lächeln, das bis in seine goldenen Augen reichte. „Hast du dieses Gefühl schon einmal erlebt?", wollte Oz nun wissen. Es war eine berechtigte Frage. Wenn von ihnen drei jemand diesen Zustand irgendwie einordnen konnte, dann war es Sandro. „Nur um sicher zu gehen: Wir sprechen über ein Gefühl, als befänden wir uns mitten in einem Tornado, genau im Auge. Nicht ein Windhauch bewegt sich, die Welt atmet auf, doch man kann es spüren, die Zerstörung wird kommen und zwar gnadenlos. Ein Gefühl, als wäre plötzlich aller Druck hinaus gelassen worden, als befänden wir uns in einem Vakuum. Kein Geruch von Nim. Kein Anzeichen von ihnen. So ruhig, so widerlich und verdammt ruhig", sprach der Italiener mit dunkler, Unheil verkündender Stimme. „Ja, so ungefähr", meinte Oz. „Kann man so sagen", stimmte Lani leise zu. Jetzt hatten sich ihre Finger befreit und trommelten ruhelos auf dem Dach herum. „Okay, dann ist Zeit für eine kurze Geschichtsstunde. 1666 war kein gutes Jahr für die Silver. Am Anfang dieses Jahres weilten wir noch in Prag. Wir waren nicht mehr so zahlreich, wie einst, aber mehr als heute. Die Nim waren dort. Beryll auch. Man konnte es spüren. In der Luft. Es war, als wäre sie elektrisch aufgeladen. Und dann kam es zu einem Vakuum, wie dieses hier. Wir befanden uns im Zentrum des Sturms, nur dass wir es damals nicht wussten. In diesem Jahr griff Beryll die königliche Familie an und tötete alle. Titus war bei den Silver, das ist der einzige Grund, warum er überlebte. Wir verließen Prag, auf der Jagd nach Beryll. Lange Zeit fanden wir keine Spur von ihm, bis zum September, da spürten wir ihn in London auf."

„Nein!", unterbrach Oz ungläubig und beinahe glucksend. „Sag' nicht..."
Sandro zuckte entschuldigend mit den Schultern.

„Als wir Beryll endlich fanden, war Titus nicht zu halten. Der Kampf war unerbittlich und -"

„Und dabei haben König und Gott eine Stadt nieder gebrannt?" Der Geschichtenerzähler zog eine gepiercte Augenbraue in die Höhe.

„Ja. Deswegen sage ich ja: Auge des Sturms. Das ist die Atempause, bevor es schlimmer wird."

„Nur weil es einmal so war?", fragte Lani wenig überzeugt. „Vergangenheit ist die beste Lehrerin, Gegenwart die schlechteste Schülerin", raunte Oz leise. Sandro nickte bedächtig. „Wenn wir nichts dagegen tun", meinte er schließlich mit fester Stimme und seinem typischen Lächeln. „Du glaubst also wirklich, da ist etwas im Busch?", hakte Lani nach. „Zumindest, du Zweiflerin, glaube ich, dass Beryll abgereist ist und aus Erfahrung weiß ich, dass, wenn dieser Gott seinen Standort wechselt, es nichts Gutes bedeuten kann. Vor allem, weil wir Titus nicht erreichen können."

„Warum eigentlich nicht? Derek steht doch mit diesen ganzen Gelehrten in Kontakt?" Die junge Silver verschränkte die Arme vor der Brust und trug einen herausfordernden Ausdruck im Gesicht zur Schau. Grinsend beugte sich der Gedankenleser vor und tippte ihr gegen die Stirn.

„Weil, mein dolce Puppengesicht, Titus diesen Weg alleine gehen muss, wenn er zurück kommen soll. Wenn wir ihn zurück rufen oder aufsuchen, verlieren wir ihn vielleicht ganz."

„Und was, wenn Beryll hinter unserem König her ist?" Sandro seufzte und schüttelte den Kopf.

„Schön wär's. Aber der König ist das Wesen, das Glacien am nächsten steht. Ihn leiden zu lassen, wird ihr Schmerzen zufügen. Und das ist alles, was Beryll will. Was immer er also vor hat, es ist ein verdrehtes, mieses Spiel, um unserer Göttin möglichst viel zu schaden."

„Es ist doch beruhigend, dass wir geboren werden und kämpfen und am Ende sterben, weil die beiden einen Ehestreit hatten", ließ Oz kühl verlautbaren. Die beiden anderen Silver starrten ihn lediglich an, wussten nicht, was darauf zu antworten war. Es war Lani, die das Schweigen brach, indem sie zu Lachen begann. „Oz, du bist wirklich der einzige, der den Weltuntergang verkünden könnte und dabei klingt, als würde er die Bestandteile eines Toastbrotes vorlesen." Der Angesprochene schmunzelte. Sandro stieg in das Lachen mit ein. „Wenn das die Ruhe vor dem Knall ist, dann wird es uns hart treffen. Und ich bin vielleicht gar nicht mehr da", ging es Oz durch den Kopf, während er das melodische Lachen seiner Begleiter genoss.

Titus streckte die Arme weit über seinen Kopf und dehnte seinen Rücken. Gierig sog er die frische Luft in seine Lungen und lachte in die Welt, die er zu erkunden gedachte. Jetzt, da seine Eltern ihn endlich gehen ließen. Nach Jahren, in denen er sie bekniet hatte. Und wie stur sie sein konnten! Der junge Prinz grummelte allein bei der Erinnerung vor sich hin. Seine Mutter hatte ihn dauernd in die Arme genommen und an sich gedrückt. Sein Vater hatte darauf bestanden, dass Titus nur gehen dürfe, wenn er bereit sei. Und dies müsste er beweisen. Die letzten Jahre hatte der Prinz also trainiert und geschuftet, nur zu einem einzigen Zweck. Er musste seine Lehrer schlagen. Jeden einzelnen von ihnen. Hätte er auch nur bei einer Aufgabe versagt, er hätte nicht gehen dürfen. Seine Eltern waren strikt. Nicht, dass Titus es nicht irgendwie verstehen konnte. Immerhin existierte da irgendwo ein Gott des Feuers, der Ihresgleichen hasste und jagte, der seine eigenen Wesen erschuf, doch noch hatte der Solani weder diesen angeblichen Gott zu Gesicht bekommen, noch eines dieser Wesen. Er hielt sie für Ammenmärchen, für übertriebene Geschichten, um Kinder dazu zu bringen, zu gehorchen. Zumindest er, Titus, Prinz der Solani, fürchtete sich nicht - niemals! Er lachte in die Nacht hinein, in der keine Wolke den Himmel trübte und der Mond sein silbernes Licht großzügig über die Felder und Hügel Verteilte.

Titus begann zu rennen, einfach quer durch die Felder. Er flog beinahe. Man hatte ihm ein Pferd angeboten, sogar eine Kutsche! Aber der Prinz wollte weder das eine und schon gar nicht das andere. Stattdessen wollte er seine Muskeln spüren, wie sein ewiger Körper arbeitete, an seine Grenzen ging und darüber hinaus, um stärker zu werden, um zu lernen. Wenn er irgendwann in Jahrtausenden über die Solani herrschen sollte, dann wollte er ein erfahrener König sein, einer, der die Welt bereiste und die kleinsten Winkel kannte. Der geliebt hatte und gekämpft. Er wollte Teil seines Volkes sein, einer von ihnen, bevor eine Krone ihn für immer von ihnen sondern würde. Dies waren die Wünsche des Prinzen und er glaubte fest daran, sie erfüllen zu können, denn die Ewigkeit stand auf seiner Seite. Seine Eltern sah er noch in dreitausend Jahren regieren, wie sie es das letzte Jahrtausend getan hatten. Er war erst die dritte Generation an Solani - zumindest in der Königsfamilie. Diese pflanzte sich langsamer fort. Seine Eltern hatten vierhundert Jahre auf ihn gewartet und wann er ein Geschwisterchen bekommen würde, stand noch in den Sternen. Das kam davon, wenn man vom Blut der Göttin abstammte. Aber dafür lebten sie länger, waren stärker, mit anderen Kräften. Da ließ es sich ohne Eile warten, denn mit der Ewigkeit im Rücken, da hatte man Zeit.

Mit dieser Gewissheit im Herzen stürmte Titus voran. Mal sprang er viele Meter weit, nur weil er es konnte. Mal lief er rückwärts, um sich zu beweisen, dass er es schaffte, ohne zu fallen. Er versuchte es sogar mit geschlossenen Augen, um seine Reflexe und sein Gehör zu testen. Alles während seine Schritte ihn näher an das nächste Dorf brachten. Immerhin brauchte er einen Platz, um den Tag zu verbringen und an Gold mangelte es ihm nicht. Unbekümmert. Dieses Wort beschrieb den Prinzen wohl am besten. Die ersten Jahrhunderte seines Lebens wuchs er im Schoß der Familie auf. In einem Schloss, versteckt vor den Menschen. Mit Lehrern und Trainern. Ihm mangelte es nie an etwas. Er kannte keinen echten Schmerz, hielt Gefahr und Verlust für eine Illusion und Tod für etwas, das nur die Menschen überkam, aber nicht die Solani.

Daher rannte er und dachte nicht an Gefahr. Und er bemerkte nicht den Geruch nach Kohle und den bissigen Gestank von verbranntem Fleisch. Diese Düfte sagten seiner Nase nichts, sie wusste nicht, dass sie Tod bedeuteten und so warnte sie den Prinzen nicht, der weiter unbekümmert auf das Dorf zusteuerte, sich sicher, die Welt läge ihm zu Füßen. Diese Welt, dieser wunderbare Ort, der nur darauf wartete, dass Titus kam und die dargebotenen Früchte pflückte.

Als Titus den Rauch sah, dichter, grauer Rauch, der sich stinkend in die klare Nacht wand und drohte, den Mond zu verschlingen, stoppte er. Er kam abrupt zu einem Halt und erstarrte. Erst jetzt, nur Meter vor der Dorfgrenze, setzte sein Instinkt ein und sagte ihm, er solle fliehen, denn hier tobte der Feind. Dem Prinzen wurde ganz kalt, als sein Kopf sich der vielen Unterrichtsstunden erinnerte. Die Nim hatten dabei viele Lektionen eingenommen. Und nun, einmal die Verbindung geschlagen, konnte Titus den Gestank zuordnen. Ein Beben ging durch ihn hindurch. Was der unbekümmerte Prinz da empfand, war Furcht. „Wenn du ihnen begegnest, dann flieh. Riskier nicht dein Leben!", hatte ihn seine Mutter eindringlich gebeten. „Bring dich nicht in Gefahr." Er hatte sich kein Versprechen abnehmen lassen, nur dass er da noch keinen blassen Schimmer davon hatte, was wahre, echte Gefahr war. Nur ein Wort - nicht mehr!

Titus rechnete sich nicht viele Chancen im Kampf aus. Es würde seine erste Begegnung mit Nim sein. Sein erster richtiger Kampf. Er hatte keine Ahnung, wie man Schlachten schlug. Und er könnte in diesem Dorf sein Leben lassen, er könnte dort die Ewigkeit verlieren. Dennoch drehte er sich nicht um. Dennoch floh er nicht. Denn das Gefühl, diesen Wesen begegnen zu müssen und wichtiger noch, die dort Lebenden vor ihnen zu beschützen, war stärker als Angst und Zweifel. Titus fand in sich seinen unbeugsamen Kern, der Mut und Ehrgefühl enthielt. Er war ein Prinz, sein Element war das Eis, wenn er es nicht wagte, gegen den Feind vorzugehen, wie konnte er es von anderen erwarten? Die Schultern gestrafft, das Schwert an seiner Hüfte ziehend und die Magie um sich rufend, überschritt der Solani die Grenze und betrat das Dorf.

Das Feuer leckte an Häuserwänden, die meisten nur aus Holz, die wenigsten Bauten bestanden aus robustem Stein. Die ersten Dächer brachen ein. Direkt neben Titus fiel ein Haus zusammen. Er musste zur Seite springen, ansonsten hätte er Verbrennungen zu beklagen. Die Zerstörung war bereits weit voran geschritten. Der Prinz lauschte auf Bewegung in dem Chaos. Angreifer, Flüchtende, aber in seinen Ohren dröhnte lediglich die Feuersbrunst. Dazu kam die Hitze, die wie eine Wand gegen ihn drückte und allen Sauerstoff aus ihm presste. Doch Titus blieb nicht stehen. Er arbeitete sich weiter, durch Rauch und Ruß, bis seine Kleidung grau und schwarz war, anstatt von einem satten Blau und Silber. Er ähnelte bald einem Landstreicher und hatte nicht mehr viel von einem Prinzen. Aber das störte ihn nicht, er verschwendete keinen Gedanken daran. Es gab Wichtigeres.

Ein Schrei erklang. Endlich ein Ansatzpunkt, ein Hinweis auf die Richtung, die er einschlagen musste. Der Solani begann zu rennen. Er preschte durch ein halb eingefallenes Haus, um schneller zu sein. Um wen auch immer zu retten. Wieder ein Schrei, verzweifelter. Es klang nach einer Frau. Der Prinz stürmte voran. Er machte einen Satz über einen herunter gebrochenen Dachstuhl, der weiter schwelende Glut in *sich hielt. Titus bog um eine Ecke, er schlitterte in einem Bogen herum, das Momentum seines Schwungs ließ ihn wanken, bevor er zum Stehen kam. Gerade noch rechtzeitig, denn schon musste er sein Schwert in die Höhe reißen, um einen Angriff abzuwehren. Ein Mann in schwerer Rüstung stürmte auf ihn zu, eine Streitaxt hoch erhoben, zielend auf den Kopf von Titus. Dieser schaffte es, den ersten Schlag abzuwehren und den Angriff abzuleiten. Der Mann stolperte an ihm vorbei. Schnell wirbelte der Prinz herum. Eine einstudierte Bewegung. Ein Schritt mit dem rechten Fuß, eine Drehung mit dem Oberkörper. Angespannte Arme und ein Schwert, das durch Luft schnitt und schließlich auch durch Fleisch. Haut und Sehnen und Knochen. Titus schnitt einfach hindurch, als ginge es um das Brot, das er nach dem Aufstehen stets aß. Ganz einfach. Nur das Geräusch war anders, widerlich. Schmatzend, klebrig, dazu der Geruch nach kochendem Blut. Blut, das Blasen warf. Der Prinz wich zurück, zitternd. Erschrocken starrte er auf die silberne Klinge, die nun rosa und purpurn glänzte. Er musste schwer schlucken und sich zwingen, Atem zu holen. Sekunden, mehr hatte es nicht gebraucht, um ein Leben zu nehmen. Sicherlich, es handelte sich um einen Nim, aber weil es sein erster war, der erste Tote vor seinen Füßen, das erste Blut, das seinetwegen den Boden benetzte, musste er sich diesen Augenblick nehmen, um die Tragweite des Geschehenen zu verstehen. Und als Titus sich langsam in sich selbst wieder fand, bereit, weiter zu machen, da grinste er schief. „Ich habe einen Nim getötet und es war nicht einmal schwer. Ich kann das. Ich kann Leben retten", dachte sich der Prinz und drehte sich um. Tatsächlich saß da eine Frau, schmutzig, verheult und mit einer hässlichen Wunde an der Stirn. Sie hielt ein Kind in ihren Armen. „Gehe den Weg da hinten entlang. Von dort komme ich, da war niemand. Flieh!", forderte sie der Solani auf. Es brauchte einige Sekunden, bevor sie reagierte und zum Stehen kam. Das Kind weiter fest an sich gedrückt, rannte sie los. Als sie an Titus vorbei kam, murmelte sie: „Danke." Dann war sie verschwunden und der neu erwachte Krieger ging weiter. Ein Nim alleine konnte nicht die Regel sein, wahrscheinlich stellte er die Ausläufer der Armee dar, die das Dorf überfallen hatte. Nur mit wie vielen konnte und musste Titus rechnen? Er wusste es nicht, doch das Nicht-Wissen hielt ihn nicht auf, er ging weiter. Jeden Schritt setzte er sicherer und genauer. Er dachte, war überzeugt davon, dass er wusste, was er tat. Doch als der Prinz ins Zentrum der Zerstörung trat, da hätte er erkennen müssen, dass dem nicht so war.*

Die Nim, zwanzig konnte Titus auf die Schnelle zählen, hatten Menschen und Solani auf den Platz in der Mitte des Dorfes getrieben. Die Menschen waren leicht zu erkennen. Sie sahen diese Wesen an, die sich in ihren Augen in Nichts von ihnen unterschieden, aber absonderliche Kräfte aufwiesen, als wäre ihnen der Teufel persönlich begegnet. Die Solani stattdessen, es waren nur ein paar wenige, begegneten ihrem Todfeind mit Härte in den Augen. Aber auch sie fürchteten sich, das konnte der Prinz deutlich erkennen. Zwanzig Nim... Nie hätte er gedacht, so viele auf einem Haufen zu sehen oder dass es überhaupt so viele gab! Sie sollten verstreut sein, keine echte Gefahr, eher ein Ärgernis. Aber es hatte Gerüchte gegeben - die er natürlich als

Märchen abgetan hatte. Wütend biss sich Titus auf die Innenseite seiner Wange. Seine Hand umfasste den Griff seines Schwertes fester. Er hatte einen Nim getötet, er würde mehr von ihnen vernichten - ganz sicher! Plötzlich schoss ein brennender Schmerz durch seinen Kopf, der die Welt auslöschte und ihn in Dunkelheit bettete. Mit brummenden Schädel erwachte Titus. Er lag auf dem Boden und war gefesselt worden. Die Seile schnitten rau in seine Handgelenke. Wütend knirschte der Prinz mit den Zähnen. Wer wagte es, ihn von hinten anzugreifen? Wie hatte er jemanden übersehen können? Der Rauch biss in seine Lungen, reizten seinen Hals, bis er husten musste. „Hey, du bist wach", flüsterte eine Stimme heiser. Der Prinz riss die Augen auf und blickte in ein Paar dunkelgrüner mit brauner Maserung, die ihn besorgt und müde musterten. Ein Solani, das konnte Titus riechen. Der Geruch nach Kräutern und Jasmin konnte der Rauch nicht überdecken, nicht auf die kurze Distanz, die sie trennte. Der andere war schmal und knochig. Er hatte den Bau eines Kriegers, nur dass er keiner war. Ein neu Verwandelter, dachte Titus. Nicht trainiert. Außerdem schien sein Gegenüber noch etwas anderes zu belasten, denn er litt große Schmerzen, das war ihm an jeder Faser seines Körpers anzusehen. „Beschützen", dröhnte es in Titus' Kopf. „Beschützen!" Er musste die Solani retten, alle hier. „Was ist mit dir?", wollte der Prinz mit fester Stimme, aber behutsam wissen. Der andere war vielleicht ihre beste Chance. Doch bevor er eine Antwort bekam, traf ihn ein Tritt in den Magen und ließ ihn sich krümmen, wofür sich Titus verabscheute. Wütend und zornig die Zähne fletschend sah er auf und verstummte. Der Nim... Es handelte sich um den selben, dem er den Kopf abgeschlagen hatte, er war sich sicher. Wie konnte das sein?! „Du bist tot!", knurrte Titus daher und wand sich, ein kläglicher Versuch, sich zu befreien. „Für einen Toten bin ich aber noch ziemlich lebendig", gluckste der Nim. Seine Rüstung war verkrustet mit Blut. Als er einen Finger in seinen Kragen hakte und diesen herunter zog, entblößte er damit eine frische Narbe, die seinen ganzen Hals umrundete. Es sah aus, als wäre sein Kopf zurück an seinen Körper geschweißt worden. Unweigerlich wich Titus zurück. Was war das für ein Spiel? Der Nim ging lachend weg, zurück zu seinen Freunden, die einen Menschen nach dem anderen zu sich zogen. Um sie herum brannten die Häuser. Ein kleines Rathaus, ein Wirtshaus. Die Flammen tauchten alles in ein oranges Licht, während die Schatten, die sie warfen, undurchdringlich schienen. Über ihnen hing der Rauch wie eine Kuppel, schloss sie ein. Es gab kein Entkommen.

„Also, was ist mit dir? Kannst du kämpfen?", wandte sich der Prinz erneut an den anderen Solani. Dieser wandte ihm sein kantiges Gesicht zu, wobei feuerrotes Haar ihm in die Stirn fiel. „Wir sind gefesselt", presste er zuerst hervor, doch als er den Fremden anstarrte, kniff er die Augen zusammen und schürzte die Lippen. „Du hast Angst, aber du bist nicht verzweifelt. Du hast eine Idee", murmelte er geistesabwesend. Schmerz furchte seine Stirn. Titus war zunächst erstaunt, doch dann setzte Erkennen ein. Sein ganzer Unterricht schien doch nicht umsonst! „Du bist ein frisch verwandelter Empath", stellte er daher fest und nickte diesem zu. „Ja. Patrick mein Name." Er wollte vielleicht noch mehr sagen, doch als ein Mann in purer Agonie schrie, da wandten beide ihre Köpfe in Richtung des Platzes. Ein Nim hatte seine Hand in den Brustkorb des Mannes gesteckt. Rote Linien breiteten sich auf dem Menschen aus. Sein Rückgrat beugte sich nach hinten, sein Kopf rollte von einer Seite zur anderen, während er weiter brüllte. Plötzlich stank es noch stärker nach verbranntem Fleisch. Flammen loderten aus dem Brustkorb auf. Dann war es vorbei und der Mann verstummte. Er sackte erschöpft auf seine Knie, doch fiel er nicht um, sondern hockte da am Boden und schwankte. Nach ein paar Sekunden, in denen alles die Luft anzuhalten schien, erhob er sich und grinste. Titus schluckte schwer. Es war eindeutig, was sie aus ihm gemacht hatten. Dem Prinzen wurde übel. „Er ist jetzt ein Nim", flüsterte er zu sich, weil er die Worte hören musste, um sie in ihrer Gänze zu verstehen. „Sie nehmen nicht jeden. Viele töten sie, die anderen haben sie verwandelt", raunte der Empath. „Damit ist klar, wir dürfen nicht mehr warten", stellte Titus trocken fest. Die Kopfschmerzen hatten aufgehört, sodass er sich endlich wieder konzentrieren konnte. Er rief seine Magie und durchschnitt die Fesseln. Ohne sich allzu auffällig zu bewegen, streckte er sich nach Patrick und löste auch seine Fesseln. Doch damit nicht genug. Er berührte dessen Hand und gab ihm etwas von seiner Kraft. Ein Siegel, damit der andere seine Schmerzen nicht alleine zu tragen hatte. Erstaunt sah der Rothaarige auf den Prinzen und riss die Augen auf, als er verstand.

„Du bist-"

„Nur jemand, der so viele, wie möglich, retten will", unterbrach ihn Titus mit einem bedeutungsschweren Blick. Niemand musste wissen, wer er war. Sobald er mit Eismagie kämpfte, würden es genug vermuten. Aber dann war es hoffentlich zu spät für den Feind.

„Kannst du kämpfen?"

„Ich kenne mich mit dem Schwert und Dolchen aus", antwortete Patrick.

„Gut. Hinter dir liegt ein Schwert. Wenn ich es dir sage, holst du es dir. Bleib hinter mir und schütze meinen Rücken. Gut?"

„Nicht gut, aber ein Plan", stimmte der Empath mit einem Lächeln zu.

Daraufhin brachte Titus sich in Position. Er wartete, bis die Nim den nächsten Menschen aus der Gruppe heraus rissen. Erst als alle Aufmerksamkeit der Mitte galt, sprang er auf die Füße und baute eine Eisschicht um die verbliebenen Gefangenen. „Los!", rief er. Patrick reagierte schnell und rannte zurück, das Schwert nur Momente später sicher in seiner Hand. Die Nim reagierten und wandten sich ihnen zu. Einundzwanzig bewaffnete und auch noch teilweise in Rüstung. Die beiden Solani nickten sich kurz zu, dann stellten sie sich ihren Angreifern.

Titus schoss Splitter aus Eis auf die Nim, musste aber erkennen, dass diese kleinen Splitter in einem Inferno viel zu schnell schmolzen. Wie die Wand aus Eis, die er verbissen aufrecht erhielt. Schnell änderte er seine Taktik und beschloss, die Hitze für sich zu nutzen. Er rief Wasser zu sich und brachte es in den Flammen zum Kochen, bevor er es auf seine Gegner schleuderte, die in ihren Rüstungen hoffentlich verbrühten. Einige brüllten auf, doch wirklich aufhalten, konnte er sie damit nicht. Innerlich

*alle Flüche ausstoßend, die Titus von seinen Lehrern und Bediensteten kannte, suchte
er nach einer neuen Taktik.*

*Währenddessen hatten die Nim sie umzingelt. Sie kamen mit erhobenen Schwertern
auf sie zu. Einer machte einen Ausfallschritt, wollte Titus' ungeschützte Seite angreifen, doch Patrick war bereits zur Stelle und hielt den Schlag auf. Metall kreischte
gegen Metall. Aber das war nur der Anfang. Nach dieser Probe ihrer Kräfte, stürzten nun drei Nim auf die Solani zu. „Brauchst du Hilfe?", fragte der Prinz, sah
sich bereits nach einer adäquaten Waffe um. „Die drei habe ich schon. Konzentrier
dich lieber auf den Rest", kam es gepresst von Patrick, der gerade einem der Nim
einen kräftigen Tritt verpasste. Der Solani war groß, überragte den Prinzen um einen
ganzen Kopf und obwohl er so aussah, als könnte ihn ein starker Wind davon tragen, teilte er gut aus. Sicher wirbelte er herum. Verpasste dem einen Nim mit dem
Griff des Schwertes eine Kopfnuss, die ihn zurück taumeln ließ, und hielt mit der
Klinge eine Sekunde später einen Schwertangriff auf. Beim nächsten Manöver gelang
es dem Empath, einem der Nim das Schwert abzunehmen und hatte nun in jeder
Hand eines. Er wurde zu einem Wirbelsturm aus tödlichem Metall. Nur dass die
Nim scheinbar nicht starben, sondern immer wieder aufstanden. Wütend schleuderte
ihnen Titus alles entgegen. Speere aus Eis. Scharfkantige Eissäulen, die sich aus dem
Boden mit einem Ruck erhoben und ihre Opfer aufspießten und wenn sie niemanden
trafen, ließ der Prinz sie explodieren, einen unangenehmen Eishagel auf die Nim
loslassend. Mehr und mehr fielen zu Boden. Doch es war nicht von Dauer.*

*Als aber nur noch vier der Nim stets gleichzeitig standen und Patrick und er sie in
Schach halten konnten, ließ Titus die Eiswand verschwinden. Sie hatte ihm viel Kraft
gekostet und er musste seine Reserven nun gut einteilen. Vor allem, da das Siegel auf
dem Empathen ebenfalls an seinen Kräften zehrte und an seinem geistigen Zustand.
Die Schmerzen, die er da abfing, gingen direkt in seinen Kopf, dutzende Gefühle
stachen auf ihn ein, ohne dass er sie abwehren könnte. „Lauft, verschwindet von
hier!", rief er dem verängstigten Haufen zu. Einige kamen stolpernd auf ihre Beine,
viel zu viele jedoch waren wie erstarrt. „Rennt! Los!", bellte der Prinz mit all der
Autorität in seiner Stimme, die er, erschöpft wie er war, noch zusammen kratzen
konnte. Sie halfen sich gegenseitig auf und verschwanden schließlich, während die zwei
Solani darauf achteten, dass sie nicht verfolgt wurden. Damit war ein Problem gelöst,
doch ein größeres und tödlicheres kündigte sich bereits an: Der Morgen würde bald
grauen und spätestens die Sonne würde das erledigen, was die Nim bis jetzt nicht
erreichen konnten.*

*„Was jetzt?", fragte Patrick. Sein Atem ging in hektischen, krampfhaften Zügen.
Dem Prinzen ging es nicht besser. Die beiden standen Rücken an Rücken. Ihre Angriffe kamen immer langsamer, die Energie und Kraft verließ sie. „Ich habe keine
Ahnung", gab der Prinz durch zusammen gebissene Zähne hindurch zu. „Wir haben
die Nim nie als echte Bedrohung gesehen. Wir sind ihnen ausgewichen, sicher, aber
dass wir wirklich gegen sie kämpfen würden, so ernsthaft? Nein." Titus schüttelte den
Kopf. Wie lange hatte Beryll heimlich eine kleine Armee aufgebaut und die Solani,*

allen voran seine Eltern, hatten es nicht mitbekommen? Wieviele mehr waren da draußen und töteten ihre Spezies, machten Menschen zu Nim? Es schauderte den Prinzen, daran zu denken. Kalter Schweiß brach auf seiner Stirn aus. Tropfen rannen seinen Rücken entlang. Er wollte nicht sterben - und er durfte es nicht! Er musste gegen die Nim kämpfen, er musste die Welt vor ihnen beschützen. „Denk nach. Denk nach", murmelte Titus. Er machte einen Satz nach vorne und rammte einem Nim, der gerade aufstehen wollte, das Schwert, das er zuvor an sich genommen hatte, in den Hinterkopf. Das Geräusch war widerlich schmatzend. Er zog die Nase kraus. Das Feuer hatte sich an den Häusern satt gefressen, es gab nichts mehr, was es zerstören konnte und so erlosch es langsam, zog sich zurück und hinterließ nur schwelende, qualmende Glut. „Verstehe ich das richtig, der Prinz wusste nicht, dass man sie nicht einfach töten kann?", fragte der Empath ungläubig. „Mhm", machte der Angesprochene nur. Es musste eine Lösung geben. Schnell! Der Himmel über ihnen wurde heller, das dunkle, satte Mitternachtsblau verlor seine Farbe, wurde zu einem dunklen Grau, das bald verblassen würde.

„Göttin, ich flehe dich an, es muss eine Lösung geben. Nicht für mich. Für Patrick und alle Solani die kommen werden, auf dass sie die Nim schlagen können, dass sie eine Chance haben!", betete Titus. Er rief selten die Göttin direkt an. Nur der König und die Königin kommunizierten mit ihr. Der Rest brachte ihr Ehrerbietung dar und manchmal Opfergaben. Doch dies war eine besondere Situation und bedurfte besonderer Maßnahmen. Sofort umhüllte angenehme Kälte den Prinzen. Es war wie ein Kuss auf den Kopf, der Energie durch seinen ganzen Körper sandte. „Das Blut der Ersten ist gesegnet. Ihr seid direkt von meinem Blut. In ihm schlummert meine Magie. Manchmal müssen wir für unseren Sieg bluten", flüsterte eine Stimme, klar wie ein Gebirgsbach und melodisch, wie das Rauschen von Wellen. Titus wollte schon sagen, er verstand nicht, doch da fiel sein Blick auf sein Schwert. Die Klinge, die so viele Nim nun wieder und wieder getötet hatte, leuchtete rot von ihrem Blut. „Man muss bluten für den Sieg...", murmelte der Prinz. „Was?" Patrick drehte sich zu dem anderen um und starrte ihn verwirrt an. Er hatte von dem Zwiegespräch mit der Göttin nichts mitbekommen. „Hast du einen Dolch?", fragte Titus nur. „Ein Messer, um Äpfel zu schälen." Der Empath zog eine schmale, kleine Klinge aus seinem Stiefel. „Es wird gehen", meinte der Prinz und nahm das Messer an sich. Er ließ das Schwert fallen und legte die Klinge in seine offene Hand. Er zögerte nur kurz, bevor er fest zudrückte und sie in sein Fleisch schnitt. Sofort quoll sein eigenes Blut hervor. Er machte mit der Hand eine kleine Schale, sodass er das Blut dort auffangen konnte. Als sich genug angesammelt hatte, um das Messer darin zu wenden und alles damit zu benetzen, tat Titus genau das. Er hatte nichts erwartet, als allerdings alles plötzlich silbern aufleuchtete, zuckte er vor Schreck zusammen. Mit einem Mal wanden sich silberne Linien durch sein Blut und auf dem Messer. Der silberne Schein wurde heller und heller, bis der Prinz glaubte, den Mond in den Händen zu halten. Als das Licht erlosch, da war das Messer, um den Apfel zu schälen, zuvor nur ein einfaches Ding, vollkommen versilbert und glänzte makellos. Ob des An-

blicks vergaß der Prinz seine blutende Hand und ließ sie einfach hängen, wischte sich die Innenfläche an seiner Hose ab. Etwas mehr Blut machte bereits keinen Unterschied.

Patrick schlug einen Nim nieder, starrte aber weiter erstaunt auf den Prinzen und sein Messer.

„Das...das...und jetzt?"

„Jetzt sollte ich sie töten können", verkündete Titus selbstsicher und schritt voran. Er kniete sich vor den ersten am Boden liegenden Nim und hob die silberne Klinge. Der Empath folgte ihm, weiter in Alarmbereitschaft, weiter seinen Rücken schützend. Das Messer versenkte der Solani in der Schulter des Nim, doch nichts geschah.

„Wieso?" Erbost runzelte er die Stirn. „Triff sie im Zentrum ihrer Macht", flüsterte Glacien, beinahe belustigt. „Nur weil du, ehrenwerte Göttin, keine richtigen Angaben machen kannst", warf der Angesprochene ihr mit einem Grinsen vor. Er drehte den Nim bereits um und zielte auf das Herz - zumindest auf die Stelle, wo das Herz sitzen sollte und das bei Nim nur verbrannte Asche war. Die Klinge schnitt durch Haut und Fleisch, schabte an Knochen vorbei und traf ihr Ziel. Silberne Linien breiteten sich sofort aus, nahmen den ganzen Körper ein und tauchten alles in kühles Licht. Der Nim verging, war erst noch da, dann nur noch sein silbernes Abbild und schließlich blieb nichts mehr von ihm übrig.

„Hah! Das ist unglaublich!", rief Patrick erfreut aus und stieß mit dem Schwert triumphierend in die Luft. Titus ließ sich von dessen ausgelassenem Lachen anstecken, während sie zu zweit einen Feind nach dem nächsten töteten - diesmal vollständig und ohne Rückkehrmöglichkeit.

„Die Sonne geht bald auf", stellte der Prinz schließlich fest, sich erschöpft über die Stirn streichend. Sie standen inmitten des zerstörten Dorfes. Alleine. „Es gibt ein Versteck. Ich bringe dich hin", meinte der Empath mit einem müden Lächeln. „Das ist das Mindeste, nach all dem." Er umfasste mit einer Geste das gesamte Chaos. „Gut, dann lass uns schnell verschwinden."

Gähnend trottete Sean aus seinem Zimmer. Er nannte es bereits jetzt 'sein Zimmer', als wäre das ganz normal. Seit dem Gespräch mit Beryll empfand er keine Furcht mehr, zumindest nicht wirklich. Was sollte ihm auch geschehen? Nell würde tun, was sie tun musste, um ihn zu retten. Sie würde zu ihrem Vater zurück kehren, daran hegte der junge Mann keine Zweifel, denn dass dieses Wesen etwas, das es haben wollte, nicht bekam, schien undenkbar. Außerdem war Penelope nicht dumm, in einer ruhigen Minute, wenn sie sich entschloss zuzuhören, würde sie die Wahrheit in Berylls Worten erkennen und verstehen, wer und was sie war. Und Sean? Der junge Mann strich mit dem Finger über die weißen Mauern. Als er hinter dem Nim hergelaufen war, da hatte er die vielen, filigranen Zeichen nicht bemerkt. Sie waren aus feinstem Gold und manche schienen rötlich aus sich selbst heraus zu leuchten. Vorsichtig berührte Sean eines dieser Zeichen und spürte die Macht darin als Kribbeln in seinem Finger. Macht. Das war es, was er wollte. Er wollte diese Aura, die Beryll umgab, diese Selbstsicherheit, jedem zu sagen, was er dachte, und sich zu nehmen, was er wollte. „Aber er ist ein Monster, siehst du das nicht? Du bist ein Gefangener und ein Pfand, ein Leben, der er auslöschen wird, wenn es ihm passt", widersprach eine innere Stimme, die aus irgendeinem Grund - wahrscheinlich ein mieser Scherz seines Gehirns - so klang wie Nell. Sofort zog sich seine Brust zusammen und seine Hände ballten sich zu Fäusten. Seine Gefühle für die junge Frau blieben gemischt. Einerseits wusste er, dass Nell die Freundschaft zu ihm sehr ernst nahm. Andererseits konnte er nicht fassen, dass sie mit diesem schleimigen Typen aus dem Café geschlafen hatte!

Plötzlich richtete Sean sich mit einem Ruck, der sich durch seinen ganzen Körper zog, gerade auf. Tiefe Falten furchten seine Stirn. „Beryll hat da etwas angedeutet", murmelte er gedankenverloren und strich sich dabei über Kiefer und Kinn. „Ja, dass er versucht hätte, ihr zu geben, was junge Frauen wollten... Dass... Moment, was soll das sein?" Er legte den Kopf schief, doch lange brauchte er nicht darüber nach zu denken. Ein gemeines, höhnisches Lächeln zeigte sich auf seinen Lippen, bevor er zu lachen begann. „Er war Teil des Plans!", prustete Sean und fühlte sich sogleich besser. Denn wenn Beryll es einrichten konnte, dass Penelope sich in Ethan verliebte, dann würde er es auch schaffen, dass sie Sean ihr Herz schenkte. Weiterhin grinsend, aber nun viel besser gelaunt, hüpfte er die Treppe in die Eingangshalle hinab. Die Stimme, die wie Penelope klang, versuchte zu ihm durchzudringen, ihm zu sagen, dass es auch eine Lüge von Beryll sein konnte, dass der Nim ihn, Sean, nie mit Macht versehen würde, doch der junge Mann ignorierte sie.

„Das nenn' ich mal ein dummes Lachen." Sean blieb wie vom Blitz getroffen mitten auf der Treppe stehen. Vor dem riesigen Blumenstrauß, lässig an den Tisch gelehnt, stand eine junge Frau. Ihr Haar erinnerte an den guten, trockenen Rotwein beim Italiener, während ihre Haut Karamell glich, bestäubt mit dunkleren Sommersprossen. Sie hatte lange Beine, die in zerrissenen Jeans steckten. Ihre schwarzen Sneaker passten zum schwarzen Tank-Top, das hauteng an ihrem Oberkörper lag und ihr ansehnliches Dekolleté in Szene setzte. Einen Arm hielt sie unter ihren Brüsten an den Körper gepresst, er diente dem anderen als Stütze, sodass sie ihre schlanken Finger wie in einer Denkerpose um das Kinn legen konnte. Dabei klimperten und rutschten dutzende Armreifen und Armbänder um ihr Handgelenk. Sie hielt den Kopf schräg, blickte über die Schulter gelangweilt zu ihm auf. Als sie sprach, funkelte der Ring an ihrer Unterlippe. „Du bist also der neue Schoßhund?" Sie sprach gedehnt, trocken wie der Wein, an den ihr Haar Sean denken ließ. „Wer bist du?", fragte dieser gerade heraus und etwas schnippisch. Niemand hatte ihm mitgeteilt, dass außer ihm und Juliette, die nie etwas sagte, noch jemand hier sein würde. Er kam sich ertappt vor und war peinlich berührt, was er mit Angriff zu überdecken suchte. Doch der Neuankömmling lachte nur gehässig über ihn, wenig beeindruckt von seinem Gebaren. „Süß. Aber du weißt, Hunde die bellen und so weiter." Dabei machte sie eine drehende Bewegung mit der Hand, die zuvor noch um ihr spitzes Kinn lag.

„Wer bist du und was willst du hier?", verlangte Sean zu wissen und kam die Treppe herunter. Er wollte Berylls Offizier werden, da musste er sich behaupten können. Als er sich vor der jungen Frau aufbauen wollte, da stieß sie sich von dem Tisch ab und kam den einen Schritt, der sie voneinander trennte, auf ihn zu, sodass sie Nase an Nase standen. Sie roch nach Zimt, stellte der junge Mann fest und musste schwer schlucken. Ihre Nähe machte ihn nervös. Lässig stützte sie eine Hand in die Hüfte, während sie mit der anderen durch ihr Haar fuhr, was danach in noch wilderen Strähnen um ihr Gesicht flog. „Was...was will ein Punk, wie du, in dieser Villa?", brachte Sean hervor, tapfer seine Position haltend. „Und was will ein Waschlappen, wie du, von Beryll?", fragte sie nur schnippisch zurück. Erbost schnappte der junge Mann nach Luft. „Ich bin-"

„Ich weiß genau, wer du bist", schnurrte sie, ihn einfach unterbrechend. In einer fließenden Bewegung umrundete sie ihn. Plötzlich stand sie hinter ihm und ihre hellgrünen Augen stachen in seinen Rücken. Augenblicklich wirbelte Sean herum. „Was willst du?", keuchte er, jede Sekunde mit ihr nervöser werdend. Was ging hier vor? „Spielen." Die junge Frau zuckte mit ihren schmalen Schultern und schaute dabei beinahe unschuldig, wenn das freche Funkeln in ihren Augen nicht wäre. Das jedoch machte den Menschen noch nervöser, sodass er zu stammeln begann. Eine Weile sah sich der Neuankömmling das Elend an, bevor sie wieder die Distanz zwischen ihnen überbrückte und diesmal eine Hand auf seine Brust legte, dabei funkelten ihre geliebten Armbänder. „Ich heiße Amy und ich bin hier, um dir Gesellschaft zu leisten", hauchte sie, verführerisch mit ihren dunklen Wimpern klimpernd. „O-Okay." Mehr brachte Sean nicht heraus.

„Warum Rom?" Cort streckte sich in dem Sitz und versuchte, seine langen Beine in dem kleinen Flugzeug zu dehnen. Weil der Nim richtig quengelig sein konnte, hatte Penelope ihm den Platz am Gang überlassen, auch wenn sie dadurch zwischen ihm und einem anderen Mann eingeklemmt saß und die Nähe beider kaum ertrug. Sie hasste die Berührung von beiden, erduldete es allerdings zähneknirschend. Sie antwortete ihm nicht, wie so oft, da sie nicht vor hatte, tiefgreifende Unterhaltungen mit ihm zu führen. Er war nur ein Nim, ein Babysitter geschickt von Beryll. „Willst du in eine Kirche gehen und beten?" Cort grinste sie belustigt an, was Nell mit einem finsteren Gesichtsausdruck quittierte. „Nein danke! Ich habe genug mit Göttern zu tun gehabt, um zu wissen, dass sie keine Wünsche erfüllen, sondern nur Wahnsinnige sind, die ihre Macht benutzen, um sich selbst zu verwirklichen und ihr Ego zu streicheln, während gutgläubige Idioten ihnen hinterher rennen und sie anbeten!", fauchte sie leise, damit nicht das ganze Flugzeug sie hören konnte. Kurz begegnete Cort ihrem wütenden Blick interessiert, doch dann begann er lauthals zu lachen und tätschelte sogar Nells Arm. Diese wollte seine Hand natürlich sofort verscheuchen, doch der Nim war hartnäckig und rangelte mit ihr, alles während er weiter vor sich hin gluckste. „Nell, du bist schon eine Sache für sich!", grinste er. „Nenn mich bloß nicht so!" Feuer loderte in der Narbe auf. Sie würde ihn hier und jetzt ermorden, sie war sich sicher.

Sofort verstummte Corts Lachen und sein Blick wurde düster, er hatte von einer Sekunde auf die andere etwas Bedrohliches an sich. Unter seinem gepflegten Bart verzogen sich seine Lippen zu einer schmalen, gepressten Linie. Ein Augenblick, ein Blinzeln und plötzlich war er über Penelope gebeugt, sein Gesicht nur Millimeter von ihrem entfernt und seine rechte Hand lag über der Narbe. Trotz der Stoffschichten zwischen ihnen, fühlte es sich an, als wäre sie nackt. Die junge Frau bäumte sich auf, konnte sich aber nicht in ihrem Sitz bewegen. Das Feuer beruhigte sich, doch die Unruhe blieb und anstatt, wie üblich, von der Kühle des Lotus eingenommen zu werden, passierte gar nichts. Sie war lediglich gefangen in ihrem Körper, abgetrennt von ihrer Macht. Cort lächelte, für Außenstehende musste es verliebt aussehen, doch die konnten ihm nicht in seine mörderischen Augen blicken.

Etwas in ihrem Kopf meldete sich, ein diffuses Wiedererkennen, das sie bereits kannte. Diese Situation war nicht neu. Sie mochte nicht in einem Flugzeug stattgefunden haben, doch sie war irgendwie irgendwo schon einmal aufgetreten. Es war ein ähnliches Gefühl, wie auf dem Laufband. So bekannt. So furchtbar bekannt und doch konnte sie es nicht benennen. „Glaubst du wirklich, Beryll schickt einen Anfänger zu dir? Unterschätze mich nicht, Mädchen. Das hast du doch schon gelernt", raunte Cort ihr eisig ins Ohr, bevor er sie entließ und nach einer Serviette griff. „Hier, Liebes, du hast Nasenbluten", sagte er, wie ausgewechselt. Voller Wärme in der Stimme. „Lügner!", schrie es in ihrem Kopf, aber sie nahm die Serviette entgegen und drückte sie unter ihre Nase. Fast musste sie froh sein, das bedeutete immerhin, dass nicht alles in ihren Erinnerungen abgebrannt war. Nur Cort hätte brennen können! Vielleicht später, dachte die junge Frau wütend.

Um weiteren unangenehmen Gesprächen zu entgehen, lehnte sie sich in ihrem Sitz zurück und schloss die Augen. „Ich werde etwas schlafen", murmelte sie. „Ich muss ihn in Rom los werden", dachte sie bei sich und begann Pläne zu schmieden.

London. Titus kannte diese Stadt, war so oft da gewesen, dass er sie beinahe in und auswendig kannte. Normalerweise kam er gerne hier her. Ihn faszinierte das Königshaus, doch nun war alles anders. Er hatte nur ein Ziel, eine Aufgabe...

Mit einem leisen Aufschrei, wütend und verzweifelt zugleich, riss sich der König von der Meditation los. Er hielt die Bilder nicht mehr aus. Konnte die Erinnerungen nicht ertragen, schon gar nicht diese hier. Sie kamen ungeordnet, doch Titus vermutete, sie hatten ihren ganz eigenen Sinn, wenn er ihm folgen könnte, wenn er es ertragen würde, die Erinnerung zu Ende zu durchleben. Als er aufblickte, sah er sich Daria gegenüber, die am Eingang zum Meditationsraum stand und ihm ein warmes Lächeln schenkte, das aus ihren goldenen Augen heraus leuchtete. „Wie lange war ich drin?", keuchte der Silver und rieb sich kräftig über Brust und Arme. Sein Körper schien verkrampft und verhärtet, als hätte er stundenlang unter größter Anspannung verbracht. „Neun Stunden", gab die Bibliothekarin die ernüchternde Antwort. Es schüttelte Titus. Noch nie in seinem langen Leben hatte er sich in einen dieser Räume gewagt. Er hatte es nie für nötig gehalten. Stets wusste er, was er an Informationen benötigte, zumindest bevor er begonnen hatte, Dinge in seinem Leben zu verdrängen und scheinbar bewusst seine Erinnerungen zu verändern, um seine momentane Einstellung zu stützen. Er hatte schlichtweg vergessen, dass in dieser Nacht Glacien ihm und Patrick zur Seite stand. Er hatte aber auch vergessen, was für ein unglaublicher Idiot und Naivling er gewesen war. So voller Überzeugung, diese Welt gehöre ihm. Titus begann zu lachen, über sein jüngeres, unbekümmertes Ich. Daria zog eine Augenbraue in die Höhe und beobachtete den König schmunzelnd. „Das ist eine teuflische Sache, das hier", meinte er, sich langsam erhebend. Er klopfte sich den Staub von der Kleidung und streckte sich, bevor er auf die Solani zu trat. Diese musterte ihn amüsiert und machte ihm Platz. „Die Sitzungen in diesen Räumen sind sehr intensiv. Freud kann da nicht mit halten", grinste sie, als sie ihm folgte. „Die Magie ist stark und webt ihre Netze sehr dicht."

„Das kannst du laut sagen, mir brummt der Kopf." Dazu kam, dass sein Magen sich lautstark meldete.

„Komm, mein König. Iss mit uns. Matej ist wegen deiner Anwesenheit ganz aufgeregt." Titus nickte lediglich. Gerade konnte er nicht sprechen, seine ganze Aufmerksamkeit galt seinen verspannten Muskeln, die er vorsichtig dehnte. Er musste dringend Trainieren. Dann würde die Unruhe von ihm abfallen und sein Körper würde sich nicht anfühlen, als wäre er so alt, wie er tatsächlich war. Nur jetzt schien Essen die bessere und viel angenehmere Alternative zu sein, als sich zu verausgaben. Vor allem, da ihm köstlicher Geruch nach Fleisch und Gemüse entgegen schlug. „Dein Mensch kocht?", scherzte der König, bevor sie die Küche betreten konnten. Missbilligend schnalzte Daria, was ihn zusammen zucken ließ, so hart und schneidend klang das Geräusch. „Matej ist nicht mein Mensch, sondern Bewohner dieser Bibliothek und ein talentierter Junge", fuhr sie kühl fort, der Vorwurf deutlich heraus zu hören.

„Das sollte nicht abfällig sein", meinte Titus daraufhin trocken, dennoch schmerzte ihn der wütende Blick Darias.

„Ich weiß, aber es klang genau danach. Du bist ein König, der vergessen hat, wie man mit seinen Schutzbefohlenen spricht."

„Ich bin ein König, der vergessen hat, wie man einer ist", erwiderte daraufhin der Silver mit einem Naserümpfen. Er war sich nicht sicher, ob er die Solani mochte oder nicht. Sie stellte eine absonderliche Mischung von Mary und Sandro dar und das allein war schon schwer zu verarbeiten. Die Bibliothekarin ging voraus in die Küche. Dort stand ein alter, massiver Holztisch, der sicherlich schon bessere Tage gesehen hatte, doch weiterhin robust wirkte. Darauf war bereits für drei gedeckt worden. Ein kleiner, zarter Weihnachtsstern zierte die Mitte. Dazu kamen die schweren Gerüche des Essens, der heiße Dampf und das Kind, das hier stand und ihn mit großen Augen anstarrte. Titus' Miene entgleiste ihm für einige Sekunden. Die fein geschnittenen Züge verzerrten sich, angespannt und voller Schmerz. Er musste die Zähne zusammen beißen und die Augen für einige Momente schließen, um sich wieder zu fassen.

„Schau mal, ich habe gebacken!" Das Mädchen, gerade mal drei Jahre alt, kam auf ihn zugelaufen. Es hatte Mehl und Ei im Haar kleben und eine gute Portion Schokolade im Gesicht. Dennoch hatte Titus nie etwas Schöneres gesehen und als es ihn erreichte, da zögerte er nicht, es in die Arme zu nehmen...

„Mein König, das ist die Magie der Meditationsrunen. Sie haben deinen Geist geöffnet und..." Daria verstummte und streichelte dem Silver stattdessen über den gebeugten Rücken. Ein leises, schmerzerfülltes Wimmern drang aus seiner Kehle. Nur ein Laut, danach war es vorbei. Aber der Schmerz blieb, deutlich zu sehen, selbst als er sich wieder aufrichtete und die Augen öffnete. Selbst sein Lächeln konnte den Eindruck nicht bessern, eher wirkte er damit noch mehr wie eine tragische Figur. Matej gestikulierte wild, die Augen vor Schreck geweitet. „Er will wissen, ob er Schuld ist. Was soll ich ihm sagen?" Ganz behutsam und ruhig sprach die Bibliothekarin, während sie weiter den muskulösen Rücken streichelte. Titus sagte ihr nicht, sie solle aufhören. Er konnte und wollte es auch nicht. Tatsächlich beruhigte es ihn, es war eine Geste, mit der ihm seine Mutter oft bedachte. „Sag ihm, er hat mich an jemanden denken lassen. An eine sehr schöne und kostbare Erinnerung, die ich vor sehr langer Zeit begraben habe", gab er schließlich die Antwort und beobachtete dann, wie Daria sie mit ihren Händen weiter gab. Der Junge beobachtete sie mit schief gelegtem Kopf. „Lasst uns essen. Er wird nun noch mehr Fragen haben." Sie saß zuerst, die beiden anderen folgten ihr nach. Bevor Titus seine Gabel nehmen und einen Bissen machen konnte, seufzte er. Er wollte keine Fragen beantworten - und wusste gar nicht, wie das ging! „Manchmal ist es einfach, mit einem Kind zu sprechen", meinte Daria leise, während sie auf die Gabel mit dem dampfenden Essen pustete. „Wieso?", wollte der König etwas grob wissen und seufzte ob seines unangemessenen Tones nur noch lauter. Diesmal ignorierte die Bibliothekarin seine Verfehlung und sprach einfach weiter.

„Weil Kinder nichts von Politik und Ränkespielen wissen, weil sie die Welt mit offenen Augen sehen und ihr Urteil ganz daraus bilden, was sie fühlen. Sie sind ehrlich, ohne gemein zu sein. Sie verzeihen und meinen es ernst. Matej ist neugierig und will verstehen, was ein so mächtiges Wesen so aus der Bahn bringt. Er wird dir zuhören und vielleicht wird er die richtigen Fragen stellen."

„Also soll er mein kleiner Freud sein?"

Titus schob sich Essen in den Mund und dachte darüber nach. Sich einem Kind, auch noch einem Menschen, anzuvertrauen, schien vollkommen idiotisch. Was sollte das bringen? Und was ging es diese Bibliothekarin und den Jungen überhaupt an? Aber obwohl seine Gedanken sich gegenseitig aufwiegelten und in Rage argumentierten, drang eine feste Stimme zu ihm durch. „Was soll passieren? Du hast mit deinen besten Freunden nicht geredet. Du hast verdrängt, vergessen und am Ende verloren. Du steckst schon tief in der Scheiße, mein Lieber, fang an dich da raus zu buddeln, auch wenn du mit einem verdammten Sieb anfängst!" Daria schien zu wissen, dass Titus zunächst mit sich selbst Zwiesprache halten musste, denn anstatt weiter auf ihn einzureden, unterhielt sie sich mit Matej. Das beobachtete der König aus halb geschlossenen Augen, während er selbst die Gabel beinahe mechanisch zu seinem Mund führte. Viel schlimmer konnte es nicht werden, dachte er sich.

„Gut, ich werde es versuchen. Später, denn jetzt brauche ich dringend Schlaf."

„Ich verstehe wirklich nicht, wieso Beryll dich behalten will, du bist..." Amy vollführte eine drehende Handbewegung. „Naja, du bist wie ein kleiner Welpe, der gar nichts kann." Mit hochgezogenen Brauen sah sie

Sean an. Ihre ganze Körperhaltung sprach von Langeweile, während es in ihren Augen gemein funkelte. Der junge Mann wusste, sie machte sich über ihn lustig, aber anstatt sich eine Blöße zu geben, drückte er nur noch fester. „Wenn ich dich an einen Welpen erinnere, dann findest du mich süß", raunte er, um sein Gesicht irgendwie noch wahren zu können. Zwar hatte die Nim ihm gesagt, sie wäre da, um ihm Gesellschaft zu leisten, doch offenbar beinhaltete das auch, dass sie sich über ihn amüsieren konnte - das war wohl der Preis für ihre Anwesenheit. „Ich mag keine Welpen, sie sind nutzlos und schutzbedürftig. Einfach widerlich." Amy sagte es düster und ihre Augen waren sogar noch erschreckender. Schnell wandte Sean sich von ihr ab, eine Gänsehaut auf dem Rücken. Wieder drückte er gegen den riesigen Topf, der auf der großen Terrasse stand. Als er spürte, wie seine Muskeln zu brennen begannen, fragte er sich, wie er da nur hinein geraten war. Sie hatten sich doch nur das Grundstück ansehen wollen!

Amy hatte ihm das Haus gezeigt, das dutzende Zimmer aufwies. Eines dieser Zimmer durfte er nicht und unter keinen Umständen betreten - ihres. Das hatte sie mehr als deutlich gemacht. Schon da hatte Sean gewusst, dass ihre anfängliche Flirterei nur Show gewesen war. Sie war kein süßer, unglaublich schöner Rotschopf, sondern das Böse! Dann ging es weiter nach draußen und sie erklärte dem Menschen, dass sie sich nicht weit von Cork befänden, eine Stunde mit dem Auto. Sie befänden sich genau zwischen Cork und Killarney. Sean wusste mit der Information nichts anzufangen, verstand nicht, warum sie plötzlich zu Google Maps wurde, fragte aber nicht weiter nach. Der Abschluss der Führung fand auf der Terrasse statt, von der aus man über Hügel blicken konnte und das Land, das zu der Villa gehörte. Überall, wohin Sean auch blickte, entdeckte er diese filigranen Zeichen. Sie waren in den Boden, die Wände, selbst in die Statuen eingearbeitet worden. Und schließlich beging der junge Mann den Fehler, eine Frage zu stellen und sich in Abhängigkeit von Amy zu begeben. Denn dieses sommersprossige Monster wollte spielen - mit ihm. Um über ihn zu lachen, das war mittlerweile auch klar, denn gewinnen konnte er nicht. „Verschiebe diesen Topf von da nach da drüben und ich verrate es dir", sagte sie und überkreuzte sogleich die Arme wissend vor der Brust. Sean hätte ablehnen sollen, sagen, ihn interessiere es nicht, doch ihre Worte nagten an ihm. Dass er schwach sei. Nutzlos. Dazu kam, dass er an Nell dachte. Wenn er nicht besser wurde, würde sie ihn nie so sehen, wie er es wollte. Und was war mit seiner Familie? Er würde es allen zeigen - jawohl! Und als aller erstes diesem verdammten Blumentopf, der überhaupt keine Funktion hatte, nicht mal Blumen waren darin!

Seitdem verging eine Viertelstunde und der Blumentopf hatte sich noch keinen Millimeter bewegt. Sean stemmte sich mit aller Macht dagegen, warf sein gesamtes Körpergewicht gegen diesen Gegenstand und versagte jämmerlich. Doch anstatt aufzugeben, wurde er wütend und wütender, bis er schrie und keifte. Er vertiefte sich so in seinen Wutanfall, dass er Amys Lachen erst nach einer Weile mitbekam. „Was, ein Blumentopf ist schon zu schwer?", schnurrte sie, unschuldig mit den Wimpern klimpernd. „Pass bloß auf, Penelope wird kommen und wird mich befreien und dann dreht sie dir den Hals um!", fauchte Sean zurück, obwohl er nicht wusste, ob er das überhaupt wollte. Amy den Hals umdrehen, das sicher, aber weggeholt werden? Nein, eigentlich nicht. Die Nim schürzte die Lippen und machte einen abfälligen Ton. „Ugh! Penelope!" Sie äffte seine Stimme übertrieben nach. „Wir müssen Hel zurück bringen. Penelope wird mich retten. Bah! Soll ich dir etwas verraten, Welpe?" Sie kam zu Sean und schubste ihn einfach zur Seite. „Mit deiner kleinen Freundin wische ich den Boden auf!" Während sie sprach, holte sie mit einer Faust aus und schlug zu. Sean zuckte unweigerlich zusammen, erinnerte sich an die Schmerzen in seiner Hand, als er sie gegen die Wand geschlagen hatte, doch von Amys Faust ging kurz ein rotes Leuchten aus, dann hörte man es knacken und krachen. Im nächsten Moment zerfiel der riesige Blumentopf zu Splittern und Staub. Selbstgefällig drehte sich die Nim zu ihrem Begleiter um, ein schiefes, arrogantes Lächeln auf den Lippen. „Welpe, wenn du groß und stark werden willst, dann solltest du dich an uns halten. Du willst Macht? Wir können dir noch so viel mehr geben." Sean nickte, vollkommen fasziniert von seinem Gegenüber. Sie hatte den Topf zerschlagen! Sie... Er schluckte schwer und musste sich konzentrieren, nicht zu sabbern. Am liebsten wollte er ihr folgen, ihr sagen, dass sie ihn lehren sollte, er würde alles dafür tun, doch er dachte an Nell, an seine beste Freundin. Ihr trauriger, gehetzter Blick. Wie sie sich sofort für ihn eingesetzt hatte, obwohl er ihr aufgelauert war. Langsam verwandelte er sein Nicken in ein Kopfschütteln. „Ich werde auf Nell warten", sagte er bestimmt. Es war ihm fern von Beryll viel besser möglich, seine Gedanken zu ordnen und seine Gefühle zu kontrollieren. Güte und Liebe hatten eine Chance gehört zu werden, wenn dieser Gott nicht in der Nähe war. Trotz allem sehnte sich Sean nach Amys Kraft. Er wollte, was sie hatte.

Diese rollte mit den Augen. „Du bist ja so langweilig. Ich hoffe für meinen Partner, dass er mehr Spaß mit Hel hat." Sie wählte ihre Worte mit Bedacht, auch wenn es wie eine spontane Aussage klang. Immerhin war Sean nun ihr Spielzeug und sie wollte ihn am Haken behalten, wo er so schön zappelte. Ihre Worte verfehlten die Wirkung nicht, Neuigkeiten über die Freundin ließen ihn sofort wach werden und rissen ihn aus seinen Gedanken. „Wer ist dein Partner? Was macht er mit ihr? Wo sind sie?", sprudelte es aus ihm heraus. Amy grinste. Der Mensch war so vorhersehbar. Kurz überlegte sie, ob sie ihm die Antwort schuldig bleiben sollte, doch dann entschied sie sich anders. „Mein Partner ist ihr Reisebegleiter. Er wird dafür Sorgen, dass sie die Reise zur Zufriedenheit aller abschließt und wird sich ein wenig mit ihr unterhalten. Weißt du, wir sind alle so etwas wie alte Freunde." Ihre Stimme nahm bei diesen Worten einen unheilvollen Klang an, der so viel implizierte, dass Sean es sich kaum ausmalen konnte. Seine Gedanken begannen zu rasen und rannten gegen eine Wand. Er wusste, er würde keine Antworten mehr zu diesem Thema bekommen.

„Also, die Runen?", wechselte er daher zurück auf das Thema, mit dem seine Erniedrigung erst begonnen hatte.

Das Messer fühlte sich gut an. Mit einer Fingerspitze streichelte sie über die Klinge, die silbern im Mondschein leuchtete. Angenehm kühl. Mit eisigen, gnadenlosen Augen blickte sie auf Ethan herab. Seine menschliche Hülle widerte sie an. Er war ein Nichts, hatte keine Ahnung, wer sie war, was sie war. Welche Größe und Macht sich unter ihrer Haut verbarg, er würde es nie verstehen können, würde sie nur einengen, festhalten, sodass sie nie zu ihrer wahren Form fand. Darum musste er sterben. Sie hob die Hand.

Nach Luft schnappend erwachte Penelope. Sie kippte vorn über und lehnte die Stirn gegen den Sitz vor sich, presste die Haut regelrecht gegen das Plastik, um etwas zu spüren, in ihrem sonst tauben Körper. Eine Stimme schrie, dass dieser Traum nur Traum sei, nicht echt, auf keinen Fall! Doch die andere antwortete ruhig und selbstbewusst, dass dies eine Erinnerung gewesen sei und daher echt sein müsse. Musste es? Nein! Und ob! Sie seufzte, presste die Augen zusammen, wollte nicht dem Blick des Nim begegnen, den sie bereits auf sich spürte. Cort beobachtete sie, er hatte keine andere Aufgabe als diese. Dass er kaum nach Nim roch und sich selbst vor ihr so gut tarnen konnte - meist sah sie seine Augen, wie sie dem Menschen vor dem Monster gehört hatten, und nicht die zwei Kohlestücke, die sonst in den Augenhöhlen der Nim zu liegen schienen - half ihr nicht dabei, die Ruhe zu bewahren. Denn wenn sie ihn nicht riechen konnte und er sich tarnte, wie sollte sie ihm entkommen und entwischen?

Warm und sanft legte sich seine Hand auf ihren Rücken. Er streichelte darüber und wirklich jeder Muskel in ihr spannte sich an. Ihr Magen protestierte, in ihrem Kopf gingen alle Alarmsirenen los und starteten ihr Geheul. Aber sie blieb ruhig und spielte das Spiel. „Liebes, geht es dir nicht gut? Wir landen gleich, danach kannst du dich ausruhen", säuselte er und wäre er ein anderer und die Situation nicht diese, dann hätte Penelope ihm die liebevolle Masche abgenommen. Er konnte das gut, viel zu gut! Das durfte sie nicht einlullen. „Komm, lehn dich zurück, ich erzähle dir eine Geschichte." Es mochte wie eine Bitte klingen, aber nachdem er ihre Kräfte blockieren konnte, wagte es Nell nicht, ihm nicht zu gehorchen. Was sie allerdings bereute, kaum saß sie wieder normal da. Denn da legte Cort einen Arm um ihre Schulter und zog sie zu sich. Er drehte den Kopf, sodass seine Lippen ihr Ohr streiften und seine Worte nur für sie bestimmt waren. Sie schienen wie ein Liebespaar, sich nun von ihm loszureißen, würde zu viel Aufsehen erregen und die junge Frau wollte nicht schon wieder Chaos auf einem Flug anrichten. Zwar hatte sie erneut ihre Identität gewechselt, dass keine Verbindung zu ihr gezogen werden konnte, aber die unschuldigen Menschen hatten das nicht verdient. „Ist es denn eine wahre Geschichte?", knurrte sie daher als einziges Zeichen, dass sie mit dieser Situation nicht einverstanden war. „Aber natürlich", antwortete Cort prompt.

„Es war einmal eine frische November Nacht."

„Also doch ein Märchen."

„Nein, eine wahre Begebenheit."

„Warum redest du dann so geschwollen?"

„Nennen wir es Erzählstil."

Der Atem des Nim kitzelte auf ihrer Haut. Dazu wurde ihr gleichzeitig heiß und kalt.

„Gib mir noch ein Taschentuch!"

Nell fuchtelte mit ihrer Hand herum, bis er ihr ein Stück Stoff in die Hand drückte, das sie sofort gegen die Nase drückte. Entweder war es Corts Nähe, die Erinnerungen, die abgerufen wurden, oder seine Erzählung - wahrscheinlich alles gemeinsam - aber ihre Nase hatte beschlossen, noch ein wenig Blut zu zapfen. „Das ist echt eigenartig", bemerkte ihr Begleiter trocken und angewidert zugleich. „Wie gut, dass du so normal bist!", fauchte die junge Frau hinter dem Taschentuch. „Erzähl deine dämliche Geschichte", murrte sie dann ungeduldig. Cort betrachtete sie noch einen Moment, bevor er wieder seinen Mund nahe an ihr Ohr brachte.

„Es war einmal eine frische November Nacht. Ein Mann wurde auf die Straße gezogen, er konnte fühlen, dass er gebraucht wurde. So wanderte er umher, getrieben von dem Ziehen in seiner Brust. Er musste nur den richtigen Ort finden. Schließlich, kurz bevor er schon fast umdrehen wollte-"

„Wer hätte das gedacht."

„Psht! Also... Als er kurz davor war, umzudrehen, da begegnete er einem Mädchen. Es war vier Jahre alt. Ein kleines, verängstigtes Ding, das nicht wusste, wohin es sollte. Es war vollkommen allein auf dieser Welt und niemand war gekommen, um es zu holen. Niemand hatte es vermisst. Als der Mann das Mädchen fand, da bot er an, es mitzunehmen. Es fragte, was er hier mache und er antwortete, er habe das Kind gesucht. Denn von nun an bis ans Ende der Zeit würde er für das Mädchen da sein und es lieben und beschützen. Er versprach es hoch und heilig.

Der Mann gab dem Kind den Namen Hel und brachte es in sein Zuhause. In der großen, weißen Villa durfte sich das Mädchen frei bewegen und litt keinen Mangel. Hel bekam alles und durfte alles ausprobieren. Sie war das Zentrum der Liebe ihres neuen Vaters. Nur eine Bedingung stellte er dem Kind. Es solle stark werden, weil sie nun einmal in schlimmen Zeiten lebten und der Mann nicht ohne Feinde war. Daher bat er Hel, fleißig zu sein und zu trainieren. Das Training verlangte ihr viel ab, doch stets geschah es mit ihrem Einverständnis und der Spaß kam nie zu kurz dabei."

„Hör auf!" Penelope keuchte. Das Taschentuch saugte sich bereits voll mit ihrem Blut. Die Narbe loderte, sie konnte jeden Riss heiß unter ihrer Haut spüren. „Hör auf!", wimmerte sie leise und weil der Sitznachbar neben ihr, sie so nicht sehen sollte, drehte sie sich zu Cort und vergrub ihr Gesicht an seiner Schulter. Gerade schien er das geringere Übel.

In ihrem Kopf spielten die Bilder verrückt.

Ein Mädchen mit dunklerem Haar als dem ihren, tollte über eine saftige Wiese, Blumen in die Strähnen geflochten.

Ein Mädchen, das gegen eine steinerne Wand geschleudert wurde. Der Knochen seines rechten Arms brach mit einem trockenen Knacken.

Ein Mädchen, das lachte.

Ein Mädchen, das weinte.

Blumen. Blut. Ein Schlag. Eine Umarmung. Laufen. Schlafen. Trainieren. Geschenke. Licht. Dunkelheit. Schmerz. Freude. Trostlosigkeit. So viel Schmerz. Sie war alles davon. Sie war nichts davon.

„Mach, dass es aufhört", wimmerte Penelope elendig. Als Cort seine Hand gegen die Narbe legte, wieder mit diesem Gefühl, als wäre nichts zwischen ihrer Haut und der seinen, hielt sie ihn nicht auf. Tatsächlich hieß Nell die Taubheit willkommen, die sie sofort erfasste, auch nicht vor ihrem Denken Halt machte und sie einlullte. „Es würde dir nicht so schlecht gehen, wenn du endlich Wahrheit von Trug scheiden könntest", murmelte Cort an ihrer Schläfe, seine Lippen strichen weich und samtig über ihre Haut. Wie recht er doch hat, dachte Nell, aber sie sagte nichts, döste vor sich hin, das Nichts in ihrem Denken genießend.

Eine lange Pause war ihr jedoch nicht vergönnt. Eine halbe Stunde später musste Penelope sich auf die Beine bugsieren und hinter dem Nim her trotten, der ihre Tasche und seine trug. Eigentlich wollte sie ihr Gepäck selber nehmen, fand aber keine Möglichkeit, darauf zu bestehen, ohne verdächtig zu wirken. Immerhin hatte sie gerade einen kleinen Zusammenbruch gehabt und wackelte mehr schlecht als recht hinter ihm her. Außerdem konnte man nicht gerade sagen, Cort hätte alle Hände voll zu tun, denn seine Tasche war in Wahrheit ein Rucksack, der ihn nicht weiter behinderte und somit gab es keinen Grund für sie, ihm die Tasche abzunehmen. Das allerdings beeinträchtigte ihren Plan ein wenig, am Flughafen abzutauchen. Der Flughafen bot sich an. Diverse Gates. Gefühlt tausend Touristen. Taxis und Busse. Hier abzuhauen und ihr Glück zu versuchen, schien ihr eine gute Idee zu sein. Zumindest vor ihrem kleinen Aussetzer im Flieger und bevor Cort ihre Tasche gepackt hatte, als hinge sein Leben daran. Wahrscheinlich wusste er, dass ihres daran hing. Immerhin beinhaltete die Tasche ihre Pässe und Geld. Ohne sie wäre sie hier gestrandet - zumindest bis sie an einen Computer kam und sich Geld stahl. Nur dass es viel zu viel Zeit in Anspruch nahm, die sie nicht hatte. Sie musste weg von dem Nim. Seine Geschichten machten sie wahnsinnig. Seine Nähe machte sie wahnsinnig! „Sind wir fair, du bist wahnsinnig“, schaltete sich da die nörgelnde Stimme ein. „Kommst du nur aus der Versenkung, um mich zu beleidigen?“

„Wie bitte?“ Cort blickte über die Schulter zu ihr zurück. Erschrocken riss Nell die Augen auf. „Wie bitte?“, echote sie ein ganz klein wenig dümmlich. „Du hast vor dich hin gemurmelt“, meinte der Nim, doch schien er das Thema nicht weiter vertiefen zu wollen, denn er drehte ihr nicht erneut den Kopf zu, sondern navigierte sie zielstrebig durch den Flughafen.

Auf seinen Rücken starrend, verwarf sie ihre Fluchtpläne und verschob sie auf später. Sie hatten drei Tage, bevor sie in Nizza ankommen sollten. Das gab ihr drei Tage in einer überfüllten, verwinkelten Stadt voller Kirchen und Touristen, um zu fliehen und alleine nach Frankreich zu reisen. Denn dass sie die Reise machen und zu Ende bringen würde, daran gab es keinen Zweifel, sie musste es für Sean tun, aber sie weigerte sich, Cort länger als nötig zu ertragen. Der Nim war gefährlich, auch wenn er aussah, wie ein knuddeliger Bär und freundlich wirkte. Sie kannte ihn irgendwoher und mit ihrer Vorgeschichte, wenn auch diffus und verschleiert, war doch klar, dass das nichts Gutes zu bedeuten hatte. Also hieß es abwarten, mitspielen und bei der nächsten Gelegenheit die Beine in die Hand nehmen und rennen.

„Wir müssen sehr, sehr vorsichtig sein“, meinte Pat und schielte zu Derek herüber, der irgendwie blass um die Nase aussah. Auf die Worte des Freundes hin, warf er diesem allerdings einen wütenden Blick zu. „Es reicht, wenn Liz mir Vorträge hält. Danke sehr!“

„Beschwer dich nicht, mir hält sie auch ständig welche", konterte der Empath und schmunzelte. „Du Riesenbaby", fügte er leise hinzu. Er wusste ganz genau, dass Derek ihn hören konnte, doch gerade war ihm alles recht, um den anderen etwas abzulenken. Seit Sandro mit Lani und Oz von der Jagd zurückkehrte, war Derek nicht mehr zu halten. Am liebsten wäre er direkt los gerannt und hätte es selbst gefühlt, doch der Tag brach an und fesselte ihn weitere Stunden in den Unterschlupf, wo er vor sich hin grummelte und seufzte, Dummheit und Unwissenheit verfluchend. Dieses Vakuum, das kannten die älteren Silver alle. Sie waren in Prag dabei gewesen, wussten, wie es sich anfühlte und auch, was darauf folgte. Natürlich spürte Patrick die Unruhe, die ihn auf diese Nachricht hin erfasste, aber er wusste, dass andere Dinge ebenfalls erledigt werden mussten und nicht vergessen werden durften. Daher hatte er Derek, der eigentlich gar nicht aus dem Bett aufstehen sollte, aber wie ein bockiges Kind darauf bestand, die Aufgabe erteilt, die Runen zu erneuern. Nachdem der Silver mit seinem Vortrag geendet hatte, dass eben diese Runen Schuld daran trügen, dass sie so spät von den wechselnden Machtverhältnissen erfuhren, weil sie nicht nur die Silver vor der Welt verbargen, sondern auch die Welt vor ihnen, war er an die Arbeit gegangen. Weil Derek nun einmal war, wie er war, ein Perfektionist durch und durch, konnte niemand ihn von dieser Aufgabe loseisen, bevor er sie nicht beendet hatte und so schaffte es der Empath, sehr zu Liz' Freude, den Freund noch eine Nacht länger von der Straße fern zu halten. Doch nun, sechs Tage nach Titus' Abreise, acht nach dem Kampf, saßen sie in Dereks Jeep und fuhren zu Nells Haus.

Die Wahrscheinlichkeit, die junge Frau noch dort anzutreffen, war verschwindend gering. Viel eher war sie bereits über alle Berge. Doch jedes Leben hinterließ Spuren, keiner konnte einfach so verschwinden und sich in Luft auflösen. Es gab immer Hinweise, wenn man nur gründlich danach suchte.

Wenig später parkte Pat den Wagen und zusammen überquerten sie den Hügel vor der blauen Häuserreihe. Diesmal empfing sie kein Hund. Die Straße war viel stiller, kaum ein Licht brannte noch, ganz so, als wären alle Bewohner mit einem Mal ausgezogen. Sie schliefen wahrscheinlich einfach nur, aber Patrick nahm die Stimmung als bedrohlich und drückend wahr. Als stimme etwas nicht. Die ganze Stadt war davon erfasst, doch hier schien es schlimmer. Auf eine andere Art. Pat hoffte, Derek würde Klarheit schaffen können, denn im Moment schien jedes weitere Puzzleteil zu einem anderen Bild zu gehören und nicht ein einziges ergeben.

Ohne zu zögern betraten sie das Haus. Niemand beobachtete sie und das Schloss war nach wie vor kein Problem. Drinnen erstarrten sie beide.

Drei Mal atmete Derek tief ein und blähte dabei die Nasenlöcher. Sein Stirnrunzeln hinterließ tiefe Furchen in seiner Haut. „Nichts", stellte er fest. „Nichts", stimmte Pat zu. Kein Geruch, nicht nach Solani, nicht nach Nim, keine Kastanie und keine Maiglöckchen. Gar nichts. „Runen?"

„Ich sehe keine mehr. Auch die, die Titus benutzt hat, nicht", murmelte Derek und strich über die Wand. „Als wäre das Haus geschützt. Wir konnten es durch den Geruch nicht finden."

„Aber als ich mit Titus hier war, da war ihr Geruch noch da, ganz leicht zumindest. Aber jetzt... Als hätte ihn jemand entfernt", murrte der Empath und schob sich in das Wohnzimmer. Alles schien noch so, wie es vor einigen Tagen gewesen war. Die Möbel, die Bücher, alles da. Ein Brief und ein Packen Geld lagen auf dem Tisch, beides ignorierten die Silver. „Es wirkt unbelebt", meinte Derek. „Es fühlt sich auch so an", fügte der Empath an und strich über ein Kissen. „Als wäre sie nie hier gewesen", meinten beide gleichzeitig. Sie sahen sich kurz an und schmunzelten. Manche Dinge änderten sich nie.

Derek begann sich die Schläfen zu massieren. „Es ist, als wäre sie einfach heraus gelöscht worden. Der Mann in Killarney konnte uns nichts sagen. Aber ihr Geruch führte uns genau zu dieser schrecklichen Lichtung. Ich werde die Vermutung nicht los, weil wir es sehen sollten, ohne ihr zu nahe zu kommen. Das Gleiche hier. Mal riechen wir sie, mal nicht. Als würden wir sie nur in bestimmten Dosierungen zu spüren bekommen."

„Fragt sich nur warum." Derek wanderte im Wohnzimmer auf und ab, drehte dann plötzlich um und stieg in den nächsten Stock. Dabei sprach er einfach weiter. „Was, wenn das Mädchen von Alessa und Nell ein und die selbe Person sind? Dann will die Göttin, dass wir sie finden. Sie wollte, dass sie als Kind zu uns kommt, doch Alessa kam zu spät und das Mädchen landete - ich vermute - in der Hölle, nach den Beschreibungen und dem, was ich gesehen habe, zu urteilen. Sie hat sich verändert und nun kann die Göttin uns nicht einfach so zu ihr lassen. Wahrscheinlich waren weder sie noch wir für eine direkte Begegnung bereit."

„Wahrscheinlich? Nach dem, was passiert ist, ganz sicher."

„Also legt Glacien Brotkrumen, damit wir uns annähern. Gleichzeitig muss sie Nell wahrscheinlich auch vor den Nim verstecken. Und wenn ich richtig vermute, dann funktionieren ihre Zauber so, wie unsere Runen. Sie versteckt Nell vor den Nim, aber damit auch vor uns. Daher werden wir hier wenig von ihr finden."

„Du meinst, die Göttin hat genug Macht, um so weitreichend einzugreifen?"

Die beiden Silver standen im Schlafzimmer der jungen Frau. Die hübschen Kleider und Blusen, die Freizeithosen hingen noch da. Das Bett war gemacht. Ohne viel Hoffnung fischte sich Patrick das Kopfkissen von der Matratze und zerknautschte es zwischen den großen Händen. Das letzte Mal hatte er Oz' Gefühle deutlich lesen können und darunter die der Frau, diffus und undeutlich, aber da. Nicht mehr. Als hätte nie ein Kopf darauf gelegen. Der Empath seufzte und warf das Kissen unwirsch zurück.

„Ich kann es mir sonst nicht erklären. Nur eine Frage bleibt dann dennoch."

„Und die wäre?"

„Wieso blieb das Mädchen über hundert Jahre ein kleines Kind und begann erst vor achtzehn Jahren zu wachsen?"

Patrick wusste darauf keine Antwort und ihm fiel auf die Schnelle auch kein Witz passend dazu ein, also begnügte er sich mit einem Schulterzucken und wandte sich nach oben. Der letzte Stock, der ausgebaute Dachboden. Das erste, das ihm auffiel, war die offene Tür. Drei Schlösser und keines hatte sie benutzt. Mit wenigen Sätzen erreichte der Empath das nächste Stockwerk und stürmte hinein. Es war, wie er vermutet hatte: Leer. Der Schrank stand offen, präsentierte seinen geplünderten Bauch. Die Halterungen für die Perücken glänzten silbern und haarlos. Die aufgerissenen Schubladen ergaben ein ähnliches Bild. Leergeräumt. Nichts blieb übrig. Das erstaunte den Silver nicht, sie hatten damit gerechnet, dass die junge Frau verschwunden sein würde. Keiner von ihnen hatte erwartet, dass sie mit Abendessen auf sie warten würde, bereit für einen zweiten Versuch, sich zu unterhalten. Was ihn allerdings beunruhigte, war die Art und Weise, wie sie gegangen war. Der Rest des Hauses war aufgeräumt, sauber und reinlich. Sie hatte alles zurück gelassen, außer den Sachen, die sie für die Jagd brauchte. Es war diese strikte Trennung dieser zwei Aspekte - normales, wahrscheinlich glückliches Leben und kämpferische, gnadenlose Jägerin - und die klare Entscheidung für einen davon, die Patrick ein mulmiges Gefühl bescherten. „Sollten wir sie finden, wird es nicht leicht", murmelte er, sich durch die langen, roten Haare fahrend.

„Sieh mal!" Derek stand in der Mitte des Raumes und hatte die Hand in die Decke gesteckt. Pat riss sich von seinen düsteren Grübeleien los und kam stirnrunzelnd zu seinem Freund. Erst beim Nähertreten erkannte er, dass es ein geheimes Fach in der Decke gab. „Sie muss es aufgelassen haben, als sie ging. Das System ist einfach, aber sehr gut gemacht. Und es ist genug Platz, um dort einiges zu verstauen."

„Wie eine Reisetasche mit Geld?"

„Würdest du etwas anderes darin lagern?"

„Nein, wohl nicht. Aber ich hab keine Erfahrung mit so etwas, da müssten wir den Profi fragen."

„Nein Danke."

Patrick schmunzelte, als er Dereks genervten Gesichtsausdruck sah. Dieser hatte den neuesten Diebstahl seines Autos noch nicht überwunden. Wahrscheinlich ein Grund, warum sie den Jeep heute genommen hatten. „Du weißt, dass er ein guter Kerl ist", ermahnte der Empath den Silver. Der Angesprochene grummelte etwas Unverständliches und wandte sich wieder dem Geheimversteck zu. Gespielt interessiert, obwohl sie beide wussten, dass es hier nichts mehr gab. Patrick rollte mit den Augen und wandte sich stattdessen der langen Kommode mit den nun ungenutzten Perückenständern zu. Er legte den Kopf schief und schürzte die Lippen. „Derek, vielleicht habe ich eine Idee."

„Willst du das wirklich tun?"

Patrick starrte über die Schulter seines Prinzen und blickte auf den jungen Solani, der sich zähnefletschend vor einem Mann aufbaute, der so breit war wie hoch. Dicke Muskelwülste wölbten sich unter der wettergegerbten Haut. Ein Matrose, einer der wütenden Sorte, wenn es denn noch andere gab. Doch der Mann interessierte Titus wenig. Es ging ihm um den Solani. Dieser hatte Haut wie Milch. Man sah ihm an, dass er noch nie schweißtreibende, schmutzige Arbeit geleistet hatte. Sein Haar war schwarz wie Ebenholz und umrahmte in Wellen sein hart geschnittenes Gesicht. Er wirkte wie ein Aristokrat. Bewegte sich genau so. Nur seine Kleidung wollte dazu nicht passen. Sie mochte einmal schön gewesen sein, reich verziert, doch die feinen Stoffe wiesen hässliche Risse auf, dazu standen sie vor Schmutz und die einst leuchtenden Farben waren verblasst.

„Er ist es, ich sage es dir", erwiderte der Prinz mit großen Augen. Seit er mit Patrick aus dem Dorf entkommen war, reisten sie gemeinsam. Das war nun fast fünf Wochen her und er konnte den Empathen mittlerweile einen zuverlässigen und guten Freund nennen. Titus konnte sich darauf verlassen, dass Patrick ihm den Rücken frei hielt. Seit sie dessen empathische Fähigkeiten trainierten, immer besser. Im letzten Dorf hatten sie durch Zufall die Geschichte eines gefallenen Fürstensohnes gehört und seitdem ließ sie Titus nicht mehr los.

Besagter Sohn war von den Eltern adoptiert worden, da sie selbst kinderlos blieben. Er solle ein absolut perfektes Gedächtnis gehabt haben, doch vor einigen Wochen schien etwas geschehen zu sein. Offiziell hieß es, der junge Mann sei in der Nacht an Fieber und Schüttelfrost gestorben, er habe Krampfanfälle gehabt und sei erstickt, erzählte man sich. Aber immer wieder gab es Geschichten, er sei gesehen worden. Eben jener Fürstensohn wandle durch die Nacht und würde Jungfrauen auflauern. Titus wusste, dass der letzte Teil ein dummes Ammenmärchen war, doch der Rest konnte der Wahrheit entsprechen. Die Wandlung eines Solani sah tatsächlich manchmal wie ein Krampf aus, weil die Muskeln kontrahierten und die Knochen sich verschieben konnten. Die Geschichten hatten sie bis an die Küste gebracht und in dieses übel stinkende Wirtshaus, das die Solani lieber früher als später verlassen wollten.

„Wahrscheinlich weiß er nicht, was er ist oder warum das mit ihm geschieht. Wir können ihm aber helfen", murmelte der Prinz und machte sich bereit.

„Und du bist dir sicher, wir machen das nicht nur, weil du jemanden eine Verpassen willst?"

„Nein, Pat, wie kannst du so etwas denken?"

„Du weißt aber schon, mein Prinz, dass du wie ein Irrer grinst?"

Die Diskussion zwischen den Freunden hätte wahrscheinlich angedauert, wenn der junge Solani nicht dem Matrosen in eben jenem Moment die Faust in die Magengrube gerammt hätte. Daraufhin ging alles ganz schnell. Der Matrose brüllte wie ein wütender Bär und setzte zu einem Gegenangriff an. Natürlich hatte er Freunde, die ebenfalls von ihren Stühlen sprangen, torkelnd vom Wein. Sie umzingelten den Schwarzhaarigen, der jedoch nicht den Eindruck machte, als würde er sich fürchten oder den Ernst der Lage als solchen sehen. „Der ist einfach nur wütend", murmelte Patrick, sich die Schläfen massierend. Gerade in solchen Situationen wurde es schwer, seine Fähigkeit zu kontrollieren. Wenn die Gemüter sich so aufluden, wie gerade, dann herrschte in seinem Kopf ein giftiger Emotions-Cocktail, der ihn sogar lähmen konnte. „Gib mir deine Hand", orderte der Prinz und er gehorchte. Kaum trug er das Siegel, ging es ihm besser. „Tut mir leid", raunte der Empath, doch Titus schüttelte lächelnd den Kopf. „Du wirst immer besser, dir braucht nichts leid zu tun. Und nun lass uns den Hitzkopf da retten." Mit diesen Worten stürzten sie sich in das Chaos.

Fäuste flogen. Flaschen und Stühle wurden als Waffen eingesetzt. Gegen Menschen zu kämpfen war in gewisser Weise schwieriger wie gegen Nim, denn ihnen wollte man das Leben nicht nehmen, es passierte höchstens aus Versehen und selbst dann hasste der Prinz sich dafür. Früher einmal mochte er gedacht haben, besser zu sein und über den Menschen zu stehen, doch diesen arroganten Irrtum hatte seine Mutter ihm schnell ausgetrieben. Immerhin entstanden die Solani, weil ihre Göttin die Menschen so liebte und sie etwas ähnliches erschaffen wollte. Die Mischwesen - halb Mensch und halb Solani - bewiesen, wie nah sich beide standen. Daher war jedes verlorene Menschenleben genauso inakzeptabel, wie das eines Solani. Nur eine Spezies musste sterben, weil sie wie Parasiten, wie eine Krankheit waren: Die Nim.

Titus wich einem Schlag aus, trat seinem Angreifer in die Seite, der daraufhin gegen zwei andere flog, die mit ihm zu Boden taumelten. Er fühlte sich sicher, was sollte auch schon passieren? Sie waren viel stärker, dachte er sich. Dann ein Schlag und Dunkelheit. „Nicht schon wieder", war das einzige, das er noch zu denken im Stande war.

Er erwachte in einer muffigen Zelle. Eine Ratte huschte von ihm weg, als er sich bewegte. Neben ihm lag Patrick, an die Mauer gelehnt, das Kinn auf der Brust ruhend. An den Gitterstäben lehnte der ehemalige Fürstensohn und starrte ihn wütend an. „Was fällt dir ein? Wegen euch zwei Hornochsen sitze ich nun hier fest. Wie kamt ihr auf die Idee, ich bräuchte Hilfe von Euresgleichen? Gesindel", raunte er *hochnäsig. Titus reagierte nicht darauf, sondern setzte sich stattdessen mit schmerzendem Kopf auf, rieb sich den Nacken und sah zu der vergitterten Öffnung in der Wand, die noch mitternachtsblauen Himmel zeigte. „Eigentlich sind wir gekommen, um dir zu erklären, was du bist"*, sagte der Prinz, prüfend zu Patrick sehend, ob er *auch noch atmete. Man konnte ja nie wissen.*

„Achja, und was bin ich?" Erschrocken fuhr Titus herum. *Da stand nicht mehr der junge Solani, sondern ein Mädchen mit dunklem Haar und Augen, wie der nächtliche Himmel. Sie war abgemagert, nur noch Haut und Knochen. So zerbrechlich. In ihren Armen hielt sie eine Puppe... Das konnte nicht sein! Titus starrte sie entsetzt an. „Was bin ich?"*, schrie das Mädchen und streckte ihm mit einer Hand die Puppe *entgegen. Er kannte diese Puppe aus Porzellan. Wie konnte das sein? „Was bin ich?"*, kreischte das Kind und plötzlich schwappte Hitze durch die Zelle. Er wollte *hier weg, er musste hier weg! Doch er konnte sich nicht bewegen, er saß erstarrt auf dem Boden und konnte die Augen nicht von dem Kind nehmen. Flammen tanzten in seinen Augen und als es den Mund aufmachte, drangen zwischen den Lippen Feuer und Rauch hervor. Die Haut brach mit einem reißenden Geräusch auf und brannte. Immer mehr von dem Mädchen brannte, während es dem Prinzen weiter die Puppe entgegen hielt. „Was bin ich?"*, hörte er die Frage sich wiederholen, immer und immer *wieder. Als das Feuer die Finger erreichte, da ließ das Kind seine Puppe los. Sie fiel mit wehendem, braunem Haar zu Boden. Der Körper aus Porzellan zerschellte. Die Einzelteile stoben in alle Richtungen. Vor Titus blieb eine Hälfte des Gesichts liegen. Ein bekanntes Auge blickte leer zu ihm auf. Da begann er zu schreien.*

„König! Titus! Beruhige dich. Es ist gut. Du bist in Sicherheit." Ein warmer und weicher Körper zog ihn an sich. Der Geruch nach alten Büchern und Leder hüllte ihn ein, vertrieb den Rauch aus seiner Nase. „Shtshtsht. Es wird alles gut", murmelte Daria an seinem Hals, während sie ihn weiter hielt und beruhigend über seinen Rücken streichelte. Titus legte seine zitternden Arme um sie und hielt sie fest. Ein willkommener Anker. „Ich kann das nicht. Ich kann nicht", flüsterte er, seine Stimme rau und heiser. Er musste wirklich und nicht nur in Gedanken gebrüllt haben. „Ich halte das nicht aus", raunte er und spürte, wie eiskalte Tränen über seine Wangen liefen. Wann hatte er das letzte Mal geweint? Noch nie. Er hatte noch nie geweint. Aber jetzt kümmerten ihn die Tränen nicht. Sie würden sich nicht aufhalten lassen. „Ich kann nicht weiter machen und sie wieder und wieder verlieren", murmelte er weiter. Er musste sprechen, auch wenn sein Hals schmerzte. „Willst du nicht zu deiner Familie zurück?" Daria streichelte über seinen Kopf. Ihre Haut schmiegte sich an seine, warm und weich. „Doch. Aber ich will sie deswegen nicht immer sterben sehen", kam es von Titus beinahe bockig. „Du nennst sie nie beim Namen."

„Weil sie tot ist."

„Nicht in deinen Erinnerungen. In deinem Inneren verfolgt sie dich, quält dich."

„Sie ist meine Schwester, ich hätte sie beschützen müssen!"

Titus löste sich von der Bibliothekarin und funkelte sie böse an. Sie saßen noch auf dem Boden, daher erhob er sich und half ihr zähneknirschend ebenfalls auf die Beine. Die Solani strich ihre Hose glatt, bevor sie ihn wieder mit ihren goldenen Augen liebevoll, aber streng musterte. „Du kannst nicht überall sein, König. Dass ich dir das erklären muss." Sie schüttelte ungläubig den Kopf. „Du musst Hope loslassen, um voran zu kommen. Sie ist tot. Sie kommt nicht zurück. Nur wenn du dir das klar machst, wirst du dich retten können." Bei der Erwähnung des Namens seiner Schwester begann der Silver zu knurren, ein tiefes Grollen, das den Boden zum Beben brachte.

„Du hast recht! Ich bin der älteste, noch lebende Solani, warum sollte ich mir etwas von dir sagen lassen?" Er wütete, wieder einmal. Wie bei Mary und Patrick und all den anderen. Es war seine Art, sich zu schützen. Nicht stilvoll, definitiv ungerecht, aber bis jetzt hatte es funktioniert. Bis auf die Tatsache, dass er seine Stellung verlor, die Silver beinahe umkommen ließ und gerade verrückt wurde. Prima. Daria, zu seinem Pech, aber auch Glück, zeigte sich vollkommen unbeeindruckt von seiner Tirade. „Weil ich dir helfen will. Und du willst nicht aufhören, nicht wirklich. Du hast nur Angst, wohin der Weg dich führt." Titus schnaubte, brachte aber schließlich ein schiefes Lächeln zustande. „Ich bin mir nicht sicher, ob mir deine freche Art gefällt, Daria, aber danke, dass du mich nicht schonst." Diese Worte kommentierte die Bibliothekarin mit einem breiten, strahlenden Grinsen. „Immer gerne!"

„Das glaube ich gern", murrte der Silver. Sein Körper schmerzte, als hätte er tatsächlich Prügel in diesem Wirtshaus eingesteckt, und sein Kopf dröhnte, wie nie zuvor. Es kam nicht allein von den Erinnerungen und den Schrecken, sondern von etwas anderem. Es waren diese Kopfschmerzen, die ihn seit Wochen, wenn nicht Monaten quälten. Sie hatten irgendwann im Oktober begonnen und ließen einfach nicht locker. Liz hatte es sich ansehen wollen - davor. „Hast du etwas gegen Kopfschmerzen?", musste er daher Daria fragen, als sie gemeinsam den Raum verließen. Sie versiegelte ihn, da dies kein Ort war, den man aus Versehen aufsuchen sollte. „Nein. Du solltest es aussitzen", gab sie frech zurück und hatte dann auch noch den Nerv, ihm die Zunge zu zeigen. Er wollte schon zu einer bissigen Erwiderung ansetzen, als sie ein Aspirin aus ihrer Hosentasche fischte und vor seine Nase hielt. „Ich bin auf alles vorbereitet", grinste sie und ging voran. „Verdammte Bibliothekarin", raunte Titus, das Aspirin fest in der Hand haltend. Ein müdes Lächeln spielte um seine Lippen.

Die Sonne fiel orange auf das Wasser im Trevi-Brunnen. Hunderte von Leuten schoben sich an diesem Touristen-Magneten vorbei und warfen Münzen in das Wasser. Penelope saß am Rand des Brunnens und beobachtete sie dabei. Da kicherten junge Mädchen, Paare hielten sich in den Armen und kleine Kinder versuchten das glänzende Metall mit ihren kurzen Ärmchen aus dem Wasser zu fischen. Die junge Frau fragte sich, was sich all diese Menschen wohl wünschten, während sie eine Münze in den Händen drehte und damit spielte.

Seit einem Tag waren sie hier. Penelope hatte sich ruhig verhalten, hatte lediglich darauf bestanden, die Zeit nicht zu verplempern, sie wollte die Stadt sehen. Die Idee, sich mit ihr durch Menschenmassen zu drängen, hatte Cort zunächst nicht gefallen. Sie hatten diskutiert und gestritten, bis der Nim schließlich nachgab. Die ersten Stunden war er absolut wachsam gewesen. Er hatte darauf bestanden, dass sie seine Hand halten musste, wie ein Kind oder wie ein Paar. Er hatte die Finger in ihre geschlungen und hielt sie felsenfest. Aber sie ertrug es und lächelte. Sie ging ganz darin auf, die Touristin zu mimen. Sie staunte und zeigte auf Dinge, hatte einen unerschöpflichen Fragenkatalog, den sie dem Nim an den Kopf warf, bis ihm hoffentlich die Hirnwindungen verschmorten. Zumindest musste sie einen Tag später nicht mehr seine Hand halten. Er vertraute darauf, dass sie, mit seinen Worten, doch nicht so dumm war, wegzurennen. Wenn er sich da nicht irrte. Penelope grinste in sich hinein, während sie weiter mit der Münze spielte. „Wirfst du die endlich mal?", schnauzte Cort schließlich. Der Himmel färbte sich mittlerweile dunkelblau. „Ja, gleich", murmelte sie und ignorierte ihn. Ihr Blick war verträumt auf die Passanten gerichtet. Es schien, als würde sie in ihre Gedanken abtauchen, doch in Wahrheit beobachtete sie das Treiben. Das tat sie bereits die ganze Zeit. Sie wusste, wo die Untergrundbahn fuhr. Sie kannte die schnellsten Wege, Plätze, an denen besonders viel los war. Darum war sie nach draußen gegangen und hatte Cort durch diese alte Stadt geschleift. Nell musste weg von ihm. Er machte sie wahnsinnig, seine bloße Anwesenheit zehrte an ihrem Geist, machte ihn wund und gereizt. Ständig erzählte er ihr von früher, ihrer gemeinsamen Zeit, wie er es nannte. Er wollte ihr Freund gewesen sein, ihr Lehrer. Mit seinen Worten malte er Bilder einer glücklichen Kindheit mit einem liebenden Vater und einer Villa voll Freunden und Familie. Und je mehr er erzählte, desto mehr dachte sie, sie könne sich daran erinnern. Aber das löschte das andere nicht aus. Das Echo von Schmerz und Gefahr. Die Erinnerung an Gefangenschaft und Gewalt. Sie existierten nun nebeneinander, zwei Wahrheiten. Genau wie mit Ethans Tod. Die eine Erinnerung sagte ihr, Beryll habe ihn ermordet. Die andere zeigte sie als Mörderin. Nur gab es keine Möglichkeit für sie, auch nur eine einzige Sache zu beweisen. Daher brachten sie Corts Erzählungen kein Stück weiter, sondern rissen sie nur tiefer ins Chaos. Außerdem blutete ihre Nase ständig und wenn sie länger wartete, würde sie noch verbluten. So sah es aus, also musste sie gehen und alleine nach Frankreich.

Vorsichtig schielte sie zu dem Nim, der gemütlich den Kopf zurück lehnte, ein leises Lächeln auf den Lippen. Er sah so nett aus! So ungerecht gut und modisch, dass sie ihn am liebsten an seinem Dutt gepackt und im Brunnen ertränkt hätte. Nell musste tief und langsam ein und aus atmen, um sich zu beruhigen und ihre Gedanken zu fokussieren. Sie wollte ihn nicht vor allen Leuten umbringen, es reichte voll aus, wenn sie ihm entkam. „Obwohl umbringen einfacher wäre“, raunte eine Stimme in ihr, die tatsächlich ihr gehörte.

Eine große Gruppe Touristen schob sich zum Brunnen. Sie hatten Schirme als Schutz vor der Sonne dabei und fotografierten fleißig jede Ecke. Penelope erhob sich grinsend und zwinkerte Cort zu, bevor sie sich mit dem Rücken zum Brunnen drehte. „Ich weiß jetzt, was ich mir wünsche!“, verkündete sie fröhlich. Nun musste alles funktionieren. Sie wog die Münze in der Hand, atmete tief ein und hielt die Luft an. Silberne und rote Linien zogen sich um das Metall. Unter der Dusche hatte sie geübt und klopfte sich ein wenig auf die Schulter, dass der erste Schritt schon einmal funktionierte. Nun ging es ans Zielen. Die junge Frau holte aus und warf so fest sie konnte. Die Münze glich einem kleinen Geschoss, speiste seine Energie aus der Narbe und dem Lotus zugleich - die einzige Chance, so hoffte Penelope, dass Cort sie nicht aus der Luft fangen würde. Ein Laut erklang. Ein kurzes Stöhnen. Dann klatschte etwas ins Wasser, Umstehende schrieen auf, Tumult brach aus. Die junge Frau sah nicht zurück, sondern lief los. Sie drängte sich durch die dicht stehenden Leiber, schob sie beiseite, um hindurch zu kommen. Es ging so verflucht langsam!

Kaum erreichte sie eine freie Fläche, rannte Nell los, als wären die Reiter der Apokalypse hinter ihr her. Bei dem Vergleich musste sie grinsen. Die Stadt begann auf sie abzufärben. Allzu lange hielt Penelope sich mit diesem Gedanken nicht auf. Sie musste weiter. Lange würde sie Cort so nicht außer Gefecht setzen. Wahrscheinlich stand der Nim bereits wieder auf seinen Beinen und suchte sie. Daher brauchte sie mehr Menschen, tausende am besten! Und sie wusste, wo es ihr am ehesten gelingen würde, Cort aus dem Weg zu gehen. Darum wandte sich Penelope gen Sankt Peter und flog nur so über die altehrwürdigen Straßen, deren abgelaufene Steine Zeugen einer reichen Geschichte waren. Unter anderen Umständen wäre Nell gerne über sie geschlendert, hätte den Duft der Zeit in sich aufgesogen und ihrer Geschichte gelauscht. Doch gerade versuchte sie den Nim zu wittern, falls er näher kommen sollte, so unwahrscheinlich das in diesem Fall auch war. Verfluchte Ausnahmen!

Vor dem Petersdom schoben sich die Massen in mehr oder minder geordneten Reihen zum Eingang. Penelope packte das heimlich eingesteckte Geld fester und steuerte den nächsten Mann an, der schnelleren Eintritt versprach. „Ich will da hinein, sofort", erklärte sie ihm etwas gehetzt. „Ja, ja kein Problem. Ich habe die besten Tickets. Du kannst in zehn Minuten-"

„Nein! Ich will jetzt da hinein. Nicht in zehn Minuten, nicht in fünf. Jetzt. Ist das möglich?" Der Mann musterte sie irritiert. Seufzend zog Nell das Bündel Geld hervor. Sie hatte es den ganzen Tag im Futter ihrer Jacke versteckt. „Also?" Pikiert wedelte sie mit den Scheinen umher. Sie musste da hinein und sich verstecken. Lange hatte der Dom nicht mehr offen und sie wollte da drinnen sein, bevor die Tore sich schlossen. „Er schließt bald", wich der Mann aus. „Okay, du kannst mir nicht helfen. Dann frage ich jemand anderen." Die junge Frau drehte sich schon um, da rief der Verkäufer sie zurück. „Gut. Folge mir!" Gesagt, getan. Der Mann steuerte den Eingang an und sprach dort wild gestikulierend mit einem der Leute, die die Tickets kontrollierten. Die beiden verhandelten dabei in einem so schnellen Italienisch, dass Penelope nur noch erahnen konnte, um was es ging. Immer wieder blickte sie sich um, suchte die Menge nach dem Hipster-Nim ab, aber sie entdeckte ihn nicht. „Okay, du kannst jetzt rein." Die beiden Männer sahen sie erwartungsvoll an. Sie drückte ihnen das Geldbündel in die Hände und drängte sich hinein.

Mit angehaltenem Atem trat Penelope durch die Tore und atmete erleichtert aus, als die Kühle der dicken Mauern sie umfing. Auch hier drängten sich Menschen. Doch in der großen Halle verloren sie sich. Die Geräusche klangen nur gedämpft, als wäre dies hier eine andere Welt, in der Lärm und Fülle keinen Platz hätten. Ehrfürchtig blickte die junge Frau sich um. Sie hatte nicht gelogen, als sie Cort sagte, sie hätte genug von Göttern, aber manchmal, da brachten sie nicht Zerstörung, manchmal ermutigten sie den Menschen, Großes zu schaffen. Etwas wie dieses hier. Diese Mauern. Die Gräber und Statuen, die mit ihren strengen, traurigen oder erfüllten Gesichtern die Ewigkeit einfingen und ihr trotzten. Sie waren Zeugen der Geschichte und sie fühlten sich echt an, echt für Nell, die sie am liebsten berühren würde, über die steinerne Haut streichelnd, ihre Kleider aus Marmor und Bronze berührend. „Reiß dich zusammen. Such dir ein Versteck. Solltest du jemals in Sicherheit sein, kannst du zurück kommen und die Statuen an sabbern", schaltete sich ihre innere Stimme nüchtern ein. Penelope nickte wie zur Bestätigung. Sie hatte keine Zeit.

Vorsichtig umrundete sie die Menschen und Aufpasser. Sie wartete, bis die Besucher hinaus komplementiert wurden und stahl sich dann davon. Unbehelligt schlüpfte sie über die Absperrung und verschwand hinter dem Tabernakel von Bernini, der festen Überzeugung, dass sie heute mehr Glück als Verstand bewies. Der Wächter hatte gerade zu einer Familie gesehen, darum hatte sie die Absperrung übertreten können. Nun musste sie erneut einen guten Moment abpassen. Sie konnte schlecht hinter einer der gedrehten Säulen stehen bleiben und wie eine Vierjährige beim Versteckspiel darauf hoffen, nicht entdeckt zu werden.

Die Stimmen drangen vom Eingang zu ihr her. Zumindest ließ das der Schall vermuten. Vielleicht ihre beste Chance, einen Versuch zu starten. Geduckt huschte sie zu dem Grabmal auf der rechten Seite. Die zwei Figuren aus Marmor, die an die Voluten gelehnt dastanden, gaben ihr etwas Deckung, als sie mit einem Sprung auf dem Arm des Skeletts landete. Es hielt ein Buch in seinen Händen. Von der Bronzefigur aus hüpfte sie auf das Podest und schlüpfte schnell hinter die Figur des Papstes. Sein strenges, erhabenes Gesicht ließ sie gleich wieder die Luft anhalten. „Es tut mir leid", murmelte sie, als könnte der Tote, dessen Grab sie gerade verwendete, hören. „Es tut mir wirklich leid." Penelope zog die Beine an ihre Brust und schlang die Arme um sie, bis sie ganz klein war, unscheinbar, wie sie hoffte. Als ihr Kinn auf ihren Knien ruhte, fielen ihr nach und nach die Augen zu. Es wurde immer schwerer, die Lider oben zu halten. Müdigkeit überkam sie. Kurz fragte sich Penelope, was dieser Gott, in dessen Haus sie sich versteckte, zu den Solani und Nim und ihren Gottheiten sagen würde. Waren alle Gottheiten gleich? Erschufen sie Wesen, nur um ihrem Selbst mehr Bedeutung zukommen zu lassen, um angebetet zu werden? Oder waren sie am Ende doch alle allein und was Nim und Solani Gott nannten, waren nur zwei Verrückte, die mit dem Chemiebaukasten gespielt hatten. Nell wusste, gähnend und blinzelnd, sie hatte darauf keine Antwort. Nur eines war sicher, der Glaube gab ihnen die Macht.

„Komm raus, komm raus, wo immer du bist!" Kaum hörte Penelope diese Stimme, riss es sie aus dem Schlaf und sie saß kerzengerade da. Schritte hallten durch die leere Kirche. Schienen von überall zu kommen. Genau wie sein Lachen. „Na komm. Das war witzig, wirklich. Aber jetzt haben wir genug gespielt." Cort hatte sie gefunden. Er hatte sie festgesetzt. Wie lang hatte sie geschlafen? Wusste er, wo sie sich versteckte? In Penelope begannen sich die Gedanken zu überschlagen. Welche Chancen hatte sie? Gab es einen anderen Ausweg? Kampf. Sie hatte ihn am Brunnen töten wollen und die Zeugen hielten sie davon ab. Doch nun waren sie alleine...

„Komm schon, das willst du doch!" Die Schritte hallten durch die Kuppel, fanden viel Raum, um zu wachsen und von überall zu kommen. Die junge Frau gab sich drei Atemzüge, bevor sie aus ihrem Versteck glitt und neben dem Skelett in die Hocke ging. Sie duckte sich, spähte um die Marmorfigur und versuchte den Nim zu erkennen, bevor sie los stürmte. Sankt Peter lag dunkel vor ihr, aber das störte ihre Sicht nicht. Jede Säule, jeder Stein schälte sich klar aus der Finsternis. Nur von Cort war weiter keine Spur zu sehen.

„Guckguck!", zischte es neben ihr. Der Schlag hätte sie am Kopf getroffen und durch seine schiere Wucht, wahrscheinlich den Kampf beendet, bevor er richtig begann, doch Nell hatte mit einem Hinterhalt gerechnet. Weil sie es so gemacht hätte. Mit einem Satz rollte sie vom Grabmal und brachte Abstand zwischen sich und den Nim. Mit erhobenen Fäusten wirbelte sie zu ihm herum, doch er war fort. Er war schnell, aber nicht so schnell, wie sein Meister. Als Cort erneut einen Angriff auf sie versuchte, hielt sie ihn auf. Penelope fing seinen Tritt mit ihren Händen ab, hielt sein Fußgelenk fest. Kaum berührte ihn ihre Haut, leuchteten die Risse auf. Ein Aufblitzen und er wurde fort geschleudert. Er segelte durch die Luft, fing sich allerdings ab, bevor er in eine Wand krachen konnte.

„Nett", zischte er. „Hast doch nicht alles verlernt."

Cort wischte sich über den Mund und grinste schief. Die Brille trug er nun nicht mehr und einige Strähnen hatten sich aus seinem Dutt gelöst. Penelope reckte das Kinn in die Höhe. „Wir bringen das hier zu Ende", feixte sie. Diesmal wartete sie nicht auf seinen Angriff. Sie war das Warten leid. Die Muskeln in ihren Beinen reagierten, spannten sich an, wölbten sich unter dem Stoff. Eine Sekunde der Ruhe, dann stürmte die Jägerin los. Sie war schnell. Nur ein Blinzeln, dann stand sie vor Cort. Penelope deutete einen Schlag mit der Rechten an, als würde diesmal sie seinen Kopf treffen wollen, aber als er ihren Angriff abhalten wollte, duckte sie sich und wirbelte herum, um hinter ihn zu gelangen. Der Tritt gegen seinen unteren Rücken saß. Er gab einen Schmerzenslaut von sich, als er nach vorne taumelte. Nur einen Atemzug gönnte sich Nell, um zu triumphieren, bevor sie ihm weiter zusetzte. Noch hatte er sich nicht gefangen, daher machte sie einen Satz und rammte ihm auch noch ihre rechte Schulter in den Rücken. Wieder ein Stöhnen. Die Risse unter ihrer Haut loderten auf, erfreut über den Kampf. Dafür waren sie da, das konnten sie.

Mit zusammen gebissenen Zähnen glitt Penelope vor den stolpernden Nim. Sie hatte ein Knie auf dem Boden, das andere Bein war angewinkelt. Konzentriert zog sie den Arm mit der geballten Faust zurück. Sie wartete, dann schlug sie zu. Ihr Schlag traf sein Ziel. Hand und Wangenknochen kollidierten. Cort hatte keine Chance, ihr auszuweichen. Schon in Gedanken beim nächsten Schritt, machte sich Penelope bereit, aus ihrer knienden Position auf ihn zuzuschießen, um ihn auf dem Boden festzupinnen und ihn auszusaugen. Doch der Nim wurde nicht, wie geplant, zur Seite geschleudert. Stattdessen schlossen sich seine Hände wie ein Schraubstock um ihr Handgelenk. Er drehte, bis sie es in der Schulter spüren konnte. Der nächste Schrei entwich ihren Lippen und hallte von der Kuppel wieder.

Cort drängte sie tiefer auf die Knie, während er über ihr aufragte, ein höhnisches Grinsen auf den Lippen. „Dachtest du, es wäre so einfach!", brüllte er ihr ins Gesicht. „Du kannst mich mal!", fauchte Nell zurück, die alle Energie aus der Narbe zog und in ihren Arm leitete, der nur noch aus Schmerz zu bestehen schien. Wenn der Nim noch weiter drehte, würde er ihre Schulter auskugeln und das wäre nur der Anfang. Als wäre sie ein Vulkan, leuchtete ihre Haut wie Magma, bevor es an die Oberfläche brach und zu Lava wurde. Rot und Orange. Sie wurde zu Feuer, das gegen den Nim ausschlagen wollte. Penelope wurde ob der großen Kraft ganz schwindelig. Das Mal an ihrem Rücken strahlte aus, sandte lindernde Kühle in ihr Herz, um es zu schützen. „Oh vergiss es!" Cort veränderte ihre Position, zerrte sie plötzlich an sich und löste eine Hand von ihrem Handgelenk. Das Feuer wütete weiter. Seine Haut sprang auf, aber er ignorierte es. Grausige Schatten tanzten Dämonen gleich über die heiligen Wände des Petersdoms. Er ließ nicht los! Penelope trat nach ihm, aber Cort legte unbeirrt die nun freie Hand auf ihre Narbe. Sie fauchte und schrie. Versuchte nach ihm zu beißen. Nichts half. Noch ein letztes Mal sandte sie alles, was sie hatte, nach dem Nim. Ließ das Inferno in ihr auf ihn los. Aber da griff die Taubheit bereits um sich. Er hielt ihre Kraft auf, löschte sie aus, als wäre sie nichts. „Nein", hauchte Nell kraftlos. Silberne Linien kämpften sich noch ihren Arm entlang. Tapfer bissen sie in Corts Hand. Nun ließ er los, erbost brüllend. Als er die Hand hob, da fehlte ihm ein Finger. „Das kommt davon!", spuckte die junge Frau.

In den Augen des Nim las sie etwas, das sie das Fürchten lehrte und gleichzeitig Hoffnung gab. Unbändige Wut spiegelte sich in ihnen, aber auch Angst - vor ihr. Sie begann schief zu grinsen. „Miststück", raunte Cort. Die Ohrfeige, die er ihr verpasste, hatte keine Wirkung. Er hatte ihren Körper betäubt, auch die Schmerzen. Daher fiel es ihr leicht, weiter zu lächeln. Nur sich an ihr Bewusstsein zu klammern fiel ihr zunehmend schwerer. Wieder und wieder schlug der Nim sie, wütend über seinen verlorenen Finger, sauer, dass sie ihm entkommen konnte.

Plötzlich hörte er auf und sein Gesicht veränderte sich. Er lächelte. Ein sanftes, süßliches Lächeln, das ihr das Grinsen von den Lippen wischte, schneller als es jede Ohrfeige gekonnt hätte. Cort beugte sich über sie, bis seine Lippen über ihr Ohr streiften. „Das war lustig, wirklich. Ich sehe, du hast all unseren Unterricht vergessen und auch, was passiert, wenn du nicht gehorchst, du freche Göre", hauchte er zärtlich, drückte ihr sogar einen Kuss auf die Schläfe. „Du wirst sehen. Hab' keine Angst. Es wird Zeit, dir zu zeigen, wer du bist."

Oz hatte die ganze Zeit gewartet. Verflucht, dass Derek zu langatmigen Ausführungen neigte. Zumindest ging er davon aus, dass es der Silver gewesen war, der die meiste Zeit gesprochen hatte. Zunächst hatte der Geschichtenerzähler versucht zu lauschen, aber mit Patrick in der Nähe, war das ein Ding der Unmöglichkeit. Auch wenn der Empath nicht genau seine Gefühle lesen konnte, spürte er doch seine Anwesenheit. Also war Oz nichts anderes übrig geblieben, ein paar Mal wie zufällig am Raum vorbei zu gehen. Er brauchte nur ein paar Anhaltspunkte, eine Idee, was sie aushecken!

Als er sich endlich in den Raum, der einmal der Besprechungsraum der älteren Silver gewesen war, schob, lange nachdem die beiden neuen Anführer über dem Computer gebrütet hatten, war sich Oz ziemlich sicher, um was es ging und was sie getan hatten. Es ging um Nell und ihren Aufenthalt. Irgendetwas über Identitäten und Datenbanken und das war etwas, womit er sich auskannte. Wenn sie herausgefunden hatten, wo sich die junge Frau aufhielt, dann könnte er…

Oz holte tief Luft und ließ sich vor dem Computer nieder. Er durfte keine Pläne schmieden, die er vielleicht nicht umsetzen konnte. Außerdem war es nie ratsam, Gedanken nachzuhängen, wenn man spionierte. Man musste bei der Sache bleiben, die nötigen Schritte ausführen und zwar schnell, und dann verschwinden, bevor noch jemand bemerkte, dass man überhaupt da gewesen war. Der Computer lief noch. Es dauerte nur einige Momente, bevor Oz die Schritte nachvollziehen konnte, die Derek zuvor gegangen sein musste. Datenbanken. Bilder und Identitäten. Ganz so, wie er es sich gedacht hatte. Und schließlich ein Name, ein Passagier auf einem Flug. Der Geschichtenerzähler schluckte schwer. Ihm wurde übel und sogar schwindelig. Das durfte nicht sein. Überall, nur nicht dort! Nicht dort!

Mit fliegenden Fingern schlug er auf die Tasten. Er suchte einen weiteren Namen, den nächsten Ort, aber nichts. Der selbe Name tauchte nicht mehr auf, nur sie dann zu finden… Könnte zu lange dauern, falls sie überhaupt weiter gereist war. Zitternd saß Oz vor dem Computer, bis er vollkommen erstarrte, er wurde ruhig und kalt wie das Eis, das er befehligte. London, stand da. London, seine Vergangenheit. Er hatte nie zurück kehren wollen. Doch nun. Langsam erhob sich der Silver und strich sich durch das Haar. London, dachte er, die Sache stand nun wohl fest.

„Komm!", herrschte Cort sie an. Sie hatten sich kurz in einer öffentlichen Toilette das Blut aus dem Gesicht gewaschen, aber an mehr Pause schien der Nim nicht zu denken. Sein Finger war nicht nachgewachsen, was Penelope irgendwie erwartet hatte, stattdessen hatte sich die Wunde mit ein paar kleinen Flammen geschlossen. Der Gestank hatte sie zum Würgen gebracht.

Während der Nim wieder erholt schien, hing die junge Frau nur an seiner Seite und stolperte neben ihm her. Es war mitten in der Nacht, trotzdem herrschte reges Treiben in der Stadt. Auf den vielen Plätzen und in den kleinen Bars, vor den Kirchen und an den Brunnen saßen und tranken Menschen. Die Luft war hier nicht schneidend kalt, nur kühl. Eine dicke Jacke reichte, um sich draußen zu amüsieren. Die beiden unfreiwilligen Reisepartner amüsierten sich jedoch nicht. Mit weit ausschreitenden Schritten ging Cort voran, zerrte Nell nach sich, ob sie dabei stolperte oder nicht. Sein finsterer Blick suchte dabei ständig nach etwas, ohne dass er erklärte, um was es ging. Er steuerte jedoch alle belebten Plätze an und ging dann durch die anschließenden, kleinen Gassen, daher vermutete Penelope, dass er nach einem Menschen suchte. Nur warum war ihr nicht klar. Warteten vielleicht Verbündete auf ihn? Er könnte auch einen weiteren Nim suchen. Obwohl Cort sicherlich keine Hilfe benötigte, so wie er sie in der Kirche geschlagen hatte. Sicherlich, sie hatte ihm einen Finger genommen, aber wenn sie in diesem Tempo weiter machte, hätten sie die Welt drei Mal umkreist, bevor sie es schaffte, ihn zu töten. Penelope schüttelte ein paar Mal den Kopf, um klarer denken zu können. Ihr Mund war vollkommen ausgetrocknet, ihre Zunge klebte ihr am Gaumen. „Weißt du, ich würde dich jetzt gerne aussaugen, dann hätte ich wieder Kraft", sagte sie schlingernd. Cort zog eine Augenbraue in die Höhe. „Dich mir anzubieten, wird dich nicht retten." Als Nell bewusst wurde, wie ihr Satz geklungen haben musste, schoss Röte in ihre Wangen, obwohl der Nim sie sicherlich richtig verstanden hatte. Er spielte lediglich mit ihr. Und sie ging darauf ein! „Wenn du dich traust, lass mich dein Gesicht anfassen", säuselte sie daher kampflustig und hob bereits eine Hand. Cort ergriff sie schnell und drückte fest zu, bis ihre Knöchel knirschten. „Wage es ja nicht, Hexe", zischte er. „Was ist mit 'Liebes' geworden?" Penelope zog eine Schnute. Sie mochte verloren haben, aber ihr blieb immer noch die Möglichkeit, ihn in den Wahnsinn zu treiben. Zumindest war das eine Aufgabe, mit der sie sich beschäftigen konnte, um nicht ganz zu verzweifeln. „Rette Sean, rette Sean, rette Sean", ging es ihr durch den Kopf - in Dauerschleife. Es war ihre letzte Aufgabe, ihre einzige Daseinsberechtigung. Zumindest, solange sie nicht die andere Wahrheit anerkannte. Die Wahrheit, die sie als Berylls Tochter sah, als verlorenes Kind, das einst glücklich war. Denn wenn das stimmte... Sie wollte es eigentlich nicht zugeben, aber wenn das stimmte, wollte sie dieses Leben zurück. Damals war sie glücklich. Oder auch nicht.

Wenn ihre Überlegungen diese Bahnen einschlugen, dann fuhren sie recht schnell gegen ein und die selbe Wand. Darum konzentrierte sich die junge Frau auf die Rettung ihres besten Freundes und schob so weit es ging den Rest zur Seite. Dafür blieb ihr später noch Zeit, sagte sie sich. „Also, warum zerrst du mich durch die Stadt?", wollte sie unwirsch wissen. Der Nim funkelte auf sie herab und schürzte genervt die Lippen. „Ich dachte, nach dieser Niederlage würdest du dich benehmen, aber du wirst immer schlimmer", warf er ihr erbost vor, was sie zu einem hämischen Grinsen veranlasste. „Ich kann dich nicht im Kampf schlagen - noch nicht. Also mache ich dir so das Leben zur Hölle", antwortete die junge Frau schlicht. Das Gespräch hätte so weiter gehen können, ein sinnloses Geplänkel der beiden, doch da entdeckte Cort etwas von Interesse. Er beschleunigte sein Tempo, verfestigte seinen Griff um ihren Oberarm und nahm die Verfolgung auf.

Ihre Schritte klangen dumpf in der engen Gasse. Sie folgten einer Frau. Sie war vielleicht Mitte Dreißig. Ihr dunkles Haar trug sie offen in diesen perfekten Wellen, die Südländerinnen oft ihr Eigen nannten. Sie war makellos, eine schöne Frau in teurer Kleidung und hohen Schuhen. „Was wollen wir von ihr?", zischte Penelope. Sie versuchte, Cort abzubremsen, ihn zu verlangsamen, der Frau einen Vorsprung zu geben. Doch der Nim ging unbeirrt weiter. Ein Jäger fast am Ziel, nicht aufzuhalten. Es gefiel ihr nicht. Wenn, dann wollte er die Frau wandeln und sie wollte auf keinen Fall dabei sein. Das würde sie nicht mit ansehen! „Sieh es dir an", meinte Cort lediglich und bestätigte damit ihre Befürchtung. Dennoch benutzte sie diese eigenartige Sicht. Die Welt verschob sich, wurde dunkler. Um die Frau vor ihnen tauchte ein düsterer, dichter Nebel auf. „So viel...", murmelte die junge Frau und schluckte. „Wenn sie nur gerade wütend ist, wenn sie nicht dauerhaft so ist?" Der Nim schnaubte augenrollend. „Dann bleibt sie schwach, aber eine von uns, so oder so." Penelope stemmte ihre Beine in den Boden, wollte keinen Schritt mehr machen. Sie durfte das nicht zulassen. Sie musste sich wehren! Aber anstatt sich von ihr irritieren zu lassen oder wenigstens langsamer zu werden, schlang er nur einen Arm um ihre Taille und hob sie hoch. Er trug sie die letzten Meter und erreichte damit die Frau, bevor sie in die nächste Gasse einbiegen konnte. Cort hielt sich nicht mit Smalltalk auf. Die Zeit für Spiele schien vorbei. Stattdessen griff er mit der freien Hand nach der Frau und schleuderte sie im nächsten Moment gegen die Mauer. Sie schrie auf, sackte danach allerdings zusammen. Der Nim ließ Penelope zu Boden rutschen, als wäre sie nur ein Sack mit schmutziger Wäsche. Gemächlich setzte er sie auf dem Boden ab, ließ sie allerdings nicht los. „Nur damit wir uns verstehen, wenn du rennst, ist die Frau und dein kleiner Freund tot." Erst nach dieser Warnung ließ er von ihr ab und zog die Frau auf die Beine. „Und nun, Liebes, verwandle sie." Corts Blick war eisig und kalkulierend. Er wartete auf ihre Entscheidung, beobachtete jede Regung jedes noch so kleinen Muskels.

Penelope wich erschrocken einen Schritt zurück. Sie hatte den Nim davon abhalten wollen, die Wandlung zu vollziehen, es selbst zu tun, kam gar nicht in Frage. Augenrollend schüttelte ihr Gegenüber den Kopf. „Was denkst du, wird mit ihr passieren? Wenn du sie nicht wandelst, werde ich sie töten." Er sagte es, als ginge es um nichts. Seine Gleichgültigkeit und Grausamkeit machten sie wütend. Dieses Scheusal! Von ihrer Wut gestärkt, machte sie einen Schritt auf ihn zu. Die Narbe pulsierte schwach, aber die Kraft war da. Der Lotus kühlte ihren Körper, gab ihr die Energie, die Distanz zu schließen und dem Blick mit gleicher Kälte zu begegnen. „Ich werde nichts dergleichen tun und du wirst sie nicht töten. Ich mag dir nur einen Finger beim ersten Mal abgenommen haben, aber ich werde es so oft versuchen, bis du nur noch ein Blutstropfen am Boden bist", raunte sie dunkel. Cort brachte sein Gesicht auf ihre Höhe, bis ihre Nasen sich beinahe berührten. Er zwinkerte ihr zu. „Große Worte, kleine Lady, und ich würde mich gerne mit dir schlagen. Aber es ist doch so: Wenn du tust, was du sollst, lebt die Frau ein vielleicht ewiges Leben. Wenn du es nicht tust, dann stirbt sie und dein kleiner Freund in Irland auch." Sein Lächeln verriet, dass er sich des Sieges gewiss war.

„Warum?"

„Tue es!"

„Ich kann nicht."

„Eine Wandlung oder zwei Tote, fällt die Entscheidung da so schwer?"

„Ein Nim zu sein, ist schlimmer als das!"

„Dann töte sie selbst, vielleicht rettest du dadurch Sean."

Penelope zögerte. Sie stand mittlerweile direkt vor der Frau, sich der Nähe des Nims an ihrer Seite allzu sehr bewusst.

„Ich kann das nicht", flüsterte sie, doch das Frohlocken ihrer Narbe sagte etwas anderes.

„Du hast nicht ewig Zeit."

Geräuschvoll sog Nell die Luft in ihre Lungen, presste so viel es ging hinein, bevor sie den Atem anhielt. Die Frau öffnete benommen die Augen, sie blinzelte ihre Angreifer verwirrt an. „Es tut mir leid", sprach

Penelope schnell, bevor die Gefangene noch schreien konnte. Die junge Frau zögerte nicht, als sie das Feuer in ihre linke Hand rief und zu schlug. Sie wusste nicht, wie viel Kraft es bedurfte, um durch Haut und Knochen zu dringen, doch sie wollte auf Nummer sicher gehen, denn ein zweites Mal würde sie die Kraft für diese Abscheulichkeit nicht finden. Nur dass diese Tat plötzlich nicht mehr so schrecklich wirkte. Stattdessen riss Penelope erstaunt die Augen auf, als ihre Hand sich um das wild schlagende Herz der Frau schloss. Sie konnte nun alles spüren. Von den ersten Bindungen bis zu den dunkelsten Seiten ihres Seins, alles, was diese Frau ausmachte, lag in ihrer Hand. Es war pure Macht, die wuchs, als sie die Gefühle aus dem Menschen heraus brannte. Sie wollte alles, jeden Tropfen, jede Facette. Penelope sah das Lächeln nicht, dass ihre Lippen bewegte. Sie war nur noch dieser Akt. Sie war der Herzschlag, das Feuer. Der Rausch erfasste sie, hob sie in ungeahnte Höhen. Ja, Nell konnte den Hass spüren, aber er schmeckte köstlich. Auch ihn nahm sie an sich und gab dafür Feuer. Nicht eine Sekunde ließ die junge Frau ihr Gegenüber aus den Augen. Sie wollte es sehen, alles. Wie Flammen aus dem Brustkorb züngelten. Wie sie hinter ihren Augen aufstiegen und sie dunkel färbten. Der Mund öffnete sich, entließ Rauchschwaden in die Nacht.

Penelope keuchte, zog die Hand zurück. Es war vollbracht. Sie wankte, fühlte sich fantastisch und berauscht, doch zu gleichen Teilen ekelte sie sich vor sich selbst und ihrer Tat. „Was habe ich getan?", flüsterte sie. „Du hast einen wichtigen Schritt in die richtige Richtung getan", meinte Cort nur, hob die Hand, in der er einen dunklen Stein hielt, und drückte diesen gegen die neu erschaffene Nim. Erst geschah nichts, dann leuchtete der Stein kurz rot auf, bevor die Frau mit einem Schlag zu Asche wurde. Beim nächsten Windhauch zerstob sie. „Was hast du getan?", schrie Nell entsetzt, aber der Nim steckte nur den Stein wieder ein und ignorierte sie. „Sie war schwach, nutzlos. Wir brauchten sie nicht", sagte er schließlich. „Warum musste das dann sein?", brüllte die junge Frau, dass ihre Stimme durch die Gasse peitschte. Genervt packte Cort sie am Hals und presste sie gegen die raue Wand, wo kurz davor noch die andere lehnte. Seine Finger gruben in ihr Fleisch. „Weil du endlich verstehen musst, was du bist, damit wir diese Farce beenden können!", schrie er zurück, bevor er sie abrupt los ließ, ignorierend, dass sie in die Knie ging und nach Luft japste. „Dein Freund lebt weiter, freu' dich", raunte ihr überaus charmanter Begleiter und wandte sich bereits zum Gehen. Doch Penelope wusste nicht, ob sie sich darüber freuen konnte, denn das, was sie getan hatte, hatte sie über eine Grenze hinaus getragen, die sie niemals hätte übertreten dürfen.

Danach warteten nur noch Tod und Verderben.

Dieses Mal brannte kein Feuer im Kamin. Es lief keine Musik, das Radio war aus. Die Tür fest verschlossen, um ungebetene Gäste zu vermeiden, kontrollierte Oz seinen Rucksack. Seinen Pass aus früher Zeit hatte er stets da drin versteckt, im Futter der Rückseite, weil besagter Pass eigentlich nicht mehr existieren sollte. Denn eigentlich hatte Oz dem Briten versprochen, ihn zu vernichten - hoch und heilig versprochen! Als Zeichen dafür, dass er sich von seinem alten Leben lossagte, dass er es hinter sich ließ. Doch der Solani war damals und blieb bis heute ein Lügner und Geschichtenerzähler. Also sagte er Charles, was dieser hören wollte, und verbarg den Pass. Warum? Vor nun sieben Jahren hatte er nicht ganz daran geglaubt, dass er sich einfach so ändern könnte. Außerdem kannte er die Silver und den König nicht. Vielleicht waren das alles naive Idioten, die ihr Leben umsonst riskierten - und damit hatte Oz nichts zu tun haben wollen. Tage, Wochen, Monate verstrichen und er blieb, den Pass zerstörte er dennoch nicht. Er gehörte zu seiner Geschichte, war Erinnerung, Mahnmal und Versprechen zugleich. Wenn er wollte, könnte er gehen. Wenn er musste, konnte er wieder wie früher werden, auch wenn er jetzt besser war - anders. Mit einem verträumten Gesichtsausdruck strich Oz über sein Passfoto. Türkises Haar, brav nach hinten gekämmt, weil sich ständig jemand beschwerte, eine Strähne hinge ihm ins Gesicht. Alle Piercings hatte er herausgenommen. So sah er zwar sein Gesicht, aber es glich ihm kaum. Eine Maske, er hatte viele davon getragen. Der Name: Joe Matthews. Ein Name, der nur auf diesem Pass existierte, den kaum jemand kannte. Nur zwei Personen wussten davon. Oz hoffte, dass diese Menschen nicht mehr in London weilten und ihn nicht verraten hatten. Es war ein Name, den er den Silver nie offenbart hatte. Wollten sie ihn jedoch aufspüren, würden sie das ohne Probleme schaffen. Sein Gesicht war dennoch seines und was sie bei Nell geschafft hatten, konnten sie bei ihm ebenfalls machen. Doch der unbekannte Name verschaffte ihm Zeit - zumindest hoffte er das. Dazu kam, dass er nicht wirklich glaubte, dass jemand ihm hinterher reisen würde. Dafür waren sie zu wenige, sie brauchten jeden Kämpfer und jede Kämpferin hier. Der Umstand, dass es nicht mit rechten Dingen zuging, die Erinnerung an Sandros Gesicht, als er ihnen das Vakuum erklärte, das er zu spüren glaubte, die Reaktion der anderen, älteren Silver darauf, ließen Oz jedoch zögern. Was, wenn sie sich tatsächlich im Auge des Sturms befanden? Was, wenn alles, was nun kam, schlimmer sein würde, als alles, was sie bisher erlebten? Der junge Silver wusste nicht, ob er seine Freunde, und das waren sie nun einmal - selbst der verdammte Derek - alleine lassen konnte. Die Frage war nun, welche Verpflichtung schwerer wog, aber auch, welchen Weg sein Herz einschlagen wollte. Denn, so weit konnte Oz zumindest mit sich selbst ehrlich sein, am Ende würde er nicht nach Logik oder Pflicht entscheiden, sondern einzig und allein nach seinem Gefühl. Das allerdings sagte ihm, er sollte gehen.

Seufzend steckte Oz den Pass in den Rucksack und kontrollierte den Rest. Kleidung, Schuhe, Verbandszeug. Mehr brauchte er nicht. Seine Waffen hatte er stets bei sich, doch nun hieß es Abschied nehmen, auch wenn er die Berettas schmerzlich vermissen würde. Sie gehörten ihm, seit er bei den Silver war. Doch sie mitzunehmen wäre Irrsinn. Er musste ein Flugzeug nehmen. Leider konnte er nicht das Wasser vereisen und dann in Höchstgeschwindigkeit darüber laufen, wie es ein gewisser König tat. Normales Wasser, ja sicher. Das Meer samt seiner Wellen vereisen? Keine Chance. Sicherlich, er hatte es versucht. Wenn er daran dachte und Zeit hatte, übte er heimlich, doch nie war es ihm gelungen, einen brauchbaren Pfad zu erschaffen. Also musste er fliegen und die ganzen Kontrollen über sich ergehen lassen. Mit einem Ruck zog er den Reißverschluss zu und stellte den Rucksack auf dem Boden ab.

Oz stand auf und strich seine Bettdecke glatt. Sein Zimmer war aufgeräumt und sauber. Er hatte stets gedacht, es würde ihm nicht so viel bedeuten, aber das stimmte nicht. Früher hatte er nie lange an einem Ort gelebt. Meist war er von Wohnung zu Wohnung und von einem Unterschlupf zum nächsten gezogen. Nie lange genug, um sich wirklich einzurichten, nie fühlte er sich irgendwo Zuhause. Er musste stets seine Sachen zusammengepackt haben, bereit zu gehen, wenn er musste. Aber dieses Zimmer war genau das Gegenteil davon. Er kehrte immer hierher zurück. Seine Kleidung, sein Lieblingsshirt, seine Bücher, Filme und Videospiele waren hier. Ganz zu schweigen von seinen Skizzenbüchern und Stiften. Sein Leben spielte sich hier ab. Es hatte seine Spuren in diesen vier Wänden hinterlassen. Oz hoffte, dass seine Spuren überdauern würden. Er schluckte. Er wollte nicht vergessen werden. Dieser Gedanke schmerzte und amüsierte ihn zugleich. Auf der einen Seite hoffte er, man erinnerte sich in London nicht mehr an ihn, auf der anderen wollte er hier auf keinen Fall vergessen werden. „Sentimentaler Idiot", schimpfte er sich selbst. Dennoch legte er behutsam eine Zeichnung auf die Mitte des Bettes. Darüber platzierte er einen Zettel. Viel hatte er nicht geschrieben, aber genug. Sie würden es verstehen. Als letztes trennte er sich von seinen Waffen. Er wusste, Lani benutzte nun ebenfalls Berettas und er mochte den Gedanken nicht, dass seine in einem Schrank versauerten, wenn sie eigentlich nützlich sein konnten.

Ein wenig, wie manche seiner Fähigkeiten. Oz besaß ein ganzes Arsenal an Fähigkeiten, die nicht zu der Garde um den König passten. Schlösser zu knacken war da noch harmlos gegen den Rest, den er vollbringen konnte. Damals, ihm kam es beinahe vor, als lägen Jahrhunderte dazwischen, hatte er Leute beschattet, aufgespürt, gefoltert, Informationen beschafft, was immer es kostete, und er hatte geraubt und gemordet. Kein Wunder also, warum er niemanden die Wahrheit erzählen wollte. Die Geschichte des kleinen Jungen aus Frankreich, der in ärmsten Verhältnissen aufwuchs - bis er sich wandelte und beschloss, sich zu nehmen, was er wollte. Nein, diese Geschichte gehörte nicht zu den Silver, den Rittern der Solani. Nun ja, zumindest waren sie einmal Ritter gewesen. Die Aufnahmekriterien waren in den letzten Jahren sehr lasch geworden. Im Grunde konnte jeder mitmachen, solange er Nim tötete. Oz grinste und schüttelte über sich selbst den Kopf. Das war ungerecht. Jeder einzelne der Silver zeichnete sich durch mehr aus, als ihre bloße Stärke. Und doch schien es so, dass es Oz war, der für diese bevorstehende Aufgabe die beste Ausstattung und das Können besaß. Wenn jemand Nell in London oder darüber hinaus finden konnte, dann er. Weil er wusste, wie es war, Identitäten an und auszuziehen, als handele es sich um Socken. Er wusste, welche Fehler gemacht werden konnten. Und er kannte die finsteren, verschlungenen Gedanken einer Person auf der Flucht. Dazu seine wunderbaren, illegalen Fähigkeiten, die ihm gute Dienste leisten würden.

Ohne es richtig zu merken, hatte der Geschichtenerzähler den Rucksack geschultert und war an die Tür getreten. Er lauschte. Dann riss er sie auf und trat hindurch. Der Trick war es, so zu sein wie immer. Wenn er rannte, würde er auffallen. Wenn er sich zu sehr umsah, ebenfalls. Also schritt Oz mit erhobenem Kopf, den typisch gelangweilten Gesichtsausdruck zeigend, den Gang entlang. Er ging weder zu den Gefängniszellen, denn seit dem Wiederaufbau war dieser Ausgang verschlossen, noch zu der Garage, denn dort würden sich die anderen gerade treffen, um auf die Jagd zu fahren. Er wusste, nicht alle fuhren, dies waren die unbekannten Variablen, das Risiko, aber nun hoffte Oz einfach auf sein Glück. Er schritt weiter aus, bewegte sich wie immer, nicht schneller oder langsamer. Er drückte sich nicht um Ecken und sah sich auch nicht um. Das tat man nicht in seinem eigenen Heim, man ging, man war einfach da. Nach außen hin schien der Silver die Ruhe selbst. Als wäre nichts anders. Irgendwo wurden Türen geöffnet und wieder geschlossen. Schritte hallten auf dem Gang. In seinem Brustkorb hämmerte sein Herz. In seinem Rücken waren beinahe alle Muskeln angespannt, so sehr, dass sie bald verkrampfen würden. Er wollte rennen, er wollte hinaus und so schnell es ging verschwinden. Doch das war nur eine kleine, nervöse Stimme in ihm, die ihn drängte abzuhauen, der routinierte Profi, der er war, ignorierte sie und ging scheinbar unbekümmert weiter.

Schließlich erreichte er den Zugang zum Haus, unter dem sie ihren Unterschlupf verbargen. Das Haus wurde kaum genutzt, diente als Quelle für Strom und als Postadresse für Rechnungen und andere notwendige Dinge. Oz öffnete das Schloss - Derek achtete stets peinlich genau darauf, dass die Tür verschlossen war - und trat durch die Tür. Als er sie wieder zudrückte, vorsichtig, um keinen Lärm zu veranstalten, ließ er das Schloss wieder zu schnappen. So würde es aussehen, als hätte keiner die Tür benutzt. Zumindest drei Sekunden lang, denn die anderen kannten seine Kräfte und würden eins und eins zusammen zählen können. Warum dann die Mühe? Oz schätzte, es war Gewohnheit. Wenn er irgendwo eine verschlossene Tür öffnete, dann machte er es auch wieder rückgängig. So hatte er es gelernt, so war es in sein Blut übergegangen.

Im Haus war es, wie erwartet, ruhig. Sobald die Sonne unterging, war es meist Derek, der es betrat, die Post holte und wieder verschwand. Staub lag in den Ecken und bedeckte auch den Boden ein wenig. Zum Putzen hatte wohl niemand die Zeit oder die Lust gefunden. Alles wurde eher einfach gehalten: dunkles Holz, gerade geschnittene, praktische Möbel, daneben sahen die Runen beinahe kitschig aus mit ihren geschwungenen Linien, aufwendigen Mustern und dem silbernen Schein, den sie von sich gaben. Oz berührte eine Rune für Schutz und fuhr ihren Schwung nach. „Ich komme mit ihr zurück", murmelte er, bevor der türkishaarige Solani in die Nacht verschwand.

Zu dritt trieben sie sich noch ein ganzes, weiteres Jahr in Böhmen herum. Sie waren damals aus den Verliesen entkommen und geflohen, gerade rechtzeitig, bevor die Sonne sie vernichtete. Titus erklärte Derek, was er war, und dieser wiederum erzählte ihnen von seinem Leben davor - vor seiner Verwandlung. Er hatte gelebt wie ein Prinz. Umgarnt von Frauen, angebetet durch Männer. Er hatte alles gehabt und war sich sicher gewesen, es nie zu verlieren. In seinen Gedanken speicherte sich jeder Moment, als hätte er ihn gerade erlebt. Peinigend, wo doch sein glückliches Leben zu Ende war, er dazu verdammt, ein Monster zu sein. Zumindest dachte er das, bis er die Geschichten erfuhr und die Macht sah, die ihm nun innewohnte. Er war stärker, als je zuvor. Er konnte in die Gedanken anderer eindringen und der Solani, der angeblich sein Prinz war, aber sicherlich sein Freund wurde, versprach ihm, er könnte die Archive sehen. Wissen, über Jahrtausende gesammelt! Für den ehemaligen Fürstensohn gab es keine Frage, dass er sie begleiten würde.

Ein Jahr war seitdem vergangen. Eines, in dem die drei immer öfter Nim begegneten. Titus erhielt Nachrichten, dass sie wuchsen und stärker wurden. Sie hatten plötzlich etwas wie System. Eine Strategie. Doch die hatte der Prinz auch. Wenn seine Eltern es erlaubten. Nach wie vor war er der einzige Thronerbe, der einzige, der die Kraft der Ersten weiter tragen würde. Den König und die Königin dazu zu überreden, ihn gehen zu lassen, um die Welt zu entdecken, war bereits schwierig gewesen. Sie nun davon überzeugen zu wollen, ihn die Nim ganz gezielt jagen zu lassen, schien unter diesem Gesichtspunkt ein Ding der Unmöglichkeit. Aber die Sache war zu wichtig, als dass er zurück konnte, er musste es durchziehen! Beruhigend legte sich eine kräftige Hand auf seine Schulter. Sofort durchströmten ihn Ruhe und Gelassenheit, seine Gedanken wurden schlagartig klarer. Titus schielte zu Pat, der rechts etwas hinter ihm stand. Auf der anderen Seite Derek. Beide waren mit feinem Tuch in der neuesten Mode der Menschen ausgestattet worden. Der Prinz trug selbst sein feinstes Gewand, dennoch musste er über seine Begleiter schmunzeln. Es hatte bei den beiden neu verwandelten Solani nicht lange gedauert, bis ihre dünnen Körper sich an die neue Belastung gewöhnten und Muskeln ansetzten. Beide überragten ihren Freund um gut einen Kopf, sie waren breiter und weitaus muskulöser als der Prinz. Aber selbst wenn sie in einer Reihe stünden, selbst wenn sie in den Kleidern der einfachen Menschen unterwegs waren, erkannte man in Titus stets den Gefährlichsten der drei. Seine Aura trug dazu bei, auch seine eisblauen Augen, die seit seiner Abreise vom Hof vor über einem Jahr einen harten und wilden Ausdruck angenommen hatten. „Meine Eltern warten und ihr Hofstaat auch. Lasst es uns durchziehen", murrte der Prinz und straffte die Schultern. Patrick löste die Hand von seiner Schulter, die Ruhe blieb aber bei ihm.

Ein Nicken an die Wachen reichte und schon öffneten sie die Flügeltüren. Tausende Kerzen flackerten an den Wänden, verbreiteten einen schweren, würzigen Duft. Fein gewebte Wandteppiche zeigten Bilder der Göttin und der Entstehung der Solani. Kaum betraten die drei Neuankömmlinge die Halle, verstummten alle Gespräche. Leise wurde gemurmelt, doch ansonsten war es still. Der Prinz war zurückgekehrt und die Kunde der Nim hatte sich bereits verbreitet. Es waren keine friedlichen Zeiten mehr, in denen sie lebten. Furcht stand ihnen ins Gesicht geschrieben, aber auch Hoffnung. Ihre Hoffnung richteten sie auf Titus, den mutigen Prinzen, und seine zwei Begleiter. Der Prinz hatte befürchtet, diese Erwartungen würden ihn ängstigen, dass er unter den Blicken seiner Untertanen schrumpfen würde, ängstlich, weil er diese Verantwortung nicht tragen wollte. Doch das Gegenteil war der Fall! Titus fühlte sich mit jedem Schritt größer und beschwingter, bestätigt in seinem Sein und Handeln. Es war richtig. Es war gut. Und er würde sie alle beschützen können! Denn mehr als zu herrschen, mehr als die Krone, die ihn nicht wirklich interessierte, wollte er gut und stark für andere sein. Er wollte einer dieser Ritter sein, die sich in jede Gefahr stürzten, um Leben zu retten. Das erfüllte ihn, damit wollte er die Jahrhunderte verbringen.

Titus war sich absolut sicher über seine Bestimmung, doch als er dem Blick seiner Eltern begegnete, musste er schwer schlucken. Sie erwarteten ihn am Ende des Saales, waren von ihrem Thron aufgestanden und blickten vom Podest zu ihm. Mit jeder Faser ihres Seins strahlten sie Erhabenheit und Weisheit aus. Sie waren zwei Ruhepole, die stets abwogen, was das Beste für alle war, die mit Güte, aber auch Strenge herrschten, um ihre Spezies zu beschützen. Außerdem waren das seine Eltern. Solani, die ihm auf dem Schoß hatten sitzen lassen. Die ihm vor dem Einschlafen Ge-

schichten erzählten und ihm versprachen, dass die Monster nicht in seinem Schrank auf ihn lauern würden. Die ihn küssten und in die Arme nahmen und bei denen er sich sicher, geliebt und geborgen fühlte. Er hatte ihnen ein Versprechen gegeben, bevor er ging, nämlich auf sich aufzupassen. Dieses Versprechen hatte er gebrochen und von diesem wollte er nun offiziell freigesprochen werden.

Anmutig sank er auf die Knie, seine Begleiter hinter ihm folgten seinem Beispiel.

„Mein König, meine Königin, es tut gut, wieder bei euch zu sein", sprach Titus laut und kräftig mit angenehm melodischer Stimme. Er sah zu Boden, weil der Respekt es so verlangte, aber er konnte das Rascheln der Röcke hören. Das leise Auftreten ihrer Schuhe auf dem steinernen Boden. Und schließlich roch er sie durch all die anderen Gerüche hindurch. Kräuter und Jasmin - und Schnee. „Steh auf", bat seine Mutter erhaben. Er gehorchte. Als er vor ihr stand, überragte er sie um einen Kopf, dennoch schaffte sie es, auf ihn herab zu blicken, einen kurzen Moment länger war sie seine Königin, doch dann breitete sich ein herzliches Lächeln auf ihrem schönen Gesicht aus und sie zog ihren Sohn in die Arme. „Titus, ich bin so froh, dass du wieder hier bist", flüsterte sie erstickt, die Tränen weg blinzelnd.

„Ich liebe dich, mein Sohn."

„Ich dich auch, Mutter."

Um sie herum jubelte der Hofstaat. Lächelnd lösten sich die beiden voneinander. Mittlerweile stand auch sein Vater bei ihm. Er war so groß wie Titus, kräftig gebaut, mit einem fein geschnittenen Gesicht. „Komm her, Junge", raunte er lachend, bevor der König seinen Sohn in eine überschwängliche Umarmung zog. „Und nun stell uns deine zwei stattlichen Begleiter vor", orderte der Vater, kaum lösten sie sich aus dieser Begrüßung. Wie auf ein Kommando hin erhoben sich die Angesprochenen. „Vater, Mutter, das sind Patrick und Derek. Ich habe sie auf meiner Reise kennen gelernt." Der König nickte beiden Solani zu. „Willkommen in unserem Palast. Als Freunde meines Sohnes fühlt euch bitte wie Zuhause." Die Beiden antworteten entsprechend der Etikette und verstummten dann. Sie wussten, der Prinz hatte noch ein Anliegen, das er sofort ansprechen wollte.

„Vater-"

„Wir wissen, was auf deinen Reisen geschehen ist. Von den Nim und deinen Kämpfen", unterbrach ihn seine Mutter, die eine Hand auf dem Arm ihres Mannes ruhen ließ. Sie war eine Erste, stammte direkt vom Blut der Göttin ab und damit rechtmäßige Herrscherin. Wenn eine Entscheidung fiel, selbst wenn sein Vater sie verkündete, würde es immer die Königin sein, die sie schlussendlich traf. Titus schwieg, da er wusste, sie würde noch mehr zu sagen haben. Um sie herum hatten die anderen begonnen zu lachen und sich zu unterhalten, gaben der königlichen Familie die Privatsphäre, die sie gerade benötigten. Musik spielte und einige verfielen in einen ausgelassenen Tanz. „Wir wissen, dass du Nim getötet hast - dass ihr gemeinsam gegen sie vorgegangen seid. Ihr habt viele Leben gerettet." Alle drei nickten. „Und nun willst du uns bitten, das weiterhin machen zu dürfen", schloss die Königin. Sie sprach ruhig, ohne Vorwurf oder Tadel in der Stimme. „Ich bitte euch! Die Nim werden immer mehr.

Wenn wir nicht handeln, jetzt, da wir noch können, werden sie überhandnehmen und uns überrennen!" Titus konnte sich kaum beherrschen. Der Eifer erfasste ihn und seine Stimme wurde lauter und lauter. Sie mussten es verstehen! Sie mussten ihn gehen lassen! Aber das allein würde nicht reichen, er brauchte ihre Zustimmung, weil seine Pläne weitreichender waren.

„Ich will ja nicht einfach alleine losziehen. Ich will eine Armee aufbauen. Krieger und Kriegerinnen, die sich freiwillig melden. Die wir dazu trainieren. Es gibt eine Möglichkeit, die Nim zu töten. Mit unserem Blut können wir Waffen erschaffen, um sie auszulöschen", fuhr der Prinz ruhiger fort. Seine Eltern anzubrüllen, hätte so viel Sinn, wie wenn er eine Wand anschreien würde. Er wollte noch mehr sagen, wollte Argumente liefern, doch da hielt sein Vater die Hand hoch, brachte ihn mit einer Geste zum Schweigen. „Wir werden über deine Worte nachdenken", sprach der Solani.

„Aber-"

„Ich sagte, Sohn, wir werden darüber nachdenken. Wir belassen es für heute dabei."

Wütend stampfte Titus mit dem Bein auf, kam sich vor wie ein Kind und kein bisschen wie der verantwortungsbewusste Erwachsene, der er doch sein wollte. „Wenn wir länger warten, werden wir alle sterben!", zischte er aufgebracht. Bevor einer der beiden noch etwas sagen konnte, wirbelte er herum und stapfte davon. Noch herrschte draußen Nacht, er konnte also einfach gehen. Derek und Patrick folgten ihm, das konnte er spüren.

„Titus", versuchte es Derek, kaum hatten sie die Halle mit der Musik und dem Gelächter verlassen. Niemand hatte auf den Ausbruch des Prinzen reagiert - gesehen und gehört hatten ihn aber sicherlich alle. „Lass es!", fuhr Titus den Freund an. „Lass es einfach", wiederholte er versöhnlicher. „Ich brauche etwas Zeit alleine. Amüsiert euch." Mit diesen Worten ließ er die beiden Gefährten stehen und rannte davon.

Es dauerte nicht lange, bis der Prinz, gekleidet in einen staubigen, abgetragenen Mantel, eine Taverne betrat. Die Luft stand vor Hitze und Schweiß. Viele verschiedene Sprachen wurden gesprochen, wie nicht anders zu erwarten in einer Stadt, die Handel trieb. Titus schob sich an einen freien Platz an der Theke und bestellte sich ein Bier. Er mochte Wein lieber, aber in solchen Absteigen bevorzugte er Bier. Es schien besser zu passen. Auf der einen Seite neben ihm schnarchte ein Mann, um dessen Mund sich bereits ein beachtlicher Speichel-See bildete. Leicht angewidert rückte der Prinz von ihm ab. Dabei stieß er versehentlich mit dem Mann an seiner rechten Seite zusammen. „Verzeihung", murmelte der Solani, weil ihm heute nicht der Sinn danach stand, sich wegen einer Lappalie herumzustreiten. Seine Gedanken waren ganz bei seinen Eltern und deren Entscheidung. Sie mussten sehen, wie wichtig es war und wie logisch. Die letzten Wochen diskutierte er den Sachverhalt wieder und wieder mit seinen Begleitern durch. Vor allem Derek erwies sich als perfektes Übungsobjekt. Denn egal welches Argument Titus brachte, der andere wurde nicht müde, eines dagegen zu finden. Was immer seine Eltern auch vorbringen mochten, wenn sie ihre Entscheidung verkündeten, Titus hatte es bestimmt schon gehört und wusste etwas darauf zu sagen. Allerdings glaubte er nicht wirklich, dass sie einer Armee gegen die Nim im Wege stehen würden, er fürchtete eher, dass sie zwar zustimmen würden, aber gleichzeitig verlangten, dass er nicht daran teilnahm. Krampfartig umschloss er den Bierkrug, der mittlerweile vor ihm stand, und schüttete sich dann das süffige Getränk mit großen Schlucken in den Rachen. Der Prinz verspürte regelrechte Angst, wenn er an dieses Szenario dachte. Dann nämlich wüsste er nichts zu sagen, was nicht egoistisch und ungerecht klang. Sie alle hatten ihre Aufgabe zu erfüllen… Trotzdem wollte er nicht im Palast versauern, während andere die Schlachten schlugen, die er zu schlagen gedachte!

„Alles in Ordnung mit dir?" Erschrocken fuhr Titus herum. Der Mann zu seiner Rechten hatte ihn angesprochen. Er schien so fehl am Platz wie der Prinz. Sein dunkles Haar fiel in glänzenden Wellen um sein kantiges, maskulines Gesicht. Der Schatten eines Bartes betonte noch die Linien seines Kiefers. Seine Augen erinnerten Titus an dunklen Rauch. Unter einem schäbigen Mantel verbarg der Sprechende ebenso reiche Kleidung, wie er selbst. „Ja, ich…" Titus wusste nicht, was er diesem Mann sagen sollte. Etwas war komisch an ihm, doch ob im Guten oder Schlechten, wusste der Prinz nicht zu sagen. Jovial klopfte der Fremde ihm auf die Schulter. „Viele Gedanken machen den Kopf schwer und beugen den Rücken. Ein Ort wie dieser ist perfekt, um sich wieder aufzurichten", meinte der Mann mit einem einnehmenden, offenen Lächeln. Er hatte perfekte, weiße Zähne, musste also aus gutem Haus kommen und hielt etwas von Hygiene, was, wie Titus bemerkt hatte, nicht für alle Menschen galt. Auf die Worte hin sah sich Titus mit ungläubig hochgezogenen Augenbrauen um. „Dieser Ort?", hakte er belustigt nach. „Hier richtet sich niemand auf, hier sinkt man höchstens tiefer, erschwert von Bier und fettigem Essen." Wieder lachte der Mann, ein angenehmer, tiefer Laut, hatte etwas von Feuer in einer kalten Winternacht. „Hör mir zu, junger Freund, und ich verrate dir, wie ich das meine", die beiden Männer beugten sich zueinander. Titus musste schmunzeln, als er als jung bezeichnet wurde. Sicherlich, er sah aus wie ein junger Mann, der gerade mal sein Erwachsenenalter erreicht hatte, aber was würde der andere wohl sagen, wenn er erführe, dass er mit jemanden sprach, der bereits seit fünf Jahrhunderten auf der Erde wandelte? „Wenn es mir schlecht geht, dann gehe ich in solche Absteigen. Sie sind hässlich, alles an ihnen. Auch die Menschen darin, doch sie besitzen eine Qualität, die ich zu schätzen weiß." Der Mann hielt inne und trank einen kräftigen Schluck. Titus ergriff derweil ein ungutes Gefühl. Irgendetwas stimmte an diesem Mann ganz und gar nicht, strahlendes Lächeln hin oder her. „Und welche wäre das?", hakte er dennoch nach, konnte nicht anders. „Sie leiden", schnurrte der Mann und grinste, diesmal kein offenes, sympathisches Lächeln, sondern das Grinsen eines Wahnsinnigen, voller Kälte und Härte. „Ich - Das ist sehr interessant und ich danke dir für deine Gesellschaft, aber ich muss jetzt gehen!", verkündete der Prinz bestimmt. Er warf ein Goldstück auf die Theke, straffte die Schultern und eilte dann mit wallendem Mantel hinaus in die Nacht. Dafür hatte er keine Zeit, er wollte sich heute nicht mit psychotischen Wahnsinnigen abgeben.

Draußen atmete er tief durch und war froh, diesem Verrückten entkommen zu sein. Ein Betrunkener rempelte ihn an. Vor dem Wirtshaus tummelten sich zu viele Menschen, Betrunkene und Wütende und dazwischen die leichten Mädchen, die sich ihnen allen anboten. Eine stakste bereits wackelig auf ihn zu. Das fehlte ihm noch! Schnell wandte sich der Solani ab und wollte weg. Nicht nach Hause, zumindest noch nicht. Aber zumindest von diesem Loch der Trostlosigkeit wollte er entfliehen. Wie konnte man so etwas gut finden, es sogar genießen? Der Wahnsinnige aus der Taverne ließ Titus schaudern.

„Du gehst schon, Prinz?", kam es da plötzlich schnurrend von hinten. Erneut wirbelte Titus herum, die Augen weit aufgerissen. Niemand hier wusste, wer oder was er war! Und ein Solani hätte ihn nie vor anderen so angesprochen. Der Mann von vorhin stand da, ohne seinen Mantel, sodass sein dunkelrotes Wams und das schwarze Leder, die vielen Rubine und Diamanten deutlich für jedermann zu sehen waren. Der Verrückte war groß und gut gebaut, elegant, jedoch strahlte er zugleich etwas Todbringendes aus. Darum stürmten die Menschen auch nicht auf ihn zu, obwohl seine Kleidung allein ein ganzes Dorf über Jahre hinweg hätte ernähren können. Sie zogen sich sogar zurück, das Gesicht stets zu ihm gewandt, nur kleine Schritte machend. „Wer bist du?", knurrte Titus. Eine Antwort war nicht mehr nötig, kaum zeigte sein Gegenüber sein wahres Gesicht.

Plötzlich flammte Feuer aus seinen Augen, die nun endgültig pechschwarz wurden. Glühende Risse gingen von ihnen aus. Sein Haaransatz schien ebenso zu leuchten, ein Glimmen, wie aus dem Kamin. Dann erreichte Titus bereits der Geruch mit einem Schlag. Angewidert hob er eine Hand vor Mund und Nase. „Ach tu' doch nicht so, Prinz. Glaubst du, du riechst so gut? Jasmin, Kräuter und Schnee - widerlich!", spuckte der Nim. „Beryll!", brachte Titus hervor, innerlich zerrissen. Vor ihm stand der Gott, den er gelernt hatte zu fürchten. Der Gegenpart zu Glacien, mächtiger und stärker, als alles andere. Trotzdem schrie es in dem Solani, sich auf ihn zu stürzen, ihm die glitzernden Steine vom Gewand zu reißen und sie ihm in den Rachen zu stopfen, bevor er ihm die Hände um die Gurgel drückte und ihn erledigte. Beryll schnalzte mit der Zunge. „Na, na, na, du willst mich hier angreifen? Was geschieht dann mit den vielen, vielen Unschuldigen?", stellte er die Frage süßlich und besaß die Nerven, auch noch zu zwinkern. Gehetzt blickte der Prinz sich um. Zu viele, es waren zu viele da. Sie würden in die Quere kommen und Titus hatte so eine Vermutung, dass Beryll in einem Kampf dafür sorgen würde, so viele Unbeteiligte wie nur möglich in den Tod zu reißen. „Was willst du?", blaffte er deswegen. Unbeeindruckt zuckte Beryll mit den Schultern. „Ich wollte sehen und hören. Ich habe gesucht und gefunden." Langsam legte der Nim den Kopf schief. „Das wird spaßig, das zwischen uns", säuselte er so süß und voller Wonne, als hätte er seiner Geliebten gerade ein Versprechen gemacht. Der Solani zuckte zurück. Sein Herz raste.

„Titus, komm!" Das war Patricks Stimme. Gleich danach umfasste dessen Hand den Arm des Freundes und zog ihn fort. Derek deckte ihnen den Rücken, dann verschwanden sie rennend in die andere Richtung. Von Beryll blieb keine Spur, nur das Echo seiner Worte in Titus' Gedächtnis. Seine Eltern mussten ihn kämpfen lassen, nun, da er das Monster gesehen hatte. Er würde ihn vernichten, das Versprechen gab der Prinz in dieser Nacht.

Der silberne Dolch funkelte im Licht der Kerzenflammen. Stille senkte sich über die Halle. Niemand schien zu atmen, alles war erstarrt. Titus kniete vor seiner Mutter, diese hielt den Dolch in die Höhe, sodass ihn jeder sehen konnte.

„Über Jahrhunderte hinweg waren wir gesegnet“, sprach die Königin der Solani mit klarer, klingender Stimme. Jeder hing an ihren Lippen. „Doch die Zeiten haben sich geändert. Die Nim haben sich vermehrt und der Feind ist frech geworden. Beryll betrat unsere Stadt, eine offene Drohung!“ Wie zur Bestätigung schien die Klinge zu funkeln. „Aber wir haben nicht so lange überlebt, weil wir dumm oder untätig wären. Nein!“ Die Königin machte einen Schritt nach vorne. „Nein, meine Freunde! Wir überlebten, weil wir uns anpassten, weil wir immer einen Weg fanden und weil es stets Solani gab, die mit Mut und Zuversicht in die Zukunft schritten.“ Titus' Mutter kam vor ihm zu stehen und nun nahm ihre Stimme einen warmen Ton an, Stolz in jeder Silbe. „Ich bin stolz, euch verkünden zu dürfen, dass es mein eigener Sohn, euer Prinz, ist, der diesen Schritt machen wird - der den Weg in die Zukunft bereits beschreitet!“ Jubel brandete über sie, doch Titus hörte es kaum, er war bereits in Gedanken bei all dem, was auf sie wartete, was zu tun wäre. Er spürte Derek und Patrick in der Nähe. Der Empath sandte ihm Ruhe, ohne dieser wäre der Prinz bereits aufgesprungen und hätte dieses Gerede unterbrochen. Alles in ihm schrie nach Taten! Doch die Zeremonie diente als Legitimation, mit dem Segen des Königs und der Königin würde der Schutz der Göttin auf diesem Vorhaben liegen. Das war wichtig. Außerdem würde sich die Kunde schneller verbreiten und hoffentlich schnell Rekruten und Rekrutinnen bringen.

„Er zog in die Welt und kam mit einer Waffe gegen unseren Feind zurück!“, donnerte die Königin und reckte den Dolch noch etwas höher, kaum war wieder Ruhe eingekehrt. Sie war eine ausgezeichnete Rednerin, konnte ihr Volk an ihre Lippen bannen, wusste, wann es Härte und wann es Sanftmut bedurfte. „Und heute kniet er hier und erbittet den Segen der Göttin und unsere Unterstützung. Euer Prinz fürchtet die Schatten nicht, die nach uns greifen, im Gegenteil! Er ist bereit, sich ihnen zu stellen. Für seine Familie, sein Volk, für euch!“ Wieder jubelten sie. Die Kerzen flackerten. Titus schielte hoch zu seinem Vater, der daneben stand, ein Abbild von Ernst, Stolz und Stärke. Endlich hatte der Prinz eine Aufgabe, eine Bestimmung und ein Ziel. Zum ersten Mal in seinem langen Leben fühlte Titus, dass er angekommen war, auch wenn er bald wieder reisen würde...

Stöhnend öffnete der König die Augen. Sein Kopf dröhnte. Er musste nichts sagen, da flog ein Päckchen Aspirin bereits auf ihn zu. Wie immer wartete die Bibliothekarin am Eingang zum Raum. Die Magie sagte ihr, wann er aus der Meditation erwachte, daher stand sie immer da, wenn er aus seinen Erinnerungen auftauchte. Sieben Tage war er schon hier. Sieben Tage und er hatte nichts wirklich erreicht, außer dass sein Kopf sich anfühlte, als hätte jemand mit einem Baseballschläger wiederholt darauf geschlagen. Versuchsweise hatte er mit Matej gesprochen. Zumindest versuchte er, dem Jungen Rede und Antwort zu stehen, aber er floh, wann immer es zu persönlich wurde. Dass er die letzten Male seine Eltern sah, musste er trotzdem als Fortschritt verzeichnen. Auch sie hatte er verdrängt, ihr Verlust eine Leere in ihm, die er nicht füllen konnte. „Und?", fragte Daria, kaum trottete er aus dem Raum, sodass sie die Tür schließen konnte. „Meine Eltern..." Titus massierte sich die Schläfen. „Ich wollte früher nie König sein. Dachte, das würde erst in tausend Jahren auf mich zukommen, aber wenn es so weit war, wollte ich sein wie meine Eltern." Er seufzte. „Ich könnte nicht weiter davon entfernt sein." Die Solani legte den Kopf schief. „Glaubst du, du bist so anders als sie?" Anstatt zu antworten, schnaubte Titus verächtlich. „Es war die Zeit des zweiten Hofes. Als wir noch an einem Ort blieben und wir nicht umher reisten, zerstreut, Vagabunden gleich. Ich erinnerte mich an Florenz." Ein Lächeln huschte über seine Lippen. „Dort begann mein Leben. Dort erfuhr ich Liebe und Zuversicht. Dort liegt der erste Dolch der Silver, ihr Grundstein..." Während er sprach, wurde er immer leiser, bevor er verstummte und zu grübeln begann.

„Hast du dich den Erinnerungen vom Jahr 1666 genähert?" Wie immer hielt Daria nicht viel davon, sich an ein heikles Thema anzuschleichen, sie platzte einfach damit heraus. Titus schüttelte lediglich den Kopf. „Nein, es ist..." Er machte eine unbestimmte Geste mit der Hand. „Du bist nach wie vor blockiert", sprach die Bibliothekarin aus, was er nicht in Worte fassen wollte. Wieder nickte er nur. „Und jetzt?" Mit einem Satz wirbelte der König herum und begann in dem Zimmer - ein Studierzimmer mit hunderten Pergamenten und Unterlagen - herum zu laufen. Eine unglaubliche Unruhe erfasste ihn. Doch nicht erst jetzt, bereits seit einigen Tagen spürte er, dass etwas im Gange war und was immer es war, es gefiel ihm ganz und gar nicht. „Du musst eine Entscheidung treffen." Titus schnaubte auf die Aussage der Solani hin. „Das wäre ja mal etwas Neues!" Wie immer ging Daria nicht auf seine schlechte Laune ein und lächelte sanft. Sie war tatsächlich eine irritierende Mischung aus Sandro und Mary, die ihm bald den letzten Nerv kosten würde.

„Etwas stimmt nicht", platzte er schließlich heraus. „Meine Kopfschmerzen werden schlimmer-" Er wollte noch mehr sagen, aber da hakte sein Gegenüber schon ein. „Seit wann hast du sie? Was ist seit dem Auftreten geschehen?" Daria stellte die Fragen, aber es klang, als wüsste sie die Antwort bereits. Was möglich war, denn Titus hatte ihr alles erzählt, was seit dem letzten Oktober geschehen war. „Oktober." Und nach einer kurzen Pause: „Kurz danach- zwei Tage danach erreichte mich die Nach-

richt über Killarney und dann tauchte die Frau auf." Die Bibliothekarin nickte. „Okay. Kann es etwas mit ihr zu tun haben?" Doch hier zuckte Titus lediglich mit den Schultern. „Keine Ahnung", murrte er, seine Finger massierten bereits wieder seine Schläfen. „Was, außer deinen Kopfschmerzen, beunruhigt dich noch?" Der Silver marschierte weiter auf und ab, wenn er so fortfuhr, würde er ein Loch in den Boden rennen. „Es ist ein Gefühl von drohender Gefahr. Meine Leute, sie brauchen mich. Ja, sie brauchen mich und ich sollte zurück!" Mit diesen Worten ging ein Ruck durch ihn hindurch und er eilte schon zum Ausgang, doch da erwartete ihn bereits die Bibliothekarin. Sie war schnell und für ihr wissendes Schmunzeln hätte er sie am liebsten am Hals gepackt und gewürgt. Zur Sicherheit ballte er die Hände zu Fäusten. „Sie brauchen nicht dich", sagte Daria vollkommen ungerührt. „Sie brauchen ihren König. Sie brauchen den Solani, der vor Jahrhunderten beschloss, sein Leben für sie zu geben. Der mutig und voller Hoffnung voran schritt. Aber nicht dich. Nicht so." Dass Titus knurrte, kümmerte sie nicht. Sie fuhr einfach fort, als ähnelten ihre Worte keinen fiesen Nadeln, die sie ihm tief unter die Haut bohrte. „Du weißt genau, dass du ihnen nicht helfen kannst. Du hast einen Fehler nach dem anderen gemacht und euch überhaupt in diese Lage gebracht. Du hättest das Geschehene verarbeiten sollen, aber stattdessen hast du es verdrängt und nun eine Neurose - oder sonst etwas. Freud hätte seinen lieben Spaß mit dir. Und weil wir gerade über diesen Kauz sprechen, den hättest du aufsuchen können, hast du aber nicht!" Sie grinste. „Du machst dich lustig über deinen König?" Titus hatte aufgehört zu knurren und musterte sie nur noch, ein Lächeln spielte ungewollt und ungewohnt um seine Lippen. Die Solani zuckte mit den Schultern. „Ich war lange alleine und hatte seit Ewigkeiten niemanden mehr, mit dem ich streiten konnte!" Ihr Grinsen war jugendlich und ansteckend, es machte sie sogar noch schöner.
„Also, du Besserwisserin, was soll ich deiner Meinung nach tun?"
„Oho, der König fragt um Rat! Die Tage zeigen Wirkung!"
„Daria, bitte. Ich will es wissen."
„Nun gut. Ich denke, dass du Florenz nicht umsonst siehst. Ganz offensichtlich sperrst du dich nach wie vor gegen Erinnerungen, aber vielleicht könnte der Ort selber dir helfen. Immerhin-"
„Immerhin ging es danach weiter nach Grasse."
Titus wandte sich ab und ließ die Schultern hängen. Erst nach einer ganzen Weile begann er wieder zu sprechen. „Du könntest recht haben."
Daria schnaubte, unterbrach ihn jedoch nicht. „Ich muss vielleicht weiter gehen. Zuerst an den Anfang, um das Ende ertragen zu können." Wieder seufzte er, laut und tief.
„Florenz... Ich hatte gehofft, Prag würde mir alle Antworten geben."

„Nun, Titus, wenn du Antworten suchen würdest, dann könnte es das auch, aber du suchst nach mehr als das." Erst jetzt trat Daria von der Tür weg, sie ließ ihn ziehen, doch er bewegte sich nicht. „Ach nein? Was suche ich denn dann?" Aber die Bibliothekarin lächelte nur wie eine Sphinx. „Du wirst es erfahren, wenn die Zeit dafür reif ist. Manche Sachen darf man nicht überstürzen. Unser Geist ist stark und gleichzeitig fragil. Wenn wir Dinge erzwingen, für die wir nicht bereit sind, können wir vieles zerstören." Etwas an diesen Worten ließ den Silver stutzen, doch er wusste nicht zu sagen, warum. Daher schob er es beiseite. Vorsichtig trat er an die Solani heran, die ihn mit ihren goldenen Augen musterte. „Danke, Daria, für alles. Und verzeih, dass niemand nach dir gesehen hat. Ich habe vieles vergessen. Es wird nicht mehr vorkommen." Bevor die Bibliothekarin etwas darauf erwiderte, schloss sie zu ihm auf und zog ihn in eine kräftige Umarmung. „Pass einfach auf dich auf und komm zurück", flüsterte sie, ihr warmer Atem kitzelte sein Ohr.

Die Luft peitschte gegen sie, presste sich gegen ihren dünnen Mantel und riss an dessen Saum. Es war ein unruhiger Tag, der Himmel schwer mit dunklen Gewitterwolken und das Meer glich einem brodelnden Hexenkessel, der schäumte und rauschte, sich an das Ufer drängte und alle Farben von dunklem Grün bis gräulichem Blau spielte. Der Geruch von Fisch und Salz hing in der Luft, war gleichzeitig angenehm frisch und gewöhnungsbedürftig.

Das alles interessierte Penelope nicht. Sie bekam kaum etwas mit. Seit dem Vorfall in der Gasse in Rom, kaum verließen sie diese nebeneinander, war sie verstummt. Die Zunge klebte ihr am Gaumen und ihr Kopf war voller Nebel. Stumm starrte sie auf ihre linke Hand. Das Blut längst abgewaschen, konnte sie es dennoch auf ihrer Haut spüren. Immer wieder rieb sie mit der rechten über ihren Handrücken, pulte an den Fingernägeln. Alles war makellos und dennoch hatte sich die junge Frau nie schmutziger gefühlt. Nicht, weil die Frau gestorben war, denn Tote waren in ihrem Leben nichts Neues mehr und dieses verlorene Leben nur ein weiteres Gewicht der Schuld, das auf sie nieder drückte. Sondern weil sie es genossen hatte. Ein Teil von nicht unerheblicher Größe in ihr hatte den Herzschlag unter ihren Fingerkuppen genossen, das Gefühl, dieses Leben zu besitzen und vor allen Dingen hatte sie sich an den Emotionen berauscht, hatte sie verschlungen und für sich beansprucht, hatte die Essenz dieser Frau an sich gerissen und es gerne getan.

Mit blinden Augen starrte Nell auf das Meer. Cort lehnte neben ihr am Geländer der Promenade, den Rücken dieser unendlichen Weite zugedreht, stattdessen blickte er auf die Häuser und Geschäfte, die sich hier reihten. „Was nun?", fragte die junge Frau schließlich. Ihr war schlecht, sie wollte sich übergeben und vor allem wollte sie sich waschen, vielleicht die Haut abziehen, die Hand abhacken - irgendetwas, wer wusste schon, was helfen würde? Sie überlegte, es noch einmal mit der Membran zu versuchen. Vielleicht... Aber was sollte das bringen? Alles war vereist und sie wäre das letzte Mal beinahe gleich auch zu einem Eiszapfen geworden. Sie war nur neugierig, ob sich nun etwas verändert hatte. Dennoch versuchte sie es nicht, die Angst war zu groß, dass wirklich nun alles anders war. Oder aber, das war tatsächlich ihr Wesen, das entsprach ihrer wahren Natur und sie musste es akzeptieren lernen.

„Wir warten." Cort hatte sich so lange mit seiner Antwort Zeit gelassen, dass Nell beinahe vergessen hatte, überhaupt gefragt zu haben. „Mehr nicht? Wir warten - auf was?" Die junge Frau sah ihn von der Seite her an. Es fiel ihr schwer, dem Nim in die Augen zu blicken, daher konzentrierte sie sich auf seinen Mund. Seinen ewig lächelnden Mund.

„Genau. Wir warten einfach."

„Dieser Verrückte stellt mir ein Ultimatum, ich soll dahin und dorthin reisen und genau sieben Tage später in Nizza sein und nun soll ich warten!", keifte ihre innere Stimme, aber Penelope trug ihren Unmut nicht nach draußen, weil sie ihn kaum spürte. Sie war in einem Zustand, in dem ihr ziemlich alles egal war. Der Schock saß zu tief, als dass sie ihn einfach abschütteln konnte. Der Vorfall war erst wenige Stunden her und sie noch immer unfähig, es sich zu erklären. Warum hatte sie es genossen? Wie konnte sie nur? Warum sie es überhaupt getan hatte, danach musste sie nicht fragen, die Antwort war einfach: Sean.

„Wir warten darauf, dass es weiter geht."

„Und wann ist das?"

„Wer weiß."

Cort stieß sich vom Geländer ab und deutete ihr, ihm zu folgen. „Wir haben ein Zimmer in der Nähe und werden uns hier amüsieren." Die Art und Weise, wie er es sagte, ließ sie taumeln. Wahrscheinlich wäre die junge Frau gefallen, doch der Nim hielt sie fest. Tatsächlich griff er behutsam um sie und hüllte sie mit seiner Wärme ein. Da er nicht nach Nim roch, konnte sie fast so tun, als wäre es ein normaler Mensch, der sie da hielt. Wenn da nicht die Panik sofort in ihr hochsteigen würde. Brüsk stieß sie ihn von sich, keuchend. Ihre Nase blutete bereits wieder und wie auf Kommando hielt Cort ihr ein Taschentuch entgegen. Er hatte sich mit einer ganzen Wagenladung an Taschentüchern eingedeckt und hatte bereits darüber gewitzelt, er würde bald auch Blutkonserven mit sich führen müssen, wenn sie nicht damit aufhörte. Weil sie es kontrollieren konnte! Der Blödmann! So hatte Penelope vor Rom gedacht, bevor sie erkannt hatte, dass sie nicht besser war, als er. Nun nahm sie nur dankbar das Stück Papier entgegen und hielt es an ihre Nase.

Der Nim schnalzte mit der Zunge, dann trat er einen Schritt von ihr weg und musterte sie aus seinen durchdringenden Augen. „Wie hast du das nur mit Ethan gemacht? Er durfte dich ja offensichtlich anfassen." Es war eine Provokation, natürlich, er wollte wissen, wie sie reagieren würde, doch Nell schwieg. „Aber wie es aussieht, standet ihr ja auf Blut. Zumindest du." Cort grinste anzüglich. Wieder reagierte die junge Frau nicht. Es war nicht mehr in ihr. Daraufhin verdrehte ihr Begleiter die Augen und schnaubte etwas, das sehr nach ‚langweilig' klang. „Komm", orderte er daher und marschierte einfach los. „Wohin?" Penelope ließ sich nun doch zu einer weiteren Frage verleiten, obwohl es ihr eigentlich egal war. Über ihnen grummelte der Himmel. Bald würde es regnen und ein Gewitter geben. „Spazieren", verkündete der Hipster-Nim, als wäre es ganz selbstverständlich. Nell zuckte mit den Schultern und nahm es hin.

Keine zehn Minuten später entließ der Himmel auf sie alles, was er zu geben hatte. Sie waren in Sekunden durchgenässt. Der Donner rollte nur so über sie hinweg, machte jede Unterhaltung hinfällig, da man kaum seine eigenen Gedanken hören konnte. Blitze rasten auf die Erde zu, leuchteten weiß und gelb und violett. Die Macht in ihnen war gewaltig und beeindruckend. Sie schlugen auf das schäumende Wasser ein, zwei Naturgewalten, die einander begegneten. „Feuer und Wasser, Hitze und Kühle", dachte Penelope, während sie hinaus auf das weite Meer blickte, das mittlerweile beinahe schwarz wirkte. „Lass uns trainieren!", brüllte Cort über den Krach hinweg. Entsetzt sah die junge Frau ihn an. „Was?", schrie sie fassungslos zurück. Natürlich musste sie an Sankt Peter denken. Unter den steinernen und bronzenen Augen toter Päpste, im Angesicht von Engeln und dem Tod hatte der Nim sie auseinander genommen. Einen Finger statt seines Lebens hatte sie ihm gestohlen. Und nun wollte er trainieren? „Vielleicht erinnerst du dich an Früher, wenn wir Dinge von Früher tun!", kam es zurück, gefolgt von einem Donnern, der die Ohren schmerzen ließ.

In Nells Kopf erschienen zwei Arten von Bildern. Fröhliche Bilder mit bunten Farben und Lachen. Aber auch dunkle Bilder voller Schmerz. Wollte sie Dinge tun wie Früher - falls es dieses Früher je gab? Plötzlich beugte Cort sich zu ihr, seine Lippen nahe an ihrem Ohr, damit er nicht schreien musste. Aus Reflex hielt sie die Luft an und erstarrte. „Ich weiß, du glaubst mir nicht. Ich weiß, du hast keine Ahnung, was du überhaupt noch glauben sollst und kannst. Daher will ich dir helfen. Ich habe mit dir stets trainiert, war dein Lehrer und Freund. Es könnte also funktionieren. Und das, was ich in Rom gesagt habe - nun, ich war wütend.

Nimm es nicht so ernst." Cort sollte ihr Freund gewesen sein? Nell runzelte die Stirn. Unmöglich! Andererseits... In ihrem Kopf lief so viel schief, da war das gar nicht mal so abwegig. Wenn man den ganzen Rest bedachte. Und was sollte diese halbherzige Entschuldigung? Er hatte sie bedroht! Andererseits… Sie war vor ihm geflohen und hatte ihn töten wollen. „Okay", sagte sie daher gedehnt. Vielleicht half es ja etwas. Vielleicht tötete sie Cort auch dabei. Oder er sie. Alle drei Alternativen schienen ihr annehmbar, daher stimmte sie zu. „Wo sollen wir es tun?", fragte sie weiter, das anzügliche Augenbrauengewackel des Nims ignorierend.

„Hier."

„Hier?!"

„Na da am Strand. Keiner wird uns bei dem Sauwetter sehen. Und die Bedingungen machen das Ganze erst lustig."

Gesagt, getan. Cort schwang sich über die Brüstung und landete auf dem steinigen Strand. Er ließ seinen Rucksack und ihre Tasche an der Mauer gelehnt liegen. Nach kurzem Zögern folgte Penelope ihm. Kaum berührten ihre Füße den Boden, begann sie die Situation zu analysieren. Ihr Kopf schmerzte so sehr von all den trüben Gedanken, dass ihr Körper mit diebischer Freude übernahm und sich sofort auf das Wesentliche konzentrierte. Die Steine machten den Untergrund rutschig, selbst trocken würden sie nicht für sicheren Halt sorgen. Dazu kam die schlechte Sicht durch den dichten Regen und die Blitze, die blendeten. Zuletzt war das heran brausende Wasser zu bedenken, das sich im Gewitter regelrecht gegen das Ufer warf und im schlimmsten Fall jemanden stürzen lassen konnte. Nicht sie, wie Penelope hoffte. Mit geradem Rücken und hoch erhobenem Kopf stellte sie sich einige Meter von Cort entfernt auf. Für den Moment vergaß sie alles andere. Es nagte noch an den Rändern ihres Bewusstseins, wollte nach vorne kommen und ihren Geist weiter peinigen. Aber das ließ sie nicht zu. Das hier war ein Kampf und im Kampf gab es nur noch ihren Körper, gab es nur noch Macht und Reaktion, ihre Instinkte. Kein Denken, nur Handeln. Ihre Mundwinkel zuckten nach oben, als sie die Beine weiter auseinander schob und eine geduckte Haltung annahm. Wenn Cort als erstes Angriff, dann würde sie ausweichen können. Wenn er zögerte, konnte sie aus dieser Position in einem Bruchteil zu ihm schnellen - wie ein abgeschossener Pfeil.

Ein Blitz. Dann ein markerschütterndes Donnern. Penelope hatte nicht geblinzelt, doch plötzlich stand der Nim nicht mehr an seinem Platz. Keine Sekunde ließ sich die junge Frau dadurch aus der Ruhe bringen. Die Sicht war verteufelt schlecht. Sie konnte Schemen erkennen und beinahe die nicht mehr. Auch wenn sie Cort nicht ausstehen konnte, musste sie ihm zugestehen, dass er gewieft war. Er ließ sie zappeln, wartete, bis ihre Augen mal dahin, dann dorthin glitten, auf der Suche nach ihm. Erst als der nächste Blitz alles in grelles Licht tauchte, griff er an. Er war ein Schemen in einer auf Licht und Schatten reduzierten Welt. Schnell und gnadenlos. Er kam von hinten auf sie zu und rammte ihr seine rechte Seite genau in ihren Rücken. Ihr Rückgrat ächzte, sie glaubte es in ihren Ohren knacken zu hören. Dann kamen die Steine, die sich in ihr Fleisch gruben und ihr ins Gesicht schlugen. „Das kannst du besser", hörte sie ihn sagen, bevor er wieder verschwand. Cort hatte recht, das kam ihr entfernt vertraut vor, nur etwas fehlte: In ihren Erinnerungen hatte sie schreckliche Angst, Panik sogar. Die blieb nun aus. Verbissen kam Nell wieder auf die Beine. Sie machte sich nicht die Mühe, sich das Blut aus dem Gesicht zu wischen. Es würde mehr werden, da war sie sich sicher. Bevor sie noch einen Atemzug machen konnte, war er wieder da. Diesmal wollte er ihr die Faust in den Magen rammen. Doch die junge Frau hatte ihn erwartet und fing seine geballte Hand ab. Als wären sie zwei Akrobaten und dies eine Show, federte Penelope mit seinem Schwung in die Höhe. Weiter ihn festhaltend, drehte sie sich in der Luft, sein Arm musste sich mit ihr drehen. Eine Verlagerung ihres Gewichts und es war ein Leichtes, ihre Beine um seinen Hals zu schlingen. Noch eine Drehung, diesmal ließ sie seine Hand los, und sie wirbelte ihn herum. Mit einem Platschen ging er zu Boden, während sie auf ihren Füßen landete. Grinsend hockte sie sich über ihn, ein Bein zu jeder Seite. Schnell griff sie in seine Haare - endlich! - und zerrte an seinem durchnässten Dutt. Erst riss sie ihn nach hinten, um gleich danach sein Gesicht fester in die Steine zu pressen. „Okay, okay! Du hast gewonnen, jetzt lass mich aufstehen", kam es gepresst von dem Nim, der klang, als hätte er Steine im Mund - Nell hoffte, dem war auch so. Dennoch ließ sie von ihm ab und richtete sich auf. Erst jetzt nahm sie sich Zeit, über ihr Gesicht zu wischen. Ein Fehler, wie sie feststellen musste, denn Cort hatte noch nicht vor, Pause zu machen.

Gemächlich drehte er sich auf den Rücken und zwinkerte ihr zu, bevor sich plötzlich sein ganzer Körper anspannte und mit den Beinen ausscherte. Er riss Penelope zu Boden und türmte in den Regen. „Nicht schlecht, aber das kannst du besser!", hörte sie ihn lachen, während sie am Boden lag und keuchte. Ihr Kopf dröhnte, sie hatte den Fall nicht abgefangen! Wütend auf sich selbst, aber auch angespornt durch ihren eben errungenen Sieg, richtete sie sich abermals auf. Sie schwankte und musste sich auf die Innenseite ihrer Wangen beißen, um nicht zu schreien. Diverse Steine steckten in ihren Schultern und Armen, dazu kam ihr geschundenes Rückgrat von Corts erstem Angriff. Unweigerlich musste sie sich fragen, wie sie so viele Kämpfe überlebt hatte. Die anderen Nim könnten Idioten gewesen sein, sicherlich, aber das reichte als Erklärung nicht aus. Die Silver waren trainiert, sie waren selbst Jäger gewesen. Cort konnte nicht besser sein, als die Solani, nicht als alle zusammen - unmöglich! Und er war auch nicht besser, nicht wirklich. Immerhin bewegte er sich langsamer als Titus und legte nicht die selbe Brutalität an den Tag wie Mary... Trotzdem schlug sie sich schlecht, das merkte sie nun. Ansonsten hätte er sie nie so erwischen dürfen, selbst wenn sie blind war nicht! Irritiert blickte Penelope auf ihre Hände und fragte sich, was anders war. Als sie ihre Finger betrachtete, da fiel es ihr wie Schuppen von den Augen. Sie wusste nun, was fehlte! Weder das Mal noch die Narbe reagierten, sie waren still, zeigten keine Reaktion. Nell schluckte, dann sah sie auf. Cort wartete sicher bereits auf eine neue Gelegenheit, aber das würde sie nicht zulassen! Sie würde sich von ihm nicht als Boxsack missbrauchen lassen!

Zähneknirschend blickte sie sich um. Keine Chance, etwas zu sehen. Die Dunkelheit war nicht das Problem, sondern der Regen. Penelope schloss die Augen, lauschte. Nichts. Schnell riss sie die Lider wieder auf. Kein Angriff. Er wartete und lachte sich wahrscheinlich halb tot. Dass er daran erstickte, darauf konnte sie nicht hoffen. Einatmen. Ausatmen. Er konnte ihre Kraft taub werden lassen, aber das hatte er nicht getan, sie konnte sich noch bewegen. Warum also reagierte zumindest die Narbe nicht? Die roten Risse flammten doch sonst bei jeder Kleinigkeit auf. Etwas hatte sich verändert und sie befürchtete, es hatte etwas mit der Frau in Rom zu tun. Natürlich, sie konnte hoffen, es lag daran, dass es keine lebensbedrohliche Situation war, doch die Hoffnung war ihr schon seit einiger Zeit ausgegangen. Penelope schluckte und vertrieb all die Abers und Wenns. Es machte keinen Unterschied, selbst wenn der verblödete Osterhase gekommen wäre, um ihr ihre Kräfte zu stehlen, die Situation bliebe dieselbe. Sie konnte nicht so kämpfen, wie sie es gewohnt war. Eine Lösung musste her und keine Begründung!

Der nächste Schlag traf sie unvorbereitet. Cort deutete an, er käme von der linken Seite, Steine schlugen aufeinander, es schien, als bewege er sich dort, doch dann stand er mit einem Mal direkt vor ihr und packte sie am Hals. Instinktiv trat Nell nach ihm. Sie zog das Knie nach oben und rammte es ihm in seinen Bauch. Anstatt sie einfach loszulassen, fauchte er und schleuderte sie von sich. Die junge Frau flog, spürte die einzelnen Regentropfen auf ihr Gesicht prasseln, dann landete sie. Der Aufprall presste die Luft aus ihren Lungen, sie japste, ein Fehler! Wasser drang in ihre Mundhöhle, in ihren Rachen, füllte ihre Nase. Eisige Kälte schloss sich um sie, zerrte sie mit sich. Eine Welle trieb sie erst näher ans Ufer, nur um sie dann weiter nach draußen zu ziehen. Die Strömung war erbarmungslos, riss sie mit sich, umklammerte ihre Glieder und ließ sie tiefer sinken. Es war nicht alleine das kalte Wasser, es war Penelope selbst, die diesen Untergang herbei rief. Denn sie bewegte keinen Muskel, blieb starr im Wasser hängen. Ihre Lungen kreischten, ihr Kopf dröhnte, alles in ihr flehte sie an, etwas zu tun.

Jemand drückte ihren Kopf unter Wasser. Eine Stimme brüllte sie an, sie verstand kein Wort, nur dass sie etwas falsch gemacht hatte. Es tat ihr leid, sie hatte das nicht gewollt...

Eine kühle Hand strich über ihre Wange, streichelte ihr Gesicht. Haare wie das Meer an schönen Tagen. Alles war blau und angenehm kühl. „Keine Angst, du bist hier sicher, bis die Zeit reif ist. Er wartet auf dich."

Er wartet auf dich...

Leben kehrte zurück in Nells Körper. Die weibliche Stimme in ihrem Ohr, der Geruch nach kühlem, frischen Quellwasser - vielleicht entsprangen sie nur ihrer Fantasie, aber das war egal, sie gaben ihr die Kraft zu schwimmen. Wie auf ein unsichtbares Zeichen hin erwachte das Mal. Der Lotus schien sich auszudehnen. Die junge Frau spürte seine Blüten an ihren Armen, auf dem Rücken, sogar auf den Beinen, eine sanfte Liebkosung ihrer Haut, die Energie durch sie sandte. Mit einem angestrengten Zug brach Penelope durch die Wasseroberfläche. Hustend schnappte sie nach Luft, sog jedes bisschen Sauerstoff in ihre Lungen, das sie bekommen konnte. Als sie blinzelte, weil das Salzwasser ihr in die Augen rann, da wäre sie vor Schreck beinahe erneut untergegangen. Denn wenn sie die Lider schloss, da hüllte sie nicht angenehme Dunkelheit ein - nein! - sondern eben diese Dunkelheit wurde gestört von leuchtenden Flecken. Ein dunkelroter Schemen bewegte sich am Strand. Irgendwo bewegten sich winzige, blaue Punkte und fern - sie konnte nicht einschätzen, wie weit - flackerte eine dichte, grausige Röte, die sie sofort mit Beryll assoziierte. Irritiert öffnete die junge Frau die Augen wieder, starrte in die Wand aus Regen. Nichts. Sie schloss die Lider. Wieder die Punkte. Keine Einbildung. Der Lotus auf ihrem Rücken sandte angenehme Wellen durch sie hindurch. Ein Schrei riss sie aus ihren Gedanken. Cort brüllte nach ihr, aber sie verstand ihn nicht. „Was hat er denn?", fragte sich Nell, aber eigentlich war es ihr egal. Immerhin war sie nicht freiwillig baden gegangen, das war seine Schuld!

Wieder an Land zu kommen, kostete einiges an Anstrengung. Die Strömung hatte nicht einfach aufgehört, nur weil Penelope sich entschied, doch leben zu wollen - oder so etwas ähnliches. Sicher war sich die junge Frau nicht, sie dachte auch nicht weiter darüber nach. Zu viel Zeit hatte sie im Wasser verbracht, war nach draußen getrieben worden und dass sie noch nicht von einem Blitz gegrillt wurde, grenzte an ein Wunder. Müdigkeit und Erschöpfung machten sich bereits in ihr breit. Sicher, das Mal gab ihr Kraft, aber es löschte die Anstrengung der letzten Stunden nicht aus. Eine große Welle schwappte über Penelope, sie zog sie unerbittlich mit sich nach unten, egal wie angestrengt sie mit den Beinen strampelte. Das Wasser hatte sie sonst stets geheilt, doch diesmal kam es ungestüm und ungebändigt auf sie zu. „Du wolltest sterben, da hast du's", meckerte ihre innere Stimme.

Warme, ja regelrecht heiße Arme schoben sich unter ihre Achseln. Sie zogen sie nach oben, während ein muskulöser Körper hinter ihr gegen die Strömung und die Naturgewalt ankämpfte. Ein rötlicher Schein umhüllte sie. Dann brachen sie gemeinsam durch die Wasseroberfläche. Zum zweiten Mal in kurzer Zeit schnappte Nell hektisch nach Luft. Ihre Lungen brannten. „Was tust du denn so lange da draußen?", fauchte Cort, der ihre Antwort gar nicht abwartete, sondern einen Arm um sie beließ und zu schwimmen begann. „Kaffeekränzchen mit den Meerjungfrauen!", schnauzte Nell, doch da Wasser, kaum öffnete sie ihren Mund, hinein sprudelte, beließ sie es dabei.

Nass, schwer atmend und erschöpft kamen sie wenige Minuten später am Strand an. Sie schleppten sich auf allen Vieren nach draußen, bis das Meer sie nicht mehr erreichen konnte. „Lass dich ansehen", forderte Cort, kaum saßen sie auf einer Bank an der Promenade, und nahm ihr Kinn zwischen seine Finger, beinahe zärtlich betrachtete er ihr Gesicht, dann zog er eine Augenbraue erstaunt hoch. „Deine Wunden sind geheilt", stellte er grinsend fest. „Wusste nicht, dass du nicht schwimmen kannst, sonst hätte ich dir kein Bad verschrieben." Müde schloss Penelope die Augen und riss sie gleich wieder auf. Sie blinzelte, runzelte die Stirn. „Ist was?" Der Nim ließ sie los und musterte sie irritiert. „Nein, alles bestens", murmelte die junge Frau und schloss erneut die Augen. Diesmal grinste sie. Der rote Fleck war Cort.

„Früher haben wir immer so trainiert. Du warst richtig ehrgeizig und wolltest immer mehr lernen", murmelte dann der Nim neben ihr. „Beryll musste dich immer wegzerren, um dich zu verarzten. Du warst eine ganz schöne Kratzbürste." In seiner Stimme schwang Wärme mit und Zuneigung. Penelope, weil sie nichts darauf zu sagen wusste, lehnte sich auf der Bank zurück, legte den Kopf in den Nacken und ließ den Regen über ihr Gesicht waschen. Sie konnte es sehen, sich sehen, wie sie mit Cort trainierte.

„Du hast geschummelt!", warf das Mädchen ihm vor und zeigte mit einem Finger anklagend auf ihn. Der Nim jedoch lachte und kam dann schnell zu ihm. Er nahm es hoch und wirbelte es herum, bis es quietschend lachte. „Habe ich nicht. Du kannst nur nicht verlieren!" Hel knuffte ihn in seinen Arm. „Ich will weiter machen, bis ich dich besiege!" In ihren dunklen Augen lag so viel Zuversicht und Entschlossenheit, dass es Cort beinahe die Sprache verschlug. „Ich weiß nicht...", begann er. „Hel, morgen ist wieder ein Tag, da darfst du Cort durch die Gegend jagen." Die Stimme

kam tief und melodisch von der Terrasse zu ihnen. Sofort befreite sich das Mädchen aus seinem Griff und rannte lachend über die Wiese.

„Papa, du bist wieder da!"

„So wie ich es dir versprochen habe", raunte Beryll, als er es in die Arme nahm und fest hielt. Hel war in Sicherheit...

Cort erzählte weiter von früher. Geschickt erschuf er Bilder mit seinen Worten, Bilder, die sich ihr einbrannten - oder tauchten sie lediglich aus der Versenkung auf? Penelope spürte, wie sie weiter auseinander gerissen wurde. Bald würde sie zwei Leben haben, eines davon würde echt sein, das andere nur ein Lügenkonstrukt.

„Steh auf!"

„Ich habe keine Lust mehr!"

Sean lag am Boden und spürte jeden Muskel und jeden Knochen in seinem Körper. Gerade hatte ihn Amy einfach so durch die Luft geworfen und auf Matten geschleudert, die auch nichts gegen die Schmerzen halfen. Wieder musste sich der junge Mann fragen, wie er sich nur zu diesem Schwachsinn hatte überreden lassen. Obwohl das nicht stimmte, er wusste es ganz genau!

Die rothaarige Nim kam auf ihn zu stolziert. Sie erinnerte ihn an den Kater, den sie einmal hatten. So wie sie hatte sich das Mistvieh auch immer benommen, wenn er absichtlich ein Glas dem Boden zuführte. „Steh auf!", orderte sie im Befehlston. Dabei sah sie so lässig aus, als wäre es ihr egal. Eine Lüge! Sean biss die Zähne fest aufeinander und rappelte sich auf. Das letzte Mal, als er liegen blieb, da hatte sie ihm ,aufgeholfen', wie sie es nannte. Der junge Mann nannte es: ,Am Arm hochgezerrt und nur auf gut Glück ihn nicht gleich ausgerissen'. „Können wir eine Pause machen?", ächzte er kläglich. Eine dunkelrote Augenbraue wanderte in die Höhe, während ihr Mund schief grinste. „Gibst du schon wieder auf, ja?" Sean grummelte vor sich hin. „Ich habe doch keine Chance gegen dich!" Abfällig schnalzte Amy mit der Zunge, bevor sie auf ihn zu kam und am Kragen packte. Sie hob ihn hoch, als wäre er nichts weiter, als ein Sack voller Federn. „Natürlich nicht", blaffte sie ihn an. „Und wenn du dich anstellst, wie ein weinerliches, verwöhntes Baby, wird daraus auch nichts!" Sie schüttelte ihn ein wenig, bevor sie ihn los ließ. Stolpernd kam Sean zum Stehen. Mit hoch gerecktem Kinn zeigte Amy anklagend auf ihn.

„Wer kam vor zwei Tagen zu mir und hat sich beschwert, alles sei so langweilig hier?"

„Das war ich."

„Und wer wollte unbedingt lernen, wie er stärker wird, um vor Beryll Eindruck zu schinden?"

„Das ist so nicht-"

„Sean, wer?"

„Das war auch ich."

„Und wer hat mich angebettelt, ihm zu zeigen, wie man kämpft, weil er seine kleine Freundin zurück gewinnen will."

„Ich."

„Und wer ist ein Versager und Weichei?"

„Ich schätze, auch ich?"

„Nun hast du's kapiert!" Erfreut klopfte Amy ihm auf die Schulter und grinste von einem Ohr zum anderen. Sean grummelte wenig erfreut und ließ den Kopf hängen. Es stimmte. Ihm war die Decke auf den Kopf gefallen. Er brauchte Antworten und etwas zu tun. Amy konnte ihm beides geben, aber nur wenn ihr der Sinn gerade danach stand. „Okay, schau. Du reißt dich noch zehn Minuten zusammen und dafür werde ich dir zehn Minuten deine Fragen beantworten." Die Nim spielte unschuldig an einer Haarsträhne, während Sean sie aus zusammengekniffenen Augen anstarrte. „Ich glaube dir kein Wort!" Daraufhin zog sie tatsächlich einen Schmollmund, der überzeugend gewesen wäre, hätten ihre Augen nicht belustigt gefunkelt. „Okay, okay." Amy hob ihre Hände, als würde sie sich ergeben. Ihre Armbänder rutschten dabei auf und ab. Auch an diesem Tag trug sie ein Tank-Top, das nicht viel der Fantasie überließ, eine zerrissene Hose - dieses Mal eine schwarze - und Dr. Martens in violett mit Leopardenmuster. „Ich beantworte dir zuerst deine Fragen, danach trainieren wir. Und wenn du dich gut anstellst, habe ich vielleicht ein Leckerli für dich, Welpe." Sie grinste und zeigte zwei Reihen perfekter, weißer Zähne. Sie sah süß aus dabei, doch Sean traute ihr zu, ihm mit diesen Beißerchen die Kehle aufreißen zu können.

„Gut, dann fangen wir mit dem Essenziellen an: Was genau seid ihr?" Der junge Mann ließ sich auf die Matte fallen, froh, endlich einen Grund zu haben, zu sitzen und auch nicht sofort wieder aufstehen zu müssen. Amy folgte seinem Beispiel und legte sich neben ihn. Sie verschränkte die Arme hinter dem Kopf. Dabei rutschte ihr Top hoch und entblößte einen definierten Bauch mit einem funkelnden Piercing im Nabel. Kurz konnte Sean nur auf die nackte Haut blicken, angezogen von den Sommersprossen darauf und dem glitzernden Stein. „Welpe, ich weiß, ich bin heiß, aber du willst Antworten und ich wiederhole mich nicht gerne", riss sie ihn schnippisch aus seinen Gedanken. „Äh-ham. Ja natürlich!" Um den Kopf frei zu kriegen, schüttelte er ihn, bevor er sich so drehte, dass er nur noch Amys Gesicht sah.

„Also, eine Geschichte", begann sie und strich sich durch die Haare, die wie ein Fächer um ihren Kopf lagen. „Beryll ist ein Gott. Er existiert seit einer Zeit, die wir uns nicht einmal denken können. Früher gab es ihn und seine Geliebte - Glacien. Er war das Feuer und das Leben. Sie das Eis und der Tod. Sie hielten sich die Waage, waren zwei Seiten einer Medaille, zwei Notwendigkeiten, die einander bedingten. Beryll liebte Glacien, er hätte alles für sie getan und schützte sie stets vor allem. So verbrachten sie ihre Zeit - als eins. Doch dann fanden sie die Erde und auf der Erde das erste andere Leben außer ihnen. Während unser Anführer dieses Leben sah und gut hieß, geschah etwas mit Glacien. Sie wurde gierig und wollte das auch. Sie wollte Leben erschaffen, wollte jemanden haben, der sie anbetete, der sie vergötterte, wie es die Menschen mit ihren Göttern taten. Beryll wollte weiter ziehen, die Erde verlassen. Er spürte, dass, blieben sie länger, Glacien das Gleichgewicht stören würde und Unheil über die Menschen brächte. Doch sie weigerte sich, mit ihm zu gehen und griff ihn an. Sein Herz brach, als seine Geliebte das Wasser rief, um ihn zu töten, doch er wehrte sich dennoch. Er musste es tun. Egal wie sehr er sie liebte, er musste tun, was richtig war, nämlich sie aufhalten, bevor Schlimmeres geschehen konnte." Amy verstummte kurz und musterte Sean, der an ihren Lippen hing, als würde sie ihm gleich die Lottozahlen der nächsten drei Jahre verraten. Nach einer kurzen Pause erzählte sie weiter, ihre Stimme einnehmend, tief und melodisch, die Geschichte wie ein Lied.

„Sie kämpften. Sie zerstörten alles, was sie einmal ausmachte. Sie zerbrachen und verloren das Gleichgewicht. Glacien mehr als Beryll. Bevor sie sich in ihr eisiges Refugium zurück zog, erschuf sie die Solani. Wesen, die der Nacht, der Kälte und dem Tod gehören. Es sind ihre Kreaturen und tragen ihr Gift in die Welt. Mit ihnen begann die Erde sich zu verändern." Nun setzte die Nim sich gerade hin, dabei war sie so schwungvoll, dass sie beinahe mit Sean kollidierte, am Ende saßen sie Nase an Nase da und der junge Mann ertrank beinahe in ihren Augen. Den Rest erzählte sie eindringlich flüsternd, als wäre es ein Geheimnis, etwas Besonderes, das Wichtigste, was er je hören würde. „Beryll wollte zuerst gehen. Er wollte die Erde verlassen und weit weg von diesem Chaos, das sie angerichtet hatten. Er fühlte sich schuldig, sie hatten so viele Leben genommen. Doch dann sah er die Solani und spürte, wie das bereits gestörte Gleichgewicht noch mehr außer Kontrolle geriet und so schuf er uns, die Nim. Durch das zerstörte Gleichgewicht gerieten auch die Menschen in eine Schieflage. Sie stürzten sich so einfach in alles Schlechte, Hass und Leid dominierten viele und zerstörten nicht nur sie, sondern auch ihren Umkreis. Daher beschloss Beryll, denen, die bereits starben, deren Herzen bereits aufgaben, neue Hoffnung zu schenken, einen Neuanfang samt strahlender Hoffnung, denn sie wurden zu Kriegern gegen das Böse." Stille breitete sich aus. Lautstark musste Sean schlucken. Von der Erzählung hatte er eine Gänsehaut bekommen. „Das heißt, ihr wart

einmal Menschen? Du auch?" Erstaunt ließ er seine Augen über sie gleiten und dachte schmerzlich an die Schläge und Tritte, die sie austeilen
konnte. Amy lachte leise. Sie warf den Kopf zurück und lachte noch
lauter. „Ja, wir alle. Ich auch."

„Und Penel- Ich meine Hel?" Doch da sprang Amy mit einem Satz auf,
griff nach Seans Arm und warf den jungen Mann in die nächste Ecke.
„Die Plauderstunde ist vorbei!" Ein Stöhnen war die einzige Antwort,
die er ihr geben konnte. Schon wieder hatte er eine unschöne Bekannt-
schaft mit den Trainingsmatten gemacht und sie wurden einfach nicht
sympathischer. Bevor er sich aufrappeln konnte, stand die Nim vor ihm.
Automatisch zuckte Sean zusammen. Doch anstatt ihn wieder wie eine
Puppe durch die Gegend zu werfen, hockte sie sich auf ihre Fersen und
grinste ihn an. Sie ging sogar so weit, ihm die verschwitzten Strähnen aus
dem Gesicht zu wischen. „Wenn du dich bemühst - und ich denke, dass
du bereit bist - nehme ich dich mit." Ihr Gegenüber blinzelte sie perplex
an. „Wohin?", fragte er schließlich dümmlich, weil sie nicht den Anschein
machte, weiter zu sprechen. „Du sagtest, du würdest vielleicht gerne
einer von uns werden, daher solltest du sehen, was das bedeutet." Fließend erhob sich die Nim und trat von ihm weg.
Als Sean merkte, dass sie Anstalten machte, zu gehen, rief er sie zurück.
„Moment, was meinst du damit?" Über die Schulter hinweg sah Amy zu
ihm herab, den Piercing in ihrer Unterlippe zwischen den Zähnen. „Dass
du die sehen sollst, die wir jagen, um zu verstehen, welche Verantwortung du damit übernimmst. Und natürlich, ob du überhaupt das Zeug
dazu hast." Beim zweiten Satz blickte sie mit solcher Arroganz und
Selbstgefälligkeit auf ihn herab, dass es mehr als deutlich war, wie sie
dazu stand. Davon angestachelt, richtete Sean sich auf. Dass sein Rücken
und einfach alles in ihm schmerzte, war egal. Dass er blutete ebenso. So
durfte niemand auf ihn sehen. Niemand! Zorn und Hass loderten in ihm
und stärkten seine Beine, sodass er aufrecht stehen konnte. „Gut, ich bin
dabei!", verkündete er, seine Stimme ließ sich seine Erschöpfung nicht
anmerken. Sean hoffte auf ein anerkennendes Nicken, doch Amy rollte
nur mit den Augen und ging davon.
„Hey, wohin gehst du?"
„Habe zu tun. Musst dich selbst beschäftigen, Welpe!"
Sie winkte einmal mit der rechten Hand, ihre Armbänder glitzerten im
Licht. Dann war sie verschwunden und Sean ließ sich wieder auf die
Matten fallen. Vielleicht waren sie doch nicht so unbequem. Vielleicht
konnte er auf ihnen schlafen, dachte er sich, die Lider bereits schwer.

Cole rannte, als wären die Nazgul aus ‚Herr der Ringe‘ hinter ihm her, nicht die auf den Pferden, sondern mit ihren hässlichen, fliegenden Echsen. Es stimmte auch fast, nur dass Mary wahrscheinlich auch die Ringgeister das Fürchten lehren könnte - Sauron gleich mit dazu. Eine ganze Viertelstunde warteten sie bereits auf Oz, der heute mit auf die Jagd gehen sollte. Obwohl es sich eher um mühsame Patrouillen handelte, seit sich die Nim kaum mehr blicken ließen. Trotzdem, der türkishaarige Silver war dafür eingeteilt worden und tauchte nicht auf und das, trotz der Tatsache, dass Mary heute die Leitung des Trupps inne hatte. Die Jägerin warten zu lassen, war einfach lebensmüde, das machte man nicht, niemals, zumindest nicht, wenn man nicht einen Kopf kürzer gemacht werden wollte.

„Oz, du Trottel, wo steckst du? Mary wird gleich alles kurz und klein schlagen, wenn du nicht kommst! Ach ja, sie wird dich an ihren Peitschen kopfüber aufhängen und dich wie Dörrfleisch für ein Jahrhundert so belassen!", rief Cole in das Zimmer des Geschichtenerzählers, noch während er die Tür aufriss. Normalerweise sollte nun die gelangweilte Antwort kommen, dass dies Oz egal sei, dass man nicht einfach in sein Zimmer zu platzen habe. Doch es kam keine Rüge, kein Scherz. Stille empfing den Amerikaner und die beunruhigte ihn mehr, als er zugeben wollte. Sie hatten alle gewusst, dass in Oz etwas vor sich ging. Er hatte mit der Sache mehr zu kämpfen, als der Rest von ihnen, auch wenn er das nicht zeigte. Aber das?

Vorsichtig schob Cole sich in das Zimmer. Es sah so sauber und unberührt aus, als hätte es Oz gerade aufgeräumt. Nach wie vor standen und lagen überall seine Sachen. Aber er war weg, daran hatte der junge Silver keinen Zweifel. Abschied hing in der Luft wie der Duft nach Zimt zu Weihnachten. Als er den Blick durch das Zimmer schweifen ließ, entdeckte er die Objekte auf dem Bett. Es war beinahe wie ein Altar hergerichtet. In der Mitte eine Zeichnung, die eindeutig aus Oz' talentierter Hand stammte. Er hatte sie alle verewigt, jeden einzelnen Silver mit bevorzugter Waffe und typischem Gesichtsausdruck. Links und rechts daneben flankierten die Berettas das Bild, bildeten den Rahmen und wiesen gleichzeitig mit ihren Läufen nach oben zu dem kleineren Stück Papier. „Ich musste gehen. Bis bald. Oz", las Cole. Zumindest hatte der Freund ‚Bis bald' geschrieben. Kurz entschlossen riss der Solani den Zettel und die Zeichnung an sich und rannte los. Er ließ die Tür offen, das machte in seinen Augen keinen Unterschied mehr. Er musste den anderen Bescheid geben. Als erstes Mary. Weil Mary nun auch auf ihn wartete und er wollte nicht auch noch diesen Ärger auf sich ziehen, er wurde ja gerade schon zum Überbringer schlechter Nachrichten.

Wie zu erwarten, rümpfte Mary die Nase und knurrte, als sie das Bild sah, obwohl sie darauf wie eine gefährliche Jägerin aussah und es ihr schmeichelte. Mit dieser Nachricht war an Jagd jedoch nicht mehr zu denken. Sie, Liz und Sandro könnten wohl gehen, aber die jungen Silver? Keine Chance. Für Mary waren sie wie Hundebabys, sofort von jeder Fliege abgelenkt, rannten sie ihr tapsend nach und machten dabei unnötig viel Lärm. So wie jetzt. Lani plapperte drauf los. Cole sagte etwas. Es herrschte Unruhe und sie musste keine Gedankenleserin sein, um zu wissen, dass die Konzentration dahin war. So sehr sie auch jagen wollte, Mary würde niemandes Leben - schon gar nicht in so einer Situation - riskieren. Daher orderte sie alle wieder nach oben. Natürlich stimmten Liz und Sandro zu. „Irgendwann werden sie stubenrein", flüsterte ihr der Italiener ins Ohr, gerade als sie die Garage verließen. Mary kam nicht umhin, zu schmunzeln. „Pass auf, Gedankenleser!", drohte sie dennoch, weil es eben so sein musste. Das brummende Lachen erinnerte sie an die Toskana, an den damaligen Hof der Solani. Sandro zwinkerte ihr zu und fuhr dann fort, Milani zu ärgern.

Geschlossen suchten sie Derek und Patrick auf. Das Zimmer, das einst nur für die älteren Silver reserviert gewesen war, stand mittlerweile allen offen. Die beiden dort zu finden, hatte nichts mit Glück oder Zufall zu tun, sondern war eher der einzig mögliche Ort. Dort grübelten sie vor sich hin, steckten die Köpfe zusammen - vor allem, seit sie in dem Haus der Menschenfrau gewesen waren. Diese war fort. Irgendwie schienen alle Cork zu verlassen, kein gutes Zeichen, da waren sie sich alle einig. Etwas stand bevor, Mary spürte es in jedem Muskel, in jeder Narbe. Ihre Instinkte schlugen an und rieten ihr zur Vorsicht. „Er ist weg!", verkündete die Jägerin ruhig, aber laut, damit die zwei auch aus ihren Gedanken auftauchten. Synchron rissen sie ihre Köpfe nach oben, die Augen aufgerissen - sie hatten sie nicht kommen gehört. Sie saßen am Computer, starrten auf die flimmernde Fläche und Dereks Finger hatten bis gerade eben auf die Tasten geschlagen. Es hörte sich an wie Gewehrfeuer. *Taktaktak. Taktaktak.* „Oz", stellte dieser fest, als gäbe es keine andere Möglichkeit. Im Grunde gab es auch keine. Sie alle hatten seine Unruhe bemerkt. Wütend presste Mary die Lippen aufeinander. Der nächste Idiot, der in sein Verderben raste. Es hörte tatsächlich nie jemand zu. Sie schürzte die Lippen, zischte: „Natürlich." Sie verschränkte die sehnigen Arme vor der Brust, ihre Tattoos wölbten sich, einige schienen zu leben - und genauso wütend zu sein, wie sie.

Patrick deutete auf den Computer. „Wir haben einen Zugriff festgestellt."

„Und nur einer hat die Fähigkeiten, sich in den gesicherten Computer zu hacken und die Informationen zu ziehen", ergänzte Derek. Sie sahen sich an, alle versammelten Silver. Wieder einer weniger. „Das ist ja, wie in diesem Lied", murrte Lani und runzelte die Stirn.

„Wollt ihr ihm nach?", fragte Liz, die an ihren Mann heran getreten war. Sie legte eine schlanke Hand auf seine Schulter, übte leichten, angenehmen Druck auf die verspannten Muskeln aus. „Wir brauchen jeden hier. Wir können uns nicht weiter aufteilen", antwortete ihr Mann prompt. Ihm behagte es nicht, Oz ziehen zu lassen - egal, wie er persönlich zu ihm stand, der Kleine war talentiert! - doch noch jemanden zu verlieren, kam nicht mehr in Frage. Dann könnten sie sofort alle Zelte abbrechen, aber dann würden sie alle Spuren verlieren, die sie bisher hatten - so diffus die auch sein mochten. „Nell ist nach London gereist. Er wird sie dorthin verfolgen. Vielleicht findet er sie und bringt sie zurück", schaltete sich Pat ein, die Erschöpfung stand ihm ins Gesicht geschrieben. Bei der Erwähnung dieses Namens ballte Mary sofort dieHände zu Fäusten und bleckte die Zähne. „Falls ihr mit eurer Vermutung richtig liegt und die Göttin uns durch Alessa tatsächlich zu verstehen gibt, sie solle zu uns kommen." Die Silver klang eisig. „Und wenn man einfach ignoriert, dass wir eine Botschaft aus einem Nim-Haus haben, die besagt, die Frau ist eine Gefahr. Nicht zu vergessen die Prophezeiung, über die sich Titus ausgeschwiegen hat." Sie murrte und begegnete Dereks bohrendem Blick. Der Solani, der offene Fragen so hasste, hatte sich Antworten zusammen gezimmert und nur noch die Informationen zu Rate gezogen, die seine Annahme bestätigten, den Rest, alles, was dagegen sprach, ließ er außen vor - so sah es Mary und sie würde das sicherlich nicht zulassen. „Die Nim sprechen über eine Waffe. Die Prophezeiung spricht über jemanden, der die eine oder die andere Seite zerstören könnte. Vielleicht zeigt die Göttin uns dieses Mädchen nur, damit wir sie vernichten", schlug sie eisern vor. Mary behauptete nicht, die Lösung zu kennen, sie war nicht der Typ, alles ins kleinste Detail zu analysieren, aber sie war durch und durch Realistin und wenn sie etwas betrachtete, dann unter allen Aspekten und nicht nur denen, die ihr schmeckten. Weiterhin bohrte sich Dereks Blick in ihre Augen. Auf seiner Stirn erschienen tiefe Falten, ein gutes Zeichen, wie die Jägerin fand. Lässig zog sie die Packung Zigaretten hervor und zündete sich eine an, während das Feuerzeug schnappte, die Flamme erwachte, während sie an der Zigarette zog und der Rauch aufstieg, unterbrachen die zwei nicht eine Sekunde den Augenkontakt. Ein schiefes, fieses Grinsen erschien auf Marys Gesicht. Die Narbe, die sich über die eine Hälfte ihres Gesichts ausbreitete, verzog sich dabei, beschrieb einen grotesken Bogen, als würde auch sie grinsen. Schließlich blähte ihr Gegenüber die Backen und entließ geräuschvoll die Luft zwischen seinen Lippen. „Mary, ich kann Titus verstehen, dass er dich manchmal gegen die Wand schmeißen will." Nun wurde ihr Grinsen noch breiter, zeigte kräftige, weiße Zähne. „Versuche es, dann hat deine Frau gleich wieder Arbeit." Liz und Patrick rollten synchron mit den Augen, doch alles schwieg. Es war ein wenig, wie eine gute Krimi-Serie gepaart mit Reality-TV und Comedy Show - Familie eben. Keiner wollte den Wortwechsel verpassen, jeder wollte die neuesten Informationen, während sie sich überlegten, wie man am besten eingreifen sollte, bevor sie sich die Köpfe einschlugen. Derek ließ die Schultern kreisen. „Man kann es so interpretieren, wie du es vorschlägst, daran zweifele ich nicht. Aber lässt du mich meine Interpretation vortragen?" Mit einer unwirschen Handbewegung deutete Mary ihm, fortzufahren. Ständig diese langen Expositionen!

„Die Prophezeiung sagt, es gibt jemanden, der für die eine oder andere Seite kämpfen könnte - was auf Nell zutrifft. Sie hat Oz beschützt, sie war kooperativ, aber sie besitzt die Kräfte der Nim, zumindest sehr ähnliche Kräfte. Gut soweit?" Die Jägerin rührte sich nicht, zog lediglich an ihrer Zigarette und blickte durch halb gesenkte Lider scheinbar gelangweilt zu ihm. „Die Nim sprechen von einer Waffe, aber die ist ihnen offensichtlich davon gelaufen, sonst müssten sie sie nicht suchen. Klar soweit?" Derek erwartete keine Reaktion, daher holte er nur tief Luft und fuhr fort: „Und zum Schluss der Punkt, der mich am ehesten überzeugte: In ihren Erinnerungen sah ich das Mädchen, das auch Alessa sieht. Eine klare Botschaft unserer Göttin."

„Und sie hat deinen Arsch gerettet."

„So wie deinen."

Mary knurrte auf den Konter hin, doch sie nickte bedächtig. „Du hast es dir also überlegt. Gut." Lächelnd zwinkerte ihr der schwarzhaarige Silver zu. „Es ist gut, dass du die Fragen stellst, gut, dass du unser Gewissen und unser Tritt in den Arsch bist, Mary. Es braucht immer jemanden, der offen spricht, auch wenn andere es nicht wagen." Auf dieses Kompliment hin ließ die Silver ihre Zigarette fallen und trat sie einfach auf dem Boden aus. Sie lachte eisig und schnippisch. „Sehe ich auch so!"

„Ich unterbreche eure - zugegebenermaßen - sehr interessante und unterhaltsame Diskussion nur sehr ungern, aber die zwei, die am meisten von Oz' Verschwinden betroffen sein werden, haben noch keine Ahnung", warf schließlich Sandro ein, die Augenbrauen hochziehend.

„Cole, du bist ja jetzt darin geübt. Lauf und bring Charles das Papier", orderte Mary prompt von ihrem Schützling. Dieser riss erschrocken die Augen auf, nicht vorbereitet darauf, angesprochen zu werden. Auf der einen Seite freute er sich, dass sie ihn meinte, auf der anderen entging ihm natürlich nicht, dass sie ihn behandelte, als sei er ein Hund. Er nickte lediglich und nahm die Zeichnung von Lani entgegen, die sie bisher gehalten hatte. „Und beeil dich!", rief sie ihm hinterher, da er bereits durch den Gang. Jemand sagte darauf etwas, doch das konnte er schon nicht mehr richtig hören, es war nur noch ein Murmeln.

Dieser Raum war der Ruhe gewidmet. Hier kam man hin, um zu meditieren, um seine Gedanken zu ordnen und in Alessas Fall, um ihre Visionen zu fokussieren. Es gab ihr etwas zu tun, etwas, bei dem sie sich nicht nutzlos fühlte. Außerdem nagte an ihr das Gefühl, wenn sie sich früher intensiver mit ihren Visionen auseinander gesetzt hätte, ihnen wäre vieles erspart geblieben. Aber alleine schaffte sie es nicht. Manchmal tauchte sie so tief und vollständig ab, dass sie nicht zu sagen wusste, ob sie zehn Minuten oder zehn Stunden in ihren Gedanken verbrachte. Darum wich Charles ihr nicht von der Seite. Er holte sie zurück, sorgte dafür, dass sie Pausen machte, aß und trank und sich erholte. Er gab ihr die Ruhe und Zuversicht, die sie benötigte, außerdem schaffte er es, dass sie sich in seiner Nähe nicht vor Schuld auffraß. Manchmal, wenn er es nicht bemerkte, dann schielte sie zu dem blonden, hübschen Silver mit den aristokratischen Zügen. Er war ihr Retter. Das Kind in ihren Visionen hatte ihr versprochen, sie würde überleben - und Charles war gekommen und hatte dieses Versprechen wahr gemacht. Hitze stieg jedes Mal in ihre Wangen, wenn sie daran dachte, wie nah sie sich gekommen waren, als sie um Oz fürchteten. Die Umarmung konnte sie nach wie vor auf ihrer Haut spüren, ein sanftes Kribbeln, das in ihrem Bauch sein Echo fand. Aber Cole störte diese Ruhe, diese Zweisamkeit! Am liebsten hätte sie ihn angebrüllt, den Freund hinaus geschrien, weil er ihren Fortschritt störte. Doch dann sah sie sein Gesicht und das Papier in seinen Händen. Ihr stockte der Atem. Sie hatte bereits Zeichnungen von Oz gesehen, mit feinen und kräftigen Strichen konnte er dem weißen Papier Leben einhauchen, Augen zeichnen, die einem direkt in die Seele zu blicken schienen. Alessa wusste augenblicklich, was der Amerikaner da in Händen hielt, aber sie verstand nicht wieso. In der Sekunde wurde ihr Herz schwer, in ihrem Brustkorb zog sich alles zusammen und statt Schmetterlingen im Magen, lag da nun ein Eisklumpen. Mit fataler Gewissheit dachte die Seherin an ihr letztes Gespräch mit dem Geschichtenerzähler und spürte neue Last auf ihren Schultern. Mehr Schuld, immer mehr. Mühsam versuchte sie zu schlucken, doch der Hals schnürte sich ihr zu. „Cole, was ist passiert?" In einer fließenden Bewegung kam Charles auf die Beine. Natürlich trug er einen Anzug und ein weißes Hemd. Er sah wie immer aus, als würde er zu einem Bankett gehen, gleichzeitig umgab ihn diese Aura des Erhabenen, gepaart mit dem Animalischen des Kriegers, der er nun einmal war - von Scheitel bis Zehenspitze. Kommentarlos reichte Cole dem anderen die Zeichnung und einen kleinen Zettel dazu. Beides studierte der Brite aufmerksam. Nach außen hin zeigte er nichts, aber Alessa konnte von ihrem Platz am Boden aus einen Blick auf seine Augen erhaschen. Sturmgepeitschte Augen, unruhige Augen. Wieder versuchte sie zu schlucken und wieder blieb es ihr im Halse stecken. „Wann?", fragte Charles ruhig. „Wir wissen es nicht. Wir haben auf ihn gewartet, er sollte mit uns in die Stadt." Entschuldigend blickte Cole zu der Silver, die nach wie vor am Boden hockte. Sie konnte nicht aufstehen, war vollkommen eingefroren, sie spürte weder Arme noch Beine. Was hatte sie getan?

„Dann kann ich ihn noch einholen. Er kann nicht weit sein!" Mit einem Ruck richtete sich Charles kerzengerade auf. Seine Schultern waren angespannt, die Haltung spiegelte seine Entschlossenheit wieder. „Nein!" Sie hatte nicht schreien wollen, sie hatte allerdings auch nicht bemerkt, wie sie in die Höhe schoss und an Charles' Seite sprang, beide Hände fest in sein teures Hemd grabend. „Nein!", hauchte die junge Silver panisch. In einer Mischung aus Verzweiflung und Wut schüttelte sie ihn. „Du kannst nicht gehen, hörst du? Hörst du?!" Alessa wusste nicht, woher diese Panik kam, sie war einfach da. Charles durfte nicht hinter Oz her, nicht nach London - woher sie wusste, dass es dorthin gehen würde? Sie hatte keine Ahnung - und auf keinen Fall durfte er sie verlassen. Schwer atmend japste sie nach Luft. „Ich brauche dich hier!" Sie hasste, dass sie flehte, sie hasste, dass Tränen in ihre Augen traten. Doch als Charles seine Arme um sie schloss und fest an sich zog, sie in seinen Duft hüllte, da vergaß Alessa ihre Scham. Manchmal musste man betteln, um zu bekommen, was man wollte - es für Charles zu tun, war in Ordnung. Mehr als das.

Seine Lippen streiften ihren Scheitel, dann ihre Stirn. „Okay. Wenn es dir so viel ausmacht, werde ich nicht gehen", versprach er, über ihre vielen, kleinen Zöpfe streichelnd. „Oz ist klug, er wird das in London schon schaffen", murmelte Alessa glücklich und gleichzeitig mit schlechtem Gewissen. Über ihren Kopf hinweg sahen sich Cole und Charles erstaunt an. Niemand hatte etwas über London gesagt! Aber keiner schnitt das Thema an, keiner der beiden Silver wollte die junge Solani weiter aufregen. Sie schien seit den Worten der Göttin aus ihrem Mund ihre Balance verloren zu haben.

Doch Charles warf es ihr nicht vor. Er wollte sich nicht einmal vorstellen, welche Bürde sie zu tragen hatte, stets die Visionen der Göttin empfangend. Aber wenn er ihr Anker sein sollte, an dem sie sich festhalten konnte - so wie jetzt - würde er es sein. Er konnte nur hoffen - und beten - dass es Oz gut ging. „Ich habe es ihm gesagt, ich kann ihn nicht ständig beobachten. Er weiß hoffentlich, was er tut", raunte er an Cole gerichtet, der entschlossen nickte. „Er wird es schon gut machen", sagte er mit fester Stimme. Er glaubte an den Freund und dessen Fähigkeiten.

Diesmal fiel es ihm nicht schwer, sich unter die Menschen zu mischen. Vielleicht lag es an der Luft, vielleicht an dem Wein, was immer es war, die Stimmung tat dem König gut.

Titus saß auf den Treppen vor der Kathedrale und blickte auf das Baptisterium. Er hatte keinen Mantel an, keine Kapuze verdeckte sein Gesicht. Stattdessen hockte er inmitten von Studenten und wurde einer von ihnen. Die Sprache benutzte er, als wäre er nie weg gewesen, als hätte er stets Italienisch gesprochen. Die Stadt war ihm so bekannt, als hätte er die letzten Jahre hier verbracht. Die rote Kuppel von ‚Santa Maria del Fiore' ragte über allen Gebäuden auf, ein Zeichen, ein Orientierungspunkt, egal wohin er sich wandte. Genau das Richtige für seine Situation, denn nichts brauchte er dringender, als einen Anhaltspunkt. Aber zuerst Ruhe. Zuerst eine Atempause. Sein Geist schrie danach, sein Körper verlangte es. Er wusste, er überstrapazierte sich. Auch der Körper eines Solani geriet irgendwann an seine Grenzen. Selbst bei einem König. Nach dem Kampf hatte er seinen Leuten geholfen, danach kam die Botschaft der Göttin und seitdem fristete er seine Tage in den Meditationsräumen unter dem Einfluss der Runen, die Magie immer noch in ihm. Sein Körper würde bald seine Grenze erreichen, wenn er nicht aufpasste. „Hier." Eine junge Frau reichte ihm eine Flasche Wein. Ein trockener Weißwein, kühl und herb rann er seine Kehle herunter. Titus hatte nicht gezögert, hatte einfach einen Schluck genommen. Seine feinen Sinne konnten ihren Mund genau schmecken. Lipgloss mit Apfelgeschmack. Ein Raucher musste die Flasche davor an seinen oder ihren Mund geführt haben. Egal, der Wein schmeckte gut und er war richtig. „Danke", meinte der König und reichte die Flasche weiter. Die jungen Menschen um ihn herum fragten nicht, woher er kam, sie akzeptierten ihn einfach in ihrer Mitte. Er war ein Teil von ihnen, obwohl sie nichts von ihm wussten. Er hatte zuvor eine Flasche Wein mit ihnen geteilt. Hatte sie bei einem Eisladen gekauft, sie öffnen lassen und reichlich Trinkgeld gegeben. Und nun saß der Silver seit Stunden hier und lauschte ihrem Gerede. Sie sprachen über ihre Seminare, über unfaire Dozenten und zickige Dozentinnen, über langsame und unnötige Verwaltung, Reisen und Kollegen, über die Arbeit. Sie wussten nichts über die Schatten, die sich in ihrer Nähe bewegen konnten. Hatten keine Ahnung, wie empfindlich ihre Herzen waren, so leicht angreifbar, so köstlich für diese Wesen, die dem verzehrenden Feuer dienten. Sie kannten nur das Jetzt und die Probleme ihrer kurzen Zeitspanne. Ihnen ging es nicht um das Überleben ihrer Spezies, sie fühlten nur die Verpflichtung ihnen selbst gegenüber, getrieben von dem Wunsch nach Selbstverwirklichung. Es war erfrischend! Titus schwelgte in ihren Erzählungen. Er lächelte und lachte sogar und trank immer wieder einen Schluck vom Wein. Einmal ein weißer, dann ein roter, je nach Flasche, je nachdem, wer sie bereit stellte. Es war egal. Sie schmeckten alle köstlich. Irgendwann wurde Titus eine Zigarette angeboten und er nahm sie. Er rauchte normalerweise nicht, aber zu dieser Situation schien es zu passen. Die Kathedrale ragte reich verziert mit ihren riesigen Toren hinter ihnen auf. Aufgewärmt durch die schwache Wintersonne, war der Stein nicht eisig. Vor ihnen das Baptisterium, welches mit seinen bronzenen Türen und reichem Schmuck immer wieder den Blick einfing. Dazu die Lokale, an deren Tischen Menschen saßen, tranken und aßen. Der Platz pulsierte vor Leben, pulsierte im Rausch des Augenblicks. Sie alle trugen die Zweifel und Besorgnisse der Zukunft in sich, aber in dieser Nacht wurden sie beiseite geschoben, ignoriert zugunsten gemeinsamer Stunden, zugunsten des Lachens und des Lebens in seiner reinen Form. Also zog Titus an der Zigarette und konnte nicht anders, als an seine Jägerin zu denken. Kalt, wie die russischen Nächte, ehrlich, wie der Mond in einer klaren Nacht. Der König schüttelte seinen Kopf, versuchte seine Gedanken aus dem Netz der Vergangenheit zu befreien. Nur für jetzt, er wollte nur eine kleine Pause, doch die, so wurde ihm bald klar, wurde ihm nicht gegönnt. Die Magie der Bibliothekarin, die Runen, teils älter als er selbst, hatten ein Ziel und würden nicht von seinem Geist lassen, bis es nicht erreicht war.

Im einen Moment saß Titus noch entspannt auf den Treppen und ging unter den Studenten unter, nicht mehr und nicht weniger als sie selbst, im nächsten erfasste ihn ein Schauder und er blickte auf. Die Weinflasche in seinen Händen zitterte, als seine Augen sich auf die Szene fixierten, die sich vor dem Baptisterium abspielte.

Eine junge Solani schlich um das Portal von San Giovanni. Ghibertis Kunstwerk wurde zum Hintergrund einer Liebesgeschichte. Sie umschlang ihren Oberkörper mit ihren filigranen Armen und zitterte. Wartend und ängstlich sah sie sich um. Ihr blondes Haar floss wie Gold über ihren Rücken. Eine einzelne Strähne war entkommen und kringelte sich an ihrem Hals entlang zwischen ihren Brüsten. Ein Wind kam auf, spielte mit dem Saum ihres Kleides. Sie war ein einfaches Mädchen, eine hübsche Solani, ihr Herz voller bodenständiger Werte und Vorstellungen. Ein Schatten näherte sich ihr. Er trat auf sie zu, nahm ihre schmale Statur vorsichtig, als könnte sie zerbrechen, in seine Arme. „Ich bin so glücklich, dass du gekommen bist", flüsterte der Prinz. Er war zurückgekehrt - wegen ihr. Anstatt die zärtlichen Worte zu erwidern, seine Liebe zu bestätigen, trat sie einen Schritt zurück. Sie schüttelte den Kopf, dabei flogen einige weitere Strähnen lose um ihr Gesicht. Widerspenstig

schmiegten sie sich an ihr makelloses Antlitz, ihre Augen hatten die Farbe von
Brombeeren, reif und saftig.

Bevor sie die Worte sprechen konnte, die Titus das erste Mal das Herz brechen würden, erhob sich der König. Einige Augen blickten irritiert zu ihm hoch. Er störte die Ruhe der Menschen, die einfach rauchen und trinken wollten, umgeben von dieser reichen Geschichte, sie atmend, lebend, neu interpretierend. Es tat ihm leid, ihre Stimmung kurz zu stören, doch er wusste, sie würden ihn bald vergessen haben. Er sprach Worte der Entschuldigung, Worte des Abschieds. Es wurde gewunken, die Rede war von Wiedersehen, aber Titus wusste, dazu würde es nie kommen. Getrieben, seine Geister hatten erneut die Fährte aufgenommen, verließ er den Platz. Er ließ die Kuppel hinter sich, den Turm in seinem Rücken, das Baptisterium ein gemeines Echo. Wenn er die Augen schloss, dann sah er die vergoldeten Szenen von Ghiberti. Dass er Worte mit dem Bildhauer gewechselt hatte - damals, vor vielen Leben - änderte nichts an seiner Unruhe. Die Magie war unerbittlich. Er hatte seine Erinnerungen gewollt und er bekam sie alle.

Titus ging weiter, er rannte nicht, doch er floh nichts desto trotz. ‚Santa Maria del Fiore' hinter sich lassend, doch nie der Kuppel entkommend, steuerte er den Palazzo Vecchio an. An jeder Ecke warteten Szenen auf ihn. Gespräche, die er vor Jahrhunderten führte. Ein Streit. Ein Kuss. Immer schneller ging Titus auf den Platz zu. Erfasst von dem Gefühl, dorthin zu müssen, von dem Gefühl, dass er zu spät kommen würde. Erneut.

Wie hatten sie hier eindringen können? Die Silver patrouillierten die Stadt, sie hätten
sie sehen müssen, hätten die anderen warnen müssen. Aber nun war es zu spät, nun
drangen sie in die Stadt ein. Titus hatte sich umsehen wollen, er war zurückgekehrt
von einer Reise nach Rom und wollte nur seinen Kopf frei bekommen, bevor er sich
seiner Familie anschloss. Aber jetzt das. Die Silver hatte er vor ein paar Minuten
gefunden, tot, erstickt an ihrem eigenen Blut. Da hatte er gewusst, er musste sich
beeilen. Diese verdammten Monster, dachte der Prinz und rannte los. Er hatte die
Silver liegen lassen müssen, er würde jemanden schicken, er würde... Doch zuerst
musste er auf den Platz. Es gab ein Fest, seine Mutter erwartete ein Kind, das wollte
man feiern, man wollte die Göttin um Segen für die Schwangerschaft bitten. Aber
nun stand es wohl unter einem schlechten Stern. Er musste schneller sein... Schneller!

Titus erreichte den Platz vor dem Palazzo. Obwohl es weit nach Mitternacht war, spielten noch Kinder. Ihr Lachen mischte sich in das Gemurmel der sitzenden Menschen, die noch ein Glas Wein genossen. Heizstrahler ermöglichten ihnen, auch jetzt noch draußen zu sitzen. Aber der König sah es nicht, hörte nicht das Lachen. Vollkommen andere Szenen hielten ihn gefangen.

„Runter!", brüllte der Prinz. Der Kämpfer hörte ihn und duckte sich. Ein Speer flog über dessen Kopf hinweg und spießte den Nim, der ihn von hinten hatte angreifen wollen, auf. Dankbar nickte der Silver, bevor er sein Schwert fester fasste und sich auf den nächsten Angreifer stürzte.

Titus konnte sich selbst beobachten, wie sein jüngeres Ich Säulen aus Eis in die Höhe zog, um sie dann platzen zu lassen. Doch das interessierte ihn nicht, seine Augen suchten nach jemand anderen.

Die Königin wurde von vier Kriegern umgeben. Ihre Leibwächterin hielt sie, stützte sie. Ihrer schlanken Figur sah man die Schwangerschaft noch nicht an. Doch es waren auch erst sechs Monate, das Kind würde noch lange nicht auf die Welt kommen. Vielleicht nie, wenn nun alles schief ging. Trüge sie nicht das Kind unter ihrem Herzen, sie hätte sich in den Kampf geworfen, hätte die Röcke abgelegt und stünde neben den Männern und Frauen, die hier ihr Leben riskierten. Die Königin spürte das Eis unter ihren Fingerspitzen, sie könnte es rufen, aber das würde das Kind nicht überleben. Sie war zum Nichtstun verdammt - oder zum Sterben. Sie eilten aus dem Weg, sie mussten fort von diesem Platz, in die kleine Gasse nicht weit von hier und von dort zum Fluss. Immer wieder stürmten Nim auf sie zu. Sie wurden nicht müde, aber auch nicht weniger, so schien es zumindest. Woher kam diese Armee? Niemand wusste es zu sagen. Und sie waren geübt, keine kopflosen Narren. Die Königin musste schwer schlucken. Schützend legte sie die Hand über ihren Bauch. Das Kind musste unter allen Umständen gerettet werden. Sie hatten so lange darauf gewartet. Der Gedanke an das Leben in ihr gab ihr die Kraft, fest auf den Beinen zu stehen und sich von allem abzuwenden. Sie musste ihren Mann und ihren Sohn zurück lassen, musste darauf vertrauen, dass sie überleben und sie sich alle bald wieder sehen würden.

Titus verfolgte den Weg, den seine Mutter nahm. Er schlich durch die kleine Gasse, hörte ihre Schritte, das Rascheln der Röcke ihrer Robe. Sie blickte über die Schulter, suchte nach Verfolgern. In Titus' Brust machte sein Herz jedes Mal einen Satz, denn es sah so aus, als würde sie seinem Blick begegnen. Damals hatte er ihre Flucht nicht mitbekommen, hatte am Platz gekämpft und nicht gesehen, was weiter geschah. Doch nun würde er es erfahren. In seinen Fingern kribbelte es. Das war ihr Werk - das der Göttin - musste sein, woher sonst hätten die Informationen kommen sollen? Egal, er folgte seiner Mutter weiter an den Fluss.

Der leichte Wind war kühl und frisch. Die Königin holte tief Luft. „Geht zurück und helft meinem Mann", orderte sie. Irritiert blickten sich die vier Krieger an, nicht sicher, ob sie gehorchen sollten. Wütend fauchte die Solani. „Geht und rettet sie! Wir sind beinahe in Sicherheit. Geht", befahl sie schneidend. Diesmal wurden keine Blicke ausgetauscht. Die Krieger salutierten und rannten zurück in den Kampf. Die Königin blieb mit ihrer Wächterin alleine. „Los, meine Königin, lass uns den Unterschlupf aufsuchen", sagte diese und nahm die Königin vorsichtig am Ellenbogen.

Einen starken Arm legte sie wieder um deren Taille. Sie waren so kurz vor der Sicherheit, ein dummer Fall sollte sie nicht aufhalten.

„Wir sind gleich da", murmelte die Königin. Sie merkte immer häufiger, wie sie kaum mehr Energie hatte. Das Kind zehrte an ihren Kräften, nicht nur körperlich, sondern auch an ihren magischen. Die Schwangerschaft mit Titus war einfach gewesen, nicht so auslaugend. Plötzlich löste sich der Arm, der sie gerade noch gestützt hatte. Die Hand an ihrem Ellenbogen verlor die Verbindung. Die Königin sah aus den Augenwinkeln, dass Blut aus dem Mund ihrer Leibwächterin lief. Ihre Augen starrten in die Nacht und sahen nicht die Sterne und den Mond über ihnen, obwohl ihr silbernes Licht sich in den Pupillen spiegelte. Tot. Die Königin blickte sich um und glitt automatisch in eine abwehrende Haltung. Innerlich verfluchte sie sich, dass sie dieses Kleid trug, so konnte sie sich nicht verteidigen. Konzentriert schnupperte sie, aber kein Feuer, kein Rauch, kein verbranntes Fleisch - kein Nim! Aber da löste sich bereits ein Schatten von der Häuserwand. Sein Haar leuchtete wie die Reste im Kamin, orange und rötlich.

In ihren Fingern kribbelte das Eis. Hektisch sah sie sich um. Der Fluss zu ihrer Linken würde sie vielleicht retten. In die Stadt zu rennen erschien ihr nicht klug. Obwohl dort ihr Mann und ihr Sohn sein würden. Aber... Sie würde eher sterben, als dieses Monster zu ihrer Familie zu führen. Mit zusammengebissenen Zähnen starrte sie auf den Mann, der sich wenige Meter vor ihr positionierte. Er schien nicht in Eile, lässig stand er da, ein Grinsen auf den Lippen. Ein gut aussehender Mann mit einem Makel. Um seine Augen breiteten sich rote Linien aus. „Beryll nehme ich an", sagte die Königin und hob den Kopf, erhaben und kampflustig. Nun wurde sein Lächeln breiter. Sie wollte ihm keine Angst zeigen, doch ihre Hände verrieten sie, als sie sich auf ihren Bauch legten. „Die kleine Königin", schnurrte er und trat noch näher. Automatisch wich sie einen Schritt zurück. „Bleib weg von mir, Nim!", fauchte sie. Es machte keinen Unterschied, sie musste kämpfen. Wenn sie es nicht täte, sie würde sofort sterben. Auch wenn die Magie dem Kind schaden konnte, es konnte... Den Gedanken führte sie nicht weiter. Ein Schritt nach dem anderen, aber gerade war es ein Schritt nach hinten. Und noch einer. „Du kannst uns nicht besiegen", knurrte sie und hob die Hände. Bläuliche Funken tanzten um ihre Finger. Die Luft um sie herum wurde kälter. Zumindest für einige Sekunden, denn in der nächsten überschwemmte Hitze sie. Flammen loderten in einem Kreis um die beiden herum, schlossen sie ein. Mit Schweiß auf der Stirn sah die Königin sich um. Es gab kein Zurück mehr. Nie wieder, wie es aussah. Mit einem Satz stand Beryll vor ihr. Sie hatte nicht gezwinkert, dennoch packte seine Hand plötzlich ihren Hals und hob sie vom Boden. Gurgelnd kämpfte sie dagegen an. Ihre Hände griffen nach seinen Armgelenken, versuchten ihn wegzudrücken. Ihre Nägel schnitten in sein Fleisch, aber Beryll beachtete ihre Bemühungen nicht. Er drückte fester zu. „Man munkelt, du trägst neue Hoffnung in dir. Es wird Zeit, dass ich sie im Keim ersticke, kleine Königin." Sein Griff wurde noch endgültiger, sie japste jämmerlich nach Luft. Jedes Eis, das sie rufen wollte, schmolz, bevor es eine Chance hatte, sich in sein Fleisch zu fressen.

Ihre Gegenwehr wurde schwächer und schwächer. Ihr Kopf füllte sich mit Watte, wurde ganz nebelig. Die wirren Gedanken, die sie noch einfangen konnte, galten dem Kind in ihr. Düstere Schwärze flackerte vor ihrem Blickfeld. Doch bevor die Dunkelheit die Königin mit sich nehmen konnte, bevor ihr Körper erschlaffte, begann ein silber-blaues Licht aus ihr zu leuchten. Es begann kurz unter ihrem Herzen und breitete sich in Wellen aus, bis ihr Körper vollständig damit eingehüllt wurde. Beryll ließ sie schreiend los, ihm fehlte die Hand, mit der er sie eben noch würgte. Blut quoll kurz aus der Wunde, bevor Feuer daraus hervor züngelte und eine neue Hand bildete. „Was zum -", zischte er, doch das Blau breitete sich weiter aus. Es wirkte, als würden Blumen aus der Erde schießen, alle mit silber-blauen Blüten, die das Feuer löschten und dessen Erschaffer verletzten. Wann immer der Nim mit einer Blüte in Berührung kam, wurde ihm Fleisch aus dem Körper gerissen. Er brüllte, ob vor Wut oder Schmerz war nicht zu sagen. Bevor Beryll verschwand, wandte er sich der Königin zu und raunte: „Ich werde dich finden und deine Familie und ich werde euch vernichten. Ich werde euch leiden lassen, als Strafe!"

Kaum verschwand dieser Gott, wurde die Luft wieder kühl und angenehm frisch. Der Geruch von Rauch wurde vom Wind davon getragen. Das blaue Leuchten versiegte, es hinterließ keine Spuren, als wäre es nur eine Illusion gewesen. „Ich danke dir für deine Hilfe", flüsterte die Königin.

Im ersten Moment dachte Titus, dass sie mit ihm sprach, doch dann sah er, dass sie ihren Bauch streichelte. Ein verzücktes Lächeln zeichnete ihre Lippen. Die Bilder verblassten vor seinen Augen, er hatte wohl gesehen, was es zu sehen gab - und konnte es nicht glauben. Seine Mutter hatte gesagt, ihre Leibwächterin wäre durch einen Nim gestorben, durch dieses Opfer hätte sie fliehen können. Kein Wort war über ihre Lippen gekommen, dass sie Beryll begegnete oder dass das ungeborene Kind sie rettete - zumindest schien das seine Mutter zu glauben. Da Titus wusste, dass es sich hierbei um seine Schwester handelte, dachte er, es musste wohl stimmen, glauben konnte er es trotzdem nicht richtig. Er hatte nie ihre wahre Kraft gesehen.

Der König schwankte und griff sich an die Stirn. Seine Haut glühte, als würde er in diesem Feuerkreis stehen. Er verbrannte und schwankte unsicher auf den Beinen. Was geschah hier nur? Der Boden schien nicht mehr eben, er schlug Wellen, zumindest stand Titus nicht mehr gerade und geriet immer mehr in Schräglage. Daria hatte ihn gewarnt, hatte ihm geraten, Pausen zu machen, sonst würde sein Körper krank werden. Zu spät. Blinzelnd blickte er hinauf in den Himmel. Gräuliche Schlieren, die nichts Gutes besagten. Der neue Tag kam zu schnell und unerbittlich. Nun musste er sich beeilen.

„Wo ging ich zur Schule?" Penelope saß Cort an einem kleinen, runden Tisch gegenüber. Kaffee dampfte köstlich vor ihrer Nase und ein Croissant wartete darauf, von ihr verspeist zu werden. Ihr Magen ähnelte nach wie vor einem Kloß, all der Druck und die Fragen schlossen weiter ihre Faust um ihre Innereien und sorgten für Bauchschmerzen und ab und zu Kurzatmigkeit. Aber nach fünf Tagen in Nizza, trat es nur noch punktuell auf und stellte keinen Dauerzustand mehr dar. Nur ihre linke Hand, die konnte sie nach wie vor nicht ansehen, ohne dass es ihr ganz kalt wurde und sie Blut auf ihrer Haut kleben sah.

„Du wurdest Zuhause von uns unterrichtet. Beryll hätte dich, seine Tochter, nie auf eine einfache Schule gelassen. Dazu warst du zu klug, aber auch zu gefährdet. Er wollte nicht riskieren, dass die Solani von dir erfuhren, bevor du bereit warst", kam die Antwort prompt von ihrem Begleiter, der bereits ein ganzes Baguette mit Schinken und Käse verspeist hatte und noch immer weiter aß. „Hm", summte Nell und dachte nach. „Was war in Killarney?" Nun biss sie in ihr Essen, kauend wartete sie auf die Antwort. „Ein zweites Haus, wo du trainiert hast. Cork war nicht mehr sicher für dich und wir brauchten für das Training mehr Platz."

„Hm", machte die junge Frau erneut. „Warum bin ich weggelaufen?" Da war sie, die Frage, die sie nun jeden Tag gestellt hatte. Jedes Mal gab Cort die gleiche Antwort, dennoch lauerte sie auf eine Lücke, einen Hinweis darauf, dass er log. „Du hattest wieder einen Streit mit deinem Vater. Das kam in letzter Zeit immer öfter vor. Du wolltest hinaus in die Welt, dir wurde das Leben im Kreis der Familie zu eng. Doch Beryll wollte dich nicht ziehen lassen. Du hattest solche Kräfte entwickelt, dass er Sorge hatte, du würdest dich selbst und andere verletzen, wenn niemand da wäre, um dir zu helfen. Dazu kam die Sorge, die Silver könnten dich finden und töten. Dieser Streit verlief anders. Diesmal verlorst du vollständig die Kontrolle über dich. Du warst so wütend. Die Erde bebte, das Haus wackelte und du schriest. Ich höre es heute noch..." Cort brach ab und trank von seinem Kaffee. Bevor er fortfuhr, begegnete er Nells forschendem Blick. „Du hast dir ans Herz gefasst und da geschah es. Deine Haut brach auf. Blut floss, Feuer züngelte daraus hervor und verbrannte alles in seiner Umgebung. Du brülltest mittlerweile vor Schmerz, aber keiner kam an dich heran, nicht einmal Beryll. Wir mussten fliehen, ansonsten hättest du uns alle getötet. Beryll riegelte den Ort ab, damit die Zerstörung nicht auch andere traf, doch dein Ausbruch machte auch diese Barriere zunichte." Der Nim seufzte. „Als wir die Umgebung wieder betreten konnten, war nichts mehr von dem Haus übrig und du warst fort. Wir suchten dich in Cork und Killarney. Keiner von uns rechnete damit, dass du Deinesgleichen töten würdest." Nun wurde sein Gesichtsausdruck etwas vorwurfsvoll. Penelope zuckte zusammen und begann auf ihren Kaffee zu starren. „Wenn du daraus die Zukunft lesen willst, musst du ihn erst trinken und dann umdrehen", meinte ihr Begleiter schmunzelnd. Er hatte sich wieder gefangen. „Du musst mich hassen", murmelte die junge Frau und stellte sich in Gedanken die Frage, warum ihr das mit einem Mal wichtig war. „Nein. Du warst verwirrt. Du brauchtest Hilfe. Wenn, dann ist es unsere Schuld, dass wir dich so lange allein gelassen haben." Er sprach voller Wärme und bescherte ihr damit ein angenehmes Gefühl der Geborgenheit.

Als sie wieder auf ihren Kaffee blickte, da sah sie zweierlei Dinge. Penelope sah zum einen einen düsteren, kalten Bunker mitten im Wald. Jeder Raum darin diente nur dem Zweck, zu trainieren und zu quälen. Sie sah dort das ovale Becken, Blutflecken an der Wand, in dem sie das Mädchen hatte kämpfen sehen - in einem Traum vor gefühlten Ewigkeiten. Eine Pritsche tauchte vor ihr auf. Ihre Hände wurden gefesselt. Festgebunden. Bewegungsunfähig. Eine Hand streckte sich nach ihr aus. Finger legten sich glühend rot auf ihre Haut genau über ihrem Herzen. Dann zerriss das Bild. Feuer und Rauch hüllten alles ein. Zum anderen sah sie aber auch ein kleines, hübsches Haus im Wald. Helle, freundliche Zimmer luden zum Verweilen ein und Nell beobachtete sich, wie sie die Kontrolle verlor. Verfolgte, wie Beryll versuchte, zu ihr zu gelangen, um sie zu schützen. Und in ihren vor Schmerz geweiteten Augen fand sie die Sehnsucht, bei ihm sein zu wollen.

Nell pustete gegen den Kaffee, der schon lange nicht mehr heiß war, um die Bilder zu vertreiben. Sie konnte sich in nichts sicher sein, außer darin, dass das eine eben Corts Version der Wahrheit war. Angestrengt runzelte sie die Stirn. Ein Drang tauchte am Rand ihres Seins auf und wollte beachtet werden, wollte, dass sie ihm nachging. Als sie den Kopf hob und den Blick über die Menschen schweifen ließ, die hier, wie sie auch, an der Strandpromenade saßen und ihr Frühstück einnahmen, da erblickte die junge Frau all das, was diese Menschen bewegte. Neid, Hass und Missgunst, Schadenfreude und Selbstzweifel, tief empfundenes Leid und Egoismus. Dunkel war die Luft um viele, aber anstatt, wie früher so oft, davor zurück zu schrecken, es nicht sehen zu wollen, weil es traurig und erschütternd war, grinste sie nun bei diesem Anblick. Das Lächeln kam ganz unbewusst. Denn sie sah nicht das Schlechte, stattdessen nahm sie es als Gelegenheit wahr, diese Gefühle von ihnen zu reißen, sich daran zu laben und zu berauschen. Sie wollte es. Wollte einen von ihnen packen und sein Herz nehmen. Sie würde ihn besser machen, ihn von diesen Gefühlen befreien, die ihn die Balance verlieren ließen. Es könnte jeder dieser Menschen sein...

Nell schluckte schwer und blinzelte. Sie musste sich dazu zwingen, es nicht mehr zu sehen, so sehr war es bereits ihre zweite Natur geworden. Währenddessen - es mochte eine Minute oder eine Stunde vergangen sein - beobachtete der Nim sie mit neutralem Gesicht. Er ließ sie diese Erfahrung machen und wartete. Erst als sich ihr Blick wieder fokussierte, sprach er. „Ich habe eine Frage an dich, Hel." Vor zwei Tagen hatte er begonnen, sie bei ihrem richtigen Namen, wie er ihn bezeichnete, zu nennen. Langsam nickte die Angesprochene. „Glaubst du immer noch, dass du nicht zu uns gehörst? Glaubst du, wir sind der Feind, den du dir so plastisch ausgedacht hast?"

Cort bekam darauf keine Antwort, aber die brauchte er nicht. Ihr Schweigen war ihm Erklärung genug. In ihrem Gesicht konnte er lesen, dass sie sich nicht mehr sicher war, dass sie zweifelte. Als sie mit einem Satz aufsprang und weglief, da rannte er nicht sofort hinterher, sondern schnappte sich grinsend ihr restliches Croissant und aß auch das. Sie würde wieder kommen, da war er sich sicher.

Über sich hörte er die Schritte von Besuchern. Jeder einzelne dröhnte in seinem Kopf, glich einem rostigen Nagel, der ihm in die Schädeldecke gebohrt wurde. Abgelenkt von der Vision, geschwächt von seiner Reise und der Arbeit in Prag, hatte er es nur noch in das nächste Versteck geschafft. Viele gab es nach der Aufgabe des Hofes in Florenz nicht mehr. Dieses Versteck war für Notfälle gedacht. Als Derek und er es einst erschufen, hätte es sich Titus nie träumen lassen, wirklich einmal hier drinnen zu liegen. Es war schlichtweg beunruhigend eng. Das Versteck bestand aus einer einfachen Kammer unter dem steinernen Boden von San Giovanni, ziemlich genau unter der Mitte. Durch Runen der Solani geschützt, würde es nur von Solani gefunden und genutzt werden können. Aber da es als letzte Zuflucht dienen sollte, als kurzer Stopp, um dann schnell weiter in Sicherheit zu gelangen, hatten sie sich damals nicht die Mühe gemacht, es besonders schön oder gar groß zu gestalten. Ein ausgewachsener Solani hatte darin stehend Platz. Genau einen großen Schritt maß die Kammer zu jeder Seite. Mehr nicht. Kalter Stein. Keine Möbel. Nichts.

Titus Körper war zu schwach, um länger zu stehen. Daher hatte er sich auf dem Boden zusammen gerollt und versuchte die Geräusche auszusperren und zu schlafen - vergeblich. Er hatte weder Wasser noch Essen, zitterte und lag im Fieber und das führte dazu, dass die Erinnerungen, die Echos all dessen, was er erlebt hatte, an ihm vorbei glitten, in seinen Geist drangen, darauf schlugen und trampelten und erst wenn er vollkommen erschöpft am Grunde seines Geistes lag, weiter zogen. Ein

Albtraum war nichts dagegen. Unweigerlich bewegte er sich auf das zu, was er nicht sehen wollte, aber vor diesen Bildern konnte er die Augen nicht schließen, denn es brachte rein gar nichts. Zumindest vor einer Sache konnte er sich drücken - noch.

Titus sah nichts mehr, nichts mehr außer Rot. Rot vor Wut. Die letzten Wochen hatte er nichts anderes gemacht, als zu jagen. Seine Silver an seiner Seite. Aber auch die nahm er nicht wahr. Sie waren nur Schatten, sie waren unwichtig. Alles war unwichtig. Mit eisigen Augen blickte er über die Stadt. Er hasste sie jetzt schon, er hasste jede Ecke, jeden Stein, denn er war hier - Beryll! Bei dem Namen allein begann er zu knurren, tief aus der Kehle. Wie ein nahendes Gewitter klang er, bereit zu explodieren. Und er würde explodieren. Endlich hatte er seinen Feind gefunden. Immer wieder war der Nim ihm entwischt, aber nicht heute Nacht, nicht noch einmal. „Wir werden das Haus jetzt umstellen", sagte Mary neben ihm. Sie war die Beste gewesen, hatte Fährten gefunden, wo es kaum mehr Spuren gab. Sie hatte ihn verstanden. Schon einmal waren sie auf der Jagd gewesen, hatten der Rache ein Blutopfer gebracht. Nun wieder, aber es war dennoch anders. „Nein. Verschwindet."

„Titus!"

„Verschwindet!"

Er sah sie nicht an, hatte keine Augen und keine Zeit für irgendwen oder irgendetwas außer dem Ziel, der einen Sache - Beryll! Schnaubend ließ Mary ihn alleine. Die Silver hatten alle die Veränderung mitbekommen und akzeptiert. Es gab Momente und Situationen, wenn eine Bahn eingeschlagen wurde, die man nicht mehr verlassen konnte. Man musste ihr bis zum Ende folgen. Dies war so eine Situation.

Wieder alleine schloss Titus die Augen. Er sammelte sich. Jede Sekunde hatte er gezählt, hatte sie wie eine Ewigkeit erlebt, um hierher zu gelangen. Endlich. Als er die Lider wieder öffnete, da war sein Blick klar und voller Härte. Heute würde er keine Gnade und keine Güte kennen. Das Eis wanderte über seine Haut, spielte um seine Fingerspitzen, bereit zu töten. Er blickte nicht zurück, sondern trat nach vorne, in den leeren Raum und fiel. Sicher landeten seine Füße auf dem schmutzigen Boden. Die Stadt stank fürchterlich. Die Nachwehen der Krankheit, die viele der Menschen dahin gerafft hatte, lagen noch über der Stadt, sie verpesteten die Luft. Aber das war nichts gegen den Geruch der Nim, denn dieser war es, der alles andere durchzog und in seiner Nase brannte. Nun musste er schnell sein, denn wenn sie ihn bemerkten, würden sie fliehen, feige wie sie waren. Aber das würde der neue König nicht zulassen. Nein, er würde seine Krone heute im Blut der Nim schmieden und der Schlange den Kopf abschlagen.

Lautlos schlug der Silver sich in die Schatten. Normalerweise trugen sie ihre Kämpfe so aus, dass die Menschen nichts davon mitbekamen. Sie würden nur in Panik geraten und Angst bekommen. Es reichte, dass sich dennoch Geschichten um sie rankten, die absonderlichsten Namen hatte diese sterbliche Spezies ihnen gegeben. Doch heute war Titus auch das egal. Sollten sie sehen - was machte es? Sie würden Zeugen werden, wie ein Gott starb! Die Augen nicht eine Sekunde von dem Haus nehmend, in dem sich die Nim verschanzten, in dem Beryll weilte, ließ er das Eis wachsen. Nicht langsam, nicht unauffällig, sondern mit aller Macht, über die er gebot, erschuf er ein Gefängnis aus Eis. Die Wände glichen Spiegeln, in denen sich Sterne und Kerzenschein wieder fanden. Nach oben hin schloss es mit messerscharfen Spitzen ab. Kaum war das Haus abgeriegelt, trat der König ein. Die Wand öffnete sich für ihn, Stein und Holz riss er einfach auseinander. Hinter ihm wuchs das Eis erneut zu, niemand sollte ihm entkommen.

Im Inneren herrschte dicke, verbrauchte Luft. Ein Feuer brannte, doch es erlosch, kaum sah Titus es an. Im ersten Moment schien sich nichts zu bewegen, nicht einmal die Staubpartikel in der Luft. Die Welt erstarrte, holte tief Atem. „Du hast mich also gefunden, kleiner Prinz", hallte es dann von den Wänden, leise, nur ein Flüstern. Titus ging nicht darauf ein, er würde seine Verteidigung nicht fallen lassen.
„Schade, denn das bedeutet, ich muss dich töten und ich hätte so gerne noch mit dir gespielt." Eine Bewegung in den Schatten. Der Silver zögerte nicht lange und schoss Klingen aus Eis in diese Richtung. Ein gurgelnder Laut verriet ihm, dass er etwas getroffen hatte. Nur eine Ablenkung. Den Schlag, der ihn nun treffen sollte, konnte er mit nur einer Hand abfangen. Er hielt das Bein, das nach ihm hatte treten wollen, am Fußgelenk fest. Ohne hinzusehen, sandte Titus Eis in diesen Körper. Er spürte das heiße Blut und ließ es gefrieren, bis das Bein einfach zerplatzte. Es würde den Nim nicht töten, aber leiden lassen. Der Schrei, der folgte, war wie Musik in seinen Ohren. An seinem Körper trug er dutzende der silbernen Klingen. Eine davon packte Titus nun und schleuderte sie dem schreienden Nim in die Brust. Sofort flackerten die silbernen Linien auf und der Körper wand sich nur noch mehr. Das jedoch sah der König gar nicht, konnte es nicht, denn dieser Schein riss nur Wunden auf. Silbernes Licht, seines war sie gewesen und sie war nicht mehr. Von diesem Gedanken angefacht, verstärkte Titus den Griff um das Haus. Die Wände ächzten. „Nett, wirklich." Wieder die Stimme, wieder schien sie von überall zu kommen. Und sie klang amüsiert. Der Solani antwortete mit einem Knurren.
Die Nim kamen näher. Sie umzingelten ihn, feixend, aber klüger als ihre Vorgänger, denn sie rannten nicht einfach auf ihn los, sondern warteten. Nur auf was, das wusste der König nicht, denn wenn sie glaubten, er würde ihnen eine Lücke in seiner Verteidigung zeigen, dann waren sie vielleicht doch noch dümmer als gedacht. In ihren Händen hielten sie Dolche, andere Schusswaffen, die viel zu ungenau waren, um in diesem Fall nützlich zu sein. Nur einer umklammerte ein Schwert, zu groß, um in diesem Raum agil handeln zu können. Nach und nach wurde die Luft kühler. Titus zog das Gefängnis aus Eis enger um das Haus. Natürlich war es ein herrschaftliches Haus in der besseren Gegend, wie typisch für das Monster. Doch auch die Wände aus Stein, selbst der massive Dachbalken, konnten dem Druck bald nicht mehr stand halten. Der Silver stand da, die Arme an seinen Seiten, nach außen hin entspannt. Als er die Nim in den Schatten betrachtete, begann er zu grinsen. „Ihr hattet eure Chance", sagte er bitter. Sein kleiner Finger zuckte. Beinahe gleichzeitig griffen sie sich an ihre Brust, ballten Fäuste, rissen an ihren Gewändern. Das würde sie nicht

retten. Sie hatten zu lange gewartet, hatten Titus zu viel Zeit gegeben. Dies war nun sein Schauplatz und sie waren nichts ahnend in seine Falle gelaufen. Es war seine unglaubliche Wut, die jede Zelle in ihm ausfüllte, die diesen Angriff möglich machte. Die ersten Spitzen aus Eis durchdrangen bereits die Haut. Eine Sekunde, dann ging es ganz schnell. Das Eis dehnte sich aus und zerriss die Nim. Blut malte abstrakte Bilder auf die Wände, troff in die weißen Teppiche und spritzte auch auf Titus, der sich nicht die Mühe machte, die Tropfen aus seinem Gesicht zu wischen. Die Macht hatte sich verändert, als wäre ein Luftzug hindurch geblasen. Nur dass dieser Hauch Hitze mit sich brachte. Ohne Ankündigung explodierte neben dem König eine Vase. Diesmal musste er ausweichen, um nicht von den Splittern verletzt zu werden. Als er stehen blieb, bebte der Boden. Mit einem Satz sprang Titus davon, beinahe zu spät, denn da brachen die Dielen auf und kreischend leckten Flammen gierig daraus hervor. Ein brennender Schmerz durchzog sein Schienbein und sagte ihm, dass er erwischt worden war. Sein Körper wollte stolpern, er sandte Signale durch seine Nerven, die seinem Hirn suggerierten, er solle sich die Wunde ansehen, doch Titus weigerte sich, stattdessen rief er das Eis zu sich, ballte es zusammen und schleuderte es Beryll entgegen. Was eine Klinge aus Eis hätte sein sollen, erreichte den Feind als Wasser, dass sein Gesicht benetzte. Der Nim besaß den Nerv, mit der Zunge zu schnalzen. „Ich dachte wirklich, du würdest mir mehr zeigen, Prinz. Nachdem ich dir deine Familie genommen habe." Beryll wischte sich entspannt eine dunkle Strähne aus der Stirn. Obwohl sein Haus weiter ächzte, bald zusammen brechen würde, obwohl das Feuer, das es rief, an den Wänden leckte, schien er nicht im Geringsten beunruhigt. „Weißt du, deine Eltern haben gebettelt. Gebettelt um das Leben deiner Schwester... Wie sie schrie, immer wieder nach dir, ihrem Held", säuselte er und grinste wölfisch. Titus wusste, der Teil in ihm, der noch klar dachte und sich an seine Ausbildung erinnerte, dass dies eine Falle war - wahrscheinlich von Beginn an. Eingeschlossen in Eis und Feuer wollte der Pseudo-Gott ihn genau hier haben. Dies war keine Jagd gewesen, sondern ein Spiel, in dem der Solani nicht der Spielmacher war. Doch dieser logische Teil ertrank längst in unbändiger Wut und Verzweiflung. An seinem Geist spürte Titus eine Präsenz, sie sandte ihm Bilder, furchtbare, lebhafte Bilder. Seine Mutter voll Blut. Sein Vater mit klaffender Wunde am Hals. Und natürlich die Schreie seiner Schwester. Sie rannte mit nackten Füßen vor jemanden davon und schrie nach ihm. Titus hörte das Echo ihrer Schreie, seinen Namen vor Angst verzerrt. Der Wahnsinn packte den Silver. Die Zeit des Denkens, des Überlegens war endgültig vorbei.

Mit einem markerschütterndem Schrei, der in der gesamten Nachbarschaft als Donnergrollen zu hören war, der sogar das Glas in den Fenstern zum Beben brachte, stürzte er auf seine Nemesis zu. Die beiden Männer kollidierten ineinander. Zwei sehnige, muskelbepackte Körper voller Energie. Feuer und Eis donnerten gegeneinander, zischend schlugen sie aus. Der Schwung beförderte sie gegen die nächste Wand. Die Steine der Mauer gaben knirschend nach, aus ihren Fugen drangen orange Flammen. Fluchend zerrte Titus den anderen am Kragen beiseite. Sie stürzten auf *den Boden. Blind für seine Umgebung holte der Solani aus und brachte seine Faust herab, links und rechts, immer abwechselnd schlug er auf Beryll ein. Knochen brachen, Blut floss, doch dieser lachte und lachte und spuckte ihm zwischendurch sein Blut ins Gesicht.*

„Das war lustig", sagte der Nim irgendwann. Plötzlich bewegte er sich. Bevor Titus reagieren konnte, zog der andere seine Beine an und rammte die Knie in dessen Bauch. Schnell, sodass die Bewegung beinahe verschwamm, schlug er zu. Berylls Faust traf den Silver am Brustbein. Kurz leuchtete es rot an seiner Hand auf, ohne Feuer zu fangen, dann flog Titus' Körper von ihm herunter. Losgelöst von sich selbst beobachtete der König, wie er nach hinten gerissen wurde und im nächsten Moment gegen den Kamin auf der anderen Seite stieß. Schmerz durchzuckte seinen Rücken. Die Luft schnitt heiß in seine Lungen, sein Eis hatte nun keine Chance mehr. Sie mussten hinaus. Er dachte nicht an die Opfer, nicht daran, dass er den Kampf nach draußen in eine Stadt voller Unschuldiger trug, als er sich anspannte und erneut Beryll erwischte. Titus lenkte ihren Flug genau in die Stelle, die sie zuvor getroffen hatten und diesmal brachen sie hindurch. Der Geruch nach verbranntem Haar und seiner Haut stach in seine Nase. Die äußere Eishülle splitterte und schnitt wie kleine Schrapnelle in Wangen und Hände. Sie landeten in der Gasse neben dem Haus. Behände sprang der König auf die Beine und brachte Abstand zwischen sie. Die Luft hier draußen war kühler und trug Nässe in sich. Vielleicht würde es regnen. Feixend stand Beryll auf. In seinen Augen glitzerte es selbstgefällig. „Bist du endlich bereit, zuzugeben, dass ihr nicht besser seid, als wir? Monster durch und durch?" Obwohl er nicht laut sprach, drang jedes Wort glasklar an Titus' Ohren. Neben ihnen klappte das herrschaftliche Haus endgültig zusammen. Die Flammen stoben auf, dunklen Rauch und glühende Partikel in alle Richtungen schickend. Kurz sahen beide zu, wie die orangen Punkte durch die Luft segelten, einen Tanz aufführten, vollkommen unberührt von ihrem Treiben. Beinahe liebevoll lächelte Beryll bei diesem Anblick. „Verteilt euch, meine Lieblinge", raunte er, bevor er sich dem Solani zuwandte. „Und nun zu dir. Heute beende ich deine erbärmliche Blutlinie."

In seiner kleinen Kammer stöhnte Titus auf. Er presste die Hände fest gegen seinen Kopf, musste ihn zusammen halten, sonst würde er platzen. Das Gefühl zu brennen, wurde stärker. Die Flammen konnte er unter seiner Haut spüren, wie Gift breiteten sie sich in seinem Blut aus und fraßen sich durch seine Eingeweide. *„Eine Warnung, König. Wenn du dich zu lange deinen Erinnerungen verwehrst, obwohl die Magie dieser Räume in dir ist, werden sie dich angreifen und krank machen. Kämpfe den Kampf nicht zu lange, du kannst nicht gewinnen."* Daria hatte ihn gewarnt und natürlich hatte er es nicht ernst genommen.

Würgend beugte der Silver sich zur Seite. Ein Schwall heißen Blutes stieg in seiner Kehle auf und er spuckte es auf den Boden neben sich. Kurz wirkte es so, als würde es dampfen, vielleicht eine Illusion, vielleicht nicht. Angeekelt drehte sich Titus auf die andere Seite und schloss die Augen.

Er räusperte sich. Keine Reaktion. Genervt rollte Sean mit den Augen, versuchte es erneut. Aber noch immer reagierte Amy nicht. Er ahnte, dass sie ihn wohl wahr nahm, aber die Nim entschied sich dafür, ihn auf die Folter zu spannen.

Nachdem sie einfach verschwunden war, hatte Sean das Anwesen alleine durchstreift. Juliette brachte Essen und Getränke, doch sie sprach nicht und der junge Mann versuchte nicht, sie in Gespräche zu verwickeln. Er hatte andere Menschen gesehen, obwohl Sean davon ausging, auch bei ihnen handelte es sich um Nim, doch war er ihnen nie nahe gekommen. Stattdessen beschäftigte er sich mit dem Kinderzimmer. Er konnte kaum glauben, dass Penelope hier ihren Anfang nahm, aber alles deutete darauf hin. Er hatte die Bilder studiert. Immer wieder das Bild mit der Puppe, die ihr so ähnlich sah, und sich gefragt, warum sie nie etwas erzählt hatte. Stattdessen hatte sie ihm die Geschichte über die Familie aufgetischt, die sie nicht unterstützte. Natürlich hatte sie ihm nichts von ihrem Vater erzählen können, dem Gott - aber so fern der Wahrheit!? Und was war mit später, als sie bei ihm hinein getorkelt war, vollkommen hinüber? Er hatte ihre Angst gespürt, ihre Unruhe, er hatte sie versucht zu verstehen, doch nun fühlte er sich betrogen!

Sean räusperte sich erneut. Amy hatte recht. Er wollte stärker werden und er wollte wissen, in was Nell da hinein geraten war. Vielleicht hatten diese Wesen - die Solani - sie manipuliert und hetzten sie auf! Was, wenn sie seine Freundin bedrohten und sie töten würden? Das konnte er nicht zulassen, solche Monster durften nicht gewinnen. Die Geschichte der Nim ließ ihn nicht los. Er hatte darüber nachgedacht und ein Feindbild entwickelt und war sich nun sicher, was er wollte und was er tun musste.

„Amy, ich will dich auf die Jagd begleiten", teilte er schließlich ihrem Rücken mit.

„Gut, wir brechen heute Abend auf."

Mehr sagte sie nicht. Sie drehte sich auch nicht zu ihm um. Einfach so. Leise seufzend und innerlich grummelnd verließ Sean wieder das Zimmer, das sie als ihres bezeichnete, auch wenn es nichts Persönliches enthielt. Aufregung spross in seinem Magen und machte ihn wach und aufmerksam. Unter seiner Haut kribbelte es, nur ob vor Vorfreude oder Angst, wusste er nicht zu sagen.

„Ja, wir sind im Zentrum. Nein, wir passen auf. Ja. Ja." Sandro rollte mit den Augen. Lani kicherte. Obwohl Mary eine strenge Miene aufsetzte, zuckte es auch um ihre Mundwinkel. „Ja, Papi, wir passen auf." Der Silver sprach mit einem übertriebenen, italienischen Akzent, bei dem Cole zu prusten begann. Dann endlich beendete er das Gespräch und funkelte kurz das Smartphone amüsiert an. „Unsere zwei Opas sind leicht nervös", stellte er grinsend fest, bevor er mit den Schultern zuckte. „Es ist erst zwei Wochen her, dass wir in unserem Haus angegriffen wurden, da kann man nervös sein", meinte Milani, die das Bedürfnis hatte, die beiden in Schutz nehmen zu müssen. Die Silver mit den beeindruckenden Tattoos schnaubte. „Die beiden sind nur unglücklich über die Verantwortung, die sie jetzt tragen. Wir sind jetzt ihre Schäfchen. Darum musste Liz im Unterschlupf bleiben, wir brauchten noch nie ein Backup", meinte sie und tatsächlich, Mary schmunzelte! „Ich hoffe, wir stoßen diesmal auf Nim", murrte Cole. Er hatte unbewusst seinen Schläger aus der Halterung auf seinem Rücken genommen und ließ die Spitze in seine offene Hand fallen. Die Bilder, mit denen Oz die Waffe verziert hatte, schienen im Spiel von Licht und Schatten zu tanzen. „Ja, diese Ratten sollen aus ihren Löchern kommen", stimmte Mary ihm zu. Das breite Lächeln und das glückliche Leuchten in den Augen ihres Schützlings schien sie nicht mitzubekommen. Dafür aber Lani und Sandro, die beide schnell jeweils eine Hand hoben, um das Grinsen dahinter zu verstecken. Die junge Silver musste sogar die Luft anhalten, um nicht zu kichern. Cole funkelte sie böse an, was sie dazu veranlasste, die Hand sinken zu lassen und die Lippen zu spitzen, um Küsse nachzuahmen. Sie wich dem darauf folgenden Stoß geschickt aus und streckte ihm die Zunge entgegen. Gerade wollte Milani zu einer spitzfindigen Erwiderung ansetzen, als sich zwei Finger um ihr Ohrläppchen legten und es schmerzhaft drehten. „Auauauau!" Lani quietschte. „Reißt euch zusammen", knurrte Mary. Die Silver sah, dass auch Cole mit verkniffenem Gesicht in dem selben Griff hing. Entspannt und breit grinsend stand Sandro vor den dreien und amüsierte sich bei diesem Schauspiel. Er hielt die Arme hinter dem Kopf überkreuzt. Seine Augen funkelten wie polierte Goldmünzen. „Immer wieder schön", lachte er leise, die bösen Blicke aller drei ignorierend. „Los. Auf die Jagd!", verkündete Mary schließlich und stieß die beiden Jüngeren von sich, die zwei Schritte stolperten, bevor sie sich fingen und versuchten, ernste Gesichter zu machen.

Die Stunden zogen sich in eine unangenehme Länge, dass es ihnen allen unter die Haut ging. Es war wie in einem Horror-Film, wenn die Protagonisten durch ein dunkles Haus schlichen. Als Zuschauer wusste man, dass etwas kommen musste. Die Musik baute das Gefühl der Spannung auf. Wieder und wieder bog die Figur um eine Ecke und nichts geschah, bis es dann doch passierte. Man wurde aus den Sitzen gerissen, das Herz schlug wild. Die Silver befanden sich in diesem Zustand davor, in diesem

Spannungsaufbau, der an ihren Nerven zerrte. Sandro erhielt immer mal wieder einen Anruf. Nicht immer war Derek am Telefon, auch Patrick, Charles oder Alessa gaben wenig aufschlussreiche Updates. Keiner von ihnen wusste, was genau vor sich ging, sie waren nur nervös - für manche von ihnen ein Gefühl, dass sie teilweise über Jahrhunderte hinweg nicht mehr empfunden hatten. Wie unangenehm. Daher tratschten sie am Telefon, als wären sie bloß Nachtschwärmer und keine Jäger. Aber man konnte auch schlecht ein Jäger sein, wenn es nichts zu jagen gab.

Obwohl ihre Anwesenheit in der Stadt sich als ziemlich nutzlos erwies, blieben sie mehrere Stunden dort. Zuhause hatten sie auch nichts zu tun und saßen nur rum, darauf wartend, dass irgendetwas passierte. Langsam schritten sie die Straße entlang, auf dem Heimweg. Mary stolzierte in ihrer üblichen Art voran, es hatte etwas von einem militärischen Marsch. Cole hielt mit ihr mit und himmelte sie im Stillen an. Sie sprachen nicht, aber allein, dass sie ihn neben sich duldete, schien dem Amerikaner zu genügen. „Der ist ja vollkommen hin und weg", bemerkte Lani schmunzelnd. Seit sie öfter mit der tätowierten Silver auf Mission ging, konnte sie noch weniger verstehen, was der Freund an ihr fand. „Tja, wo die Liebe hinfällt. Mia Cara, du wirst das irgendwann verstehen", raunte Sandro, der ihr den Ellenbogen sanft in die Seite stieß. „Werde ich das?" Lani lachte. „Aber si-" Ein dunkler Laut des Entsetzens drang aus der Kehle des Italieners. Gerade stand er noch groß und eindrucksvoll neben ihr, als er auch schon zusammen sackte und mit dem Gesicht nach vorne zu Boden ging. „Sandro!" Milani rief seinen Namen spitz und entsetzt. In einer fließenden Bewegung sank sie neben ihn. In der einen Hand hielt sie eine der Berettas, die ihr Oz hinterlassen hatte. Tränen stiegen in ihre Augen, daher blickte sie halb blind in die Dunkelheit. Da bewegte sich jemand, nur wer, das konnte sie nicht erkennen. Sie konnte sich auch kaum konzentrieren, denn mit der anderen Hand tastete sie Sandro ab und sie hatte Blut gefunden. „Oh bei der Göttin, oh nein, oh nein", wimmerte Lani. „Verfickte Scheiße!", schrie sie dann wütend und schoss auf den Schemen. Jemand hatte sich ihnen von hinten genähert, hatte sich angeschlichen und wie ein Feigling auf ihren Rücken gezielt. Der Schemen wich aus, war unglaublich schnell und geschmeidig. Doch da standen auch schon Mary und Cole neben ihr. Die Silver hielt in jeder Hand eine Peitsche und spannte die Muskeln an, die sich fest unter ihrer Haut wölbten. Cole hielt den Schläger, bereit jemanden den Kopf zu zertrümmern. „Kümmere dich um Sandro", bellte Mary, bevor sie auf den Schemen zu schoss, einer Kugel gleich. „Wir kümmern uns darum", fügte ihr Schützling noch hinzu, bevor er seiner Lehrmeisterin folgte. Lani ließ die Schusswaffe neben sich auf den Boden sinken, damit sie zwar in Griffweite lag, sie aber die Hände frei hatte, um den Freund zu

untersuchen. Mit zitternden Händen tastete sie seinen Rücken ab und lokalisierte die Einschussstelle. Sofort sackte ihr das Herz noch tiefer in die Magengegend. Die Wunde lag genau über seinem Rückgrat. Vorsichtig drehte sie den großen Silver herum. Sie wollte sehen, ob die Kugel irgendwo ausgetreten und ob Sandro bei Bewusstsein war. Ächzend musste Lani ihren gesamten Körper gegen den des Silvers drücken, um ihn bewegen zu können. Nach einigen Versuchen schaffte sie es, ihn vorsichtig auf den Rücken zu drehen. Dort lag er auf dem Boden, mit erschlafften Gliedern und einer wachsenden Blutlache. Sein Kopf war zur Seite gekippt, die Augen hielt er geschlossen. Beinahe wirkte es, als schliefe Sandro. Zunächst berührte Milani seine Brust, fühlte nach seinem Herzen, das zu ihrer Erleichterung noch schlug, flatterhaft und hektisch zwar, aber zumindest ein schlagendes Herz. Danach suchten ihre Hände weiter und fanden doch nichts. Keine Austrittswunde. Ihr wurde schlecht. Dann befand sich die Kugel noch in seinem Körper und so, wie die Wunde lag, hatte sie wahrscheinlich sein Rückgrat verletzt. „Reiß dich zusammen, du Idiotin! Ruf Hilfe!" Die junge Silver fummelte nach ihrem Smartphone. Sie hinterließ Blutflecken auf ihrer Kleidung. Zuerst reagierte der Touchscreen nicht. Ihre Finger waren zu feucht und klebrig. Verzweifelt schluchzend wischte Lani sich die Hände an ihrer Hose ab und versuchte es erneut. Endlich funktionierte es. „Derek, wir wurden angegriffen!" Sie schrie regelrecht ins Telefon, wahrscheinlich hörten es die anderen auch so, ganz ohne technischer Hilfsmittel.
Währenddessen stellten sich Mary und Cole einer Nim mit dunkelroten Haaren, in denen sich das Licht der Straßenlampen orange spiegelte. Sie hatte metallene Ringe im Gesicht und Sommersprossen, die sie beinahe menschlich und süß wirken ließen - doch das war sie nicht, kein bisschen. Ihre Haltung verriet Erfahrung, ihr Grinsen sprach von Souveränität. Hier stand kein Nim der untersten Ebene, kein Handlanger, kein dummer Fußsoldat, sondern eine Offizierin der obersten Ränge. „Sie wird stark sein, also pass auf", raunte Mary ihrem Schützling zu, bevor sie die Peitschen für sich sprechen ließ.
Ihre Augen stets auf der Waffe der anderen, rannte sie auf sie zu. Sie musste die Entfernung vermindern, damit ihre geliebten Peitschen ihr Werk tun konnten. Vorzugsweise am Hals der Nim. Diese schoss, aber das hatte Mary kommen sehen. Sie wich geübt aus, warf sich nach vorne und ließ die Peitschen schnalzen. Die Lederriemen sausten nach vorne, das Metall funkelte gierig. Doch als sie sich in Fleisch graben sollten, war die Nim verschwunden. Sie war schnell, das musste die Silver ihr lassen. Aber Mary machte sich keine Sorgen, sie wusste, was sie konnte und fürchtete keine Niederlage. Im nächsten Moment jedoch hörte sie an ihrer Seite Kampfgeräusche. Coles Baseballschläger flog in die Höhe,

bevor er scheppernd zu Boden ging und dort liegen blieb. Der große Amerikaner wehrte die Nim grunzend ab. Er hatte sie nicht kommen sehen und musste sich nun vor ihren messerscharfen Nägeln schützen. Das Lachen, das aus ihrem Mund drang, war schrecklich kalt und dröhnend. Schließlich schaffte es Cole, sie von sich zu werfen. Wie eine Katze landete sie auf den Beinen und schwankte dabei nicht einmal, obwohl sie sicher zwei Meter zurück rutschte. Sie besaß schlanke, doch kräftige Beine und eine perfekte Körperbeherrschung. Da sie sich jedoch nach wie vor auf den jungen Silver konzentrierte, ihn anstarrte, als wäre er ihr nächstes Häppchen für zwischendurch, zögerte Mary nicht lange und griff sie an. Dies war kein Kampf der Ehre, keine Situation, in der man eins gegen eins kämpfte, um sein Gesicht zu wahren, sondern Krieg und es ging ums Überleben. Die Nim wollte auf Cole zu sprinten, die Solani erkannte es an der Verlagerung ihres Gewichts, und sie hatte zwei große Messer gezogen, deren gezackte Klingen verlockend in der Nacht glänzten. Mary beschleunigte. Gerade als die Nim einen Satz nach vorne machen wollte, rammte Mary sie mit ihrer vollen Stärke. Sie schleuderte sie zur Seite, ließ sie aber nicht weit fliegen, sondern schickte ihr die Peitschen hinterher. Diesmal fanden die silbernen Widerhaken Fleisch und gruben sich hinein. Das Leder wickelte sich um den Hals der Frau und schnitt tief. Mit einem Ruck zerrte Mary ihre Waffen zurück, ohne den Körper frei zu geben. Dieser schien ganz plötzlich in der Luft zu stoppen, als wäre er gegen eine Wand gedonnert, bevor er zurück gerissen wurde und schließlich unsanft auf dem Boden landete. Die Nim hörte auf zu lachen und fauchte stattdessen. Grinsend trat Mary auf sie zu. „Cole, kümmere dich um Lani, ich habe hier alles unter Kontrolle", sagte sie, ohne den Blick von der Rothaarigen zu nehmen. Sie hörte, wie der Silver seinen Baseballschläger aufhob und dann zu den anderen beiden lief. Das Schluchzen der Jüngeren drang genauso an ihre Ohren, wie das rasselnde Atmen ihres Freundes.

„Du bist alleine gekommen, das war ein Fehler", schnurrte Mary und zog fester an den Peitschen. Blut quoll wie flüssige Rubine aus den Wunden in der Haut. Nun wurde der Geruch nach Nim stärker. Die Offizierin hatte ihn verdecken können, aber ihr Blut verriet sie nun vollends. „Jemanden wie dich hatte ich länger nicht mehr", meinte die Silver und hob ihren Fuß. Sie setzte den schweren Stiefel auf die Brust der Nim und verlagerte ihr Gewicht auf sie, sodass sie röcheln musste. Mary blickte dabei mit gesenkten Lidern auf sie herab, ein tödliches Grinsen auf den Lippen. Offiziere waren selten, orderten die kleinen Truppen der Nim, ohne wirklich selbst in den Vordergrund zu treten. „Darum bist du also so dumm!", spuckte die Nim unter ihr. Eine Welle ging durch die Luft, Hitze umhüllte plötzlich beide, bevor rotes Licht von ihren Händen strahlte und nach Mary griff. Diese wollte die Verbindung lösen, sich schnell neu aufstellen, als sie den Schmerz spürte, der ihr Bein erfasste, über ihre Hüften hinauf in ihren Rücken bis zu ihrem Kopf schoss. Schreiend taumelte die Jägerin zurück, Tränen in den Augenwinkeln, die einfach kamen, ohne dass sie sie davon abhalten konnte. Der Schrei endete mit einem wütenden Zischen.

Mary fühlte nichts mehr in ihrer rechten Körperhälfte, taub und nutzlos hing ihr Arm an ihrer Seite, die Peitsche kringelte sich wie eine tote Schlange auf dem Boden. Schnaufend musste sie zusehen, wie die Nim wieder auf die Beine kam und das Leder von ihrem Hals löste. Rote Striemen zeichneten ihre Haut, doch sie dehnte nur ihre Muskulatur und grinste. Keine Anzeichen von Schmerz, nur dieses selbstgefällige Grinsen.

„Mary!" Cole schrie nach ihr und um seine Angst zu spüren, musste die Silver keine Empathin sein. „Bleib' wo du bist, Kleiner, beschütze Milani und Sandro. Die hier hab' ich unter Kontrolle", raunte sie ihm zu, die Stimme fest und überzeugend, obwohl sie nach wie vor ihren Arm nicht bewegen konnte - oder ihr Bein. Die Nim legte den Kopf nach hinten und begann schallend zu lachen. „Du hast verloren und es war nicht einmal schwer", kicherte die Rothaarige zwinkernd. Sie zog den Ring um ihre untere Lippe zwischen die Zähne und sog daran. Mary sagte nichts mehr, das hätte ihr nur unnötig Energie gekostet und sie musste sich konzentrieren. Noch hielt sie eine Peitsche in der Hand, in der linken, guten Hand. Noch floss Leben durch sie hindurch, die Nim machte einen Fehler, wenn sie sie unterschätzte - und das kam der Jägerin gelegen. Keuchend wankte Mary einen Schritt zurück. Sie holte tief Luft und holte dann mit der linken Hand aus. Die Peitsche schnalzte lustlos durch die Luft und kam träge wieder zum Liegen, was die Nim erneut dazu veranlasste, den Kopf in den Nacken zu legen und zu lachen. Kurz machte Mary noch Aufhebens darum, zu wanken und zu keuchen, bevor sie die Muskeln anspannte und den Arm erneut hob. Diesmal sauste das Leder durch die Luft, schnell und gewaltig. Das Schnalzen durchdrang die Nacht. „Oh nein!" Leder fand Haut, fraß sich hinein und Blut floss, aber es hatte sein Ziel verfehlt. Die Nim hielt die Hand erhoben, um die sich die Peitsche mit den Widerhaken gewickelt hatte. Sie grinste und schien den Schmerz nicht zu spüren. Mit einem Ruck riss sie den Arm nach hinten und entriss Mary somit ihre Waffe. Diese konnte ein Knurren nicht unterdrücken. „Dachtest, ich falle auf deinen Trick herein? Nein, die Obersten um Beryll sind klüger als das, mächtiger als ihr alle zusammen", raunte die Nim und trat auf die Silver zu. Diese griff mit der linken Hand unter ihre Lederjacke, wollte nach der Waffe dort greifen, aber ihre Gegnerin war schneller. Sie hatte Mary erreicht, bevor diese sie abwehren konnte, die Bewegungsunfähigkeit brachte sie aus dem Gleichgewicht. Eine kleine Faust rammte sich in ihren Magen, während eine andere Hand in ihr Haar griff und ihren Kopf zurück riss, bevor sie mit einem Stoß nach unten gedrückt wurde. Als das Knie mit ihrem Gesicht kollidierte, sah Mary kurz explodierende Lichter, bevor sich ihre Sicht klärte. Mit einem Aufschrei der Wut, der beträchtlich durch das viele Blut gedämpft wurde, das ihr aus Mund und Nase troff, rammte sie ihren Kopf in die Nim. Vollkommen egal, was sie traf. Zusammen taumelten sie. Die Silver konnte sich nicht auf den Beinen halten, daher schlang sie den funktionierenden Arm um die Mitte der Nim und riss sie unter sich zu Boden.

Bevor die Offizierin sich erholen konnte, rollte Mary herum, bis sie auf ihrer rechten Seite neben dem Feind lag. Ohne zu zögern, begann sie in schneller Abfolge ihre linke Faust in das Gesicht der Rothaarigen zu rammen. Das Geräusch von brechenden Knochen klang wie Musik in ihren Ohren. Als die Nim gurgelte - endlich kein Lachen mehr! - ließ Mary kurz von ihr ab und zog schließlich den silbernen Dolch aus der Halterung an ihrem Brustgurt.

Schwer atmend hob die Silver den Dolch. Sie grinste blutig und spuckte einen Batzen davon aus. „Ende", triumphierte sie und senkte den Dolch. Ein Schuss zerriss die Stille, die sich um sie gelegt hatte. Mit aufgerissenen Augen starrte Mary auf ihre Hand, die eben noch den Dolch hielt, es fehlten zwei Finger. Die Klinge schlitterte über den Asphalt, eine Blutspur nach sich ziehend. Knurrend drehte sich die Jägerin um. Sie wollte aufspringen, doch noch immer gehorchte ihr ihre rechte Seite nicht. So konnte sie sich nur herum drehen, hektisch nach ihrer Waffe greifend und sie doch nicht aus der Halterung bekommend, weil Blut und die fehlenden Finger es ihr unmöglich machten. Ein weiterer Schuss hallte durch die Nacht, doch schlug er irgendwo in der Mauer ein. Plötzlich schoben sich starke Arme unter sie und sie wurde in die Höhe gehievt. Als sie den Kopf umwandte, blickte sie auf Coles Kiefer. Er presste sie vorsichtig an seine breite Brust und lief geduckt zu einer Ecke, die durch ein Auto geschützt wurde. Dahinter hockte Lani mit den Berettas im Anschlag über Sandro, bereit jeden abzuwehren, der ihm zu nahe kam. „Ich habe dir gesagt, beschütze sie", grummelte Mary, dabei floss Blut in einem Rinnsal aus ihrem Mundwinkel. „Wenn du wieder kannst, darfst du mich bestrafen", erwiderte der Amerikaner prompt. Er sah erleichtert auf sie herab, als er sie an die Mauer lehnte und sich dann vorsichtig erhob. Geübt zog er seine eigene Glock und pirschte sich dann an den Rand ihres Versteckes. Mary wurde von einem Husten geschüttelt, ansonsten hätte sie ihn zurück gepfiffen, doch so musste sie zusehen, wie er um die Ecke spähte.

„Scheiße! Sie sind weg!"

Amy hatte ihm die Waffe in die Hand gedrückt. Sean fühlte sich wie in einem Computerspiel, anschleichen, um Ecken spähen, sich näher anpirschen. Eigentlich hätte er nur zusehen sollen, hätte aus der Entfernung den Feind beobachten und den Kampf in sich aufnehmen sollen, um zu verstehen, was es hieß, Teil davon zu werden.
Immer wieder hatte er die Luft angehalten, die Spannung kaum aushaltend. Er dachte, Amy würde es nicht schaffen, nur um eines Besseren belehrt zu werden. Aber diese Frau mit den Narben und Tattoos war eindeutig verrückt. Sie machte dem jungen Mann Angst, aber als er den silbernen Dolch sah, da überlegte er nicht lange und schoss. Er feuerte immer wieder, versuchte den anderen Solani zu treffen, aber kaum verschwand der hinter einem Auto mit seiner verrückten Freundin in den Armen, dachte Sean nicht lange nach. Er steckte die Smith&Wesson in den Hüftgurt und rannte los. Keuchend erreichte er Amy, die sich nur sehr langsam erhob. Ihr Gesicht war blutverschmiert. Ihr Haar klebte an ihrem Schädel, doch ihre Augen funkelten lebhaft und klar. „Los, ich helfe dir", grunzte der Mensch, als er seine Arme unter ihre Achseln schob und sie auf die Beine zog. Sie ließ es geschehen und stieß ihn auch nicht weg, als er einen Arm um ihre Taille legte und sie so von der Straße brachte.
Zuerst humpelte die Nim noch an seiner Seite, doch mit jedem Schritt schien sie sich zu erholen. Von ihr ging eine ungemeine Hitze aus, die Sean den Schweiß auf die Haut trieb. „Guter Schuss", sagte Amy schließlich und stoppte ihn. Er ließ sie los und musterte sie von oben bis unten. Die Wunden hatten sich geschlossen, kein neues Blut quoll hervor, trotzdem sah sie zerknautscht aus und definitiv fertig. „Ich habe auf ihren Kopf gezielt", erwiderte Sean schwach grinsend. Er musste schwer atmen, aber er brachte ein keuchendes Lachen zustande. Fahrig wischte er sich Schweiß von der Stirn. Immer noch raste sein Herz, wenn es sich nicht bald beruhigte, würde es ihm noch aus der Brust springen.
„Super", grinste die Nim. „Lass uns gehen." Sofort war Sean wieder an ihrer Seite und legte seinen Arm um sie. „Keinen Widerspruch. Ich gehe davon aus, dass wir uns keine Freunde gemacht haben und wir uns verziehen sollten", sagte er bestimmt und schritt voran, Amy mit sich ziehend, die tatsächlich schwieg und neben ihm her ging.
Eine gute Stunde später, nachdem Sean das Auto aus Cork und zum Anwesen der Nim gelenkt hatte, betraten die beiden nebeneinander die gepflegte Eingangshalle. Ihre Schuhe hinterließen dreckige, teils blutige Spuren auf dem perfekten, weißen Marmorboden. Amy achtete nicht darauf, sondern ging voran in die Küche, wo Juliette bereits hantierte.

Die blonde Nim senkte sofort den Kopf, als sie die andere sah und wich zurück. „Mach uns etwas zu essen", orderte Amy. Sie sank an der Küchenbar auf einen Hocker und seufzte entspannt. Sie ließ die Knochen in ihrem Hals knacken. Juliette blieb stumm, reichte der Nim aber ein warmes Tuch, mit dem sie sich das Gesicht abwischen konnte. Auch Sean bekam eines. „Danke", sagte er und lächelte sie an, doch wie stets erwiderte die Blonde nichts, sondern wandte sich ab und begann eine Speise zu bereiten.

Zögernd wischte Sean sich das Gesicht, die Hände und Unterarme ab, bevor er Platz neben Amy nahm. Doch dann sprang er auf und holte die Waffe hervor. „Hier, die brauche ich wohl nicht mehr", rief er aus und legte sie auf den Tresen. Amy blickte nicht einmal auf, sondern legte nur ihre Hand auf die Waffe und schob sie zu ihm zurück. „Ich denke, du solltest sie behalten", sagte sie. Erstaunt sank der junge Mann wieder auf seinen Platz und nahm die Smith&Wesson an sich. Beinahe zärtlich streichelte er über das Metall. „Ich..." Er begann den Satz, stoppte und holte tief Luft. Einige Sekunden schwieg er und musste nachdenken. Währenddessen stellte Juliette ihnen zwei dampfende Schüsseln vor die Nase. Das Essen roch fantastisch. Rote Linsen mit Kokosmilch und viel Chili, Koriander und Süßkartoffeln. Außerdem stellte die Nim ihnen einen Korb mit warmen Fladenbrot hin. Beinahe zeitgleich griffen Amy und Sean danach. Die beiden funkelten sich amüsiert an, bevor sich jeder Brot in den Mund stopfte und von den Linsen kostete. Schweigend füllten sie ihre Mägen, bis nichts mehr übrig blieb. Juliette hatte auch noch selbst gemachten Eistee zu bieten, der Seans Kehle richtig gut tat. „Juliette, du bist eine Künstlerin in der Küche", murmelte er, sich den Bauch reibend. Amy rülpste leise und grinste auch noch stolz. „Der Welpe hat recht", ließ sie sich schließlich herab zuzugeben. Scheinbar eine große Sache, denn plötzlich strahlte Juliette, wie Sean sie noch nicht gesehen hatte.

„Amy?"

„Welpe?"

„Ich will einer von euch werden."

„Aber das weiß ich doch, Welpe. Das weiß ich doch."

Aus dem Badezimmer hörte Cort, wie die Dusche angestellt wurde. „Brauchst du noch etwas?", rief er dennoch hinein. „Nein, aber komm nicht rein!", kam es von Penelope zurück. Der Nim schmunzelte kopfschüttelnd und klopfte kurz gegen die Tür. „Führe mich nicht in Versuchung", lachte er anzüglich. „Cort, wenn du es versuchst, werde ich dich kastrieren", kam es von Nell. Mehr musste er nicht wissen. Ein breites

Grinsen teilte seine Lippen. Dann trat er von der Badezimmertür weg und wandte sich um.

Das Hotelzimmer, in dem sie nächtigten, wies eine großzügige Einrichtung auf. Die Stoffe waren allesamt exklusiv, genauso wie das verarbeitete Holz und die Armaturen im Badezimmer. Dazu besaß es nicht nur ein riesiges Doppelbett, sondern auch zwei bequeme Sofas und einen Wohnzimmertisch, auf den jeden Tag neue Leckereien gestellt wurden. Da Penelope ständig von Hunger gequält wurde, war der Obstkorb beinahe leer gefuttert, aber die junge Frau hatte sich noch nicht über alle Pralinen hergemacht, die daneben standen. Daher wanderte Cort nun zu dem Tischchen und pflückte ein paar der Pralinen aus der Schachtel. Die erste, in die er biss, hatte eine Marzipanfüllung. Angewidert spuckte der Nim die Süßigkeit aus, sie landete im Mülleimer, der Rest der Praline folgte. Er versuchte es mit der nächsten und wurde diesmal nicht enttäuscht. Nougat. Zufrieden seufzte er, bevor er sich an die Zimmerbar ranmachte.

Ausgestattet mit drei kleinen Fläschchen Wodka und der restlichen Pralinenschachtel - er hatte beschlossen, Nell heute keine mehr übrig zu lassen - stellte er sich auf den Balkon. Cort lehnte an dem Geländer und blickte hinaus auf das Meer. Unter ihm strömten nach wie vor Menschen vorbei. Wie er sie verabscheute! Am liebsten würde er sich über das Geländer schwingen, zwischen diesen Kreaturen landen und ihre Herzen fressen. Dass er selbst einmal eines dieser schwachen Wesen gewesen war, war der einzige Makel, den er an sich finden konnte. Mit einem Schluck leerte er die erste Flasche. Die zweite folgte sofort hinterher. Erst dann suchte er die Verbindung, die alle Nim mit ihrem Schöpfer teilten. Bevor er Beryll spürte, suchte er eine neue Praline aus und schob sie sich zwischen die Lippen.

„Hast du gute Nachrichten?"

„Allerdings, Herr. Es ist alles bereit. Der nächste Schritt kann nun unternommen werden."

„Gut, du weißt, was du zu tun hast."

„Jawohl."

Die Verbindung brach. Cort trank das letzte Fläschchen und ließ es einfach in die Menge fallen. Das Spiel ging weiter.

Schnell, mit kräftigen Schwimmzügen glitt Penelope durch das Wasser. Sie tauchte unter und öffnete die Augen. Das Salz störte sie nicht, leicht verschwommen, doch deutlich genug, betrachtete sie einen Fisch, der gerade an ihr vorbei zischte. Seine Schuppen glitzerten silbrig im Schein der Sonne, deren Strahlen durch die Wasseroberfläche stießen und sich ihren Weg nach unten kämpften, nicht willens, diesen Ort der Dunkelheit zu überlassen.

Mit einem weiteren Schwimmzug stieß Nell nach oben. Die Oberfläche wölbte sich über ihrem Kopf, drückte sie nach unten, wollte sie nicht freigeben, bis sie schließlich brach. Nach Luft schnappend legte die junge Frau den Kopf in den Nacken, bis das Wasser erneut ihre Ohren füllte. Alle Geräusche drangen nur gedämpft zu ihr, rauschend, ein wenig wie ein Echo. Sie spannte die Muskeln an, bis sie wie ein Brett im Meer lag. Die Arme rechts und links von ihr im Wasser schwebend, ihr Haar eine nasse Wolke um ihr Gesicht. Ihr Körper wippte mit den Wellen, doch ging nicht unter. Mit einem müden Lächeln blickte Penelope hinauf in den Himmel. Sie starrte in die Sonne, bis ihre Augen brannten und selbst als sie diese endlich schloss, glühte das orange Licht weiter auf ihren Lidern.

Es war ein schöner Tag. Perfekt eigentlich. Ein leichter Wind flüsterte über das Meer und trug den salzigen Geruch in die Stadt. Wölkchen in strahlendem Weiß zogen vereinzelt durch das Blau, wirkten wie aus einem Kinderbuch herausgeschnitten. Penelope sah einen Hasen und einen Drachen, dazu ein Auto und einen Vogel in den Wolken. Am liebsten hätte sie eine Hand ausgestreckt und in den Himmel gegriffen, denn sie mussten weich sein, wie Marshmallows. Schon seit Stunden summte sie ein Lied, der Name fiel ihr nicht ein, doch sie kannte es gut. In ihren Ohren hörte sie ein Klavier, das diese Melodie spielte, immer wieder und ganz sanft. Die dunklen Töne vibrierten in ihrem Magen, während die hohen in ihrer Nase kitzelten. Dazu kam dieses leise Lächeln, das nicht weggehen wollte. Manchmal, wenn Nell versuchte, ihre Situation zu überdenken, da wackelte es und wurde schief, wurde zu einer Grimasse, bevor es doch ihre Lippen erneut eroberte. Was sollte sie noch nachdenken, sagte eine Stimme in ihr. Warum sich sorgen und quälen? Was geschah, war Vergangenheit und nicht mehr zu ändern. Vorbei. Abgehakt. Was jetzt passierte, musste sie annehmen und das Beste daraus machen. Das wollte sie versuchen, seit Cort ihr die Frage gestellt hatte, was sie nun über die Nim dachte. Penelope wusste einige Dinge nach wie vor nicht, doch ihre Erinnerungen konnte sie nicht mehr leugnen. Da gab es noch den Hall der anderen Seite, der falschen Erinnerungen, wie sie diese mittlerweile nannte, die ihr sagten, dass sie auf keinen Fall zu den Nim gehörte, dass sie nur litt und keine Freude empfand - nie. Aber die anderen - die richtigen Erinnerungen - sprachen lauter und überzeugender. Ihr Begleiter hatte eine Vermutung geäußert, nämlich dass sie einen Schock erlitt, als sie von Zuhause davonlief und darum verdrehte Erinnerungen besäße, vielleicht war es aber auch ein gemeines Spiel von den

Solani - dem Feind. Es klang logisch, immerhin hatten sie Nell gejagt und weh getan.

Und Oz? Ein Trick, das sagte Cort, das sagte auch die knisternde Stimme, die Stimme von Beryll - ihres Vaters. Daher lächelte Penelope, weil das Leben langsam klarer wurde und die falschen Erinnerungen verblassten. Sie spürte Beryll stärker in ihrem Geist, er gab ihr Kraft und führte sie, wenn sie zögerte. So wie seine Macht sie beschützte, wann immer sie kämpfen musste. Das Feuer gehörte ihm und das Feuer schützte sie. Das Männchen mit den Karteikarten schwieg, er hatte sich nicht mehr zu Wort gemeldet, vielleicht war er auch verbrannt, wie viele andere Dinge in ihr wohl auch. Die innere, nörgelnde Stimme schwieg ebenfalls. Sie hatte sie sowieso stets falsch geleitet, sagte Cort, sagte ihr Vater - also fand Nell das nun auch. Es passierte einfach. Sie hatte sich sehr lange gegen sie gewehrt und nicht zugehört, doch je mehr sie den Erzählungen ihres Begleiters lauschte, desto besser konnte sie sich erinnern. So konnte sie auch ihre Taten akzeptieren. Dass sie die Silver ausgelöscht hatte, war nun nicht mehr so schlimm. Sie hatte es tun müssen, Titus hätte ihr weh getan und sie getötet! Der Tod der Mischwesen hätte vermieden werden können, doch ihr Vater hatte nicht mehr gewusst, wie er sie erreichen sollte. Er hatte sie zwingen müssen, hatte ihr weh tun müssen, denn sie hätte nicht gehört, sie war zu weit entfernt - nicht mehr, nie wieder! Ethan war ein Verlust, den sie hinzunehmen hatte. Doch am Ende war es besser so, denn ein einfacher Mensch durfte ein Wesen, wie sie eines war, nicht binden. Immerhin pulsierte in ihr Macht. Immerhin war sie die Tochter eines Gottes.

Als Nell die Augen schloss, sah sie den mittlerweile vertrauten, roten Punkt. Cort lag zuvor am Strand, doch jetzt musste er stehen, denn der Punkt bewegte sich. Und dahinter, wie ein Leuchten am Horizont, der dunkelrote Schein, von dem Penelope ausging, dass es sich um Beryll handelte.

Langsam, mit kräftigen Schwimmzügen, näherte sie sich dem Strand. Wenn Cort von seiner Liege aufgestanden war, musste er ihr etwas mitzuteilen haben. Der Tag war noch jung, dennoch tummelten sich schon einige Menschen in der Stadt, aber niemand ging ins Wasser. Es war viel zu kalt, zumindest für Menschen, aber nicht für Penelope. So konnte sie den Strand und das Wasser für sich alleine haben. Niemand stand in ihrem Weg, niemand störte ihre Ruhe und keiner trübte ihre Laune. Sie näherte sich dem Strand und sah schon, wie manche Menschen von der Balustrade aus zu ihr hinunter blickten, scheinbar geschockt, dass im Winter jemand schwimmen ging - obwohl der Winter bald an ihnen vorüber ziehen würde, an manchen Tagen glaubte Nell bereits, den Frühling riechen zu können. Es wäre passend, denn Frühling bedeutete einen Neuanfang und sie konnte ebenfalls einen solchen gut gebrauchen.

Sie stellte sich auf ihre Beine, kaum war sie nah genug am Ufer. Der nasse, weiche Sand wurde von den Wellen bewegt, er grub sich zwischen ihre Zehen. Die kleinen Körner waren trotzdem weich und seidig, sogen ihre Füße aber tiefer in den Sand, wollten Penelope festhalten, aber sie ließ sich nicht mehr festhalten. Ohne zu zögern schritt sie voran. Das Haar klebte ihr im Gesicht, mit beiden Händen schob sie es nach hinten, nasse, schwere Strähnen, die ihre Schultern rahmten. Feine Perlen aus salzigem Wasser glänzten auf ihrer nackten Haut und setzten dann, bei der ersten Bewegung, ihren Weg nach unten fort, feuchte Spuren ziehend. Ihre kornblumenblauen Augen wirkten dunkler als üblich, obwohl sich auch in ihnen die Sonne wiederfand, nur konnte sie hier nicht in die Tiefe dringen und die Dunkelheit vertreiben.

„Der Badeanzug steht dir gut", lobte ihr Begleiter, kaum trat sie aus dem Wasser. Er zwinkerte ihr zu. „Und du siehst aus, als hätten wir tiefsten Winter", antwortete Penelope mit einer Grimasse. Tatsächlich trug der Nim lange Hosen, einen Pullover und darüber sogar noch einen Mantel, dazu einen Schal und Handschuhe aus feinem Leder. Was das Kälteempfinden anging, unterschieden sich die zwei grundsätzlich. Nell liebte den kühlen Wind, das kalte Wasser, das anderen in die Haut stach, sich aber auf ihrer wie Küsse anfühlte. „Kann nicht jeder so dicke Haut haben wie du", lachte der Nim. Er hielt ein Handtuch in seiner linken Hand und reichte es ihr nun. „Aber zumindest mit dem Badeanzug hast du recht", meinte die junge Frau, als sie das Handtuch nahm und begann, es um ihren Körper zu wickeln.

Sie hatte keine Ahnung, woher ihr Vater das Geld hatte - allerdings, wie schwer konnte es für ein Wesen, das ewig lebte, sein, Reichtum anzusammeln? - doch er gab es ihr freizügig, was sich in der schwarzen Kreditkarte manifestierte, die Cort nur zu gerne zückte, als wäre es eine Waffe. Nun, eine Waffe der anderen Art, dachte Nell. Doch davon kamen das wunderschöne Hotel und die Essen in teuren Restaurants. Deswegen hatten sie auch eine kleine Shoppingtour gemacht. Immerhin besaß keiner von ihnen wirklich Kleidung, nur das Nötigste hatte jeder von ihnen dabei und das Nötigste war nach einer Zeit nicht genug. Von dieser Shoppingtour kam der neue Badeanzug - zuvor hatte Nell nie daran gedacht, einen zu kaufen, warum sollte sie auch schwimmen gehen, mit der Narbe und der leuchtenden Blume auf dem Rücken? Aber dann war Cort mit einem Badeanzug angekommen und hatte ihn ihr geschenkt, einfach so, weil sie das Wasser liebte und das Schwimmen. Und er hatte recht, der Badeanzug passte wie eine zweite Haut und betonte ihre schmale Taille, schummelte ihr weibliche Kurven, wo keine waren, versteckte gleichzeitig die Zeichen auf ihrer Haut, die niemand sehen sollte. Die smaragdgrüne Farbe harmonierte mit ihren Haaren und der hellen Haut.

„Müssen wir wohin?", fragte Penelope. Es würde sie nicht wundern, immerhin warteten sie seit Tagen darauf, weiter zu ziehen, auch wenn Cort das nicht direkt aussprach. Aber es lag in der Luft, eine Schwingung, die der jungen Frau verriet, dass Nizza nicht das Ziel war, sondern nur ein Zwischenstopp auf ihrer Reise. Und dann war da das Licht, dieser rötliche Schein am Rande ihres Sichtfelds, der auf sie zu warten schien. „Ich muss einige Dinge erledigen, du hast den Tag also mal frei, bist mich für eine Weile los", erklärte der Nim grinsend und für einen Moment verstand Penelope ihn nicht. Seit er in Deutschland auf sie zugekommen war, hatten sie keine Sekunde getrennt verbracht. Selbst wenn sie im Bad war, wusste sie immer, dass er nur wenige Meter entfernt auf sie wartete. Zuerst war ihr das bedrohlich erschienen, doch mittlerweile gehörte Cort dazu, er gab ihr den Halt, den sie benötigte, um klar zu sehen. Er hatte ihr gezeigt, wer sie wirklich war. Und nun wollte er einfach gehen? „Liebes, ich bin doch nur kurz weg, ich komme wieder. Kein Grund also, so verzweifelt zu gucken." Ihr Begleiter hob eine Hand und streichelte damit ihr Gesicht, seine Berührung sandte sanfte Wellen der Zufriedenheit durch ihren Körper. „Mach dir einen netten Tag, genieße die Sonne, das Wasser. Ich komme zurück", schnurrte er. Penelope musterte ihn kritisch, suchte nach einer Lüge, nach einem Trick, aber er meinte es wohl ernst. Erstaunlich, dass sie vor kurzem noch nichts anderes wollte, als ihn loszuwerden. Aber nun? Jetzt sollte er bloß wieder kommen und sie nicht zu lange alleine lassen.

Irgendwo nagte etwas an ihr, ein Nachhall ihres alten Selbsts - des falschen Selbsts - das sich durch Asche und Rauch erhob und flüsterte: „Wann bist du so schwach geworden, so dumm?" Die Worte klangen brüchig, rau und erschöpft und sofort legte sich Rauch darum, ertränkte die Stimme und ihren Sinn, löschte sie aus und begrub sie erneut unter Asche. Zum Schweigen verdammt. Nell bekam es kaum mit. „Na gut, ich werde da sein", sagte sie, zitternd lächelnd. Sie würde da sein, das war sicher. Die Idee, zu fliehen, kam ihr gar nicht.

„Urgh."

„Halt die Klappe."

„Ich wurde angeschossen!"

„Was, und ich nicht?!"

Mary warf ein Kissen nach Sandro. Sie zuckte jedoch sofort schmerzerfüllt zusammen, denn sie hatte automatisch ihre linke Hand genommen, die Hand, mit der sie schoss und kämpfte - und der nun zwei Finger fehlten. Wenn sie die Augen schloss, dann sah sie wieder die Blutspur auf dem Asphalt, die kläglichen Fleischreste, die ihre Finger sein sollten. Einer hatte noch an der Waffe festgehalten, kämpferisch bis zum Schluss. Ein wehmütiges Lächeln schlich sich auf ihre Lippen, bevor es wieder verschwand und sie knurrte: „Ich will eine Zigarette." Sandro hatte die Silver genau beobachtet und schnaubte nun. „Es ist das Einzige, wozu ich noch fähig bin", murmelte Mary. Sie hob die bandagierte Hand und starrte sie grimmig an. „Mary", versuchte es Sandro leise. „Ich weiß, dich hat es schlimmer getroffen, aber…" Der Silver streckte den Arm aus und berührte ihre Schulter. „Du kannst mit mir darüber reden, das weißt du. Du musst darüber sprechen und ich verrate auch keinem, dass du Gefühle hast", grinste er frech. Die linke Hand von Mary versuchte nach ihm zu schlagen, aber Sandro wich ihr leise lachend aus. Doch das Lachen schmerzte wiederum in seinem Körper, sodass er zusammenzuckte. Der Italiener schloss kurz die Augen, seufzte leise, bevor er dem Blick der Jägerin begegnete. So wie er zuvor, hatte sie ihn nun genau beobachtet. „Kannst du-", begann sie vorsichtig, für ihre Verhältnisse beinahe sanft, aber ein kurz angebundenes Kopfschütteln war genug Antwort, um das Thema nicht weiter zu verfolgen. „Ich hasse es, hier drinnen zu liegen und unfähig zu sein. Es ist deprimierend. Vor allem, weil ich dieser rothaarigen Schlampe das Gesicht von den Knochen pulen will!", zischte die Silver dunkel vor sich hin.

„Erst einmal geht keiner von euch irgendwohin", verkündete Liz in diesem Moment und als ihr klar wurde, was sie gerade genau gesagt hatte, blickte sie zerknirscht zu Sandro. „Hör zu, wir-" Aber auch sie unterbrach der Italiener mit einer Härte, die er nur selten zeigte. „Lass es, Liz. Keinem ist geholfen, wenn du lügst", fauchte er und wandte sich ab. Demonstrativ verschränkte er die Arme vor der Brust und sah in eine andere Richtung. Mary warf Liz einen düsteren Blick zu, sagte aber nichts. Die Ärztin räusperte sich, dann trat sie geschäftig an die piepsenden Geräte heran. Sie prüfte Vitalzeichen, den Tropf und auch alles andere. Sie arbeitete gewissenhaft und konzentriert.

„Mary, ich will bald mit dir die Physiotherapie beginnen. Die Wunden heilen gut, wir sollten schnell sehen, dass du mit deiner verbliebenen Hand übst. Außerdem musst du dich umschulen auf die rechte, damit du wieder funktionsfähig bist", erklärte sie geschäftsmäßig, wieder voll in ihrem Element. „Und keine Widerrede", schob sie schnell hinterher, bevor Mary protestieren konnte. Einen Augenblick starrten die beiden Frauen sich an. Die Patientin wusste, dass die Ärztin recht hatte - natürlich. Aber ihr war langweilig und sie konnte nichts anderes tun. Etwas herumzustänkern, könnte ihre Laune heben, zumindest ihrem Zorn etwas Luft machen. Doch nicht, wenn Liz als Ärztin auftrat, dann gab es keine Diskussion und jeder Versuch wurde im Keim erstickt. So machte das keinen Spaß. Also nickte sie abgehakt.

Liz wandte sich an Sandro. Sie trat nahe an sein Bett und berührte dann sein Bein. „Du weißt, wir müssen das testen", sagte sie behutsam. Ganz langsam wandte Sandro ihr das Gesicht zu. Er kräuselte die Lippen in Ablehnung. „Ja", stimmte er kurz angebunden zu. Nickend ging Liz zum Ende seines Bettes und legte die Decke beiseite, bis seine muskulösen Beine bis zur eng anliegenden, schwarzen Boxershorts frei lagen. „Wehe ihr glotzt so, ihr lüsternen Weiber", grummelte Sandro, beinahe das gewohnte Lächeln auf den Lippen. In seinen goldenen Augen glitzerte sogar wieder der Schalk, nachdem sie bis gerade noch verhangen und glanzlos gewesen waren. „Es ist schwer, aber ich werde mich zusammenreißen", ging Liz zwinkernd auf den Scherz ein. Dann griff sie sich eine Pinzette und pikste in seine Fußsohle. Nichts. Sie versuchte es mit jedem der fünf Zehen. Sein rechter Fuß reagierte nicht, nicht einmal mit einem winzigen Zucken. Die Ärztin setzte eine neutrale, aber gleichzeitig ermutigende Miene auf, die keinen in diesem Raum täuschen konnte. Danach wiederholte sie alles mit dem linken Fuß und erhielt das gleiche Ergebnis. Keiner sprach, Schwere legte sich dick und erstickend über die drei Silver. Das schöne Lächeln verschwand erneut aus Sandros Gesicht. Er war ein Krieger, ein Kämpfer, war es sein ganzes Leben gewesen, doch wie sollte er das weiterhin sein, wenn er sich nicht bewegen, wenn er nicht einmal gehen konnte? Er wollte es nicht zulassen, aber Panik kroch eisig durch seine Brust und lähmte auch noch den Rest seines Körpers, bis der Italiener spürte, wie seine äußere Hülle abstarb, ihn im Stich ließ, gefangen nahm. Unermüdlich fuhr Liz mit ihrer Untersuchung fort. Sie testete seine Knie, dann die Nerven in den Oberschenkeln. Spürte er etwas? Sandro wusste es nicht. Er wollte es, glaubte es, aber war sich nicht sicher.

Als die Silver ihre Arbeit beendete, trat sie erneut an Sandro heran. Sie setzte sich neben ihn auf das Bett und nahm dann sein Gesicht in ihre Hände. „Du wirst nicht aufgeben. Wir bekommen das hin, verstanden?" Nun drückte sie ihre Hände etwas zusammen und knautschte so seine Wangen. Sandro zog eine Augenbraue in die Höhe, schwieg aber. „Du. Wirst. Wieder. Gesund! Verstanden?" Liz knautschte sein Gesicht weiter, grinste dabei breit, aber in ihren Augen konnte er alles Wichtige lesen, alles, was sie nicht in Worte fassen wollte, aber er auch so verstehen musste: Sie würden das gemeinsam durchstehen. Liz wäre an seiner Seite. Er durfte nicht aufgeben. Er durfte nicht aufgeben. Er durfte nicht aufgeben. Und so weiter und so fort. Aber da es sich um Liz handelte, die sie schon alle zusammengeflickt hatte, die tatsächlich nie aufgab, die es ernst meinte, zwang Sandro sich zu lächeln und die letzte Hoffnung zusammen zu kratzen, die er noch finden konnte. Gerade viel war es nicht.

„Ich werde mich zusammen reißen. Versprochen", sagte er, kaum ließ die Ärztin ihn los und lehnte sich zurück.

„Braves Baby", raunte da Mary und schnitt eine Grimasse in seine Richtung.

„Ich will ein Einzelzimmer!", knurrte Sandro übertrieben die Augen rollend.

„Nein, ihr werdet euch gegenseitig antreiben, gesund zu werden", grinste Liz ein klein wenig boshaft.

„Wenn sie weiter stänkert, werde ich wie durch ein Wunder aufstehen, nur um ihrem gemeinen Mundwerk zu entkommen", konterte Sandro schnell.

„Umso besser." Damit stand die Ärztin auf und klopfte sich die Hose ab. „Ihr werdet bald zu essen bekommen. Dann sagt ihr mir, was ihr noch braucht und haben wollt. Jetzt müsst ihr euch aber ausruhen und bitte - bitte! - seid nett zueinander." Liz ging bis zur Tür und öffnete sie, aber bevor sie das Krankenzimmer verließ, drehte sie sich erneut zu ihren beiden Patienten um. „Ich hatte gehofft, nachdem erst Charles und dann Derek hier so lange lagen, nachdem ich euch nach dem Angriff zusammen flicken musste, dass wir eine Pause bekommen. Aber wir haben schon so viel überstanden, wir schaffen auch das", sagte sie, lächelte ein letztes Mal, bevor sie ging und die Tür schloss.

Ruhe legte sich über die beiden Verbliebenen. Eine ganze Weile starrte jeder auf irgendeinen Punkt und hing seinen Gedanken nach. „Ich habe Angst, dass ich nie wieder laufen kann", murmelte Sandro schließlich.

„Ich weiß", war alles, was Mary darauf antwortete, doch zwischen den Zeilen teilte sie ihm mit, dass sie seine Sorge verstand und für ihn da war, dass sie die Panik kannte. Denn eine Sache sprach niemand an, eine klitzekleine Winzigkeit ließen sie aus, wenn sie von Heilung und Hoffnung sprachen. Titus und das Siegel und die Kraft, die er ihnen damit schenkte, um von all diesen schweren Verletzungen überhaupt heilen zu können. Doch ihr König war nicht da und damit sanken Sandros Chancen, jemals wieder seine Beine benutzen zu können. Sein Lächeln starb.

„Hallo?"

„Komm herein!"

Cole zögerte einen Moment, bevor er Dereks Zimmer betrat. Geschnitten war es, wie jedes der anderen Zimmer auch, da wurde kein Unterschied in Rang und Können gemacht. Der Boden war hier mit Holz aus alten Weinfässern ausgelegt worden. An manchen Stellen sah man noch die Stempel, dazu kam, dass jedes Brett eine unterschiedliche Rotfärbung aufwies. Es sah gut aus und interessant, definitiv mal etwas anderes. Außerdem roch es immer ein wenig nach Glühwein, zumindest dachte das der jüngere Silver. Auch hier gab es einen Kamin, eine Sitzlounge, ein Bücherregal - bei Derek nahm das Bücherregal drei Mal mehr Platz ein, als bei allen anderen - einen Schrank und natürlich ein Bett. Derek erwartete den anderen in einem der Sessel der Lounge. Er balancierte ein Buch auf seinem Schoß, während er sich halb im Sitz herum drehte, um den Neuankömmling über die Schulter hinweg anzusehen. „Ich beiße nicht, komm rein", forderte er erneut. Sofort beschleunigte Cole seine Schritte. In seinem Magen knotete sich alles zusammen. Der ältere Solani hatte den Jüngeren gebeten, ihm einen Einblick in seinen Geist zu gewähren, um die Nacht erneut durchzuspielen.

Zwei Tage hatte man ihn erholen lassen. Den ersten war er nicht von Marys Seite gewichen. Nun gut, Liz hatte Cole aus dem Krankenzimmer verwiesen, während sie und Derek die beiden Verletzten wieder zusammen flickten, doch er hatte den Gang davor nicht verlassen. Zusammengekauert, wie ein verlassener Hund, saß er dort, bis es endlich Entwarnung gab. Sandro und Mary ging es den Umständen entsprechend gut. Daher trieb ihn Liz fort in sein Zimmer und verordnete Bettruhe. Und dort hatte sich Cole versteckt, Milani als Botin benutzend, die hin und her lief und ihn auf dem Laufenden hielt. Doch jede Pause musste zu Ende gehen. Seine war nun um. Er musste wieder stark sein und funktionieren, das machte die Silver aus, dass sie weiter machten, egal was kam. Sie kämpften und hielten durch, weil sie mussten. So wie er jetzt musste.

„Was liest du?", fragte Cole, kaum saß er Derek gegenüber. Die Sessel waren bequem, sofort sank er in die Kissen und lehnte sich zurück. Er würde kein Buch darin lesen können, ihm fielen ja jetzt schon beinahe die Lider zu. „Eine Abhandlung zum Blut der Ersten und die Macht, die sie über die Nim haben. Allerdings lautet der Titel 'Magisches Blut'", antwortete Derek, eine Grimasse schneidend. „Aber zu meiner Verteidigung, ich war jung, als ich es geschrieben habe." Der Jüngere riss erstaunt die Augen auf. „Du hast das geschrieben?!" Ungläubig begutachtete er das Buch, das ihm nun gereicht wurde. Es war in dickes, abgegriffenes Leder gebunden. Das Papier war brüchig und vergilbt und außerdem hatte es jemand handschriftlich verfasst. Hundert Seiten mindestens. „Ja, jede Zeile. In Absprache mit den Gelehrten, die damals in Florenz weilten. Damals reisten Nachrichten nicht so schnell. Ich kam erst viel später in die große Bibliothek und traf auf die Gelehrten dort, um meine Überlegungen zu vergleichen. Dennoch, die Eindrücke schrieb ich damals nieder, kurz nachdem Titus herausfand, wie er Nim töten konnte, daher sind sie frisch und nicht verklärt." Beinahe liebevoll blickte Derek auf das Buch. „In jeder Bibliothek steht ein Exemplar. Früher einmal gehörte Unterricht in Theorie und Forschung zur Ausbildung von Silver dazu. Sie sollten nicht nur die Solani beschützen, sondern mit ihren Erkenntnissen auch unser Wissen bereichern. Aber heute ist alles anders." Wehmütig seufzte Derek, bevor er sich kräftig über das Gesicht rieb. „Genug davon, ich schwelge in Erinnerungen, dabei brauchen wir deine", sagte er dann und lächelte aufmunternd. Nicht zum ersten Mal stellte Cole fest, dass der Ältere sanfter mit ihnen umging, als würde er sich besonders bemühen, nicht abweisend und abgelenkt zu sein, nie genug Zeit für Small Talk habend, weil er auf der Spur einer Antwort war, im Kampf gegen ungelöste Fragen. Daher erwiderte der Jüngere das Lächeln verunsichert.

Wieso musste sich auch alles ändern? Das wurde langsam zu viel! Diesen Gedanken musste der Amerikaner jetzt aber schnell begraben, denn gleich würde er Tür und Tor für jemand anderen öffnen. Wenn er daran dachte, was Derek alles über seine Gefühle zu Mary erfahren könnte, würde Cole am liebsten seinen Körper aus dem Sessel katapultieren und davonrennen. Aber das hier könnte helfen, das Aas zu finden, das sie angeschossen hatte. Also blieb er verkrampft sitzen. „Cole, ich werde mir nur die Ereignisse dieser Nacht ansehen. Nichts weiter, also keine Sorge", versicherte da bereits Derek und nahm ihm das Buch ab. Small Talk beendet, auf zum Wesentlichen! Trotzdem schluckte der Amerikaner schwer und straffte die Schultern. „Okay."

Mit einem Quietschen rückte Derek seinen Sessel vor den anderen, sodass die beiden Solani Knie an Knie saßen und er bequem dessen Hand greifen konnte. „Mit Körperkontakt geht es sanfter, du wirst nichts merken. Konzentrier dich einfach auf die Nacht. Beginne damit, wo ihr gewesen seid." Cole nickte lediglich, seine Lippen presste er fest aufeinander, bis jegliches Blut aus ihnen wich, eine Falte bildete sich zwischen seinen Augenbrauen, so tief, dass sie einem bodenlosen Schlund gleich kam. „Nichts wird dir passieren. Du bist in Sicherheit", raunte Derek. Er streichelte mit seinem Daumen über den Handrücken des Jüngeren. Dieser durfte nicht erfahren, wie unruhig die Benutzung seiner Fähigkeiten ihn machte. Seit Nell hatte der Silver in keinen Geist mehr geblickt, hatte ganz bewusst einen Teil seiner Natur verleugnet und ignoriert, abgetrennt von seinem Wesen. Er fühlte sich seitdem nicht mehr vollständig, er konnte die Lücke spüren, die diese Nichtausübung in ihm verursachte. Doch jetzt durfte er nicht daran denken, dass er vielleicht den Geist einer jungen Frau zerstörte oder damit die Beinahe-Vernichtung seiner Familie herauf beschwor. Er musste sich konzentrieren. Er durfte keinen Fehler machen, nicht einen Einzigen.

Obwohl sich beide Silver konzentrierten, watete Derek zunächst durch dichten Nebel. Vorsichtig streifte er durch dieses dichte Nichts, das ihn weiß und grau entgegen strahlte und sein inneres Auge verwirrte. Er kämpfte sich weiter, bis er merkte, dass es seine Unruhe war, die ihn unfähig machte, zu sehen. Erst da hielt er inne und begann einige Male tief ein und aus zu atmen. Coles Geist war vollständig, er war weder gebrochen, noch zerrissen, wie der von Nell. Er würde nicht fallen und kein Feuer würde ausbrechen. In diesem Moment waren sie so sicher, wie sie in ihrer Lage sein konnten. Kein Angriff, nur Routine. Routine. Dieses Wort wiederholte der Solani, bis der Nebel sich tatsächlich lichtete.

Nun konnte er das Netz sehen. Ein Hauptstrang führte ihn hinein in Coles Inneres. Von diesem Strang gingen leuchtende Nebenarme ab, mal verzweigten diese sich weiter, mal nicht. An ein paar Stellen entdeckte er Überlagerungen, verdrängte Erinnerungen, doch sie waren so rar gesät, dass sich Derek beinahe wundern musste. Der junge Solani schien ein ziemlich ausgeglichenes Kerlchen und weit unbelasteter, als die meisten von ihnen. „Lass die Zeit ihre Fänge in ihn graben", dachte Derek, bevor er sich weiter umsah. Die Erinnerung war frisch und lebendig, daher musste er dem Strang eine Weile folgen. Ganz bewusst schirmte er dabei den Rest aus Coles Geist aus, der sich ihm so gerne gezeigt hätte. Aber ein Versprechen band ihn und er hatte nicht vor, das entgegen gebrachte Vertrauen zu missbrauchen - schon wieder. Kaum schlichen sich die junge Frau und seine Schuldgefühle zurück in seine Gedanken, kroch auch schon der Nebel heran und drohte den Weg erneut zu verdecken und ein Weiterkommen zu erschweren. Aber Derek ließ das nicht zu, sondern schob beide hinaus, vor seine mentale Tür, die er fest verschloss. Noch etwas weiter und er erreichte endlich die Erinnerung, die er gesucht hatte. Hier war es düster, die Stränge glühten in einem bedrohlichen Sturmblau. Es war der Ort, an dem all das abgespeichert wurde, was Cole ängstigte, sorgte und das ihm Albträume verursachen konnte. Dass genau diese Nacht dort abgespeichert war, viele andere brenzlige Situationen aber nicht, sagte viel über den Amerikaner und die Beziehung zu denjenigen aus, die in dieser Situation bedroht wurden. Ein letztes Mal sammelte sich Derek, bevor er die Erinnerung aufrief.

Die Nacht war dunkel, ein bisschen feucht, den Winter roch man stärker, als noch Tage zuvor. Es war so seltsam ruhig, beinahe ausgestorben. Die vier Silver gingen an einer Häuserwand entlang, im Schatten der Straßenlampen. Immer zwei nebeneinander. Cole schritt neben Mary, Sandro und Milani kamen scherzend dahinter. Nichts verriet, dass ein Nim in der Nähe war. Es roch nach Mensch und Solani, aber der vertraut-verhasste Geruch nach verbranntem Fleisch blieb aus. Dafür konnten sie mittlerweile alle das Gefühl nicht loswerden, dass etwas nicht stimmte, dass etwas auf sie zukam. Es war ein Kribbeln auf der Haut, ein Ziehen im Kiefer, das Zucken der Finger.

Sandro ging zu Boden. Die Silver wirbelten herum. Sie verfielen in die üblichen Muster, taten, was sie gelernt hatten, was sie tun mussten, um zu überleben. Dereks Mund wurde ganz trocken, als er Sandro auf dem Asphalt liegen sah. Danach begann er besonders die periphere Wahrnehmung von Cole zu analysieren und sich nicht zu sehr auf das Geschehen vor seiner Nase zu fokussieren. Beim ersten Mal schaffte es Derek nicht. Freunde so in einem Kampf verwickelt zu sehen, ihr Blut auf der Straße, die schmerzverzerrten Gesichter, ohne eingreifen zu können, war nicht leicht von sich zu schieben. Selbst für ihn nicht. Daher sah er sich die Situation einmal im Ganzen an, bevor er sie zu sezieren begann. In der peripheren Wahrnehmung waren Schatten dunkel und nicht so erhellt, wie es die restliche Nacht für die Solani sonst war. Beinahe, als sähe er sich einen Film an, stoppte er, spulte zurück, ließ es langsamer laufen. Jeder Schatten wurde angesehen. Jeder Winkel und jede Ecke.

Abspielen. Zurückspulen. Erneut ansehen. Eine Bewegung. Derek hielt inne, fokussierte. Im Hauptgesichtsfeld sah er vom Heck eines Autos aus, wie Mary den silbernen Dolch hob. Wie das Metall beinahe frohlockend aufblitzte. Doch das Wichtige spielte sich daneben ab, in den Schatten, die keiner in dieser Nacht im Auge behielt. „Wir müssen mit einem besseren Training beginnen, mit Taktik- und Geschichtsunterricht. Wir haben das schleifen lassen, wir sind nicht mehr bereit", dachte Derek, während er in die Dunkelheit starrte. Dort bewegte sich etwas. Man konnte das Glitzern von Metall sehen, wenn das Licht von Straßenlampen, des Mondes und der Sterne darauf fiel. Nur kurz, als dieser jemand die Schusswaffe hob und zielte - und traf. Der Silver schluckte, hielt an und spielte die Erinnerung von Neuem ab.

Die Schusswaffe. Das Metall. Ein kurzes Aufleuchten. Noch mal. Das Funkeln der Sterne im Spiegel einer tödlichen Waffe. Ein kurzes Aufleuchten des Mündungsfeuers. Stopp. Genau in diesem Moment, als die Schusswaffe das silbrige Licht der Nacht reflektierte, als die Mündung rötlich-feurig die Kugel ausspuckte, hielt Derek das Bild an. Gesichtszüge schälten sich aus der Nacht, wurden klar und deutlich. Ein schmales Gesicht, das einem Kind gehören könnte, doch dafür war die Person zu groß. Schmales Kinn, volle Lippen, die sich in diesem Augenblick zusammen pressten. Helle Augen, die etwas Wahnsinniges hatten, doch bemerkenswert menschliche Augen - definitiv menschliche Augen. Vorsichtig löste Derek die Verbindung, er verließ Coles Geist, blieb aber nach vorne gelehnt und umfasste auch weiterhin dessen Hand. Ganz genau beobachtete er das Erwachen des Jüngeren, studierte jeden Muskel in dessen Gesicht, suchte nach Anomalien, nach Anzeichen dafür, dass er erneut einen Fehler gemacht hatte. Aber der Amerikaner öffnete die Augen, blinzelte ein paar Mal und streckte sich dann. Er gähnte. „Mannomann! Ich fühle mich, als hätte ich gedöst und bin trotzdem müde", lachte er. „Ja, das geht vielen so", versicherte der Ältere und lehnte sich nun endlich zurück, selbst ziemlich erschöpft. Wieviel Zeit vergangen war, wusste keiner von ihnen und beide waren zu erledigt, um nach ihrem Smartphone zu greifen und nachzusehen.

„Ein Mensch."

„Wie bitte?"

Derek lehnte seinen Kopf zurück, presste die Handballen gegen die Augenlider und stöhnte leise auf.

„Ein Mensch hat auf Mary geschossen. Er versteckte sich in den Schatten einer Häuserecke. Ihr habt ihn nicht wahrgenommen, da Menschen nicht unsere Feinde sind - in der Regel zumindest."

„Aber was macht denn ein Mensch da?"

„Tja, Cole, das müssen wir herausfinden."

Sean klopfte vorsichtig an die Tür. Er hatte das Zimmer zwar schon betreten, aber nur sehr kurz und danach war er geflohen, als müsste er einen Angriff befürchten - was gar nicht so unwahrscheinlich war. Zwar hatte er sich verändert, seit er mit Amy auf die Jagd ging, allein die Waffe an seiner Hüfte - er legte sie nicht mehr ab - gab ihm unglaubliche Stärke, doch vor der Nim nahm er sich dann doch lieber in Acht. „Komm herein", klang es und somit trat der Mensch ein.

„Du hast gesagt, ich soll zu dir kommen - jetzt. Es sei wichtig?" Sean sprach mit Amys Rücken. Sie saß noch über ihren Schreibtisch gebeugt und tippte etwas auf ihrem Tablet. Schweigend wartete er, bis sie fertig war. Lenkte sich damit ab, den Glanz in ihren Haaren zu beobachten oder wie sich ihre Muskeln anspannten und entspannten, bis Amy sich so plötzlich umdrehte und aufsprang, dass er erschrocken einen Satz nach hinten machte. Sie schnalzte mit der Zunge. „An deiner Schreckhaftigkeit müssen wir arbeiten", sagte sie, doch bei weitem klang sie nicht mehr so unfreundlich, wie noch vor einigen Tagen. Sean spürte wieder Stolz in sich aufwallen, denn er hatte das vollbracht, er hatte sich ihren Respekt - zumindest einen Schnipsel davon - verdient! „Ich muss noch einiges lernen", sagte er dennoch bescheiden, denn mittlerweile wusste er, dass zu großes Selbstbewusstsein bei Amy nur dazu führte, dass sie sich über ihn lustig machte und ihn vorführte. Die beiden starrten sich kurz abwägend an, bevor sich die Nim das Tablet schnappte und an ihm vorbei marschierte. Der Mensch folgte ihr irritiert. „Wohin gehen wir?"

Sean ging einfach davon aus, dass er mitzukommen hatte. „Du hast dich gut gehalten, also wird es Zeit, dass du hinter die Kulissen blickst", erklärte die Rothaarige kryptisch. „Und das heißt?" In seiner Fantasie sah sich der junge Mann nun doch in gruselige Keller steigen. „Brainstorming", antwortete Amy kurz angebunden.

Gemeinsam stapften sie über das Grundstück, viel weiter, als sie je zuvor gegangen waren. Über die weitläufige Terrasse den Hügel mit den Wildblumen hinab bis hin zu dem angrenzenden Waldstück, das Sean stets für die Grenze des Grundstücks gehalten hatte. Doch das schien ein Irrtum gewesen zu sein, denn ohne zu zögern betrat Amy die Schatten des Wäldchens. Sofort klangen ihre Schritte anders, sie hinterließen nun ein Rascheln und Knistern, als sie altes Laub und Kiefernnadeln bewegten. „Wo-", begann Sean, dem dieses Schweigen auf die Nerven ging. Die Nim könnte etwas weniger geheimnisvoll sein, diese Allüren bereiteten ihm gehörige Kopfschmerzen. „Gleich", unterbrach ihn Amy beinahe augenblicklich.

Und sie behielt Wort. Sie gingen vielleicht noch weitere drei Minuten durch dieses Waldstück, bevor sich eine Hütte aus dem Dickicht zu schälen schien. Plötzlich folgte kein Baum mehr auf den vorigen und eine winzige Lichtung bot sich dar. Keine träumerische Lichtung, bei der sich vereinzelte Sonnenstrahlen durch ein Blätterdach auf den Boden ergossen, die dazu einlud, sich hinzusetzen und zu entspannen. Eher wirkte diese Lichtung, als würde hier die Hexe in ihrem Lebkuchenhaus wohnen und darauf warten, dass ahnungslose Kinder vorbei kamen, damit sie diese fressen konnte. Sean schluckte und besah sich das Haus. Es bestand aus dunklem Holz, aber es schien nicht heruntergekommen, wie er zunächst gedacht hatte, sondern äußerst gepflegt. Ein zweistöckiges Haus mit glatten, funktionalen Oberflächen, keine Schnörkel, nichts Verspieltes. Die Tür öffnete sich von innen, noch während die beiden Neuankömmlinge darauf zuschritten. Ein Mann mit wasserstoffblonden Haaren, die er zu einem kurzen Pferdeschwanz trug, einem schwarzen Ledermantel und eng anliegenden dunkelgrauen Hosen trat auf sie zu. Er war nicht groß, eher schlank und agil. Seine Gesichtszüge waren androgyn und durch seine großen, hellblauen Augen sah er nicht besonders bedrohlich aus. Aber als er ihnen winkte, da hob sich sein Mantel und Sean entdeckte ein ganzes Waffenarsenal an dessen Körper. „Pyne, sind alle da?", fragte Amy. Die beiden schüttelten kräftig die Hände, bevor sie sich Sean zuwandten. „Welpe, lerne Pyne kennen. Ein Waffenspezialist, wenn auch nicht so hervorragend wie ich." Der blonde Nim lachte und hielt dem jungen Mann seine Hand hin, die dieser ergriff. „Niemand kann so gut sein wie Amy. Vielleicht Cort", zwinkerte Pyne verschwörerisch, er senkte dabei sogar die Stimme. Die Nim funkelte sie belustigt an, bevor sie sich geziert die Haare aus dem Gesicht wischte. „Pyne gehört zu uns Offizieren. Den Rest lernst du drinnen kennen", fuhr sie anschließend fort, als hätte es keine Unterbrechung gegeben.

„Dann bist du der Mensch, der unserem Rotschopf die Haut gerettet hat, ja?"

Pyne sah sich Sean ganz genau an, während sie das Haus betraten. Er schien nach etwas zu suchen, doch der junge Mann konnte sich nicht erklären, was das sein sollte. Aber nun, da er den Nim so sah, fühlte er sich weniger hinlänglich, immerhin besaßen sie beinahe die selbe Statur und der andere war ein Offizier. Dann sollte ihm das wohl auch gelingen! „Er hatte Glück", schnaubte Amy. „Es sieht mir eher so aus, als hättest du welches gehabt", konterte Pyne souverän. Sean schmunzelte, sagte selber jedoch nichts. Zum einen lag das daran, weil ihm nicht danach war, zu prahlen. Zum anderen aber - und das war weitaus wichtiger - konnte er gar nicht antworten, denn er hörte nicht richtig zu. All seine Aufmerksamkeit lenkte er nämlich auf das Innere des Hauses und die Nim, die dort bereits warteten.

Das Haus zeigte auch im Inneren die selbe Funktionalität wie außen. Es gab den kleinen Vorraum, eine Küche, die links von ihnen daran anschloss, und ein Wohnzimmer rechts von ihnen. Eine Treppe führte in den oberen Stock. Alles bestand aus dunklem, lackierten Holz. Die Einrichtung lud nicht gerade zum Verweilen ein, eher schrie sie danach, dass alle Nutzer schnellst möglich und effektiv arbeiten sollten. So gab es in diesem Wohnzimmer weder einen Fernseher noch Couchen, stattdessen fand sich ein großer, runder Tisch mit Stühlen davor, Laptops und einem Beamer. An besagtem Tisch saßen drei weitere Nim. Alles Offiziere, registrierte Sean. Damit gab es mit Amy, Pyne und dem ominösen Cort wohl sechs Offiziere. „Bald sieben", dachte der junge Mensch verbissen. Der erste Nim, der aufstand, um den Mensch in ihrer Mitte zu begrüßen, war ein Mann mittleren Alters mit braunen Haaren, die an den Schläfen graue Strähnen aufwiesen. Auch in dem Bart auf seinen Wangen und um seinen Mund schlich sich die graue Farbe. Doch anstatt verlottert damit auszusehen, wirkte er elegant und souverän, ganz so, als hätte er schon tausend Dinge gesehen und noch mehr erlebt. Seine Augen wiesen eine angenehm dunkle Farbe auf - wie Zartbitterschokolade. Als er Sean die Hand reichte, Haut weich und Nägel gepflegt, sprach er mit einem Bariton. „Du bist also Berylls neuester Rekrut. Sehr erfreut. Kealan mein Name."

Kaum setzte sich Kealan, erhob sich ein weiterer Mann, jünger als der erste, doch älter als Pyne oder Amy. Sean schätzte ihn um die dreißig Jahre. Dieser Nim musste als Mensch in eine Familie geboren sein, die asiatische Wurzeln besaß. Schrägstehende, dunkle Augen, die den Menschen ein wenig verkniffen musterten. Schmale Lippen und kleine, gerade Nase in einem ovalen Gesicht mit kantigen Wangenknochen, die durch die Haut zu stoßen schienen. Seine Stimme klang hart, wie trockenes Holz, das gebrochen wurde. „Yūsei", sagte der Nim lediglich und setzte sich wieder. Sean nickte unsicher, wusste nicht, was er dazu sagen sollte. Allerdings herrschte in seinem Kopf auch gerade Durchzug. Zuletzt sprang ein Mädchen auf die Beine. Tatsächlich ein Mädchen! Sie ging dem jungen Mann nur bis zur Brust, war schmal und kantig, ihr Körper wirkte, als wäre er noch nicht ausgewachsen, keine Spur von weiblichen Rundungen, dafür die typische, kindliche Schlaksigkeit. Um ihr rundes Gesicht wippten blonde Locken. Mit den großen, grünen Augen sah sie aus wie eine Puppe. „Ich bin Layla. Das ist der einzige Name, den du wissen musst, denn eigentlich bin ich die Beste und Gewiefteste von ihnen allen!" Die kleine Nim hüpfte auf Sean zu, drehte eine Pirouette, bevor sie vor ihm zum Stehen kam und einen Knicks machte, obwohl sie, wie alle anderen, dunkle Hosen und Pullover trug. „S-Sehr erfreut", stammelte der junge Mann und versuchte das Bild auf einen Nenner zu bringen. Denn scheinbar war es Beryll egal, wie alt oder wie groß seine Offiziere waren - nur durch was zeichneten sich diese Nim dann aus? Wie konnte Sean diese Gruppe und ihren Anführer davon überzeugen, dass er zu ihnen gehörte - zu ihnen gehören musste?! „Okay, okay, genug der Freundlichkeiten, mir wird ja schon ganz übel", verkündete Amy in die Hände klatschend. „Setz dich da hin, Welpe." Zähneknirschend gehorchte der Neuling, obwohl ihm das böse Glitzern in Yūseis Augen nicht entging, oder das leise Kichern aus Laylas Mund. Aber er beschwerte sich nicht, nicht vor dieser Runde, wo er doch nur wie ein kleinliches Kind wirken würde. Kaum saß er und auch Amy und Pyne hatten Platz genommen, ergriff die Rothaarige das Wort. Ganz offensichtlich war sie in diesem illustren Kreis höher gestellt, als die anderen. „Zumindest bis dieser Cort wieder kommt", dachte Sean, „oder bis ich sie übertrumpfe."

„Wir haben unsere Truppen zurück gezogen, um die Silver in Sicherheit zu wiegen. Sie sollen glauben, dass wir schwach sind, dass ihnen nichts blüht. Das war Schritt eins." Die Nim hielt einen dünnen Finger in die Höhe. „Schritt zwei war, sie zu erschrecken und sie zu erinnern, dass wir da sind." Sean dachte an den großen Mann, der zu Boden gegangen war, nachdem Amy ihm eine Kugel in den Rücken gejagt hatte. Ja, die Silver waren erschrocken gewesen, regelrecht verängstigt, wenn er an die junge Frau dachte, die weinend über ihm kniete. „Nun kommt Schritt drei", sagte die Nim und streckte einen dritten Finger in die Höhe. „Ihnen solche Angst machen, dass sie nicht mehr ruhig schlafen können", zwitscherte da Layla in einem hohen Stimmchen dazwischen, ein so verschlagenes Grinsen auf den Lippen, dass es dem jungen Mann eiskalt den Rücken hinab lief. Amy warf dem Mädchen einen abschätzigen Blick zu, brutal in seiner Kälte, bis dieses entschuldigend mit den Schultern zuckte. Erst dann fuhr sie fort. „Layla hat recht. Wir müssen jetzt etwas tun, das sie so in ihren Grundfesten erschüttert, sodass sie dieses Beben bis in ihre Knochen spüren und sich wünschten, sie könnten sich unter den Röcken ihrer schwächlichen, dümmlichen Göttin verstecken."

Alle Nim nickten bedächtig. Pyne verschränkte die Hände hinter seinem Kopf und starrte auf die Decke, die Lippen leicht gespitzt. Kealan pulte an seinen perfekt manikürten Fingernägeln und runzelte die Stirn, seine Augen in die Ferne gerichtet. Layla wippte auf und ab, als wäre zu viel Energie in ihr, sodass sie nicht ruhig sitzen konnte. Yūsei dagegen bewegte sich kein bisschen, als wäre er in der Position festgefroren, seine Mimik unlesbar. Und Amy? Sean warf ihr aus den Augenwinkeln einen scheuen Blick zu und starrte direkt in ihre giftgrünen Augen. Sie sah ihn an! Der Mensch schluckte, der Adamsapfel hüpfte in seinem Hals. Was wollte sie von ihm? Sollte er einen Vorschlag machen? Eine Idee vorbringen oder doch lieber schweigen und lernen? Nun wandte sich Sean ihr direkt zu, wusste aber weiterhin nichts zu sagen. Daher betrachtete er die Sommersprossen in ihrem sonnengebräuntem Gesicht, die roten Lippen, die ständig so süffisant über ihn lächelten, und ihre Augen mit den vielen Nuancen von Grün. Seine Lippen bewegten sich lautlos. Mit einem Ruck wandte er sich von Amy ab und starrte stattdessen in die Runde.

„Ideen?", fragte die Rothaarige nun gedehnt. „Wie wäre es, wenn wir einen von ihnen fangen und-", begann Layla zu plappern, doch Amy unterbrach sie mit einem kalten „Nein". Schmollend verschränkte die junge Nim die Arme vor der Brust und reckte das Kinn vor. „Wir brauchen etwas richtig Erschütterndes, etwas so phänomenal Böses, sodass sie bis an ihr unausweichliches Ende davon reden und es in ihren Albträumen sehen."

Sean hörte nicht mehr zur Gänze zu. Vielmehr begann er sich mit dem Problem auseinanderzusetzen. Er stellte es sich als Computerspiel vor, als Strategiespiel. Ziel: Größtmöglicher vorwiegend psychischer Schaden für die Silver. Schwierigkeit: Es musste etwas Besonderes, ja regelrecht Geniales sein. Denn wenn er tatsächlich vor Berylls Offizieren den Mund aufmachen sollte, dann wollte er auf keinen Fall so abgewürgt werden, wie Layla kurz zuvor. „Es muss reinhauen, es muss zu ihnen passen", überlegte Sean. Gleich danach schloss sich eine weitere Frage an. Wollte er sich denn etwas ausdenken, das grausam genug war, das Amy überzeugen könnte? War er dazu fähig? Sean wurde ganz schwindelig. „Es gibt Momente, da steht man an einem Scheideweg, man fällt eine

Entscheidung und danach gibt es keinen Weg zurück", dachte der junge Mann, Worte, die er irgendwo einmal gelesen oder gehört hatte. Denn noch konnte er zurück. Er mochte auf jemanden geschossen haben, aber das konnte er als Selbstverteidigung abtun. Einen perfiden Plan aushecken, der eine andere Spezies verletzen sollte, gehörte jedoch in eine ganz andere Kategorie. Nicht zum ersten Mal stritten zwei Seiten in Sean um die Vorherrschaft. Da gab es den netten, sanften Sean, der stets lächelte und das Leben leicht nahm, den Nell kennen gelernt hatte und vor den Nim zurück schreckte. Aber dann gab es auch die Seite in ihm, die nach Macht gierte, die das besitzen wollte, was Beryll ihm anbot und die diesem Kreis nicht nur angehören, sondern anführen wollte.

„Wisst ihr, wo andere Solani sind?", stellte er schließlich die Frage, die der erste Schritt zu seiner endgültigen Entscheidung war.

Yūsei wandte ihm den Kopf zu, bevor er kurz etwas in den Laptop, der vor ihm stand, tippte. „Ja", antwortete er kurz angebunden. Wie kleine Nadelstiche spürte der junge Mensch die Blicke der Nim auf sich. Mit aller Macht bekämpfte er die Hitze, die unter seiner Haut erblühte. „Haben die Kinder?", fragte er dennoch tapfer weiter. Wieder ein Schritt weg von dem netten Sean und hin zu Macht und Anerkennung. „Ja, sicher, einige haben welche", antwortete diesmal Pyne, den Kopf schräg gelegt. „Wisst ihr, Krieger sind darauf vorbereitet, dass es sie trifft. Das gehört sozusagen zu ihrer Stellenausschreibung. Sicherlich kann man sie mit einem Angriff auf sie verletzen, aber nicht so sehr, wie wenn man Zivilisten angreift und sie ihrer statt büßen lässt." Während Sean sprach, hellten sich die Gesichter der anderen auf. Keiner unterbrach ihn, niemand lachte ihn aus, was der junge Mann für ein gutes Zeichen hielt. Daher fuhr er fort: „Und die schwächsten, verletzlichsten Mitglieder einer Gesellschaft, über deren Tod stets alle verzweifelt sind und es nicht fassen können sind-"

„Kinder!", flötete da Layla mit einem breiten Grinsen und wippte noch mehr auf ihrem Stuhl hin und her. Das Licht funkelte in ihren goldenen Löckchen. „Ja, das gefällt mir", meinte Amy beinahe summend. In ihren grünen Augen funkelte etwas so Verschlagenes, dass es Sean erneut ganz kalt wurde. Alle Hitze der Aufregung wurde sofort aus seinem Körper vertrieben.

In Gedanken sah er den guten Sean und den machthungrigen am Rand einer Klippe stehen. Nur Zentimeter von ihnen entfernt gaffte eine tiefe Schlucht, deren Boden in der beinahe greifbaren Finsternis nicht zu sehen war. Als wäre es unbedeutend, hob der machthungrige Sean die rechte Hand und legte sie dem anderen auf den Rücken. Eine Sekunde - vielleicht zwei - verstrichen, bevor er den anderen über die Klippe stieß. Der gute Sean fuchtelte mit den Armen, strampelte mit den Beinen, aber da gab es keinen Vorsprung, keine Kerbe, in die er hätte greifen können, mit der er seinen Absturz irgendwie hätte aufhalten können. So stürzte dieser Teil von ihm in die Kluft und verschwand in dem bodenlosen Loch, ohne dass der junge Mann auch nur einen Anflug von Reue verspürt hätte.

Brennend heißer Schweiß stand Titus auf der Stirn. Er rann ihm in die Haare und klebte die Strähnen an seine Haut, bis sie zu jucken begann. Seine Augen brannten, sie waren rot gerändert und fühlten sich an, als hätte er seit Tagen nicht geschlafen. Hatte er denn geschlafen? Nicht sicher, gar nicht sicher. Zitternd presste der König seine Lider zusammen und stöhnte leidvoll auf. Wieso musste es so kommen? Das war allerdings nur eine rhetorische Frage, um sich ein wenig in Selbstmitleid zu suhlen, denn die Antwort kannte er ganz genau. So genau, wie er wusste, dass er irgendwann die Augen aufmachen, aufstehen und weiter machen musste. Nicht sofort, nicht gleich. Erst wollte er sich sammeln. Ja, er musste sich sogar sammeln! Überlegen, was er nun wusste und wie der nächste Schritt auszusehen hatte.

„Ich erinnere mich daran, wer ich war. Wie ich war", murmelte der Silver. Seine Lippen bewegten sich kaum, doch es reichte, dass die ausgetrocknete Haut aufbrach und er Blut auf der Zunge schmecken konnte.

„Und wie warst du?"

Weit weniger schnell, als er sollte, richtete Titus sich auf und öffnete die Augen, geweitet vor Schock. Er kannte diese Stimme, das Rauchige darin und die Sprachmelodie. Er wusste sogar genau, wie sich die Lippen bewegten, wenn sie sprach. Geschwächt wankte er, obwohl er saß, aber gerade schien sein Oberkörper allein bereits zu viel Gewicht zu haben und zurück zum Boden zu streben.

„Du siehst gar nicht gut aus", stellte seine Schwester fest. Sie saß im Schneidersitz vor ihm und sah aus, wie er sie zuletzt gesehen hatte. Ihre dunklen Haare locker zurückgebunden, kleine weiße Blüten hinein geflochten. Dazu ein fliederfarbenes Kleid und passende Sandalen an den Füßen. „Also, Bruderherz, wie warst du?" Belustigt lächelte sie und beugte sich etwas zu ihm, sodass ein paar Strähnen über ihre Schultern fielen. „Du bist nicht echt!", zischte Titus zurückweichend. Nun schnaubte seine Schwester und schüttelte den Kopf. Sie sah so erwachsen aus, ihre Augen alt und erfahren, obwohl sie gerade einmal vier Jahre alt wurde. „Natürlich nicht, Dummerchen. Ich bin eine Ausgeburt deines Geistes. Nicht wahr? Aber du hockst seit Tagen in diesem Loch, bist alleine und fiebrig, du brauchst jemanden zum Reden."

„Und da fantasiere ich mir dich herbei?" Der Silver klang erstickt. Das Zittern wurde stärker.

„Nun, es geht doch um mich." Das Mädchen zuckte unbekümmert mit den Schultern, doch in seinen Augen schimmerten Trauer und Mitleid. „Also, wer warst du?", wiederholte es seine Frage zum dritten Mal. Der König musste einige Male schlucken, um seine Kehle zu befeuchten. Die Kopfschmerzen machten ihn ganz wirr, sodass er kaum merkte, wie seine Hände automatisch den Schweiß aus seinem Gesicht wischten, die Haare bändigten und sein Hemd glatt strichen, bis er einigermaßen annehmbar aussah, bis er sich etwas besser fühlte, lebendiger. „Ich war hoffnungsvoll", begann er langsam, musste sich konzentrieren, um die richtigen Worte zu finden. Dass er gerade eigentlich Selbstgespräche führte, verdrängte er. „Und jetzt?" Seine Schwester legte den Kopf schief.

„Nicht mehr."

„Warum?"

„Du bist tot."

„Und viele andere auch. Was ist an meinem Tod so besonders?"

„Du solltest unsere Rettung sein, der Schlüssel, die Nim endlich zu vernichten."

„Und ohne mich?"

„Sind wir chancenlos."

Seine Schwester rückte etwas näher, bis sie sein Knie mit ihrer kleinen, zarten Hand berührte. Sie streichelte darüber. „Warst du denn chancenlos, bevor ich geboren wurde? Hattest du nicht Hoffnung und Kampfgeist und einen Plan, lange bevor ich auch nur eine Zelle in Mutters Bauch war?" Er konnte sich in diesen blauen Augen verlieren. Es ging so leicht, denn wenn er in sie blickte, dann sah er Welten und Unendlichkeit, dann sah er Ernst und Starrsinn und Halt. So hatte Hope ihn stets angesehen, wenn er müde war oder frustriert, wenn er wieder Tote zu beklagen hatte oder nach einer neuen Strategie suchte.

„Doch", gab Titus schließlich widerwillig zu.

„Warum hast du dann vergessen, wer du bist, nur weil ich tot bin?" Nun klang seine Schwester wütend. Ihre kleine Nase kräuselte sich, ihre Augenbrauen näherten sich einander, sodass ihre runde Stirn sich furchte. Sogar ihr Mund bekam einen ganz harten Zug. „Weil-" Der Angesprochene seufzte, rieb sich über die Augen, dachte nach. „Weil ich mich nach einem Ende gesehnt hatte. Nach Ruhe und Frieden und Glück. Nicht für mich, sondern für die Solani, für dich."

„Ach, Ti, wenn ich die Waffe gegen die Nim sein musste, wie hätte ich je Frieden finden sollen, hm? Du rechtfertigst nur, dass du dich hast gehen lassen. Ja, so ist es."

„Ich hätte dafür gesorgt, dass du ein schönes Leben gehabt hättest", murmelte dieser leicht abwesend. Seit der Geburt seiner Schwester hatte er stets sie als Königin gesehen. Sie wäre eine großartige Herrscherin geworden. Gütig und charmant, klug und unerschrocken. Sie hätte eine Familie gehabt, Kinder... Und er hätte sie beschützt. Hope schnalzte mit der Zunge.

„Das ist Blödsinn und das weißt du auch", warf sie ihm vor. „Ich hätte die Lösung sein können oder auch nicht. Wir werden es nie erfahren. Aber du bist noch hier. Du kannst kämpfen. Du kannst dich gegen Beryll stellen und unsere Spezies beschützen. Wenn du dich daran erinnerst, warum du zu kämpfen begonnen hast." Die Geschwister starrten sich in der Dunkelheit an, keiner wollte nachgeben und irgendwo in Titus' Hinterkopf registrierte er mit Erstaunen, wie starrköpfig seine Wahnvorstellung war.

„Ich habe es getan, weil ich sie beschützen wollte, weil jedes dieser Leben mir wichtig war. Ich wollte sie in Sicherheit wissen, die Solani. Mir war die Krone egal oder der Ruhm, darum ging es nie. Auch nicht um Respekt mir gegenüber. Es ging immer und einzig allein darum-" Titus hatte sich langsam aufgerichtet und auch Hope stand nun vor ihm und grinste ihn breit und aufmunternd an. „Zu beschützen", sagten die beiden wie aus einem Munde. Die Worte schlugen gegen die kahlen Steinwände seiner kläglichen Behausung. „Beschützen", wiederholte der König leise. Etwas Seltsames geschah in ihm, etwas, das er nicht für möglich gehalten hatte. Wärme breitete sich aus, angenehm und erholsam. Sie strahlte von seiner Brust in seinen Körper und berauschte ihn sanft. ‚Beschützen' klang mit jedem Herzschlag und wurde durch sein Blut in seinen gesamten Körper übertragen. Er hatte es stets gewusst, aber er hatte die Wichtigkeit verdrängt, vergessen, dass dies sein Antrieb gewesen ist und immer noch war - wenn er es denn zuließ. Wenn er endlich wieder wagte, sein Volk mit allem, was er zu geben hatte, zu lieben.

„Siehst du, Dummerchen. Es liegt nicht an mir", flötete da Hope frech, auf den Fußballen auf und ab wippend. Titus streckte die Hand aus und legte sie auf ihren Kopf und tatsächlich ertasteten seine Finger das weiche Haar, das er unzählige Male bereits gestreichelt hatte. Es fühlte sich so echt an, dass er kurz daran zweifelte, ob sie wirklich nur eine Erscheinung war. Doch dann erinnerte sich der Silver an die Vision, die er hatte. Noch in Prag, als er eigentlich mit Derek und Patrick in den Zellen eingesperrt sein sollte, aber plötzlich sie auftauchte, mit dieser verfluchten Puppe. „Sie ist nicht verflucht. Sie war ein Geschenk von dir, weißt du nicht mehr?", fragte da seine Schwester, erneut mit der Zunge schnalzend. „Doch natürlich", gab Titus zu. Trotzdem war die Puppe mit diesen blauen Augen gruselig. „Weil sie dich an etwas erinnert oder an jemanden", spezifizierte das Mädchen seinen Gedanken. Es wippte weiter auf und ab. Er ließ Hope wieder los, trat einen Schritt von ihr weg, um sie besser mustern zu können.

„Ja. Sie erinnert mich an jemanden und das macht einfach keinen Sinn."

„Noch nicht."

„Was meinst du damit?"

„Dass du fast alle Puzzleteile zusammen hast, du musst nur endlich weiter, um das Bild zu erkennen. Sieh es wie ein impressionistisches Meisterwerk. Du bist zu nahe und wenn du deine Nase auf die Leinwand drückst, dann erkennst du nur Farbflecken, aber nicht den Gegenstand, nicht die Wahrheit, das Geheimnis hinter der Farbe."

Der König schwieg, rieb sich die Schläfen. Warum musste das so kompliziert sein? Wieso konnte er nicht einfach Nim töten, so wie er es immer gewollt hatte?

„Ti, was hast du mir gesagt, als du mir die Puppe geschenkt hast?"

„Dass sie dich immer beschützen wird, vor jedem Schmerz und allem Leid."

Nur dass die Überreste eben jener Puppe auf einem Grab lagen, das lediglich Staub enthielt, weil mehr nicht von seiner Familie übrig blieb.

„Und was habe ich darauf gesagt?", fragte Hope ungerührt weiter.

„Dass du sie auch immer beschützen würdest. Dass ihr nun eine Einheit wäret", antwortete Titus schmunzelnd, denn er erinnerte sich genau, mit wieviel Ernst sie es damals gesagt hatte. „Aber warum ist das wichtig?", wollte er nun seinerseits wissen. „Du wirst sehen. Aber jetzt musst du weiter", summte Hope kryptisch. Weiter... Der König zog eine wenig royale Grimasse. „Berge den ersten Dolch. Einst war es nur ein Messer, um Äpfel zu schälen, und wurde dann zu einem Symbol. Hole es dir zurück, als Erinnerung an den Titus, der du sein willst." Seine Schwester drehte sich langsam im Kreis, die Arme von sich gestreckt, während sie sprach. „Und dann komm' endlich - endlich! - zu mir. Ich warte schon so lange. Der Flieder blüht bereits", sprach sie, drehte sich ein letztes Mal um ihre eigene Achse und verschwand. Im einen Moment stand sie noch vor ihm, die Röcke gebauscht, das Haar ein dunkler Vorhang über ihrem Rücken. Im nächsten befand er sich wieder alleine in dem winzigen Loch unter dem Baptisterium, nur Stein und Staub und dicke Luft, die ihn umgaben.

Als Titus tief einatmete, konnte er fühlen, wie die Hitze langsam seinen Körper verließ. Was immer ihn da die letzten Tage geschüttelt hatte - es schien, das Feuer von London brannte in seinen Adern - verließ ihn ebenso und damit bekam er seinen Körper beinahe gesund und lediglich geschwächt zurück. Gesund mochte er sein, aber eine Dusche konnte er nun dringend gebrauchen. Seine Kleidung stand vor Dreck und Schweiß. Konzentriert lauschte er, wartete, ob sich etwas über ihm bewegte, doch alles blieb vollkommen still. Also Nacht. Er konnte gehen. Vorsichtig, bereit sich sofort zurückzuziehen, fuhr er mit dem Finger die Rune an der Decke nach. Sie war in die Marmorplatte des Bodens eingraviert worden und brachte eben diese Platte dazu, sich zur Seite zu bewegen. Lautlos schob sich Stein über Stein, bis ein Loch im Boden entstand, durch das sich Titus mit Leichtigkeit nach draußen ziehen konnte. Er schwang die Beine aus dem Loch und federte nach oben, den plötzlich enormen Raum genießend. Die Luft hier drinnen drang kühl und frisch in seine Nase. Herrlich! Mit einer kurzen Berührung verschloss sich das Versteck, für Menschen und Nim nicht auffindbar. „Hoffentlich braucht es niemand", dachte der König, der sich nun für lange Zeit nicht mehr in eine so kleine Kammer quetschen wollte.

Bevor er das Gebäude verließ, tat er etwas, das er für viele Jahre beinahe täglich machte. Damals, als er noch hier lebte. Er stellte sich in die Mitte des dunklen, leeren Baptisteriums, legte den Kopf in den Nacken und bewunderte das Mosaik der Kuppel. Seine Augen konnten jede Farbe erkennen, das Gold schimmerte, als wäre es flüssig und samtig. Durch die Reflexionen wirkten die Figuren beinahe lebendig. Lange Zeit fixierte sich sein Blick auf die Darstellung des Teufels, die Gestalten der Hölle, die die Seelen verschlangen. Danach fanden seine Augen Ruhe in dem Genesis-Zyklus. Er studierte die Gesichter und Flügel der Engel, die Szenen, die von Bestimmung, Vorsehung und Opfer sprachen.

Hier, im Angesicht dieser Kuppel hatte er das erste Mal seine Arroganz gegenüber den Menschen gründlich überdacht. Und immer wieder seitdem, wenn er vor Kunstwerken und Bauten stand und staunte, da musste er seine anfängliche Überheblichkeit revidieren, denn ihn faszinierte es, was die Menschen schufen - ohne Magie und ohne die Ewigkeit. Nur mit ihren Händen und kurzen Leben. Auch darum hatte er die Nim aufhalten wollen. Weil sie Menschenleben vernichteten und es pervertierten. Sie nahmen sich die Herzen und verdrehten die Gedanken, machten Monster aus Wesen, die zu so viel mehr fähig waren.

Nach einer Weile, als sich Titus wieder seiner dreckigen Kleidung bewusst wurde und die Notwendigkeit eines Bades umso stärker verspürte - dazu kamen Hunger und unsäglicher Durst - löste er sich von diesem Anblick und verließ San Giovanni.

Es war nicht nach Plan gelaufen. Und das war die Untertreibung des Jahrhunderts!

„Oz, komm raus! Glaubst du, du kannst dich irgendwo verstecken? Selbst für eine Ratte wie dich, gibt es in London kein Loch mehr, in das sie kriechen kann!" Ein Schuss fiel.

Der Plan nämlich hätte folgendermaßen ausgesehen: In London unentdeckt ankommen, sich in das System des Flughafens hacken und anhand von Gesichtserkennung herausfinden, ob Nell weiter geflogen war. Abhauen und weiter suchen. Sollte ganz einfach sein, wenn London seine Existenz vergessen hätte, wenn nicht jemand seinen Namen verraten hätte - also seinen Decknamen. Joe Matthews konnte nämlich nicht, wie gehofft, einfach in London einreisen, ohne dass bei diversen zwielichtigen Organisationen kleine, rote Lichter aufleuchteten und sein Erscheinen ankündigten. Damit scheiterte Oz schon mit dem ersten Punkt seines Planes, nämlich unentdeckt zu bleiben. Kaum verließ er das Gate, entdeckte er schon die erste Person, die etwas in seiner Nase zum Jucken brachte, sie schien es förmlich auszudunsten, dass sie hinter ihm her war. Ein Mann mit einem Basecap und dunkler Jacke. Sein Gesicht verbarg sich hinter einem Vollbart, Nase und Augen lagen im Schatten. Nicht identifizierbar. Oz wusste nicht, ob er ihn kannte, glaubte aber nicht. Es war auch egal. Ein Verfolger bedeutete, er konnte seinen Plan nicht durchführen. Der Silver hatte so eine Ahnung, dass der Bärtige ihn nicht einfach seines Weges ziehen lassen würde. Außerdem wollte Oz nicht, dass jemand hier mitbekam, nach was und wem er suchte. Seine Feinde würden in Nell ein Druckmittel sehen und sie wahrscheinlich selber suchen - und das wollte er der jungen Frau nicht antun, nicht schon wieder! Er hatte sie einmal in Gefangenschaft manövriert und wollte das nicht wiederholen. Also konnte er nicht nach ihr suchen, nicht solange dieser bärtige Typ an ihm klebte und wer konnte schon sagen, wieviele noch da draußen warteten? Einen weiteren Punkt, den er bedenken musste, war dieser, dass er auch keine Spuren hinterlassen durfte, die zu den Silver zurück verfolgt werden konnten. Seine Freunde hatten genug Probleme, er musste ihnen nicht noch mehr aus der Hauptstadt schicken. Also blieb ihm nur eines: Flucht. „Komm raus, Ratte! Wir haben noch etwas zu erledigen. Du schuldest uns noch ein Leben oder zwei!"

Oz schlich sich in eine der Toiletten, sah sich um. Keine Chance, hier gab es keinen Ausgang, kein Fenster und keinen Lüftungsschach, durch den er gepasst hätte. Fluchend drehte er ab und machte sich weiter auf den Weg, das Flughafengebäude zu verlassen. Er wollte kein Taxi nehmen aber der Zug in die Innenstadt schien ihm auch keine attraktive Lösung. Da er aber nicht laufen wollte, die Nacht ging irgendwann zu Ende, musste er sich entscheiden. Der Silver tat so, als würde er zu den Zügen gehen. Hier gab es genug Tumult und Menschen, dass er sich zwischen den Leibern verlieren konnte und hoffentlich den Bärtigen abhängte. Während er in die Masse eintauchte, zog er eine Mütze aus seinem Rucksack und begann seine verräterischen Haare darunter zu verbergen. Er drängte sich in eine Reisegruppe und ging mit ihnen mit. Keiner schien sich darüber zu wundern, aber das lag eher an der Fähigkeit der Solani, unbemerkt zu bleiben, als an seinen Schleichkünsten, denn für besondere Technik war gerade keine Zeit. Es musste schnell gehen. Wenn der Mann ihn nur nicht gesehen hätte! Aber das Verschwinden der Solani, das ,Unsichtbarbleiben' funktionierte nur, wenn man nicht schon erwartet wurde, wenn man nicht der

Fokus der Aufmerksamkeit war. Sie besaßen keinen Mantel, der sie unsichtbar machte, wie ein gewisser Zauberer mit Blitznarbe und runden Brillengläsern.

Der Zug stand schon bereit und er betrat ihn zusammen mit der Reisegruppe. Drei Minuten, jetzt durfte er keinen Fehler machen. Langsam bewegte er sich weiter, schob sich durch die wartenden Passagiere. Die meisten sahen müde und erschöpft aus, waren in Gedanken bereits bei den Betten, die auf sie warteten, vielleicht auch bei dem Cocktail, der sie entspannen würde. Ein paar wenige strahlten diese energetische Vorfreude aus, die ihre Lippen zu breiten Grinsen verleitete und ihre Augen strahlen ließ, gar nicht besorgt über die späte Stunde oder die Fahrt, die vor ihnen lag. Aus den Augenwinkeln sah Oz den Bärtigen. Er hatte es bis hierher geschafft, kein Dummkopf also, ein Profi - aber was hatte er sonst erwartet? Sein Verfolger sah sich genau um, ohne zu auffällig dabei zu sein und schob sich nun seinerseits durch die Reisegruppe.

Oz ging an dem nächsten Ausgang vorbei, tat so, als suche er einen Platz, an dem er angenehm stehen konnte, während er sich zum dritten Ausgang vorarbeitete. Nun wurde es dichter, Haut und Stoffe drängten sich aneinander. Eine Kakophonie an Stimmen nahm den Raum über ihren Köpfen ein, während ein starker Mix aus Parfum, Aftershave und Schweiß die Nase des Solanis verstopfte, bis er beinahe würgen musste. Eine Minute. Er ging weiter. Langsam, nur keine Eile, als hätte er keinen Verfolger hinter sich, dessen Blicke seinen Nacken dazu brachten, zu brennen und zu ziepen. Ein Teil von ihm wollte sich umdrehen, Eis in seine Hände rufen und einen Angriff starten, egal wieviele Verluste er damit riskierte. Aber dieser Teil war klein und in Ketten gelegt, hatte keine wirkliche Stimme, wenngleich sie eindringlich flüsterte.

„Nun komm schon, Eisjunge! Wir wollen doch nur reden!" Ein weiterer Schuss. Oz musste sich ducken, suchte nach einem Ausweg.

Auf dem Bahnsteig erklang eine Stimme. Man solle von dem Zug zurücktreten, die Türen frei halten, es ginge gleich los. Nun beschleunigte Oz kaum merklich. Ein Meter trennte ihn nur noch vom Ausgang. Der Bärtige schien Lunte zu riechen, denn er beschleunigte nun. Das wusste der Silver nicht, weil er sich umdrehte, um nach ihm zu sehen, sondern hörte es an den Protestrufen der anderen Passagiere, die sein Verfolger wohl einfach zur Seite schubste. Konzentriert zählte Oz die Zeit nach unten. Zehn Sekunden. Er spannte sich an und stieß sich ab, gerade als die Türen sich piepsend schließen wollten. Sein schmaler, sehniger Körper schoss auf den Bahnsteig. Als seine Füße den Boden berührten, ruckelte der Zug los. An den Fenstern der Tür sah Oz den bärtigen Mann, die Basecap nach hinten gerutscht, sodass er dem verärgerten Blick mit einem selbstgefälligen Grinsen begegnen konnte. Er verbeugte sich sogar kurz, bevor er die Beine in die Hand nahm und sich in das nächste Taxi warf. Bloß weg hier und hoffen, dass sie nicht sofort seine Fährte aufnahmen. In Gedanken ging er all seine ehemaligen Verstecke durch, um dort auf gar keinen Fall aufzukreuzen, denn die würden seine alten Bekannten als erstes aufsuchen. Leider hatte er viele gute Verstecke bereits aufgebraucht und musste nun schnell mit einer neuen Idee aufkommen.

Sieben Jahre waren eine lange Zeit, bestimmt hatte sich viel geändert, alle alten, verlassenen Plätze konnten nun schicken Hotels oder Boutiquen gewichen sein - keine besonders beruhigenden Gedanken. Innerlich ärgerte sich Oz, denn mit so etwas hatte er nicht gerechnet. In Gedanken hatte er mit London abgeschlossen und es nur als Durchreiseort gesehen, hier länger zu verweilen, gehörte nicht zu seinem Plan. Jede Minute in dieser Stadt würde mehr alte ‚Freunde' auf den Plan rufen, darum hatte er den Flughafen eigentlich nicht verlassen wollen. Aber wo einer dieser Parasiten aufkreuzte, waren meist mehr nicht weit entfernt. Also raus und in die Stadt, Unterschlupf suchen, abwarten. Neuer Versuch. Seine Unruhe zeigte Oz nicht, keine Sekunde lang, auch wenn die Nacht voran schritt und er keine Ahnung hatte, was er als nächstes tun sollte. Geld hatte er genug, aber was half ihm das, wenn jedes Aufscheinen seines Namens ihn verraten würde, wenn er sich damit nicht mehr Stunden der Nacht erkaufen konnte? Sinnlose, bunte Papierscheine.

„Oz, das wird langsam langweilig. Wir wissen alle, dass du nicht raus kannst. Draußen ist es wunderschön hell. Wirklich, die Sonne ist toll. Aber du bist ja nicht der Typ zum Sonnenbaden." Ein kaltes, böses Lachen. „Du sitzt in der Falle, mein alter, alter Freund."

Oz ließ sich zu einem Internetcafé in einem Randbezirk von London bringen, erstaunt darüber, dass es solche Einrichtungen überhaupt noch gab, doch froh darum. Eine schnelle Recherche, bei der er jeden seiner Atemzüge gesteigert wahrnam, genauso wie jeden Blick, jeden Laut in seiner Umgebung. Sein Körper befand sich in Alarmbereitschaft und er durfte diese Vorsicht nicht loslassen, musste an ihr festhalten, bis er in Sicherheit war. Nach außen hin zeigte er, wie immer, nichts. Seine Mimik verriet nicht, dass er ein Gejagter war, sondern zeigte der Welt Langeweile und Arroganz. Auch seine Bewegungen gehörten nicht zu jemanden, der sich mächtige Feinde gemacht hatte. Er tat, als hätte er alle Zeit der Welt, während seine Finger über die Tastatur flogen und das Eis unter seiner Haut greifbar nahe war, bereit anzugreifen. Jedes Klingeln der Tür, jede erhobene Stimme brachten ihn dazu, schneller zu tippen, abgehackter zu atmen und ruhiger nach außen hin zu werden. Er wollte gleich nach der jungen Frau suchen, aber er fand keinen Anhaltspunkt. Sie musste ihr Aussehen und ihren Namen geändert haben - schlau. Aber ungünstig für sein Vorhaben. Hätte er mehr Zeit oder wäre nicht so unruhig, Oz hätte sie gefunden. Doch so fühlte er sich, als hielte jemand eine geladene Waffe an seine Schläfe. Früher kein Problem, doch heute blockierte es ihn.

Vom Internetcafé aus suchte sich der Silver einen passenden Unterschlupf. Im Grunde war es ein Leichtes, wenn man Internet hatte und wusste, nach was man suchen musste. Und gerade in der kritischen Wirtschaftslage der heutigen Zeit fanden sich immer wieder leerstehende Gebäude, wegen Insolvenz oder Pfändung verlassen - ein trauriges Schlaraffenland zerstörter Träume. Ein solches Gerippe staubiger Hoffnung fand Oz in einer Lagerhalle einer Firma, die Insolvenz anmelden musste. Noch gab es sie,

noch hatte niemand daran etwas verändert, der Bürokratieapparat musste erst durch-
laufen werden, bevor die Lagerhalle einem neuen Zweck zugeführt wurde. Nun ja, der
Silver brauchte keine Bürokratie, um sie gleich heute umzufunktionieren, nämlich in
seinen Schlafplatz.

Obwohl die Zeit langsam knapp wurde und er sich beeilen musste, um das Lagerhaus
zu erreichen - er verzichtete auf ein Taxi, wollte lieber nicht, dass irgendjemand sich
daran erinnerte, einen türkishaarigen, jungen Mann dorthin gebracht zu haben - legte
Oz noch einen Stopp bei einer Tankstelle ein, die zum Glück auch einen kleinen
Shop betrieb, in den er einfiel, als wäre er ein verhungerndes, wildes Tier. Solani
konnten mehrere Tage ohne Wasser und Nahrung auskommen, wenn es sein musste,
sie schalteten dann in eine Art Notfallmodus, in dem der ganze Stoffwechsel langsa-
mer ablief, aber gesund war das nicht und besonders stark war man nach einem sol-
chen ,Notfall' auch nicht mehr. Oz aber musste fit bleiben und musste alles dafür tun,
dass sowohl sein Körper, als auch sein Geist die nächsten Stunden auf höchster Leis-
tung weiter arbeiteten. Falls er doch gefunden wurde und spätestens, wenn er weiter zog
- nächste Nacht. Ohne wirklich hinzusehen, packte sich der Silver Chips, Brot,
Schokolade, die klägliche Ausbeute an Obst und Getränke ein, zahlte bar und mach-
te sich schließlich auf den Weg. Er musste nur einen Tag überstehen. Ein Tag, dann
könnte er nächste Nacht zum Flughafen zurückkehren, Nell suchen und weitersehen.
Er brauchte die Überwachungskameras, mit denen würde er sie finden, dachte er sich,
während er durch die Nacht rannte. Es roch schon wieder feucht, nach Regen, aber
jedes andere Wetter hätte ihn auch beinahe schockiert. Anders kannte er London
nicht. Grau und verregnet.

Wieder ein Schuss, diesmal ganz nahe an seinem Ohr. Oz hörte, wie die
Kugel an seinem Gesicht vorbei schoss, surrend und Hitze ausstrahlend.
„Oz", sang der Mann, der ihn eingekesselt hatte. „Oz, wir haben noch
eine Rechnung offen. Du schuldest mir etwas, du kleine Kanalratte. Bist
einfach abgehauen, das war nicht nett, gar nicht nett." Die Stimme des
Mannes hatte etwas Schleimiges an sich, klang zu nett, zu sehr nach
Singsang, zu einschmeichelnd. Gleichzeitig schwang in jeder Silbe eine
rohe, unausgesprochene Drohung mit. Der Silver biss sich auf die Unterlippe, schnaufte. Er wollte gerne etwas erwidern, wollte ihnen sagen,
sie sollten sich zum Teufel scheren und ihn in Ruhe lassen, denn er würde nie wieder für sie arbeiten. Aber das war sein Ego, das da aus ihm
sprach, das hinaus plärren wollte, wie cool und toll er doch war, wie erhaben über diese Kerle. Nur sein Ego würde ihn da nicht hinaus holen.
Er saß in der Falle, das war die Wahrheit. Der Tag hatte noch nicht einmal den Mittag überschritten, selbst in London schien zu viel Sonne, als
dass er sich nach draußen wagen konnte. Die Lagerhalle schien eine ge-
niale Idee gewesen zu sein - vor ein paar Stunden. Doch ein Nachteil
zeigte sich nun, denn es gab keine Fluchtmöglichkeit. Die Halle war um-
stellt und es existierte keine Möglichkeit, in den Untergrund abzutau-

chen. In der Mitte gab es zwar einen Abfluss, durch den er vielleicht hätte entkommen können, aber seine Feinde kannten ihn und hatten gewusst, wie sie ihn Schachmatt setzen konnten. „Oz, nun komm schon!" Nun ließ die Stimme langsam die Wut erahnen, die der Sprecher in Wahrheit die ganze Zeit schon empfand.

Als sie in die Halle gestürmt waren, hatten sie dafür gesorgt, dass alle Fluchtmöglichkeiten lichtdurchflutet wurden. Sie hatten Oz eingekesselt, hatten ihn in die Schatten zurückgezwungen und auch jetzt sorgten sie dafür, dass zu viel Licht in die Halle floss, sodass er sich nicht richtig bewegen konnte. Gefangen. Der Silver war ein Gefangener. Seine Vergangenheit hatte ihn endgültig eingeholt.

„Oz, mein Vater hat dich aufgenommen. Er hat dich von der Straße gepickt und aufgebaut. Wir haben dir alles beigebracht, wir haben dir das Leben geschenkt, das du stets haben wolltest. Und dann hast du uns verraten. Oz, du verstehst doch sicher, dass wir ein Auge offen gehalten haben, falls du zurück kommst. Sieben Jahre", sprach der Mann, nach dem Hall zu urteilen, bewegte er sich langsam auf den Solani zu. „Sieben Jahre und wir haben dich nie vergessen. Wir sind immerhin eine Familie." Ein dunkles Lachen. Dem Solani lief es eisig den Rücken hinunter, er zögerte. „Du bist ihnen nichts schuldig. Du bist ihnen nichts mehr schuldig", ratterte er in Gedanken herunter. Nur dass dieser Satz nicht über dreißig Jahre seines Lebens auslöschen konnte. Sein Verstand wusste, wem seine Loyalität galt, was er wollte, was er tun musste - aber seine Hände zögerten. Denn dieser Mann, der ihn da rief und eine Waffe auf sein Versteck richtete, wuchs mit ihm auf, als sein kleiner Bruder, als Freund und später, als sein Vater das Amt niederlegte, als sein Boss. Der Begriff ‚Familie' bekam einen ganz üblen Nachgeschmack in diesem Moment.

„Markus", zischte Oz, sich die Schläfen reibend, Pläne und Zugehörigkeiten gleichermaßen verteufelnd.

Im ‚Théâtre de Verdure' spielte ein Rock Tribute. Die Gitarrenriffs und kratzigen Stimmen schallten durch den Jardin Albert. Penelope lauschte ihnen von einer Bank in dem hübschen Garten aus, eine kleine Tasche neben sich, aus der sie nun mit gewisser Vorfreude ihr frühes Abendessen hervorholte.

Nachdem Cort sie am Vormittag verlassen hatte, war sie noch eine ganze Weile am Strand geblieben. Immer wieder ging sie ins Wasser und genoss das kühle Prickeln auf ihrer Haut. Nach wie vor konnten Wasser und Kälte sie entspannen - endlich funktionierte das wieder. Es schien tatsächlich, dass sie einen Zustand von Gleichgewicht erreichte, wie sie ihn nur ein einziges Mal seit ihrem Erwachen verspürt hatte, nämlich in der kurzen Zeit, als sie mit Sean manche Abende verbrachte, im Café arbeitete und die Nim mit Leichtigkeit jagte, bevor alles kompliziert wurde. Damals dachte sie, sie hätte endlich ihr wahres, richtiges Leben gefunden, aber nun wusste sie es, jetzt war sie sich sicher. Ansonsten wäre sie geflohen, oder nicht?

Nell betrachtete das köstliche Baguette mit Parma Schinken und leckerem Brie, saftigen Tomaten und knackigen Salat. Es schmeckte herrlich, vor allem, da sie noch nicht wirklich gegessen hatte. Natürlich aß sie Eis, schmackhaftes, fruchtiges und schokoladiges Eis, aber das zählte nicht als Essen - nur ein Snack. Ihr Magen grummelte erwartungsvoll und seufzte regelrecht glücklich auf, als Penelope hinein biss.

Als sie sich endlich vom Strand wegbewegte, kehrte sie zunächst im Hotel ein. Dort sagte man ihr, dass ihr Freund - im Hotel ging man im Allgemeinen davon aus, dass Cort und Penelope ein Paar waren - noch nicht zurück war. Milde erstaunt nahm sie es als gegeben hin. Ganz leise fragte sich Penelope, warum sie nicht ihre Sachen packte und verschwand. Sean, das war der Grund. Weil er weiter ein Gefangener war und sie das Spiel mitmachen musste, um ihn zu befreien. Noch konnte sie sich nicht ganz eingestehen, dass sie sich fügte, weil da dieser winzige Teil weiter lebte, der protestierte. Darum gab sie sich noch den Anschein, als... Nun, als was? Dass Beryll nicht ihr Vater war? Dass sie Ihresgleichen tötete? Dass sie noch die Alte war? Nell wusste es nicht und schob die Gedanken beiseite. Mittlerweile war sie ein Profi darin, Unangenehmes zu verdrängen und einfach weiter zu machen. Sie saß fest, kam nicht weiter, warum also den Tag nicht nutzen - er hatte doch bereits gut begonnen. Also duschte Nell, zog sich ein verspieltes Sommerkleid mit schwingendem Rock an, dazu Sandalen und machte sich dann auf, Nizza alleine zu erkunden. Von ihrem Hotel, dem ‚Le Negresco‘, machte sich die junge Frau zunächst auf, sich die ‚Villa Masséna‘ anzusehen, ein Museum, in das Cort sie nicht hatte begleiten wollen. Sie lag in einem hübschen Garten, in dem sie ein Eis aß, bevor sie sich daran machte, das Kulturprogramm zu absolvieren. Es gefiel ihr, müßig durch die Ausstellung über die Geschichte von Nizza zu wandern, manchmal die Beschreibung lesend, manchmal auch darauf verzichtend, einfach Fotos ansehend, sich in den Gesichtern längst Verstorbener verlierend. Die Luft von Frankreich schien ihr bekannt, als hätten ihre Lungen sie schon einmal geatmet. Und als Penelope die Fotos studierte, alte Hausfassaden betrachtete, die Landschaften, die damals von Touristen aufgenommen und festgehalten wurden, da schien es ihr auch, als kenne sie diese - nicht die Menschen, aber die Orte. Es war verrückt! Vor allem, da Cort erzählte, dass sie ihre Jugend ausschließlich in Irland verbrachte, in der weißen Villa, an die Nell glaubte, sich mittlerweile erinnern zu können.

Von dort bummelte sie durch Einkaufsstraßen, noch mehr Eis und zwei Croissants essend - ihr Hunger kannte keine Grenzen - und tat etwas, was sie bisher nur selten gemacht hatte. Sie sah sich die Auslagen der teuren Läden an, stellte sich vor, wie sie in der Kleidung aussehen würde. Einfach in der Sonne herum wandernd, ohne Zeitdruck oder Verpflichtungen. Sie existierte - mehr nicht. Und das war großartig!

Schließlich führte der Weg sie in das ‚Musée des Beaux-Arts‘, vor dem sie erst einmal stehen bleiben musste, um die hübsche Fassade zu bewundern. Die Wiesen um das Gebäude waren perfekt gepflegt, die Pflanzen, trotz der Kühle, lebendig, vor allem die Palmen gefielen ihr sehr gut und schienen toll zu der sandsteinfarbenen Fassade zu passen. Die orangebraunen Steine strukturierten das dreistöckige Gebäude. Das Museum hatte etwas Festes und Langlebiges an sich, gleichzeitig wirkte es aber leicht und verspielt. Mit einer gewissen Vorfreude ging Penelope hinein und ließ sich überraschen. Die junge Frau hatte keine Ahnung von Kunst. Sie glaubte, jemanden gekannt zu haben, dem sie wichtig gewesen war, der ihr darüber erzählt hatte, darüber, wie Farben zusammen spielten, wie der Pinselduktus das Bild strukturieren konnte und wie manche Werke nur von der Ferne wirken konnten. Dieser jemand hatte kein Gesicht, war zu verschwommen, doch Nell nahm sich vor, Cort danach zu fragen. Der Nim musste wissen, wer mit ihr über Kunst sprach. Wenn er denn wieder auftauchte - irgendwann.

Vor den Kunstgegenständen vergaß Penelope endgültig die Welt da draußen. Sie vergaß, dass es mehr gab als Menschen, dass sie mitten in einen Krieg zwischen zwei mystischen Wesen geschlittert und dass sie sogar Teil davon war. Sie vergaß Sean und Cort, vergaß die Solani, ihre fehlenden und auch die wiederkehrende Erinnerungen. Wie ein Wunder, schien es Penelope, dass es so schnell geschah. Es dauerte nur Sekunden, bis die Kunstwerke sie einnahmen, sie auf eine Weise verzauberten, wie sie es noch nie empfunden hatte.

Und nun saß die junge Frau im ‚Jardin Albert‘ und fühlte sich vollauf zufrieden, regelrecht angekommen, obwohl sie wusste, dass die Reise weitergehen würde. Am Ziel wartete Beryll und auch das schien ihr richtig, der einzig echte Weg, den sie beschreiten konnte. Dem Baguette folgte ein vor Schokolade triefendes Eclair, das so gut schmeckte, dass sich Penelope noch die Finger leckte, um ja keinen Geschmack zu verpassen. Danach, zufrieden und satt, lehnte Nell sich auf der Bank zurück und streckte sich. Sie gähnte herzhaft, lauschte noch ein paar weitere Minuten der Rockmusik aus dem Freilichttheater, doch diese schien ihr für einen so friedlichen Abend zu laut und aufgebracht, sodass die junge Frau bald ihren Platz verließ, den Müll wegschmiss und sich danach ein weiteres Mal in das Getümmel der Stadt warf.

Das Leben surrte. Menschen schlenderten, wie sie, durch die Straßen, genossen das angenehme Wetter, das niemanden zum Frieren, noch zum Schwitzen brachte. Das Atmen fiel leicht, das Lachen noch leichter, wie es schien. Zumindest hing das Gelächter melodisch über allem, eine freundliche, positive Glocke, in der sie sich bewegten. Nur dass Penelope begann, etwas anderes zu sehen, hinter dem Lachen, dem Lächeln und dem Strahlen. Ungefragt erschien der Nebel, dieses Wabern um die Menschen, die ihre Gefühle in allen Farben zeigte. Ungefragt, aber nicht ganz ungebeten, denn dieses Ziehen, dieses Verlangen schwelte in ihr - seit Rom. Dieses Verlangen, das sie zu Anfang geängstigt hatte, das sie aufforderte, ihre Hand um ein schlagendes Herz zu legen, die Dunkelheit darin zu nehmen, all die heiß brennenden Gefühle an sich zu reißen und sich daran zu laben. Zwischen dem Moment, in dem Nell feststellte, dass sich ihre Sicht änderte und dem, in dem sie jemanden fand und verfolgte, verging keine Minute. Ihr Blick fiel auf einen Mann, der in einem Sommeranzug gerade die Straße vor ihr entlang eilte. Er rannte nicht, aber sein Schritt brachte ihn schneller voran als den Rest. Er schien im Stress zu sein, noch einen Termin zu haben und Penelope? In ihr erwachte eine Jägerin der anderen Art. Nicht die, die nach Kohle und verbranntem Fleisch in der Luft schnupperte, um sich dann in einen Kampf zu werfen. Sondern eine, die sich mehr anfühlte, als wäre sie ein Gepard und ihre Beute eine Maus. Einfach, aber so, so schmackhaft, so notwendig! Also folgte sie ihm, stets einen gewissen Abstand wahrend. Die anderen Passanten zu umschiffen, war ein Leichtes, hatte etwas von einem Hindernislauf für Kinder, nicht besonders schwer oder anspruchsvoll. Penelope musste sich in Geduld üben. Es juckte ihr in den Fingern, den Mann an seinem Kragen zu packen, gegen eine Wand zu pressen und durch Stoff und Haut zu stoßen, um an sein Herz zu gelangen, um es unter ihren Fingerkuppen schlagen zu spüren. Egal, ob die Menschen sie sahen. Egal, denn was sollten sie machen? Diese mickrigen, nichtigen Menschen! Ein Teil von ihr schnappte entsetzt nach Luft, weil ihre Gedanken so ungeheuerlich, so falsch waren und weil Nell sie nicht wirklich bereute, sondern es genau so empfand. Es stimmte, darum hatte Ethan sterben müssen, das hatte sie eingesehen, da konnte sie sich auch den Rest eingestehen. Dennoch ließ sie die Vorsicht nicht fahren, übte sich in Geduld, so schwer es ihr auch fiel. Zumindest zeigte sich nun mehr denn je, dass ihr das Training in Fleisch und Blut übergegangen war, dass sie immer wusste, was als Jägerin zu tun war, dass ihr Instinkt sich einschaltete und ihr Verstand sich auf das eine konzentrierte, das sie wirklich beherrschte. Jagen. Töten.

Als Penelope an einem nur schwach beleuchteten Schaufenster vorbei kam, warf sie flüchtig einen Blick auf ihr Spiegelbild. Es war ihr, als hätte sie erst gestern vor dem Badezimmerspiegel in der Pension von Ruth in Killarney gestanden und sich pathetisch vorgesagt, was sie wusste. So wenig und dann war es auch noch zum Teil falsch! Wie dumm, dumm, dumm! Damals hatte sie mit weit aufgerissenen Augen vor dem Spiegel gestanden, halb verdreckt, gerade zwei Nim getötet, noch Blut an Stellen, die sie in der Schnelle übersehen hatte, verängstigt, verwirrt, im Nichts zwischen einem vergessenen Leben und einem unbekannten schwebend. Aber als sie nun ihr Spiegelbild betrachtete, an diesem außerordentlich schönen Abend an diesem wundervollen Tag, da spielte ein grausames, hungriges Lächeln um ihre Lippen und in ihren Augen funkelte etwas, das sie für Gier hielt und Mordlust. Um nicht aufzufallen, löste Nell ihre Haare und ließ die sanften, dunklen Wellen um ihr Gesicht fallen, hoffte dadurch ihre Mimik etwas zu verbergen.

Ihre Chance kam, als der Mann im Sommeranzug in eine kleinere Gasse bog, in der sich außer ihnen niemand bewegte. Dort blieb er stehen und zündete sich eine Zigarette an. Penelope wartete einige Momente, beobachtete, wie die Flamme des Feuerzeugs auflodere, wie seine Gesichtszüge in einen rötlichen Schimmer getaucht wurden, wie der erste Rauch aus seinen Nasenlöchern quoll. Dann ging sie los, nicht zu schnell. Sie mimte die unbekümmerte Passantin, wollte ihre Beute nicht verschrecken, doch unter ihrer Haut, da begann die Narbe zu glühen, da frohlockte die Hitze. Sie war bereit und der Mann im Anzug hatte keine Ahnung. Nell grinste ihn sogar an, vielleicht hielt er sie für betrunken, doch er lächelte etwas unsicher zurück. Noch zwei Meter.

Er zog an der Zigarette. Die Spitze glühte orange. Rauch kringelte sich, drehte sich nach oben, strebte in den Himmel und verlor sich dort. Penelope spannte ihre Muskeln an, formte die Finger der linken Hand zu Klauen. Zwei Schritte, der starke Geruch seines Aftershaves stach unangenehm in ihrer Nase, zu viel, zu dunkel, außerdem roch sie trotzdem den Schweiß an ihm. Aber der Nebel um ihn, der ein so wunderbares Bild seiner Gefühle abgab, zog sie an. Da sah Penelope Hass sowie Neid, so viel Neid auf jeden, der mehr besaß und besser war, auch Narzissmus und so wusste sie, es würde köstlich sein, sein Herz zu halten und an sich zu reißen. Jetzt machte sie einen Satz, der stark genug war, um ihn gegen die Wand zu rammen, noch bevor sein Verstand verarbeitete, was da geschah. Doch noch während sie handelte, drangen Geräusche zu ihr, heiteres Lachen, Schritte. Genau neben ihnen ging eine Tür auf und spülte kaltes Licht auf die dunkle Gasse. Nell verstand, dass der Mann im Sommeranzug auf seine Freunde gewartet hatte, dass sie nicht nachgeben durfte, und so verwandelte sie ihren Satz nach vorne zu einem betrunkenen Straucheln. Sie fiel, dumm glucksend gegen ihre Beute. Der Mann fing sie auf, sie entschuldigte sich und eilte davon.

Unter ihrer Haut brannte es, doch nicht von der Narbe, sondern weil das Blut ihr in die Wangen schoss, Aufregung und Verwirrung mixten einen Cocktail, auf den sie gerne verzichtet hätte. Als sie nun zurück auf die belebten Straßen stolperte, sah sie all diese Gefühle, spürte all diese Herzen stetig pochen, sie rufen, sie verhöhnen. So knapp, so knapp! Ein Teil von ihr wollte vor Wut schreien, all ihre Macht loslassen und diese kleine, hübsche Stadt am Meer dem Erdboden gleich machen. Nell wusste, spürte es tief in sich, dass sie es könnte. Gleichzeitig wimmerte eine Stimme in ihr, mit Tränen in den Silben und Schmerz in jedem Vokal, dass sie das nicht wäre, dass sie zu einem Monster würde, dass dies der falsche Weg, eine Lüge sei. Diese Stimme flehte sie an, inne zu halten und wenigstens noch einmal richtig nachzudenken, Lüge von Wahrheit zu scheiden. Aber als Penelope durch die Straßen schritt, zurück zu ihrem hübschen Hotel und dem schicken Zimmer, da dachte sie nicht darüber nach, sondern ärgerte sich über die verpasste Chance und war in Gedanken bereits bei dem Steak, dass sie sich ins Zimmer kommen lassen würde, egal ob Cort zurück war oder nicht.

Penelope fuhr alleine mit dem Aufzug nach oben in ihr Stockwerk. In dem Hotel war es herrlich still, als schienen alle zugedeckt und eingepackt in Sicherheit und Träume. Aber das waren sie nicht, nicht mehr. Denn nun war sie da. Unter Nells Fingern kribbelte es. Ihr kleiner Finger zuckte, schien einen Tick zu entwickeln. Als ginge sie durch einen Fastfood Laden und all die Fette und Gerüche der Küche schwebten in der Luft, regten ihren Appetit an, ihren Heißhunger. Die junge Frau schluckte mehrere Male, drückte sich an den Spiegel und atmete tief durch, bis die Scheibe vor ihrem Mund angelaufen war. Dann kam der Ping, der sie aus dem rumpelnden Kasten entließ. Sie wankte auf den Gang und schlug die Richtung ihres Zimmers ein. Die Zimmerkarte fühlte sich eisig unter ihren Fingerkuppen an. Ihre Hand zitterte. Eigentlich wollte sie in ein anderes Zimmer gehen. Sie stellte sich vor, wie sie die Tür auftrat, wie in einem klischeebehafteten Actionfilm, und dann hineinstürmte. Diesmal würde sie nicht zögern, sondern einfach handeln. Aber Nell zwang sich, all dies nicht zu tun, sondern in ihr Zimmer zu flüchten und nachzudenken. Denn, dem war sie sich mittlerweile bewusst, es ging alles sehr, sehr schnell. Nur ein paar Monate lagen zwischen keine Erinnerung und den zweien, die sie nun besaß. Nur ein paar Wochen zwischen Freundin eines Silver und Tochter eines Gottes. Zu wenig Zeit. Ihr Leben schien vorgespult zu werden und sie, ihr Sein, ihr Ich, kam nicht hinterher. Sie hatte keine Ahnung, wer sie war und wie sie sich fühlen sollte, also nahm sie sich vor, abzuwarten, nichts zu überstürzen. Sie durfte ihrem Trieb nicht nachgeben, nicht solange sie sich nicht ganz sicher war, denn wenn sie es von sich aus tat, dann, und das wurde ihr, als sie die Tür aufsperrte, nun - erschreckend spät - klar, war es eine endgültige Entscheidung, von der sie nicht zurück konnte. Noch wurde sie gezwungen. Noch tat sie alles, um Sean zu retten. Änderte sich das, dann war Penelope verantwortlich und mehr denn je spürte sie, dass sie diese Verantwortung nicht tragen wollte.

„Hallo, Liebes", begrüßte Cort sie, kaum betrat sie ihr luxuriöses Hotelzimmer. Der Fernseher zeigte die Nachrichten, war allerdings auf stumm gestellt. Der Nim saß gemütlich auf dem Bett, in einer Jogginghose und Shirt, vor ihm ein silberner Wagen, auf dem Kristallgläser und Teller mit Goldrand standen. Dampf stieg auf und verteilte einen herrlich würzigen Geruch im Zimmer. „Hallo, Cort." Nell legte ihre Handtasche ab und schlüpfte aus ihren Sandalen. Sie fragte nicht, bevor sie sich zu ihm aufs Bett setzte, einfach direkt neben ihn - seine Nähe hatte den meisten Schrecken verloren - und nach der zweiten Gabel griff. Ihre Reisebegleitung verspeiste einen köstlichen Burger mit Rindfleisch, Pulled Pork und frischen Süßkartoffel-Pommes. Dazu hatte er sich Rotwein bestellt. Ein zweites Glas stand bereits für sie bereit, zuletzt entdeckte die junge Frau unter einer kleinen, silbernen Kuppel einen warmen Schokoladenkuchen, der ihr das Wasser im Mund zusammen laufen ließ.

„Und wie war dein Tag so?", fragte Cort, scheinbar unschuldig. Aber der Nim hatte eine Art, sie anzusehen, als wüsste er bereits alles und daher mache es keinen Sinn, zu lügen. „Ich habe mir die Museen angesehen", antwortete Nell daher wahrheitsgemäß und bediente sich am Burger. „Du isst ganz schön viel", stellte er danach fest, als sie einfach weiter aß. „Mhm", machte die junge Frau, ohne aufzusehen. Gerade ließ sie den würzigen Wein ihre Kehle befeuchten. „Und du so?", wagte sie es schließlich, zurück zu fragen. Besser nicht weiter über sich sprechen, danach stand ihr nicht der Sinn. Dann müsste sie zu viel darüber nachdenken, warum sie gemütlich neben jemanden saß, der ihr vor nicht allzu langer Zeit noch angedroht hatte, ihr schlimme Dinge anzutun. Der zu den Wesen gehörte, die ihren besten Freund fest hielten und sie damit erpressten. Den sie noch in Sankt Peter hatte umbringen wollen. Penelope schielte, während sie auf eine Antwort wartete, auf seine Hand, der nun ein Finger fehlte. Ihr Werk. Etwas wie Stolz erfüllte sie, aber auch das Gefühl, versagt zu haben.

Ein metallisches Klimpern riss sie aus ihren Gedanken. Neugierig blickte sie auf und entdeckte, dass Cort in seiner anderen, gesunden Hand einen Autoschlüssel hielt und damit herum spielte. „Tadaa!", verkündete er breit grinsend. Blitzschnell schoss ihre Hand nach vorne und umfasste mit ihren Fingern den silbernen Schlüssel. Sie packte ihn fest und nahm ihn dem Nim kommentarlos ab. Der Schlüssel gehörte zu einem Porsche, das verriet ihr der Anhänger. „Ich dachte, das Wetter ist gut genug für ein Cabrio", lächelte ihr Gegenüber. Penelope runzelte die Stirn und kräuselte die Lippen. Sie wusste nicht, ob sie in einem Auto mit so viel PS neben Cort sitzen wollte. Die beiden waren noch nicht miteinander gefahren, aber sie hatte so eine Vermutung, dass der Nim draufgängerisch und gedankenlos fuhr. Ihre eigene Autofahrt lag gefühlt Jahre zurück. Die kurze Strecke von der Pension zum Waldstück im Auto der Nim, die sie getötet hatte. Da fiel ihr etwas ein, das sie Cort hatte fragen wollen. „Hat mir jemand beigebracht, ein Auto zu fahren?" Der Angesprochene nippte gerade an seinem Wein und zog erstaunt die Augenbrauen nach oben. „Ja natürlich. Du warst sechs und saßt auf meinem Schoß. Wenn du den Porsche fahren willst, kannst du gern wieder auf meinem Schoß sitzen", gurrte er anzüglich. Erbost pfefferte sie ihm den Autoschlüssel gegen die Brust.

„Nein danke!"

„Pfft. Dann habe ich den Wein ja ganz umsonst bestellt."

„Du willst mich also verführen?"

„Funktioniert es?"

„Ugh nein!"

„Ugh? Also so abstoßend bin ich auch wieder nicht."

Cort kräuselte seine Lippen, aber das Lächeln, das an seinen Mundwinkeln zupfte, verriet ihn. Penelope zog eine Grimasse.

„Stehst also nur auf Menschen, wie?"

„Zumindest nicht auf dich!"

„Oder nur auf Tote?" Der Nim sprach ungerührt weiter, dass die junge Frau neben ihm bedrohlich knurrte, beachtete er gar nicht. „Oder nur auf die, die du danach töten kannst. Ist es das?" Als die roten Risse aufloderten, bedrohlich den linken Arm einnahmen, da wurde er nicht hektisch, sondern trank einfach seinen Wein, streckte die freie Hand aus und legte sie blitzschnell auf Nells Narbe. Sofort erlosch das Feuer in ihr und sie fühlte sich taub.

„Liebes, bedroh mich nicht, das bringt nichts", sagte er vollkommen gelassen.

„Ich kann es nicht immer kontrollieren", zischte Penelope.

„Wirst du", antwortete er, als er seine Hand von ihr nahm. Eine Weile saßen sie schweigend und Wein trinkend nebeneinander, bevor der jungen Frau eine weitere Frage einfiel. „Als du die Frau in Rom getötet hast, da hast du einen Stein benutzt. Was war das?" Bevor der Nim ihr antwortete, zog er besagtes Objekt aus seiner Hosentasche - scheinbar hatte er es stets bei sich. Der Stein hatte eine ovale Form und war vollkommen schwarz, ganz glatt und glänzend. Runen leuchteten rötlich auf, bevor sie erloschen. „Hier." Er legte das magische Ding in ihre Hände. Penelope wog ihn und hielt ihn nahe an ihr Gesicht, schnupperte sogar daran, doch allem Anschein nach, wirkte er vollkommen normal. Zumindest von außen. Beinahe unscheinbar, als wäre er in einem Fluss ans Ufer gespült worden. Doch er fühlte sich nicht unscheinbar an, sondern vielmehr, als hielte sie einen Bruchteil dessen in der Hand, was Berylls Macht ausmachte.

„Was macht er genau? Warum brauchst du den?"

„Nim sind schwer zu töten", begann Cort und fügte, nach einem Blick auf Nell, schmunzelnd hinzu: „Zumindest wenn man nicht du oder Beryll ist. Das ist auch gut so, denn es gibt immer wieder Streitigkeiten unter den Neuen, die sich beinahe umbringen und wirklich umbringen würden, wenn sie es denn könnten. Ihre Kräfte sind unkontrolliert und manche können sich einfach nicht anpassen, folgen nicht den Regeln und dann müssen wir einschreiten. Jeder Offizier besitzt einen solchen Stein, damit wir eingreifen können, um die Ordnung zu wahren."

„Aha. Und was macht er nun?"

„Er brennt sie aus. Er nimmt die Macht von ihnen und zerstört ihre leeren Hüllen."

„Das klingt..." Penelope wusste nicht, was sie sagen sollte. Das klang grausam, aber wer war sie, um zu urteilen? Sie saugte die Nim aus, als wäre sie ein Vampir. Bei ihr blieb auch nicht mehr übrig, als bei diesem Stein. „Welche Offiziere?", fragte sie daher schnell, wenn ihr Begleiter schon einmal in Plauderlaune war.

„Du wirst sie kennen lernen."

„Wann?"

„Dann."

„Wohin fahren wir mit dem Superauto?"

„Wirst du sehen."

Nell schob ihre Unterlippe nach vorne und verschränkte die Arme vor der Brust. „Werde ich sehen", äffte sie die Stimmlage des Nims nach. Cort schnaubte lediglich, rollte mit den Augen und schenkte ihnen dann mehr Wein ein.

„Also was ist, schlafen wir miteinander?"

Amy spielte mit dem Piercing in ihrer Unterlippe. Sie zog ihn zwischen ihre Zähne und sog daran. Sean beobachtete das bereits eine ganze Weile, während sie nebeneinander im Auto saßen und warteten. „Wann kommen sie?", fragte er zum wiederholten Mal. Und wie die ganze Zeit zuvor schwieg die Nim weiter, vollkommen abwesend auf das Haus am Ende der Straße starrend. Oder konzentriert, das konnte der junge Mann bei diesem beinahe manischen Blick nicht beurteilen. Er musste sich in Geduld üben, immerhin hatten die Offiziere seine Idee angenommen, hatten sie sogar regelrecht gefeiert, sogar Yūsei hatte sich zu einem Lächeln hinreißen lassen. Also, das sagte sich Sean immer wieder, während sie warteten, sollte er sich zusammen reißen, bevor er den positiven Eindruck von sich durch quengeln zerstörte. Daher starrte er nun ebenfalls auf das Haus am Ende der Straße.

Es war kein besonderes Haus. Unscheinbar in einem mittlerweile dreckigen Weißton gestrichen, mit dunklen Fenster- und Türrahmen und einem Schindeldach, das sicherlich schon bessere Tage gesehen hatte. Es stand in einem kleinen Garten, in dem das Pflanzenreich fröhlich wucherte. Eine Mischung aus Albtraum und Idylle, je nachdem, aus welchem Blickpunkt man es betrachtete. Die Tür ging auf und eine kleine Frau trat in die untergehende Sonne. Das warme Licht des Abends rötete ihr Gesicht und färbte ihr blondes Haar orange. Mit einem Lächeln stand sie da und verharrte dort im Türrahmen, bevor sie sich in Bewegung setzte, die Post holte und auf dem Weg eine Blume von den Sträuchern pflückte. Sie sah wunderschön aus, als sie inne hielt und an der Blüte roch. Ihre Ruhe schien bis zu dem geparkten Auto zu reichen, zumindest glaubte Sean sie zu fühlen. Nur Amy blickte weiter unberührt zu dem Haus.

Sie warteten, bis ein weiteres Auto hinter ihnen hielt. Zwei Männer stiegen aus, die die gleiche Kluft trugen, angefangen bei den Lederstiefeln bis hinauf zu den dunklen Muskelshirts und Jacken darüber. „Es geht los." Amy glitt aus dem Auto, Sean folgte ihr schnell nach, um ja nichts zu verpassen.

„Wisst ihr, was ihr getan habt?", fauchte die Nim. „Es tut uns leid, Offizierin!", kam es gleichzeitig aus den Mündern der beiden Neuankömmlinge. „Wenn ihr mich noch einmal warten lasst, werde ich euch vernichten", drohte Amy und keiner glaubte, dass es sich um eine leere Drohung handelte. Beide Nim standen stramm, schienen bereit, alles zu tun, was die Rothaarige verlangen würde. Brave, kleine Soldaten, dachte Sean und freute sich schon darauf, seine eigenen zu befehligen. „Die Familie hat ein Kind, das brauchen wir erstmal lebend. Die Eltern, pfft." Die Offizierin vollführte eine wegwerfende Handbewegung. „Jawohl!", krähten die beiden Männer. Sean kam sich vor, als wäre er ein Tourist, obwohl das seine Idee, sein Plan gewesen war. Er ärgerte sich, bis Amy sich ihm zuwandte. „Hast du die Waffe dabei?" Ihre giftgrünen Augen schienen ihn zu durchbohren. Da sie ihm ihre Aufmerksamkeit schenkte, betrachteten auch die beiden Nim ihn, musterten ihn, als wäre er Frischfleisch.

„Natürlich!", verkündete Sean mit bemüht tieferer Stimme. Er streckte sich und straffte die Schultern, um etwas bedrohlicher zu wirken. Da die Offizierin allerdings schmunzelte, durfte ihm das nicht so recht gelingen. „Gut, denn du wirst die Mutter töten." Mit einem Schlag herrschte wüste Trockenheit in der Kehle des jungen Mannes. „Wa-" Seine Stimme brach. Er musste sich räuspern. Die Blicke aller drei Nim waren ihm nur zu bewusst, er spürte sie als stechendes Prickeln auf der Haut. „Natürlich", brachte Sean schließlich halbwegs selbstbewusst hervor.

Danach ging alles vor sich, wie es der junge Mann aus Spielen und Filmen kannte. Die zwei muskulösen Nim sollten die Vordertür nehmen, während Amy und er sich bei der Hintertür positionieren würden. Sie benutzten nicht das Gartentor, das könnte quietschen, daher sprangen die Nim einfach über den Zaun. Eine Hand legten sie darauf, bevor sie sich darüber hoben, als wäre es nichts. Sean hatte damit etwas mehr Schwierigkeiten. Mühsam musste er sich mit beiden Armen abstützen und sich dann nach oben ziehen. Er konnte nicht gerade behaupten, dass er sich besonders geschickt anstellte oder gar elegant dabei aussah. Sein Oberkörper kippte nach vorne, kurz verlor er das Gleichgewicht und schließlich fiel er wie ein Sack Kartoffeln auf den Boden. Dort saß er einen Moment und pickte Grashalme aus seinem Haar. „Ist der Herr soweit?", fragte Amy trocken. Sofort stolperte Sean auf die Beine und nickte heftig. Die Nim zeigte sich wenig beeindruckt, rollte stattdessen übertrieben mit den Augen. Die zwei Muskelprotze verzogen nicht einmal ihre Miene, wahrscheinlich brauchten sie sogar zum Lachen eine Erlaubnis. „Gut", dachte sich der junge Mann grimmig. „Los jetzt", zischte Amy. Sie hatte ihm erklärt, dass die Solani Nim riechen konnten, so wie die Nim die andere Spezies, nur er als Mensch würde das nicht können. Daher mussten sie sich beeilen. Als Offizierin konnte Amy ihren Geruch verstecken - wie jeder andere Offizier auch - aber ihre zwei Begleiter würden die Halb-Solani unweigerlich warnen. Doch das machte nichts, darum gingen sie ja an die Hintertür, um die Fliehenden dort abzufangen.

Geduckt schlichen sie sich nun genau dorthin.

Amy hielt keine Waffe in der Hand. Sean wusste mittlerweile, dass sie gerne nahe an ihren Gegner heran ging. Sie hatte ihm erklärt, dass sie die Haut und die Knochen spüren wollte, die sie zerriss und brach. Sie musste das Blut nicht nur sehen, sondern beinahe schmecken. Darum bevorzugte sie Messer, zwei lange, gezackte Exemplare, deren Klingen immer hungrig schienen. Er dagegen hielt in beiden Händen die Smith&Wesson. Amy lachte ihn beim Training aus, weil er die Waffe hielt, als würde sie Tonnen wiegen - was sie für ihn irgendwie auch tat. Wenn er versuchte, sie längere Zeit in einer Hand zu halten, begann sein Arm zu brennen

und zu zittern. Und dann der Rückstoß! Sicher, er hatte davon gelesen, aber hatte es sich nie vorstellen können, wie es sich anfühlte. In der Nacht, als er Amy half, da war sein Körper zu getränkt von Adrenalin und Angst, als dass er all das bemerkte. Aber beim Training fiel ihm das auf. Auch jetzt klammerte er lieber beide Hände um die Schusswaffe, unter seiner schwitzigen Haut erwärmte sich das Metall. Er durfte nicht versagen, musste sich beweisen. Das war sein Plan, seine große Stunde! Obwohl sie geduckt an der Hauswand entlang schlichen, bewegte sich Amy schnell und geschmeidig. Mittlerweile färbte der Himmel sich violett. Bald würde Nacht ihr Tun verstecken. Die Nim spähte um die Ecke, aber niemand bewegte sich im hinteren Teil des Gartens. Auch hier eroberte sich die Natur den Platz zurück. Wilde Blumen, kratzige Sträucher und kniehohes, gelbes Gras hatten den Garten für sich beansprucht, wuchsen frei von menschlicher Hand, die sie zurecht gestutzt hätten. Amy stellte sich an der rechten Seite der Tür auf, während sie Sean deutete, auf der anderen seine Position einzunehmen. Sie zog eines der Messer heraus, ließ es kurz im letzten Licht des Tages blitzen, bevor sie es neben sich hielt. Ihre Haltung hatte etwas Lässiges, als würde sie da nur an der Wand lehnen und warten, nichts weiter. Währenddessen fühlte sich Sean wie ein kleines Kind, das verstecken spielte. Seine Knie zitterten, seine Hände schwitzten. Einen Schweißtropfen konnte er genau zwischen seinen Schulterblättern spüren, der nun eisig sein Rückgrat entlang wanderte. Konzentriert presste er die Lippen zusammen, seine Zähne knirschten, schabten aufeinander. Der Mensch hielt die Smith&Wesson vor der Brust erhoben, wie er es bei Krimi-Serien gesehen hatte, der Lauf noch nach oben zeigend, aber im Anschlag, sodass er sofort reagieren konnte - zumindest war das die Idee. Denn es passierte zunächst gar nichts. Es schien, als hielte alles die Luft an. Sean tat es tatsächlich, bis er schließlich doch zitternd Atem holen musste. Danach hieß es weiter warten. Die Sekunden wurden zu Minuten zu Stunden, zumindest im Zeitempfinden des jungen Mannes. Er glaubte, er verwandelte sich zu einem Gummiband, das immer weiter gespannt wurde, bis es reissen musste. Wenn er zu der Nim schielte, konnte er es kaum fassen, wie ruhig und gelassen sie wirkte. Sie lächelte, eisig zwar, aber doch. Und nichts an ihr schien angespannt oder Ausdruck von Unwohlsein. „Das will ich auch", dachte sich Sean, der nun bemerkte, wie seine Blase zu drücken begann. „Oh nein", stöhnte er innerlich. „Das darf nicht wahr sein! Ich bin wirklich wie ein Welpe - nicht einmal stubenrein!" Durch bloße Geisteskraft zwang er seinen Körper, sich zusammen zu reißen. Es half ein bisschen.
Der junge Mann begann, um sich zu beruhigen, zu zählen. Er kam bis 123, als die Hintertür plötzlich aufgerissen wurde. Es schien ihm, als

explodiere die Ruhe, als reisse ein Band und schnelle davon. So wie Amy nach vorne sprang, passte das Bild gut zusammen. Die Nim erwischte den Mann, der als erstes aus dem Haus stürmte, mit ihrem Messer genau im Hals. Sie stand vor ihm, die Waffe von einer Seite zur anderen durch ihn gestoßen. Ein Blutstropfen bildete sich an der Spitze der Klinge, hatte aber keine Chance, gemütlich zu Boden zu fallen, denn im nächsten Moment zog die Offizierin ihr Messer wieder aus ihrem Opfer. Der scharlachrote Tropfen flog in die entgegengesetzte Richtung. Schreie drangen an Seans Ohren. Er hatte sich bis jetzt nicht bewegt. Zu schnell war alles gegangen, zu plötzlich, als dass sein Hirn seinem Körper hätte Anweisungen erteilen können, wie er sich verhalten sollte. Nun aber riss er herum und richtete seine Waffe aus. Der Lauf zeigte genau auf die runde Stirn eines Kindes. Es hatte große, dunkle Augen und dunkelblondes Haar, das ihm wirr vom Kopf abstand. Das Kind musste wohl schon im Bett gelegen haben, denn es war in einen zerknitterten Pyjama gekleidet und wirkte verschlafen. Zumindest bis es die Waffe sah, denn da fiel alle Müdigkeit von dem Jungen ab. Er riss die Augen weit auf und nässte in seine Hose. Sean erstarrte, wusste zunächst nicht, was er tun sollte. Theoretisch über die Entführung und den Mord von Kindern zu sprechen, war eine Sache, all das aber auch auszuführen, eine ganz andere. Die Idee wurde im Angesicht der großen, angstgeweiteten Augen real. Der junge Mann konnte sich sogar in diesen Augen gespiegelt sehen. Hinter dem Kind fiel die Mutter auf die Knie. Sie legte schützend ihre Arme um den Jungen, zog ihn flehend an sich. „Bitte, tut uns nichts", jammerte sie. Dicke Tränen rollten über ihre vollen Wangen. Vorbei war es mit der Ruhe, die sie zuvor ausgestrahlt hatte. Sean sah sie erneut vor sich, wie sie lächelnd an der Blume schnupperte. Seine Arme zitterten, der Lauf der Waffe wackelte. „Bitte", schluchzte die Frau. Nur ein Meter vor ihnen lag ihr Mann, Blut sickerte dick aus seinem Hals. Amy stand über ihm, das Messer weiter in ihrer Hand, aber sie wartete einfach schief lächelnd. Sagte kein Wort, keine Ermunterung, keine Beleidigung, die ihn vielleicht zum Handeln bewegt hätten. „Ein Test, wie ich es mir gedacht habe", ging es dem jungen Mann durch den Kopf, als er die Waffe fester griff. Er musste sich entscheiden, zeigen, dass er bereit war. Die Frau blickte mit großen, nassen Augen zu ihm auf. Sie war hübsch und wie sie versuchte, ihr Kind vor ihnen zu bewahren, machte sie sympathisch und heroisch. Denn ihr Kinn reckte sie vor, gab ihr etwas Kämpferisches, auch wenn Tränen weiter kullerten. Schwer musste Sean schlucken. Obwohl der Junge von seiner Mutter an deren Brust gepresst wurde, schielte er mit einem Auge hoch zu seinem Angreifer und der Smith&Wesson.

„Das war meine Idee. Ich muss dazu stehen. Ich muss zeigen, dass ich das kann", sagte sich der Mensch. Hinter der Halb-Solani und ihrem Kind standen die zwei Nim. Sie regten sich nicht, warteten ab, ohne auch nur eine einzige Gefühlsregung zu zeigen. „Es gibt für sie sowieso kein Entkommen. Wenn ich es nicht tue, dann Amy oder die beiden Idioten." Sean legte einen Finger auf den Abzug und hob die Smith&Wesson etwas an, damit er nun die Frau ins Visier nahm. „Das sind böse Wesen. Sie bringen Ungleichgewicht in diese Welt. Sie sind ein Virus, eine Anomalie, Geschöpfe einer verrückten Göttin. Sie sind schlecht." Er hielt die Luft an, beruhigte sich. „Wenn ich sie töte, dann tue ich etwas Gutes. Jeder tote Solani verbessert unsere Welt. Es ist meine Pflicht, das Richtige zu tun. Sie sind nur ein Virus. Sie sind schlecht." Er betätigte den Abzug. Der Schalldämpfer schluckte jeden Laut. Die Smith&Wesson ruckte in seinen Händen, am Lauf züngelte Feuer, danach schien die Welt ein weiteres Mal still zu stehen.

Diesmal traf Sean sein Ziel. Ein Loch prangte auf der Stirn der Frau, die Ränder ausgebrannt. Eine winzige Rauchfahne stieg aus dieser Wunde auf. Ihre Augen waren weit aufgerissen, schienen die ganze Welt in sich aufzunehmen, während sie nichts mehr nach außen sandten, jede Botschaft erloschen. Der Mund der Halb-Solani beschrieb ein perfektes ‚O'. Nach wie vor hielt sie ihren Jungen in den Armen. Eine Sekunde. Eine weitere. Endlich holte die Welt tief Luft und drehte sich weiter. Blut floss in einem scharlachroten Rinnsal über Stirn und Nase, tropfte von ihrem Kinn auf das Haar des Kindes. Ihre Umarmung löste sich, als die Arme im Tod erschlafften. Dann, ganz langsam, sank sie zur Seite und blieb einfach dort liegen. Der Junge schrie auf, ein erbärmlicher Laut, der dennoch die Kraft hatte, scheinbar den gesamten Schmerz des Universums in sich zu tragen und all das Leid als Anklage gegen jeden, der ihn hörte, zu erheben.

Nun begannen Seans Hände zu zittern, er hatte keine Macht mehr über seine Gliedmaßen. Auch seine Beine verweigerten ihm den Dienst. Er wankte. Amy stieg über den toten Solani und trat an Seans Seite. Sie legte ihm eine Hand auf den Rücken, mit der anderen drückte sie seine ausgestreckten Arme nach unten, damit er nicht aus Versehen noch jemanden erschoss. „Gut gemacht, Welpe. Du hast als Mensch gehandelt, wie es Nim tun. Beryll wird stolz auf dich sein", murmelte sie, so sanft wie selten zuvor. Aber ihre Worte drangen in seinen tauben Geist und brachten Klarheit und Wärme, wo zuvor Kälte ihn gelähmt hatte. Sean reckte den Kopf höher, er beruhigte sich, atmete tief durch. Ja, er hatte gehandelt, wie er handeln musste, wie er es hatte tun sollen, um zu beweisen, dass er würdig war, dass er diese Macht verdiente.

„Schnappt euch den Jungen, bringt ihn in die Zellen von B2. Dort sammeln wir sie", orderte die Offizierin. Ihre Soldaten gehorchten sofort. Sie packten das Kind an Schultern und Beinen und rissen es von seiner toten Mutter weg. Es schrie und versuchte, sich frei zu kämpfen. Einer der Nim schlug ihm ins Gesicht, danach verstummte der Junge und erschlaffte. Sean betrachtete diese Szene und stellte zufrieden fest, dass er nichts dabei fühlte. Er wusste, dass er Mitleid oder Schuld empfinden sollte, aber das tat er nicht. Stattdessen begann er, sich richtiggehend gut und euphorisch zu fühlen. Noch immer hielt er die Smith&Wesson, jetzt aber ruhig und so natürlich, als wäre sie Teil seines Körpers geworden. So fühlte es sich an. Alles passte perfekt. Der junge Mann glaubte, dass er sich nun endlich auf dem richtigen Weg befand. Keine Zweifel mehr. „Du lächelst", stellte Amy neben ihm fest. Sie beide standen nach wie vor vor der Hintertür, Schulter an Schulter. „Tue ich das?", fragte Sean, hob eine Hand und betastete seinen Mund. Tatsächlich, er grinste. „Du musst die Waffe sichern."

„Oh ja, natürlich."

Er führte die Handgriffe aus, die Amy ihm gezeigt hatte und steckte dann die Schusswaffe in den Waffengürtel an seiner Hüfte. „Lass uns gehen. Die anderen haben hoffentlich auch Beute gemacht." Die Nim wartete nicht, sondern stolzierte durch den wuchernden Garten mit wiegenden Hüften, als wäre es ein Laufsteg. Gleichzeitig wirkte ihre Schulterpartie so, als würde sie einen Kampf erwarten. Sean folgte ihr nicht sofort, sondern betrachtete ein letztes Mal die Leichen. Das Blut tränkte mittlerweile den Boden, rann in den Garten und speiste die Pflanzen. Er ging in die Hocke, berührte vorsichtig die Wange der Frau. So kühl, aber gleichzeitig so weich. Dann bewegte er den Finger weiter nach oben und tränkte die Fingerkuppe in das Blut. Ganz langsam hob Sean die Hand vor sein Gesicht, sodass er das Blut auf seinem Finger anstarren konnte. Interessiert und neugierig rieb er die Finger aneinander, fühlte das Klebrige und Feuchte. Mit kindlicher Faszination hing er an diesen Toten, an diesen Körpern, deren Verfall, der nun einsetzen musste. Doch Amy wartete auf ihn und so musste Sean sich wohl oder übel erheben und sie zurück lassen, ihnen seinen Rücken zudrehen, aber er wusste, es würden mehr kommen, mehr Tote. Das Grinsen war nun in seinem Gesicht festgeklebt.

„Kommt her und schafft sie weg." Amy bellte in ihr Smartphone. Als der junge Mann zu ihr trat, legte sie auf und lehnte sich an das Auto, die Hände in den Hosentaschen vergraben. „Zwei meiner Lemminge kommen und schaffen die Beweise fort", erklärte sie ganz ungefragt. „Sie respektiert mich jetzt", dachte sich Sean, nickte ihr zu und schwieg. Sie warteten auf die Verstärkung, als diese kam, war es Zeit, ins Auto zu steigen und zurück in die weiße Villa zu fahren.

„Gutes Gefühl, oder?"

„Oh ja."

Noch nie hatte Luft so gut geschmeckt, so frisch und klar, so köstlich. Titus atmete tief ein und wiederholte das, bis seine Lungen sich anfühlten, als würden sie bersten vor Sauerstoff. Endlich raus aus der kleinen Kammer, endlich wieder Mond und Sterne, endlich frei! Ihn schüttelte es, als er zurück an die Kammer dachte. Ihm ging es nun schon viel besser. Nach wie vor spürte der Solani die Magie in sich, die alle Erinnerungen aus ihm holen wollte, bis sein Innerstes nach Außen gekehrt wurde. Doch zumindest konnte er atmen und wurde nicht mehr von Fiebern geschüttelt. „Wir brauchen einen neuen Unterschlupf, einen, der nicht unter der Erde ist. Es muss eine andere Lösung geben", dachte der König, der nie wieder unter die Erde wollte - wenn es nicht sein musste.

„Ti, du trödelst", schalt ihn da seine Schwester. Das Mädchen stand an seiner Seite und zupfte an seinem Mantel. Fieber mochte er keines mehr haben, aber die Wahnvorstellungen waren wohl ein dauerhafter Zustand. Dennoch schielte er lächelnd zu dem Mädchen herab, er konnte nicht anders. „Ich gehe ja schon", murmelte er und ging los. Er musste vom Baptisterium zur Piazza della Signorina und von dort weiter über den Ponte Vecchio. Er machte Stopp bei einem Brunnen, trank, bis seine Kehle feucht und sein Magen gefüllt war, und wusch sich das Gesicht. Selbst zu dieser Zeit war es voll. Um dem Gedränge auszuweichen, schwang sich Titus einfach auf die kleinen Häuser. Wie die Herrscher in früherer Zeit, ging er ungesehen an den Menschen auf der Straße vorbei. Die Brücke hatte ihm stets gefallen, die kleinen Häuser, der Gang von Vasari, der viele Schmuck, die feingliedrigen Goldschmiedearbeiten. Am Ende der Brücke sprang der Silver auf das Haus auf der gegenüberliegenden Seite. Ihm war nicht nach Tumult, daher hielt er sich von den Menschen weiterhin fern. Mit schnellen, lautlosen Schritten rannte er über die Dächer, bis hin zum Palazzo Pitti, um dort die Mauern zu ignorieren, die den Garten einzäunten und ungebetene Gäste fern hielten. Titus landete behände im ‚Giardino di Boboli' und lauschte. Wind säuselte über die leeren Wege und brachte die Wipfeln der Bäume dazu, sich zu wiegen und zu tanzen. Blätter raschelten. Der Silver horchte weiter, doch keine Schritte störten diese Ruhe.

„Es ist sicher, lass uns gehen", sagte da Hope neben ihm. Sie war nicht an seiner Seite gewesen, als er hierher gerannt war, doch nun stand sie erneut da, sah mit großen, glänzenden Augen zu ihm auf, scheinbar mit dem Wissen der ganzen Welt darin. „Ja, lass uns gehen."

Als sie noch den Hof in Florenz hielten, da hatte er den Garten gerne und oft besucht. Auch wenn er, als der Garten erbaut wurde, bereits die Welt bereiste und die Silver trainierte, und daher wusste, dass dieser Garten nur ein unbedeutendes Ding im Großen und Ganzen der Welt war, schien es ihm stets ein kleines Stück Sicherheit, eine Idylle inmitten der Stadt und dem Trubel einer Handelsmacht. Er kannte jeden Weg, war sie tausende Male entlang gelaufen. In einer ganz bestimmten Nische küsste er ein ganz besonderes Mädchen.

Eine dunkelhaarige Schönheit mit Augen, an die er später immer wieder denken musste, wenn er ein sturmgepeitschtes Meer sah. Ihre Lippen hatten die Farbe von reifen Erdbeeren und schmeckten nach Sommer. Eine Menschenfrau mit Haut wie Milch und einem Lachen, das sein Herz erweichen konnte. Titus wusste, wo sie im Grab lag. Er hatte sie besucht, auch als sie älter wurde und einen anderen heiratete. Es war so eine dumme, unüberlegte Sache und doch die beste Entscheidung - für sie beide. Sie liebten sich, auch wenn es nicht sein durfte. Und insgeheim, da hatte er gehofft, sie möge ihm ein Kind schenken, aber dazu kam es nie. Als sie des Nachts starb, da stand er neben ihrem Bett und versprach ihr, sie würde ewig leben, denn er würde sie nie vergessen. Da es sich um einen natürlichen Verlust handelte und er mit ihr viel Zeit verbringen durfte, dachte er nicht mit Gram an diese Frau zurück, sondern voller Zuneigung. Hope nahm trotzdem seine Hand und drückte sie aufmunternd.

In diesem Garten befand sich auch der Haupteingang zu den Sälen der Königsfamilie, der letzte Umbau, bevor sie Italien verließen. Den ersten silbernen Dolch - Patricks kleines Messer, das er Titus damals in größter Not übergab - dort aufzubewahren, schien damals logisch. Mit Hope an seiner Seite schritt er die Zypressenallee entlang, bis er den Neptunfischteich erreichte. Titus musste sich nicht einmal anstrengen, um auf den Felsen mit der Neptunstatue zu springen. Mit einer Hand berührte er dessen Rücken, bevor er sich an der Figur mit dem erhobenen Dreizack vorbei drückte, um auf der Muschel vor ihm stehen zu können. Der König wusste genau, in welche Vertiefung im Stein er seine Hand legen musste, um die verborgene Rune berühren zu können. Er sah den silbernen Schein, als diese auf ihn reagierte, bevor die Muschel unter seinen Füßen zu beben begann. Ohne zu ruckeln, setzte sie sich in Bewegung, funktionierte wie ein Aufzug, der seine Passagiere tief ins Erdreich führte. Die Magie hielt das Brunnenwasser fern von Titus. Hellblaues Licht erleuchtete den Schacht, der nach unten führte. Seine Schwester, nun wieder neben ihm, summte vor sich hin.

„Ist das-"

„Ja, das Pianolied, das du mir geschrieben hast."

„Ich dachte, ich habe es vergessen."

„Ich nie. Du hast doch unser Piano gesehen."

„Ja. Es ist komisch. Ich habe nie wieder ein Klavier angefasst."

„Dabei hast du so viel Talent."

Das hellblaue Licht ließ ihre Haut kalt und tot aussehen, als wären sie Figuren in einem Gruselkabinett. Titus wagte es nicht mehr, Hope anzusehen, sie erinnerte ihn zu sehr an eine Wasserleiche.

„Du bist nur ein Hirngespinst."

„Wenn du das meinst."

„Du bist nur in meinem Kopf."

„Okay."

Der Solani wollte protestieren, wollte eine Bestätigung dafür, dass er sich das kleine Mädchen nur einbildete, damit er ein Gesicht für seine wirren Gedanken hatte, während er sie ordnete. Er brauchte diese Sicherheit, denn seine Schwester fühlte sich so echt an, dass er fast vergaß, dass sie es nicht war. Und er wollte es auch wissen, um auszuschließen, dass jemand mit seinen Gedanken spielte. Die Göttin vielleicht oder Beryll, wenn dieser es geschafft hatte, in seine Gedanken einzudringen, als Titus geschwächt war. Doch da hielt die Muschel an und entließ ihn in einen Gang. Dutzende Runen an den Wänden leuchteten auf, kontrollierten, ob er eintreten durfte. Sie erkannten sein Blut und erloschen.

Der Gang maß nur einige Meter, an ihn schloss sich eine kleine Halle an, von der vier Gänge weg führten. Drei davon waren nicht mehr zu gebrauchen, die Räume und Hallen, die daran anschlossen, zerstört, um nicht unnötig Dinge verbergen zu müssen, die niemand mehr brauchte - und ein ganzes Königreich vor Menschenhand zu schützen, kostete Energie. Aber der vierte Gang, den Titus nun ansteuerte, der erfüllte nach wie vor seinen Zweck und verband die Empfangshalle mit dem Einführungsraum der Silver. Anders, als in der Prager Bibliothek, lag hier kein Staub und auch Spinnen trauten sich nicht hierher. Die Magie blieb über die Jahre aufrecht und so war es, als wäre kaum Zeit vergangen, dass er das letzte Mal diese Räumlichkeiten betrat. Die Wände zierten Vertäfelungen mit aufwendigen Schnitzereien und Lasuren. Seine Schritte wurden von den dicken, persischen Teppichen gedämpft, deren Farben nach wie vor strahlten. Über ihm warfen Spiegel mit goldenen Halterungen in den Ecken sein Spiegelbild zurück. Wenn der Solani den Atem anhielt und sich ganz ruhig verhielt, schien es ihm, als könne er die Stimmen der Vergangenheit hören. Wie seine Mutter nach ihm rief. Sein Lachen. Die tiefe Stimme seines Vaters.

„Du konntest diese Pracht nie sehen", murmelte er an Hope gewandt, die sich um die eigene Achse drehte und dabei kicherte. „Das macht nichts, ich mochte unser Haus. Es war hell und freundlich und ich hatte meine Blumen", summte sie fröhlich. Ihr Kleid bauschte sich, ihr dunkles Haar wirbelte um ihren Kopf. „Trotzdem, du hättest es sehen sollen. Das alles, es wäre für dich gewesen." Nun stoppte das Mädchen und wandte sich seinem Bruder mit ernstem Blick zu. „Nein, wäre es nicht." Hope kam auf den Silver zu. „Du hättest es gerne gewollt, aber du wusstest, dass der Hof für dich bestimmt war." Titus blieb nun ebenfalls stehen und betrachtete das Kind vor sich, die Stirn gefurcht. „Ich hätte dafür gesorgt, dass du-" Doch seine Schwester schüttelte vehement den Kopf. „Nein. Du wolltest nie herrschen, aber ich wurde nie dazu geboren. Für mich gibt es nur den Kampf. Noch bevor ich die Welt erblickte, waren Tod und Krieg meine Begleiter." Ihre Stimme klang düster, aber nicht traurig, eher, als hätte sie es akzeptiert, als hätte sie damit abgeschlossen. „Ich hätte-", begann Titus erneut, aber wieder brachte sie ihn mit einer Kopfbewegung zum Schweigen.

„Nein. Du kennst die Prophezeiung. Geboren, gemacht-"

„Halt den Mund!"

„Ein Kind-"

„Hope, bitte, lass es sein!"

„Eis und Feuer-"

„Still! Du bist tot, diese Worte haben keine Bedeutung!", donnerte Titus, dass die Spiegel über ihm bebten.

„Ti, glaubst du, die Göttin hat diese Worte umsonst in Dereks Buch geschrieben? Dass es keinen Grund für das alles gibt, für all das, was passiert ist?"

„Ich weiß nicht, was du meinst."

„Doch, Bruderherz, du bist nur zu feige, um das Puzzle zu vervollständigen. Alles ist da, du stellst dich nur absichtlich dumm, weil du dann einiges überdenken müsstest."

„Ach halt den Mund, du hast doch keine Ahnung. Du bist tot, du bist nur in meinem Geist!"

„Warum dann das alles, Ti? Hm?" Aber Hope verschwand, sie löste sich in Rauch auf, ihre Stimme hallte nach, dann kehrte Stille ein. Titus rieb sich die Schläfen. Warum das alles? Was alles?! Er wurde wütend und traurig und verzweifelt. Er vermisste seine Schwester, auch wenn sie nur eine Illusion gewesen war, er vermisste sie, wollte sie zurück. Sie war immer diejenige gewesen, der er alles anvertraute. Wenn er jemanden verlor, er erzählte es ihr. Wenn es schwierig wurde, wusste sie Trost zu spenden, weil sie so viel mehr war, als ein kleines Kind. Hope und er, sie gehörten zusammen, ergänzten sich. Aber das war einmal. Das musste der Silver sich nun wieder und immer wieder in den letzten Überresten des Königshofes sagen, denn er hätte es beinahe vergessen. So echt hatte sich ihre Nähe angefühlt, so Willkommen war ihr Abbild gewesen. „Sie ist tot, ist tot, ist tot", murmelte der König, während er zum Einführungsraum ging. Erst dort verstummte er und zollte der Erinnerung an die vielen Leben im Dienste seiner Spezies Respekt.

Auf den Ruf der Königsfamilie hin waren sie gekommen. Junge und alte Solani, Frauen und Männer, die sich in ihren Dienst stellen wollten, die mehr machen wollten, als Wächter der Königsfamilie zu sein, die sich dem Feind zu stellen wagten. Viele waren gegangen, als es zu schlimm wurde, doch Titus grollte ihnen deswegen nicht. Sie hatten Familie und wollten ihre Kinder aufwachsen sehen. Er hoffte, dass viele überlebt hatten und ein glückliches Leben führten. Er wünschte es ihnen wirklich. Alle Silver knieten zunächst in diesem Raum und empfingen den Segen durch ihre Königin und ihren König und ihr Prinz fasste sie anschließend am Arm und half ihnen auf, den ersten silbernen Dolch in der Hand. Er schnitt sie - jeden einzelnen persönlich - in die Hand und danach sich, vermischte ihr Blut mit seinem und der Geschichte des Dolches. In den Jahren vor dem Umzug nach Frankreich wurde es weniger und kam nach der Ermordung seiner Familie vollkommen zum Erliegen. Alessa war seit beinahe 130 Jahren eine Silver, aber sie erfuhr nie die Ehre der Zeremonie. Auch Cole, Oz und Milani bekamen keine - und dennoch erwartete Titus, dass sie sich wie vollwertige Mitglieder verhielten.

Als er an den Dolch heran trat und die silberne Klinge betrachtete, die leuchtete, als hätte sie das Licht des Mondes gestohlen, wurde ihm klar, wie viel er versäumt hatte und wie sehr ihn das schmerzte, wie gerne er das nachholen wollte! Der König nahm das ehemalige Messer zum Apfelschälen an sich und schwor in diesen heiligen Räumen, in denen noch seine Mutter Schwüre entgegennahm und segnete, dass er es fortan besser machen wollte. Doch die Göttin rief er dennoch nicht an, schickte kein Gebet und keinen Dank zu ihr. Titus ahnte, dass die Versöhnung mit seiner Schöpferin unumgänglich, ein Teil seiner Genesung war, aber noch fühlte er sich nicht bereit dazu. Eine letzte Reise, ein weiteres Land, die abschließenden, vernichtenden Erinnerungen warteten auf ihn, danach konnte er vielleicht zurückkehren.

Den silbernen Dolch verstaute er in einer Innentasche seines Mantels, genau über seinem Herzen. Das Gewicht fühlte sich gut und richtig an. Der Silver schöpfte das erste Mal Hoffnung, wahrlich zu seiner Familie zurück kehren zu können.

„Guten Morgen!", flötete Cort in Nells Gesicht. Sie blinzelte und schielte dann mit einem halb geschlossenen Auge zu dem Nim, der genau vor ihr lag. Sein Haar stand ihm in wilden Nestern vom Kopf ab, sein Gesicht zierten die Abdrücke des Kopfkissens nach dem Schlaf. „Es ist noch dunkel draußen", jammerte Penelope und drückte ihren Begleiter einfach weg von sich. Der gab jedoch nicht auf, sondern zog ihr die Decke weg und stand ungerührt auf, ihre schwachen Proteste ignorierend. „Cort, ich will noch schlafen", quengelte sie und rollte sich zu einem Knäuel zusammen. „Die Sonne ist noch nicht einmal aufgegangen!", maulte sie weiter, heftig gähnend. „Und du brauchst doch eh viel länger als ich, also lass mich in Ruhe." Sie legte einen Arm über ihre Augen, als Cort unbarmherzig das Licht anschaltete und das nur, um sie zu ärgern und nicht, weil er es brauchte. Monster!

„In einer Stunde fahren wir."

„Dann weck mich in neunundfünfzig Minuten." Nell wedelte den Nim mit einer Hand weg. Er ließ sie natürlich nicht so lange schlafen, aber zumindest gönnte er ihr eine weitere halbe Stunde, bevor er sie einfach an ihren Fußknöcheln packte und aus dem Bett zog. Zumindest funktionierten ihre Reflexe, denn die junge Frau fing sich ab, bevor sie kläglich auf den Fußboden aufschlug. „Hey!", keifte sie.

„Guten Morgen!", wiederholte Cort frech grinsend.

Gezwungenermaßen verschwand Penelope danach im Bad und versuchte mit einer kalten Dusche aufzuwachen. Kaum trat sie aus dem Badezimmer, verkündete der Nim, er hätte gepackt und sie würden Frühstücken gehen. Murrend folgte Nell und schüttete dann mehrere Tassen Kaffee ungesüßt hinunter. „Was bist du denn so fertig?", wollte ihr Gegenüber schmunzelnd wissen, doch anstatt eine Antwort zu geben, holte die junge Frau sich noch ein Croissant, das sie zu ihrem Kaffee aß.

Wenig später brachen sie im geliehenen Porsche von Cort auf. Der Nim gab ordentlich Gas und genoss es richtiggehend, die PS voll auszureizen, um in den Kurven das Heck ausscheren zu lassen. Und es gab eine Menge Kurven. Als die Sonne schließlich etwas Wärme spendete, öffnete er das Dach, sodass der Wind Nells Haar durcheinander wirbelte. Sie lachte ob der Geschwindigkeit und der Leichtigkeit, die sie in diesem Moment empfand. „Und wohin fahren wir?", rief sie über den Wind hinweg, doch Cort zwinkerte ihr lediglich zu.

Irgendwann, Nell schlief in der Zwischenzeit ein, schlängelte sich der Porsche auf Landstraßen einen Berg hinauf. Sie wanden und kämpften sich nach oben, bis der Nim vor einem Gebäude hielt. Die junge Frau hatte kaum die Umgebung betrachtet, hatte nur Grün und Stein gesehen und nicht weiter darauf geachtete, denn viel lieber hielt sie die Lider geschlossen, leise vor sich hin lächelnd. Der rötliche Schein, dem sie sich immer weiter näherten, beruhigte sie. „Vater", dachte Nell und wusste nicht, was sie dabei empfand. Freude, ja sicherlich, aber da war mehr, das sie nicht fassen konnte. Doch als der Porsche vor dem Hotel ‚Bastide St. Mathieu' in Grasse hielt, ihre Tür aufgemacht und eine Hand ihr entgegengestreckt wurde, da wunderte sich Nell nicht, als sie in Berylls Gesicht blickte. Er schenkte ihr ein breites, offenes Lächeln, das sie mit seinen weißen Zähnen und kleinen Fältchen um seine Augen einnahm. Ihre Sicht wechselte zwischen dem, was er den Menschen zeigte, und dem, wie er wirklich aussah. Mal blickte sie in ein Gesicht mit roten Linien um seine Augen, leuchtend und schimmernd, und Haaren, die am Ansatz glühten, dem Gesicht eines Wesens, das das Feuer beherrschte - nein! - sogar Feuer war. Und dann wieder sah er wie ein normaler Mann aus, ein sehr gut aussehender Mann mit markantem Gesicht zwar, doch wie ein Mensch.

Penelope ergriff seine Hand, ohne Furcht, aber erfüllt von Faszination, und ließ sich von ihm aus dem Auto ziehen. „Hallo, meine Prinzessin", sagte er mit dieser Stimme, die sie an Winterabende vor dem Kamin denken ließ. „Hi", murmelte sie, da sie nicht wusste, wie sie ihn ansprechen sollte. Monster? Mörder? Gott? Vater?! Beryll zog die junge Frau wie selbstverständlich in eine Umarmung, aus der sie nicht floh. „Es ist endlich Zeit, dass wie uns sehen, dass die Familie zusammenkommt. Du bist bereit, die ganze Wahrheit zu erfahren. Wir haben zu tun", flüsterte er in ihr Ohr, bevor er sie, weiter an der Hand haltend, ins Entrée des Hotels zog.

Alessa erwachte schreiend. Sie fuchtelte und strampelte und kam doch nicht von ihren Decken frei. Blut, überall Blut und Schreie, so unfassbar verzweifelte und endgültige Schreie. Sie enthielten den Schmerz der Welt, das Ende des Universums und die dunkelsten Stunden, denn sie drangen aus Kehlen, die solches Leid nicht ertragen sollten, denn sie waren durch und durch unschuldig.

„Alessa!" Jemand rüttelte an ihren Schultern, rief ihren Namen, doch das Erwachen schien so weit entfernt, obwohl sie aus ihren Träumen fliehen wollte. „Alessa, bitte!" Charles rief sie, die Stimme erkannte Alessa und sie folgte ihr. Vor ihrem inneren Auge erkannte sie die grauen Augen, den ernsten Blick, sah all die Sorgen, die der Brite mit sich trug und hangelte sich an ihnen aus ihrem Traum. Sie musste ihn nur erreichen, musste nur zu ihm, dann würde alles besser, alles gut werden. „Alessa, bitte, hör auf, alles ist gut!", rief er ihr zu und sie wollte ihm sagen, er solle sich keine Sorgen machen, doch stattdessen schrie sie weiter, weil alles so schrecklich war, weil es schmerzte und sie zerriss.

Schließlich holte Alessa ein neuer Schmerz in die Realität zurück. Ihre Wange brannte, aus ihren Augen kullerten unkontrolliert Tränen. „Gut, sie ist wach." Auch diese Stimme konnte die Silver zuordnen. Wann war Mary in ihr Zimmer gekommen? „Du hast gebrüllt, dem musste man ein Ende setzen!" Oh, dachte Alessa, sie hatte laut gesprochen. „Ich glaube, sie ist noch nicht ganz da", meinte nun Charles, sicherlich nicht zu ihr, sondern an Mary gewandt. Die Jüngere kämpfte sich derweil weiter hinaus aus ihren Träumen, nur dass diese sie nicht loslassen wollten. Sie schlangen sich um ihren Geist, drohten sie zu ersticken. „Das ist doch nicht normal", murmelte der Brite, echte Besorgnis in der Stimme. Alessa konnte ihn nicht beruhigen, sie ertrank. Da packten sie andere Hände und schüttelten sie nicht nur, sondern rissen sie in die Höhe. Die Solani konnte ihren Freund protestieren hören, aber in ihren Ohren rauschte das Blut so lautstark, dass sie die einzelnen Worte nicht verstand. Dann schien die Welt plötzlich zu kippen und sie regelrecht auszuspucken. Die Seherin schnappte nach Luft. „Sie sind alle tot!", schrie sie hinaus, weil die Worte aus ihr hinaus mussten, bevor sie ihre Seele endgültig vergifteten.

Schweigen empfing sie. Als die Silver aufblickte, sah sie in zwei versteinerte Gesichter. „Du hast nicht nur geträumt, oder?", fragte Charles gepresst. Selbst Mary schien angespannt, gar nicht so ruhig und abgeklärt, wie sonst. Ihre linke Hand war nach wie vor mit Mullbinden umwickelt, hing irgendwie steif an ihrer Seite herab. Seit wann durfte sie aus dem Krankenbett aufstehen? Das alles war beunruhigend, das war regelrecht erschreckend. „Nein, ich glaube nicht", keuchte Alessa. Sie stemmte sich vom Boden hoch, auf den Mary sie wohl geschmissen haben musste, und stand auf. Ihre Hände und Knie schmerzten, doch sie war wach und das war das Wichtigste. Charles streckte eine Hand nach ihr aus, doch er schielte kurz zu der Jägerin und ehe er die Jüngere berühren konnte, zog er seine Hand zurück.

„Was hast du gesehen?", lenkte Mary das Gespräch sofort auf das eigentliche Thema. „Kinder. Sie waren eingesperrt. Und dann...dann..." Alessa konnte nicht weiter sprechen, stattdessen wimmerte sie und wankte. Nun, endlich, zog Charles sie an seine Brust. Sofort fühlte sie sich sicher und geborgen. Er hatte sie gerettet, er würde sie weiterhin beschützen. „Alessa, wir müssen es wissen", bat er sie vorsichtig. „Da waren Nim - denke ich - und sie...sie haben sie alle... Tut mir leid, ich kann das nicht beschreiben. Es war abartig!" Wut durchströmte ihren Körper, gab ihr neue Kraft, um zumindest heftig mit dem Kopf zu schütteln. Trotzig erwiderte die Seherin den Blick der erfahrenen Silver. „Sie haben Unaussprechliches mit den Kindern angestellt!" Mary nickte bedächtig. „Und es war sicher kein Traum?" Nun bemerkte die Solani, dass die Tür zu ihrem Zimmer weit offen stand und dort, am Gang, wartete der Rest ihrer kleinen Familie, nur Sandro fehlte, nach wie vor an das Bett gefesselt. Sie sahen alle zu ihr, warteten. „Nein, meine Träume sind anders. Das war zu intensiv, zu drängend", erklärte Alessa daher mit lauter, fester Stimme, damit auch die anderen sie hören konnten.

Derek trat vor, er klopfte der Form halber an ihrer Tür, bevor er eintrat. „Alessa, verzeih, aber was wäre dein Gefühl, was sollst du tun?", fragte er sanft. „Bei der Göttin, ich muss schrecklich aussehen, wenn ihr mich so nett behandelt", stieß die Angesprochene hervor. Mary schenkte ihr ein aufmunterndes Grinsen. Tatsächlich, die dunkelhaarige Solani sah nicht gut aus. Um ihre Nase war sie ganz blass, Schweiß glänzte auf ihrer Stirn und ihre Lippen hatten jede Farbe verloren. „Ich würde sagen, nach draußen. Es zieht mich nach draußen", antwortete sie schließlich nach kurzer Verschnaufpause. Die anderen nickten. „Dann lasst uns gehen", sagte Patrick draußen auf dem Gang. Die anderen setzten sich in Bewegung, auch Mary und Derek. Charles wollte ihnen folgen. „Ich will auch gehen", flüsterte Alessa, die Sorge hatte, er würde sie zurück lassen. Auf ihre Worte hin legte er sanft einen Arm um ihre Taille und stützte sie. Wie die Solani erkennen musste, hatte sie wohl die anderen Silver mit ihrem Geschrei aufgescheucht, denn sie standen wirklich alle da, jeder einzelne von ihnen und einige blickten verunsichert zu ihr. Lani schenkte ihr ein aufmunterndes Lächeln, bevor sie Patrick und Derek nach draußen folgte. „Das letzte Mal, als ich das Gefühl hatte, hinaus zu müssen...", begann Alessa leise. „Es wird alles gut", versuchte Charles sie zu beruhigen, aber sie glaubte ihm nicht, konnte es nicht. Denn sie hatte es gesehen, diese furchtbaren Szenen, die schreckgeweiteten Augen. Sie konnte nicht so tun, als wäre es weniger schlimm, als wäre es nicht echt. Wieder Kinder, sie hatte doch bereits eines im Stich gelassen. Dennoch nickte sie tapfer, um den Briten nicht noch weiter zu beunruhigen.

Der einzige Ausgang ihres Unterschlupfes, der zur Straße hinaus führte, war das Haus, das über ihren unterirdischen Gängen stand. Es passierte nicht oft, dass sie alle durch dieses Haus marschierten. Alessa schienen diese Räume so fremd, dass sie sich wie ein Eindringling vorkam, der gar kein Recht hatte, den Staub am Boden aufzuwirbeln. Aber mit diesem Gedanken konnte sie sich nicht lange aufhalten, denn da roch sie es. Es, das war Tod. Es, das waren Blut und Schmerz und verbranntes Fleisch. Ein Fenster des Hauses hielten sie stets gekippt, damit frische Luft hinein gelangen konnte. Doch natürlich erlaubten sie damit auch anderen Gerüchen, einzudringen. Ein Beben schien durch manche der Silver zu gehen, vor allem durch die älteren, die diesen Gestank viel besser zuordnen konnten, als irgendjemand sonst. Sie hatten Schlachten geschlagen, Opfer betrauert. Ihre Nasen kannten den Geruch und riefen sicherlich unangenehme Erinnerungen wach.

„Das darf nicht wahr sein!", zischte Mary, die sich an den anderen vorbei drängte und hinaus rannte. Ein Schwall stinkender, kühler Luft drang herein, als sie die Tür aufriss. „Mary, das könnte eine Falle sein!", riefen ihr Derek und Pat beinahe im Chor hinterher, doch die Silver zeigte ihnen im Laufen, dass sie in der rechten eine Glock hielt, und rannte weiter. Und auch das schien Alessa ein Vorbote, ein schlechtes Omen. Die tätowierte Silver ohne ihre Peitschen, die doch Teil von ihrer Person waren, schien die grausame Verbildlichung ihrer Situation. Verletzt, nur noch halb da, nur noch halb funktionsfähig, nicht mehr so stark. Die Seherin hatte sich von diesen trüben Gedanken so einnehmen lassen, dass sie nur am Rande wahrnahm, dass Charles sie nach draußen führte. Ihre Füße fanden irgendwie den Weg über die Treppe, hinaus auf den Rasen und dann auf den Asphalt. Der Boden fühlte sich trotzdem wackelig und uneben an, aber andererseits schien alles gerade falsch, verquer und inakzeptabel verschwommen. Alessa merkte nicht, dass sie unkontrolliert weinte, nur, dass Charles sie irgendwann an sich zog und ihr Gesicht an seine Brust bettete.

Mary preschte voran. Der Geruch erinnerte sie an ihr Kind, als man es ihr wegnahm und quälte, um sie zu bestrafen, um sie zu brechen. Sie hatten es damals nicht geschafft, doch heute wankte die starke Silver. Sie zitterte tatsächlich, ein eisiger Schauer rann über ihren Rücken und ließ sie frösteln! Unbewusst hob sie die bandagierte Hand an ihren Mund. Der Geruch der Salbe war so stark, dass er beinahe den üblen Gestank verdrängen konnte, aber eben nur beinahe. Mit weit aufgerissenen Augen, die zwei harten Münzen glichen, starrte die Jägerin auf das, was sich ihnen da auf dem ‚Fair Green‘ vor ihrem Haus in aller Grausamkeit und Realität präsentierte. Das Bild war klar und doch konnte und wollte sie zunächst nichts erkennen. Aber Mary war eine Jägerin, durch und durch, und so setzten Instinkt und Training ein und sie begann zu sehen, zu analysieren und die Umgebung zu untersuchen.

Dort, auf dem gelblich-grünen Gras nicht weit von ihrem Haus entfernt, lagen kleine, dünne Körper. Der Mond beschien ihre zarte Haut, die Sterne brachten ein Leuchten in die dunklen Seen ihrer Augen, die niemals mehr selbst strahlen würden. Blut tränkte die kühle Erde, malte die Gräser und Sträucher rot. Haare in allen Farben klebten schweißnass an Schläfen, verhedderten sich mit Wurzeln, schienen mit dem Erdreich zu verschmelzen. Wunden klafften weit offen, rissen die Körper auf. Löcher in runden Stirnen harmonierten in abscheulicher Weise mit den weit aufgerissenen Mündern, die im letzten, verzweifelten Schrei erstarrten.

„Wie können sie so etwas tun?" Patrick trat neben die Silver. Er berührte sie nicht mit seinem Körper, aber sein Geist tastete nach ihr und schenkte ihr ein wenig Erleichterung, lichtete den Schock.

„Wie kannst du so ruhig sein, wenn es selbst mich trifft?", wollte Mary leise wissen. Sie hielt die Glock fest in ihrer rechten Hand. Die Waffe fühlte sich nicht falsch an, aber es war eben nicht ihre Peitsche, es war nicht ganz sie und das spürte sie mehr denn je.

„Ich bin nicht ruhig, aber ich kann dir Ruhe schenken", antwortete der Empath mit Grabesstimme. Auch Derek und Liz traten zu ihnen. So standen sie da, die vier Silver, direkt vor der Wiese, und starrten auf das Massaker, das die Nim an Kindern begangen hatten. An kleinen Solani und Halb-Solani Kindern, die mit diesem Krieg nichts zu tun hatten. Ihr einziges Verbrechen war es, auf eine bestimmte Weise und in eine bestimmte Spezies geboren zu werden, aber das sollte kein Todesurteil sein, durfte es nicht sein! Sie waren unschuldig gewesen, wie es Kinder nur sein konnten. Hatten nie jemanden etwas getan und waren mit Sicherheit keine Bedrohung für die Nim gewesen. Aber nun lagen sie hier, verrenkt, zerschlagen, wie kaputte Puppen auf den Boden geschmissen. Allerdings nicht wahllos, wie Derek bei näherer Betrachtung bemerkte. „Wir wissen genau, wie sie das können, sie haben kein Herz und keine Ehre", sagte seine Frau neben ihm, doch er bewegte sich bereits auf die Leichen zu. Alles in ihm widerstrebte es, näher zu treten. Es waren nicht die ersten Toten, die er sah, noch würden es die letzten sein, doch Kinder waren eben keine Kämpfer, sie hatten sich nicht für diesen Krieg gemeldet, hatten nicht gewusst, dass dies ihr Ende sein könnte. Chancen und Zukunft, Träume und Wünsche starben mit ihnen. Er musste es von Nahem sehen, um zu verstehen, um seine Vermutung zu bestätigen. „Sie haben uns damit eine Nachricht geschickt", sagte er. Derek stand nun vor einem Jungen mit hellbrauner Haut. Er sah gesund aus, wäre da nicht das viele Blut und das Bein, das in einem unnatürlichen Winkel von ihm weg stand. „Natürlich, das sehen wir auch", schnaubte hinter ihm Mary, doch er schüttelte den Kopf. „Das meine ich nicht. Das hier ist eine ganz spezielle Nachricht." Der Krieger zeichnete die Linien der Rune nach, die hier so abscheulich konstruiert worden war. „Wenn ich sie richtig lese, dann sagen uns die Nim damit, dass das hier erst der Anfang ist." Vorsichtig ging Derek in die Hocke und hob den Jungen hoch. Beinahe zärtlich drückte er ihn an seine Brust, als wollte er ihn schützen. „Und noch etwas, was sie uns auch ganz ohne Rune hiermit sagen, ist: Wir wissen, wo ihr seid. Wir wissen, wo eure Spezies sich versteckt, aber es gibt kein Entkommen mehr, wir finden euch alle." Der Silver kam auf die anderen zu, während er sprach. „Wir wussten, dass etwas Schreckliches auf uns zukommen würde, wir haben es alle gespürt. Das hier, befürchte ich, ist erst die Einleitung zu einem schmutzigen Krieg." Er ließ die anderen hinter sich und trug das Kind ins Haus. Keines der Kinder verdiente es, draußen zu liegen und angestarrt zu werden. Sie verdienten es, die letzte Ehre zu erhalten und vielleicht, auch wenn Derek es nicht glaubte, gab es noch Familie, die um sie trauern wollte. Doch er befürchtete eher, dass sehr viele Solani für diese Botschaft starben. „Mehr Namen für deine Bücher, mein Freund", dachte der Silver mit schwerem

Herzen, Titus vor Augen, wie er in fein säuberlicher Handschrift jeden Namen notierte, jeder Buchstabe neue Schuld auf seinen Schultern, jeder Tropfen Tinte neues Gift in seinen Adern. Es würde nun Derek zufallen, die Familien und Namen ausfindig zu machen. Die Nim hatten sie irgendwie gefunden, das musste ihm nun auch gelingen. Und dann? Dann würde er herausfinden, wie sie es geschafft hatten, so viele Solani aufzuspüren und Rache für jedes einzelne, verlorene Leben nehmen.

Der Silver bettete den kleinen Körper auf den Teppich, der im Wohnzimmer lag. Als er die Hände frei hatte, schob er alle Möbel zur Seite, sie brauchten heute Nacht noch viel Platz. Es erschreckte ihn, wie leicht es war, sich seinen Rachefantasien zu verschreiben. Gerade wollte er nichts anderes, als die büßen zu lassen, die das verbrochen hatten. Es waren Wut und Hass, die ihn stehen und gehen ließen, die ihn dazu bewegten, wieder nach draußen zu marschieren und das nächste Kind hinein zu tragen. Auch die anderen nahmen sich den Kindern an. Selbst Alessa, die aussah, als würde sie sich gleich übergeben, und ihr jüngstes Mitglied, Milani, halfen. Als Derek an Patrick vorbei ging, wechselten die beiden einen Blick, der alles sagte, was in diesem Moment zu sagen war. Der Empath griff nach seinem Geist und schwächte den Hass ein wenig ab. Klarheit, sie brauchten Klarheit und einen Plan. So lange waren sie konfus und ungelenk gewesen, hatten einfach nur existiert und das Nötigste getan, hatten sich eingeredet, jede Nacht Nim zu töten, würde reichen, um die Bedrohung in Schach zu halten, doch das war ein Irrtum gewesen, eine Lüge, die sie sich erzählten, um weiter zu machen, um nicht aufzugeben. Derek wusste, sie alle trugen Schuld daran. Sie hatten Titus' Fall beobachtet und fingen ihn nicht auf. Sie kannten die Tage des Glanzes der Silver, die Traditionen, die Lehren und die Disziplin und hatten sie in Italien zurück gelassen.

Als sie alle Kinder ins Wohnzimmer gebracht hatten, wies Liz Cole und Milani an, ihr zu helfen, ihre Gesichter zu reinigen. Alessa und Charles wurden geschickt, um weiße, lange Hemden zu besorgen. Währenddessen kümmerten sich Patrick und Mary darum, die Wiese zu reinigen. Wenn die Menschen erwachten, würden sie das Blut sehen und in Panik geraten und das durften sie nicht zulassen. Zwar lag über dieser Straße ein Mantel der Magie, der die Solani schützte und die meisten ungewöhnlichen Dinge vor den Augen der Menschen als trivial erscheinen ließ, doch Blut war und blieb Blut, das änderte auch keine Rune und kein Siegel.

Derek übernahm die Aufgabe, die Gebete zu sprechen, während die Kinder hergerichtet wurden. Er kannte jede Zeile eines jeden Gebetes, doch kein einziges Wort spendete ihm heute Trost. Immer wieder verhakte sich sein Blick in den Augen seiner Frau, die mit sturer Konzentration und allem Respekt den Toten gegenüber das tat, was getan werden musste. Er beobachtete ihre geschickten Hände und verfluchte ihren eigenen Kinderwunsch. Wie konnten sie nur in solchen Zeiten daran denken? Wie es sich auch nur vorstellen? Mit voller Inbrunst sprach er weiter, die Stimme tief und wohlklingend, betete und betete, bis alle dreizehn Kinder in weißen Hemden und gewaschen auf weißen Leinentüchern dalagen. Nun wirkten sie viel weniger tot, als dass sie schliefen. Ein Schlaf, aus dem sie nie wieder erwachen würden.

Es war an Derek, die Zeremonie zu leiten, jedem Kind eine Kerze zu entzünden, während die anderen das letzte Lied sangen. Er stach sich in den Zeigefinger und malte auf jede kleine, runde Stirn das Symbol der Göttin. Als das Lied verklang, erloschen alle Kerzen mit einem Schlag. Die Symbole begannen blau und silbern zu schimmern. Die Körper schienen zu Eis zu werden, begannen zu glänzen und zu glitzern, bevor sie zu Sternenstaub zerfielen und in silbernem Licht vergingen. Nichts blieb übrig. „Sie sind nun bei Glacien", verkündete Derek, weil dies die Worte waren, die die Zeremonie abschlossen.

Schweigend standen sie da, mit betrübten Gesichtern und hängenden Schultern. „Wir müssen handeln. Richtig handeln. Es muss sich einiges ändern", sagte der dunkelhaarige Silver, bevor er sich aus dem Raum drängte und ging. Liz folgte ihm, doch der Rest blieb noch eine Weile, selbst Mary fand heute keine bissigen Worte. Sie hielt immer noch die Glock in ihrer rechten Hand fest umklammert.

Woher wussten die Nim nur, wo sie wohnten?

Beinahe wäre Titus auf dem Weg über das Meer ertrunken. Plötzlich hatte ihn ein solcher Schmerz, ein solches Elend erfasst, dass er seine Magie nicht kontrollieren konnte und sein eisiger Weg einfach zerbarst. So trat er nicht auf Eis sondern in eine Welle und stürzte ins Wasser. Doch auf dem offenen Meer hielten die Wellen sich nicht klein und rollten friedlich an einen Strand. Vielmehr waren es Bestien, die sich hoch aufbauten, um dann nieder zu stürzen. Tonnenschwer schien das Wasser ihn hinab zudrücken. Im ersten Moment konnte der König nicht einmal schwimmen, so gelähmt war er. Dieses Gefühl, das ihn da erfasst hatte, kannte er gut. Es bedeutete Tod. Und nach der Stärke zu urteilen, hatte der Tod heute Nacht viele erwischt. Namen fluteten seinen Kopf. Die Bürde des Königs, stets mit all seinen Untertanen verbunden zu sein, zu spüren, wann ihre Leben endeten und ihre Namen zu kennen. Die schiere Anzahl der Namen allein drückte ihn schon nach unten, immer tiefer. Was war nur geschehen?

Er wäre wohl weiter im Wasser getrieben, wenn Hope nicht erneut aufgetaucht wäre, um nach seiner Hand zu greifen. Sie zog ihn nach oben, schwebte über dem Wasser. Titus erschuf erneut einen Weg aus Eis, auf den er sich patschnass zog und Atem schöpfte.

„Sie leiten das Endspiel ein. Es ist gut geplant. Er will dich nicht einfach vernichten, sondern euch allen schrecklich weh tun. Er will Rache für Glaciens Verrat und Rache für London", sagte seine Schwester mit rauchiger Stimme. Der Zorn war ihr anzusehen. Der Silver musste heftig husten, bevor er auf die Beine kam.

„Ich sollte zurück", schnaufte er.

„Du solltest sowenig zurück, wie du ertrinken solltest", hielt das Kind dagegen. Er schielte auf Hope herunter, erneut vollkommen erstaunt, wie manifest sein Wahnsinn geworden war. „Du musst den Weg zu Ende gehen. Ich warte dort auf dich. Es wird Zeit, dass alles ausgesprochen wird, dass du aufhörst, dich dumm anzustellen." Sie wandte sich von ihm ab, ging über das Wasser, ohne einen Weg dafür zu brauchen.

„Warte! Was ist mit meiner Familie in Cork?", rief Titus ihr nach. Er zwang das Eis zurück unter seine Kontrolle, damit er einen Pfad erschaffen konnte, um ihr zu folgen.

„Auch sie müssen werden, was diese Zeit verlangt. Aber du musst nach Grasse gehen. Ich warte Zuhause auf dich."

Zu sagen, er fühle sich nicht gut, wäre eine Untertreibung. Weit entfernt von denen, die ihn zusammenhielten, allein mit seinen Wahnvorstellungen, konnte Titus sich das eingestehen. Er lag keuchend und zitternd am Strand, wie Müll, der vom Meer angespült worden war. So fühlte er sich, wie Abfall. Er hatte versagt. Seine Glieder bebten, er zitterte so heftig, dass er sich nicht einmal zur Seite drehen konnte. Im Grunde glich es einem Wunder, dass er überhaupt soweit kam. Eigentlich hätte er auf dem offenen Meer ertrinken müssen. Das wäre fair gewesen, das hätte alles beendet. Aber etwas in ihm ließ ihn nach wie vor nicht untergehen, ließ es nicht zu, dass er starb. Wahrscheinlich eine masochistische Ader, die gerade ihren Höhenflug, ihre große Stunde genoss, während er zugrunde ging. Diese masochistische Seite hatte sich auch noch zu allem Überfluss ein liebliches Gesicht mit runden Wangen und strahlenden Augen gewählt, um ihn weiter zu quälen.

Titus hustete. Ein Husten, das zu einem bitteren, trockenen Lachen wurde. Frankreich war kein guter Ort, es war regelrecht Gift für ihn. Nur hier an der Küste zu liegen, reichte schon aus, um seinen Körper zu quälen und seinen Geist zu peinigen. Es war, als hätte sich das Land mit all dem Kummer und Blut getränkt und würde es an den ersten abgeben,

der dazu in der Lage war, es zu fühlen. Und er fühlte es! Verdammt, und wie er es fühlte! „Ti, reiß dich zusammen", ermahnte ihn das Mädchen. Es saß neben ihm im Schneidersitz und blickte mit einem unergründlichen Lächeln hinaus aufs Meer. „Wieso lächelst du? Es sind viele von uns gestorben!", fauchte er unwirsch. Nur dass sein Bibbern die Härte seiner Worte schwächte. Hope drehte den Kopf langsam zu ihm, suchte seinen Blick und hielt ihn fest. Es war gruselig, wie düster und kalt sie sein konnte, so alt, die ganze Welt und ihr Leid im Gesicht eines Kindes. „Wir befinden uns im Krieg, König. Die Solani mögen es verdrängt haben, aber deswegen hört der Feind nicht auf zu existieren. Er hat einen Plan verfolgt und führt ihn nun aus. Weine um die Toten, soviel du willst, davon kommen sie nicht zurück und damit ist den Lebenden auch nicht geholfen." Kurz machte sie eine Pause, um Luft zu holen. Titus konnte sie nur mit einer Mischung aus Entsetzen und Bewunderung ansehen. „Es wird Zeit, dass du erwachsen wirst, Ti. Du magst der älteste, lebende Solani sein, aber du bist ein Kind. Du wolltest der Ritter in goldener Rüstung sein, ein Vagabund, ein Reisender. Du wolltest Kämpfer sein und Schlachten schlagen, aber im Grunde deines Herzens bist du naiv. Du spürst jeden Verlust und leidest mit jedem Leben, das vergeht, aber du musst hart sein und darüber stehen. Es sind Leben, es kommen neue. Jedes einzelne mag für sich besonders sein, doch im Großen und Ganzen, wenn du das gesamte Bild ansiehst, dann sind es eben nur einzelne Momente in der Ewigkeit, kleine Lichter, die von anderen ersetzt werden können."
Der Schock, der auf diese Worte folgte, riss Titus in die Höhe. Der Silver setzte sich schwer atmend auf und starrte mit Entsetzen das Mädchen an, von dem er dachte, es entspringe nur seinem Kopf. „Das denke ich doch nicht wirklich!", zischte er, plötzlich wütend. Wie konnte Hope so etwas sagen? Wie konnte sein Hirn ihn so etwas denken lassen? Seine Schwester zuckte mit den Schultern, sah gar nicht mehr unschuldig und süß aus, trotz der dunklen Locken und großen Augen, sondern abgebrüht und uralt. Sie wirkte auf ihn wie ein Wesen, das bereits soviel Leid erlebt hatte, dass es keine Kraft mehr hatte, zu lieben oder Mitgefühl zu empfinden. „Sind es nicht deine Worte? Nun, vielleicht sind es ja meine ganz eigenen? Vielleicht auch von jemandem ganz anderen? Titus, können wir je wissen, welcher Gedanke, welcher Wille wirklich uns gehört und nicht von jemanden in uns gepflanzt wurde? Wir sind doch nur Schachfiguren, wir werden benutzt. Bilde dir nicht ein, es sei anders."
Der Angesprochene saß am Strand, griff in den Sand und ließ ihn durch die Finger rieseln, während er überlegte. Das wiederum klang nach ihm - und auch wieder nicht. Denn er hatte sich nie von Glacien manipuliert gefühlt, lediglich verraten, da sie seine Familie sterben ließ. Nie hatte sie

ihn hintergangen, nicht auf die Weise, wie das Mädchen es implizierte. Und Beryll? Sicher, der Gott der Nim war ein Spieler, er manipulierte und zinkte die Karten, aber er war Titus nie nahe genug gekommen, um seine Barrieren zu brechen und in seinen Geist zu dringen. Zumindest nicht, dass er davon wüsste. Das brauchte Zeit und einiges an Vertrauen, damit jemand, selbst Beryll, in den Geist eines Ersten Solanis dringen konnte, um dort damit zu spielen.

Nur was machte das dann aus dieser Wahnvorstellung, die er nicht nur klar und deutlich sehen und hören, sondern auch noch berühren konnte? Wie um sich zu vergewissern, streckte er die Hand aus und stieß einen Finger in Hopes dünnen Oberarm. Diese sah ihn ruhig und abwartend an. Der Blick hatte etwas Lauerndes. Was hatte sie noch in Florenz gesagt? Sie sei für den Krieg gemacht worden, für Kampf und Blut und Tod. „Was bist du?", fragte er nicht zum ersten Mal, doch hatte er die Frage nie weiter verfolgt, aus Angst, die Wahrheit könnte ihm nicht gefallen.

Das Zittern in seinem Körper hörte auf, dafür kribbelte eine Gänsehaut auf seinen Armen bis hinunter über seinen Rücken zu seinen Beinen. Das war Frankreich, diese Erde voller Blut und schlechter Erinnerungen, die sich über die guten legten. Früher hatte er es hier geliebt! Das Meer, den Flieder, die Feigen und die Rosen. Alles duftete stets köstlich, es schmeckte sogar ganz besonders. Nicht mehr. Als er nun hier in der Nacht saß, das Meer seine Füße mit schäumenden Wellen bedeckte, da roch er nur Kohle und schmeckte Asche. Dieses Land war Gift für ihn und seinen Geist. Selbst das Mädchen neben ihm schien das Land kälter und härter zu machen. Wo war das Kind hin, das in Italien um ihn herum tanzte, das von Hoffnung und Durchhalten mitten auf dem Meer sprach? „Was bist du?", presste der Silver erneut hervor. Er sollte aufstehen, sollte sich einen Unterschlupf für den Tag suchen, bevor er weiter reiste. Denn er musste weiter. Nicht sofort, nicht in dieser Sekunde, aber bald. „Wer bist du?" Das dritte Mal brüllte Titus, seine Stimme ein donnerndes Knurren aus seiner Kehle, das über das Meer und den Strand peitschte. Jedes Wesen in ihrem Umkreis schreckte aus dem Schlaf und rannte davon, denn sie spürten, dass hier eine Macht am überborden war, der sie lieber nicht in die Quere kommen sollten.

Aber Hope legte den Kopf lediglich in den Nacken und begann zu lachen. Das war kein Lachen eines lieblichen Mädchens, nicht glücklich und hell, sondern hart und mit dem Hauch von Wahnsinn. Mit einer fließenden Bewegung stand sie plötzlich auf. Purer Instinkt ließ Titus ebenfalls auf die Beine springen. Er glitt automatisch in eine abwehrende Haltung. Ihre Augen hatten sich verdunkelt, waren wie der Nachthimmel über ihnen, ohne Licht, das aus ihnen heraus schien. Ein hartes, schiefes

Lächeln spielte um ihre Lippen. „Gut so, Titus, fürchte mich. Fürchte mich und deine Erinnerungen und die Zukunft. Fürchte das Leben, denn das kannst du so gut", zischte sie. „Du willst wissen, was ich bin? Nun, ich bin du und ich bin Hope, ein Splitter der Welt, ein Wesen, er- schaffen zu genau einem Zweck. Ich bin nicht mehr und lebe doch wei- ter." Sie machte einen Schritt auf ihn zu. „Und ich bin enttäuscht von dir, Bruderherz. Es ist so offensichtlich. Du müsstest nur auf dein Herz hören, deinem Instinkt vertrauen, aber stattdessen vergeudest du die Zeit von jedem um dich herum!" Nun schrie das Mädchen, ein gellender Laut, der Titus zurück weichen ließ. „Ich verstehe nicht, was du willst!", fauchte er zurück. Seine Kopfschmerzen nahmen zu, sein Kopf wollte zerspringen. Die Schädeldecke würde ihm einfach explodieren. „Spürst du es? Die Schmerzen, sie sind nichts gegen das, was noch kommt! Nichts! Du hast nicht gehört und ich bin verloren gegangen. Es hätte alles anders kommen sollen!" Ein letztes Mal erhob Hope die Stimme, grub ihre Vorwürfe tief in seinen Geist, wie Klauen, die klaffende Wun- den rissen. Sie löste einen solchen Sturm in ihm aus, dass er vorgebeugt auf die Knie ging, keuchend, denn er bekam keine Luft mehr. Panisch griff er sich an die Brust, vergrub seine Hand in seinem Hemd. Sein Atem ging nur noch stoßweise. Seine Sicht verschwamm. Was geschah hier? Was machte Frankreich bloß mit ihm? Als er den Kopf hob, er- kannte er gar nichts. Alles war verschwommen, undeutlich. Er musste blinzeln und wiederholte es, bis er zumindest einigermaßen klar sehen konnte. Hope hatte ihn alleine gelassen. Vielleicht war es besser, da ihre Wut ihn physisch treffen konnte. Dennoch vermisste er sie, vermisste sie, als hätte er gerade erst von dem abscheulichen Angriff erfahren.
Was meinte seine Schwester - seine Wahnvorstellung? - als sie sagte, sie sei verloren gegangen? Was hatte das mit seinen Kopfschmerzen zu tun? Verdammt, was hatten seine Kopfschmerzen mit einem toten Mädchen und einer sinnlosen Prophezeiung zu tun? Und wie zum Teufel passte die junge Frau ins Bild, die Kräfte besaß, die sie nicht haben durfte, die seine Leute beinahe vernichtete und die er dennoch nicht töten konnte?! Wütend knurrte Titus, saß im feuchten Sand mit nassen Schuhen und Hosenbeinen und überlegte, wie dienlich es seiner Sache wäre, wenn er sich einfach den Kopf von den Schultern riss. „Mein Lieber, du bist ka- putt", murmelte Titus, dabei hörte er Patrick die Worte in seiner ver- ständnisvollen, ruhigen Art sprechen. Wenig begeistert und noch weni- ger sicher, kam er schwankend auf die Beine. Mit fahrigen Bewegungen klopfte sich der König den Sand von der Kleidung und machte sich auf den Weg. Es half ja doch nichts. Egal wie sehr er versuchte, sich umzu- drehen und zurück zu blicken, so sehr er auch in einem ruhigen Moment verharren wollte, das Leben kannte nur eine Richtung, es ging nach vor-

ne und weiter vorwärts. Und er musste sich ebenfalls in diese Richtung bewegen, musste das Leben einholen und es wieder greifen, damit es nicht mehr mit ihm spielte, damit er es bestimmte. Es wurde Zeit. Zeit, Titus seufzte, denn er hatte ein neues Hass-Wort. Zeit war alles, was er brauchte, aber nicht hatte und hasste.

Liz beugte sich über das Krankenbett und griff sich die Decke. Vorsichtig zog sie diese von Sandro, der mit verschränkten Armen still da saß und sie musterte, als wäre sie ein Alien. „Nicht denken. Nicht denken. Denke an etwas Schönes", sagte sich die Ärztin wieder und wieder vor. Denn wenn sie damit aufhörte, wenn sie andere Gedanken zuließ, sie hätte sie dem Gedankenleser wohl direkt ins Gesicht gebrüllt und das durfte nicht sein. Sandro war der Einzige, der keine Ahnung hatte, was da draußen vor sich ging. Vom Krankenzimmer aus hatte er Alessas Geschrei nicht hören können und auch der restliche Tumult ging an ihm vorbei. Nur dass der Silver nicht dumm war und wahrscheinlich allein an ihrer Art zu gehen oder ihren Versuchen, ein Lächeln zustande zu bringen, Lunte roch. Immerhin hatte er als Schausteller im Zirkus sein Geld damit verdient, Menschen zu lesen und die erstaunlichsten Gedankentricks zu vollführen. Er war ein aufmerksamer Beobachter, was er meist hinter seinem einnehmenden Lächeln versteckte. Nun… versteckt hatte. Seit dem Angriff auf ihn suchte Liz verzweifelt das Lächeln in seinem Gesicht. Vor allem seit Mary wieder in ihrem eigenen Bett schlief und er hier alleine lag und die Stunden damit fristete, sich Sorgen zu machen und zu verzweifeln. „Ich muss etwas tun. Ich muss ihm helfen!", ermahnte sich die Silver, aber als sie nach der Pinzette griff, um wie jeden Tag seine Beine auf eine Reaktion zu prüfen, zitterten ihre Hände, zwar nur ganz leicht, aber wenn man in einem Haus voller trainierter Krieger lebte, in der jeder auf die kleinsten Körperbewegungen achtete, war es wie, als würde sie ihre Sorgen mit Neonschrift an alle Wände malen.

Dass Sandro da lag, schweigend und mit seinen muskulösen Armen über der breiten Brust verschränkt, die Lippen fest zu einer blutleeren Linie zusammen gepresst, machte ihren Mund ganz trocken und ihre Kehle verschloss sich. Was sollte sie ihm sagen? Ihr fiel nichts mehr ein, was sie ihm zur Aufmunterung hätte sagen können. Sie konnte sich ja kaum selbst aufmuntern, nicht nach dieser Nacht und dem überaus deprimierenden Gespräch, das sie mit Derek führte. Am liebsten wäre sie in ihr Bett gerobbt, hätte die Decke über ihren Kopf gezogen und wäre dort liegen geblieben. Aber sie musste ein Vorbild sein, musste sich um die Jüngeren kümmern, auf Mary achten und eine Lösung finden, damit

Sandro endlich aus diesem Bett aufstehen konnte. Liz wurde schlecht, sie spürte es ganz tief in sich, dass ihre Eingeweide sich zusammenballten und den Versuch starten würden, sie von innen nach außen umzustülpen. „Weißt du, was ich besonders gut konnte, damals, als man mich als Attraktion im Zirkus vorführte?" Der Italiener sprach mit einer Kälte, die sie noch nie bei ihm gehört hatte. Das war nicht er. Von ihnen allen, die mehrere Jahrhunderte hinter sich brachten, die ein Schicksal erfuhren, das einen nie ganz los ließ, hatte er stets seine Freude am Leben behalten. Selbst als er neu zu ihnen kam und sie seine Wunden untersuchte, lächelte er und zuckte über sein Schicksal nur mit den Schultern. Er hätte überlebt, er hätte nun eine neue Chance und wie könnte er da nicht lächeln, hatte Sandro gesagt. Aber das war der alte Sandro, bevor eine Nim ihm die Fähigkeit nahm, zu gehen. Er konnte ja nicht einmal seine Beine spüren! Wut und Trauer mischten sich zu einem üblen Mix, während sie den Silver anstarrte und wartete, auf was er hinaus wollte. „Bevor man mich vorführte und ich diese Spielchen mit ihnen spielen sollte, beobachtete ich sie. Die Ticks, wie sie sich bewegten. Das machte ich auch mit meinen Häschern. Ich wusste stets genau, was sie dachten, wie sie sich fühlten - was sie verbargen." Am Ende wurde seine Stimme düster, richtig bedrohlich. Liz verstand den Wink, aber sie brachte es nicht über sich, seinem Blick zu begegnen, stattdessen starrte sie auf seine Füße, die Pinzette fest mit ihren Fingern umschließend. „Ich bin ruhig. Ich denke an nichts, an nichts." Sandro schnaubte. „Liz, du bist blass. Deine perfekten Arzt-Hände zittern, als wärst du ein Junkie auf Entzug. Du versuchst krampfhaft deine Gedanken vor mir zu verbergen und wenn du glaubst, ich spüre hier in meiner Isolation nicht, dass etwas vor sich geht, dann kennst du mich schlecht", sagte er. Nun blickte die Angesprochene mit großen Augen zu ihm auf.

„Also, wieso wollen du und Derek kein Kind mehr?", fragte Sandro gedehnt, seine goldenen Augen wie Metall, hart und abweisend und bohrend. „Wie... Woher?" Liz stammelte, sie konnte keinen klaren Gedanken mehr fassen. Es war, als hörte sie die Schreie von Alessa, die sie aus dem Schlaf rissen, erneut. Sandro schnaubte. „Sogar deine Sommersprossen sind blass. Außerdem, auch wenn du krampfhaft versuchst, mir keine Gedanken zu zeigen, schleuderst du mir doch Brocken hin und ich bin nicht dumm, ich kann mir Dinge zusammenreimen." Es lohnte sich nicht, es zu leugnen. Nicht bei den Kräften und der Erfahrung, die der Italiener besaß. Er mochte meistens als der Zugänglichste und Netteste von ihnen erscheinen, aber wenn er so drauf war, konnte er hartnäckig und bösartig werden. Das hatte einmal Derek behauptet und sie hatte ihm nicht geglaubt. Wie naiv, denn jetzt musste sie es am eigenen Leib erfahren. An Derek zu denken, war auch keine gute Idee. „Wie hört man auf zu denken?", war das Erste, was Liz über die Lippen brachte. Langsam löste sich die Ärztin aus ihrer Starre am Fußende des Bettes. Sie legte die Pinzette zurück an ihren Platz und setzte sich dann auf den Stuhl, der daneben stand. „Niemals. Und jetzt sag mir, seit wann ihr das plant und warum du nichts erzählt hast und wieso du jetzt so gottverdammt traurig aussiehst!", forderte Sandro, bestimmt und sanft zugleich. Schwer seufzend beugte sie sich vor und vergrub das Gesicht in ihren Händen. „Wir denken schon seit Jahren darüber nach. Vielleicht seit 50", begann die Silver leise zu sprechen. „Nach all den Jahrhunderten, die wir Seite an Seite verbrachten, schien es uns der richtige Schritt zu sein. Wir... Ich weiß, das ist beschissenes Timing. Wir sind im Krieg. Aber weil wir immer im Krieg sein werden-" Erneut seufzte sie schwer, lehnte sich zurück. „Wir können bei unserem Leben nicht auf Pause drücken, nur weil die Umstände eben nicht zu unseren Gunsten stehen", vervollständigte ihr Patient ihren Gedanken. Daraufhin nickte Liz. „Es hat bis jetzt noch nicht funktioniert. Es ist deprimierend, Leben auslöschen zu können, aber unfähig zu sein, Leben zu erschaffen", gab sie zu. Das hatte sie noch nie jemanden anvertraut. Nicht einmal Patrick und schon gar nicht Derek. „Außerdem fühle ich mich dumm, darauf zu hoffen. Sieh dir Mary an und...und...", die Ärztin hielt inne, stoppte mitten im Satz, denn das durfte sie nicht aussprechen, das durfte er nicht erfahren! Nur das Problem mit Sandros Fähigkeit, die ihn deutlich von Dereks unterschied, war, dass er Gedanken sofort lesen konnte, während ihr Mann Erinnerungen und Informationen abrief, nachdem sie erlebt und gedacht wurden. So wusste Liz, noch bevor sie ihren Patienten ansah, dass sie versagt hatte, dass er es wusste. Und dann kam das Knurren.

Sie hatte bereits alle männlichen Silver vor Wut knurren hören. Nur Sandro hatte das stets vermieden, es schien zu seiner gutmütigen Art nicht zu passen. Doch nun drang ein solch tiefes Knurren aus seiner Brust, dass es in ihrem Körper widerhallte. Sogar die medizinischen Geräte wackelten und schepperten. Plötzlich hievte Sandro sich in eine gerade, sitzende Position, bevor er einfach nach seinen Fußgelenken griff und seine Beine über die Kante des Bettes warf. „Sandro, hör auf!", befahl Liz, selbst bereits auf den Beinen und vor ihm. Sie griff nach seinen Schultern und drückte gegen ihn, aber der Silver schob sie einfach zur Seite, als hätte sie nichts gegen ihn vorzuweisen. Nun, es fiel der Ärztin auch schwer, mit ihrer ganzen Kraft gegen einen Patienten vorzugehen. Daher trat sie zur Seite, als er brüllte: „Das können sie nicht getan haben!" Sandros nackte Füße berührten den Boden. Als er sich durch seine kräftigen Arme versuchte aufzurichten, fest entschlossen, hinaus zu stürmen, fragte sich die Silver, ob er nun endlich etwas spürte. Doch der Freund hielt sich keine Sekunde, bevor er auf den Boden knallte, Arme ruderud, das Gesicht irgendwo zwischen blinder Wut und purem Entsetzen. Liz hätte beinahe nach ihm gegriffen, um den Fall aufzuhalten, doch im letzten Moment hielt sie sich zurück, obwohl es ihr dabei das Herz zerriss. Aber er musste es kapieren, musste auf die harte Tour lernen, dass er nicht die Kontrolle über sich verlieren durfte, dass er sich mit der neuen Situation abfinden musste.

Als ein Geräusch zwischen Knurren und Schluchzen Sandro schüttelte, ging Liz in die Knie und begann ihren Patienten vorsichtig herum zu drehen, damit sie seinen Kopf auf ihren Schoß betten konnte. „Wir haben sie gefunden und ordentlich zur Ruhe gebettet. Derek sucht nun nach ihren Familien und er nimmt ihre Namen in Titus' Notizbücher auf", erklärte sie beinahe emotionslos. Sie hatte in den letzten Stunden eine solche Vielzahl an Emotionen durchlebt, dass in ihr nun alles wund und ausgebrannt schien. Weiterhin mit diesen unbekannt harten Goldaugen starrte Sandro zu ihr auf. „Du wolltest es mir nicht sagen", murrte er vorwurfsvoll. „Sandro, du kannst im Moment nichts tun, außer gesund zu werden. Das weißt du." Er schnaubte, schüttelte den Kopf, bevor er sie zähnefletschend anstarrte. „Ich bin ein verfluchter Krüppel, ein Krieger, der einpacken kann, weil ich niemanden mehr in meiner Situation beschützen kann. Sehen wir der Tatsache in die Augen, ich hätte in dieser Nacht sterben sollen!" Seine Stimme war so laut, sie schien Liz wie ein Schlag ins Gesicht. Sie sog die Luft scharf durch ihre Zähne ein. „Sieh mich nicht so an, Liz. Jeder bricht. Nicht gleichzeitig, nicht einmal nach derselben beschissenen Dosis Leben. Aber jeder bricht irgendwann."

Derek zählte die Sekunden, seit sie hier saßen. Sie befanden sich im Esszimmer, an dem großen, runden Tisch, der heute grauenhaft leer und verlassen wirkte, da neben ihm nur Patrick, Charles und Alessa anwesend waren. Eigentlich ging es jetzt nur um die junge Solani, doch Derek war kein Narr und wusste, sie würde ruhiger und zugänglicher sein, wenn der Brite an ihrer Seite ihre Hand halten konnte. Dabei war das alles Illusion. Liebe, Freundschaft - was brachte ihnen das? Sie waren deswegen nicht stärker oder nicht zu verwunden. Sie starben dennoch und drehten sich hilflos im Kreis. Angestrengt rieb Derek über sein Nasenbein, versuchte seine Gedanken zu ordnen, klar zu sehen, nur dass er durch Nebel und Morast zu waten schien.

Gerade, als er dachte, er wäre am Ende, als er einfach seinen Kopf auf seine Arme betten wollte, die Augen schließen, um die Welt auszusperren, da spürte der schwarzhaarige Silver eine vorsichtige Berührung an seinem Geist. Nicht ganz sein Verstand, es war elementarer, weniger deutlich zu greifen und darum so unglaublich aufreibend und nervend.

Emotionen. Derek begann Emotionen zu hassen. Sie hatten seinen König und besten Freund kaputt gemacht, sie fraßen an seiner Familie und dazu machten sie meistens auch noch total dumm. Er war das beste Beispiel, immerhin konnte er nicht einen klaren Gedanken fassen! Nicht einen! Die Berührung wurde nun stärker. Zunächst hatte Patrick nur gefragt, hatte auf eine Einladung gewartet, aber es schien, er beschloss auf eigene Faust zu handeln und flutete nun den Freund mit heilender Ruhe und Energie.

Derek begegnete dem bohrenden Blick des Rothaarigen. Obwohl sie seit fast tausend Jahren Seite an Seite kämpften, hatte Derek kaum etwas über die Kräfte des Empathen herausfinden können. Es gab kaum welche seiner Art und keiner hatte je die Stärke und dieses Können besessen wie dieser. Dazu kam, dass Emotionen definitiv nicht sein Spezialgebiet waren. Das Gespräch mit Liz hatte das mehr als deutlich gezeigt. Aber obwohl er mit Gefühlen wenig am Hut hatte und sie ihm gerade heute gerne den Buckel hätten hinunterrutschen können, erreichten sie eine solche Intensität, dass sie ihn körperlich schmerzten. Wie hatte er ihr sagen können, dass sie ihren Traum aufgeben sollten? Wie nicht? Warum gab es für diese Situation keine logische, keine klare Antwort?

Patrick holte Derek mit einem Räuspern aus seinen düsteren Gedanken. Als dieser aufsah und dem Blick aus grünen Augen begegnete, ließ er es zu, dass der Freund seine Gefühle nahm und für ihn niederrang. Er stellte sich vor, wie der Empath sie wie Vieh zusammentrieb und hinter einen Zaun sperrte, um sie dort gemeinsam zu beruhigen und erst dann wieder zurück zu ihm zu lassen. „Na toll, jetzt verliere ich auch noch den Verstand", dachte der Schwarzhaarige, sah allerdings davon ab, zu grummeln. Die Silver ihm gegenüber sah bereits so aus, als wolle sie sich übergeben oder ohnmächtig werden. Besser sie nicht weiter beunruhigen. Sicherlich arbeitete Pat auch bereits an ihr, denn obwohl sie blass um ihre Nase wirkte, saß sie ruhig und mit klaren Augen da. Sie warteten alle auf ihn. Natürlich. Immerhin hatte er dieses Meeting einberufen. „Vielleicht hätte ich warten sollen. Sie schlafen lassen sollen. Aber wer hätte jetzt schon geschlafen, nach diesem Horror?", dachte Derek und wusste, er würde nie wieder die Lider schließen können, ohne die Kinder zu sehen. Wieder eine Welle der Gelassenheit. Ja, er sollte nicht daran denken, es nicht noch schwerer machen. Nun musterte Derek den Freund. Auch er sah nicht gut aus. Die breiten Schultern hingen herunter, seine sonst lässige, aber gerade Haltung, fiel in sich zusammen. Selbst Patricks sonst so strahlend rotes Haar wirkte grau und stumpf. „Wie vielen hast du heute Nacht geholfen, aufrecht zu stehen und nicht auseinanderzufallen, mein Freund? Und wer hält dich zusammen?" Aber Derek sprach keine der Fragen aus. Vielleicht, wenn sie alleine wären, vielleicht auch nicht. Es gab Grenzen und Dinge, die man alleine mit sich ausmachen musste, die man nur von sich aus erzählen konnte, ohne danach gefragt zu werden.

Mit neutraler Mimik wandte sich der Silver endlich den beiden anderen zu, die ihn die gesamte Zeit beobachtet hatten. Charles hielt die Hand seines Schützlings und sah aus, als würde er jederzeit einen Angriff auf sie abwehren wollen. Er fühlte sich hier nicht sicher oder zumindest sah er Alessa hier nicht in Sicherheit. Und wer konnte es ihm verübeln? Die Nim ahnten, wo sie wohnten! Wieder eine Welle der Gelassenheit. „Reiß dich zusammen, Derek. Mach es nicht schwerer für alle. Konzentrier dich jetzt auf diese eine Sache und dann auf die nächste. Schritt für Schritt." Nur dass das leichter gesagt als getan war, denn es existierten tausend Dinge in seinem Kopf, die alle gleich wichtig, gleich dringend sein wollten. Sein sonst geordneter, logischer Kopf war zu einer Kampfgrube geworden, in der sich seine Gedanken wie wilde Tiere zerfleischten. Wieder eine Dosis Ruhe, diesmal verstummten tatsächlich alle anderen Gedanken und Derek konnte sich endlich Alessa widmen.

„Wie geht es dir?", begann er mit fester Stimme an die Silver gewandt. Sie hatte ihr dunkles Haar vor einigen Tagen geöffnet, nun stand es ihr in winzigen, wilden Locken vom Kopf ab. Machten ihr Gesicht schmaler und ließen ihre Augen größer wirken. Diese mandelförmigen Augen, die ihn ansahen, als würden sie nie wieder lachen, nie wieder richtig leben können. „Ich... Es wird gehen. Es muss", antwortete Alessa leise. Charles drückte ihre Hand. „Du hast alles gesehen?" Derek hasste sich dafür, dass er nachhaken musste, hasste sich dafür, dass er sie zwang, daran zurückzudenken, aber er brauchte Klarheit. Bis sie die Situation wieder unter Kontrolle hatten, durfte sich niemand schonen. „Nein. Nur Fragmente. Zumindest kann ich mich nicht an alles erinnern. Nur... Nur warum sehe ich das alles? Wieso? Bisher war es stets nur das Mädchen und dann sprach ein einziges Mal die Göttin durch mich. Was geht hier nur vor?" Ihre Stimme flehte ihn an, ihr Antworten zu geben, damit sie verstehen konnte. Aber Derek musste den Kopf schütteln.

„Die Wahrheit ist, wir können nur spekulieren. Wahrscheinlich fließt in dir irgendwo Blut der Ersten. Dadurch kann Glacien dich erreichen. Dass du allerdings diese Bilder empfangen konntest, kann noch an etwas Anderem liegen. An einer Fähigkeit, die nur sehr selten auftritt. Sogar noch seltener als die von Patrick." Mit glasigen Augen starrte Alessa ihn an. Die Lippen presste sie so fest zusammen, dass sie ganz blass wurden. „Du bist eine richtige Seherin. Das heißt, du kannst die Gegenwart und Zukunft sehen, unabhängig von den Visionen, die dir die Göttin zukommen lässt. Ich denke, das ist letzte Nacht passiert. Wahrscheinlich auch mit dem Kind, von dem wir vermuten, es könnte Penelope sein -

eventuell." Der schwarzhaarige Silver rieb sich über die Nase, dann über Wangen und Augen. Er war so, so müde! „Ich weiß, du hast versucht, deine mentale Stärke zu finden, hat die Meditation geholfen?" Der Brite und sein Schützling warfen sich einen bedeutungsschweren Blick zu. Derek seufzte. „Was habt ihr verheimlicht?" Er konnte nicht anders, er grummelte dunkel. „Was hast du erfahren, Alessa?", fragte Patrick freundlicher nach. Wahrscheinlich wandte sie sich deswegen an den Empath, als sie sprach.

„Tut mir leid, dass wir nichts gesagt haben. Ich war mir einfach nicht sicher. Es ist sehr verwirrend." Gedankenverloren zupfte sie an einer widerspenstigen Strähne, bevor sie seufzend fortfuhr. „Ich habe Titus gesehen. In einer dunklen Kammer. Ich weiß nicht. Er hat mit jemanden gesprochen, einem Kind. Es...es sah aus wie das Mädchen, das auf der Straße wartete." Die junge Solani schluckte. „Dann wechselte die Szene und ich sah den Schatten - Nell - sie ging einen dunklen Gang entlang und näherte sich einem riesigen Feuer. Ihre Haut leuchtete blau und silbern, aber mit jedem Schritt, den sie machte, wurde es weniger und das Feuer stärker. Darum habe ich nur mit Charles darüber gesprochen, weil wir uns nicht sicher sind, was nun ein tatsächliches Geschehen darstellt und was nur eine metaphorische Verbildlichung eines Zustands ist oder eben nur Einbildung." Alessa holte tief Luft, die Männer am Tisch lehnten sich nachdenklich zurück. „Und da ist noch etwas." Sofort richteten sich drei unterschiedliche Augenpaare auf die junge Seherin. „Ich glaube, sie werden aufeinander treffen. Titus und Nell." Plötzlich veränderte sich ihr Blick, ihre Augen bekamen einen silbrigen Schein, ihre Stimme rutschte eine ganze Nuance tiefer. Das war nicht die Göttin, die da durch sie sprach. „Sie werden sich dort treffen, wo es enden sollte. Was verloren geglaubt, kehrt zurück. Sie werden einen Sturm herauf beschwören, nicht alle werden überleben und nicht jeder wird der selbe sein. Dort, wo die Maiglöckchen blühen." Auf die Worte folgte absolute Stille. Keiner von ihnen wagte zu atmen, bis Alessa tief Luft holte und sie dann geräuschvoll ausstieß. „Das war...", begann sie und verstummte. „Eine Vision", bestätigte Derek.

Er musterte sie lange Zeit, bevor er zu erzählen begann: „Ihr wisst, dass alles eigentlich seinen Anfang nahm, als wir die Prophezeiung entdeckten. Worte, die in einem Buch standen, wo sie zuvor nicht waren. Worte, die keiner von uns kannte, außer Titus und der wiegelte sie ab. Daher habe ich ein paar Gelehrte kontaktiert. Noch habe ich keine Gewissheit, daher habe ich es nicht an die große Glocke gehängt, aber wie es aussieht, gab es vor 1400 Jahren einen Seher am Hof. Er stand den Eltern von Titus zur Seite. Unser König auf Abwegen hat ihn auch gekannt. Er starb lange bevor Patrick und ich Titus überhaupt kennen lernten." An den Gesichtern der anderen konnte er sehen, dass sie nicht wussten, worauf er hinaus wollte. Allerdings war in seinem Zustand fraglich, ob Derek es überhaupt selbst wusste. „Es rankt sich eine Legende um seinen Tod. Nämlich dass er eine Vision erhielt, die ihn all seine Lebenskraft kostete und er verkündete sie allein im Beisein der Königsfamilie. Daher drang die Prophezeiung nie nach außen." Vielleicht war das nicht die beste Erzählung, dachte der Silver, als er Alessas Gesicht betrachtete, das tatsächlich noch mehr an Farbe verlor. „Nun, also", er hüstelte. Aus den Augenwinkeln konnte er Patricks Blick erkennen, der besagte: Was bei der Göttin tust du da?

„Also, worauf ich hinaus will: Die Gelehrten vermuten, dass es etwas mit dem Kind zu tun hatte, das die Königin bekam. Titus' Schwester. Denn die Prophezeiungen wurden stets mit den Solani und den Gelehrten geteilt. Sie wurden niedergeschrieben und in den Kanon aufgenommen. Diese Vision aber nicht. Genauso wie stets die Kinder der Königsfamilie dem Hofstaat vorgestellt wurden, dieses aber nicht. Nie in der Geschichte wurde so viel Sorgfalt darauf verwendet, beides vor der Welt zu verbergen." Derek nahm mit jedem der drei Blickkontakt auf, vor allem den Blick von Patrick hielt er eine Weile. „Titus war sehr wählerisch, wen er in die Nähe von Hope ließ. Ich musste alle überprüfen, genauso wie Pat. Selbst wir zwei durften nur ein Mal das Haus sehen, nämlich kurz nach ihrer Geburt. Sie wurde uns nur für Augenblicke gezeigt, danach nie wieder. Titus nahm Mary einmal mit, sie sprachen nie darüber, warum und was dort passierte. Wir wussten alle, dass seine Schwester stets in seinen Gedanken war, aber er sprach nie über sie. Dennoch konnte man es spüren. Er hatte sich schon da verändert, wurde verbissener." Er hielt inne, schüttelte den Kopf. „Tut mir leid, ich schweife ab", murmelte der schwarzhaarige Solani. Tröstend klopfte der Empath ihm auf die Schulter. Keiner sagte etwas, sie würden ihm die Zeit geben, seine Gedanken zu sortieren.

„Okay, lange Geschichte in kurzen Worten. Wir haben dank Alessa nun zwei Prophezeiungen und beide sind mit Titus verbunden. Wenn wir also alles zusammen nehmen: das Kind auf der Straße, das Mädchen hinter Gittern. Nell, Titus' Unvermögen, sie zu töten. Die Tatsache, dass sie von irgendetwas geschützt wurde und wir ihr doch immer wieder begegneten, bin ich bereit, so weit zu gehen, die Vermutung anzustellen, dass Titus' Schwester gar nicht so tot ist, wie sie sein sollte und dass sie bald irgendwo aufeinander treffen werden." Alessas Mund klappte vor Erstaunen auf. „Bist du dir sicher?", fragte sie mit einer Stimme, die vor lauter Aufregung ganz schrill wurde. Auf die Frage hin blähte Derek die Wangen. „Nein. Meine Vermutungen stützen sich auf die Spekulationen anderer und einer tausend Jahre alten Legende. Wir sind weit davon entfernt, uns wegen irgendetwas sicher sein zu können. Darum muss ich dich bitten, Alessa, nachdem du dich ausgeruht hast, deine Meditation erneut aufzunehmen. Im Moment sind wir nämlich ein Haufen blinder Idioten inmitten eines brennenden Schrotthaufens und du bist vielleicht unsere einzige Chance, sehen zu können."

„Ich werde tun, was ich kann und besser werden!", versprach die Silver augenblicklich. Sie hatte nicht gezögert und sie blickte ihm fest in die Augen, beides rechnete Derek ihr hoch an. „Dann sollten wir uns nun alle ausruhen", schlug er deswegen mit einem schwachen Lächeln vor. „Und, Alessa, ich wollte dir keine Angst machen, sondern dir erklären, wie wichtig deine Fähigkeit sein könnte. Übe, fokussiere diese Gabe in dir, aber setze dich nicht unter Druck. Es passiert, was passiert, so oder so. Es wäre schön, wenn wir ihnen einen Schritt voraus sein könnten, aber selbst wenn nicht, werden wir es irgendwie schaffen. Wir schaffen es immer irgendwie." Er wollte Liz suchen und sich entschuldigen. Er wollte sie in den Arm nehmen, sie an sich ziehen und ihren betörenden Duft einatmen. Sein Gesicht in ihren Haaren vergraben, vielleicht seinen Kopf auf ihren Schoß betten und dort schlafen.

Charles führte Alessa mit einem ‚Ruht euch aus‘ in ihre Richtung aus dem Raum, während Derek nach wie vor an den Tisch abgestützt dastand. Er war so in Gedanken gewesen, dass er nicht einmal wusste, wann er aufgestanden war oder warum er in der Bewegung inne hielt. Neben ihm rührte sich Patrick. Langsam, wie ein Tiger, erhob sich der Freund und trat um den anderen herum, dabei legte er ihm die Hand auf den breiten Rücken. Der Empath fühlte dem Innenleben des Anderen nach und versuchte ein letztes Mal, es zu beruhigen. Dass er wankte, versteckte er, doch es gab kein Verbergen vor Freunden, nicht nach so vielen Jahrhunderten. „Du musst dich ausruhen", befahl Derek sanft. Doch der Rothaarige schüttelte vehement den Kopf. „Wir wissen beide, dass dafür keine Zeit ist. Wir müssen ein neues Versteck suchen, das ist klar. Außerdem müssen wir dringend unsere Methoden überdenken und überlegen, wie wir diese Grausamkeit beantworten. Ich glaube, wir sollten doch versuchen, Titus zu erreichen, auch wenn wir es ursprünglich ausschlossen." Patrick wollte weiter sprechen, doch da hob der andere eine Hand. „Pat, in diesem Unterschlupf befindet sich im Moment nicht eine einzige Person, die einen klaren Gedanken fassen kann. Ich weiß, dass all das, was du so gewissenhaft aufgezählt hast, noch vor uns liegt. Aber für den Moment müssen wir hoffen, dass die Nim uns lange leiden sehen wollen, denn wenn sie uns direkt angreifen, weiß ich nicht, ob wir es überleben." Kurzerhand legte er den Arm um die Schultern des Silver und zog ihn mit sich.

„Eine neue Zeit scheint anzubrechen, mein Freund. Und wir sind alt.
Wir sollten zusehen, dass wir zumindest fit sind, wenn wir der Zukunft
entgegen blicken."
„Du meinst die Achterbahnfahrt durch die Hölle, die vor uns liegt."
„Genau die."
Die beiden großen, alten Solani gähnten herzhaft, während sie sich
schleppenden Schrittes in ihre Zimmer bewegten.

Mary starrte regelrecht angewidert auf ihre Hand hinunter. Auf die in
Mullbinden eingewickelten Stümpfe, die einmal ihre Finger gewesen
waren. Normalerweise heilten Wunden schnell, doch sie schaffte es einfach nicht, die Hand nicht zu bewegen - was sie sollte, aber nicht tat.
Also rissen die Wunden immer wieder auf und darum verband sie Liz
auch immer wieder aufs Neue, diesen tadelnden Blick aufgesetzt, den
Mary ihr gerne aus dem Gesicht geschlagen hätte. Mit der linken Hand,
mit der sie das nicht mehr konnte.
Das Gruselige war, dass sie die Finger noch spüren konnte. Wie sie zuckten und manchmal in den Fingerspitzen kribbelten. Auch den Schmerz
konnte sie spüren, blendend weißer, greller Schmerz, der dort in ihren
nicht vorhandenen Fingern begann und sich dann ihren Arm bis in ihren
Rücken und ihre Brust weiter zog. Wie sie es hasste! Jeden Moment, seit
die Kugel sie traf, tat das Atmen weh, ihr Körper schmerzte, ihr Kopf
pochte, als hätte sie zu viel Druck unter der Schädeldecke. Aber das alles
hätte sie ertragen können, irgendwie, sie hätte es überlebt. Doch nach
dieser Nacht? Nach diesem Grauen? Ihr nutzloser Arm zitterte. Mary
biss sich fest auf die Innenseite ihrer Wangen, bis sie Blut schmecken
konnte. Sie dachte an ihr Kind, an ihren kleinen, süßen Sohn, den man
ihr genommen hatte. Sein Gesicht war in den Jahrzehnten danach verschwommen. Mary konnte noch genauso stark die Gefühle abrufen, wie
damals, aber Pavels Gesichtszüge waren unklar, er war zu einem Schemen in ihrem Kopf geworden, ihr ständiger Begleiter. Seine Stimme war
ein Flüstern in ihren Ohren, wenn die Momente sie einholten, in denen
sie auf den Grund der Schlucht knallte, die ihre Seele darstellte. Ein har-
ter Aufprall, der sie stets in die Realität zurück holte. Ihr klar machte,
dass das Leben nur überlebt werden konnte und nicht gelebt, dass sie nie
wieder Ruhe finden würde, sondern von Kampf zu Krieg zur Schlacht
bis ans Ende ihrer Zeit wandeln würde. Doch diese Nacht führte der
Jägerin vor Augen, dass sie in den wahren Abgrund schon sehr lange
nicht mehr gespäht hatte. Dort, wo Pavels Tod geisterte, seine Schreie,
seine Narben und all das, was man ihr antat, während sie zusehen muss-

te, wie man ihr kleines Baby Stück für Stück aus dieser Welt riss. Und ein Versprechen, das sie einst gab und nicht halten konnte.

Fauchend packte sie die Glock fester in ihrer rechten Hand. Sie hob die Waffe und schoss. Sie zielte auf die Markierung am anderen Ende und feuerte einfach ab, bis das Magazin leer war. Danach drückte sie immer noch den Abzug, aber es erklang nur das hohle Klicken. Mary bewegte weiter ihren Finger, während sie wütend auf die Markierung starrte. Sie hatte nicht alles getroffen. Sie hatte drei Mal verfehlt. Drei Mal! *Klick. Klick. Klick.* Plötzlich wurde es ihr zu blöd, die nutzlose Waffe in ihrer nutzlosen Hand zu halten, daher holte sie aus und warf sie gegen die Markierung. Metall krachte auf den Boden, das Papier mit den Einschusslöchern segelte gemächlich hinterher und raschelte dabei, doch das hörte die Solani kaum, so stark knirschte sie mit ihren Zähnen.

Kurz entschlossen stapfte Mary zu der Wand, an der die Waffen der Silver hingen. Zumindest eine Auswahl davon, die stets fürs Training oder als Ersatz aufgestockt wurde. Auch ein Paar schwarzer Peitschen hing dort. Sie waren neu, noch nie benutzt, denn Mary bevorzugte die, die sie bereits seit Jahrzehnten bei sich trug. Die Griffe hatten sich schon abgetragen, das Leder schmiegte sich weich an ihre Hände an, kannten ihre Herrin und wussten, was von ihnen verlangt wurde. Doch diese, die Mary nun an sich nahm, kannten sie nicht, nicht sie als Jägerin. Sie wusste nicht, warum das wichtig war oder warum ihr Herz viel schneller schlug, als es sollte, dennoch nahm sie die Peitschen vorsichtig an sich, drückte sie regelrecht an ihre Brust. Für einen Moment hielt die Silver inne, atmete den Duft von frischem Leder ein. Es hatte noch kein Blut geschmeckt, hatte noch nicht durch Fleisch geschnitten und den Gesang des Kampfes gesungen, kannte nicht die Euphorie des Sieges und die Kälte des Todes. Neu. Sie waren neu und Mary hasste sie dafür, dass es nicht ihre Peitschen waren. Aber die hatte Liz irgendwohin mit sich genommen, hatte gesagt, sie würde sie aufbewahren, bis sie mit der Reha soweit waren. „Scheiß auf Liz und ihre Reha", murrte Mary und griff die Peitschen an ihren kühlen Griffen, die hart und fremd in ihren Händen lagen. Wut brodelte bereits die ganze Zeit in ihr, seit Alessa sie mit ihrem Geschrei geweckt und sie zu den Kindern geführt hatte. Es war diese Art von Wut, die ruhelos machte, die einen dazu trieb, sich die Haut von den Knochen reißen zu wollen, während man ganze Städte auslöschte, um den Schmerz in seinem Inneren nicht mehr fühlen zu müssen. Ein dummer Satz zog sich durch Marys Gedanken. „Es ist nicht fair. Es ist nicht fair." Aber das Leben war nicht fair. Das wusste die Jägerin, sie hatte es auf die harte Tour lernen müssen.

Knurrend und Zähnefletschend packte sie die Peitschen fester. Während sich ihre rechte Hand fest um das Leder schloss, bis die Knöchel weiß hervor traten, hatte die linke Hand Probleme. Die Peitsche wollte nicht stabil in ihrer Handfläche liegen. Die Mullbinden störten. Dass ihr zwei Finger fehlten, machte es beinahe unmöglich, die Waffe so zu halten, wie sie musste. Als sie ein paar einfache Schrittkombinationen durchging, sang nur die Peitsche in der rechten Hand ein altbekanntes, süßes Lied - wenn es auch etwas schief klang. Die linke Hand dagegen ließ das Leder auf den Boden fallen, wo es sich zu einer leblosen Schlange verwandelte, ein nutzloses Ding. Vor Wut und Verzweiflung schrie Mary auf. Wie eine Katze sprang sie zu der Waffe, packte sie erneut, zwang ihre Hand sich um den Griff zu legen, den Schmerz in ihren Fingerstümpfen zu ignorieren, das Blut zu ignorieren, das den weißen Stoff färbte. „Nun kostest du doch noch Blut", raunte die Jägerin und wirbelte in einen Angriff. Ihre Füße fanden die richtigen Schritte, tänzelten, wie sie es stets taten, sicher, fest und schnell. Doch ihr Oberkörper geriet aus dem Gleichgewicht. Der Schmerz wurde schlimmer und betäubte ihren Rücken. Mary konnte sich nicht herum drehen, wie sie sollte. Sie stolperte und fiel. Mit den Knien voran, landete sie auf ihren Händen. Schwärze flimmerte über ihre Sicht. Als die Silver blinzelnd auf den Boden starrte, sah sie, dass Blut die Holzbretter bedeckte. Und etwas Nasses. Warum fühlte sich ihr Gesicht nass an? Wieso? Blinzelnd, das Gesicht zu einer Grimasse verzerrt, hob sie die blutende Hand und führte den Daumen an ihre Wangen. Nass. Sie kostete die Daumenspitze mit ihren Lippen. Salzig. Geschockt musste sich Mary eingestehen, dass sie weinte. Stumme Tränen, die sie lieber nicht vergossen hätte. Wütend zischte sie ihre Hand an. Es kam ihr so plötzlich eine Idee, dass sie aufsprang und erneut zu der Wand mit den Waffen stolperte. Bei jedem Schritt verteilte sie Blutstropfen auf dem Boden. Egal. Irgendwo in ihrem Kopf wusste Mary, dass sie gerade eine Dummheit beging, dass sie nicht sie selbst war in diesem Moment und sich besser in ihr Zimmer zurückgezogen hätte. Aber sie war hierher gekommen, wo es spitze und scharfe Gegenstände gab und sie wollte damit spielen, sie wollte sich damit erleichtern. Ein gefährliches, wahnsinniges Glitzern erleuchtete ihre Augen, als sie sich ein scharfes Messer griff, dessen Klinge so lang wie ihr Unterarm war. Sie spürte ein Grinsen an ihren Mundwinkeln zupfen, als sie das Metall an ihr Handgelenk ansetzte. Die Hand war sowieso nutzlos und außerdem tat sie weh und Mary hatte keine Lust mehr, Schmerzen zu empfinden. Es reichte ihr gewaltig! Doch bevor sie die Klinge überhaupt in ihre Haut drücken konnte, bevor auch nur ein einziger Kratzer entstand, packte eine große Hand ihr Handgelenk und zerrte sie zurück. Die Klinge leuchtete kurz auf, bevor das Messer ihr aus der Hand fiel und irgendwo polternd zu Boden ging und außer Reichweite schlitterte. Fauchend stellte sich Mary dem Störenfried und zischte gleich noch mehr, als sie erkannte, wer von allen Personen dieser Gruppe es wagte, sich ihrem Vorhaben in den Weg zu stellen. „Sonnyboy!", keifte sie und wollte sich losreißen, aber Cole war schnell und packte sie auch am anderen Handgelenk und hielt sie fest, seine Hände zwei Schraubstöcke. Statt etwas zu sagen, sah er sie nur an, versteinert, ernst, aber nicht ängstlich. Wenn Mary nicht so wütend gewesen wäre, sie hätte sich vielleicht dazu herabgelassen, das zu bewundern, aber so wie die Dinge standen, nutzte sie stattdessen Coles Halt, um ihre Beine an sich zu ziehen und ihm gegen die Brust zu treten.

Ja, ihre Beine wussten Bescheid, sie ließen die Jägerin nicht im Stich, denn die Bewegung ging fließend und schnell vonstatten. Cole aber ließ sie nicht los, um sich zu schützen. „Idiot, das habe ich dir doch beigebracht!", dachte sie, aber da zog sie der junge Silver bereits näher an sich, während er nach hinten gerissen wurde und stolperte. Er nutzte den Schwung, dem sie nun beide ausgeliefert waren, um Mary an seine breite Brust zu drücken und erst da ließ er ihre Handgelenke los, allerdings nur, um seine Arme um ihren Körper zu schlingen und sie damit zu befestigen. Er hatte sie eingefangen, einfach so. Cole landete mit dem Rücken auf dem Boden, rollte sich aber so ab, dass es nicht allzu sehr schmerzte und sein Kopf nicht getroffen wurde. Währenddessen hielt er seine Lehrerin fest an sich gepresst, ihre Arme vor sich zwischen ihre Körper geklemmt. Bevor Mary ihn erneut mit ihren Beine angreifen konnte, schlang er die seinen um ihre, bis sie beide so ineinander verwickelt waren, dass sich keiner mehr richtig bewegen konnte. Damit blieb der Jägerin nichts anderes übrig, als direkt vor seinem Gesicht die Zähne zu blecken und zu knurren.

Cole fühlte sich, als würde er einen ausgehungerten, aber starken Löwen an sich drücken. Als Mary die Zähne zuschnappen ließ, machte er sich tatsächlich kurz Sorgen, sie könne ihm einfach so die Gurgel aus der Kehle reißen. Er schluckte. „Seit wann bist du da?", keifte sie und wackelte, versuchte irgendwie frei zu kommen, aber der Solani ließ das nicht zu. Vor seiner Wandlung hatte er Ringen ausprobiert. Zwar nur zwei Monate, aber wie man jemanden festpinnen konnte, das hatte er sich gemerkt. „Seit du hier bist", presste er hervor. Mary stutzte, runzelte die Stirn. Dem jungen Mann gefiel das noch weniger, als ihr missglücktes Training mit den Peitschen oder dem dummen Versuch, sich die Hand abzuhacken, denn eigentlich hätte sie nun schnippisch sein müssen, eigentlich hätte sie ihm schon längst ein Knie in seine Weichteile rammen können, hatte es aber nicht getan. Das war nicht die richtige Mary, das war eine verletzte, wütende, schwache Mary, die ihn mehr gruselte, als jede ihrer anderen Facetten.

„Hör zu, ich bringe dich jetzt in dein Zimmer und verbinde deine Hand. Keiner muss es erfahren, okay?", fragte Cole vorsichtig. Obwohl er wusste, dass das der beste Vorschlag war und es so geschehen sollte, hoffte er darauf, sie würde widersprechen, würde gegen ihn ankämpfen. Aber sie tat es nicht, sondern nickte nur. „Vielleicht wartet sie, bis ich sie loslasse. Ein Trick", überlegte er, während er sie freigab. Der Amerikaner machte sich auf einen Schlag gefasst, doch er kam nicht. Die Jägerin setzte sich neben ihn und begann auf die Decke zu starren, mit großen Augen und leicht geöffneten Lippen. Ihr blondes Haar stand wirr von ihrem Kopf ab, die langen Strähnen hatten sich verknotet. Zum ersten Mal seit Cole Teil der Silver war, sah er in ihr Gesicht und erblickte die Narben und dachte, dass sie damit fragil und verletzlich wirkte, nicht stark und kämpferisch wie sonst. Er versuchte die Gänsehaut zu ignorieren, die über seinen Rücken kribbelte, als er aufstand und Mary seine Hand anbot, um ihr auf die Beine zu helfen. „Nimm sie nicht an. Nimm sie nicht an", betete er, aber da glühten bereits seine Finger von dem Gefühl, ihre weiche Haut auf seiner zu spüren.

Eigentlich müsste Cole sich grandios fühlen, als er die Silver zu ihrem Zimmer führte, weiter ihre Hand haltend. Nicht nur, weil sie Körperkontakt hielten, sondern weil er gerade die Rolle des Ritters in glänzender Rüstung einnahm, ihres Retters in dunkler Stunde. Aber das tat er nicht, denn dann hätte er sich darüber freuen müssen, dass neben ihm eine Frau ging, die eine Situation durchlebte, in der sie zu schwach war, ihren Kopf erhoben zu halten und für sich selbst einzutreten, die in einer Spirale aus Leid und Wut eine Stütze brauchte, um zu gehen, obwohl sie stark genug sein sollte, um das Leben tanzend und springend und mit festem Schritt zu meistern. Es machte keinen Spaß, der Held zu sein. Ihm wäre es lieber, sie hielte seine Hand aus freien Stücken und nicht, weil sie musste, weil sie nicht anders konnte.

Diese Gedanken schob der Silver beiseite, als er Marys Hand schweigend neu verband und sie anschließend zu ihrem Bett führte. „Schlaf. Vielleicht geht es danach besser", murmelte er, obwohl er wusste, diese Worte würden nicht helfen. Er selbst hatte sich noch kaum mit den Bildern der letzten Nacht auseinandergesetzt. Er hatte Lani getröstet, die weinte, bis sie vor Erschöpfung umfiel. Danach hatte er ein Auge auf Mary gehabt, deren Verhalten ihm nicht ganz geheuer gewesen war. Für seine eigenen Gedanken blieb keine Zeit, aber auch bei ihm saß der Schock tief und fraß sich in seine Eingeweide. „Wenn ich alleine bin, wenn ich nichts mehr zu tun habe, werde ich mich damit beschäftigen", sagte er sich. „Es wird nie wieder besser. Es wird nie wieder gut oder super. Das ist vorbei. Die glücklichen Tage und Stunden sind ausgezählt. Jetzt gibt es nur noch schlimme Tage und sehr schlimme Tage", antwortete die

Silver tonlos. Sofort bildete sich neue Gänsehaut auf Coles Körper. Er wollte nicht mehr mit ihr sprechen, er hätte sie nicht trösten können, aber er hatte auch Angst vor dieser neuen Seite an ihr. Daher wandte er sich um, doch da ergriff ihn eine Hand. Die Hand, die er neu bandagiert hatte. Mary hielt ihn nur ganz leicht, als wollte sie vermeiden, dass die Wunden erneut aufrissen. „Bleib", hauchte sie. Mehr nicht. Keine Bitte, keine Erklärung, nur ein Wort und es schien doch eine ganze Geschichte zu erzählen. Cole zögerte nur kurz, bevor er nickte. Sofort rückte Mary in ihrem Bett zur Seite und deutete ihm, sich neben sie zu legen. Sein Herz machte einen Satz. Das war so falsch! Sie würde ihn umbringen, wenn sie wieder klar denken konnte. Aber gerade in diesem Moment blickte sie mit großen, schmerzerfüllten Augen zu ihm auf und sie schien ihm das fragilste Mädchen der Welt zu sein. Daher zog er die Schuhe aus. Darum legte er sich neben die Jägerin ins Bett. Und als sie sich an ihn schmiegte, legte er einen Arm um sie, in dem Wissen, dass sie ihn später vielleicht amputieren würde. Aber bei der Göttin, er würde ein glücklicher, einarmiger Solani sein!

Etwas war komisch. Obwohl, das stimmte nicht ganz, denn es war noch viel komplizierter als ,komisch'. Penelope starrte in den Spiegel und schnitt eine Grimasse. Wie oft würde sie wohl noch vor ihrem eigenen Spiegelbild stehen, sich einreden, dass sie etwas wusste, während sie irgendwo tief in sich spürte, dass es falsch war, dass sie etwas vergaß? So wie jetzt.

Konzentriert starrte sie in ihre kornblumenblauen Augen, die irgendwie dunkler wirkten, seit sie mit Cort reiste, vor allem seit Rom. Es schien ihr, als würden sich ihre Augen an die Situation anpassen, daran, dass sie nun eine Nim war. War sie doch? Bis heute in den frühen Morgenstunden hatte sie es fest geglaubt. Nach allem, was Cort erzählt hatte, wie Beryll sie an sich zog, wie eine Motte zum Licht, ihre beinahe Auslöschung eines Menschen, schien es richtig. Doch dann kam letzte Nacht der Schmerz und die Schreie, die noch immer in ihren Ohren erklangen, obwohl bereits der Abend dämmerte. Nachdem sie den ersten Schock überwand, alles als Albtraum abtat, lag Nell in dem großen, weichen Bett in dem luxuriösen Zimmer und starrte auf die Decke. Ihr Herz pochte stetig, aber es kostete sie einiges an Anstrengung, Luft zu holen. Zunächst war sie so damit beschäftigt, den Traum zu verarbeiten, dass sie es nicht spürte, bis sie es doch tat. Etwas hatte sich verändert. Den ganzen Tag über, an dem sie sich ausruhte und im Grunde nichts tat - nach Anordnung ihres Vaters - versuchte sie es einzugrenzen, es genau zu benennen. Aber es wollte ihr nicht gelingen, es blieb bei einem vagen ,Es', das plötzlich wieder Zweifel in ihr säte. Ein wenig war es, als wäre sie die ganze Zeit in Berylls Licht gewandelt und hätte dadurch die Welt nur in einer Farbe gesehen, doch nun kam eine neue Farbe dazu und ihr denken wurde wieder... Nun, was? „Du meinst, du beginnst wieder zu denken", raunte schließlich die altbekannte, verhasste innere Stimme, die Penelope in diesem Moment in die Arme genommen hätte, wäre sie eine Person gewesen. Und auch das Männchen mit den Karteikarten erwachte, hielt aber lediglich ein einzelnes Wort in die Höhe: Manipulation. Nur wer manipulierte da ihre Gedanken?

Trauigerweise vermisste die junge Frau die Klarheit, die sie bis gestern noch besessen hatte. Keine Zweifel, ein klarer Weg - das klang so schön, so erstrebenswert! Doch nun kehrten ihre Gedanken dazu zurück, sich so wirr und konfus auszumachen, wie in Cork. Nur schlimmer! Weil sie jetzt so viele Informationen besaß, die alle irgendwo eingeordnet und kategorisiert werden wollten. Plötzlich fiel ihr die Trennung von richtigen und falschen Erinnerungen nicht mehr so leicht. Und sie konnte auch Oz nicht mehr einfach als Feind abtun, seine Freundschaft, von der sie glaubte, sie gehabt zu haben, als Täuschung verurteilen. Aber was machte das aus Ethan? Was machte das aus ihr und ihren Kräften?

Stöhnend rieb sich Nell die Schläfen. Ihr Vater - sie zwang sich, Beryll so zu nennen - hatte angekündigt, sie würden heute Abend endlich reden und er würde ihr alles erklären. Dafür hatte er in einem französischen Lokal einen Tisch reserviert, nur für sie beide, und Cort hatte ihr ein Kleid ins Zimmer bringen lassen, mit einer anzüglichen Nachricht, die die junge Frau gleichzeitig schmunzelnd und stirnrunzelnd las. Das Kleid allerdings saß perfekt. Der dunkelrote Seidenstoff mit Spitze fiel ihr in einem leicht schwingenden Rock bis zu den Knien, während sich ab der Hüfte das Kleid an ihren Körper schmiegte. Mit herzförmigen Ausschnitt, der die Schultern aussparte, und Ärmeln, die bis zu ihren Ellenbogen reichten. Dazu trug sie Pumps im selben Ton. Die Farbe war so satt und intensiv, dass es Penelope so vorkam, als wäre ihre Haut noch blasser, ihre zwei Muttermale im Gesicht und ihr Haar noch dunkler. Sie kam sich fremd vor und gleichzeitig aber auch angekommen. Ob das aber an Beryll lag oder an der Stadt, das wusste sie nicht zu sagen. Nicht mehr. „Vielleicht ist es nur der Schock nach dem Traum. Wenn er mir alles erklärt hat, wenn ich weiß, wie es Sean geht, wird alles wieder gut", erklärte sie ihrem Spiegelbild. „Das glaubst du doch selbst nicht", schnaubte die innere Stimme. „Habe ich dich wirklich vermisst?", raunte Penelope zurück. „Aber ja, denn ich bin die Garantie, dass du wirklich denkst", lachte die Stimme. „Oder dass ich endgültig wahnsinnig werde", grummelte die junge Frau, bevor sie das Bad verließ und gen Ausgang strebte. In Gedanken konnte sie das Männchen und ihre innere Stimme sehen, wie sie sich gegen sie verbündeten. „Eine Revolte steht bevor", dachte sie grinsend über die Vorstellung und ihre Fantasie und auch über ihre Verwirrung.

Das Restaurant war tatsächlich sehr schick und von hoher Qualität. Alle Gäste trugen hübsche Sachen, auch die Kellner und Kellnerinnen sahen wie aus dem Ei gepellt aus. Penelope und der Gott der Nim saßen draußen an einem runden Tisch. Zwischen ihnen flackerte eine Kerze im sanften Wind, während beide die Karte studierten. Zumindest tat Nell so, denn in Wahrheit beobachtete sie den Mann, der ihr so locker gegenüber saß. Er trug einen Anzug und hatte sein Haar zurück gekämmt, wodurch das Kantige seines Gesichts noch mehr zum Vorschein kam. Gleichzeitig hatte er etwas sehr Feines, vor allem um die Nasen- und Augenpartie. Irritiert blickte sie immer wieder hoch, musterte Beryll verstohlen über ihre Karte hinweg. Das Bild wechselte weiterhin. Mal ging von seinem tief schwarzem Haar ein rotes Glühen aus, mal nicht. Mal erglommen rote Linien um seine Augen und malten komplizierte Muster unter seiner Haut, ganz so wie bei ihrem Arm, mal nicht. „Warum sehe ich dich auf zwei verschiedene Weisen?", fragte sie schließlich, die Worte so wage gewählt, um nichts preis zu geben, was die Menschen nicht wissen mussten. „Weil du Mensch bist und auch wiederum mehr bist als das. Als Mensch würdest du nur meine menschliche Hülle sehen, außer ich entscheide, dich mehr sehen zu lassen. Aber da du meine Tochter bist, siehst du mehr", erklärte Beryll sanft und mit einem ehrlichen Lächeln. Doch in Penelopes Kopf keifte die Stimme: „Frag ihn lieber, warum du eine Narbe über dem Herzen trägst, warum dein Vater dein Herz fressen wollte!" Doch statt genau das zu fragen, nickte sie nur und studierte weiter die Karte, bis sie etwas fand, das sie wollte.

Ihr Gegenüber bestellte auf Französisch Wein, ihr Steak und für ihn Schnecken. Erstaunt stellte Nell fest, dass sie alles verstand. Obwohl sie Französisch nie gelernt hatte, soweit sie wusste. „Was weißt du schon", tönte es in ihr, aber sie versuchte die Ablenkung zu ignorieren. „War ich je in Frankreich?", fragte sie stattdessen. Nun strahlte sie Beryll regelrecht an. „Dann wirkt die Nähe zum Ort also, das ist prima." Perplex legte die junge Frau den Kopf schief. Sich räuspernd faltete Beryll seine Hände auf dem Tisch ineinander, bevor er zu sprechen begann. „Ich weiß, Cort hat bereits tolle Vorarbeit geleistet und dir erzählt, wie es in Irland war. Er sagte mir, du würdest dich wieder erinnern können und ich bin so froh, denn glaube mir, die letzten Monate waren nicht leicht." Er seufzte und schaffte es trotz der Macht, die von ihm ausging, verletzlich und geknickt auszusehen. „Ich habe nur einmal wirklich geliebt und das war Glacien. Sie brach mein Herz und ich dachte, ich würde nie wieder lieben können. Doch dann traf ich dich und du wurdest mir das Wichtigste auf der Welt." Er holte zitternd Luft. „Der beste Schauspieler der Welt", kommentierte die innere Stimme sein Verhalten gehässig, Nell konnte sogar sarkastisches Klatschen hören. „Und dann unser Streit und dein Verschwinden. Es hat mich zerrissen, es hat mich nicht mehr klar denken lassen, darum... Nun, darum ist alles so eskaliert." Nach diesen Worten sah er auf, er fand ihren Blick und hielt ihn fest, Bedauern in seinen Augen. „Eskaliert?! So nennt er das was-" Aber Penelope brachte die erneut erwachte Stimme in ihr zum Schweigen. Sie musste hören, musste richtig und konzentriert zuhören, um zu verstehen.

„Wie geht es Sean?" Nun hatte sie die Frage gestellt, die er gestern abgewinkt hatte, die ihr schwer auf dem Herzen lag. Auf das Gesagte wollte und konnte sie nicht eingehen. Sean war der Grund gewesen, diese Reise anzutreten, wenn er nun verletzt worden war oder sogar tot, dann wäre alles umsonst, dann... Sie wusste nicht, was dann. Wahrscheinlich würde sie versuchen, Beryll zu töten, aber Penelope war sich dem nicht so sicher, wie sie gerne wäre. Ihr Gegenüber lächelte nun breit, zeigte zwei Reihen perfekter Zähne. Der Kellner brachte den bestellten Wein. Sie schwiegen, während der Nim probierte, die Wahl abnickte und sie beide eingeschenkt bekamen. Erst als der Kellner verschwand, hob der Gott das Glas, schwenkte die rote Flüssigkeit, sodass sich das Licht der Kerze darin fing, es beinahe zum Leuchten brachte, bevor er sprach: „Auf die Ewigkeit, Freundschaft und dich." Nell konnte mit dem Toast wenig anfangen, dennoch hob sie ihr Glas und hoffte, bald eine Antwort zu bekommen.

„Sean", setzte sie erneut an, weil ihr die Pause zu lang wurde. Da schnalzte Beryll leise mit der Zunge. „Ja aber sicher, verzeih! Ich schwelge in Erinnerungen und kann mich kaum davon losreißen. Es ist schon eigenartig, welche Macht die Vergangenheit auf uns hat, wo wir doch alle eigentlich vorwärts streben, nicht?" Ihr Vater sprach mit solch weicher, melodischer Stimme, dass es Nell so vor kam, als könnte sie sich darin verlieren - in seinen Worten. „Vielleicht tust du das ja auch", gab die innere Stimme zu bedenken. „Habe ich dich vermisst?", fragte Penelope zurück. „Natürlich, weil ich zu dir gehöre und wenn ein Teil von dir schweigt, ist das nie gut." Ihr innerer Dialog hätte wohl noch einige Zeit länger anhalten können, aber da ergriff Beryll erneut das Wort. „Sean ist ein sehr interessanter Mensch, wirklich. Ich denke, er wird gut zu uns passen." Sofort wurde die junge Frau hellhörig. „Was soll das heißen?" Lächelnd streckte ihr Gegenüber seine Hand nach ihr aus und umfasste damit ihre Wange. Sein Daumen streichelte sanft ihre Haut, als er sagte: „Sobald alles erledigt ist und du zurück kommen kannst, wird zwischen euch alles wieder gut. Versprochen, meine geliebte Tochter." Die Worte entkamen beinahe nur als Flüstern seinen Lippen, doch das minderte ihre Intensität kein bisschen, denn sie schlichen sich in Nells Ohren und gruben sich tief in ihre Seele. Und da spürte sie wieder diese Ruhe und Gewissheit, dass sie auf dem rechten Weg war, dem einzigen Weg war, den sie gehen sollte. Wie hatte sie zweifeln können? Als sie in die dunklen Augen ihres Vaters blickte, lächelte sie. „Was muss ich tun, damit ich endlich nach Hause kann, Vater?" Der Mann ihr gegenüber tätschelte ihre Hand. „Wir hatten noch nicht viel Zeit füreinander, also lass uns essen und diesen Wein genießen und danach sprechen wir darüber, was noch vor uns liegt." Es war nett, wie er von ihnen gemeinsam sprach, fand Penelope. Wie er sie ansah und in seinen Augen lag das Versprechen, sie nie wieder alleine zu lassen. Ihr Herz klopfte etwas schneller, als dieses Wir-Gefühl in sie sickerte und all die Wochen der Einsamkeit vertrieb. Sie war so lange alleine gewesen, so einsam! Aber nicht mehr, nie wieder. Und so aßen sie, Vater und Tochter wieder vereint.

„Lass uns noch an die Bar gehen", schlug Beryll vor, als sie Stunden später zum Hotel zurückkehrten. Nell nickte breit lächelnd. Der Wein machte sie ganz leicht und kribbelig, als könnte sie fliegen. Sie schloss es nicht einmal aus, dass sie es konnte. Wer wusste es zu sagen? Immerhin war sie die Tochter eines Gottes. Immerhin schien heute alles möglich. Sie brauchte zwei Versuche, um sich bequem auf dem Barhocker niederzulassen. Derweil bestellte ihr Vater bereits zwei Cocktails, dabei lächelte er die Frau hinter der Bar so verführerisch an, dass es Penelope beinahe so vorkam, als würde sie einen intimen Moment stören, als würden sie gleich… Unerwünschte Bilder flackerten in ihrem Geist auf, die sie schnell beiseite schob. Als die Barkeeperin die Drinks vor ihnen abstellte, schob sie dem Gott der Nim ihre Telefonnummer auf der Serviette zu, was seine Tochter amüsiert beobachtete. „Und ich dachte, das passiert nur in Filmen", murmelte sie, während sie sich ihr Getränk ansah. Es war pink und sah aus wie ein Sorbet. Vorsichtig stocherte sie mit dem Strohhalm darin herum, bevor sie es probierte. Es schmeckte herrlich nach Erdbeeren, bevor der süßlich-scharfe Alkoholgeschmack über ihre Zunge tanzte. „Danke", sagte Nell plötzlich. Als Beryll lediglich fragend die Augenbrauen nach oben zog, führte sie aus: „Für das Essen, den Drink, dafür, dass du versucht hast, mich nach Hause zu bringen, obwohl ich so schreckliche Dinge getan habe." Am Ende flüsterte sie nur noch. Die junge Frau schloss die Augen und sog an dem Getränk, bis Kälte ihren Kopf einnahm. Zum Glück mochte sie die Kälte, so empfand sie keine Schmerzen dabei. Erst als sie die Augen wieder öffnete und zu dem Mann aufsah, sprach dieser. „Du bist alles, was ich mir je gewünscht habe, Hel. Du bist meine Tochter, du teilst meine Kraft und wirst mein Erbe tragen. Du bist mein Licht." Wieder mit dieser sanften, melodischen Stimme, wieder drangen die Worte tief in ihre Seele und verbreiteten diese Gelassenheit in ihr. Die Frau hinter der Bar musste gelauscht haben, denn sie seufzte berührt.

„Also...ähm...was muss ich tun, damit ich nach Hause darf?", fragte Penelope schließlich, nachdem sie den Rest ihres Drinks in einem Zug geleert hatte. Der Wein hatte sie zuvor leicht und etwas schwindelig gemacht, doch nun schien die Welt etwas zu wackeln, zu kippen, darum griff sie mit ihren Händen nach der Bar und hielt sich fest. Sie musste sich festhalten, noch musste sie das, bis sie zurück durfte, erst dann konnte sie loslassen, erst dann wäre sie sicher. Nell brauchte ihre ganze Konzentration, um Berylls Blick zu begegnen und seinen Worten zu lauschen. „Cort hat dir so viel erzählt, wie er durfte, wie ich es verantworten konnte, ohne dass es dir zu viel wird und du den Verstand verlierst", begann er leise und langsam zu erzählen. „Doch das ist noch nicht alles. Das war die Oberfläche der Dinge, den letzten Teil des Weges jedoch musst du alleine gehen." Als wären seine Worte eine kalte Dusche, wurde Penelope wieder nüchtern, die Klarheit kam zusammen mit einem verkrampften Herzen und Wut. „Ich will, dass du morgen durch die Stadt gehst und dich treiben lässt. Der Schlüssel liegt hier, aber du musst ihn alleine finden." Das Wort ‚alleine' fraß sich in die junge Frau, erweckte die Narbe so schnell zum Leben, dass sie kaum Gelegenheit hatte, es zu registrieren. Die roten Linien kringelten sich über ihren Arm, leuchteten in der hellen Bar. Beryll verzog keine Miene, schnipste lediglich mit den Fingern und sofort verschwand die Frau hinter dem Tresen. Sie ging einfach, ohne sich umzusehen. Damit blieben der Nim und Penelope alleine. Alleine. *Alleine!* Das Wort kreischte weiter durch ihren Kopf, zog Kreise und fraß sich tiefer in ihre Seele, wo bereits alles zersplittert und zerstört war. *Alleine!* Sie wollte nicht alleine sein. Nicht schon wieder.

Plötzlich umfasste Beryll ihr Kinn mit seinen langen Fingern. Er packte so fest zu, dass sie den Schmerz bis in ihre Knochen und Zähne spüren konnte. „Sieh mich an", knurrte er und als sie es tat, da erblickte sie nur noch den Gott bar seiner menschlichen Fassade. Dunkle Augen, in denen das Feuer loderte, starrten sie an, fingen ihren Blick und ließen sie nicht mehr los, bis sich Nell furchtbar klein und schwach fühlte. Sie war nichts gegen ihn. Er war alles. „Das hast du dir selbst angetan, Tochter. Ich habe alles unternommen, damit es dir gut geht. Ich habe sogar darüber hinweg gesehen, dass du meine Leute tötest, nur um dich nach Hause zu bringen. Ich riskiere sogar, dass du vom Feind korrumpiert wurdest, nur um dich zurück zu bekommen, also wage es ja nicht, mir Vorwürfe zu machen. Wage es ja nicht, mich mit deiner Kraft zu bedrohen, denn meine Geduld neigt sich dem Ende zu", zischte er, die Stimme ein knisterndes, dunkles Feuer, das ihre Seele in Brand setzte.

Kaum ließ Beryll die junge Frau los, sprang sie vom Hocker und rannte davon. Penelope rannte, so schnell es eben in Pumps ging, zum Aufzug. Als dieser jedoch eindeutig zu lange brauchte, zog sie die Schuhe aus, nahm sie in die Hand und begann die Treppen nach oben zu laufen. Sie nahm je zwei Stufen auf einmal. Bis sie bei ihrem Zimmer ankam, waren ihre Wangen erhitzt und gerötet. „Verdammter Mist. Verdammter Mist", murmelte sie, während sie mit zitternden Händen die Karte aus der kleinen Tasche holte, die sie dabei hatte, und die Tür öffnete. Kaum im Zimmer, sank sie auf die Knie und versuchte Atem zu schöpfen. Die sportliche Einlage war es nicht, die ihr das Luftholen schwer machte. „Alles klar bei dir?" Die Stimme ließ Nell sofort auf die Beine springen und in eine abwehrende Pose gleiten, zumindest bis sie erkannte, dass Cort auf ihrem Bett lag, die Ellenbogen aufgestützt blickte er besorgt zu ihr. „Hast du kein eigenes Zimmer?", fauchte die junge Frau, kam jedoch näher. Der Nim ließ sich wieder zurück auf die Matratze fallen und verschränkte die Arme hinter dem Kopf. „Es war dein erstes Treffen mit deinem Vater nach einer langen Zeit. Und ihr seid beide sehr temperamentvoll." Er schnalzte mit der Zunge und grinste. Mittlerweile stand Nell vor dem Bett, sie überlegte nur kurz, bevor sie sich neben Cort hinlegte. Nun waren sie so lange gemeinsam unterwegs und hatten sich jede Nacht ein Bett geteilt, er hatte ihr ihre Erinnerungen zurückgegeben. So ungern sie es sich auch eingestand, seine Nähe und sein Geruch beruhigten sie mittlerweile. „Ich dachte, du könntest einen Freund brauchen", sagte er leise, bevor er seine Position so veränderte, dass er einen Arm um sie legen und sie näher an sich ziehen konnte. „Freund klingt gut", murmelte Penelope schläfrig. „Er ist eine Schlange, er tut, was Beryll ihm aufträgt. Sie spielen mit dir", zischte ihre innere Stimme. Die junge Frau kuschelte sich an seine Brust und genoss die Wärme, die von seinem Körper ausging. „Tut mir leid, dass ich dir einen Finger genommen habe", flüsterte sie. „Nein, es tut mir leid, dass ich dich nicht vernichten konnte!", grollte die Stimme in ihrem Kopf, die sie einfach weiter ignorierte. „Schon gut. Du warst nicht du selbst", antwortete Cort ebenso leise und hielt sie fest, während sie in ihre Träume driftete.
„Du bist immer noch nicht du selbst", raunte die innere Stimme und verstummte erneut. Asche und Rauch begruben sie, erstickten jeden Protest.

„Wie habt ihr sie so schnell gefunden?"
Die Frage war der erste Satz, den Sean formulierte, seit sie zurück gekehrt waren. Amy hatte ihn bei der Villa absetzen wollen, um sich dann mit den Anderen den Kindern zu widmen, doch er hatte abgelehnt, hatte mitkommen wollen. Und er war mitgekommen, hatte den unterirdischen

Bunker nicht weit von der Villa entfernt betreten und hatte mit weit geöffneten Augen zugesehen. Zwar krümmte Sean nicht einen Finger, tatsächlich bewegte er sich in den Stunden, die folgten, kein einziges Mal, aber er sah zu, nahm jedes Detail in sich auf, hörte jeden Schrei, jedes Schluchzen und nährte damit sein Herz, machte es stark und hart. Er durfte nicht brechen, durfte nicht wanken. Denn das war sein Werk, seine Idee. Seine Worte hatten dieses Unheil über die Kinder und ihre Familien gebracht. Im Grunde hatte er nicht nur bei der Frau den Abzug betätigt, sondern auch jedes Messer geschwungen, jede Waffe geführt. Weil es sein Plan gewesen war. Danach verstummte der junge Mann, zog sich zurück und brütete über das Geschehene in seinem Zimmer. Er saß auf dem Bett, auf dem wohl auch Hel einst schlief, umgeben von ihren Zeichnungen, und starrte auf die Bilder. Vor allem auf die Frau mit den türkisen Haaren, die ihn an Meer im Sonnenschein denken ließen. Die Zeit verging, die Stunden verschwammen und er sprach kein einziges Wort, bis jetzt.

An einem extra aufgestellten Tisch aus weiß lackiertem Metall und dazu passenden Stühlen saßen neben Sean auch Amy, Pyne und Layla auf der Terrasse und genossen die Sonne. Yūsei und Kealan hatten zu tun, daher fehlten die Offiziere, während die anderen drei sichtlich zufrieden ein herrlich üppiges Frühstück verspeisten, das Juliette zubereitet hatte. Sean stocherte in seinem Rührei und wartete auf eine Antwort. „Das ist vor allem Yūsei zu verdanken. Seit es Internet gibt, hat er sich da richtig hinein gefuchst und konnte Programme entwickeln, die auf bestimmtes Online-Verhalten reagieren und uns alarmieren", erklärte Layla mit hoher Stimme zwischen zwei Bissen. „Also wie die NSA?", hakte der Mensch interessiert nach. Er liebte Technik, konnte selber aber nur sehr rudimentär programmieren. Doch mit der Ewigkeit vor ihm könnte er es lernen. „Kann man so sagen. Wir haben bestimmte Trigger, die uns sagen, dass es sich um Solani handeln könnte. Reinblütige können nur nachts das Haus verlassen und das fällt auf. Aber auch die Mischlinge zeigen bestimmte Verhaltensweisen, die Yūseis Programme hellhörig werden lassen. Nun ja, und dann schicken wir unsere besser ausgebildeten Soldaten los, um sie zu beobachten und die Vermutung zu bestätigen. Manchmal handelt es sich nämlich nur um Nachtschwärmer, Barkeeper oder Studenten", erklärte Pyne grinsend weiter. „Und so habt ihr eine Datenbank von ihnen, richtig? So konntet ihr so schnell die Familien auswählen", äußerte Sean seinen Gedanken. Ein Nicken bestätigte es. „Aber diese Kampftruppe habt ihr nicht ausfindig machen können?", fragte er weiter. Noch immer hatte er keinen Bissen gegessen. Amy war es, die den Kopf schüttelte und antwortete: „Nein, aber das liegt vor allem daran, dass sie extrem vorsichtig sind und der König einen Schutz um sie legen kann. So sind sie uns die letzten Jahrhunderte stets entkommen. Sie hatten mal einen richtigen Königshof. Beryll meint in Florenz, aber gefunden haben wir ihn nie. Selbst jetzt nicht, obwohl er verlassen wurde." Sean legte den Kopf daraufhin schief und dachte nach. Zumindest wollte er darüber nachdenken, um alles zu verstehen, er wollte alles durchschauen, um bereit zu sein, aber seine Gedanken wanderten zurück zu Blut und gebrochenen Knochen und vielen bitteren Tränen. „Hey, Welpe, ich habe dich etwas gefragt!" Der junge Mann schreckte in die Höhe, blinzelte, bevor er dem stechend grünen Blick der Offizierin begegnete. „Wie bitte?", stammelte er. Amy rollte nur mit den Augen, bevor sie besonders langsam und deutlich ihre Frage wiederholte. „Wie kamst du gerade auf diesen Ort?"

Sean biss sich auf die Lippen, bevor er antwortete. Während er mit den Nim an ihrem Tisch saß und seinen Plan erläuterte, kam die Frage auf, wo man die Kinder platzieren sollte. Wenn sie nur von Menschen gefunden würden, hätte es wenig Sinn. Da die Nim aber keine Antwort hatten, nicht wussten, wo sich die Silver genau in der Stadt versteckten, drohte sein Plan zu scheitern und so hatte er einer Intuition folgend Fair Green als Ablageort vorgeschlagen. Niemand hatte ihn da zur Rede gestellt und gefragt, wieso genau dort, doch nun musste er eine Antwort liefern und sie war bei weitem nicht so schlüssig, wie er das gerne hätte. „Naja, also ich habe mit Penelope - Hel - eine Wohnung für sie gesucht. Da sind wir viel in der Stadt rumgekommen, eben auch dort. Nur als wir die Straße betraten, da verlor sie vollkommen die Fassung, sie bekam Nasenbluten und kippte beinahe um. Ich musste sie wegzerren und sie auf einer Wiese weiter weg ablegen, bis sie sich beruhigte. Und irgendwie schien mir, das wäre ein guter Ort." Wie erwartet, wechselten die Nim skeptische Blicke, bevor sie sich dem Menschen zuwandten. „Du hast geraten", lachte Pyne und auch Layla gluckste fröhlich. Sean verstand nicht, wieso sie so reagierten und sah hilfesuchend zu Amy, die ihm zuzwinkerte. „Uns war das Fair Green nicht unbekannt, denn dorthin wurde Beryll gezogen in der Nacht, als er Hel fand und mit sich nahm. Wir hätten nur nie gedacht, dass sich dort die Silver verbergen. Ihre Runen sind ziemlich stark geworden." Nun grinste die Rothaarige breit. „Wir haben sie aus der Ferne beobachtet, wie sie aus dem Haus stürmten und die Bilder in sich aufnahmen. Es war köstlich." Das blonde Mädchen kicherte mit kalten Augen. „Ich konnte ihre Verzweiflung auf der Zunge schmecken", bestätigte es. Mit leichter Gänsehaut, die Layla einfach bei ihm auslöste, atmete Sean tief durch, bevor er fragte: „Dann wisst ihr jetzt, wo sie wohnen, warum greift ihr sie nicht an und löscht sie aus?" Skeptisch blickte er in die Runde. Wieso saßen sie hier so seelenruhig und taten nichts, wenn der Sieg doch greifbar nahe war?

„Weil es keinen Spaß macht, wenn die Bilder sie nicht zerfleischen und sie verrückt werden. Außerdem hat Beryll einen Plan und niemand sollte den kaputt machen. Er mag es gar nicht, wenn man sein Spiel stört", erklärte Amy schulterzuckend, als wäre es ganz normal. Vielleicht war es für die Offiziere auch normal, dachte Sean, immerhin dienten sie alle ihrem Gott. Allein beim Gedanken an Beryll wurde der junge Mann ganz hibbelig. Er hatte gehört, wie Amy und Pyne davon sprachen, dass er bald zurückkehren würde. Das würde dann seine Chance sein, einer von ihnen zu werden. Sean erheiterte sich an der Vorstellung, bald mächtiger zu werden als Amy und die anderen, und begann endlich zu essen.

Nell wachte auf, weil ihr Kissen die Frechheit besaß, sich zu bewegen. Sie grummelte und wurde von einem leisen Lachen begrüßt. „Na, hast du einen Kater?" Cort schob sich aus dem Bett. „Sei leise!", war alles, was die junge Frau dazu zu sagen hatte. Nachdem sie aber den Geräuschen von Corts Umherwandern in ihrem Zimmer gelauscht hatte, entschied sie sich doch dazu, die Augen zu öffnen und den Nim anzusehen. „Warum stehst du schon auf?", verlangte sie zu wissen. „Weil, Schnuckelhase, dein Vater sicher nicht glücklich darüber ist, wenn ich aus deinem Zimmer komme, wo doch gar keine Notwendigkeit besteht, bei dir zu schlafen", erklärte er schulterzuckend mit einem schiefen Grinsen. Seine Haare hatte er noch nicht gerichtet und so standen sie zerzaust von seinem Kopf ab. Seine Kleidung war ganz zerknittert. Die junge Frau wusste, welchen Eindruck man von ihnen bekommen könnte. Vor allem, als sie an sich hinab sah und bemerkte, dass ihr Kleid bis zu ihren Hüften nach oben gerutscht war und den roten Slip entblößte. Schnell presste sie die Beine zusammen und zog den dünnen Stoff über ihre nackte Haut. Cort betrachtete das alles genau durch seine Brille, mit diesem anzüglichen Glitzern in den Augen, das Nell die Röte in die Wangen trieb. „Du siehst, ich sollte gehen. Und wenn ich das richtig sehe, hast du zu tun." Er wandte sich gen Tür. „Moment, du wusstest, was kommen würde?" Sofort sprang Penelope aus dem Bett und baute sich mit festen Stand hinter dem Nim auf, der sich erneut zu ihr herum drehte. Zwinkernd beugte er sich zu ihr hinunter und küsste sie auf die Wange, bevor er raunte: „Ich weiß alles." Er ging, aber Nell rührte sich nicht, sondern sah sich wieder dem Schrecken des Wortes ‚allein' gegenüber.
„Verdammter Mist", murmelte sie nach einer ganzen Weile, bevor sie sich aus ihrer Starre löste, zum Telefon schritt und den Zimmerservice rief. Während sie auf ihr Essen wartete, stellte sie sich erst unter heißes Wasser, danach unter kaltes, bis ihre Nerven sich beruhigt hatten. Es klopfte gerade, als sie sich in ein Handtuch wickelte. Schnell prüfte die

junge Frau, ob ihre absonderlichen Merkmale an Brust und Rücken verdeckt waren, dann öffnete sie dem Zimmerservice die Tür und sah mit wässrigem Mund zu, wie ein kleiner, voll beladener Speisewagen vor ihr Bett gestellt wurde. Sie bedankte sich und gab artig Trinkgeld, bevor sie sich auf das Essen stürzte. Zum Glück hatte sie nämlich keinen Kater und ihr Magen freute sich über das leckere Essen, das sie ihm zuführte. Eine Stunde später stand Penelope mit in die Hüften gestemmten Händen vor dem Hotel und blinzelte auf die Straße und die Menschen davor. Sie trug eine enge Jeans und ein einfaches, weißes Top, dazu Sneaker und einen cremefarbenen Mantel. Das Haar hatte sie sich zu einem Zopf geflochten. Immer wieder blickte sie von rechts nach links und wieder zurück und fragte sich, wohin sie gehen sollte. „Ich soll mich umsehen, nur wo? Und warum? Nach was soll ich suchen?", fragte sich die junge Frau und obwohl sie diesmal auf eine Antwort der inneren Stimme hoffte, schwieg diese eisern. Konnte oder wollte sie nichts sagen? Nell wusste es nicht. Der Strudel der Zweifel begann bereits erneut sich um sie zu bilden und drohte mit Dauerregen ihre Gewissheit zu ertränken. „Wie wundervoll poetisch du doch bist", giftete ihre innere Stimme. „Ach jetzt bist du zurück", konterte Nell eisig. „Ja, aber nur, um dir zu sagen, dass du endlich gehen solltest oder willst du dem großen, bösen Wolf wirklich nach deiner Szene gestern Abend begegnen?" Die junge Frau hätte schwören können, dass es in ihrem Inneren lachte und gluckste. Dennoch, sie entschied sich tatsächlich schnell für eine Richtung und ging los. Nach der Szene in der Hotelbar wollte sie nämlich wirklich nicht ihrem Vater begegnen. Ihr Kiefer tat nach seinem Griff tatsächlich noch weh und sie hatte mit Puder über die Stelle gehen müssen, um die kleinen, verräterischen blauen Flecken zu überdecken. „Wie kann ein liebender Vater seiner Tochter so etwas antun?", fragte die Stimme. „Ich habe ihn bedroht", wiegelte Nell schnell ab, aber die Zweifel kamen prasselnd auf sie nieder, einer nach dem anderen kehrte zurück. Sogar stärker als noch gestern, als würde der Grund für all das nun näher sein.
Abrupt, mitten in der Gasse, die sie gerade entlang gehetzt war, blieb Penelope stehen und schloss die Augen. Seit sie aus dem Auto stieg und Beryll ihre Hand ergriff, hatte sie es nicht mehr versucht, hatte nicht mehr gesehen, doch jetzt tat sie es und hörte auf zu atmen. Einfach so. Ein letztes Mal sog sie scharf Sauerstoff in ihre Lungen und hielt ihn dann fest, während sie versuchte zu verarbeiten, was sie sah. Das dunkelrote Leuchten, das von Beryll ausging, schien alles um sie herum einzunehmen, schien die Luft und die Erde zu tränken. Bis auf einen Punkt, einen klaren, blauen Punkt, der heller und leuchtender erschien, als alle, die sie bisher gesehen hatte. Von ihm ging ein eisiger, blauer Schein aus, der beinahe an seinen Rändern silbern wirkte, und der es schaffte, durch

das Rot von Beryll zu schneiden und bis zu ihr zu reichen. Beinahe konnte Nell spüren, wie die Kälte dieses Lichts über ihre Lider strich, beinahe...

Plötzlich wurde die junge Frau zur Seite geschubst. Ein kleiner Körper drängte sich so dicht an ihr vorbei, dass sie von den spitzen Ellenbogen im Oberschenkel getroffen wurde. Erschrocken riss Penelope die Augen auf und sah nur noch ein kleines Kind an sich vorbei stürmen. Ein Mädchen, nach dem Kleid, das es trug, zu urteilen. Ein Kleid, das aussah, als käme es aus einem anderen Jahrhundert. Das dunkle Haar flog dem Mädchen wild hinterher, die Zöpfe lösten sich und die in die Strähnen geflochtenen Blumen verloren ihre Blüten, die auf die Kopfsteinpflaster segelten. Nell wollte ihm schon hinterher rufen, dass das so nicht ging und außerdem schien es zu klein, um alleine unterwegs zu sein, doch da wandte das Mädchen ihr das Gesicht zu. Es lächelte schief mit vollen, rosigen Lippen und in seinen tiefblauen Augen glitzerte neben Schalk ein ungemeines Wissen, das sich die junge Frau nicht erklären konnte und bei diesem Anblick glatt verstummte. Eine Reisegruppe bog als nächstes in die Gasse ein und das Mädchen verschwand, aber Nell rührte sich nicht, starrte weiter in die Richtung, konnte nicht verstehen, was gerade passiert war. Denn das Kind, das sie definitiv gestoßen hatte, war einfach durch die Touristen hindurch gelaufen. Durch ihre Körper. Wie ein Geist! Und dazu diese Augen, die alles zu wissen schienen, die sie angesehen hatten, direkt in sie hinein.

Gerade, als sie dem Mädchen folgen wollte, landete eine Person neben ihr. Die Gruppe schob sich an ihrer Seite vorbei, aber Penelope bemerkte sie kaum, als sie hoch in ein Gesicht sah, das sie kannte, das sie gesehen hatte, bevor das Inferno losbrach. Sie konnte sich nicht bewegen, ihre Füße waren am Stein festgewachsen. Panik brach in ihr aus, ihr Mund wurde staubtrocken. Wie konnte das sein, wie war das möglich? Bevor aber ihre Narbe noch verrückter spielen konnte, legte der Mann neben ihr den Kopf schief und schmunzelte. Tatsächlich, ein sanftes, liebevolles Lächeln teilte seine Lippen, bevor er leise zu sich murmelte: „Dieses Kind bringt mich um den Verstand." Und dann sprintete er los und folgte dem Mädchen, auch er glitt durch die Körper wie ein Geist. Penelope blinzelte und trat endlich an die Seite. Hatte sie wirklich gerade Titus gesehen? Den Solani, den Silver, den König - der tot sein sollte? Der durch ihre Hand gestorben war?! Aber nein, es war nicht der echte Titus, nur was dann? Er wirkte jünger, gelassener. In seinem Gesicht fehlten die harten Kanten, mit denen sie ihn kennenlernte. In seinen Augen hatte die Düsternis noch nicht Überhand genommen. Außerdem trug er definitiv Kleidung aus einem anderen Jahrhundert, allein sein

Hemd und seine Weste sagten so viel, auch wenn Nell sich zu wenig damit auskannte, um das genaue Jahrhundert zu bestimmen.

„Ich werde wahnsinnig", dachte sie und begann erneut einen Fuß vor den anderen zu setzen. Sie schlug die Richtung ein, in der diese Halluzinationen - oder was es auch gewesen war - verschwanden und sah sich jede Kante, jeden Stein ganz genau an. Die Stadt kam ihr auf seltsame Weise vertraut vor, auch wenn die vielen Menschen sie immer wieder aus ihrer Konzentration rissen und sie den Faden verlor. Berylls Forderung, seine Drohung, ihr Gefühlschaos, das sie verrückt machte und instabil, das blaue Leuchten, die Geister, ihre vielen Erinnerungen, ihre Ungewissheit - all das war zu viel. Viel zu viel! Wie sollte ein Mensch damit klar kommen? Selbst wenn sie nur zum Teil Mensch war oder vollkommen etwas anderes, es reichte! Sie wollte Normalität, wollte Ruhe. Nell wünschte sich zurück nach Nizza, wo sie mit Cort in einer Schwebe hing. Da hatte sie gedacht, es wäre besser, den Weg bis zum Ende zu gehen, weil dann alles klar wäre, aber rein gar nichts war klar! Es war Chaos, einfach ein Horror und sie hatte keine Lust mehr.

Irgendwann setzte sich Nell einfach auf eine kleine Mauer im Schatten, zog die Beine an und schlang die Arme darum. Sie bettete ihr Kinn auf ihre Knie und starrte auf den Boden, ohne etwas zu sehen oder zu hören. Die junge Frau schaltete ab, kapselte sich ein und schloss die Welt aus, es musste sein, sonst wäre sie an der Last erstickt.

Oz musste tief einatmen, auch wenn sein Brustkorb und seine Seite schmerzten. Solange er den Schmerz noch zuordnen konnte, dachte sich der Silver, konnte er sich glücklich schätzen. Richtig fies wurde es erst, wenn man seinen Körper nur noch als eine einzige Wunde wahrnahm.

„Markus, ich werde nicht tun, was du verlangst", presste er zwischen seinen aufgesprungenen Lippen hervor. Einer von Markus' Handlangern hatte einfach seinen Piercing herausgerissen. Das hatte er auch mit den anderen in seinem Gesicht und an seinen Ohren getan. Durch geschwollene Augen blickte Oz hoch zu dem Mann, der ihn gefangen genommen hatte. Markus Leary kam nach seinem Vater. Er maß beinahe zwei Meter und besaß ein Kreuz wie ein Schwimmer. Dicke Muskelstränge definierten seine Arme und Beine, ohne dass er wie ein hohler Schläger wirkte. Vielmehr schien er wie eine nur mittelmäßig gezähmte Bestie, die zwar einen Designeranzug trug und manikürte Hände besaß, aber jede seiner Bewegungen und jeder Blick sagten seinem Gegenüber, dass er ihn mit eben diesen Händen töten könnte, wenn es nicht so lief, wie er es wollte. Der große Mann setzte sich auf den Stuhl Oz gegenüber. Nun waren sich die beiden ganz nah, so nah, dass Markus die Beine des anderen berühren konnte. Mit festem Griff fuhr er die Schenkel des Silver nach oben, dessen Knurren ignorierend. Es war ein Verhör, ein Spiel und im Moment hatte der Mensch die Kontrolle. Er drang grinsend in Oz' persönliche Zone ein, schob seinen gewaltigen Körper näher an ihn heran und wusste, dass der andere nichts tun konnte. Denn Markus besaß lustige, kleine Artefakte, die er und sein Vater gesammelt hatten. Schon immer existierten Menschen, die offenen Auges durch die Welt gingen und sahen, was verborgen bleiben wollte. Genauso gab es stets Solani, die mit den Menschen anbandelten, oft in Freundschaft, aber es existierte keine Gesellschaft, in der es nicht auch dunkle Seiten gab. Im Falle der Solani waren es Händler, die den Menschen ihre Magie und Runen verkauften oder Söldner, wie Oz einer gewesen war. Aber nicht mehr, nie wieder! Nur dass das Markus anders sah, denn er schnalzte tadelnd mit der Zunge und sprach, als wäre er der große Bruder, der dem Jüngeren seinen großen Irrtum erklären musste. „Oz, wir sind Familie, wieso willst du uns da verraten?" Der Silver zeigte seine unbewegte, kühle Miene, aus der nicht einmal Markus lesen würde können, und schwieg. Seit Tagen ging es bereits so, seit sie ihn in der Lagerhalle gefangen und hierher gebracht hatten. Der Mensch sprach und gurrte, Oz schwieg eisern und die Handlanger prügelten danach auf ihn ein. Man gestand ihm außerdem nur ein winziges Glas Wasser zu, damit er überlebte, sich allerdings nicht erholte. Innerlich verfluchte sich der türkishaarige Solani. Er hätte die Chance nutzen und die Sache mit Markus endgültig erledigen sollen, aber er hatte es nicht über sich gebracht.

An die Mauer der Lagerhalle gepresst, hatte er die Hände erhoben, Eis bereit, als Geschoss auf die Menschen niederzugehen, doch dann hatte Oz in das Gesicht des Menschen geblickt, der für Jahre seine Familie darstellte. Den er mit aufzog. Mit dem er Aufträge erledigte, von dem er sich stets sicher gewesen war, dass er seinen Rücken deckte. Es gab einmal eine Zeit, da hätte Oz alles getan, um Markus zu beschützen, damals als der Solani die rechte Hand seines besten Freundes und Bruders war, als dieser das Imperium seines Vaters leitete. Markus war um die Ecke getreten, die Waffe nicht einmal auf Oz gerichtet und hatte ihn nur angesehen und da hatte der Silver die Hände gesenkt und nicht gehandelt, hatte es nicht gekonnt. Wie tötete man auch Familie? Unmöglich! „Du bist schwach geworden", hatte Markus ihm ins Ohr gezischt, als er ihm die Handschellen umlegte, in deren Metall jemand blockierende Runen geätzt hatte. Und damit war Oz' Hoffnung, zu entkommen, gestorben. „Oz, mein Bruder, wieso tust du das? Ich verstehe, der letzte Auftrag hat dir nicht gefallen. Es ist nicht so gelaufen, wie es sollte. Gut, das gebe ich zu. Aber du bist einfach verschwunden, wir hätten doch darüber sprechen können - in der Familie." Der Silver schwieg weiter. Sein Gegenüber ließ seine Knochen knacken, als er den Kopf drehte, um seine Muskeln zu dehnen. „Oz, du machst es dir nur unnötig schwer. Du weißt, dass du mir noch etwas schuldest. Du weißt, dass du zu uns gehörst. Du warst Teil von uns, von dem Moment an, als mein Vater dich verdreckt und hungrig auf der Straße fand, und du wirst noch zu uns gehören, wenn meine Kinder und Kindeskinder dieses Unternehmen übernehmen. Denn du hast eine Pflicht dieser Familie gegenüber zu erfüllen, für all das, was wir dir gaben." Nun hob Markus seine Hand und strich mit absonderlicher Zärtlichkeit über das geschundene Gesicht des Solanis. „Wir haben den Hunger in dir gestillt, nach Besitz und Reichtum und Macht. Du warst ein Straßenkind, ein Nichts, bevor du zu uns kamst, doch wir machten dich zu einem Schrecken der Nacht, zu einem reichen, begehrten Mann, der sich alles aussuchen konnte, was er wollte. Meine Güte, du hast sogar mit meiner Mutter geschlafen!" Nun lachte Markus - ein falsches, hartes Lachen. „Du konntest alles haben, mein Bruder, unter einer Bedingung." Er brachte seine Lippen ganz nah an das Ohr des Silver, so nah, dass sie die wunde Haut streiften. Oz zuckte nicht zur Seite, akzeptierte sowohl die Nähe, als auch den Schmerz und den Ekel. „Du arbeitest für uns. Du gehörst uns", flüsterte der Mensch, bevor er sich zurücklehnte und grinste. „Also, was sagst du?" Er breitete die Arme aus, als hätte er irgendetwas erreicht, als hätte er gewonnen. Wütend sammelte Oz Spucke in seinem Mund, er tat es schon, seit Markus sich hingesetzt hatte, und spie sie ihm mitten ins Gesicht. Seine Treffsicherheit ungebrochen.

Als Markus wütend brüllte und aufsprang, dass sein Stuhl nach hinten krachte, erst da erlaubte sich der Silver ein kaltes, arrogantes Grinsen, das selbst dann noch um seine Lippen spielte, als der Mensch ihm seine große Faust ins Gesicht schlug. Sein Stuhl kippte, er knallte zu Boden. Schnell zog er das Kinn an seine Brust, schützte seinen Kopf, dafür entwich ihm alle Luft aus den Lungen bei diesem Aufprall. Noch bevor Oz sich wieder Sauerstoff zuführen konnte, kniete Markus auf ihm, ein riesiger Körper auf seinem schmalen. Ihm blieb nichts anderes übrig, als selbstgefällig zu grinsen und jeden Muskel in seinem Körper anzuspannen und zu hoffen, dass er es überlebte. Oder sollte er besser dafür beten, endlich zu sterben? Der Solani war sich nicht sicher, als sich kräftige Hände um seinen Hals legten und zudrückten. „Du Bastard! Ich bin der mächtigste Mann ganz Englands. Glaubst du wirklich, du kannst mir ans Bein pissen, du verficktes Arschloch? Du bist nichts ohne mich, nichts ohne deine Magie. Dein Leben gehört mir!" Spucke sprühte aus Markus' Mund, als dieser brüllte und keifte wie eine wildgewordene Bestie. Der Druck um Oz' Hals nahm zu, bis der Silver gar nichts mehr spürte.

„Süße Dunkelheit, was mache ich denn jetzt?" Mit diesem Gedanken kehrte der Solani zurück in seinen Körper. Hatte er sich zuvor noch glücklich geschätzt, dass der Schmerz nur punktuell auftrat, musste er nun eine neue Bestandsaufnahme machen. Sein Rücken glich einer offenen Wunde, seine Kehle brannte, seine Lungen krampften und in seinem Kopf herrschte rege Betriebsamkeit mit Presslufthammer, Meißel und einem Zahnarztbohrer. Langsam öffnete Oz die Augen, zumindest gelang es ihm, sie einen Spalt zu öffnen, sodass er verschwommen seine Umgebung betrachten konnte. Ein besonders toller Anblick war das nicht. Dass einzig Positive fand er in der Abwesenheit der anderen. Sie hatten ihn alleine auf dem Boden liegen lassen, weiter an den Stuhl gefesselt, weiterhin von seiner Eismagie getrennt. Seine Hände kribbelten, bestimmt wurde ihnen in dieser Position das Blut abgeschnürt. Oz überlegte aus lauter Trotz seine Hände einfach absterben zu lassen, dann wäre er nämlich nicht mehr nützlich für Markus, aber da begegnete er einem neuen Problem. Er mochte seine Hände, er mochte, was er mit ihnen tun konnte. Genauso wie er sein Leben mochte, sogar sehr. Das lag allerdings nicht an dem Menschen und der Familie, von der er behauptete, der Solani sei Teil davon, sondern an den Silver. An Charles und Lani und Cole, es lag sogar an dem doofen Derek, bei dem Oz ernüchtert feststellen musste, dass er ihn vermisste. „Verdammt, ich verliere jetzt schon den Verstand", murrte der Geschichtenerzähler. Dann wanderten seine Gedanken zu dem einzig anderen Menschen, der ihn je in eine missliche Lage gebracht hatte. Nell. Der Solani dachte an die junge Frau und ihre wunderschönen Augen und die Gefahr, in der sie vielleicht schwebte.
Es stand also fest: Oz wollte nicht sterben. Er wollte aber auch nicht in das Leben zurück, das er vor sieben Jahren zurück ließ. Es konnte nur nach vorne gehen.
Bevor Oz allerdings begann, große Pläne zu schmieden, spannte er sich an und ruckte zur Seite. Er brauchte fünf Anläufe, bevor der Stuhl erneut kippte, nur diesmal zur Seite. Sofort schoss Blut in seine Finger und er stöhnte ganz leise auf, so gut fühlte sich das an. Dass er nun allerdings auf der rechten Schulter lag und seine Wange über dem schmutzigen Boden schabte, nahm er hin. Es war ja nicht so, dass er augenblicklich daran etwas ändern konnte. Stattdessen versuchte er aus seinen Erinnerungen all das abzurufen, was er an Verschlagenheit und Spitzfindigkeit in seinem Leben lernte und stellte mit erneuter Ernüchterung fest, dass er eingerostet war. Seine Magie erreichte er auch nicht, egal wie sehr es Oz auch versuchte. „Bei der Göttin, wie soll ich entkommen?", fragte er in die Stille hinein und bekam natürlich keine Antwort. Die Wahrheit schien, so ungern der Silver es sich auch eingestehen wollte, er saß in der

Patsche und wenn kein Wunder geschah - wie ein Meteorit oder Godzilla, der London angriff - brauchte er Hilfe. „Wer soll zu meiner Rettung eilen?" Der türkishaarige Solani schnaubte. „Vielleicht kann ich mich herausreden, mit meiner ach so tollen, magischen, lügenden Zunge. Ich habe tausend Geschichten erzählt, da werde ich doch eine finden, die mein Leben rettet."

Als sich Penelope endlich wieder rührte, wusste sie nicht, wieviel Zeit vergangen war und eigentlich war es ihr egal, selbst wenn sie ein Jahr dort gesessen hätte. Dass sie sich überhaupt bewegte und sich von ihrer Einsamkeit lösen konnte, lag einzig und allein an Sean. An dem netten schlaksigen jungen Mann, der sie mit seinem Lächeln einfach überwältigt hatte. Egal, wie komisch sie sich verhielt, er verließ sie nicht, sondern versuchte sie zu verstehen, auch wenn sie keine Erklärung abgab. Sie hatte ja auch keine gehabt. Damals ihm ihre Nummer zu geben, war vollkommen wahnsinnig gewesen, aber sie hatte es wirklich gewollt, hatte ihn kennenlernen wollen, ihn mit diesen grauen Augen. Und dann hatte er sie bei jedem Schritt begleitet, der sie zu einem Heim und einem Leben führte. Sean war ihre Normalität gewesen, ihr Fels in der Brandung. Aber sie hatte ihn enttäuscht. So furchtbar enttäuscht.Das durfte nicht erneut passieren! Dieses Versprechen, ihn zu retten, löste ihren Körper aus seiner Starre und gab ihren Beinen Kraft, ihr Gewicht zu tragen und sich vorwärts zu bewegen. Ethan war eine Liebelei gewesen. Eine Romanze, die so plötzlich entbrannt war, wie sie endete. Er war all das gewesen, was sie gebraucht hatte und wohin hatte ihn das gebracht? Wohin hatte es Sean geführt, ihr Freund zu sein? „Bei der Göttin, ich bin Gift", dachte die junge Frau unwillkürlich, während sie sich umsah.
Erst starrte sie nur auf die abgenutzten Kopfsteinpflaster und runzelte die Stirn, bevor sie endlich den Kopf hob und sich den langgezogenen Platz ansah. Links und rechts gab es Restaurants, da plätscherte Wasser in einem Brunnen. Der Geruch von Muscheln in Soße drang in ihre Nase. Langsam bewegte sie sich vorwärts, eine Schlafwandlerin in ihrem Leben. Seife. Parfum. Noch mehr Essen. Nell ging an der einen Seite entlang und kehrte auf der anderen zurück, um in eine kleine Gasse zu biegen, die mit einem Obstladen lockte. Allein der Duft des Obstes ließ sie innehalten. Dazu kam der betörende Geruch der Süße, die sie verströmten. Die junge Frau kaufte sich Weintrauben, einen Apfel und weil sie diese noch nie zuvor gesehen hatte, frische Datteln - allerdings nur zwei Stück zur Kostprobe. Ihr Obst essend, schlenderte sie das kleine Gässchen entlang. Zuletzt biss sie in eine der frischen Datteln und verzog angewidert das Gesicht. Das schmeckte überhaupt nicht! Und nun hatte sie nichts mehr, mit dem sie den Geschmack aus ihrem Mund ver-

treiben konnte. Naserümpfend ging sie weiter, trennte sich von ihrem Müll und bog einige Male ab. Es schien ihr komisch, doch je länger sie hier umher lief, vollkommen egal in welche Gasse sie bog, es kam ihr immer bekannter vor. Penelope schlenderte einen Weg entlang und stützte eine Hand auf der rauen Mauer ab, während sie versuchte mit der Zunge die Reste der Dattel aus ihren Zähnen zu pulen. Noch während sie ging, wusste sie, sie würde gleich einen Stein berühren, auf dem eine Rune angebracht worden war. Keine drei Sekunden später leuchtete ein Zeichen bläulich auf. Nur ganz kurz, aber als Einbildung konnte sie es dennoch nicht abtun. „Was..." Aber Nell beendete ihre Frage nicht, sondern blieb einfach perplex vor der Wand stehen, starrte darauf, als müsse sie ihr gleich antworten.

Als nichts weiter geschah, schüttelte Penelope den Kopf und setzte ihren Weg fort. Zu ihrer Freude führte sie dieser Weg zu einem Geschäft, das sich allein Türkischem Honig widmete. Da gab es den weißen, den sie kannte. Aber sie hatten auch dunklen mit Schokoladengeschmack und grünen, der nach Pistazie duftete. Die junge Frau musste nicht lange überlegen und kaufte sich eine große Portion von dem mit Karamell und stopfte sich sofort ein großes, klebriges Stück in den Mund. Sich bedankend verließ sie das Geschäft und wanderte weiter, zwischen Irritation und Wiedererkennen schwankend. „Du weißt aber, dass du Essen dazu benutzt, deine Nerven zu beruhigen?" Die innere Stimme meldete sich zurück, klopfte sich den Staub ab. „Funktioniert super", antwortete Nell und biss gleich noch mal in die Süßigkeit, nur um ihren Standpunkt deutlich zu machen.

„Das ist ungesund und nur eine dumme Ablenkung, um nicht über die wichtigen Dinge nachzudenken."

„Essen ist wichtig."

„Das ist aber kein Essen! Das ist Zucker. Und du bist nicht einmal hungrig."

Penelope konnte förmlich sehen, wie die Stimme in ihr Feuer spuckte. Am liebsten würde sie die Stimme fragen, wer sie war und woher sie kam, doch sie hatte Angst, dass die Antwort lauten würde, dass sie ein Stück ihrer zersplitterten Seele war und noch viel mehr dieser Persönlichkeiten in ihrem Körper hausten. Darum ignorierte die junge Frau sie auch und kaute weiter an der süßen Masse, die ihren Mund leicht verklebte. Okay, das war wirklich kein richtiges Essen, aber es war trotzdem lecker!

Vor der Auslage von Fragonard blieb Nell stehen. Sie sah sich die Kinderpuzzle an und im gegenüber liegenden Geschäft die hübsche Bettwäsche. Eigentlich wollte sie gerade den Laden betreten, als erneut jemand mit ihr zusammen stieß. Die junge Frau wirbelte herum und sah sich

dem Mädchen von vorhin gegenüber. Diesmal rannte es nicht weg, sondern blieb vor ihr stehen. Bevor Nell das Kind näher betrachtete, sah sie sich um. Ein paar Menschen schielten zu ihr herüber, aber das war ihr egal. Ihre Augen suchten nach Titus, seinem Geist - was immer das hier war! - aber sie fand ihn nicht. Erst als sie sich sicher war, der Silver würde nicht auftauchen, blickte sie auf das Kind herab. Es sah nun anders aus. Das Haar fiel in glänzenden, gepflegten Locken über seine schmalen Schultern. Das Kleid war schneeweiß, nur ein paar silberne Stickereien an Ärmeln und Saum zierten es. Im Gegensatz zu vorhin trug das Mädchen nun eine Puppe mit sich herum. Die Puppe war beinahe so groß wie der Oberkörper des Kindes und definitiv teure Handarbeit, das konnte Penelope auf den ersten Blick erkennen. Feines Porzellan, das von geschickter Hand zart bemalt worden war und wahrscheinlich echtes, braunes Haar, das das ovale Gesicht umrahmte. Wie um ihr das Ansehen der Puppe zu erleichtern, hob das Mädchen sie ungefragt Nell entgegen. Diese riss die Augen auf und schnappte nach Luft. Kornblumenblaue Augen. Dieselben Augen?! *Nein!* Die junge Frau konnte spüren, wie etwas in ihr auseinander riss, als hätte sie nur ganz dünner Stoff zusammen gehalten und nun löste er sich auf. *Nein!* Sie atmete schneller, blinzelte. Die Puppe hatte zwei Muttermale, eines über der Lippe, das andere über der Augenbraue. Wie in Trance berührte Nell ihre Muttermale mit tauben, kalten Fingern. „Ich habe die Muttermale selbst aufgemalt. So sieht sie viel hübscher aus", verkündete das Kind mit einer Stimme, die zu erwachsen, zu alt klang, obwohl sie hoch und melodisch war. Es passte. Dass selbst die Stimme dieses Mädchens komisch war. Es passte, denn gerade gab es nichts, das nicht als komisch zu bezeichnen wäre. Was ging hier nur vor sich?
Noch immer starrte Penelope auf die Puppe. Auf das Gesicht aus Porzellan, das ihrem so ähnlich sah. Auf das Haar, die Augen, diese verdammten Muttermale! „Okay, ich werde verrückt. Zuckerschock. Vielleicht liege ich im Koma. Vielleicht ist das nur ein Albtraum. Meine persönliche Hölle. Vielleicht...vielleicht...", dachte sie panisch.
„Warum kommst du nicht zurück nach Hause? Es wird besser, wenn du wieder da bist. Du hast lange genug gekämpft, du kannst jetzt loslassen", sprach das Kind und als Nell sich endlich von der Puppe lösen konnte und ihm in die Augen blickte, da fiel sie direkt in einen tiefblauen Nachthimmel voller Sterne. „Lass los, Penelope. Du musst mich nicht mehr beschützen. Ich werde jetzt dich beschützen. Komm nach Hause", sagte das Mädchen - und verschwand. Es dauerte nur so lange, wie Penelopes Lider Zeit benötigten, um sich einmal über ihren Augen zu schließen und wieder zu öffnen, dann war das Kind mit seiner Puppe verschwun-

den und Nell wusste nicht, ob sie froh oder unglücklich darüber sein sollte.

Sie kam sich nur verloren vor. Und verwirrt. Aber das schien ihr neuer Dauerzustand zu werden.

Titus blickte zu Boden, starrte auf den Asphalt und musste sich wundern. Denn so schwer, wie ihm jeder Schritt fiel, hatte er sich beinahe eingeredet, dass er durch Morast watete. Nur handelte es sich nicht um echten Morast, nur eine zähe Suppe, die sein Verstand aus Erinnerungen, Schuldgefühlen und Zweifeln brühte. Dennoch fanden seine Füße den Weg ohne sein Zutun. So oft war er ihn gegangen, damals voller Vorfreude, meist ein Geschenk in seinem Mantel verborgen, heute schweren Herzens und dunkler Schatten. Dass Hope nicht mehr aufgetaucht war, seit sie ihn an der Küste von Frankreich verließ, tat weh, beruhigte den Solani allerdings auch. Sie machte es ihm so leicht, zu vergessen, was Wirklichkeit war, und nach ihrem Streit am Strand und den körperlichen Schmerzen, die sie auslösen konnte, dachte er, ihr Verschwinden als etwas Positives sehen zu können. Aber er konnte es nicht - nicht wirklich. Er vermisste sie. Der König der Solani vermisste seine Wahnvorstellung, so weit war es schon mit ihm.

Am Rand des Grundstücks hielt Titus inne. Da war sie, die Grenze, die er überschreiten musste, aber noch nicht konnte, nicht sofort. Die Nacht zeigte sich von ihrer schönsten Seite, klar und voller glitzernder Sterne, der Mond, eine scharf gezeichnete Sichel, die kühles Licht auf das Land warf. Das Land, das verflucht schien, es schrie ihn an, das wütende Blut wallte auf, schickte seine Geister nach ihm, vergiftete seinen Verstand. „Jetzt gib Frankreich nicht die Schuld für dein Versagen", raunte der Solani kopfschüttelnd. Er hielt sich eine Weile damit auf, die Runen um das Areal zu kontrollieren. Das war seine letzte Tat gewesen, sein letzter Handgriff, bevor er das Land und die Erinnerungen hinter sich ließ, fest entschlossen, niemals zurückzublicken. Bis er erkennen musste, dass er nie losgelassen, Frankreich im Grunde nie verlassen hatte.

Schon als seine Eltern hierher zogen, um seine Schwester großzuziehen, brachten ein paar Gelehrte, extra ausgewählte Solani, darunter Derek, die Runen an, um das Grundstück vor jedem zu verbergen. Tatsächlich konnten weder Menschen, noch Nim das Areal auch nur finden, sie wurden einfach daran vorbei geleitet, ohne dass sie es merkten. Nicht einmal unbefugte Solani konnten das Haus verborgen hinter Zypressen und einem kleinen Waldstück ausmachen. Und als hinter den Bäumen und den Blumensträuchern nur noch eine qualmende Ruine existierte, da hatte der König neue Runen hinzugefügt, auf dass nur noch sein Blut den Platz finden und betreten würde können, damit die Erinnerung konserviert wurde, damit all sein Schmerz, seine zersprungene Seele und sein Häufchen Elend von Herz, einen Platz hatten. Die Magie war ungebrochen und so wusste Titus, er war die erste Person, die seit über 350 Jahren die Grenze überschritt.

Als er den kleinen Pfad zwischen den Zypressen entlang ging und der Geruch von Rosen bereits in seine Nase drang, da dachte er seit langer Zeit über eine Frage nach, die er damals nicht hatte beantworten können und die er dann einfach fallen ließ, wie alles andere, was mit seiner Familie zu tun hatte: Wie hatten Beryll und seine Nim das Haus gefunden? Fünf Jahre lebte seine Mutter hier, wartete auf die Entbindung und danach zog sie Hope hier auf, zusammen mit seinem Vater, der sich mit der Geburt seiner Tochter ebenfalls zurückzog. Fünf Jahre war alles gut gegangen, bis es plötzlich zerbrach, die Idylle, der sichere Hafen, das Heim, das er erschaffen hatte. Nur wie? Wer hatte seine Familie verraten, denn jemand musste sie verraten haben, anders konnte er es sich nicht erklären. Jemand vom Inneren hatte Beryll hierher gebracht, sonst hätte selbst der Gott keinen Zugang gefunden, er hätte nicht einmal das Areal eingrenzen dürfen können! Zähneknirschend holte Titus aus und trat wütend gegen eine Zypresse. Der Baum knarrte, knackste und kippte um. Er war an der Stelle, gegen die der Silver getreten hatte, einfach gebrochen und gestürzt. Perplex starrte Titus den Baum an, bevor er sich blinzelnd löste und weiterging. Langsam, quälend langsam und doch zu schnell.

Der Weg durch das kleine Waldstück musste enden und so trat Titus recht schnell hinaus in das silberne Licht. Links von ihm erstreckten sich die Rosen. Einst waren es perfekt gepflegte Beete gewesen, heute wucherten die Blumen und hatten ihre Grenzen übertreten, hatten sich wild verbreitet und sahen wohl nie schöner aus. Stark und ungebändigt und gleichzeitig hatte es etwas Trauriges, weil einige Sträucher auch nicht überlebt hatten und nur noch vertrocknete Äste in die Höhe reckten, wie knorrige Hände, die nicht loslassen wollten, obwohl es nichts mehr gab, an dem sie sich festhalten konnten. Über die Rosen hinweg glitt sein Blick zur Ruine des Hauses. Nur noch eine einzelne Mauer stand, zumindest ein kläglicher Rest davon und auch dieser erinnerte nicht mehr an die heimelige Pracht, die sie einst verkörperte, die sie einst in sich hielt. All die Wärme und das Leben, das sie damals umschloss, waren verschwunden, dafür hatte sich die Natur ausgebreitet und alles eifersüchtig zurückerobert. Gras und Moos wuchsen an den Steinen hinauf. Wildblumen blühten in den Ritzen dazwischen. So sehr der Anblick auch schmerzte, so konnte Titus doch Schönheit in ihm erkennen. Das Haus war verbrannt worden, war nur noch Rauch und Asche gewesen, als er ihm den Rücken zugedreht hatte, doch nun wippten kleine Blüten im Wind, es lebte erneut.

Als er tief einatmete, stutzte er. Titus erstarrte, seine Muskulatur in den Schultern und in seinem Hals spannte sich an, sein Mund wurde trocken. Automatisch ballte er die Hände zu Fäusten, fühlte nach seiner Magie. Erst als er sie ganz nah bei sich spürte, drehte er sich um. Seine Augen weiteten sich, blinzelnd starrte er auf das Beet ihm gegenüber. Langsam, als würde er durch ein tiefes Moor waten, näherte er sich den Blumen. Er konnte es nicht glauben, sein Kopf schreckte davor zurück, das Bild zu erfassen und die Einzelteile zusammenzusetzen. Tatsächlich, er musste zwei Meter davor stehen bleiben, um es in seiner Gesamtheit zu sehen. Genau so, wie Hope es ihm gesagt hatte. Ein impressionistisches Bild, das er aus der Nähe nicht erkennen konnte. Und nun starrte er auf einen Kastanienbaum, der prächtig gedieh, mit kräftigem Stamm und weit verzweigten Ästen, auf denen die Blätter raschelten. Um den Baum herum, zwischen den Wurzeln und in einem großzügigen Beet wuchsen Maiglöckchen. Als Titus das Bild in sich aufnahm und tief einatmete, den Geruch in seine Nase sog, ihn in jeder Pore spürte, da begann er zu lachen. Er legte den Kopf in den Nacken und lachte, rau und bellend und verzweifelt. Dieser verdammte Duft! Dieser Geruch, der ihm seit letztem Jahr in der Nase lag, seine Leute und ihn aufscheuchte, nur Fragen aufwarf und ihn verwirrt hatte. Kastanie und Maiglöckchen. Verfluchte Maiglöckchen! Der Solani lachte immer noch, bis sein Magen schmerzte und Tränen seine Wangen hinabliefen, er schmeckte sie auf seinen Lippen. Das Leben war ein Witz, ein kosmischer, gemeiner Witz!

Nachdem Nell weiter durch Grasse gelaufen war, wie ein streunender Hund, vollkommen verloren und ohne eine Ahnung, wohin sie sich wenden sollte, tauchte das Mädchen erneut auf. Mittlerweile leuchtete der Himmel tief rot, bald würde die Nacht das Land zudecken. Es hatte die Puppe dabei, doch die junge Frau versuchte nicht hinzusehen, denn das Spielzeug machte sie nervös. „Es wird Zeit, du solltest wirklich nach Hause", sagte das Kind. Langsam verlor Penelope jedoch die Nerven, denn sie knurrte es an: „Und wo soll das sein? Jeder sagt, ich soll nach Hause kommen, aber entweder muss ich dafür etwas machen oder niemand kommt auf die Idee, mir den Weg zu zeigen!" Sie bleckte die Zähne und es war ihr egal, dass Menschen sie sahen und wahrscheinlich dachten, sie würde Selbstgespräche führen - zur Hölle damit, sie führte Selbstgespräche! Das Mädchen vor ihr starrte sie mit neutralem Gesichtsausdruck an, nur eine Augenbraue zuckte leicht nach oben. „Na gut, dann komm mit", sagte es ruhig, den Ausbruch von Nell völlig ignorierend. „Ich gehe nicht einfach mit dir mit", zischte diese jedoch. Ihr Kopf tat so unendlich, unendlich weh! Als sie die Hand zu ihrem Gesicht hob, da tauchte Penelope ihre Finger in Blut. Natürlich, das musste auch noch so kommen. Die junge Frau presste zwei Finger gegen ihren Nasenrücken und schloss ganz fest die Augen. Alles war ein Chaos. „Ich will nicht mehr, will nicht mehr, will nicht-" Ihr Murmeln versiegte, wurde von einem dunklen Schluchzer abgelöst. Da berührte sie eine kleine, kühle Hand, streichelte über ihren Arm. „Hör zu, du darfst jetzt nicht aufgeben. Du bist ganz nahe dran, ganz nah", flüsterte das Mädchen. „Ich weiß, dass es weh tut. Es gibt so viel, was schief gelaufen ist, was nicht hätte passieren dürfen." Nell nickte, obwohl sie kaum ein Wort verstand, es machte alles keinen Sinn mehr. Sie hatte gedacht, in Grasse würde alles gut werden, Beryll würde sie in den Arm nehmen und nach Hause bringen, sie würde Ruhe finden. Langsam sank sie zu Boden, einfach mit dem Rücken an der Mauer entlang, bis sie ihre Beine unter sich falten konnte. „Wer bist du?", keuchte sie. Jedes Mal, wenn sie den Mund aufmachte, schmeckte sie Blut auf ihrer Zunge. Bevor das Kind antwortete, setzte es sich neben Penelope. Die Puppe bettete es auf seinen Schoß, während es die junge Frau weiter am Arm streichelte. Die Berührung tat gut, beruhigte sie. „Ich bin eine festgehaltene Erinnerung, ein Versprechen und ein Fluch. Ich bin der Geist einer Zeit, die nie zurück kommt. Ich bin tot und lebe doch. Und ich bin hier, weil ihr Hilfe braucht, um die Fehler wieder gut zu machen, die begangen wurden." Mit einem Seufzer sah Penelope zu dem Mädchen. Der Blutfluss stockte langsam und sie konnte damit beginnen, die hässlichen, roten Spuren aus ihrem Gesicht zu wischen. „*Wir* brauchen Hilfe? Und welche Fehler?" Aber das Mädchen schüttelte den Kopf bedauernd. „Tut mir leid, aber ich kann dir nicht mehr sagen. Mit deinen Erinnerungen wurde schon zu viel herumgespielt. Wäre alles gut gelaufen, du hättest dich nach und nach erinnert. Aber so, wie die Sache nun steht, wurde mit dem Versuch, den Prozess zu erzwingen, ziemlich viel durcheinander gebracht. Auf dich wartet eine lange Phase, in der du alles ordnen musst." Die junge Frau schnaubte. „Falls es so weit kommt."

„Aber wenn du mir vertraust, dann helfe ich dir, den Weg zu finden. Weißt du, es wird Zeit, dass du verstehst, dass du mehr bist, als Beryll dich glauben machen will."

Sie sahen sich an, zwei Paar unterschiedlich blauer Augen. Ein Kind und eine erwachsene Frau. Während das Mädchen zu wissen schien, wohin der Weg es führte, war die Erwachsene verloren gegangen. Die Sekunden erstreckten sich, wurden zu Minuten in denen sie sich nicht voneinander lösten, sich in ihren Blicken festhielten. „Okay", stimmte Penelope schließlich zu. Nur ein Wort, vier Buchstaben und dennoch fühlte sie sich augenblicklich besser. Sie schloss die Lider, sah sich das rote Leuchten an, das sie umgab. Aber da war dieser blaue Punkt, dieses silberne Strahlen, das von ihm ausging. Er hatte sich bewegt. Auch sie sollte sich langsam wieder aufraffen. Über ihnen war die Nacht angebrochen, ein klarer Himmel voller glitzernder Sterne und einer schmalen Mondsichel. „Dann komm", sagte das Mädchen und erhob sich. Es hatte sich verändert, nur Nell wusste nicht, wann. Das weiße Kleid mit den silbernen Stickereien war nun einem mitternachtsblauen Stoff gewichen, der übersät war mit winzigen, glitzernden Steinen, die den Sternen Konkurrenz machten. Dazu trug es die Haare zu zwei dicken Zöpfen geflochten, auch sie glitzerten durch die kostbaren Steine, die sein Haupt schmückten. Als hätte sich das Kind für die Nacht und das Kommende umgezogen. „Komm", forderte das Mädchen, bevor es einfach voran schritt, das Kleid schwang fröhlich flüsternd um seine Beine.

Den Weg, den Penelope nun beschritt, das Kind immer vor sich, nahm sie schweigend hin. Ab und zu hob sie den Blick, um ihre Umgebung anzusehen. Häuser, Straßen, dann Wege. Alles bekannt und unbekannt zugleich. Sie verließen das Städtchen und wanderten eine gewundene Straße in die Berge hinein, das Kind schritt voran, der Gang sicher und bestimmt, als könnte es nicht wanken und nicht falsch gehen. Nell hielt sich weniger gut, denn sie stolperte und verlor sich nur allzu oft in der Betrachtung von Dingen, die ihre Augen festhielten, während ihr Geist auf Wanderschaft ging. Zu Killarney und den Silver, zu Sean, Ethan und Oz. Sie entdeckte ihre Gesichtszüge in der Rinde der Bäume, in Blumen, Gras und Stein. Sie hörte ihre Stimmen im leisen Flüstern des Windes und im Rascheln der Blätter. Ihre Gedanken wanderten zurück zu dem blauen Haus. Penelope mochte Blau. Die Farbe beruhigte sie auf eine Art, die sie sich nicht erklären konnte, wie Wasser oder Kälte. Blau hatte etwas von Zuhause. Nur dieses Gefühl passte nicht zu ihrer Erinnerung an die Villa, in der sie lebte - gelebt haben sollte? „Bei der Göttin, mein Kopf tut weh, hoffentlich sind wir bald da", dachte die junge Frau, sie knirschte mit den Zähnen, bis ihr Kiefer ebenfalls schmerzte.

Aber noch bevor sie das Mädchen fragen musste, wohin das alles führen sollte, spürte sie es, fühlte das Ziehen, sah die Veränderung. Erst konnte Nell den Finger nicht darauf legen, konnte es nicht in Worte fassen, bis sie näher kamen und verstand, was ihre Augen wahrnahmen und was wie ein Fehler im Bild wirkte. Als hätte es einen Riss im Papier gegeben und jemand hatte ihn schlampig geklebt, sodass die Linien nicht ganz zusammen passten, sodass einige Formen falsch überlappten. Penelope hielt inne und starrte mit zusammengekniffenen Augen auf das, was sie sah. „Was ist das?", wollte sie von ihrer Begleiterin wissen, die einfach weiter ging. Das Mädchen drehte sich erst um, als es bereits in der linken

Hälfte des nicht zusammenpassenden Bildes stand. „Ein Schutz", erklärte es. „Vor was?" Automatisch machte Nell einen Schritt zurück. Wenn das ein Schutz war, könnte es eine Falle sein, es könnte sie einsperren, es könnte sie zerreißen. „Unbefugten. Du kannst es sehen, also komm her. Es wird dir nichts tun", drang die Stimme ihrer absonderlichen Begleiterin durch ihre Panik. Aber die junge Frau blieb trotzdem stehen und starrte auf das Bild, versuchte das Kribbeln in sich, die Unruhe in ihrem Herzen, zu verstehen und dann zu entscheiden.

Bevor Nell es richtig mitbekam, bewegte sie sich schon auf das Mädchen zu. Ihre Beine schienen die Entscheidung bereits zu treffen, die ihr Kopf noch nicht treffen konnte, weil zu viele Gedanken und Zweifel darin um die Vorherrschaft kämpften. Bevor sie diese Grenze übertrat, schloss sie erneut die Lider. Blau, süßes Blau, durchsetzt von Silber umgab sie, das Rot lauerte in ihrem Rücken, Hitze züngelte, aber die kühle Brise war stärker. So überschritt Penelope diese Grenze, diesen Schutz. Sofort spürte sie, wie etwas über ihre Haut glitt, etwas wanderte über ihre Arme und Beine, es wirbelte um ihre Taille und ihren Hals. Es strich durch ihr Haar, küsste ihre Wangen, als wolle es sie willkommen heißen, als wäre sie verschollen gewesen und kehrte nun endlich zurück. Erst als Nell diese Berührung nicht mehr auf sich fühlte, öffnete sie die Augen und blickte sich um. Sie befanden sich in einem Wäldchen, Zypressen standen an dem kleinen Weg Wache. Das Mädchen ging voran, wartete nicht auf sie, die erstaunt über ihre Schulter sah. Ein Wald, klein zwar, aber dennoch ein Waldstück! Und sie hatte es von außen kaum gesehen. War das der Schutz? Verbarg er diesen Wald und was dahinter lag? Nur vor wem? Menschen? Nim? Plötzlich schärften sich ihre Sinne. Sie schnupperte in den Wind, starrte hinaus und suchte, suchte und fand nichts. Wenn sie die Lider schloss, wusste sie, das Rot war da, Beryll war in der Nähe. In Grasse. Konnte er ihr folgen? Wollte er, dass sie hierher kam? Es schien ihr nicht logisch, denn dieser Ort, die Farbe, die ihn durchdrang, wollte nicht zu dem Feuerwesen passen. Sie konnte sich die Nim hier nicht vorstellen, sondern Solani. Warum das jedoch so war, konnte sie nicht sagen.

Mit einem Kopfschütteln wandte sie sich ab und folgte dem verschlungenen Pfad. Mit Erstaunen stellte sie fest, dass alle paar Meter Runen bläulich aufleuchteten. Sie waren in den Boden und die Rinde der Bäume gearbeitet worden. Mehr geschah jedoch nicht. Sie flackerten auf und erloschen dann erneut. Nell vermutete, sie prüften, ob sie dieses Areal betreten durfte, und wollte sich nicht vorstellen, was mit ihr geschehen würde, sollte sie als Feind identifiziert werden. Obwohl sie sich auch fragte, warum gerade das nicht geschah. Immerhin war sie die Tochter Berylls, dem Feind. Sie war der Feind! Oder? *Oder?!* Etwas verzweifelt blickte sich die junge Frau um, suchte nach dem Mädchen, aber es war verschwunden. Einfach so. Und damit war sie erneut alleine. Alleine auf dem Weg ins Ungewisse. Allein bis auf die innere Stimme und das Männchen mit den Karteikarten und den vielen Erinnerungen, die für dutzende Leben reichen mussten.

Die düsteren Gedanken konnte Nell nicht vertreiben, doch zur Seite schieben, als der Geruch von Rosen in ihre Nase stieg. Süßlich und blumig. Und darunter, fast verdeckt, Schnee. Schnee? Penelope hielt ein letztes Mal inne, bevor sie das Waldstück verließ.

Nun hieß es warten. Das sagte zumindest Amy. Warten, nur worauf? Das wollte keiner Sean erklären und er wurde es irgendwann müde, ständig zu fragen. Neugierig war er dennoch. Nach diesem Schlag hätte er gedacht, sie würden sofort handeln, den Feind treffen, wenn er am schwächsten war. Aber langsam dachte sich der junge Mann, dass es den Nim gar nicht unbedingt um die bloße Vernichtung der Solani ging, nicht einmal darum, ihre Elite-Kampfeinheit dem Erdboden gleichzumachen. Eher kamen ihm die Offiziere wie gelangweilte Katzen vor, die lieber mit der Maus spielten, als sie schnell zu töten und hinunter zu schlingen. Nur wie passte das mit Amys Aussage zusammen, dass die Solani das Schlechte in der Welt darstellten, dass sie Ungleichgewicht brächten und vernichtet werden müssten? Sollten sie dann nicht zuschlagen? Und warum ließen sie so viele Solani leben, wenn sie doch wussten, wo sie lebten? Je länger Sean wartete und wartete und weiter wartete, desto mehr Fragen kamen ihm. Fragen, von denen er wusste, er hätte sie vielleicht früher stellen sollen. Nur zuvor war er vollkommen von Beryll eingenommen gewesen. Danach hatte ihn Amy fasziniert und die Offiziere. Ihre Macht und Selbstsicherheit, die sie ausstrahlten, zogen ihn auch weiter an. Doch als er in dem Zimmer saß, das man ihm gegeben hatte und das ihn schmerzlich an seine Freundin erinnerte, kam er endlich dazu, all das zu reflektieren, was geschehen war.

„Was warst du für ein Arsch!", raunte er, bevor sich Sean rückwärts aufs Bett fallen ließ. Er lag so da, dass er die Wand mit den Zeichnungen ansehen konnte, ein Fenster gab es in diesem Zimmer ja nicht. Warum eigentlich nicht? Irritiert nahm der junge Mann mit einem Ruck wieder eine sitzende Position ein und starrte die gegenüberliegende Wand an. Wieso hatte dieses Kinderzimmer kein Fenster? Und wenn er schon dabei war: Wieso sah dieses Zimmer so aus, als hätte zuletzt ein Kind darin gelebt, nicht älter als zehn Jahre alt? Wieder ließ sich Sean auf die Matratze fallen und versuchte seine Atmung zu beruhigen, die mit jeder nagenden Frage schneller und hektischer wurde.

„Nell, wo immer du bist, ich hoffe, du weißt, dass es mir leid tut. Menschen können verblödete Biester sein, wenn sie sich verletzt fühlen. Und ich dachte...ich habe mehr zwischen uns gesehen und war sauer auf dich, obwohl es meine Schuld war. Meine alleine. Ich hätte gerne gewusst, was in deinem Leben vor sich geht. Vielleicht hätte ich es nicht geglaubt, aber ich hätte es versucht. So oder so, ich habe ganz beschissen auf die Zurückweisung reagiert und es tut mir leid", flüsterte der junge Mann an die Wand voller Zeichnungen gewandt, das Bild mit der Puppe fixierend. Es schien ihm erstaunlich, dass er erst jetzt diese Worte fand, die Wahrheit seines Verhaltens erkannte. „Erst jetzt...", murmelte Sean. Als er die Augen schloss, da sah er die Waffe in seiner Hand, sah wie die Kugel in den Schädel der Frau eindrang. Das Blut und die großen Augen des Kindes. Das Leid, das er zwar nicht selbst mit seinen Händen zugefügt hatte, aber durch seine Worte und seine Idee heraufbeschworen und das er nicht aufgehalten hatte. Obwohl nur ein paar Wochen vergangen waren, schien eine Ewigkeit zwischen dem Moment zu liegen, als er mit Penelope auf der Couch lag und Filme ansah, Popcorn mampfend, und dem Moment jetzt, da er ein Mörder war, ein Monster. Und obwohl er, wenn er an die junge Frau dachte, Schuld empfand, wollte doch ein großer Teil von ihm die Macht, mit der man ihn hier lockte. Er wollte stark und selbstbewusst sein, wie Amy oder Pyne. Er könnte Nell dann beschützen, er wäre dann gut genug, um an ihrer Seite bestehen zu können. Sie würde ihn lieben, irgendwann. Und dann würden sie wieder ihre Nächte zusammen verbringen. Diesmal sah er andere Bilder, als er die Augen schloss. Sean sah sich mit ihr im Bett liegen, wie er ihre nackte Haut berührte. Sie würde sich zu ihm drehen und ihn mit einem Lächeln bedenken, bevor sie ihn küsste und näher an sich zog. Sie würde ihn berühren, ihre Lippen über seinen Hals gleiten lassen, während ihre Hände über seinen Körper wanderten, tiefer und tiefer. Seine Hände fuhren den Weg nach, von dem er gerne hätte, dass ihn Nells Hände irgendwann nehmen würden. Tiefer. Ein leises Stöhnen entrang sich seiner Kehle, während er weiter in seiner Fantasie abtauchte. Ja, er empfand Schuld, aber der Rausch und das Versprechen von Macht waren um so vieles süßer.
Ein leises, gemeines Lachen riss ihn aus seinen Vorstellungen und ließ ihn mitten in der Bewegung erstarren. Sean öffnete die Augen und konnte spüren, wie das Blut in seinem Körper von unten nach oben in seine Wangen schoss. Ganz langsam, denn plötzlich schmerzte die Bewegung in dem Feuer der Scham, das in seinem Körper wütete, löste er seine Hand und zog sie aus seiner Hose. Mit angehaltenem Atem drehte er den Kopf und blickte hoch zu Amy, die am Türrahmen lehnte, die Arme vor der Brust verschränkt und ein solch schiefes, belustigtes Lächeln auf den Lippen zur Schau trug, dass sich der Mensch wünschte, das Bett

würde sich auftun und ihn verschlucken. „Ich hoffe, du denkst dabei an mich", schnurrte sie, ein gefährliches Glitzern in den Augen, als sie sich von ihrem Platz abstieß und zu ihm herüber geglitten kam, ein Tiger auf der Pirsch. Die Nim kam vor dem Bett zum Stehen, verführerisch die Lippen spitzend. Sie ging sogar so weit, dass sie sich herab beugte, ein Knie auf dem Bett, ihre Hände an seinen Seiten. So hielt sich Amy über Sean, der kaum mehr atmete, ihr Gesicht über seinem. „Ich hätte dir doch helfen können, du hättest doch nur fragen müssen", schnurrte sie. In seinem Hals hüpfte der Adamsapfel. „Wirklich?", piepste Sean. Da begann die Offizierin zu lachen. Sie ließ ihren Kopf hängen, anscheinend schüttelte sie das Lachen so sehr. Ihre Stirn lag an seiner Wange, ihr weinrotes Haar floss über seinen Körper, während ihr Gelächter den Raum füllte. So abrupt, wie Amy zuvor auftauchte, verstummte sie und schwang sich vom Bett. „Komm, Welpe, wir gehen trainieren", sagte sie, wischte über ihre Kleidung und pustete eine Strähne aus dem Gesicht. „Hopp!" Sean blinzelte, holte tief Luft, bevor er sich ebenfalls vom Bett erhob. „Ich...uhm..." Er stammelte. Meine Güte, das war peinlich! Außerdem konnte er jetzt nur an Sex mit Amy denken, verflucht, er schielte sogar auf ihre Brüste! „Was denn, brauchst du noch einen Moment oder zwei, um dich zu sammeln?", fragte diese süßlich mit einem pointierten Blick auf seinen Schritt. Sogar seine Ohren mussten rot sein, so wie diese brannten. Schnell zupfte Sean an sich herum, richtete seine Hose und zog sein Shirt über die verräterische Stelle.

„Wenn es dich beruhigt, Layla ist ganz scharf auf dich", neckte Amy weiter, als sie schon längst auf dem Weg zu den Trainingsräumen waren. „Sie ist ein Kind!", stieß der junge Mann angewidert hervor, doch das brachte seine Begleiterin nur dazu, kalt zu lachen.

„Welpe, hier bist du das einzige Kind. Layla ist 105 Jahre alt und hat bestimmt schon mehr Frauen geküsst, als du."

„Was? So alt? Und wie alt bist du?"

„Also wirklich, Welpe! Man fragt eine Dame nicht nach ihrem Alter."

„Du bist keine Dame! Also, wie alt bist du?"

„412."

„Wow, also steinalt."

Den Schlag hätte er kommen sehen müssen, tat es aber nicht. Alle Luft entwich ihm, als er gegen die Wand vor der Trainingshalle donnerte. „Amy, mach ihn nicht kaputt, bevor ich mit ihm spielen konnte!", tadelte Layla, die aus dem Raum heraus gehüpft kam. Mit einem Mal sah Sean sie mit ganz anderen Augen. Über hundert Jahre wandelte das Mädchen bereits auf der Erde. Und nun konnte er auch nicht aufhören, daran zu denken, was Amy über sie gesagt hatte - das mit dem Küssen. „Du musst den Welpen heute entschuldigen, Layla, er hat Bedürfnisse, die nicht befriedigt werden", kicherte die rothaarige Nim, kostete es förmlich aus, über Sean Witze zu reißen. Layla dagegen bekam mit einem Mal einen hungrigen Blick, der ihm alle Härchen auf der Haut aufstellte. „Ich wüsste schon, wie ich dir helfen könnte", schnurrte sie, ihre Augen ein starker Kontrast zu dem sonst kindlichen Aussehen. „Layla, halte dich zurück. Erst wird trainiert", ermahnte Amy sie, woraufhin die andere einen Schmollmund machte, sich umdrehte und zurück in die Trainings-halle hüpfte, allerdings nicht ohne Sean noch einmal zuzuzwinkern. „Ich weiß nicht, soll ich dich beglückwünschen oder bemitleiden?" Mit diesen Worten folgte Amy und ließ einen noch perplexeren jungen Mann zu-rück.

Das Training gestaltete sich wie all die Einheiten zuvor. Amy nahm ihn hart ran und obwohl Sean einige Schrittkombinationen verinnerlicht hatte, war sie doch viel zu schnell, als dass er ihr entkommen könnte. Daher lief es auf diese Weise jedes Mal ab, wenn er etwas Neues lernte: Amy und Layla zeigten ihm den Ablauf. Er musste es wiederholen, bis beide Nim zufrieden nickten und dann sollte er es in Aktion ausprobie-ren mit dem Ergebnis, dass beide Offizierinnen ihn durch die Gegend traten und schlugen und er sich nur noch fragen konnte, wie er bis jetzt überlebt hatte und warum seine Knochen nicht alle schon gebrochen waren. Aber so fest schlugen sie dann eben doch nicht zu. Sie gingen sorgsam mit ihrem Spielzeug um - sorgsam genug, damit es nicht sofort kaputt ging.

„Okay und dann..." Layla wollte ihm gerade eine neue Schlagkombinati-on beibringen, als sie mitten im Satz verstummte. Ihr kleiner Körper erstarrte, ihre großen Augen wurden glasig, blickten in die Ferne. Sogar ihre Lippen öffneten sich einen spaltbreit. Irritiert betrachtete Sean sie, bevor er sich umwandte, um Amy zu fragen, was das nun sollte, aber die Rothaarige gab ein ganz ähnliches Bild ab: Starrer Blick, Lippen leicht geöffnet, verstummt und sprachlos, vielleicht zum ersten Mal, seit er sie kannte. „Wa- Was geht hier vor sich?", fragte er schließlich in den Raum, das Verhalten wurde ihm langsam unheimlich. Keine der Nim rührte sich.

„Mädels-"

„Sht, Welpe! Es passiert gleich."

„Was passiert-"

„Sei still. Warte, das wird toll."

Sean verstand kein Wort. Und er sah auch nichts, was jetzt passieren sollte, schon gar nichts, was toll werden würde, aber er schwieg. Etwas frustriert ließ er sich auf dem Boden nieder, die Arme vor der Brust verschränkt und wartete ab. „Was immer es ist, hoffentlich geht es schnell", nuschelte er und wünschte sich mit seinen Fantasien zurück in sein Bett.

Das Gras fühlte sich weich und etwas feucht unter seinen Fingern an, als er ruhelos darüber strich. Schon sog sich seine Hose mit dieser Feuchtigkeit voll, während er vor dem wohl traurigsten Anblick kniete, den es für ihn gab. Seine Hände zitterten, Titus hatte aufgehört, zu versuchen, sie unter Kontrolle zu bringen, als er seine Arme ausstreckte und sich vorbeugte, um den ersten Grabstein zu berühren.

Auch hier hatte sich die Natur den Platz zurückerobert. Gras wuchs über die kleinen Hügel, unter denen sich doch nur behelfsmäßige Gefäße mit Staub verbargen. Moos kletterte auf dem Grabstein empor, verdeckte die Inschrift, die er nun durch ein paar Handbewegungen wieder freilegte. *Reidus Prim, König der Solani, geliebter Ehemann und verehrter Vater.* Titus seufzte. Allein den Namen zu lesen schmerzte. Damals, als Patrick und er das Haus und die Zerstörung vorfanden, war es der Empath gewesen, der die Grabsteine fertigte. Wäre es damals nach dem Prinzen gegangen, er hätte keine Gräber ausgehoben und hätte keine Urnen mit Staub gefüllt, um ein Ritual durchzuführen, das ihm nichts mehr bedeutete. Doch der Empath hatte darauf bestanden, hatte gehofft, Titus würde dadurch einen Abschluss finden, hatte bereits hier versucht, die Wunden etwas zu heilen. Ohne Erfolg zu haben, wie die darauf folgenden Jahre mehr als deutlich zeigten. Aber heute war Titus froh, dass es diese Gräber gab. Sie stellten etwas Greifbares dar, auf das er seine Gedanken und seine Trauer lenken konnte. Auch den nächsten Grabstein legte er frei. *Taia Prim, vom Blut der Ersten, Königin der Solani, geliebte Frau und verehrte Mutter.* Seufzend streichelte der Silver die Inschrift. Sein Herz wurde ganz schwer, als er an all die Worte dachte, die er nie ausgesprochen hatte, von denen er dachte, er hätte später noch dazu Zeit. Aber der Zeit, dem Verlauf der Welt, war es egal, ob man alles gesagt, alles getan hatte, was man sagen und tun hatte wollen. Es ging einfach weiter und weiter, also musste man selber zusehen, dass man mit ihr mithielt, dass man nicht abgehängt wurde. Titus wusste das nun. „Ich liebe euch. Von dem Moment an, in dem mein Verstand zur Liebe fähig war bis heute. Ungebrochen. Ihr gabt mir die Kraft, zu werden, was ich wollte. Die Zuversicht und das Vertrauen, unsere Spezies zu retten", sagte er daher nun, bevor er sich dem dritten Grabstein zuwandte.

Auch hier musste er Moos vom Stein lösen, bevor die Inschrift zu lesen war. Er musste sie nicht entziffern, dieser Name hatte sich gerade die letzten Tage mehr als klar und vor allem laut und greifbar in seine Gedanken gedrängt. Stattdessen hob er einen Gegenstand von diesem Grab auf und begann ihn vorsichtig von Erde und Gras zu befreien. Nur ganz leicht berührte er das Porzellan, die Gefahr war groß, es sonst zu zerbrechen und es war schon nicht mehr viel übrig. Nur noch die Hälfte des Gesichts der Puppe hatte er damals aus dem Schutt retten können. Beinahe zärtlich strich er die dreckigen, braunen Locken zurück und schmunzelte, als er in ein großes, kornblumenblaues Auge blickte. „Ich habe sie dir geschenkt und du hast geschworen, ihr würdet euch gegenseitig beschützen. Nur was ist mit dir geschehen, dass sie dich beschützen musste, dass du verschwunden bist?", flüsterte er gegen den Grabstein, denn er verstand tatsächlich nicht, wie das alles möglich sein konnte.

Ein Räuspern erklang hinter ihm. Titus Kopf ruckte in die Höhe, seine Nasenflügel bebten. Maiglöckchen und Kastanien - stärker als zuvor.

Der Blumenduft wurde stärker, als sie aus dem Waldstück trat. Penelope sah zunächst nach links, zu der Quelle des süßen Duftes. Rosen, die wohl einmal gepflanzt worden waren, nur jetzt ihren wilden Artgenossen nachstrebten. Ihr Blick glitt über die Ruine und hing eine Weile an dem Kastanienbaum rechts von ihr. Es sah lustig aus, wie die Blütenköpfe der Maiglöckchen im sanften Wind wippten.

Das Kind zeigte sich nicht mehr, als wäre es vom Erdboden verschluckt worden - oder als wäre es nie da gewesen. Da Nell nun nicht mehr geleitet wurde, bewegte sie sich vorsichtiger, warf immer wieder Blicke über ihre Schulter, auf dass sie in keinen Hinterhalt lief. Sie ließ sich von ihrem Geruchssinn leiten, denn da lag immer noch der Hauch von Schnee in der Luft, als hätte der Frühling noch nicht ganz gewonnen und der Winter würde sich genau hier, auf dieser Lichtung, festhalten. Der Schnee führte sie um das eingestürzte und scheinbar abgebrannte Haus herum, bis sie eine Figur entdeckte, die im Gras kniete. Die junge Frau wusste sofort, um wen es sich handelte, obwohl er ganz anders wirkte. Dünner, auf eigenartige Weise fragil, obwohl er immer noch die sehnige, muskulöse Statur eines Kriegers besaß. Auch die Kleidung war anders. Jeans, statt der dunklen Hosen, in denen sie ihn sonst gesehen hatte. Dazu eine graue Windjacke. Selbst sein Haar wirkte anders, matter und chaotisch. Penelope machte noch einen Schritt nach vorne, ganz langsam, dann räusperte sie sich und hielt daraufhin die Luft an, nicht sicher, was sie erwarten sollte. Immerhin kniete da ein Geist. Ein Toter wandte sich ihr langsam zu, die eisblauen Augen konzentriert auf sie gerichtet. Eine Halluzination? Und wenn nicht, würde er sie töten? Innerlich machte sie sich darauf bereit, sich zu verteidigen. Immerhin hatte sie seine Familie angegriffen, hatte Feuer in sein Haus gebracht. Aber Titus erhob sich ganz langsam, während er sie beäugte, als wäre er sich ebenfalls nicht sicher, was er sah und was es bedeuten mochte.

„Du bist nicht tot?", fragte die junge Frau schließlich, denn irgendwo musste sie anfangen. Der Solani legte den Kopf leicht schief - und dann lächelte er. Titus lächelte sie an! Kein höhnisches Grinsen, kein Feixen, sondern ein ehrliches, warmes Lächeln, das sofort ihr Innerstes berührte und wärmte. Auf einen Schlag wirkte der Krieger jünger, kindlicher. So ähnelte er dem jungen Mann, den sie in Grasse gesehen hatte, als dieser dem Mädchen folgte. „Du auch nicht", erwiderte der Silver, was Penelope kein bisschen schlauer machte. Was ging hier vor sich? Sie schluckte, tänzelte von einem Bein auf das andere und erstarrte, als Titus sich näherte. Erst einen Meter vor ihr hielt er an, es wirkte, als wolle er seine Hand ausstrecken, um sie zu berühren, aber tat es dann doch nicht, ließ den Arm einfach fallen und starrte sie an. „Was ist mit dir geschehen?", fragte er leise, ganz sanft, seine Stimme ein Streicheln in ihren Ohren. Nells Mund trocknete vollkommen aus, ihr Herz schlug schneller. Was war das? Warum? „Und mit dir?", flüsterte sie als Antwort. Unmöglich, seinem Blick direkt zu begegnen, daher sah sie durch ihre dichten Wimpern zu ihm auf, aber er antwortete nicht, musterte sie nur auf diese irritierende Weise.

„Was machen wir hier? Was geht hier vor sich? Warum musste ich hierher kommen?", stieß sie schließlich hervor. Er durfte sie nicht so ansehen, nicht als würde er sie kennen, als wäre sie ihm wichtig. Er durfte nicht, weil sie es nicht verstand. Ihr Herz ächzte und brach und fand nicht mehr die passenden Teile, um sich zusammenzusetzen. Penelope schmeckte Blut in ihrem Mund, es rann über ihre Lippen in ihre Kehle. Die Schmerzen in ihrem Kopf kamen zurück, heftiger, drängender. Ihr wurde ganz schwindelig, sie glaubte nicht, dass ihre Beine sie noch lange tragen würden. Da erklang Wasserrauschen in ihren Ohren und Feuer prasselte, Holz knackte und krachte zusammen. Erschrocken schielte Penelope über ihre Schulter zu dem Haus, zu der Ruine und den Brandspuren, die heute noch zu sehen waren. Vor ihrem inneren Auge erblickte sie die Flammen. Sie hörte die Schreie und dann kam Wasser, Kühle umfing sie und trug sie davon. Die junge Frau blinzelte. Die Welt schien falsch, sie wankte, kippte.

Eine kühle, kräftige Hand griff nach ihr, ein Arm legte sich um sie und plötzlich wurde sie an jemanden gezogen. Ihre Hände ertasteten harte Muskeln und Kälte. Der Geruch von Schnee drang in ihre Nase, überdeckte alle anderen. „Zuhause", dachte Penelope und schreckte vor dem Gedanken zurück, weil sie sich ihn nicht erklären konnte. Doch vor Titus schreckte sie nicht zurück, tatsächlich legte sie vorsichtig ihre Arme um seinen Hals und ließ sich festhalten. Kühle und Schnee, Kräuter und

Jasmin. Sie schloss die Augen und atmete tief ein, bis nichts anderes mehr existierte. Als Nell blinzelnd über Titus' Rücken spähte, sah sie die Grabsteine. Drei Stück. Reidus Prim. Taia Prim. Hope Prim. Zitternd holte sie Luft. Ihr wurde schwarz vor Augen, ihr Mageninhalt drohte sich in die falsche Richtung zu bewegen, daher stieß sich die junge Frau von dem Silver ab und stolperte einige Schritte weg von ihm und den Gräbern, bevor sie auf die Knie fiel und sich übergab. Alles, was sie in den letzten Stunden gegessen hatte - und das war einiges - verabschiedete sich brennend von ihrem Körper, bis ihre Kehle rau und wund war und ihre Schultern bebten. Doch sie musste es nicht alleine überstehen, denn Titus kniete sich neben sie und hielt ihr das Haar zurück. Er streichelte über ihren Rücken, ohne etwas zu sagen. Er erklärte nichts, fragte nichts, verlangte nichts, gab ihr die Zeit, die sie brauchte, um sich zu beruhigen. Nur dass es keine Ruhe gab, sie existierte nicht mehr. Diese Namen, sie schienen der Schlüssel gewesen zu sein, um eine ganze Flut an Erinnerungen zu befreien. Diese neuen Bilder und Eindrücke tosten wie eine Flutwelle durch ihren Geist, schlugen gegen die Erinnerungen, die sich dort bereits eingenistet hatten und zerbarsten. Es herrschte pures Chaos, das ihr die Luft abschnürte und sie wahnsinnig machte.

„Du musst dich beruhigen. Ich weiß nicht, was in dir vorgeht, aber du musst dich beruhigen, weil langsam mache ich mir Sorgen, du könntest verbluten", flüsterte Titus nach einer Weile in ihr Ohr. So sanft, so unvereinbar mit dem Mann, der sie durch Cork gejagt hatte, der ihr schwor, sie zu töten. Was ging hier vor sich? *Wieso? Wieso? Wer bin ich?* Die Fragen kreischten durch Nells Kopf, schrillten in ihren Ohren. Die junge Frau war sich sicher, hätte sie noch etwas im Magen gehabt, sie hätte sich erneut übergeben. „Titus, was geht hier vor sich?", brachte sie schließlich zitternd hervor. Sie erkannte ihre eigene Stimme nicht mehr.

Der Solani wollte ihr antworten, sie sah es an der Art, wie sich seine Lippen bewegten, doch ein hartes, sarkastisches Klatschen unterbrach ihn. Gleichzeitig wandten sich Penelope und Titus um und sie kamen ebenso synchron und schnell auf die Beine, als sie die Neuankömmlinge in Augenschein nahmen. „Wie kommst du hierher?", knurrte der Silver sofort, das Geräusch ließ den Boden beben. Aber Beryll zuckte nonchalant mit den Schultern. „So wie das letzte Mal auch", sagte er grinsend und zwinkerte dann Nell zu. „Ein kleines Mäuschen hat mir den Weg gezeigt." Automatisch bleckte diese die Zähne. „Komm, Kleines, du solltest zur Seite gehen. Gleich wird es hässlich", meinte Cort, der neben Beryll Position bezogen hatte, die Arme vor der Brust verschränkt. Doch anstatt dem Folge zu leisten, schob Penelope sich schützend vor Titus. „Nein", knurrte sie. „Komm jetzt, Hel! Du hast den Test bestanden, du hast uns hierher geführt. Danach gehen wir nach Hause", zischte der Nim. Er ließ

die Arme zur Seite fallen und machte einen Schritt nach vorne. „Hel, du wolltest doch zurück zu deinem Vater und deiner Familie", schnurrte er. So überzeugend, in ihren Kopf kriechend, sich in ihr Herz nistend. „Cort, und da dachte ich, du schmorst schon längst in der Hölle", unterbrach Titus den Dialog mit fester, eisiger Stimme. Gleichzeitig trat er an ihre Seite, seine rechte Hand legte er sanft auf ihren Rücken, übte einen ganz leichten, beruhigenden Druck aus, bevor er ihren Blick suchte. „Wie lang warst du in ihrer Nähe?" Penelope riss sich vom Anblick der Nim los, um den Solani anzusehen. „Wochen", flüsterte sie, das Atmen fiel ihr immer schwerer. Er nickte, als würde er verstehen, vielleicht verstand er wirklich. Als der Silver seine Feinde ansah, sprach er weiter zu ihr. „Er hat mit deinem Kopf gespielt. Beryll kann deine Gefühle in eine bestimmte Richtung treiben, er kann Erinnerungen verändern und neue in dir pflanzen. Was immer du glaubst zu wissen, vertraue deinem Instinkt, er wird dir sagen, was du tun sollst, zu wem du gehörst." Nun stoppte ihre Atmung, Nell riss die Augen noch etwas weiter auf. *Nicht denken. Nicht denken. Fühlen. Wissen. Instinkt.* Langsam löste sie sich von ihm und trat einen Schritt von Titus weg. Der Schmerz, den diese Handlung auslöste, zeigte er nur ganz kurz auf seinem Gesicht, bevor seine Mimik wieder eine eisige Maske zeigte. „Ja, Hel. Du weißt es, nicht wahr? Dass wir zusammen gehören. Und nun zeige mir, dass ich dir vertrauen kann. Töte den König der Solani. Töte den Feind", schnurrte Beryll und Penelope machte noch einen Schritt nach vorne. *Nicht denken. Nicht denken. Fühlen. Wissen. Instinkt.* Nell hielt den Blick von Beryll, bevor sie sich an Cort wandte, der ihr aufmunternd zuzwinkerte. Sie griffen nicht nach ihren Waffen, waren selbst reine Waffen. Der jungen Frau kam es so vor, als würde die Zeit mit einem Mal langsamer vergehen, als hielte sie extra inne, sodass sie jeden Schritt, jedes Detail wahrnehmen konnte. So wie die schweren Rosenblüten, die sich im Wind wogen. Oder die Erde, die unter ihren Schuhen knirschte.
Penelope wandte sich dem Krieger zu, der sie mit traurigen Augen ansah, aber er sagte kein Wort. Er versuchte nicht, sie zu überzeugen oder auf sie einzureden. Die Entscheidung lag bei ihr. Bei ihr alleine. „Töte ihn, töte ihn, töte ihn! Mach mich stolz", raunte Berylls knisternde Stimmen in ihrem Kopf. Sekunden verstrichen, in denen sich keiner bewegte, in denen Nell lediglich den eisigen Blick ihres Gegenübers erwiderte, nur dass seine Augen für sie Wärme fanden und sie darin Geborgenheit. Sie schloss die Lider, atmete tief durch, spürte nach den Kräften ihr. Dem Feuer und dem Eis. Die Narbe erwachte glühend heiß und der Lotus reagierte mit Kälte. Erst als die junge Frau die Kräfte in sich spürte, öffnete sie die Augen. Sie zwinkerte Titus zu. Eine Sekunde noch. Er verstand, sie sah es an dem Zucken seiner Mundwinkel, eine winzige Bewe-

gung, doch für sie Zeichen genug. Dann brach die Hölle über den Ruinen der Vergangenheit aus.

Penelope wusste, sie würde mit bloßem Instinkt bei diesem Kampf nicht gewinnen können. Die Narbe und ihr Körper hatten sie automatisch durch die Kämpfe geführt, ohne dass sie wirklich etwas dazu beitrug, aber darauf durfte sie sich nicht verlassen. Sie hatte nicht oft mit Cort trainiert, zumindest was ihre Erinnerungen der letzten Zeit anging, aber etwas hatte sich dabei gezeigt: Sie musste klüger sein, als ihr Instinkt, musste besser sein, als je zuvor, denn er konnte ihr ihre Kräfte nehmen, sie lähmen. Dazu kam, dass ihre Kräfte ein sehr fragiles Gleichgewicht hielten, seit Beryll ihr so nahe kam, also musste sie tricksen und auch noch schnell dabei sein.

Daher rief die junge Frau ihre Gefühle ab, all das Schlechte, die Schuld und die Trauer, sie zerrte sie an die Oberfläche, auch wenn sie dabei drohte zu zerbrechen, um die Narbe nicht ein klein wenig aufzuwecken, nicht ein bisschen, sondern vollständig und allumfassend. Dass ihr dabei Blut erneut in den Mund rann, ignorierte sie. Als sie sich also umwandte, um Beryll und seinen Offizier anzugreifen, da wuchsen die roten Rissen so schnell über ihren Körper, dass sie vollständig von ihnen bedeckt wurde, bis sie den beiden genau gegenüberstand. Sie verwandelte sich zu einem dunkelrot leuchtenden Wesen, in dessen Augen die Glut aufloderte. Feuer entflammte aus ihrer Hand, Flammen sprangen von ihren Fingerspitzen und bildeten Stürme aus Orange, die Rauch und Asche spuckend auf die Nim zuschossen.

Penelope wartete nicht ab, dass ihr Feuer den Gegner traf, dafür waren sie zu schnell, zu gewieft. Aber mit einer Kollision hatte sie auch nicht spekuliert, denn stattdessen nutzte sie das fauchende Feuer und den Rauch, um sich zwischen dieser Ablenkung zu bewegen, nach vorne zu schnellen, um sich Cort vorzuknöpfen. Sie wusste, gegen beide gleichzeitig würde sie nicht bestehen können und wenn sie auswählen musste, dann zögerte sie nicht, Beryll als die größere Gefahr einzustufen, der sie sich widmen würde, sobald der Nim ausgeschaltet war.

Zu ihrem Glück kämpfte sie nicht alleine. An ihrer Seite stand Titus, dessen Augen zu glühen schienen, als er Eismassen herauf beschwor, die er hinter den beiden aufbaute. Er bewegte sich schnell, nutzte ebenfalls den Rauch und die Ablenkung und als bildeten die zwei einen einzigen Gedanke, wandte er sich automatisch Beryll zu, die Lippen zu einem bösartigen Grinsen verzogen. Nell konnte sehen, wie Cort zur Seite davon brach. Daher warf sie nur kurz einen Blick zu Titus, doch der schien alles unter Kontrolle zu haben. Schnell folgte sie der Bewegung des Nim. Seine Bewegungen waren präzise und schnell, das musste sie ihm lassen, doch sie glaubte, ihn schlagen zu können. Nicht, weil sie nun besser war oder stärker, sondern weil irgendwo hinter ihr Titus mit Beryll kämpfte und sie wusste - wusste! - dass sie dem Gott entgegentreten musste, sie selbst, nicht der Silver.

Cort lockte sie fort von den beiden Männern, das wusste Nell, das musste sie in Kauf nehmen, aber nicht lange. Das war zumindest der Plan, als sie dem Nim den Weg schließlich abschnitt. Sie schaffte es durch einen Satz nach vorne, ihrem Gegner in den Weg zu treten und setzte sofort an, einen Tritt auf seiner Brust landen zu wollen. Natürlich wich er aus, aber damit hatte sie ebenfalls gerechnet, denn schon wandelte sie den Schwung ihrer Bewegung und schlug stattdessen mit geballter Faust nach ihm, die Risse dunkelrot fauchend. Der Nim versuchte sich abzufangen, änderte aber seine Meinung und griff stattdessen nach ihrem Arm. Ihre Faust kollidierte mit seiner Schulter, bevor seine großen Hände sich um ihren Unter- und ihren Oberarm legten. Mit einem Ruck zerrte er an ihr, zog sie an sich, näher und näher und Penelope wusste, was er tun wollte. Cort wollte ihre Kraft stehlen, wollte ihr nehmen, was ihres war. Nicht mehr, nie mehr! Die Risse breiteten sich aus, die schönen, verschlungenen Muster verschwammen, wurden verschluckt von einer leuchtenden, heißen Fläche, die einmal ihre Haut gewesen war. „Diesmal verlierst du mehr als einen Finger!", zischte sie, bevor sie sogar den Zusammenstoß mit ihm beschleunigte. Nell stieß sich mit ihren Beinen ab, sie rollte sich ein, damit sie den freien Arm vor ihre Narbe bringen und die Schulter Cort in die Brust rammen konnte. Die Flammen stoben auf. Zischend fraßen sie sich in Fleisch - seines, ihres, es machte keinen Unterschied. Sie konnte brennendes Haar riechen und rief weiter nach der Kraft. Es war ein gefährliches Spiel, sich voll auf die Narbe zu verlassen, aber der Lotus auf ihrem Rücken hatte sie stets beruhigt, die junge Frau hatte nie mit ihm gekämpft, sie wusste nicht, wie sie ihn einsetzen sollte, außer zu hoffen, er würde das Feuer löschen, wenn sie ihre Gegner besiegt hatte. Wie so oft in der Vergangenheit, kamen da Zweifel in ihren Weg. Penelope wollte sich aus dem Griff des Nim winden, wollte ihn schlagen, die Hände um seinen Hals legen und zudrücken. Da waren Bilder, schreckliche, grausame Bilder, deren Erinnerung sie noch verletzten - und Cort war es, der ihr weh tat. Er und Beryll. Aber da flüsterte die knisternde Stimme: „Du bist meine Tochter. Wir haben dich gefertigt, haben dich gelehrt. Dein Herz schlägt für uns, lass dich nicht von der Magie der Solani vergiften. Wir sind Zuhause. Zuhause." Ihr Körper erstarrte, nur für einen Moment, doch es genügte dem Offizier, sie in seinen Armen zu drehen. Ihren Rücken an seine Brust gepresst, einen Arm um ihren Hals und als sie versuchte mit fahrigen Händen den Druck darauf zu lösen, da nutzte er die Gelegenheit und presste die freie Hand auf ihre Narbe.

Einfach so, mit dieser simplen Handlung erstickte er ihr Feuer und sie wurde taub. Penelope spürte ihre Hände, ihre Füße nicht mehr. Selbst ihre Zunge lag schwer und staubig in ihrem Mund. „Liebes, was hast du denn? Wir haben das doch geklärt. Du bist eine von uns", schnurrte Cort in ihr Ohr, so sanft und leise, dass sein Atem ihre Haut streichelte. Er küsste ihre Schläfe und Nell konnte sich nicht erklären, was in ihr vor sich ging. Sie schlief mit diesem Nim in einem Bett! Sie vertraute ihm! Bis jetzt. Denn seine Lippen auf ihrer Haut lösten Ekel in ihr aus. Schwer atmend schloss sie die Augen. „Sammle dich, sammle dich! Was willst du?", fragte die innere Stimme in ihr, ihre Stimme. „Allein. Beryll hatte es gesagt. Ich musste es alleine machen, schon wieder alleine. Um mich hierher zu bekommen, hat er meinen besten Freund in Gefangenschaft genommen. Er hat mich verfolgt!" Penelope zitterte, nickte die Worte des Nim ab. „Sei nicht dumm, du weißt, wohin du gehörst. Töte ihn. Töte Titus und ich lasse dich nie wieder alleine. Töte ihn und du wirst auf ewig an meiner Seite stehen", raunte Berylls Stimme, übertönte alles andere. Jeder Gedanke, jede Erinnerung, alle Zweifel wurden wie Kerzen auf einer Torte von ihm ausgeblasen - einfach so. Zurück blieben nur der Befehl und das Versprechen. Der Offizier ließ sie los und trat von ihr weg. „Mach uns stolz, Liebes", grinste Cort und er zeigte den leicht ansteigenden Hügel hinauf, wo Titus gegen Beryll kämpfte. Sein Eis brach durch die Erde, wurde zu Schrapnellen, Splittern, zu kochendem Wasser und verbergenden Dampf. Die beiden Männer bewegten sich in einem komplizierten, tödlichen Tanz, der dennoch elegant und schön in seiner Brutalität wirkte.

Schritt für Schritt näherte sich Penelope diesem Kampf. Sie hatte die Stimme als Hall in ihren Ohren. Sie wollte nicht mehr alleine sein. Sie wollte ankommen - Zuhause ankommen. Ein Schritt und noch einer und noch einer. Sie spürte nun die Kälte auf ihrer Haut, sie prickelte auf ihren Wangen, setzte sich als winzige, glitzernde Tropfen dort ab, Sternenlicht in ihrem Gesicht gefangen. Beryll landete hinter ihr, tauchte wie ein Schatten auf und legte eine brennend heiße Hand auf ihre Schulter. Sofort hielt auch Titus in seinem Angriff inne. Er hätte Eis auf sie loslassen können. Einen Speer, eine Kugel auf sie feuern, doch er tat es nicht, er griff nicht an, sondern suchte ihren Blick, Angst in seinen Augen und tiefe, dunkle Traurigkeit. Da sah es Nell, all die Splitter seiner Seele, die ihrer so ähnlich waren, die Dunkelheit, die dazwischen heulte und kreischte, die Fangzähne entwickelte und nach ihm schnappte. „Tu es", forderte Beryll und ließ sie los. Als wäre das das Zeichen gewesen, bewegte sich die junge Frau vorwärts. Nun nicht mehr von Cort zurück gehalten, entfalteten sich die Risse erneut, schnellten unter ihrer Haut in ihre Glieder. Der Solani öffnete den Mund, als wollte er etwas sagen, aber er tat es nicht, er ließ die Arme an seinen Seiten hängen und wartete auf sie. Unbehelligt trat Penelope vor ihn, das Feuer und die Schwärze leckten an ihren Fingern und sie konnte sein Herz spüren, wie es schlug unter der muskulösen Brust, wie es hoffte und schmerzte und zerbrach. Sie stellte sich vor, wie sie durch seine Brust griff, nach diesem schlagenden Organ und sie würde ihn verbrennen. Von innen nach außen, bis nur noch eine leere Hülle von ihm übrig blieb. Die Trance hielt sie so fest, dass Nell nur am Rande mitbekam, wie sie ihre linke Hand hob und auf die Stelle über seinem Herzen legte. Der Stoff seiner Jacke und des Shirts darunter verglühte. Seine Haut schlug Blasen, wurde an den Rändern dunkel. Mit großen Augen starrte sie in Titus' Gesicht, er hielt ihren Blick, ohne seine Schmerzen offen zu zeigen. Es war ihre Entscheidung, das hatte er gesagt. *Ihre Entscheidung.* Langsam drehte sie den Kopf, suchte und fand Beryll und Cort. Sie standen nicht weit entfernt, Zuschauer, die das Schauspiel sichtlich genossen, die auf den Höhepunkt warteten. „Töte ihn", forderte Beryll erneut in ihrem Kopf. *Ihre Entscheidung.* Zitternd und schwer atmend drückte Penelope ihre Hand fester gegen die Brust des Königs. Haut brach auf, verbrannte zischend unter ihrer Berührung. Doch kein Laut entkam seiner Kehle, kein Protest, kein Wort um sie umzustimmen.

„Ich bin mehr, als er aus mir machen will. Ich bin...Ich bin..." Erinnerungen fluteten sie. Sein Lächeln, immer wieder Titus' Lächeln, das ihr versprach, dass die Welt ein guter Ort sein würde, ein sicherer Ort und selbst wenn sie nicht mehr sicher sein sollte, so würden sie den Schrecken gemeinsam gegenüber treten. Gemeinsam, sie würde nicht - niemals! - alleine sein. „Ich bin...Ich...bin..." Ein letztes Mal sah sie hoch in diese eisigen, blauen Augen und da wusste sie es.

Penelope war weit davon entfernt, alles zu verstehen. Noch weiter davon, alles ordnen zu können und zu wissen, was es aus ihr gemacht hatte. Das Leben und seine Widrigkeiten. Aber sie wusste es. Ihr Herz wusste es und es sang von diesem Wissen, sandte die Melodie des Erkennens durch ihren Körper und stieß die fremde Stimme aus ihrem Kopf. Der Lotus erwachte. Anders als je zuvor. Nicht beruhigend, nicht heilend, sondern in all seiner tödlichen Schönheit. Mit einem Ruck zog Nell ihre Hand zurück. Ihre Finger glänzten rot vom Blut. Titus wankte, sank auf seine Knie, doch bevor sie nach ihm greifen konnte, um ihm zu helfen, keuchte er: „Pass auf!"

Zu spät. Eine Macht erwischte sie beide und schleuderte sie davon. Penelope spürte Stein, gegen den sie knallte. Er brach und bröselte. Hustend kam sie auf ihre Beine. Ein Blick genügte, um zu wissen, dass sie auf den Gräbern stand, die Grabsteine nun zerstört. Und sie grinste, denn es war so passend. Die Blüten des Lotus wuchsen über ihren Körper, griffen nach der Erde und der Luft um sie und tauchten alles in ein bläulich-silbernes Licht. „Oh, ist das Baby jetzt sauer?", raunte Cort. Er war es, der ihr mit einem selbstgefälligen Grinsen entgegen trat. „Ich weiß endlich, was du wirklich getan hast!", zischte sie. Sie musste nicht in seine Nähe, es reichte, ihre Hand nach oben zu reißen und schon wuchs in rasender Geschwindigkeit eine Blume unter und um ihn, fing ihn ein. Er wollte entkommen, wollte sich befreien, doch als er eine der Blüten mit seinem rechten Arm berührte, explodierte dieser, wurde einfach in seine Partikel aufgelöst. Der Schrei, der aus dem Mund des Nim drang, konnte nicht im Ansatz wieder gut machen, was sie zu ertragen gehabt, was man ihr angetan hatte, aber dennoch klang er süß in ihren Ohren - so, so süß. „Cort, fahr zur Hölle", sagte sie und ballte ihre Faust. Die Blüte schloss sich, presste sich gegen den Nim, der schrie und sich wand und zerfiel. Zu Rauch und Staub, welchen Nell einfing, um ihn in ihrer Faust erneut zu zerquetschen.

Wie ein Raubtier, das nun Blut geleckt hatte, wandte sie sich um. Suchte Titus. Im ersten Moment konnte sie ihn nicht finden, der Platz um die Ruine ihres einstigen Zuhauses lag verlassen da, hässliche Brandspuren und aufgebrochene Erde zeugten von dem Kampf, der hier tobte. „Beschützen", hallte es nun klar durch ihren Kopf. Noch konnte sie das Chaos zurückhalten. Sie würde sich dem allen stellen, würde sich in ihrer Erinnerung wieder finden, vollständig werden, aber jetzt musste das zersplitterte, unvollständige Dasein, das sie nun verkörperte, reichen, um den Solani zu retten, um Beryll zu töten. „Mein Vater, mein Vater! Wie hatte er es wagen können, dieses Wort zu gebrauchen?", zischte sie und rannte los. Sie brauchte nur die Augen zu schließen, um Titus zu finden. Denn er war dieses Licht, klar und hell, blau und silbern mit dem herrlichen Gefühl von Kälte, die auch jetzt noch ihre Haut streichelte. Doch der Nim befand sich in seiner Nähe, sie kämpften, falls der Silver denn noch stehen konnte.

Schneller als je zuvor sprintete sie in die Richtung. Er durfte nicht sterben. Er durfte sie nicht verlassen. Nicht jetzt. *Nicht jetzt!* Ihre Schritte trommelten auf den Waldboden, sie brach durch die Äste der Bäume, hatte keine Zeit aufzupassen, es war ihr egal, dass die Rinde ihre Haut aufschnitt. Sie musste zu ihm. Und dann erreichte sie die beiden Männer, die so fern von Menschlich waren, wie man nur sein konnte. Penelope atmete nicht durch, machte keine Pause, denn Beryll hatte Titus auf dem Boden vor sich und der Silver sah nicht gut aus. Die Wunde auf seiner Brust war dabei nicht das Schlimmste. Der Gott der Nim hatte Feuerspeere durch den Körper des anderen gerammt, sie züngelten durch die Handgelenke und Waden des Solanis. Einer durchbohrte seinen Bauch. Ihr wurde schlecht von dem Geruch, dem Anblick und dem Schrei in ihr, dem entsetzlich lauten Aufschrei, von dem sie nicht bemerkte, dass er ihren Hals nach oben und aus ihrem Mund quoll, den Wald und das abgeschlossene Areal einnahm und den Boden zum Beben brachte. Beryll wirbelte herum, aber da schoss sie bereits auf ihn zu. Es war egal, dass sie ihn von der Ferne auch verletzen konnte, es war nicht genug. Sie musste ihn unter ihren Händen spüren, wie er brach und er würde brechen, so wie er sie gebrochen hatte.

Der Nim rief das Feuer zu sich, doch sie war ebenfalls Feuer. Die Narbe loderte auf, die Risse auf ihrem linken Arm konzentriert bis hinein in ihre Fingerspitzen, und so fing sie das Feuer ab, leitete es um, während der Lotus heller leuchtete, intensiver wurde. Das silberne Blau malte den Wald an, malte die Nacht, machte die Umgebung zu ihrem Schauplatz. Und als Beryll das sah, da erkannte Penelope mit Triumph, dass er diese Macht erkannte und sie fürchtete. Der Gott wankte nach hinten, stolperte von ihr weg und sie wusste, sie konnte gewinnen, würde gewinnen! Er wich ihr aus, aber das machte nichts, das hier war nun ihr Platz, ihr Kampf, er konnte nicht entkommen. Nell riss beide Arme in die Höhe, aus der Erde brachen Blumen hervor. Nicht nur Lotusblüten, sondern auch Maiglöckchen. Der Gott kam mit einigen davon in Berührung und auch ihm schnitt sie damit ins Fleisch, doch er schrie nicht, er gab keinen Laut von sich, als er seinen glühenden Blick auf sie richtete, die Lippen zurück gezogen zu einem zähnebleckenden Knurren.

„Glaubst du wirklich, du kannst einen Gott vernichten?" Die Stimme donnerte durch den Wald, drang in ihren Kopf und nun war sie es, die wankte. Er sammelte Feuer und Asche und Rauch um sich, hob vom Boden ab, bildete einen Kreis, der ihn umfing und gab sich damit den Anschein eines Feuervogels, eines mystischen Wesens, das einem Albtraum, der Hölle selbst entsprungen zu sein schien. „Du glaubst, du kannst mich loswerden? Du glaubst, du kannst mich töten? Ich bin ein Teil von dir, Prinzessin, ich lasse dich nie wieder in Ruhe. Die Ewigkeit wird dich nicht retten. Du und die Solani werden sterben und ich werde es so schmerzhaft machen, wie ich kann, und ich werde jede Sekunde davon genießen." Die Stimme dröhnte, schlug Penelope förmlich in die Magengrube, riss an ihren Eingeweiden. Schreiend ging sie zu Boden, die Blumen zerstoben zu blauen und silbernen Kristallen. Als sie panisch aufblickte, sicher, sich gleich einer fatalen Niederlage stellen zu müssen, sah sie nichts außer den Wald, als wäre nie etwas geschehen. Beryll hatte sich zurückgezogen.

Nell brauchte einen Moment, um zu verstehen, dass sie heute nicht sterben würde, und um ihren Körper wieder zu fühlen, ihn bewegen zu können. Sie kam wankend auf die Beine, holte tief Luft und roch den Schnee. „Titus!" Die junge Frau stolperte an seine Seite, fiel bei seinem

Kopf erneut auf die Knie und bettete ihn auf ihren Schoß. „Titus", flüsterte sie drängend. Die Wunden an seinen Armen und Beinen sahen nicht gut aus. Ganz zu schweigen von seinem Bauch und dem Handabdruck, den sie hinterlassen hatte. „Bei der Göttin, bitte sag etwas", schluchzte sie auf. „Beschützen. Ich muss ihn beschützen", murmelte sie, sein wirres Haar aus dem Gesicht wischend. „Nicht jetzt. Du darfst jetzt nicht sterben. Es tut mir leid, okay? Es tut mir leid, dass du all die Zeit alleine warst. Es tut mir leid, dass du diesen Schmerz alleine tragen musstest. Aber ich bin jetzt hier. Ich kann mich erinnern, also bitte stirb nicht!"

Ende Season 2
Fortsetzung folgt….

Bisher erschienen
Erwachen
Jäger und Gejagte
Erkauftes Leben
Die ungleichen Zwei
Fieberträume und Wahrsagungen
Wenn Erinnerungen brennen
Verlorener König
Puppenspieler
Beugen und Brechen
Puzzlestücke
Familienbande
Unter dem Kastanienbaum

Es geht weiter mit „Der Duft von Maiglöckchen", dem ersten Band der dritten Season.

Bis bald

Danksagung

Mein größter Dank gehört euch - jedem einzelnen, bei dem ich die große Ehre hatte, ihn kennen lernen zu dürfen, sei es über Facebook oder Lovelybooks. Ihr seid der Grund, warum ich schreibe, und warum der Lotus nun schon ganze 12 Episoden vorzuweisen hat, wächst und sich entwickelt.

Danke an alle, die ein genaues Auge haben und sich durch manche Fehler nicht abschrecken lassen! Danke an jeden, der sich die Mühe gemacht hat, eine Rezension zu verfassen, und an euch, die es schaffen, mir durch jeden noch so kurzen Satz positive Energie zu schicken.

Der Lotus wird weiter wachsen und bald werdet ihr neue Figuren kennenlernen können. Außerdem wird eine heiß-geliebte Figur endlich wieder mehr Platz einnehmen und ich hoffe, ihr seid alle so aufgeregt, wie ich!